Los **JET** de Plaza & Janés

BIBLIOTECA DE

JOHN LE CARRE

El topo
John le Carré

Plaza & Janés Editores, S.A.

Título original:

TINKER, TAYLOR, SOLDIER, SPY

Traducción de

CARLOS CASAS

Portada de

IBORRA & ASS.

Séptima edición: Agosto, 1992

© 1974 by Le Carré Productions
Traducción: © Editorial Noguer, S. A., 1974
De la presente edición: © 1987,
PLAZA & JANES EDITORES, S. A.
Enric Granados, 86-88. 08008 Barcelona

Printed in Spain — Impreso en España

ISBN: 84-01-49099-5 (Col. Jet)
ISBN: 84-01-49972-0 (Vol. 99/2)
Depósito Legal: B. 29.691 - 1992

Impreso en Litografía Rosés, S. A. — Cobalto, 7-9 — Barcelona

INDICE

En recuerdo de
James Bennett y Dusty Rhodes

Primera Parte

1

La verdad es que si el viejo mayor Dover no hubiera caído muerto en las carreteras de Taunton, Jim jamás hubiera ido a Thursgood. Llegó, sin previa entrevista, mediado el trimestre, cuando corría el mes de mayo, pese a que, a juzgar por el tiempo, nadie lo hubiera dicho, contratado por medio de una de las más dudosas agencias dedicadas a proporcionar maestros de preparatoria, con la tarea de sustituir al viejo Dover, hasta el momento en que se pudiera encontrar a alguien más idóneo. Thursgood dijo a sus colaboradores:

—Es un lingüista. Lo he contratado con carácter temporal. —Tras decir estas palabras, Thursgood se echó atrás el mechón de autodefensa que le caía sobre la frente. Añadió—: Se llama Priddo.

Y como sea que el francés no era la asignatura de Thursgood, consultó una cuartilla para deletrear el apellido:

—P-r-i-d-e-a-u-x. El nombre de pila es James. Creo que servirá para sacarnos de apuros hasta el mes de julio.

Los colaboradores no tuvieron dificultad alguna en interpretar el significado de estas palabras. Jim Prideaux era un paria en la comunidad docente. Pertenecía a la misma secta que la desaparecida señora Loveday, quien tenía un chaquetón de cordero persa, y que dio clases de primero de religión hasta que comenzó a librar cheques sin fondos, o a la misma especie que el también desaparecido señor Maltby, el pianista que tuvo que interrumpir las prácticas del coro cuando la policía lo fue a buscar para requerir su ayuda en ciertas investigaciones, ayuda que, a juzgar por las apariencias, el señor Maltby seguía prestando, ya que su baúl se encontraba en el sótano, en espera de las pertinentes instrucciones. Varios profesores, principalmente

Marjoribanks, eran partidarios de abrir el baúl. Aseguraban que contenía importantes tesoros desaparecidos, como, por ejemplo, el retrato de la libanesa madre de Aprahamian, en marco de plata, el cortaplumas del ejército suizo de Best-Ingram, y el reloj de la matrona. Pero Thursgood formaba en su rostro sin una sola arruga un gesto de tozuda oposición a tales peticiones. Sólo habían transcurrido cinco años desde el día en que heredó la escuela de su padre, pero ya sabía que hay ciertas cosas que más vale mantener cerradas y ocultas.

Jim Prideaux llegó un viernes, bajo una lluvia torrencial. Como oleadas de humo, la lluvia descendía por la parda campiña de Quantocks, cruzaba veloz los vacíos campos de cricket e iba dar contra las viejas fachadas de piedra arenisca. Llegó después del almuerzo, conduciendo un viejo Alvis rojo que arrastraba un remolque de segunda mano, en otros tiempos de color azul. En Thursgood las primeras horas de la tarde son tranquilas, una breve tregua en la cotidiana batalla escolar. Los chicos van a descansar a sus dormitorios, y los profesores se congregan en la sala, en donde, mientras toman café, leen el periódico o corrigen los ejercicios de los chicos. Thursgood lee en voz alta una novela a su madre. Por esto, entre todos los habitantes de la escuela, solamente el pequeño Bill Roach vio llegar a Jim, vio el vapor saliendo del motor del Alvis, mientras el coche descendía por el irregular camino, con los limpiaparabrisas funcionando a toda marcha, y el remolque detrás, rodando por los baches encharcados.

En aquellos tiempos, Roach era alumno nuevo, con la clasificación de algo tonto, cuando no auténtico deficiente mental. Thursgood era la segunda escuela preparatoria a la que asistía en el curso de dos trimestres. Se trataba de un muchacho esférico, con asma, que consumía la mayor parte del tiempo de descanso arrodillado en un extremo de la cama, jadeando y mirando por la ventana. Su madre vivía espectacularmente en Bath, y su padre era considerado el padre más rico en toda la escuela, distinción que costaba cara al muchacho. Hijo de un hogar deshecho, Roach era también un observador nato. Durante su observación, Roach pudo ver que Jim no detenía el coche ante el edificio de la escuela, sino que proseguía hasta el patio del establo. Al parecer, Jim conocía ya el plano de la escuela. Más tarde, Roach concluyó que Jim seguramente había reconocido el terreno o estudiado los planos. Ni siquiera al llegar al patio detuvo el coche, sino que siguió adelante, cruzando, velozmente, hacia el Oeste, la extensión de verde césped, aprovechando la inercia del descenso. Luego ascendió por la suave colina, bajó al Hoyo, de cabeza, y se perdió de vista. Roach casi esperó que el remolque volcara al iniciar el descenso, tal era la velocidad a la que Jim iba, pero el remolque se limitó a levantar la cola y a desaparecer en el Hoyo, como un gigantesco conejo.

El Hoyo forma parte del folklore de Thursgood. Se encuentra en una extensión de tierra baldía, entre el huerto, el invernadero y el patio del establo. A primera vista no es más que una depresión cubierta de césped, con pequeñas elevaciones en la parte norte, cada elevación de la altura del cuerpo de un muchacho, y cubierta de matorrales que en verano adquieren un aspecto esponjoso. Estas elevaciones confieren al Hoyo su especial mérito como terreno de juegos, y también su reputación, la cual varía en armonía con la peculiar fantasía de cada generación de muchachos. Un año se dice que allí hay indicios de que existe una mina de plata, y los chicos cavan con entusiasmo, en busca de riquezas. Otra generación asegura que allí hubo un fuerte romano, y los chicos se entregan a librar batallas con palos y proyectiles de arcilla. Para otros, el Hoyo es el cráter formado por una bomba durante la guerra, y las elevaciones contienen los cuerpos que la explosión sepultó. La verdad es más prosaica. Seis años atrás, poco antes de que súbitamente el padre de Thursgood se fugara con una recepcionista del hotel Castle, dicho señor decidió construir una piscina, y consiguió convencer a los chicos de que cavaran un hoyo, profundo en un extremo y superficial en el otro. Pero el dinero preciso para financiar tal ambición nunca llegó en las debidas cantidades, y fue empleado en otros menesteres, como la compra de un nuevo proyector para la escuela de arte, y en el empeño de cultivar setas en el sótano. Los más maliciosos llegaban a decir que este dinero se empleó en disponer un nidito para ciertos amantes ilícitos, cuando dichos amantes se fueron a Alemania, tierra natal de la señora en cuestión.

Jim ignoraba estas asociaciones. A pesar de todo, lo

cierto es que, por pura buena suerte, Jim había elegido el único lugar de la escuela Thursgood que, a juicio de Roach, estaba dotado de características sobrenaturales.

Roach esperó en la ventana, pero no vio nada más. Tanto el Alvis como el remolque se encontraban en desenfilada, y de no ser por las rojas huellas sobre el césped, Roach hubiera muy bien podido creer que todo había sido un sueño. Pero las huellas de los neumáticos eran reales, por lo que Roach, cuando sonó la campana dando fin al período de descanso, se puso el impermeable y, bajo la lluvia, se dirigió hasta la parte alta del Hoyo, y vio a Jim, con un impermeable militar, y cubierto con un sombrero realmente extraordinario, con anchas alas, como los utilizados para ir de safari, pero peludo, una de las partes laterales del ala retorcida hacia arriba, con chulería de pirata, de manera que por el extremo contrario el agua caía a chorro, como surgida de un canalón.

El Alvis se encontraba en el patio del establo, y Roach no pudo siquiera imaginar cómo se las había arreglado Jim para sacarlo del Hoyo, pero el remolque se encontraba allí, en el lugar destinado a ser la parte profunda de la piscina, con las patas sobre unos viejos ladrillos, y Jim estaba sentado en el peldaño que daba entrada al remolque, bebiendo de una botella de plástico verde, y frotándose el hombro derecho, como si se lo hubiera golpeado contra algo, mientras el agua manaba de su sombrero. Entonces el sombrero se levantó y Roach se encontró con la vista fija en una cara roja, cuyo aspecto extremadamente feroz resaltaba aún más por la sombra del ala y un mostacho castaño cuyas puntas la lluvia había convertido en colmillos. El resto de la cara estaba cruzado por irregulares hendiduras, tan profundas y retorcidas que Roach concluyó, gracias a otro relampagueo de imaginativa genialidad, que hubo un tiempo en que Jim había pasado mucha hambre, en un país tropical, y que luego volvió a adquirir carnes. El brazo izquierdo aún se encontraba cruzado sobre el pecho, y el hombro derecho aún estaba alzado, contra la mejilla. Pero la complicada forma del cuerpo de Jim seguía inmóvil, como un animal quieto sobre el paisaje, como un ciervo, como un ser noble, pensó Roach en un impulso esperanzado.

Una voz marcadamente militar preguntó:

—¿Quién diablo eres?

—Soy Roach, señor. Un chico nuevo.

Durante unos instantes, la cara de ladrillo examinó a Roach, desde la sombra del sombrero. Luego, con gran alivio por parte de Roach, las facciones se relajaron, formando una sonrisa de lobo, la mano izquierda, agarrando el hombro derecho, reanudó sus movimientos de masaje, y al mismo tiempo, el hombre se las arregló para levantar la botella de plástico y beber largamente. Sin dejar de sonreír, y como si se dirigiera a la botella de plástico, Jim dijo:

—Conque un chico nuevo... No está mal...

Se levantó y dando la torcida espalda a Roach, se puso a efectuar lo que parecía ser un detallado estudio de las cuatro patas del remolque, un estudio muy crítico que implicaba numerosas comprobaciones de la suspensión, y mucho inclinar la extrañamente cubierta cabeza a uno y otro lado, así como la colocación de ladrillos en diferentes puntos y ángulos. Entretanto, la lluvia primaveral tamborileaba sobre todas las cosas, sobre el impermeable de Jim, sobre su sombrero, sobre el techo del remolque. Roach observó que en el curso de estas operaciones el hombro derecho de Jim no se había movido, sino que seguía elevado, inclinado hacia el cuello, como si Jim llevara una piedra bajo el impermeable. Por lo que Roach se preguntó si acaso Jim no sería una especie de gigantesco jorobado, y si todos los jorobados padecían el dolor que Jim sufría. También notó, en concepto de generalidad, de conocimiento para archivo, que los individuos con defectos en la espalda caminan a largas zancadas, lo cual seguramente está relacionado con una cuestión de equilibrio.

Mientras tiraba de una de las patas del remolque, Jim prosiguió, aunque en tono mucho más amistoso:

—Conque un chico nuevo... Pues yo *no lo soy*. Soy un chico viejo. Tan viejo como Rip Van Winkle. Más viejo todavía. ¿Tienes amigos?

—No, señor —repuso Roach sencillamente.

Lo dijo en el tono distraído que los escolares siempre usan para decir «no», dejando todo género de reacción positiva a cargo de quienes les interrogan. Pero Jim no reaccionó en lo más mínimo, por lo que Roach sintió repentinamente una extraña sensación de afinidad y de esperanza.

—Mi nombre de pila es Bill —dijo—. Cuando me bautizaron me pusieron el nombre de Bill, pero el señor Thursgood me llama William.

—Bill... Bill Impagado (1). ¿Nunca te lo han dicho?

—No, señor.

—De todos modos, Bill es un buen nombre.

—Sí, señor.

—Conozco a muchos Bill. Todos son grandes tipos.

De esta manera quedaron, hasta cierto punto, presentados. Jim no dijo a Roach que se fuera, por lo que Roach se quedó donde estaba, en lo alto, mirando hacia abajo a través de los cristales de sus gafas mojados por la lluvia. Con pasmo y temor advirtió que los ladrillos procedían de la protección circular de alrededor del cocotero. Algunos de estos ladrillos estaban ya sueltos, y Jim arrancó los otros. A Roach le parecía maravilloso que un ser recién llegado a Thursgood tuviera la suficiente seguridad en sí mismo como para apoderarse de parte de la estructura de la escuela para sus fines privados, y doblemente maravilloso le parecía el que Jim hubiera enchufado un tubo de goma a la boca de riego, para llevar el agua al depósito de su remolque, ya que dicha boca de riego constituía el objeto de una norma de la escuela: tocarlo era un delito penado con azotes.

—Oye, Bill, ¿no tendrás una canica por casualidad?

—¿Una qué, señor?

Y, desorientado, Bill se tocó los bolsillos del pantalón.

—Una canica, hombre. Una de esas bolas de vidrio, pequeñas. ¿Es que ya no jugáis a las canicas? En mis tiempos, sí.

Roach no tenía canicas, pero Aprahamian poseía una colección entera que le habían mandado en avión desde Beirut. En cincuenta segundos, Bill regresó corriendo a la escuela, se apoderó de una canica, corriendo con ello terribles riesgos, y volvió jadeante al Hoyo. Al llegar dudó, por cuando en su mente, el Hoyo era ya de Jim, y Roach consideraba que necesitaba permiso de éste para penetrar en él. Pero Jim había desaparecido en el interior del remolque, por lo que Roach, después

---

(1) Bill también significa cuenta, factura, recibo. (N. del T.)

de esperar un instante, descendió tímidamente, y ofreció la canica a través de la puerta abierta. Por el momento, Jim no se dio cuenta de la presencia de Roach. Estaba bebiendo de la botella verde, y, por la ventana, miraba las negras nubes que avanzaban hacia él, sobre Quantocks. Roach advirtió que el movimiento que tenía que hacer para beber resultaba muy difícil, debido a que a Jim le costaba tragar manteniendo el cuerpo erguido, y tenía que echar hacia atrás su tronco de torcida espalda, a fin de ponerse en el ángulo adecuado. Entretanto, la lluvia había arreciado, y las gotas golpeaban el remolque, como si fueran grava.

—Señor —dijo Roach.

Pero Jim no se movió. Finalmente, y como si se dirigiera a la ventana, en vez de hacerlo hacia su visitante, Jim dijo:

—Lo malo del Alvis es que no tiene suspensión. Uno conduce con el trasero en el suelo. Es para dejar hecho polvo a cualquiera.

Volvió a inclinar el tronco y bebió. Muy sorprendido de que Jim le hubiese hablado como si también él pudiera conducir algún automóvil, Roach repuso:

—Sí, señor.

Jim se había quitado el sombrero. Llevaba muy corto el pelo de color arenoso, en el que había claros, como si alguien se hubiera excedido en el manejo de la tijera. Estos claros se hallaban principalmente en un lado de la cabeza, por lo que Roach supuso que Jim se había cortado él mismo el pelo, haciéndolo con el brazo en buen estado, y como resultado de ello daba la impresión de que había quedado todavía más escorado.

—Le he traído una canica —dijo Roach.

—Has sido muy amable por tu parte. Gracias, chico.

Jim cogió la canica y la hizo rodar despacio sobre la palma de la mano, dura y polvorienta, de manera que Roach comprendió al instante que Jim era muy hábil en todo lo que hacía, que era hombre que sabía manejar herramientas y toda clase de objetos en general. Sin dejar de mirar la canica, Jim dijo en tono de confidencia:

—Como puedes ver, Bill, el remolque no está equilibrado. Está torcido a un lado, como yo. Mira.

Se acercó despacio a la ventana más grande. En la

base del marco había un canalón de aluminio para recoger la humedad condensada. Jim puso la canica en el canalón, y la canica rodó y fue a parar al suelo. Repitió:

—Torcido a un lado. Bueno, en realidad, con la cola levantada. Esto no puede ser.

Mientras se inclinaba para recoger la canica, Roach pensó que el remolque no tenía aspecto hogareño. Pese a estar escrupulosamente limpio, hubiera podido pertenecer a cualquiera. Allí había una litera, una silla de cocina, un hornillo, y una estufa a gas, en forma de cilindro. Ni siquiera había una fotografía de la esposa de Jim, pensó Roach, quien, con la sola excepción del señor Thursgood no había conocido todavía a un hombre soltero. Los únicos objetos personales que pudo descubrir fueron una bolsa de herramientas colgada en la puerta, útiles para coser, puestos junto a la litera, y una ducha de construcción casera, hecha con una lata de galletas agujereada y limpiamente soldada al techo. Sobre la mesa había una botella con una bebida incolora, ginebra o vodka, pensó Roach, debido a que esto era lo que su padre bebía, cuando Roach iba a su piso para pasar los fines de semana, durante las vacaciones.

Mientras examinaba la base del marco de la ventana, Jim declaró:

—En la dirección Este-Oeste está bien, pero en la dirección Norte-Sur está torcido. ¿En qué destacas, Bill?

Con expresión pétrea, Roach repuso:

—No lo sé, señor.

—Forzosamente has de destacar en algo, todos destacamos en algo. ¿Fútbol, quizá? ¿Juegas bien al fútbol, Bill?

—No, señor.

Sin prestar atención a sus palabras, después de tumbarse en la cama, soltando un gruñido, y de beber un trago de la botella, Jim preguntó:

—¿Acaso eres un empollón? —Cortésmente, Jim añadió—: No tienes aspecto de empollón. De todos modos, diría que eres un solitario.

—No lo sé —repuso Roach.

Y retrocedió un paso, hacia la puerta abierta.

—¿En qué destacas, pues? —Jim bebió un largo trago. Prosiguió—: En algo has de destacar, Bill. Todos destacamos en algo. Yo era muy bueno jugando a ladrones y policías. A tu salud.

Fue muy inoportuno formular aquella pregunta a Roach, ya que era la que ocupaba su mente durante la mayor parte del tiempo. Y hasta tal punto era así que Roach había llegado a dudar de que tuviera algo que hacer en este mundo. Tanto en sus tareas como en los juegos, Roach se consideraba gravemente torpe. Incluso los rutinarios trabajos diarios de la escuela, tales como hacer la cama y colgar sus ropas, le parecían demasiado difíciles para él. También carecía de piedad religiosa, tal como la vieja señora Thursgood le había dicho, ya que hacía demasiados gestos en la capilla. Se acusaba de estos defectos, pero más se acusaba todavía de la ruptura del matrimonio de sus padres, que hubiera debido prever y tomar las pertinentes medidas para evitarla. Incluso se preguntaba si acaso no sería responsable de dicha ruptura de un modo mucho más directo; si acaso, por ejemplo, todo se debía a que él era anormalmente travieso o dado a ocasionar enfrentamientos entre la gente, o excesivamente vago, de modo y manera que su carácter había sido la causa de la ruptura. En la última escuela en que estuvo, Roach había intentado manifestar sus sentimientos dando grandes gritos y fingiendo ataques de parálisis cerebral, parálisis que, por cierto, su tía padecía. Sus padres tuvieron una razonable conversación, como solían hacer con frecuencia, y le cambiaron de escuela. En consecuencia, aquella pregunta casual, que le había sido formulada en el atestado remolque por un ser que se hallaba muy cerca de la divinidad, por un camarada de soledad, puso a Roach, de repente, al borde del desastre. Sintió que una oleada de calor le invadía la cara, advirtió que los cristales de las gafas se le empañaban, y el remolque comenzó a disolverse en un mar de tristeza y dolor. Roach jamás llegó a saber si Jim se dio cuenta o no de lo anterior, ya que, bruscamente, le dio la torcida espalda, se acercó a la mesa, empuñó la botella de plástico, y comenzó a lanzar frases consoladoras:

—De todos modos, eres un buen observador. Sí, se ve que lo eres. Nosotros, los solteros, siempre somos buenos observadores. Y es natural, porque no tenemos a

21

nadie en quien confiar, ¿no crees? Sólo tú te has dado cuenta de mi llegada. Me has dado una verdadera sorpresa, cuando he visto que me habías descubierto mientras yo estaba ahí, aparcado en el horizonte. Pensaba que eras un fantasma. Me jugaría cualquier cosa a que Bill Roach es el mejor observador de la escuela. Siempre y cuando lleves las gafas puestas, claro está. ¿Verdad?

Agradecido, Bill Roach se mostró de acuerdo:

—Sí, es verdad.

Mientras se encasquetaba el sombrero de safari, Jim le ordenó:

—Bueno, pues quédate aquí y vigila, que yo voy a salir y arreglar las patas del remolque. ¿De acuerdo?

—Sí, señor.

—¿Dónde está la maldita canica?

—Aquí, señor.

—Pues obsérvala y dame un grito cuando se mueva hacia el Norte o hacia el Sur o hacia donde sea. ¿Comprendido?

—Sí, señor.

—¿Sabes dónde está el Norte?

—Allí —repuso rápidamente Roach.

Y señaló con la mano, al azar.

—Efectivamente. Dame un grito cuando la canica se mueva.

Y, tras decir estas palabras, Jim salió desafiando la lluvia. Poco después, Roach notó que el suelo del remolque se movía bajo sus pies, y oyó un rugido de dolor o de ira, mientras Jim luchaba en el exterior.

En el curso de aquel trimestre de verano, los chicos de la escuela honraron a Jim dándole un apodo. Probaron varios apodos, antes de encontrar uno que les dejara satisfechos. Primero probaron el apodo de «Soldado» que reflejaba los matices militares de su personalidad, sus ocasionales y totalmente inocentes palabrotas, y sus solitarios paseos por Quantocks. De todos modos este apodo no cuajó, por lo que los chicos probaron los de «Pirata» y «Goulash». Este último se lo dieron por su afición a la comida fuerte, por el olor a cebollas y pimienta que llegaba a sus narices, en cálidas oleadas, cuando pasaban por el Hoyo, camino de Evensong. También le llamaban «Goulash» por su perfecto acento francés, que tenía cierta calidad espesa, como de salsa. Spikely, de la clase Quinta B, sabía imitar de maravilla el acento de Jim. «Ya has oído la pregunta, Berger. ¿Qué está mirando Emil? —convulsivo ademán de la mano derecha—. Y no me mires así, que no soy un fantasma. *Qu'est ce qu'il regarde, Emil, dans le tableau que tu as sous le nez? Mon cher Berger,* si no se te ocurre pronto una decente frase en francés *je te jetterai toute suite par la porte, tu comprends,* pedazo de animal?»

Pero estas terribles amenazas jamás fueron llevadas a efecto, ni en francés ni en inglés. Se daba la rara circunstancia de que las amenazas aumentaban la aureola de bondad que no tardó en rodear a Jim, una bondad que sólo puede darse en los hombres corpulentos, vistos con ojos infantiles.

Sin embargo, «Goulash» tampoco les dejó satisfechos. En el apodo faltaba el matiz de fortaleza que había en la personalidad de Jim. No reflejaba el carácter apasionadamente inglés de Jim. El amor a Inglaterra era el único tema por el que Jim estaba dispuesto a perder el tiempo. Bastaba con que Sapo Spikely se atreviera a formular un comentario peyorativo sobre la monarquía británica, o ensalzara las felices circunstancias de un país extranjero, preferentemente de clima cálido, para que Jim se congestionara y malgastase tres minutos explicando que haber nacido en Inglaterra constituía un gran privilegio. Comprendía que los chicos sólo querían burlarse un poco de él, pero era incapaz de contenerse. A menudo, remataba su sermón con una triste sonrisa, murmurando frases acerca de tomaduras de pelo, de malas notas, y de malas caras en el día en que ciertos alumnos tuvieron que quedarse en el colegio para pasarse un rato castigados, y perderse el partido de fútbol. Pero Inglaterra era su gran amor. Cuando hablaba de Inglaterra, parecía que éste era un país perfecto.

En cierta ocasión, gritó:

—¡Es el mejor país del mundo! ¿Sabéis por qué? ¿Sabes por qué, Sapo?

Spikely no lo sabía, por lo que Jim cogió la tiza y dibujó un globo terráqueo. Dijo que al Oeste se encontraba América, rebosante de codiciosos imbéciles dedicados a malversar su herencia histórica. Al Este, China y Rusia, entre las que Jim no hacía distinción, con ropas de uniforme, campos de concentración y una larga marcha hacia ninguna meta. En medio...

Por fin le llamaron «Rhino».

En parte, este apodo se basaba en el apellido Prideaux, y, en parte, hacía referencia a la afición de Jim a vivir al aire libre, y a aquella tendencia a hacer ejercicio físico, que los alumnos notaban constantemente. A primera hora de la mañana, mientras hacían cola para tomar la ducha, veían a Rhino avanzar por el camino de Coombe, con un macuto en la torcida espalda, de vuelta de su paseo matutino. Al acostarse, vislumbraban la solitaria sombra de Jim, a través del techo de plástico del frontón, mientras Rhino atacaba infatigable el muro de cemento. A veces, en los atardeceres cálidos, desde las ventanas de los dormitorios los alumnos contemplaban disimuladamente a Rhino jugando al golf, con un horrible y viejo palo, avanzando en zigzag por el campo, a menudo después de haberles leído páginas de algún libro de aventuras extremadamente inglés, de Biggles, Percy Westerman o Jeffrey Farnol, sacado de la escuálida biblioteca. En cada golpe, los chicos esperaban que Rhino soltara un gruñido de dolor, y rara vez quedaban defraudados. Los alumnos contaban meticulosamente la puntuación de Jim. En el partido de cricket con los profesores Jim marcó veinticinco, antes de entregar deliberadamente una pelota a Spikely:

—¡Cógela, Sapo! ¡Anda, cógela! ¡Muy bien, Sapo!

Pese a sus tendencias a ser tolerante, Jim gozaba del prestigio de conocer a fondo la mentalidad delincuencial. Se dieron varios ejemplos de lo anterior, pero el más destacado ocurrió pocos días antes de que terminara el trimestre, el día en que Spikely descubrió en la papelera de Jim un borrador de las preguntas del examen del día siguiente, y lo alquiló a sus compañeros al precio de cinco peniques. Fueron varios los muchachos que pagaron el precio y, además, pasaron una triste noche aprendiéndose de memoria las respuestas, a la luz de una linterna, en el dormitorio. Pero, en el momento del examen, Jim puso unas preguntas totalmente diferentes.

24

—Estas preguntas las podéis leer y releer gratis —gritó.

Y se sentó. Abrió el *Daily Telegraph* y se entregó a la lectura de las últimas opiniones de los fantasmas, que eran, según habían llegado a averiguar los alumnos, casi todos los individuos con pretensiones intelectuales, incluso en el caso de que escribieran en defensa de la causa de la Reina.

Por fin, se produjo el incidente de la lechuza, que ocupó un lugar aparte en la mente de los alumnos y en la opinión que de Jim tenían, debido a que en él intervino la muerte, fenómeno ante el que los niños reaccionan de manera diversa. Seguía haciendo frío, por lo que Jim llevó a la clase una canasta con leños, y un miércoles encendió la chimenea, se sentó de espaldas al calor y procedió a leer un *dictée*. Primeramente cayó un poco de hollín, de lo que Jim no hizo caso, y luego cayó la lechuza, una lechuza grande que había anidado en la chimenea, sin la menor duda, durante los muchos veranos e inviernos del mandato de Dover, en que la chimenea no funcionó. La lechuza estaba ahumada, deslumbrada, y con el cuerpo negro de tanto darse contra las paredes. Cayó en el fuego, y luego saltó al suelo, quedando allí, formando una pelota y rebullendo con un agitado aleteo, como un mensajero del infierno, jorobada pero respirando, con las alas abiertas, mirando directamente a los muchachos a través del hollín que le cubría los ojos. Todos quedaron atemorizados. Incluso Spikely, el héroe, estaba atemorizado. Todos salvo Jim, quien en un abrir y cerrar de ojos, cogió a la lechuza, le plegó las alas, y con ella salió de clase, sin decir palabra. Pese a que los alumnos aguzaron el oído, nada oyeron, hasta que por fin les llegó el sonido del manar de agua, al final del corredor, indicativo de que Jim se estaba lavando las manos.

—Está meando —dijo Spikely.

Y estas palabras provocaron risas nerviosas. Pero, al salir de clase, descubrieron a la lechuza, plegada, formalmente muerta, esperando ser enterrada, sobre un montón de leña, junto al Hoyo. Los más valerosos comprobaron que la lechuza tenía el cuello retorcido. Sólo un guardabosques, dijo Sudeley, había uno en su casa, era capaz de matar tan hábilmente a una lechuza.

Para los restantes miembros de la comunidad de Thursgood la opinión a la que Jim se había hecho merecedor no era tan unánime. La sombra del señor Maltby, el pianista, no se había desvanecido todavía. La matrona, coincidiendo con Roach, sostenía que Jim era un héroe y que necesitaba ayuda; era un milagro que se pudiera desenvolver en la vida, con semejante espalda. Marjoribanks dijo que Jim había sido atropellado por un autobús, un día en que iba borracho. Y también fue Marjoribanks quien, durante el partido de cricket en que tanto destacó Jim, se refirió al jersey de éste. Marjoribanks no jugaba al cricket, pero acudió al campo para contemplar el juego, en compañía de Thursgood.

Con voz aguda, Marjoribanks preguntó:

—¿Cree que este jersey es de procedencia lícita o cree que se lo robó a alguien?

Thursgood le reprendió:

—Leonard, lo que acaba de decir es injusto, muy injusto.

Dio unas palmadas a uno de los flancos de su perro de raza *lebrier*, y le dijo:

—Ginny, muérdele, muérdele por malo.

Sin embargo, cuando Thursgood llegó a la biblioteca, su buen humor había desaparecido, y estaba bastante nervioso. Era perfectamente capaz de enfrentarse con falsos licenciados en Oxford, ya que en otros tiempos había conocido a profesores de literaturas clásicas que ignoraban el griego, a eclesiásticos que ignoraban la religión. Cuando ponía ante estos hombres la prueba de su engaño, confesaban sus pecados, lloraban y se iban, o bien se quedaban en la escuela cobrando la mitad del sueldo. Sin embargo, Thursgood nunca se había enfrentado con hombres de auténtica valía y sólidos conocimientos; para él constituían una extraña raza, y se daba cuenta de que no les tenía la más leve simpatía. Después de consultar la guía telefónica llamó al señor Stroll, de la agencia Stroll y Medley.

Con voz terriblemente opaca, el señor Stroll dijo:

—¿Qué quiere saber con exactitud?

—Con *exactitud*, nada.

La madre de Thursgood estaba allí, cosiendo, y parecía prestar atención a lo que su hijo decía. Thursgood prosiguió:

—Solamente quería decirle que cuando alguien pide un *curriculum vitae* lo quiere completo. Nadie los quiere con lagunas. Y menos cuando se paga un precio.

En este momento, Thursgood se dio cuenta de que, aterrado, preguntaba si acaso no habría despertado de un profundo sueño al señor Stroll, sueño al que ahora había regresado dicho señor.

Por fin, el señor Stroll observó:

—El tipo es un gran patriota.

—Yo no le pago por su patriotismo.

Como si hablara a través de densas cortinas de humo de tabaco, el señor Stroll musitó:

—Ha estado en el hospital. Inútil. Cosa de la espina dorsal.

—Evidentemente. Sin embargo, imagino que no se habrá pasado los últimos veinticinco años en el hospital. *Touché*.

Pronunció esta última palabra en un murmullo, dirigiéndose a su madre, con la mano sobre la boquilla del teléfono, mientras, una vez más, por su mente cruzaba la idea de que el señor Stroll se había dormido.

Con débil aliento, el señor Stroll dijo:

—Sólo lo tendrá hasta el fin del trimestre. Si no le gusta, échele. Pidió un temporero, y temporero le di. Lo pidió barato, y se lo di barato.

—En esto quizá lleve razón —repuso con terquedad, Thursgood—. De todos modos, pagué veinte guineas, mi padre tuvo tratos con usted durante muchos años, y tengo derecho a que me den ciertas garantías. Aquí, usted escribió lo siguiente... ¿Permite que se lo lea? Pues aquí usted puso: *antes de su lesión desempeñó diversos cargos, fuera de Inglaterra, de carácter comercial y de prospección*. No creo que a esto se le pueda llamar una luminosa descripción de los trabajos realizados en el curso de una vida.

Sin dejar de coser, la madre movió afirmativamente la cabeza, y, en voz alta, como un eco, dijo:

—No creo.

—Este es el primer punto. Y, ahora, déjeme que me extienda un poco...

—Pero no mucho, querido —advirtió la madre.

—Sé que este hombre estaba en Oxford en el año treinta y ocho. ¿Por qué no terminó los estudios? ¿Con qué obstáculos tropezó?

—Si no recuerdo mal —dijo el señor Stroll después de dejar pasar otro siglo—, en aquella época se produjo cierta suspensión de actividades, aunque es usted demasiado joven para acordarse.

Tras un largo silencio, sin levantar la vista de la prenda que cosía, intervino la madre:

—No puede haber estado en la cárcel durante *todos* estos años.

—En algún lugar habrá estado —dijo Thursgood pensativo, mirando los jardines barridos por el viento, en dirección al Hoyo.

Durante las vacaciones de verano, mientras sufría las incomodidades de trasladarse de un hogar a otro, aceptado y rechazado, Bill Roach vivió preocupado, pensando en Jim, pensando si la espalda le dolía o no, y qué hacía para ganarse la vida, ahora que no tenía a nadie a quien enseñar francés, y solamente la paga de medio trimestre para ir tirando. Peor todavía, Bill Roach se preguntaba si Jim estaría en la escuela cuando comenzara el curso, ya que Roach tenía la extraña sensación, una sensación que era incapaz de describir, de que Jim se encontraba tan poco arraigado en la superficie del mundo que cualquier día iba a caer en un vacío. Temía que Jim fuera como él, un ser sin el natural peso de gravedad preciso para tenerse en pie. Recordó las circunstancias de su primer encuentro, y, en particular, las preguntas de Jim referentes a sus amigos, y Roach experimentó tanto terror de que, de la misma manera que había defraudado a sus padres, en el aspecto del afecto, ahora hubiera defraudado a Jim, debido principalmente a la diferencia de edad que mediaba entre ellos. Y, en consecuencia, Roach temía que Jim hubiera seguido su camino, y que ahora estuviera ya en otro lugar, buscando un compañero, examinando, con sus pálidos ojos, a los alumnos de otras escuelas. Roach también imaginaba que Jim, lo mismo que él, había tenido un gran afecto en su vida, un afecto que le había defraudado y que ansiaba sustituir por otro. Pero, aquí, el pensamiento de Bill llegaba a un callejón sin salida, porque no tenía la menor idea del modo como los adultos se amaban entre sí.

Pocas eran las cosas prácticas que Bill podía hacer. Consultó un libro de medicina, e interrogó a su madre acerca de los jorobados, y sintió ardientes deseos de robar a su padre una botella de vodka y llevarla a Thursgood, a modo de cebo. Y, cuando por fin el chófer de su madre lo dejó ante la odiada escalinata, no perdió tiempo en despedirse y salió a todo correr en dirección al Hoyo, y allí vio, con indecible alegría, el remolque de Jim, en el mismo lugar, en la parte más honda, un poco más sucio que antes, con una porción de tierra removida a un lado, para cultivar hortalizas invernales —supuso Bill—, con Jim sentado ante el remolque, sonriéndole como si le hubiera oído llegar, y hubiera preparado la sonrisa antes de que Bill llegara al borde del Hoyo.

En aquel trimestre, Jim le puso mote a Roach. Dejó de llamarle Bill, y le llamó «Jumbo». No alegó razón alguna del apodo, y Roach, tal como ocurre en todo bautizo, no se encontró en situación de poner objeciones. En señal de agradecimiento, Roach se atribuyó el cargo de protector de Jim. En el mundo interior de Roach, el cargo se configuraba bajo la forma de protector-regente, un protector que sustituía al desaparecido amigo de Jim, fuera quien fuese.

2

El señor George Smiley, a diferencia de Jim Prideaux, no era hombre naturalmente equipado para circular bajo la lluvia, y menos aún en plena noche. En realidad, bien pudiéramos decir que era la versión definitiva de aquel prototipo del que Bill Roach era sólo el proyecto. Bajo, regordete y, en el mejor de los casos, de mediana edad, tenía la apariencia de uno de esos mansos londinenses que no heredarán la tierra. Era piernicorto, su aire al andar podía ser cualquier cosa salvo ágil, y su traje, ideado ex profeso para retener la lluvia. O bien las mandaba no usaba sombrero, pues creía, con mucha razón, andar podía ser cualquier cosa salvo ágil, y su traje que era caro, le sentaba mal y estaba extremadamente mojado. Su abrigo, que presentaba ciertos matices de viudedad, era de ese tejido negro y blando que parece ideado exprofeso para retener la lluvia. O bien las mangas eran excesivamente largas o bien los brazos eran demasiado cortos por cuanto, al igual que le ocurría a Roach cuando iba con su impermeable, poco faltaba para que las bocamangas ocultaran los dedos. Por vanidad no usaba sombrero, pues creía, con mucha razón, que los sombreros le daban aire ridículo. «Pareces un huevo duro», observó su bella esposa, poco antes de abandonarlo por última vez, y, tal como solía ocurrir, esta frase crítica fue certera. En consecuencia, la lluvia había formado gruesas y persistentes gotas en los gruesos cristales de las gafas, obligando al señor George Smiley a bajar y echar hacia atrás, alternativamente, la cabeza, mientras avanzaba por la acera junto a las ennegrecidas arcadas de la estación Victoria. Avanzaba hacia el Oeste, hacia el refugio de Chelsea, en donde vivía. Por razones desconocidas, su paso era un tanto inseguro, y si Jim Prideaux hubiera surgido de las sombras para preguntarle si acaso no tenía amigos que le llevasen en coche, el señor George Smiley hubiera contestado, seguramente, que prefería ir en taxi.

Mientras un nuevo diluvio caía sobre sus amplias mejillas, y después se deslizaba hasta la empapada camisa, el señor George Smiley musitó para sí: «Roddy es un charlatán increíble. Hubiera debido levantarme e irme.»

Con tristeza, Smiley se repitió una vez más las razones de sus actuales desdichas y, con el desapasionamiento anejo a la faceta humilde de su manera de ser, concluyó que solamente él era el culpable de las mismas.

Desde el principio, el día había sido penoso. Se había levantado demasiado tarde, después de haber trabajado hasta altas horas la noche anterior, costumbre que había adquirido sin apenas darse cuenta, a partir del día en que se jubiló, diez meses antes. Al darse cuenta de que se le había terminado el café hizo cola en la tienda de abastos hasta que se le acabó la paciencia, y decidió consagrarse a las tareas de su administración personal. El estado de cuentas de su banco, que había llegado en el correo de la mañana, revelaba que su esposa había retirado la parte del león de su pensión mensual. Ante tal estado de cosas, Smiley decidió vender algún objeto de su propiedad. Esta reacción fue irracional, ya que Smiley tenía más que suficiente dinero, y, por otra parte, el oscuro banco encargado de pagar la pensión cumplía con toda regularidad sus deberes. Sin embargo, después de envolver una antigua edición de Grimmels- hausen, modesto tesoro de sus tiempos de Oxford, Smi- ley partió solemnemente hacia la librería de Heywood Hill, que estaba en la calle Curzon, donde de vez en cuando efectuaba alguna compra, después de un amisto- so regateo con el propietario. Durante el trayecto, su irritación aumentó, y, desde una cabina pública, pidió hora para ver a su abogado, en la tarde de aquel mismo día.

—George, ¿cómo puedes ser tan vulgar? De Ann no se divorcia nadie, hombre. Mándale flores, y ven a al- morzar conmigo.

Este consejo le estimuló un poco, y, cuando se en- contraba ya cerca de Heywood Hill, iba con el corazón alegre, pero en aquel instante se topó de manos a boca con Roddy Martindale, quien salía del Trumper's, en donde le habían cortado el pelo, como lo hacían todas las semanas.

Martindale no podía alardear de vinculación alguna, profesional o social, con Smiley. Trabajaba en la faceta más mundana del Ministerio de Asuntos Exteriores, y su tarea consistía en llevar a almorzar a dignatarios de visita en Inglaterra, a quienes nadie hubiera invitado a su propia casa. Era un alegre soltero, de melena gris, y con esa clase de agilidad corporal de la que sólo gozan los hombres gordos. Solía llevar una flor en el ojal, ves- tía trajes de color claro, y, sin apenas base, pretendía conocer íntimamente lo que se tramaba en las grandes estancias ocultas de Whitehall. Algunos años atrás, y antes de que se decretara su extinción, Martindale había adornado con su presencia un equipo organizado en Whitehall para coordinar ciertos servicios de informa- ción. Por tener cierta facilidad matemática, durante la guerra había también frecuentado la periferia del mun- do de los servicios secretos. Y, como nunca se cansaba de repetir, en cierta ocasión trabajó con John Lands- bury en una operación de claves secretas, que fue de delicada naturaleza durante un corto período. Pero, como era preciso recordarle de vez en cuando, la guerra había tenido efecto hacía ya treinta años.

—Hola, Roddy —dijo Smiley—. Me alegra verte.

Martindale hablaba con acento propio de las clases altas, un acento altisonante y pletórico de confianza en sí mismo, un acento que, durante las vacaciones en países extranjeros, había sido causa y razón, más de una vez, de que Smiley abandonara el hotel y buscara protección en otro. Ahora Martindale decía:

—¡Vaya por Dios! ¡Nada menos que el mismísimo maestro! Me habían dicho que te habías encerrado en el monasterio de San Gallen o de no sé dónde, y que estabas descifrando manuscritos... Confiésate conmigo inmediatamente. Quiero saber todo lo que has hecho durante este tiempo, hasta el menor detalle. ¿Estás bien? ¿Amas todavía a Inglaterra? ¿Cómo está la deliciosa Ann?

La inquietante mirada de Martindale recorrió la calle, antes de posarse en el volumen de Grimmelshausen, debidamente envuelto, bajo el brazo de Smiley:

—¡Apuesto una libra contra un penique a que esto es un regalo para ella! Me han dicho que la mimas de un modo indignante.

La voz de Martindale bajó de tono, convirtiéndose en un torrencial murmullo:

—¿No habrás vuelto a ejercer el oficio? No me digas que todo es sencillamente un modo de despistar, George...

La aguda lengua de Martindale salió por entre los húmedos labios de su menuda boca, y, después, como la de una serpiente, se ocultó en el interior.

Tan torpe fue Smiley que compró su huida a cambio de acceder a cenar con Martindale, aquella misma noche, en un club de la plaza de Manchester al que los dos pertenecían, pero que Smiley temía como a la peste por diversas razones, contándose entre ellas la de que Martindale era uno de los socios. Cuando llegó la hora de la cena, Smiley aún se sentía lleno de la comida ingerida durante el almuerzo en White Tower, a donde su abogado, hombre que de nada se privaba, le había llevado, después de decidir que solamente una gran comida podía sacar a Smiley de su tristeza. Por diferentes caminos, Martindale había llegado a la misma conclusión, y durante cuatro largas horas dedicadas a la comida, Smiley tuvo que soportar la evocación de nombres de personas desaparecidas, de las que Martindale habló como si se tratara de olvidados jugadores de fútbol. De Jebedee, que había sido instructor de Smiley, Martindale dijo:

—¡Qué gran pérdida para todos nosotros! ¡Y qué gran talento para guisar caza! ¡Un verdadero maestro!

Sin embargo, Smiley tenía la certeza de que Martindale en su vida había visto a Jebedee. Luego habló de Fielding, el especialista en historia medieval de Francia, en Cambridge:

—¡Qué *delicioso* sentido del humor! ¡Y qué agudeza mental!

Luego, le llegó el turno a Sparke, de la Escuela de Lenguas Orientales, y, por fin, a Steed-Asprey, quien había fundado aquel club con la idea de evitar a los pesados como Roddy Martindale.

—Conocí a su pobre hermano. No era ni la mitad de inteligente que el otro, pero en empuje le daba ciento y raya. Sí, el cerebro se lo quedó íntegramente el otro.

Y Smiley, a través de las nieblas del alcohol, escuchó semejantes tonterías, diciendo «sí», «no», «qué lástima», «no, nunca lo encontraron», y, en una ocasión, para su vergüenza, «vamos, vamos, no me des coba», hasta el momento en que, con lúgubre inevitabilidad, Martindale se refirió a más cercanos aconteceres, a los cambios habidos en las alturas, y a la retirada de Smiley del servicio.

Como cabía prever, comenzó hablando de los útimos días de Control:

—Tu viejo jefe, George, la única persona que supo mantener en secreto su nombre. Sí, fue un secreto para todos, aunque no para ti, George, claro está, no, porque nunca tuvo secretos para ti. Todos lo dicen, carne y uña fueron siempre Smiley y Control, carne y uña hasta el final.

—Me parece una opinión demasiado halagadora.

—¡Vamos, vamos, George, no seas tan modesto, recuerda que soy un veterano! Así, así, erais Control y tú.

Las manos regordetas quedaron brevemente unidas en matrimonio. Martindale siguió:

—Y ésta es la razón por la que te dieron la patada, y ésta es la razón por la que Bill Haydon ocupó tu puesto. ¡Sí! Y ésta es también la razón de que Percy Alleline se haya llevado todos los laureles, y tú no.

—Si tú lo dices...

—¡Pues sí, lo digo! Y más aún. ¡Mucho más!

Cuando Martindale se acercó más, Smiley olió el aroma de una de las más sensuales creaciones de Trumper.

—Y ahora te voy a decir algo —continuó Martindale—: Control no está muerto. Lo han visto.

Con un ademán de aleteo, Martindale acalló las protestas de Smiley, y siguió:

—Déjame terminar. Willy Andrewartha se tropezó con él en el vestíbulo del aeropuerto de Jo'burg. No era un fantasma. Carne y hueso. Willy estaba en el bar tomándose una soda para calmar la sed; no has visto a Willy últimamente, está hecho un globo. Bueno, y el caso es que dio media vuelta, y allí estaba Control, vestido como un repulsivo bóer. Y en el mismo instante en que vio a Willy, desapareció. ¿Qué te parece? Al fin nos hemos enterado. Control no murió. Percy Alleline y su terceto lo echaron, y el pobre Control fue a parar a Sudáfrica. En fin, no podemos echárselo en cara. No se puede reprochar a un hombre el que quiera gozar de un poco de paz en su vida. No, al menos yo no puedo reprochárselo.

La monstruosidad de lo anterior, que llegó a la mente de Smiley a través de un muro de agotamiento espiritual, le dejó momentáneamente mudo.

—¡Es ridículo! —dijo por fin—. ¡Es la historia más estúpida que he oído en mi vida! Control ha muerto. Murió de un ataque cardíaco, después de una larga enfermedad. Además, odiaba Africa del Sur. Odiaba todos los lugares del mundo, salvo Surrey, los locales del Circus, y el campo de cricket de Lords. Roddy, realmente, no debieras contar historias como ésta.

Y hubiera podido añadir: «Yo mismo asistí a su cremación, en un odioso crematorio del East End, la última Nochebuena, y fui el único asistente. El sacerdote tenía un defecto de pronunciación.»

—Willy Andrewartha —dijo Martindale, impertérrito— siempre ha sido un tremendo embustero. Le dije lo mismo: tonterías, Willy, y debieras avergonzarte de contar estas cosas. —A continuación, como si jamás hubiera aceptado, de pensamiento o de palabra, tan estúpida historia, añadió—: Fue el escándalo checo lo que dio la puntilla a Control, creo yo. Fue lo de aquel pobre individuo a quien le pegaron un tiro en la espalda, y que salió en los periódicos, aquel tipo que era tan amigo de Bill Haydon. Sí, *Ellis* le teníamos que llamar, y así seguimos llamándole, pese a que sabemos su verdadero nombre con tanta certeza como el nuestro.

Astuto, Martindale esperó a que Smiley hiciera algún comentario. Pero Smiley no tenía ganas de hablar, por lo que Martindale lanzó un tercer ataque:

—No sé por qué, pero lo cierto es que soy incapaz de considerar a Percy Alleline como a un auténtico jefe. George, ¿tú crees que es una cuestión de edad o que se debe a mi natural cinismo? Dímelo, porque siempre has sido fenomenal a la hora de calibrar a la gente. Supongo que nos es difícil ver en situaciones encumbradas a aquellos con quienes hemos crecido. ¿Será esto? Hoy por hoy, y desde mi punto de vista, son muy pocos los que pueden ocupar un alto cargo, y, además, el pobre Percy siempre me ha parecido un ser tan *transparente*... Esa pesada cordialidad... ¿Cómo es posible que alguien le tome en serio? Basta recordarlo en los viejos tiempos en que andaba haciendo el vago en el bar de Travellers, chupando aquella pipa de leñador, e invitando a copas a los importantes. La perfidia debe ser sutil, ¿no crees, George? ¿O crees que esto carece de importancia, siempre y cuando sea eficaz? ¿Cuál es su truco, George, cuál es su fórmula mágica?

Martindale hablaba inclinado hacia delante, absorto, con los ojos encendidos de codicia y excitación. Sólo la comida podía conmoverlo tan profundamente. Añadió:

—Vive de la inteligencia de sus subordinados. En fin, quizás en esto consista la gran virtud del jefe, en nuestros días.

—La verdad, Roddy, es que no puedo aclararte ideas, al respecto —dijo Smiley débilmente—. A Percy no le he visto en un puesto importante. Cuando le trataba sólo era...

No encontró la palabra adecuada, y Martindale, con los ojos relucientes, concluyó:

—Un ambicioso. Pero ¿quién es su brazo derecho? ¿Quién le está proporcionando su reputación? Todos dicen que está triunfando. Ponen a su disposición las pequeñas salas de conferencias del Almirantazgo, trata a comisiones con nombres raros, le reciben con salvas en cualquier parte de Whitehall, los ministros de segunda importancia son felicitados desde las alturas, y gente de la que uno nunca ha oído hablar es condecorada por nada. En fin, es algo que ya he visto que ocurría antes.

Disponiéndose a ponerse en pie, Smiley insistió:

—Roddy, lo siento pero no lo sé. La verdad, estoy *in albis*.

Pero Martindale le retuvo físicamente junto a la mesa, cogiéndole con su húmeda mano, mientras hablaba todavía más de prisa:

—¿Quién es el cerebro? ¡No será Percy, desde luego! Y no me digas que los norteamericanos han vuelto a tener confianza en nosotros.

La mano oprimió a Smiley con más fuerza:

—¡El brillante Bill Haydon, nuestro moderno Lawrence de Arabia! Es éste, Bill Haydon, tu antiguo rival.

La lengua de Martindale asomó de nuevo la punta, exploró el exterior, y se retiró, dejando en su cara el rastro de una leve sonrisa.

—Según me dijeron, tiempo hubo en que Bill y tú lo compartíais todo. Sin embargo, sus métodos nunca fueron ortodoxos. Los métodos de los genios nunca lo son.

El camarero preguntó:

—¿Desea algo más, señor Smiley?

—Luego, también está Bland, la esperanza blanca manoseada por todos, el maestro de escuela...

La mano seguía reteniendo a Smiley.

—Y si no son estos dos los que animan el cotarro, forzosamente ha de ser alguien ya retirado, ¿no crees? Quiero decir, alguien que finge haberse retirado. Y si Control ha muerto, ¿quién queda? A excepción de ti, naturalmente.

Se estaban poniendo los abrigos. Los empleados se habían ido ya, y ellos mismos tuvieron que coger los abrigos de los colgadores castaños.

—Roy Bland no es un maestro de escuela —dijo Smiley en voz alta—. Estuvo en el St. Anthony College, de Oxford, si no te importa.

Smiley pensó: «En fin, me he portado de la única manera como podía portarme.» Secamente, Martindale replicó:

—No seas tonto, querido.

Smiley le había aburrido. Ahora, Martindale tenía una expresión quejosa, de hombre estafado; en la parte baja de sus mejillas se habían formado bolsas.

—St. Anthony —dijo— está lleno de maestros de escuela, querido, salvo unas pocas excepciones, a pesar de que Bland haya sido tu protegido. Supongo que ahora será el protegido de Bill Haydon (no le des propina, soy yo y no tú quien invita). Bill es como un padre para todos, siempre lo ha sido. Los atrae como la miel a las abejas. En fin, es un hombre con encanto, y no como algunos de nosotros. Un privilegiado es, uno de los pocos. Me han dicho que las mujeres se pirran por él, si es que las mujeres se pirran.

—Buenas noches, Roddy.

—Acuérdate de darle recuerdos de mi parte a Ann.

—No lo olvidaré.

—No, no te olvides.

Y ahora llovía a cántaros, Smiley iba calado hasta los huesos, y Dios, a modo de castigo, había barrido todos los taxis de la faz de Londres.

3

Mientras cortésmente declinaba la invitación de una señora en un portal, Smiley se dijo: «Pura y simple falta de voluntad. Se dice que son buenos modales, cuando no es más que debilidad. Martindale, *cabeza de chorlito*. Martindale, ser pomposo, falso, afeminado, estéril...» Dio un paso más largo que los demás, a fin de evitar un obstáculo que no había visto. Smiley prosiguió: «Debilidad, y la incapacidad de vivir una vida autónoma, independiente de instituciones —el agua de un charco entró limpiamente en su zapato— y de sentimientos que han perdido su razón de ser, como ocurre, por ejemplo, en el caso de mi mujer, del Circus, de vivir en Londres...»

—¡Taxi!

Smiley inició la carrera hacia el taxi, pero ya era tarde. Dos muchachas bajo un solo paraguas, entre risitas ahogadas subieron al taxi por la puerta que daba a la calle. Después de alzarse inútilmente el cuello del abrigo, Smiley continuó su solitaria marcha. Furioso, musitó para sí: «La esperanza blanca manoseada por

todos... Saint Anthony lleno de maestros de escuela...
Martindale, chismoso, impertinente, bombástico...»

Y, en este momento, y, desde luego, demasiado tarde,
recordó que se había dejado el Grimmelshausen en el
club.

Se detuvo para dar mayor énfasis a sus palabras, y,
sopra voce, dijo:

—¡Maldición! ¡Oh, maldición, *maldición*, maldición!

Decidió vender su casa de Londres. Allí, bajo los
balcones, agazapado al lado de la máquina de vender
cigarrillos, esperando que la nueva nube terminara de
descargar su agua, Smiley tomó la grave decisión. Todos
decían que el valor de la propiedad inmobiliaria había
aumentado desproporcionadamente, en Londres. Muy
bien. Pues vendería la casa, y con parte del precio
compraría una casita de campo en Cotswolds. ¿En Bur-
ford quizá? Demasiado tránsito. Steeple Aston, éste era
el lugar adecuado. Llevaría vida de excéntrico inofen-
sivo, solitario y meditativo, pero con una o dos simpáticas costumbres, como la de hablar en voz alta para
sí, paseando por las calles. Quizás esta clase de vida
fuera un tanto anticuada, pero ¿quién no era anticuado
en los presentes tiempos? Anticuado, sí, pero fiel a sus
tiempos. A fin de cuentas, siempre llega el momento en
que todos nos vemos obligados a tomar una decisión:
¿Seguimos adelante o retrocedemos? Nada deshonroso
había en no dejarse llevar por cada vientecillo de mo-
dernidad que soplara. Más valía ser hombre con propios
valores, hombre arraigado, sí, ser un noble de la propia
generación. Y si Ann pretendía volver a su lado, pues
bien, la echaría de casa.

O no la echaría. Esto dependía de las ganas que de
volver a su lado mostrara Ann.

Consolado por estas visiones, Smiley llegó a King's
Road, y se detuvo, como si pretendiera cruzar. A uno
y otro lado tenía lujosas tiendas. Y, ante él, su calle, la
calle de Bywater, callejón sin salida, con una longitud
que era, exactamente, la de sesenta y tres pasos del
propio Smiley. Cuando se mudó allí, aquellas casitas
de estilo georgiano tenían un encanto humilde y sencillo, y estaban habitadas por jóvenes matrimonios que
se las arreglaban para vivir con quince libras a la semana, más lo que les daba un realquilado ilegal (ingreso
libre de impuestos), escondido en el sótano. Ahora, rejas

de acero protegían las ventanas bajas, y tres coches para cada casa atestaban la calle. Siguiendo una vieja costumbre, Smiley pasó revista a los coches, para ver cuáles eran los conocidos y cuáles los desconocidos. Y, en el caso de los desconocidos, se fijó en cuáles tenían antena y retrovisores extra, y cuáles eran del tipo camioneta, aquel tipo que tanto gusta al hombre dedicado a vigilar los pasos de otro. En parte lo hizo como un ejercicio de memoria, para evitar que su mente sufriera la atrofia de la jubilación, de la misma manera que en tiempos pasados se aprendía los nombres de las tiendas que había a lo largo del itinerario del autobús que le llevaba al Museo Británico, de la misma manera que sabía el número de peldaños que mediaban entre cada piso de su casa, y la dirección en que se abría cada una de sus doce puertas.

Pero Smiley lo hizo también por una segunda razón, razón que era el miedo, el miedo secreto que acompaña a todo profesional hasta la tumba. Miedo, por ejemplo, de que un día, de aquel pasado tan complejo del cual ni siquiera el propio Smiley podía recordar a todos los enemigos que se había ganado, surgiera uno de ellos y le pidiera cuentas.

En el fondo de la calle una vecina paseaba a su perro. Al ver a Smiley, alzó la cabeza para decirle algo, pero Smiley fingió no verla, seguro de que lo que la vecina iba a decirle haría referencia a Ann. Cruzó la calle. Su casa estaba sumida en la oscuridad, y las cortinillas se encontraban en la misma posición en que él las había dejado. Subió los seis peldaños que llevaban a la puerta de entrada. Cuando Ann le abandonó, también le abandonó la mujer de la limpieza. Y sólo Ann tenía la llave. Había dos cerraduras, una del tipo Banham y otra del tipo Chubb, más dos cuñas fabricadas por el propio Smiley, de madera de roble, del tamaño de una uña de dedo pulgar, colocadas entre la puerta y el quicio, encima y debajo de la cerradura Banham. Eran como un recuerdo de los tiempos en que Smiley llevaba vida de acción. Recientemente, sin saber exactamente por qué, Smiley las había vuelto a usar. Quizá no quería que Ann le sorprendiera. Con las yemas de los dedos tocó una y otra cuña. Solventado este trámite obligado, abrió las cerraduras, empujó la puerta, y vio, en el suelo, sobre la alfombra, el correo del mediodía.

Se preguntó qué esperaba recibir: *¿German Life and Letters? ¿Philology?* Decidió que seguramente sería *Philology*, ya que llevaba tiempo esperándolo. Encendió la luz del vestíbulo, se inclinó, y examinó el correo. Había una cuenta de su sastre por un traje que no había encargado, pero que sospechaba fuera uno de los que actualmente adornaban el cuerpo del amante de Ann; una cuenta de un garaje de Henley, por gasolina comprada por Ann —¿qué diablos podía hacer en Henley aquella pareja, sin dinero siquiera para pagar la gasolina, el día nueve de octubre?—, y una carta del banco referente a la apertura de una cuenta, en favor de lady Ann Smiley, en la sucursal del Midland Bank en Immingham.

¿Y qué diablos hacían en Immingham?, preguntó Smiley a aquel documento. ¡Por el amor de Dios! ¿A quién podía ocurrírsele tener una aventura amorosa en Immingham? ¿Y dónde se encontraba Immingham?

Estaba todavía formulándose esta pregunta, cuando su mirada se posó en un paraguas desconocido, en el paragüero, un paraguas de seda, con empuñadura forrada de cuero cosido, y un aro de oro sin iniciales. A una velocidad que no puede medirse por el tiempo, Smiley pensó que, habida cuenta de que el paraguas estaba seco, forzosamente tenía que haber llegado antes de las seis y quince minutos, momento en que comenzó a llover, puesto que tampoco el paragüero estaba mojado. También pensó que se trataba de un elegante paraguas, y advirtió que, a pesar de no ser nuevo, tenía la contera apenas desgastada. De lo cual cabía deducir que el paraguas pertenecía a alguien ágil, e incluso joven, como el último cerdo de Ann. Ahora bien, teniendo en cuenta que el propietario del paraguas había sabido darse cuenta de la presencia de las cuñas, y había sabido volver a ponerlas, una vez dentro de la casa, y, además, había tenido el cuidado de dejar el correo junto a la puerta, después de haberlo cogido y, sin duda alguna, leído, con casi toda probabilidad cabía decir que también conocía a Smiley. Y no se trataba de un amante, sino de un profesional, como el propio Smiley, que forzosamente tuvo que haber colaborado de manera íntima con él, ya que conocía sus hábitos.

La puerta de la sala de estar se encontraba entornada. Despacio, la empujó, abriéndola un poco más.

—¿Peter? —preguntó.

Por la abertura, y a la luz procedente de la calle, vio un par de zapatos de ante, perezosamente cruzados, el uno sobre el otro, saliendo de un extremo del sofá.

—Si estuviera en tu lugar, querido George —repuso una voz afable—, yo no me quitaría el abrigo. Tenemos que hacer un largo viaje.

Cinco minutos después, cubierto con un basto abrigo de viaje, de color castaño, regalo de Ann y el único que le quedaba, George Smiley, enfurruñado, se sentaba al lado del volante del coche deportivo, afecto de grandes corrientes de aire, de Peter Guillam, quien lo había aparcado en una plaza inmediata a la calle en que Smiley vivía. Su destino era Ascot, lugar famoso gracias a las mujeres y los caballos. Y menos famoso quizá como lugar de residencia del señor Oliver Lacon, de la Oficina del Gabinete, asesor superior de diversas comisiones de vario pelaje, y perro guardián de los asuntos de información y espionaje. O bien, como decía Guillam, con cierta irreverencia, la madre superiora del Whitehall.

Entretanto, en la escuela de Thursgood, en cama y despierto, Bill Roach meditaba acerca de las últimas maravillas que le habían ocurrido, en el curso de sus cotidianos esfuerzos en pro del bienestar de Jim. Ayer, Jim había dejado pasmado a Latzky. Hoy, había robado el correo de la señorita Aaronson. La señorita Aaronson daba clases de violoncelo y Escrituras, y Roach la cortejaba para granjearse su ternura. Latzky, el jardinero ayudante, era un DP (1), decía la matrona, y el DP no habla inglés, o lo habla muy mal. Pero ayer, Jim habló a Latzky, para pedirle que le ayudara a reparar su coche, y le habló en DP o, mejor dicho, en idioma DP, de lo cual Latzky quedó muy ufano.

El asunto del correo de la señorita Aaronson era más complejo. Sobre el aparador de la sala de profesores había dos sobres aquella mañana, cuando Roach fue allá para recoger sus libretas de ejercicios, uno de ellos dirigido a Jim y el otro a la señorita Aaronson. El de

---

(1) DP, Displaced Person, Desplazado o Refugiado. (N. del T.)

Jim estaba mecanografiado. El de la señorita Aaronson,
escrito a mano, y en una caligrafía parecida a la de Jim.
La sala de profesores estaba vacía, mientras Roach hacía
estas observaciones. Roach cogió sus libretas de ejercicios, y en el momento en que se iba discretamente,
Jim entró por la otra puerta, de regreso de su paseo
matutino, con la cara colorada y resoplando. Se inclinó sobre el aparador y dijo:

—Anda a clase, Jumbo, que va a sonar la campana.

—Sí, señor.

—Un tiempo asqueroso, ¿verdad, Jumbo?

—Sí, señor.

—Anda, anda a clase.

Cuando se hallaba en la puerta, Roach echó una
ojeada alrededor. Jim se había erguido, echando el tronco hacia atrás, mientras abría el *Daily Telegraph* del
día. En el aparador nada había. Los dos sobres habían
desaparecido.

¿Acaso Jim había escrito a la señorita Aaronson, y
luego se había arrepentido? ¿Acaso le había propuesto
casarse con ella? Entonces, a Roach se le ocurrió otra
idea. Hacía poco, Jim había comprado una vieja máquina de escribir, una desvencijada Remington que había reparado con sus propias manos. ¿Acaso había
mecanografiado él mismo el sobre a él dirigido? ¿Tan
solo se sentía que se escribía cartas a sí mismo y, además, robaba las cartas de los demás? Roach se durmió.

4

Guillam conducía lánguidamente pero de prisa. Los
olores de otoño invadían el coche, brillaba la luna llena,
jirones de niebla se arrastraban sobre los campos, y el
frío era irresistible. Smiley se preguntó qué edad tendría
Guillam, y juzgó que estaría en los cuarenta años, pero
a aquella luz parecía un estudiante bogando con un solo
remo en el río; movía la palanca del cambio de marchas
con un largo y fluido movimiento como si empujara
agua con ella. Irritado, Smiley se dijo que, en todo
caso, el coche era demasiado juvenil para Guillam. Había pasado a toda velocidad por Runnymeade, y habían

comenzado a ascender por Egham Hill. Llevaban veinte minutos de viaje y Smiley había formulado diez o doce preguntas sin recibir una respuesta digna de tal nombre, por lo que ahora comenzaba a nacer en su interior un miedo cuya naturaleza se negaba a confesar.

Mientras recogía junto a su cuerpo los faldones del abrigo, Smiley dijo, sin demasiada mala intención:

—Me sorprende que no te echaran igual que a todos nosotros. Reunías todos los requisitos para que te dieran la patada: eficaz en tu trabajo, leal y discreto.

—Me pusieron al frente de los cazadores de cabelleras.

—¡Cristo! —exclamó Smiley y se estremeció.

Alzó el cuello del abrigo, alrededor de su amplia sotabarba, y se abandonó a aquellos recuerdos, en vez de hacerlo a otros más inquietantes, al recuerdo de Brixton y de aquella lúgubre escuela que pasó a ser el cuartel general de los cazadores de cabelleras. El nombre oficial de los cazadores de cabelleras era Viajes. Por indicación de Bill Haydon, Control había formado aquella unidad en los primeros tiempos de la guerra fría, cuando los asesinatos, los raptos y el chantaje eran asuntos cotidianos, y el primer jefe de los cazadores de cabelleras fue nombrado por Haydon. Formaban un reducido equipo de unos doce hombres, y se encargaban de llevar a cabo golpes de mano que eran demasiado sucios o demasiado arriesgados para los agentes con residencia en el país extranjero de que se tratara. Control siempre había dicho que el buen trabajo de información era de naturaleza gradual y se basaba en una especie de amabilidad. Los cazadores de cabelleras eran la excepción a esta norma. Su actuación no era gradual, y en modo alguno cabía decir que fuesen amables, con lo que reflejaban el temperamento de Haydon, antes que el de Control. Y trabajaban en solitario, lo cual constituía la razón de que se les mantuviera en la oscuridad, detrás de un muro coronado con alambre de espino y vidrios rotos.

—Me pregunto si la palabra «lateralismo» significa algo para ti.

—Nada, en absoluto.

—Pues ésta es la doctrina. Antes solíamos tener altibajos, subíamos y bajábamos. Ahora nos movemos a lo largo de un lado, en línea recta.

—¿Y qué diablos significa esto?

—En tus tiempos, el Circus estaba organizado por regiones: Africa, los países satélites, Rusia, China, Asia del Sur, etcétera. Cada región estaba bajo el mando de un tipo, y Control se encontraba en los cielos, llevando las riendas. ¿Te acuerdas?

—Sí, algo creo recordar.

—Pues bien, en la actualidad, todo lo referente a operaciones está bajo un solo mando. A este mando lo llamamos London Station. Lo de las regiones ya no se lleva; ahora impera el lateralismo. Bill Haydon es el jefe de la London Station, Roy Bland es el número dos, y Toby Esterhase va correteando del uno al otro, como un perrito. Es como un servicio dentro de un servicio. Tiene sus propios secretos y no se mezcla con los proletarios. Esto nos da más seguridad.

Ignorando las insinuaciones anejas a estas palabras, Smiley dijo:

—Parece una excelente idea.

A medida que los recuerdos retornaban a su mente consciente, Smiley experimentó una extraordinaria sensación. Le parecía que había vivido dos veces el mismo día, primero con Martindale en el club, y ahora con Guillam en un sueño. Pasaban por una plantación de pinos jóvenes. Por entre ellos pasaba a rayas la luz de la luna.

Smiley volvió a hablar:

—¿Se sabe algo de...? —Calló, y en tono de menor intensidad, preguntó—: ¿Hay noticias de Ellis?

—En cuarentena —repuso Guillam secamente.

—Sí, claro... Desde luego... No pretendo chismorrear, sólo quería saber si circula por ahí... Creo que se curó. ¿Puede andar? Las lesiones en la espalda son peligrosas.

—Pues se dice que se bandea bastante bien. He olvidado preguntarte cómo está Ann.

—Bien. Normal.

El interior del coche estaba oscuro como boca de lobo. Habíanse desviado de la carretera y ahora rodaban por un sendero de grava. Negros muros de follaje se alzaban a uno y otro lado, aparecieron luces, después un porche alto, y luego la silueta de un destartalado caserón alzándose por encima de las copas de los árboles. Había dejado de llover, pero cuando Smiley salió al aire fresco oyó a su alrededor el inquieto goteo de las hojas mojadas.

Pensó que también llovía la otra vez que estuvo aquí, cuando el nombre de Jim Ellis era noticia periodística.

Fueron al lavabo y en la antesala vieron la mochila de escalador de Lacon, descuidadamente arrojada sobre una cómoda de estilo Sheraton. Ahora estaban sentados en semicírculo ante una silla vacía. Era la casa más fea en varias millas a la redonda y Lacon la había conseguido por muy poco dinero. Lacon la calificó de «destartalado caserón de Berkshire», y le explicó a Smiley que había sido «construida por un millonario abstemio». La sala de estar era una gran estancia con ventanas de vidrios policromos, situadas a seis metros de altura, con una galería de madera de pino ante la entrada. Smiley pasó revista a los objetos conocidos. Un piano vertical con partituras esparcidas sobre su parte superior, viejos retratos de clérigos con túnicas, un montón de invitaciones impresas. Con la mirada intentó hallar el remo de la Universidad de Cambridge, y lo descubrió colgado sobre el hogar. Ardía el fuego de siempre, un fuego insuficiente para el enorme hogar. Sobre la riqueza flotaba un aire de pobreza.

Como si hablara dirigiendo la voz a la trompetilla de una tía sorda, Lacon preguntó a gritos:

—¿Te gusta estar jubilado, George? ¿No echas de menos el calor del contacto humano? Yo lo echaría en falta, me parece. Ya sabes, el trabajo, los compañeros...

Era un hombre con el cuerpo como un alambre, juvenil y sin gracia. Haydon, el ingenioso del Circus, lo había calificado de miembro del sistema establecido eclesiástico y de espionaje. Su padre era un dignatario de la Iglesia escocesa, y su madre de ascendencia aristocrática. De vez en cuando, los más distinguidos suplementos dominicales de los periódicos lo calificaban de hombre del «nuevo estilo», por ser joven.

—Pues sí —contestó Smiley cortésmente—, me las arreglo bien, muchas gracias —y para dar pie a que la conversación prosiguiera, añadió—: Sí, sí, muy bien... Y tú, ¿qué tal? ¿Todo va bien?

—Como siempre. No, no ha habido grandes cambios.

Todo normal. Charlotte ha conseguido la beca para Roedan. Esto ha sido una buena noticia.

—Me alegro.

—¿Y tu mujer? ¿Sigue estando como quiere y demás?

Sus expresiones también eran juveniles.

En un intento de seguirle la corriente, Smiley repuso:

—Sí, lo pasa bomba.

Daban frente a la puerta de dos hojas. A lo lejos oyeron el sonido de pasos sobre el piso enlosado. Smiley pensó que seguramente se trataba de dos personas, hombres. Las puertas se abrieron y apareció una figura alta, de medio perfil. Smiley percibió la figura de otro hombre, tras él, menudo, negro, y en postura atenta. Pero sólo entró el primer hombre, antes de que unas manos invisibles cerraran las puertas. Lacon gritó:

—Cierre la puerta desde fuera, por favor.

Oyeron el sonido de la llave al dar vuelta dentro de la cerradura. Lacon dijo al recién llegado:

—Conoce a Smiley, ¿verdad?

Iniciando el largo camino desde la lejana oscuridad, la figura repuso:

—Creo que sí. Creo que en cierta ocasión me dio un empleo, ¿no es cierto, señor Smiley?

Hablaba con el suave acento de un hombre del Sur, pero no cabía la menor duda de que su acento era colonial.

—Me llamo Tarr, señor —dijo—. Ricki Tarr, de Penang.

Un destello de luz, procedente del hogar, iluminó parte de la seca sonrisa, y convirtió un ojo en un orificio. El hombre siguió:

—Soy el hijo del abogado, ¿se acuerda? Usted fue quien me dio los primeros biberones.

Y, en aquel momento, de un modo absurdo, los cuatro quedaron de pie, y Guillam y Lacon parecían los padrinos, mientras Tarr estrechaba, sacudiéndola, la mano de Smiley una vez, luego otra, y por fin una tercera vez, con los fotógrafos.

—¿Cómo está usted, señor Smiley? Me alegra verle, señor.

Por fin liberó la mano de Smiley, y se apartó de él, avanzando hacia la silla que le habían destinado, mientras Smiley pensaba: «Sí, con Ricki Tarr podía ocurrir; con Ricki Tarr cualquier cosa podía ocurrir; Dios mío, hace un par de horas me estaba diciendo que iba a refugiarme en el pasado...»

Smiley sintió sed, y supuso que era miedo.

¿Hacía diez años? ¿Doce, quizá? No era aquella noche la adecuada para que Smiley comprendiera el tiempo. En aquel entonces, entre las tareas de Smiley se contaba la de dar el visto bueno a los nuevos reclutas. A nadie se contrataba sin que Smiley diera su aprobación, a nadie se daba instrucción sin que la firma de Smiley constara en los papeles. La guerra fría estaba en su apogeo, había gran demanda de cazadores de cabelleras, los funcionarios del Circus con residencia en países extranjeros habían recibido órdenes de Haydon, en el sentido de que buscaran hombres con las condiciones precisas. Y Steve Mackelvore, de Yacarta, descubrió a Tarr. Mackelvore era un veterano profesional que se fingía consignatario de buques, y encontró a Tarr borracho y agresivo, merodeando por los muelles, en busca de una muchacha llamada Rose, que le había abandonado.

Según el relato del propio Tarr, andaba mezclado con un grupo de belgas que traficaban en armas, entre las islas y la costa. Sentía antipatía hacia los belgas, el tráfico de armas le aburría y estaba furioso porque le habían robado a Rose. Mackelvore pensó que Tarr reaccionaría bien ante la disciplina, y que era lo bastante joven para ser adiestrado en el tipo de violentas operaciones a que se dedicaban los cazadores de cabelleras, salidos de tras los muros de la lúgubre escuela de Brixton. Después de las habituales investigaciones, Tarr fue enviado a Singapur para que fuera objeto de un segundo examen, y luego al Parvulario de Sarrat, para un tercer examen. En este último momento, Smiley intervino, como moderador, en una serie de interrogatorios, algunos de ellos violentos. El Parvulario de Sarrat era el lugar de instrucción, pero también se utilizaba para otros fines.

Al parecer, el padre de Tarr era un abogado con residencia en Penang. La madre era una actriz de poca monta, nacida en Bradford, que fue al Este con una compañía dramática inglesa, antes de la guerra. Según recordaba Smiley, el padre tenía manías evangélicas, y predicaba los evangelios en las salas de conferencias de la localidad. La madre tenía antecedentes penales, de poca importancia, en Inglaterra, pero el padre lo ignoraba, o lo sabía y no le importaba. Cuando estalló la guerra, el matrimonio se refugió en Singapur, por mor del hijo de corta edad. Pocos meses después, Singapur caía en manos del enemigo, y Ricki Tarr comenzaba su educación en la cárcel de Changi, bajo supervisión de los japoneses. En Changi, el padre predicó la caridad cristiana a cuantos se le pusieron a tiro, y si los japoneses no se hubieran opuesto a tales actividades, lo hubieran hecho los propios prisioneros. Cuando llegó la liberación, los tres regresaron a Penang. Ricki intentó estudiar leyes, aunque se dedicaba preferentemente a quebrantarlas, por lo que el padre azuzó a varios predicadores de pelo en pecho a fin de que a palos sacaran el pecado del alma de Ricki. Tarr huyó a Borneo. A los dieciocho años era traficante en armas, con paga íntegra, en el ámbito geográfico de las islas indonesias. Y éste fue el momento en que Mackelvore tropezó con él.

Cuando terminó su formación en el Parvulario, se produjo el conflicto de Malaya. A Tarr le ordenaron que volviera al tráfico de armas. Casi los primeros individuos con quienes se tropezó fueron sus viejos amigos belgas. Los belgas estaban demasiado ocupados suministrando armas a los comunistas para preguntarse dónde había estado Tarr durante su ausencia y, por otra parte, necesitaban hombres. Tarr llevó a efecto diversas entregas, por cuenta de los belgas, a fin de descubrir sus contactos, y una noche emborrachó a los belgas, mató a tiros a cuatro de ellos, incluyendo a Rose y pegó fuego al barco. Se quedó en Malaya y llevó a cabo un par de trabajos más, antes de recibir la orden de regresar a Brixton, a fin de ser de nuevo adiestrado para efectuar operaciones especiales en Kenia, o, dicho en palabras no tan refinadas, para dedicarse a la caza de miembros del Mau Mau.

Después de Kenia, Smiley casi perdió de vista a Tarr, aunque recordaba un par de incidentes, debido a que pudieron haber llegado a convertirse en escándalos, por lo que fue preciso informar de ellos a Control. En el sesenta y uno, Tarr fue enviado a Brasil para sobornar a un ministro de armamentos que se encontraba en si-

tuación muy comprometida. Tarr se portó con excesiva
rudeza, el ministro se aterrorizó y fue con el cuento a
la prensa. Tarr se fingía holandés, por lo que el escándalo sólo consiguió enfurecer al servicio secreto de los
Países Bajos. Un año después, en España, basándose en
datos que le proporcionó Bill Haydon, Tarr hizo chantaje —o «quemó», como decían los cazadores de cabelleras— a un diplomático polaco que andaba loco por
una bailarina. La primera cosecha fue buena, por lo
que Tarr se ganó una felicitación y una prima. Pero
cuando Tarr volvió, a fin de sacar mayores provechos,
el polaco mandó una confesión escrita a su embajador
y se tiró por una ventana a la calle.

En Brixton se decía que Tarr era hombre propenso
a sufrir accidentes. Pero a juzgar por la expresión de
la inmatura aunque avejentada cara de Guillam, mientras estaban sentados en semicírculo, alrededor del mi-
grado fuego, la calificación que éste le daba era mucho peor.

Mientras, en fáciles movimientos de su cuerpo flexi-
ble, se sentaba en la silla, Tarr dijo, amablemente:

—Bueno, creo que ha llegado el momento de que
empiece mi perorata.

5

—Ocurrió hace seis meses —comenzó Tarr.

Secamente, Guillam le interrumpió:

—En abril. Creo que será mejor que hablemos con
precisión.

—Bueno, pues en abril —rectificó Tarr, obediente—.
En Brixton había calma. Allí estábamos diez o doce a
la espera de órdenes. Pete Sembrini acababa de regresar de Roma, y Cy Vanhofer había dado un golpe en
Budapest... —Dibujó una sonrisa traviesa, y añadió—:
No hacíamos más que jugar al ping-pong y al billar en
la sala de juegos de Brixton... ¿No es verdad, señor Guillam?

—Era un período de calma.

—Y así estaban las cosas —dijo Tarr—, cuando de
repente llegó una petición urgente del residente de

Hong Kong. En la ciudad había una delegación comercial soviética, de poca monta, buscando material eléctrico para el mercado de Moscú. Uno de los delegados vivía a lo grande en los clubs nocturnos. Se llamaba Boris. El señor Guillam conoce los demás detalles. Carecía de antecedentes. Llevaban vigilándolo cinco días y la delegación estaría allí doce días más. Desde un punto de vista político, el asunto era demasiado peligroso para que los chicos de la localidad se encargaran de él, pero se pensaba que un enfoque audaz, a cargo de uno de fuera, podía aclarar las cosas. Los beneficios que cabía sacar de la operación no parecían importantes, pero, en fin, siempre cabía la posibilidad de comprar al tipo para tenerlo en almacén, ¿no es eso, señor Guillam?

«Tener en almacén» significaba tener a un individuo para venderlo o cambiarlo, en un trato con otro servicio secreto. Se trataba de un comercio de traidores de poca monta, llevado a cabo por los cazadores de cabelleras.

Haciendo caso omiso de Tarr, Guillam dijo:

—El Sudeste asiático era la parroquia de Tarr. Estaba en Brixton mano sobre mano, y por esto le ordené que fuera a Hong Kong para efectuar una investigación e informar por cable.

Cuando alguien hablaba, Tarr se sumía en un sueño. Fijaba la vista en quien hablaba, una niebla le cubría los ojos, y se producía una pausa, como un regreso, antes de que Tarr volviera a hablar:

—Por consiguiente —dijo—, hice lo que el señor Guillam me había ordenado. Siempre lo hago, ¿verdad, señor Guillam? Soy un buen chico, aunque algo impulsivo.

Tomó el avión la noche siguiente, 31 de marzo, sábado, con un pasaporte australiano en el que figuraba como vendedor de coches, y dos pasaportes de huida, vírgenes, suizos, escondidos bajo el forro de la maleta. Eran documentos para casos de emergencia, que se llenarían según exigieran las circunstancias, uno para Boris y otro para el propio Tarr. Tarr concertó una cita, en un coche, con el residente de Hong Kong, no muy lejos de su hotel, el Golden Gate, en Kowloon.

En este momento, Guillam se inclinó hacia Smiley y murmuró:

—Era Dusty Thesinger, el bufón. Ex mayor del ejército de Fusileros Africanos del Rey. Nombrado por Alleline.

Thesinger entregó a Tarr un informe sobre los movimientos de Boris, basado en una semana de vigilancia.

—Boris era un auténtico tipo raro. No podía comprenderle. Bebía sin descanso, todas las noches. No había dormido en una semana, y los sabuesos de Thesinger estaban que se caían. Durante todo el día, Boris los arrastraba de un lado para otro, detrás de la delegación, inspeccionando fábricas, interviniendo en discusiones, y portándose siempre como un joven e inteligente funcionario soviético.

—¿Qué edad tenía? —preguntó Smiley.

—Su solicitud de visado —terció Guillam— decía que había nacido en Minsk, el cuarenta y seis.

—Cuando llegaba la noche, regresaba al Alexandra Lodge, que era el desvencijado edificio, en North Point, en que se alojaba la delegación. Cenaba con el grupo, y alrededor de las nueve se escapaba sigilosamente por la puerta lateral, tomaba un taxi y se iba a los lugares de diversión nocturna, alrededor de la calle Pedder. Su sitio favorito era el Cat's Craddle, en Queen's Road, en donde invitaba a copas a los comerciantes locales y se portaba como Míster Personalidad. A veces, estaba allí hasta medianoche. Desde el Craddle se iba directamente a Aberdeen Harbour, a un lugar llamado Angelika's, en donde las copas eran más baratas. Iba solo. Allí abundan los restaurantes flotantes, con clientes que gastan mucho, pero el Angelika's es un café subterráneo, con una sala en el sótano. Allí se tomaba tres o cuatro copas y se guardaba la cuenta. Generalmente bebía brandy, pero de vez en cuando tomaba vodka, para variar la dieta. Un día se lió con una chica euroasiática y los sabuesos de Thesinger la siguieron y compraron su historia. La chica dijo que el tal Boris era un tipo que se sentía solo, y que se pasó el rato que estuvo con él sentado en la cama, quejándose de que su esposa no se daba cuenta de su inteligencia.

Mientras Lacon atizaba ruidosamente el fueguecillo, avivándolo por el medio de lanzar los leños ardiendo unos contra otros, Tarr añadió sarcástico:

—Fue un gran descubrimiento. Aquella noche fui al Craddle para echar una ojeada al individuo. Los sabuesos de Thesinger se acostaron, después de beberse un vaso de leche.

A veces, mientras Tarr hablaba, una extraordinaria quietud dominaba su cuerpo y parecía que escuchara su própia voz, reproducida en cinta magnetofónica.

—Llegó diez minutos después que yo. Iba acompañado de un sueco grande y rubio que llevaba una fulana china. El lugar estaba casi a oscuras, por lo que me trasladé a una mesa más cercana a ellos. Pidieron whisky escocés, y yo me quedé a dos metros de distancia, con la mirada fija en la pésima orquesta y escuchando lo que decían. La mujer china se estuvo callada, y el sueco fue quien llevó la batuta de la conversación. Hablaba en inglés. El sueco preguntó a Boris en qué sitio se alojaba, y Boris le dijo que en el Excelsior, lo cual era mentira, ya que vivía en el Alexandra Lodge, con los demás excursionistas. Pero es comprensible, el Alexandra no tiene gran prestigio. El Excelsior suena mucho mejor. Hacia medianoche, se acabó la fiesta. Boris dijo que tenía que irse a casa porque al día siguiente le esperaba mucho trabajo. Esta fue la segunda mentira. Iba a casita tanto como hubiera podido ir aquel tipo..., y ¿cómo se llamaba? ¡Sí, Jekyll y Hyde! Aquel médico normal y corriente que por la noche se cambiaba las ropas y salía por ahí, a armarla... ¿Cuál de los dos era Boris?

Durante unos instantes, nadie le aclaró ideas al respecto.

Mirándose las manos limpias y rojas, cruzadas sobre las piernas, Lacon, que estaba de nuevo sentado, dijo:

—Hyde.

—Hyde —repitió Tarr—. Gracias, señor Lacon. Siempre le he tenido por un hombre de aficiones literarias. Bueno, el caso es que pagaron la cuenta y yo me fui a toda prisa a Aberdeen para estar ya en el Angelika's, cuando él llegara. Pero en estos momentos ya estaba casi seguro de que allí había algo raro.

Con sus largos dedos, Tarr contó despacio las razones de su aseveración. En primer lugar, jamás había visto a una delegación soviética que no llevara a un par de sabuesos, cuya tarea consistía en evitar que los muchachos acudieran a los lugares de fulanas. En consecuencia, ¿cómo se las arreglaba Boris para salir noche tras noche? En segundo lugar, a Tarr no le gustaba ni pizca la manera en que Boris gastaba la moneda extranjera. Para un funcionario soviético esto era algo anormal, contrario a su básica forma de ser.

—Los funcionarios soviéticos no llevan dinero extranjero —insistió Tarr—. Y cuando lo llevan, se lo gastan en comprar collares para su mujer. Y, en tercer lugar, no me gustaba su manera de mentir. Mentía con demasiada soltura para ser decente.

Por consiguiente, Tarr esperó en el Angelika's, y, puntualmente, media hora más tarde, míster Hyde compareció solo.

Se sentó y pidió una copa. Esto es todo lo que hizo. Estar sentado y beber a solas.

Una vez más, a Smiley le tocó recibir el pleno impacto del ingenio de Tarr:

—¿A qué jugaba aquel tipo? ¿Comprende lo que quiero decir, señor Smiley? —Sin dejar de dirigirse a Smiley, advirtió—: Eran cosas pequeñas, *detallitos*, lo que me llamaba la atención. Por ejemplo, fijémonos en cómo se sentó. Ni siquiera nosotros, y puede usted creerme, señor, hubiéramos podido sentarnos tan bien. Estaba cerca de las salidas y de la escalera, dominaba la entrada y veía todo lo que ocurría en la sala, era diestro, quiero decir que no era zurdo, y tenía el flanco izquierdo cubierto por la pared. Boris era un profesional, señor Smiley, sin la menor duda. Estaba esperando un enlace, o quizá iba a recoger documentos o a dejarlos en un sitio convenido, o acaso andaba por ahí exhibiéndose para ver si un sabueso como yo le seguía. Ahora bien, fíjense bien: una cosa es quemar a un delegado comercial de poca monta, y otra cosa muy diferente es andar por ahí, detrás de un profesional instruido en el Centro. ¿No es verdad, señor Guillam?

—Desde la reorganización —repuso Guillam—, los cazadores de cabelleras no están autorizados a entendérselas con agentes dobles. Estos agentes deben pasar inmediatamente a la atención de la London Station. Los muchachos tienen órdenes, en este sentido, firmadas por el propio Bill Haydon. En cuanto huelan un poco de oposición, deben abandonar la partida en favor de la London Station. —Tras una breve pausa, añadió, quizá para mayor ilustración de Smiley—: Bajo el régimen del lateralismo, nuestra autonomía ha quedado draconianamente limitada.

—Anteriormente había intervenido en juegos de dobles-dobles —dijo Tarr en tono de virtuoso escándalo— y le aseguro, señor Smiley, que son auténticos gusanos.

Smiley se ajustó las gafas con un delicado movimiento, y afirmó:

—Sí, sí. No tengo la menor duda.

Tarr mandó un cablegrama a Guillam diciéndole que abandonaba la partida, reservó plaza en el avión y se fue de compras. Sin embargo, como sea que el vuelo era para el jueves, pensó que antes de partir, aunque sólo fuera para justificar su viaje, igual podía registrar el dormitorio de Boris.

—El Alexandra es un hotel viejo y realmente asqueroso, señor Smiley, junto a Marble Road, con balcones de madera. Y en cuanto a las cerraduras, le aseguro, señor, que se abren solas tan pronto le ven llegar a uno.

Así, Tarr tardó muy poco en encontrarse dentro del dormitorio de Boris, con la espalda apoyada en la puerta, esperando que sus ojos se acostumbraran a la oscuridad. Estaba aún así, cuando una mujer le habló en ruso, con voz adormecida, desde la cama:

—Era la esposa de Boris —explicó Tarr—. Estaba llorando. Bueno, la voy a llamar Irina, por ejemplo. ¿De acuerdo? El señor Guillam tiene todos los datos.

Pero Smiley ya tenía algo que objetar. Dijo que aquella mujer no podía ser la esposa de Boris. El Centro nunca permitía salir a marido y mujer de Rusia. Se quedaba con uno y dejaba salir al otro...

Guillam advirtió, secamente:

—Eran amantes oficiales. Un concubinato. Una relación permanente, aunque sin el trámite del matrimonio.

Sin dirigirse a nadie en concreto, y menos aún a Smiley, Tarr esbozó una irónica sonrisa y dijo:

—Hoy en día, en muchos casos ocurre todo lo contrario.

Guillam le lanzó otra mirada asesina.

6

Desde el principio de la reunión, Smiley había adoptado la postura de un Buda inescrutable, de la que ni el relato de Tarr ni las escasas intervenciones de Lacon y Guillam podían sacarle. Estaba sentado con el tronco echado hacia atrás, las cortas piernas dobladas, la cabeza inclinada hacia delante, y las manos cruzadas sobre el generoso estómago. Tenía cerrados los ojos de hinchados párpados, tras los gruesos cristales de las gafas. Su único movimiento era el de limpiar los cristales de las gafas con el forro de seda de la corbata, y cuando lo hacía, en sus ojos había una mirada desnuda, húmeda, que resultaba un tanto inquietante para quienes se fijaban en ella. Sin embargo, su intervención, así como el profesoral e inútil tono con que comentó la explicación de Guillam, produjo el efecto de una señal dirigida a todos los presentes, quienes se aclararon la garganta y movieron las sillas donde estaban sentados. Lacon fue el que más claramente reaccionó:

—George, ¿qué sueles beber? ¿Un whisky, quizá? —Había ofrecido la bebida con acento solícito, como si ofreciera una aspirina a un hombre con dolor de cabeza. Se excusó—: Me había olvidado. Vamos, George, algo para animarte un poco. A fin de cuentas, estamos en invierno. ¿Qué vas a tomar?

—Nada. Estoy bien así.

Le hubiera gustado tomar un poco de café, pero sin saber por qué, se sentía incapaz de decirlo. Por otra parte, recordó que el café, en aquella casa, era horrible.

Lacon pasó al turno siguiente:

—¿Guillam?

No. A Guillam también le resultaba imposible aceptar alcohol de manos de Lacon.

Lacon nada ofreció a Tarr, quien prosiguió su narración.

Dijo que reaccionó con serenidad ante la presencia de Irina. Había previsto esta contingencia antes de entrar, y ahora se dispuso a poner en práctica el truco que se le había ocurrido. No se sacó la pistola ni puso la mano sobre la boca de la mujer, ni hizo ninguna de estas idioteces —dicho sea con las propias palabras de Tarr—; sino que dijo que había ido para hablar con Boris acerca de un asunto confidencial, que lamentaba mucho lo ocurrido, y que iba a quedarse allí hasta que Boris llegara. En perfecto acento australiano, como correspondía a un indignado y humilde vendedor de coches, dijo que no quería meterse en los asuntos de los demás, pero que no estaba dispuesto a tolerar que un maldito ruso, incapaz de pagar el precio de sus placeres, le robara el dinero y la chica, en una sola noche. Tarr consiguió dar la impresión de hallarse indignado, aunque sin alzar la voz. Y después esperó acontecimientos.

Y así, dijo Tarr, comenzó todo.

Había llegado al dormitorio de Boris a las once y media. Y salió a la una y media, con la promesa de reunirse con la mujer la noche siguiente. Cuando salió, la situación había cambiado radicalmente. Todo lo contrario de cuando entró.

—No hicimos nada censurable —dijo Tarr—. Trabamos amistad y esto es todo. No hay nada malo en esto, ¿verdad, señor Smiley?

Durante un instante, la burlona sonrisa de Tarr pareció pedir que Smiley le revelara sus más preciosos secretos. Smiley, inexpresivo, asintió:

—Verdad.

Nada raro había en la presencia de Irina en Hong Kong, y Thesinger no tenía por qué estar enterado de ella, explicó Tarr.

Irina era miembro de la delegación por derecho propio. Era una experta compradora de productos textiles.

—Y, francamente, creo que estaba mucho más preparada para estos asuntos que su marido, si es que marido se le puede llamar.

En una divagación impropia de él, Tarr añadió:

—Era una chica del montón, ni guapa ni fea, un poco demasiado puritana para mi gusto, pero era joven y tenía una sonrisa muy agradable, cuando dejaba de llorar. —Luego, como si quisiera desmentir una creencia general, dijo—: Y, además, su trato era también muy agradable. Bueno, el caso es que cuando el señor

56

Thomas, de Adelaida, entró en su vida, la chica ya estaba harta de preguntarse qué debía hacer con su amante oficial. Me tomó por el arcángel Gabriel. ¿A quién podía hablar de su marido, sin que éste fuera acusado y perseguido? En la delegación no tenía amigos, y, según dijo, en Moscú, no tenía confianza en nadie. Dijo que, sin haberlo vivido, no hay quien sea capaz de comprender lo que significa intentar conservar una relación destrozada, mientras uno está obligado a ir sin cesar de un lado para otro.

Smiley había vuelto a entrar en trance.

—Dijo que su vida no era más que ir saltando de un hotel a otro, de una ciudad a otra, sin poder hablar tranquila y francamente con los naturales del país, sin poder provocar una sonrisa en un desconocido. La chica se encontraba en muy mal momento, señor Smiley, de lo cual sus quejas y una botella de vodka, vacía, al lado de la cama, eran buenos testigos. ¿Por qué no podía ser como la gente normal? Esta era la pregunta que se repetía una y otra vez. ¿Por qué no podía gozar de la luz del sol del Señor, igual que todos los demás? Le gustaba ir de paseo y ver cosas, le gustaban los niños extranjeros, ¿y por qué no podía tener ella un hijo? Sí, un hijo nacido en libertad, y no un hijo nacido en cautiverio. Siempre repetía estas palabras: nacido en libertad, y no en cautiverio. «Soy una persona alegre, Thomas. Soy una chica normal, sociable. Me gusta la gente. ¿Por qué estoy obligada a engañarla, cuando en realidad la gente me gusta?» Y luego dijo que su problema radicaba en que largo tiempo atrás había sido elegida para llevar a cabo un trabajo que la dejaba helada, como una vieja, y que la separaba de Dios. Y ésta era la razón por la que había bebido un poco y por la que estaba llorando. En esos momentos ya se había olvidado de su amante, y se excusó por haber bebido un poco más de la cuenta.

De nuevo, Tarr hizo una pausa. Luego siguió:

—Lo olí, señor Smiley, lo olí. Aquella mujer era una mina. Me lo olí desde el principio. Dicen, señor Smiley, que el conocimiento es equivalente al poder y, desde luego, Irina tenía el poder. ¿Cómo se puede explicar lo que es una corazonada? No sé... Hay tipos que huelen incluso el agua bajo la tierra...

Parecía esperar que alguien diera muestras de entenderle, por lo que Smiley dijo:

—Comprendo.

Y se tiró del lóbulo de la oreja. Con la mirada fija en él, con una extraña expresión de vivir pendiente del otro, Tarr guardó silencio durante un rato. Por fin, dijo:

—A primera hora del día siguiente, me mudé de hotel y cancelé mi billete de avión.

De repente, Smiley abrió los ojos de par en par:

—¿Y qué dijo a Londres?

—Nada.

—¿Por qué?

—Porque es un traicionero insensato —terció Guillam.

—Pensé que quizá el señor Guillam me dijera: «Tarr, vuelva a casa.» —Y dirigió una mirada de comprensión a Guillam, quien no se la devolvió. Añadió—: Hace tiempo, cuando empezaba, cometí un error... En fin, me tragué un cebo.

—Se dejó tomar el pelo por una chica polaca —dijo Guillam.

—Me constaba que Irina no era un cebo, pero no sabía cómo explicárselo al señor Guillam para que me creyera. No, no lo sabía.

—¿Se lo dijo a Thesinger?

—¡Ni hablar!

—¿Y qué razón dio a Londres para retrasar su viaje de regreso?

—Tenía que partir el jueves, y pensé que en Londres nadie se daría cuenta de mi ausencia hasta el martes, sobre todo si tenemos en cuenta que el asunto de Boris ya no estaba en mis manos.

—No dio razón alguna —intervino Guillam—, y sus superiores inmediatos lo pusieron en situación de ausente sin permiso, el lunes. Quebrantó todas las normas del reglamento, y otras que ni siquiera están en el reglamento. A mitad de semana, incluso Bill Haydon estaba que trinaba. —Tras una pausa, añadió irritado—: Y yo tuve que escuchar sus trinos.

El caso es que Tarr e Irina se encontraron la noche siguiente. Y volvieron a encontrarse la otra noche. El primer encuentro tuvo efecto en un café, y no fue fructífero. Tomaron todo género de precauciones para que no les vieran, debido a que Irina estaba aterrada, no solamente a causa de su marido, sino también a causa de los agentes de seguridad que iban con la delegación, de los «gorilas», como Tarr los llamaba. Se negó a beber y temblaba. La segunda tarde fueron en tranvía a Victoria Peak, atestado de matronas norteamericanas con calcetines y ojos pintados. En la tercera ocasión, Tarr alquiló un coche y fue de paseo con Irina, en el coche, por los llamados Nuevos Territorios, hasta que, de repente, Irina se atemorizó al pensar que se estaban acercando demasiado a la frontera china, y volvieron a lugar seguro. Sin embargo, a Irina le gustó la excursión, y habló a menudo de la limpia belleza del paisaje, de las lagunas con peces y de los campos de arroz. A Tarr también le gustó el viaje, ya que ambos pudieron comprobar que nadie les seguía.

—Y ahora les diré algo realmente extraño que pasó en esta etapa del juego. Al principio, exageré a más no poder en mi empeño de hacerme pasar por Thomas, el australiano. Lancé a Irina cortinas de humo y más cortinas de humo, hablándole de una granja de ganado lanar en las afueras de Adelaida, y de una gran casa en la calle principal, con un escaparate y Thomas en luces. No me creyó. Afirmaba con la cabeza, se distraía con otras cosas, y esperaba a que yo terminara de hablar, para decir: «Sí, Thomas; no, Thomas», y luego cambiaba el tema de la conversación.

En la cuarta tarde, Tarr la llevó a las colinas que dominan la playa norte, e Irina dijo a Tarr que se había enamorado de él, y que trabajaba por cuenta del Centro —de Moscú—, lo mismo que su amante, y que le constaba que Tarr también pertenecía al oficio. Sí, le constaba por su estado de constante atención, y por su manera de mirar, como si escuchara con los ojos.

—Irina —dijo Tarr sin sonreír— concluyó que yo era coronel del servicio secreto inglés. Irina tan pronto lloraba como se echaba a reír, y en mi opinión, le faltaba muy poco para que le pusieran la camisa de fuerza. Los ingleses eran su pueblo favorito. Decía que eran caballeros. Fui con una botella de vodka, e Irina se bebió la mitad en unos quince segundos, como si tal cosa. ¡Vivan los caballeros ingleses! Boris era el jefe e Irina quien le ayudaba. La cosa estaba organizada así, en forma de pareja hombre-mujer, y algún día Irina hablaría con Percy Alleline y le diría un gran secreto, Boris andaba a la caza de hombres de negocios de Hong Kong, y tenía un lugar secreto para entregar y recoger comunicados, cerca del sitio en que vivía el agente permanente soviético. Irina cumplía las funciones de enlace, revelaba los microfilmes y se encargaba de manejar la emisora-receptor, de alta frecuencia, a fin de no tener radioyentes indeseados. Esta era la situación oficial, ¿comprenden? Los dos clubs nocturnos eran lugares de encuentro con el enlace de Boris en la localidad. Pero a Boris lo único que le interesaba era beber, andar detrás de las bailarinas, y tener depresiones. O bien darse paseos de cinco horas porque no podía soportar el encontrarse en la misma habitación con su amante. Y lo único que Irina hacía era esperar llorando, agarrar grandes castañas e imaginar que se reunía con Percy, a solas, y le contaba todo lo que sabía. La dejé que hablara, allí, en lo alto de la colina, en el coche. No dije nada porque no quería estropear el buen momento. Vimos como anochecía en el puerto, salió una luna muy hermosa, y los campesinos pasaban junto a nosotros con sus largos palos y sus linternas de petróleo. Lo único que nos faltaba era Humphrey Bogart, de smoking. Procuré mantener apartada la botella de vodka, y dejé que Irina hablara.

Con la indefensa expresión del hombre que ansía ser creído, se dirigió a Smiley:

—No moví ni un músculo, señor Smiley. De veras.

Pero Smiley tenía los ojos cerrados, y los oídos sordos a todo género de súplicas. Como si se tratara de un accidente, de algo en lo que él no había tenido arte ni parte, Tarr dijo:

—Lo soltó todo. Me contó su vida desde el día de su nacimiento. Bueno, se la contó al coronel Thomas, es decir, yo. Me habló de su papá y su mamá, me explicó sus primeros amores, cómo la reclutaron, la instrucción que le dieron, su horrible medio-matrimonio, en fin, todo. Me dijo que Boris y ella formaron equipo desde los tiempos del adiestramiento y que no se habían separado desde entonces. Sí, era una de esas grandes uniones que jamás se pueden romper. Me dijo su nombre auténtico, su nombre en el trabajo y los nombres falsos con los que había viajado y transmitido mensajes. Después, cogió el bolso y comenzó a enseñarme su equipo: una pluma estilográfica con un hueco, el código de señales en el hueco, una cámara fotográfica disimulada, en fin, todo. Y yo, para seguirle la corriente, le decía: «Ya verás, cuando Percy vea todo eso...» Era un papel improvisado, el mío, nada ensayado de antemano, pero, a pesar de ello, mi actuación fue de primera categoría. Para rematar el asunto, Irina comenzó a contarme todo lo referente a la organización soviética en Hong Kong: enlaces, lugares de reunión, puntos de entrega y recogida de mensajes, la Biblia en verso. Y yo andaba como loco, intentando grabarlo todo en la memoria.

—Pero lo consiguió —dijo Guillam, secamente.

Tarr asintió; sí, consiguió recordarlo todo, o casi todo. A Tarr le constaba que Irina no le había contado toda la verdad, pero contar toda la verdad resultaba un tanto difícil a una mujer que desde la pubertad había trabajado en el oficio, aunque, a juicio de Tarr, la chica habló con gran veracidad, teniendo en cuenta que era principiante en el asunto de decir la verdad.

En otro arrebato de falsa sinceridad, Tarr concluyó:

—La verdad es que comprendía muy bien a la chica. En serio, tenía la impresión de que ella y yo estábamos en la misma órbita.

—Lo comprendo —dijo Lacon en una de sus escasas intervenciones.

Estaba muy pálido, aunque no se podía saber si esta palidez se debía a la ira, o la luz, cada vez más intensa, de los primeros albores de la mañana, que se colaba por los resquicios de los postigos.

7

—Ahora me encontraba en una extraña situación. La vi al día siguiente y al otro, y me di cuenta de que si la chica no estaba ya esquizofrénica no tardaría en estarlo. Había momentos en que hablaba de Percy y del alto empleo que le daría en el Circus, en donde trabajaría a las órdenes del coronel Thomas, y en estos momentos discutía conmigo si le correspondía el grado de teniente o el de mayor. Pero al momento siguiente, decía que no quería ser espía nunca más, por cuenta de nadie, fuera quien fuese, y que lo quería era cuidar un jardín y hacer el amor con Thomas en el pajar. Luego le daba la manía de entrar en un convento, y decía que las monjas baptistas le limpiarían el alma de sus pecados. Cuando dijo esto, poco faltó para que me muriese de risa. Le pregunté quién diablos había podido hablarle de monjas baptistas. Y me contestó que esto carecía de importancia, y que los baptistas son los mejores porque se lo había dicho su madre, que era campesina, y que estaba muy enterada de estas cosas. Dijo que éste era el más importante secreto que jamás me diría, mejor dicho, el segundo secreto en importancia. Entonces le pregunté: «¿Y cuál es el secreto más importante, el primero?» No quiso decirlo. Se limitó a afirmar que estábamos en peligro mortal, en un peligro mucho más grave de lo que yo podía imaginar. No había esperanza para ninguno de los dos, mientras ella no hablase con el hermano Percy. «¿Qué peligro es, por el amor de Dios? ¿Qué sabes que yo no sepa?» Era juguetona como un gato, pero cuando insistí se cerró en banda y temí que regresara al hotel y se lo contara todo a Boris. Por otra parte, tenía ya muy poco tiempo a mi disposición. Ya era miércoles, y la delegación tenía que tomar el avión para Moscú el viernes. Irina conocía su oficio, pero estaba loca y yo no podía confiar en ella. Ya sabe usted cómo son las mujeres cuando se enamoran, señor Smiley. Apenas saben...

Pero Guillam le interrumpió:

—No se ande por las ramas, haga usted el favor.

Y Tarr estuvo unos instantes enfurruñado.

—Lo único que yo sabía —continuó— era que Irina quería desertar (hablar con Percy, como ella decía), y le quedaban tres días para hacerlo, por lo cual pensé que cuanto antes lo hiciera, mejor para todos. Si yo esperaba más tiempo, cabía la posibilidad de que la propia muchacha se echara atrás. Por esto tomé una decisión y fui a ver a Thesinger, a primera hora de la mañana, cuando estaba abriendo su despacho.

—Miércoles, día once —murmuró Smiley—. En Londres eran las primeras horas de la mañana.

—Me parece que Thesinger me tomó por un fantasma. Le dije: «Voy a hablar con Londres; será un men-

62

saje personal para el jefe de la London Station.» Se opuso, discutió como un loco, pero me salí con la mía. Me senté al escritorio y escribí el mensaje en clave, basándome en una clave para ser usada una sola vez, mientras Thesinger me miraba como un perro enfermo. Tuve que iniciar y terminar el mensaje como si fuera una comunicación comercial, debido a que Thesinger se finge exportador. Esto me llevó media hora más. Estaba muy nervioso, de veras. Después, quemé la clave y escribí el mensaje en la máquina. En aquel momento, nadie en todo el mundo, salvo yo, sabía lo que significaban aquellos números que iba marcando en la hoja. Nadie, ni siquiera Thesinger. Sólo yo. Pedí que dieran a Irina tratamiento de tránsfuga total, en procedimiento de urgencia. Pedí para ella todos los beneficios, incluso beneficios de los que ella jamás había hablado, como dinero, nacionalidad, nueva identidad, eliminación de todo género de publicidad, y un lugar en el que vivir. A fin de cuentas, yo era algo así como el representante comercial de la muchacha, ¿no es así, señor Smiley?

Smiley levantó bruscamente la vista, como si se hubiera sorprendido de que se dirigieran a él.

—Sí —dijo amablemente—, creo que, desde cierto punto de vista, era así.

—Teniendo en cuenta el modo de ser de Tarr —terció Guillam en un susurro—, estoy seguro de que se reservaría algo para sí...

Interpretando correctamente estas palabras, o imaginando que así lo hacía, Tarr se enfureció. Se le congestionó la cara y gritó:

—¡Mentira! ¡Esto no es más que...!

Dirigió una larga y furiosa mirada a Guillam, y volvió a su relato:

—Hice un esbozo de la carrera de Irina hasta el momento presente y de los lugares a que tenía acceso, sin olvidar las tareas que desempeñó en el Centro. Pedí la intervención de los inquisidores y que mandaran un avión de las fuerzas aéreas. Irina creía que yo pediría una entrevista personal entre ella y Percy Alline, en un país neutral, pero yo pensé que este problema lo arreglaría después, cuando llegara el momento oportuno. Aconsejé que mandaran un par de faroleros de Esterhase para que se hicieran cargo de la chica, y quizá un médico.

—¿Por qué pidió faroleros? —preguntó Smiley, secamente—. No están autorizados para hacerse cargo de los tránsfugas.

Los faroleros eran el grupo de Esterhase, y su base no se encontraba en Brixton, sino en Acton. Su tarea consistía en prestar servicios complementarios en las operaciones principales, tales como los de vigilancia, escucha, transporte y lugares seguros en los que residir.

—Bueno —explicó Tarr—, la verdad es que Toby ha progresado mucho desde sus tiempos, señor Smiley. Según me han dicho, incluso sus esclavos más tirados van en Cadillac. Y si pueden les quitan el pan de la propia boca a los cazadores de cabelleras, ¿no es verdad, señor Guillam?

En breves palabras, Guillam dijo:

—Se han convertido en los ejecutores generales de la London Station. —Y añadió—: Es una consecuencia más del lateralismo.

—Pensé que los inquisidores tardarían medio año en cumplir los trámites necesarios para que Irina entrara en Inglaterra. Por razones que ignoro, Irina estaba entusiasmada con Escocia. Su mayor deseo era pasar allí el resto de su vida. Con Thomas. Educando a nuestros hijos en el campo. Mandé el mensaje al grupo de la London Station, y le di la calificación de suma urgencia y para ser entregado sólo a un funcionario principal.

Guillam intervino:

—Esta es la nueva fórmula para dar máxima rapidez al trámite. Teóricamente, se elimina el paso del mensaje por las oficinas de interpretación de claves.

—¿Incluso en la London Station? —preguntó Smiley.

—Si lo hacen o no lo hacen así, es asunto suyo.

Lacon volvió bruscamente la cabeza hacia Smiley, y dijo:

—Supongo que ya sabes que Bill Haydon ocupa el puesto ese, el puesto de jefe de la London Station. En realidad, es el jefe de operaciones, tal como lo era Percy en tiempos de Control. Han cambiado todas las denominaciones. Ya sabes cómo son tus viejos camaradas, en materia de nombres. Debes informarle de esas cosas, Guillam.

—Creo que me hago cargo de la situación, gracias —dijo Smiley, cortésmente.

Dirigiéndose a Tarr, Smiley le preguntó con engañosa expresión ensoñada:

—Le habló de un gran secreto, ¿verdad?

—Sí, señor.

—¿Dijo algo de esto en su mensaje a Londres?

Sin duda alguna, Smiley había tocado un punto importante, un punto doloroso para Guillam, ya que Tarr parpadeó azorado, luego dirigió una mirada suspicaz a Lacon y después a Guillam. Interpretando la mirada de Tarr, Lacon se apresuró a disculparse:

—Smiley sólo sabe lo que hasta el momento le ha contado usted aquí, en esta habitación. ¿No es cierto, Guillam?

Guillam asintió, mirando a Smiley. Tarr reconoció con desgana, como alguien a quien le han quitado la ocasión de contar un buen chiste:

—Dije a Londres lo que ella me había dicho.

—¿Con qué palabras, exactamente? —preguntó Smiley—. Quizá no se acuerde, claro...

—«Asegura poseer más información esencial para la prosperidad del Circus, aunque todavía no la ha expresado.» Lo dije así o de forma muy parecida.

—Gracias. Muchas gracias.

Todos callaron, esperando que Tarr prosiguiera.

—También —dijo Tarr— pedí al jefe de la London Station que informara al señor Guillam de que había tenido suerte y de que no estaba haciendo novillos por gusto.

—¿Se cumplió esta petición? —preguntó Smiley.

—Nadie me dijo nada —dijo Guillam, secamente.

—Me pasé el día esperando contestación, pero al anochecer aún no la había recibido. Irina pasó el día trabajando como de costumbre. Insistía en que así lo hiciera. Ella quería fingir un poco de fiebre, para quedarse todo el día en cama, pero me opuse terminantemente. La delegación tenía que visitar unas fábricas en Kowloon, y le dije a Irina que fuera con sus compañeros y que procurase parecer despejada y tranquila. Le hice jurar que se mantendría alejada de la botella. No estaba dispuesto a que se dedicara a hacer teatro de aficionados en el último momento. Quería que todo se desarrollara normalmente, hasta el momento de pegar el bote. Esperé hasta el anochecer, y entonces mandé un cable de suma urgencia recordando el anterior.

La adormecida mirada de Smiley se fijó en el pálido rostro que tenía ante sí.

—¿Recibió acuse de recibo? —preguntó Smiley.

—«Enterados», esto fue todo. Pasé la noche sudando tinta. Al amanecer, aún no había recibido respuesta. Pensé que quizá el avión de la RAF ya estaba en camino. Pensé que Londres seguramente actuaba con lentitud pero con seguridad, atando todos los cabos sueltos, antes de venir a buscarme. Con esto quiero decir que cuando uno está lejos, a uno no le queda más remedio que pensar que los de Londres trabajan bien. Sea cual fuese la opinión que uno tenga de la gente de Londres, tiene que pensar así. Y conste que, a mi parecer, de vez en cuando, Londres trabaja bien, ¿no es verdad, señor Guillam?

Nadie reaccionó ante estas palabras.

—Irina me tenía preocupado, ¿comprenden? Estaba absolutamente seguro de que si pasaba un día más, Irina se desmoronaría. Por fin, llegó la respuesta. En realidad no era una respuesta, sino un obstáculo, una dilación: «Díganos las secciones en que trabajó, nombres de anteriores contactos y amigos en el seno del Centro de Moscú, fecha de entrada en el Centro...», y no sé cuántas cosas más. Contesté a toda prisa, porque a las tres tenía que encontrarme con Irina, junto a la iglesia...

—¿Qué iglesia? —volvió a preguntar Smiley.

—La baptista inglesa.

Ante el asombro de todos, Tarr se había ruborizado. Siguió:

—Le gustaba frecuentar esta iglesia, y no para asistir a los oficios religiosos, sino para estar allí e ir de un lado para otro. La esperé cerca de la entrada, procurando adoptar un aire de naturalidad, pero no compareció. Era la primera vez que faltaba a una cita. Habíamos acordado que si no nos encontrábamos en la iglesia, nos encontraríamos tres horas después, yendo primero a lo alto de la colina y bajando durante un minuto y cincuenta segundos, hacia la iglesia, hasta encontrarnos. Si Irina se tropezaba con dificultades dejaría el traje de baño colgado en su ventana. Era una entusiasta de la natación, se pasaba el día nadando. Fui al Alexandra y no vi el traje de baño. Ahora tenía que matar dos horas y media. Lo único que podía hacer era esperar.

—¿Qué calificación de prioridad llevaba el telegrama que le mandó la London Station? —preguntó Smiley.

—Inmediato.

—Pero ¿el suyo fue de suma urgencia?

—Los dos míos fueron de suma urgencia.

—¿Estaba firmado el telegrama de Londres?

—Ahora ya no se firman —intervino Guillam—. Los de fuera se las entienden con la London Station en cuanto a unidad, sin intervención alguna de individuos.

Guardaron silencio, en espera de que Tarr continuara:

—Estuve un rato en la oficina de Thesinger, pero allí no estaba yo demasiado bien visto, porque Thesinger no siente la menor simpatía hacia los cazadores de cabelleras, y, además, tenía un asunto importante en marcha en la China continental, y, al parecer, temía que yo fisgase en este asunto. Por esto fui a un café y me senté. Entonces se me ocurrió la idea de ir al aeropuerto. Fue una idea así, como la que uno tiene cuando se dice: «Quizá me meta en un cine.» Tomé el ferry Star, luego cogí un taxi y le dije al taxista que fuera a todo correr al aeropuerto. Fue como un rayo. Me colé en la cola ante «Información» y pedí que me informaran de todas las salidas hacia Rusia o hacia los aeropuertos con transbordo para Rusia. Me faltó poco para volverme loco leyendo las listas de vuelos, y hablando a gritos con los empleados chinos, pero lo cierto era que el último avión había salido el día anterior, y el próximo salía a las seis de la tarde. Pero entonces tuve una corazonada. Era cuestión de comprobar también los vuelos charter, los vuelos no consignados en las listas, los aviones que habían aterrizado en tránsito. ¿Es que nada, realmente nada, había salido para Moscú desde el día anterior por la mañana? Entonces vino aquella chica pequeñaja, una azafata china, y me dio la respuesta. Bueno, la chica me había cogido simpatía y había decidido hacerme un favor. Un avión soviético, en vuelo no previsto por el aeropuerto, había despegado hacía dos horas. Sólo habían subido cuatro pasajeros. El centro de atracción era una mujer enferma. En estado de coma. Tuvieron que llevarla en camilla hasta el avión e iba con la cara vendada. La acompañaban dos enfermeros y un médico. Estos eran los componentes del grupo. Animado por una última esperanza, llamé al Alexandra. Tanto Irina como su amante seguían oficialmente en el hotel, es decir, no habían liquidado la habitación, pero no contestaban el teléfono. Los desdichados empleados del hotel ni siquiera sabían que la pareja se había largado.

Quizá la música llevaba largo tiempo sonando, pero Smiley sólo ahora se dio cuenta de ello. La oyó en imperfectos fragmentos, en diferentes partes de la casa; una escala en una flauta, una canción infantil en un gramófono, una composición para violín interpretada con más seguridad. Las muchas hijas de Lacon se habían despertado.

8

Estólidamente, dirigiéndose principalmente a Guillam, Smiley dijo:

—Quizá estaba realmente enferma. Quizá estaba en coma. Quizá eran auténticos enfermeros los que se la llevaron. A juzgar por lo que sabemos de ella, se encontraba en un estado de confusión mental, en el mejor de los casos. —Mirando de soslayo a Tarr, añadió—: A fin de cuentas, sólo habían transcurrido veinticuatro horas desde su primer telegrama y la partida de Irina. Teniendo en cuenta lo breve del plazo, no podemos acusar a Londres.

Con la mirada fija en el suelo, Guillam dijo:

—Sí, podemos. Por pelos, pero podemos. Es preciso actuar con extrema rapidez, pero cabe la posibilidad, siempre y cuando, en Londres... —Hizo una pausa. Todos esperaban—. Siempre y cuando en Londres alguien hubiera actuado con gran rapidez. Y hubiese ocurrido lo mismo en Moscú, desde luego.

Con orgullo, haciendo caso omiso de las palabras de Guillam, y aceptando las de Smiley, Tarr dijo:

—Esto es, exactamente, lo que me dije, señor. Sí, me

lo dije con estas mismas palabras. Me dije: «Ricki, tranquilízate, ya que si no vas con mucho tiento te encontrarás disparando contra sombras.»

—Y también —volvió a hablar Smiley— cabe la posibilidad de que los rusos echaran el guante a la chica. Quizá los agentes de seguridad descubrieran la aventura amorosa, y se llevaron a la chica. Hubiese sido un milagro que no se hubieran enterado, teniendo en cuenta el modo como ustedes dos se comportaban.

—O Irina se lo contó todo a su marido —apuntó Tarr—. Sé de psicología tanto como el que más, señor. Sé lo que pasa entre marido y mujer, cuando todo se ha acabado. La mujer quiere irritar al marido. Le pincha para herirle. Y va y le dice algo así como: «¿Sabes lo que he estado haciendo mientras tú te dedicabas a empinar el codo y a ir con otras?» Entonces, Boris va y se lo dice a los gorilas. Los gorilas le dan con la porra en la cabeza y se la llevan a casita. Créame, señor Smiley, pensé en todas esas posibilidades. Realmente las examiné a fondo, palabra. Es lo que hace todo hombre cuando una mujer le deja. Eso hice.

—Será mucho mejor para todos que se limite a contar lo que pasó —dijo Guillam, furioso.

Tarr dijo que ahora debía reconocer que se pasó veinticuatro horas totalmente salido de madre, añadiendo:

—No me pasa a menudo, ¿verdad, señor Guillam?

—Demasiado a menudo.

—El caso es que sentía la necesidad de actuar físicamente. Casi podría decir que me sentía frustrado.

La convicción de que le habían arrebatado brutalmente de las manos una importante presa le produjo un arrebato de furia que expresó en un salvaje recorrido de los viejos antros. Fue al Cat's Craddle y después fue al Angelika's. Al alba había estado en media docena de antros más, y había trabado amistad con varias muchachas. En cierto momento, cruzó la ciudad y anduvo por los alrededores del Alexandra, con la esperanza de decirles un par de cosas a aquellos gorilas de la seguridad rusa. Cuando se serenó, comenzó a pensar en Irina y en los días que pasaron juntos, y decidió que antes de regresar a Londres, iría a los lugares ocultos de entrega y recogida de correspondencia, para ver si Irina le había escrito algo, antes de partir. En parte, en aquellos momentos así tenía algo en que preocuparse.

—Y en parte, creo yo, lo hice porque no podía soportar la idea de que en un orificio en la pared hubiera una carta de Irina, abandonada, mientras ella sudaba tinta china.

Estas fueron las palabras de aquel muchacho, siempre susceptible de rendirse.

Tenían dos lugares en los que dejaban las cartas que se dirigían. El primer lugar estaba cerca del hotel, en un sitio donde se construía un edificio.

—¿Han visto alguna vez el andamiaje de bambú que utilizan? Es algo fantástico. Los he visto con veinte pisos de altura, mientras los *coolies* van como hormigas de un lado para otro, con piezas de cemento prefabricadas.

El escondrijo donde depositaban las cartas era una porción de tubería inútil, situada a la altura del hombro, dijo Tarr. Lo más probable era que si Irina tenía prisa, utilizara esta porción de tubería. Pero cuando Tarr llegó, nada había en la tubería. El segundo lugar se encontraba en la parte trasera de la iglesia, «debajo del sitio en donde almacenan los panfletos», como dijo Tarr.

—Aquella estantería procedía de un antiguo armario empotrado. Y si uno se arrodillaba junto a la estantería, y tentaba la pared, notaba que había una tabla suelta, era una tabla del viejo armario, y detrás de la tabla, había un agujero con cascotes y excrementos de ratas. Era un lugar ideal para esconder cartas, el mejor que he visto en mi vida.

Hubo una corta pausa, iluminada por la visión de Ricki Tarr y su amante del Centro de Moscú, los dos arrodillados, el uno al lado del otro, en el reclinatorio, al fondo de la iglesia baptista de Hong Kong.

Tarr dijo que en este escondrijo no encontró una carta, no señor, sino todo un diario íntimo. La escritura era menuda y en una y otra cara de las páginas, de manera que la tinta transparentaba en bastantes lugares. Había sido escrita de prisa y sin tachaduras. Una ojeada bastó para que Tarr se diera cuenta de que Irina había escrito aquellas páginas en momentos de lucidez.

—Esto no es el diario, es sólo la copia.

Metiéndose la larga mano en el interior de la camisa, Tarr había sacado una bolsa de cuero unida a una ancha correa. De la bolsa sacó un fajo de papeles de dudosa limpieza.

—Me parece que dejó este diario en el escondrijo inmediatamente antes de que se la llevaran —dijo—. Quizá rezó por última vez. —Sin darle importancia a la cosa, añadió—: Yo mismo lo traduje.

Smiley, con la atención fija únicamente en Tarr, comentó:

—No sabía que conociera el ruso.

Estas palabras hicieron sonreír a Tarr, quien, mientras separaba las páginas del diario, repuso:

—En nuestra profesión es preciso ser una persona con conocimientos, señor Smiley. Quizá no haya destacado en el estudio del derecho, pero un idioma más puede ser decisivo. Supongo que ya sabe lo que dicen los poetas. —Alzó la vista de las páginas, su sonrisa se ensanchó y añadió—: Poseer otro idioma es lo mismo que poseer otra alma. Esto lo escribió un gran rey, señor, Carlos V. Mi padre siempre tenía una buena cita a mano, sí, hay que reconocerle este mérito, pese a que no hablaba ni un maldito idioma, como no fuera el inglés. Si no les importa, leeré el diario en voz alta.

—No sabe ni media palabra de ruso —dijo Guillam—. Hablaban en inglés. Irina había estudiado tres años de inglés.

Guillam había decidido mantener la mirada fija en el techo, y Lacon en sus propias manos. Sólo Smiley miraba a Tarr, quien ahora se reía en silencio de su broma.

—¿Preparados? —preguntó—. Bueno, pues voy a empezar. «Thomas, escucha porque a ti van dirigidas estas palabras.» Siempre me llamaba por el apellido. Le dije que me llamaba Tony, pero para ella siempre fui Thomas, ¿comprenden? «Este diario es un regalo que te ofrezco, en el caso de que se me lleven, antes de que haya podido hablar con Alleline. Preferiría entregarte mi vida, Thomas, y mi cuerpo también, como es natural, pero me parece que este miserable secreto es lo único que puedo entregarte para hacerte dichoso. ¡Dale buen uso! ¡Dios mío, qué extraña ofrenda de amor!»

Tarr levantó la vista. Cuando habló, su voz carecía de entonación, era casi aburrida:

—Está fechado en domingo. Escribió el diario durante aquellos cuatro días. «En el Centro de Moscú se chismorrea más de lo que nuestros superiores quisieran. Las gentes de poca importancia, sobre todo, pretenden darse tono fingiendo que están enteradas de lo que nadie sabe. Durante dos años, antes de que me destinaran al Ministerio de Comercio, trabajé como supervisora en el departamento de archivos de nuestro cuartel general, en la plaza Dzerzhinsky. El trabajo era muy aburrido, Thomas, el ambiente era desagradable y no estaba casada. Procuraban que todos sospecháramos de todos, y no entregarse jamás, de corazón, produce terribles tensiones. A mis órdenes tenía a un funcionario llamado Ivlov. Pese a que Ivlov era inferior a mí, tanto socialmente como en el escalafón, aquella opresiva atmósfera dio lugar a que nuestros temperamentos confraternizaran. ¡Perdóname, Thomas, a veces solamente podemos hablar con el cuerpo, hubieras debido aparecer antes en mi vida! Varias veces Ivlov y yo trabajamos juntos durante el turno de noche, y llegó el momento en que decidimos hacer caso omiso del reglamento, y vernos fuera del edificio. Era rubio, Thomas, igual que tú, y yo lo deseaba. Nos encontramos en un café de un distrito pobre de Moscú. En Rusia, nos dicen que Moscú no tiene distritos pobres, pero es mentira. Ivlov me dijo que su verdadero nombre era Brod, aunque no era judío. Me regaló café, parte del café que un camarada le había enviado ilícitamente desde Teherán, era muy dulce, y también me regaló medias. Ivlov me dijo que sentía gran admiración hacia mí, y que, en cierta ocasión, había trabajado en una sección encargada de redactar el historial de todos los agentes extranjeros al servicio del Centro. Me eché a reír y le dije que este archivo no existía, y que era propio de soñadores suponer que tantos secretos pudieran estar en un solo lugar. Pero, en fin, creo que los dos éramos soñadores.»

Tarr interrumpió la lectura y anunció:

—Ahora pasamos a otro día. Empieza con muchos «muy buenos días, Thomas», algunas oraciones y unas cuantas palabras de amor. Dice que una mujer no puede al escribir hablarle al viento y que, por lo tanto, es-

cribe a Thomas. Su amante fijo había salido temprano
y la chica tenía una hora a su disposición, ¿comprenden?

Smiley lanzó un gruñido.

—«La segunda ocasión en que Ivlov y yo nos reunimos, lo hicimos en la habitación de un primo de la esposa de Ivlov, profesor en la Universidad del Estado de
Moscú. Nadie más estuvo presente. El encuentro estuvo
rodeado de un gran secreto, y constituía lo que, en una
investigación, se llama "acto revelador". ¡Me parece,
Thomas, que también tú has cometido este acto una o
dos veces! En este encuentro, Ivlov me contó la siguiente historia, a fin de que nuestros lazos de amistad
quedaran mayormente estrechados. Thomas, debes andar con mucho tiento. ¿Sabes quién es Karla? Karla es
un viejo zorro, el hombre más astuto del Centro, el
más reservado, e incluso su nombre suena raro en Rusia. Ivlov me contó con gran temor esta historia que,
según él, estaba relacionada con una gran maquinación,
quizá la mayor maquinación llevada a cabo por los rusos. Y ahora voy a contarte la historia de Ivlov. Ten
cuidado, Thomas, y cuéntala solamente a las personas
más dignas de confianza, porque es una historia extremadamente secreta. No debes contársela a nadie del Circus porque en nadie se puede confiar hasta que el enigma haya sido aclarado. Ivlov dijo que no era verdad
que en otros tiempos hubiera trabajado en un archivo
de agentes extranjeros. Se inventó esta historia para
demostrarme cuán grandes eran sus conocimientos del
Centro. La verdad es que Ivlov trabajó con Karla, como
ayudante, en una de las grandes maquinaciones de Karla, y que estuvo destinado en Londres, desempeñando
misiones secretas, aunque fingiendo ser chófer y ayudante en la oficina de claves de la embajada. Para desempeñar esta tarea le dieron el nombre falso de Lapin.
De manera que Brod se convirtió en Ivlov, e Ivlov se
convirtió en Lapin. De esto último, Ivlov estaba muy
orgulloso. No le dije lo que Lapin significa en francés.
¡Qué triste es ver que se mida la importancia de un
hombre por el número de sus nombres! La tarea de
Ivlov consistía en estar al servicio de un topo. Un topo
es un agente de penetración profunda, al que se llama
así porque penetra en profundidad en el edificio del
imperialismo occidental; en este caso, el topo era inglés.

Los topos son muy importantes para el Centro, debido a que se tarda muchos años, a veces quince o veinte, en colocarlos en el sitio que se desee. Casi todos los topos ingleses fueron reclutados por Karla, y procedían de la más alta burguesía, e incluso los había que eran aristócratas y nobles, avergonzados de sus orígenes, que se habían transformado en fanáticos, aunque en secreto, en hombres mucho más fanáticos que sus camaradas de la clase trabajadora inglesa, que son vagos y perezosos. Hubo varios individuos que solicitaron ingresar en el Partido, pero Karla lo impidió a tiempo, y los empleó en trabajos especiales. Algunos lucharon en España contra Franco, y los agentes de Karla, especializados en encontrar personal, los conocieron allá, y los mandaron a Karla. Otros fueron reclutados durante la guerra, en los tiempos de la alianza de conveniencia entre la Rusia Soviética y la Gran Bretaña. Otros fueron reclutados después, cuando quedaron desilusionados al ver que la guerra no trajo el socialismo a Occidente...»

Con la mirada fija en su propio manuscrito, Tarr anunció:

—Aquí hay una interrupción. Escribí: «Hay una interrupción.» Seguramente se debió a que el amante de la chica llegó antes de lo previsto. La tinta está corrida. Sabe Dios dónde escondió los papeles. Debajo del colchón, quizá.

Si Tarr dijo estas últimas palabras para resultar gracioso, la verdad es que fracasó totalmente en su empeño. Siguió:

—«El topo a cuyo servicio estaba Lapin, en Londres, tenía el nombre, en clave, de Gerald. Había sido reclutado por Karla, y se le trataba con gran secreto. La labor de estar al servicio de los topos solamente la llevan a cabo camaradas dotados de una gran habilidad, dijo Ivlov. De modo que si bien en apariencia Ivlov-Lapin era un don nadie en la embajada, víctima de muchas humillaciones por su aparente insignificancia, tales como estar con las mujeres detrás del mostrador del bar durante las recepciones, por derecho era un gran hombre, era el ayudante secreto del coronel Gregor Viktorov, cuyo nombre en la embajada es Polyakov.»

En este momento, Smiley interrumpió a Tarr para preguntarle cómo se escribía este último nombre. Como un actor interrumpido en mitad de su actuación, Tarr contestó groseramente:

—P-O-L-Y-A-K-O-V, ¿se ha enterado?

Con inquebrantable cortesía, de una manera que revelaba terminantemente que aquel nombre nada significaba para él, Smiley dijo:

—Muchas gracias.

—«Viktorov —prosiguió Tarr— es un veterano profesional dotado de gran astucia, dijo Ivlov. Su trabajo de camuflaje es el de agregado cultural de la embajada, y como tal se comunica con Karla. Como agregado cultural organiza conferencias en las universidades y sociedades inglesas sobre temas culturales rusos, pero su trabajo nocturno, en concepto de coronel Gregor Viktorov, consiste en dar instrucciones y recibir informaciones del topo Gerald, siguiendo las directrices que le da Karla desde el Centro. A estos fines, el coronel Viktorox-Polyakov utiliza enlaces, y el pobre Ivlov lo fue durante un tiempo. Sin embargo, es Karla, desde Moscú, quien realmente controla al topo Gerald.»

Tarr dejó de leer y dijo:

—Aquí la escritura cambia. Escribe de noche y ya lleva una castaña como un piano, o bien está que no ve de miedo, porque escribe casi de través. Habla de pasos en el corredor, y de las asesinas miradas que le dirigen los gorilas. No es necesario que lo lea, ¿verdad, señor Smiley?

Un breve movimiento de asenso fue la contestación, y Tarr prosiguió:

—«Las medidas tomadas para la mayor seguridad del topo eran realmente notables. Los informes escritos enviados desde Londres a Karla, en el Centro, incluso después de haber sido escritos en clave, eran partidos en dos pedazos que se entregaban a sendos enlaces que efectuaban el viaje por separado, otras veces se escribían con tintas simpáticas en inocentes cartas de la embajada. Ivlov me dijo que a veces el topo Gerald entregaba más material secreto del que Viktorov-Polyakov era capaz de tramitar. En gran parte, este material se encontraba en una película sin revelar, y a veces entregaba treinta carretes por semana. Si alguien abría la caja de las películas sin tomar las precauciones debidas, la película quedaba velada. Otras veces, el topo daba sus informes de palabra, en reuniones extremadamente secretas, y sus palabras quedaban grabadas en una cinta especial que sólo podía oírse mediante máquinas muy complicadas. Esta cinta también quedaba borrada si le daba la luz o si se pasaba por una máquina que no fuera la indicada. Estas reuniones se celebraban siempre en condiciones diferentes, siempre de improviso, y esto es todo lo que sé al respecto, salvo que se llevaron a cabo en los peores tiempos de la agresión fascista al Vietnam. En Inglaterra, los peores extremistas reaccionarios habían vuelto al poder. Además, según dijo Ivlov-Lapin, el topo Gerald era un alto funcionario del Circus. Thomas, te digo estas cosas porque, debido a que te amo, he decidido admirar a todos los ingleses, a ti más que a cualquier otro. No quiero pensar que un *gentleman* inglés se porta como un traidor, y como es natural, pienso que hizo muy bien al abrazar la causa del proletariado. También temo por la seguridad de todos los que trabajan en las maquinaciones del Circus. Thomas, te amo, ten cuidado con estos secretos que te he confesado, porque también tú podrías salir malparado. Ivlov era un hombre como tú, a pesar de que le llamaran Lapin...»

Tímidamente, Tarr se detuvo y dijo:

—Aquí, al final, hay unas palabras...

—Léalas —murmuró Guillam.

Poniendo el papel un poco de lado, Tarr leyó con la misma voz sin acentos:

—«Thomas, te he dicho todo lo anterior debido también a que tengo miedo. Esta mañana, al despertar, he visto que él estaba sentado en el borde de la cama, mirándome con ojos de loco. Al bajar para tomar café, los agentes Trepov y Novikov me miraban como animales, mientras comían con muy malos modales. Estoy segura de que llevaban horas allí, y con ellos había un muchacho del equipo del residente Avilov. Thomas, ¿has hablado más de lo que imagino? Ahora puedes comprender por qué únicamente Alleline era la persona adecuada. No te culpes de nada, Thomas, porque imagino perfectamente lo que has dicho a tus jefes. En el fondo de mi corazón, soy libre. Tú, Thomas, solamente has visto en mí las cosas malas, la bebida, el miedo y las mentiras en que vivimos. Pero en el fondo de mi ser arde una nueva y bendita llama. Antes pensaba que el mundo del servicio secreto era un lugar aparte, y que yo

76

vivía exiliada en una isla en donde sólo había medios-seres. Pero no es un mundo aparte. Dios me ha revelado que este mundo está aquí, en medio del mundo real que se encuentra a nuestro alrededor, y nos basta con abrir la puerta para salir fuera y ser libres. Thomas debes buscar siempre esa luz que yo he encontrado. Se llama amor. Ahora dejaré estas páginas en nuestro escondrijo, si es que tengo tiempo para ello. Dios mío, espero que así sea. Dios me ha dado refugio en su Iglesia. Recuérdalo: también allí te he amado.»

Tarr estaba muy pálido y sus manos, mientras abrían la camisa para devolver el diario a la bolsa, temblaban y estaban húmedas.

—Quedan todavía unas últimas palabras —concluyó—. Dice: «Thomas, ¿cómo es que recuerdas tan pocas oraciones aprendidas de niño? Tu padre era un hombre grande y bueno.» Como les he dicho, estaba loca.

Lacon había abierto las cortinas, y la blanca luz del día entraba a raudales en la estancia. Las ventanas daban a un pequeño cercado en el que Jackie Lacon, niña pequeña, gorda, con trenzas y casco protector, hacía trotar cautelosamente a su pony.

9

Antes de que Tarr se fuera, Smiley le formuló varias preguntas. Lo hizo sin mirarle, con la vista de miope fija en la media distancia, y su cara abotargada, entristecida por la tragedia.

—¿Dónde está el original del diario?

—Lo devolví al escondrijo. Pensé lo siguiente, señor Smiley: cuando encontré el diario de Irina, ella llevaba ya veinticuatro horas en Moscú; pensé que en el momento del primer interrogatorio, Irina estaría algo más que reblandecida; lo más probable es que comenzaran a ablandarla en el avión, que luego le dieran otro repaso al llegar, y que después empezaran a interrogarla cuando los importantes hubieran acabado de desayunarse. Así es como tratan a los flojos; primero el palo y después las preguntas. Por lo tanto, lo más probable era que en cuestión de uno o dos días el Centro mandara a unas piernas a echar una ojeada a la iglesia. —No sin cierto remilgo, añadió—: Por otra parte, también tenía que preocuparme de mi propia seguridad.

—¿Quiere decir —preguntó Guillam— que el Centro de Moscú no tendrá tanto interés en su persona si creen que el diario no llegó a sus manos?

—¿Lo fotografió?

—No llevo cámara. Compré una libreta y copié el diario en la libreta. Devolví el original a su sitio. Tardé cuatro horas en sacar copia.

Miró a Guillam, y luego desvió la mirada. A la luz del nuevo día, apareció bruscamente en el rostro de Tarr un profundo miedo interior.

—Cuando regresé al hotel, encontré mi dormitorio patas arriba. Incluso habían arrancado el papel de las paredes. El gerente me dijo que me largara. No quería saber nada de lo ocurrido.

—Siempre va con pistola —dijo Guillam—. Nunca ha querido dejarla.

—Y tanto que no.

Smiley lanzó un gruñido de comprensión, y preguntó:

—En cuanto a estos encuentros con Irina, estos escondrijos para dejar y recoger cartas, las señales de seguridad, los segundos encuentros en caso de fracasar los primeros, toda la artesanía del asunto, ¿quién la propuso, usted o ella?

—Ella.

—¿Qué señales de seguridad utilizaban?

—Señales corporales. Si yo iba con el cuello de la camisa abierto, Irina sabía que había echado una ojeada por los alrededores, y que no había moros en la costa. Si lo llevaba cerrado, esto significaba que el encuentro quedaba cancelado, y que teníamos que recurrir al segundo encuentro.

—¿Y Irina?

—El bolso. En la derecha o en la izquierda. Yo llegaba primero y la esperaba en un sitio en que pudiera verme. Y así podía decidir si seguir adelante o no.

—Todo lo dicho ocurrió hace seis meses. ¿Qué ha hecho durante este tiempo?

—Descansar —repuso Tarr, con rudeza.

—Le entró miedo y se quedó en la zona —dijo Guillam—. Se fue a Kuala Lampur y estuvo escondido en un pueblo. Esto es lo que dice. Tiene una hija llamada Danny.

—Sí, Danny es mi pequeña.

Hablando como solía, es decir, haciendo caso omiso de las palabras de Tarr, Guillam dijo:

—Estuvo viviendo con Danny y la madre de la pequeña. Tiene varias esposas diseminadas por la faz de la tierra, pero esta mujer parece ser su favorita actualmente.

—¿Y por qué eligió precisamente este momento para recurrir a nosotros? —Tarr guardó silencio—. ¿Es que no quiere pasar las Navidades con Danny?

—Claro que quiero.

—¿Qué pasó? ¿Es que se asustó de algo?

—Corrían rumores —respondió Tarr, con lúgubre voz.

—¿Qué clase de rumores?

—Un francés vino a Kuala Lampur y dijo que yo le debía dinero. Quería echarme encima a un abogado. Yo no debo dinero a nadie.

Smiley se volvió hacia Guillam.

—¿En el Circus sigue con la calificación de desertor?

—Presunto desertor.

—¿Y qué medidas se han adoptado hasta el momento?

—El asunto no está en mis manos. Radio Macuto dijo que la London Station había celebrado un par de reuniones para tratar del asunto, pero no me invitaron a asistir, e ignoro los resultados. Supongo que, como de costumbre, no decidieron nada.

—¿Qué pasaporte utiliza?

Tarr tenía la contestación dispuesta:

—Dejé de ser Thomas tan pronto llegué a Malaya. Pensé que el nombre sería demasiado popular en Moscú, y maté a Thomas. En Kuala Lampur conseguí un pasaporte británico, de la Commonwealth. El nombre es Poole. No está mal el pasaporte ese, teniendo en cuenta lo que pagué por él.

Entregó el pasaporte a Smiley, quien preguntó:

—¿Y por qué no utilizó uno de sus pasaportes suizos? —Otro silencio—. ¿Es que se quedó sin ellos cuando registraron su dormitorio?

—Los escondió tan pronto llegó a Hong Kong —dijo Guillam—. Es lo que siempre se hace.

—Pero ¿por qué no los utilizó?

—Estaban numerados, señor Smiley. Estaban en blanco, ciertamente, pero numerados. Y francamente, tenía mis aprensiones. Si Londres tenía los números, Moscú podía también tenerlos. Ya entienden lo que quiero decir.

—¿Y qué hizo con los pasaportes suizos? —insistió Smiley, amablemente.

—Asegura que los tiró —repuso Guillam—. Pero lo más probable es que los vendiera. O que, como última solución, los cambiara por éste.

—Pero ¿cómo? ¿Cómo se desprendió de ellos? ¿Los quemó?

Con nervioso tono de voz, un tono en parte de amenaza y en parte de miedo, Tarr repuso:

—Eso: los quemé.

—De modo que cuando ese francés fue en su busca...

—Buscaba en realidad a Poole.

Mientras hojeaba el pasaporte, Smiley preguntó:

—Pero ¿quién había oído hablar de Poole, como no fuera el individuo que falsificó el pasaporte?

Tarr guardó silencio, Smiley le exhortó:

—Cuénteme cómo regresó a Inglaterra.

—Por la ruta segura, desde Dublín. No hubo problemas.

Tarr mentía sin maña cuando se le sometía a presión. Quizá la culpa de ello la tenían sus padres. Contestaba demasiado de prisa cuando no tenía la respuesta preparada, y contestaba en tono demasiado agresivo cuando llevaba la respuesta escondida en la manga.

Mientras miraba las estampillas puestas en la frontera, en la página central, Smiley preguntó:

—¿Y cómo llegó a Dublín?

Tarr recobró la confianza en sí mismo.

—Tirado —repuso—. Fue tirado. Conozco a una chica que es azafata en las líneas de Africa del Sur. Un amigo mío me llevó, como mercancía, a El Cabo; en El Cabo, la chica se hizo cargo de mí, y me llevó gratis hasta Dublín, con uno de los pilotos. Por lo que se sabe en Oriente, aún sigo en la península.

Dirigiendo la voz al techo, Guillam dijo:

—Estoy intentando comprobar esta historia.

Tarr se dirigió broncamente a Guillam:

—¡Pues más le valdrá mirar un poco lo que hace, muchacho! No vaya a ser que quienes investigan sean exactamente los que no debieran.

Sin dejar de estar sumido en el examen del pasaporte de Poole, que tenía aspecto sobado y no estaba demasiado lleno ni demasiado vacío, Smiley preguntó:

—¿Y por qué recurrió al señor Guillam, prescindiendo del hecho de estar usted asustado?

—El señor Guillam es mi jefe —contestó Tarr, en tono virtuoso.

—¿No se le ocurrió que el señor Guillam podía muy bien pasar su caso directamente al señor Alleline? A fin de cuentas, en cuanto hace referencia a los altos jefes del Circus, usted es un hombre sobre el que se ha decretado orden de busca y captura.

—Desde luego. Pero me parece que la nueva organización le gusta tanto al señor Guillam como a usted.

Con mordiente sarcasmo, Guillam dijo:

—También hay que tener en cuenta que ama a Inglaterra.

—Sí. Sentía añoranza.

—¿Pensó alguna vez en recurrir a otro que no fuera el señor Guillam? ¿Por qué no acudir a uno de los residentes en ultramar, por ejemplo, en algún país menos peligroso para usted? ¿Está todavía Mackelvore en París? —Guillam afirmó con la cabeza. Smiley siguió—: Ahí está. Podía usted haber acudido al señor Mackelvore. El fue quien le reclutó, y usted puede confiar en él, además, pertenece al viejo grupo del Circus. Hubiera podido quedarse seguro y tranquilo en París, en vez de arriesgar la piel viniendo aquí. ¡Dios mío! ¡Lacon, de prisa!

Smiley se había puesto bruscamente en pie, con el dorso de una mano junto a la boca, mirando por la ventana. Jackie Lacon yacía boca abajo en el suelo, gritando, mientras el pony galopaba sin jinete por entre los árboles. Todavía miraban cuando la esposa de Lacon, linda mujer, con el cabello largo y gruesas medias de invierno, saltó la valla y puso en pie a la niña.

—Se caen a menudo —observó Lacon, ceñudo—. Pero a esta edad no se hacen daño. —Sin apenas disminuir el ceño, añadió—: No puedes sentirte responsable de todo lo que ocurre a los demás, George.

Lentamente, volvieron a sentarse. Smiley volvió a hablar:

—Y en el caso de haber decidido ir a París, ¿qué ruta hubiera seguido?

—La misma que hasta Irlanda, y después Dublín-Orly, me parece. ¿Qué pensaba usted? ¿Que iba a ir caminando por encima del agua?

Ante estas palabras, el rostro de Lacon se enrojeció y Guillam se puso en pie, lanzando una airada exclamación. Pero Smiley siguió imperturbable. Volvió a coger el pasaporte y giró las páginas, desde el final hasta el principio.

—¿Y cómo entró en contacto con el señor Guillam?

Hablando de prisa, Guillam contestó por Tarr:

—Había dejado mi coche en el garaje del barrio para que le pusieran aceite y demás. Tarr dejó una nota en el coche, diciendo que quería comprarlo, y la firmó con el nombre que emplea en el Circus, es decir, Trench. Me indicó un lugar en el que encontrarnos y añadió una velada petición de que todo se desarrollara discretamente, antes de ponerme yo en contacto con otros compradores. Fawn me acompañó, por razones de seguridad...

Smiley le interrumpió:

—Y Fawn es ese que estaba ahí, en la puerta.

—Sí. Fawn me guardó las espaldas mientras Tarr y yo hablábamos. Fawn nos ha acompañado siempre, desde aquel día. Tan pronto hube escuchado la historia de Tarr, llamé a Lacon desde una cabina y le pedí una entrevista. Oye, George, ¿por qué no hablamos del asunto a solas?

—¿Llamaste a Lacon aquí o en Londres?

—Aquí —contestó Lacon.

Hubo un silencio, hasta que Guillam dijo:

—Me acordé del nombre de una chica que trabaja en la oficina de Lacon. Mencioné este nombre y dije que la chica quería hablar con él, acerca de un asunto privado. No fue una excusa perfecta, pero no se me ocurrió otra cosa en aquel momento. —Después de otro silencio, Guillam añadió—: ¡Maldita sea, no tenía motivo alguno para suponer que el teléfono estuviera intervenido, con un aparatito de escucha!

—Había todo tipo de motivos para suponerlo.

Smiley había cerrado el pasaporte, y examinaba las cubiertas a la luz de una lámpara de maltrecha pantalla, a su lado. Sin dar importancia a sus palabras, dijo:

—El pasaporte es realmente bueno. Un excelente trabajo. La obra de un profesional, diría yo. No le encuentro el menor defecto.

Recuperando el pasaporte, Tarr dijo:

—No se preocupe, señor Smiley, que el pasaporte no está hecho en Rusia.

Cuando Tarr llegó a la puerta, la sonrisa había vuelto a su rostro. Dirigiéndose a los tres que se hallaban en el fondo de la larga estancia, Tarr dijo:

—No sé si se dan cuenta, pero si Irina estaba en lo cierto van ustedes a tener que reconstruir el Circus de arriba abajo. Por esto creo que si nos mantenemos unidos, quizá nos den trabajo en el entresuelo. —Golpeó juguetón la puerta y dijo—: Abre, pequeño. Soy yo, Ricki.

—Hemos terminado —gritó Lacon—. Abra, por favor.

E instantes después, la llave giraba en la cerradura, aparecía la oscura figura de Fawn, el guardaespaldas, y el sonido de los pasos de dos personas se perdía en el vacío de la gran casa, acompañado del distante llanto de Jackie Lacon.

10

En el otro lado de la casa, en el opuesto a aquel ante el que se encontraba la cerca con el pony, había una pista de tenis, oculta entre los árboles. No se trataba de una buena pista, y la hierba se segaba muy de vez en cuando. En primavera, la hierba conservaba aún la humedad invernal y el sol no llegaba a ella, por lo que no la secaba. En verano, las pelotas desaparecían entre el follaje, y ahora, en otoño, las hojas secas procedentes del jardín se amontonaban en la pista, formando una capa en la que los pies se hundían hasta el tobillo. Pero junto a la pista, siguiendo más o menos el rectángulo formado por la tela metálica, avanzaba un sendero por entre los álamos, y por este sendero avanzaban también Smiley y Lacon. Smiley se había puesto el abrigo de viaje, pero Lacon iba a cuerpo, con su traje. Quizá por esta razón, Lacon caminaba a paso vivo, aunque un tanto desacompasado, de modo que adelantaba a Smiley a cada zancada, por lo que tenía que esperarle constantemente, con los hombros y los codos levemente alzados, en espera de que Smiley, más bajo que él, le alcanzara. Entonces, Lacon se lanzaba al frente, ganando terreno de nuevo. Caminando de esta manera dieron un par de vueltas alrededor de la pista, antes de que Lacon rompiera el silencio.

—Cuando viniste a verme, hace un año, y me insinuaste algo parecido, mucho me temo que te eché del despacho a cajas destempladas. Supongo que debo pedirte disculpas. Realmente no estaba dispuesto a creerlo. —Después del pertinente silencio, durante el cual Lacon meditó acerca de su error, dijo—: En consecuencia, te ordené que abandonaras la investigación.

Lúgubremente, como si rememorara la misma definición que ocupaba la mente de Lacon, Smiley comentó:

—Me dijiste que era inconstitucional.

—¿Esta palabra empleé? ¡Dios mío, qué pomposo!

Desde la casa, llegó hasta ellos el sonido del constante llanto de Jackie. Alzando la cabeza para oír mejor el sonido, Lacon murmuró:

—No tenéis, ¿verdad?

—¿Perdón?

—Hijos. Ann y tú.

—No.

—¿Sobrinos, sobrinas?

—¿De tu familia?

—De la de Ann.

Quizá no llegué a salir de este lugar, pensó Smiley, mientras miraba a su alrededor, a los rosales entrelazados, los columpios averiados, las zonas de arena empapada, y la casa destartalada, roja, de un rojo al que la luz de la mañana daba chillones matices. Quizá no hemos salido de aquí, desde la última vez en que nos reunimos. Lacon volvía a pedir disculpas:

—¿Me permites que diga que casi desconfié de los motivos que te impulsaron a hablarme del asunto? Llegué a pensar que actuabas obedeciendo órdenes de Control. Sí, creí que Control era quien manejaba los hilos, con el fin de mantenerse en el poder y de alejar de él a Alleline...

Otra vez se había alejado Lacon, con sus largas zancadas. Distraído, Smiley dijo:

—No, no, te aseguro que Control no sabía nada.

—Ahora me doy cuenta. Pero entonces no. Es muy difícil saber cuándo hay que confiar en la gente y cuándo no. Tú te guías por criterios diferentes a los míos. Quiero decir que estás obligado a tener criterios diferentes. Y conste que no pretendo juzgarte. Pero, a fin de cuentas, nuestras finalidades son idénticas, pese a que tus métodos son diferentes.

Lacon saltó un charco y siguió:

—En cierta ocasión alguien dijo que la moral no era más que método. ¿Crees que es así? Me parece que no. Supongo que piensas que la moral se encuentra en la finalidad. Es difícil saber cuáles son los fines que uno persigue. Ahí está el problema, sobre todo cuando uno es inglés. No podemos pretender que los demás determinen la política que debemos adoptar. No, lo único que podemos pedir es que los demás pongan en práctica esa política. ¿No es así? No sé, me parece todo muy difícil.

En vez de dar alcance a Lacon, Smiley se sentó en un enmohecido trapecio y se arrebujó en su abrigo, hasta que, por fin, Lacon volvió sobre sus pasos, y se sentó al lado de Smiley, de modo que, durante unos instantes, los dos se balancearon al unísono, al ritmo de los gemidos de los muelles. Por fin, enlazando sus largos dedos, Lacon murmuró:

—¿Y por qué diablos esa mujer eligió a Tarr? Es increíble que, entre todos los hombres del mundo, escogiera a Tarr. Es el tipo menos adecuado para hacer de confesor.

Mientras se preguntaba, una vez más, dónde se encontraba Immigham, Smiley dijo:

—Mucho me temo que esto es algo que debieras preguntar a una mujer, y no a mí.

Lacon se mostró totalmente de acuerdo, con generosidad:

—¡Desde luego! Para mí es un misterio. —Bajando la voz, añadió—: A las once veré al ministro. —Y después, pretendiendo hacer un chiste amistoso, familiar, dijo—: Tendré que hacer intervenir a tu primo, el parlamentario...

En tono de ausencia, Smiley le corrigió:

—En realidad, es el primo de Ann; es un primo lejano, pero primo a fin de cuentas.

—¿Y Bill Haydon también es primo de Ann? ¿Bill, nuestro distinguido jefe de la London Station?

—Por una rama diferente, pero también lo es. Mi mujer pertenece a una antigua familia con fuerte tradición política. Con el tiempo se ha extendido.

A Lacon le gustaba aclarar ambigüedades, por lo que preguntó:

—¿La familia o la tradición?

—La familia.

Pensó que más allá de los árboles circulaban los coches. Más allá de los árboles estaba el mundo, el mundo entero, pero Lacon tenía aquel castillo rojo, y un sentido cristiano de la ética que ninguna recompensa le reportaría, como no fuera un título de nobleza, el respeto de sus iguales, una buena pensión, y un par de cargos de director, conferidos por caridad, en el mundo de la City.

Lacon se había puesto de pie, y los dos caminaban de nuevo. Flotando hacia atrás, en el aire matutino, entre las hojas, a los oídos de Smiley llegó el apellido «Ellis». Durante un instante, tal como le había ocurrido en el coche de Guillam, se sintió invadido por una oleada de nerviosismo.

—A fin de cuentas —decía Lacon—, los dos adoptamos posturas perfectamente honradas. Tú pensabas que Ellis había sido traicionado y querías desencadenar una cacería de brujas. Mi ministro y yo considerábamos que Control había actuado de manera incompetente, y queríamos esgrimir la escoba.

Como si hablara para sí, en vez de dirigirse a Lacon, Smiley dijo:

—Comprendía perfectamente *vuestro* dilema.

—Me alegro. Y no olvido, George, que tú eras el hombre de Control. Control te prefería a Haydon, y cuando Control comenzó a perder facultades, ya hacia el final, tú sacaste la cara por él. Tú y solamente tú, George. En otras circunstancias, supongo que Haydon se hubiera caído, pero tú estabas allí, aguantando el temporal...

En voz tan baja que no bastó para que Lacon le prestara atención o detuviera su discurso, Smiley dijo:

—Y Alleline era el hombre del ministro.

—Pero tú no tenías un sospechoso. ¡No lo tenías! ¡No señalaste a nadie con el dedo! Y una investigación que no se dirige contra alguien puede ser extremadamente destructiva.

—En tanto que una nueva escoba limpia más.

—¿Percy Alleline? En términos generales, ha desarrollado bien su función. Nos ha proporcionado información en vez de escándalos, ha observado el reglamento y se ha ganado la confianza de los clientes. Que yo sepa, todavía no ha invadido Checoslovaquia.

—Con Bill Haydon como ejecutivo es fácil. ¿Quién no desarrollaría una buena labor con Haydon?

—Control, entre otros —repuso Lacon, con rotundo acento.

Se habían detenido ante una piscina vacía, y contemplaban el fondo, en la parte más honda. Smiley tenía la impresión que, desde las profundidades de la piscina, le llegaban los insinuantes tonos de la voz de Martindale: «Salas de conferencias en el Almirantazgo, pequeñas comisiones con nombres raros...» Smiley preguntó:

—¿Todavía funciona esa especial fuente de información de Percy, el asunto Brujería o como le llamen ahora?

En modo alguno complacido, Lacon repuso:

—No sabía que estuvieras en la lista. Pues sí, ya que lo preguntas, te diré que sí. La fuente Merlín sigue siendo la más importante que tenemos y Brujería es el nombre del producto. Hacía muchos años que el Circus no conseguía material tan bueno. En realidad, es lo mejor que ha obtenido, por lo que recuerdo.

—¿Y sigue recibiendo un tratamiento especial?

—En efecto, y ahora, después de lo que ha ocurrido, tendremos que adoptar mayores precauciones todavía.

—Yo de ti no lo haría. Gerald puede entrar en sospechas.

Rápidamente, Lacon observó:

—Ahí está el quid de la cuestión, ¿no?

Smiley pensó que las fuerzas de aquel hombre eran imprevisibles. Había momentos en que parecía un boxeador flaco y vacilante, con guantes desproporcionadamente grandes, en comparación con sus muñecas. Pero al instante siguiente lanzaba un puñetazo, le proyectaba a uno contra las cuerdas y lo contemplaba con cristalina caridad. Ahora decía:

—No podemos actuar. No podemos investigar, debido a que todos los instrumentos de investigación están en las manos del Circus, quizá en las manos del topo Gerald. No podemos seguir a la gente, no podemos escuchar sus conversaciones, no podemos abrir correspondencia ajena. No, porque para hacer cualquiera de estas cosas necesitamos a los faroleros de Esterhase y éste es sospechoso igual que todos. No podemos llevar a cabo interrogatorios, no podemos hacer lo preciso para impedir el acceso de un individuo determinado a secretos delicados. Hacer cualquiera de esas cosas presupone correr el riesgo de alarmar al topo. Es el más viejo de todos nuestros problemas, George: ¿quién puede espiar a los espías? ¿Quién puede oler al zorro, sin ir en su misma dirección? —Intentando ser ingenioso, en un confianzudo aparte, comentó—: En este caso no es el zorro, sino el topo.

Ahora, Smiley, en un arrebato de energías había adelantado a Lacon en su avance por el sendero, camino de la cerca del pony.

—En este caso —gritó—, recurre a la competencia, ve a los tipos de seguridad. Son expertos en el asunto y llevarán a cabo el trabajo.

—El ministro no daría la autorización. Sabes muy bien lo que el ministro y Alleline piensan de la competencia. Y están en lo cierto, creo yo. ¡Una multitud de ex administradores coloniales revolviendo los papeles del Circus! ¡Es como si pidieras al Ejército de Tierra que efectuara una investigación en la Armada!

—Esta comparación no sirve —objetó Smiley.

Pero Lacon, como todo buen funcionario, ya tenía preparada la segunda metáfora:

—Muy bien, pues digamos que el ministro prefiere vivir con goteras a ver cómo un grupo de desconocidos le dejan sin techo. ¿Estás satisfecho ahora? Llevo razón, George, llevo razón. Tenemos agentes desplegados en el terreno de acción, y su suerte quedaría seriamente comprometida si los caballeros de la seguridad intervinieran en el asunto.

Ahora le había llegado a Smiley el turno de ir más despacio.

—¿Cuántos agentes tenemos en el terreno de actuación? —preguntó.

—Seiscientos, más o menos.

—¿Y detrás del telón de acero?

—Tenemos presupuesto para ciento veinte. —En materia de números, de hechos de todo género, Lacon jamás dudaba. Este era el oro con que trabajaba, el oro arrancado de la tierra gris de la burocracia. Siguió—: Y a juzgar por los estados de cuentas, todos ellos están en activo.

Dio un salto al frente. Sin dar importancia a sus palabras, como si se tratara de un trámite formalista, Lacon preguntó:

—¿Puedo decirle que te haces cargo del asunto? ¿Aceptas la faena de limpiar la cuadra? ¿Moverte, ir de un lado para otro, hacer cuanto sea necesario? A fin de cuentas se trata de hombres de tu generación. Es tu herencia.

Smiley había abierto la puerta de la cerca, la había cruzado, cerrándola a continuación. Ahora, los dos estaban frente a frente, separados por la débil valla. En el rostro de Lacon, levemente sonrosado, había una sonrisa expectante. Como si iniciara una nueva conversación, Lacon preguntó:

—¿Por qué le llamas Ellis, cuando el apellido del pobre hombre era Prideaux?

—Ellis era su apellido de trabajo.

—Sí, es cierto. Hubo tantos escándalos, en aquellos tiempos, que uno se olvida de los detalles.

Se produjo una pausa. Lacon preguntó:

—¿Era amigo de Haydon, no tuyo?

—Estuvieron juntos en Oxford, antes de la guerra.

—Y fueron compañeros de cuadra, durante la guerra, y después. Sí, el famoso tándem Haydon-Prideaux. Mi antecesor no hacía más que hablar de ellos. —Tras otra pausa, Lacon insistió—: Pero ¿nunca fuiste amigo suyo?

—¿De Prideaux? No.

—¿No es primo tuyo?

—No, por Dios.

De repente, Lacon se inhibió, pero mantuvo fija en Smiley su mirada tozudamente honrada.

—¿Y no hay ningún motivo de orden sentimental o de cualquier otra naturaleza que creas te impida aceptar el trabajo? Debes hablar con franqueza, George.

Había hablado con acento angustiado, como si hablar con franqueza fuera lo último que deseara. Esperó unos instantes, y, luego, desechó sus escrúpulos:

—De todos modos, no veo que haya problema. Siempre hay una parte de nuestra personalidad que pertenece a la esfera pública. El contrato social produce estos efectos, y siempre te ha constado. Prideaux también lo sabía.

—¿Qué quieres decir con eso?

—Pues que le pegaron un tiro, George. Una bala en la espalda se ha considerado siempre algo así como un sacrificio notable, incluso en tu mundo, George.

Smiley estaba de pie, solo, en el más alejado extremo del cercado, bajo los húmedos árboles, intentando ordenar sus emociones, mientras procuraba acompasar la respiración. Lo mismo que una vieja enfermedad, la ira le había asaltado por sorpresa. Durante el último año, había negado la existencia de esa ira, manteniéndose alejado de cuanto pudiera suscitarla: los periódicos, los viejos colegas, la chismografía como la de Martindale. Después de haber dedicado su vida al ejercicio del ingenio y de la memoria, había abrazado ahora la profesión de olvidar. Se había impuesto la obligación de entregarse a unos estudios humanísticos que le habían sido de utilidad, a modo de distracción, mientras trabajaba en el Circus, pero que, ahora que estaba jubilado, nada significaban, absolutamente nada. De buena gana hubiera gritado: ¡Nada!

—Quémalos todos —le había aconsejado Ann con la mejor intención, refiriéndose a sus libros. Y añadió—: Pega fuego a la casa, pero no te quedes así, pudriéndote.

Si por pudrirse Ann entendía conformarse, había adivinado las intenciones de Smiley. Lo había intentado, lo había intentado por todos los medios, al acercarse a lo que los anuncios de las compañías de seguros se complacen en llamar el atardecer de la vida, había intentado ser todo lo que un modélico rentista debe ser. Sin embargo, nadie, y menos aún Ann, le había agradecido el esfuerzo. Todas las mañanas, al abandonar la cama, y todas las noches al volver a ella, por lo general solo, se recordaba a sí mismo que nunca había sido indispensable. Se había obligado a reconocer que, durante los últimos y desdichados meses de la carrera de Control, cuando los desastres se sucedían a vertiginosa velocidad, había cometido el pecado de ver las cosas sin la debida proporción, con mirada desorbitada. Y si el viejo profesional que había en él se rebelaba, y de vez en cuando le decía «*sabes* que el ambiente del Circus se envenenó, *sabes* que Jim Prideaux fue traicionado, ¿acaso hay mejor testimonio que una bala en la espalda, que dos balas en la espalda?», se contestaba, «bueno, y si lo sé, ¿qué importa?, y si estoy en lo cierto, ¿qué importa?, es vanidad, y nada más que vanidad, imaginar que un espía gordo y de mediana edad es la única persona capaz de impedir que el mundo se desintegre». Otras veces, se decía: «Jamás he oído decir que alguien saliera del Circus sin dejar algún asunto inacabado.»

Sólo Ann, a pesar de que no comprendía la lógica de Smiley, se negaba a aceptar sus conclusiones. Ann era muy apasionada, como sólo las mujeres pueden serlo, en lo referente a asuntos de orden práctico, e insistía en que Smiley volviera a su trabajo, lo reanudara en el punto en que lo había dejado, y nunca se dejaba convencer por fáciles argumentaciones. Desde luego, Ann nada sabía de lo ocurrido, pero ¿acaso ha habido en el mundo una mujer que haya cejado en sus empeños por falta de información? Ann sentía. Y despreciaba a Smiley por no comportarse de acuerdo con los sentimientos que ella albergaba.

Y, ahora, en el preciso instante en que Smiley casi comenzaba a creer en su propio dogma, hazaña que no fue en modo alguno facilitada por el hecho de que Ann se enamorase de un actor sin trabajo, los diversos fantasmas del pasado, Lacon, Control, Karla, Alleline, Esterhase, Bland, y, por fin, Bill Haydon, penetraban en la celda de Smiley y le decían mientras le devolvían a aquel jardín, que todo aquello que él llamaba vanidad era la verdad.

«Haydon», se repitió Smiley, *in mente*, incapaz de detener la marea de los recuerdos. Incluso el sonido de aquel nombre le producía un sobresalto. Martindale le dijo: «Me han dicho que tú y Bill lo compartíais *todo*, durante cierto tiempo.» Smiley se miró las manos. Le temblaban. ¿Demasiado viejo, ya? ¿Impotente? ¿Con miedo a iniciar la cacería? ¿O quizá con miedo a lo

que pudiera descubrir al final? A Ann le gustaba decir:
«Siempre hay docenas de razones para no hacer nada
—en realidad era una de las frases con que pretendía
excusar muchos de sus actos censurables—, y sólo hay
una razón para hacer *algo*, y esta razón es la de querer
hacerlo.» ¿O tener que hacerlo? Ann negaba furiosamente
esta posibilidad: obligación es sólo otra palabra para
expresar voluntad, o bien para no hacer lo que uno
teme hacer.

Los hijos del medio lloran más tiempo que sus hermanas y hermanos. Por encima del hombro de su madre,
consolándose de su dolor y de su humillación, Jackie
Lacon contempló cómo el grupo se iba. Primero se
fueron dos hombres a los que jamás había visto, uno
de ellos alto, y el otro bajo y moreno. Se fueron en una
pequeña camioneta verde. Advirtió que nadie les despidió agitando la mano, ni siquiera diciéndoles adiós.

Después se fue su padre en su coche y por fin un
hombre rubio y apuesto, en compañía de otro bajo y
gordo, con un formidable abrigo, avanzó hacia un coche
deportivo aparcado junto a los álamos. Por un momento, Jackie pensó que algo malo le ocurría al hombre
gordo, ya que caminaba muy despacio y dificultosamen-
te. Luego, al ver que el hombre apuesto abría la puerta
del coche y la mantenía abierta para darle paso, el hombre gordo pareció despertar de un sueño, y apresuró el
paso, dando primero un torpe saltito. Sin saber exactamente por qué, este movimiento del hombre gordo
hundió de nuevo en la desdicha a Jackie. Una tormenta
de pena se desencadenó sobre Jackie y su madre no
pudo consolarla.

11

Peter Guillam era un individuo caballeroso cuyas
lealtades conscientes quedaban determinadas por sus
afectos. Las otras lealtades se habían forjado mucho
tiempo atrás y tenían por objeto el Circus. Su padre,
hombre de negocios francés, había trabajado como espía

por cuenta de un *réseau* del Circus durante la guerra, mientras su madre, inglesa, desempeñaba misteriosas tareas relacionadas con claves secretas. Ocho años atrás, y durante cierto tiempo, bajo ·las apariencias de empleado de una empresa consignataria de buques, el propio Guillam había dirigido un grupo de agentes secretos en la zona francesa de Africa del Norte, misión que se consideraba realmente asesina. Se descubrió el pastel, sus agentes fueron ahorcados, y Guillam entró en la larga mediana edad del profesional apartado del campo de acción. Anduvo zascandileando en Londres, a veces a las órdenes de Smiley, y dirigió unas cuantas operaciones, con base en el propio Londres, entre las que podemos contar la formación de una red de amantes, y cuando el grupo de Alleline se hizo cargo del poder, Guillam fue enviado a pactar a Brixton, debido, según suponía el propio Guillam, a que estaba relacionado con quien no hubiera debido; entre otros, Smiley. Sin la menor duda, ésta era la manera en que Guillam hubiera relatado la historia de su vida, hasta el pasado viernes. Su relación con Smiley habría sido la causa del actual estado de la carrera de Guillam.

En los últimos tiempos de Smiley, Guillam vivía principalmente en los muelles de Londres, en donde estaba formando redes marítimas de escasa importancia, con cuantos marineros polacos, rusos y chinos podían conseguir él y su grupo de descubridores de talentos. A horas perdidas ocupaba un minúsculo despacho, en el primer piso del Circus, consolaba a una linda secretaria llamada Mary, y hubiera sido totalmente feliz si algún funcionario de alta categoría hubiera contestado sus memorándums y comunicaciones, lo cual no ocurría. Cuando utilizaba el teléfono, o bien la línea estaba ocupada, o nadie contestaba su llamada. A sus oídos llegaron vagos rumores de que había mar de fondo, pero lo cierto es que siempre había mar de fondo en el Circus. Por ejemplo, era sobradamente conocido que Control y Alleline se las habían tenido tiesas, pero, en realidad, llevaban ya años en esta situación. También sabía, igual que todos, que una importante operación había sido desbaratada, en Checoslovaquia, y que Jim Prideaux, jefe de los cazadores de cabelleras, el más veterano agente en Checoslovaquia, y, desde siempre, la mano derecha de Bill Haydon, había recibido un tiro en la espalda, y, a consecuencia de ello, quedó fuera de juego, en cuanto al Circus hacía referencia. Y ésta era la causa, presumía Guillam, del lúgubre silencio y de las caras largas. Y ésta era también la causa de los arrebatos de ira de Bill Haydon, cuya noticia corría, como un estremecimiento nervioso, por la totalidad del edificio. Eran como la ira de Dios, decía Mary, quien amaba las grandes pasiones. Más tarde, Guillam se enteró de la operación Testimonio. Según le dijo Haydon, mucho más tarde, la operación Testimonio fue la más incompetente jamás organizada por un hombre ya viejo, en busca de la gloria póstuma, y el precio de tal incompetencia fue Jim Prideaux. Ciertos aspectos de la operación Testimonio llegaron a conocimiento de la prensa. Hubo interpelaciones en el Parlamento y las tropas inglesas en Alemania fueron puestas en estado de alerta.

Y llegó el momento en que, gracias a ir de un despacho a otro y atar cabos, Guillam logró enterarse de lo que todos los demás sabían desde hacía ya seis semanas. El Circus no sólo guardaba silencio, sino que había quedado congelado. Nada entraba, nada salía. Por lo menos así era en el nivel en que Guillam actuaba. En el ámbito del edificio, parecía que la tierra se hubiera tragado a los funcionarios importantes, y cuando llegó el día de cobro nadie recibió el sobre para gastos, debido a que, según dijo Mary, los administradores no habían recibido la acostumbrada autorización para efectuar este pago. De vez en cuando, alguien decía que había visto a Alleline saliendo de su club, y que parecía estar furioso. O que había visto a Control subiendo a su coche, y que tenía aspecto radiante. O que Bill Haydon había dimitido, alegando que se había hecho caso omiso de sus órdenes o que se habían dado órdenes contrarias a las suyas, pero esto carecía de importancia, ya que Bill se pasaba la vida dimitiendo. Sin embargo, en esta ocasión, los rumores presentaban una variante, puesto que el motivo de la dimisión de Bill era más concreto: Haydon estaba furioso debido a que el Circus no quería pagar el precio que los checos pedían para la repatriación de Jim. El Circus decía que el precio era demasiado alto, en agentes y en prestigio. Y también se decía que a Bill le había dado un ataque de patriotismo, declarando que cualquier precio es justo, con tal de devolver a su patria a un inglés leal. Con tal de que Jim volviese, había que darles todo lo que pidieran.

Y, entonces, un atardecer, Smiley sacó la cabeza por la puerta del despacho de Guillam, y le invitó a tomar una copa. Mary no se dio cuenta de que era Smiley, y se limitó a decirle «Hola», en su estilizada pronunciación de miembro de una sociedad sin clases. Cuando los dos salieron juntos del Circus, Smiley dio las buenas noches a los conserjes, con su habitual cortesía, y, en el bar de Wardour Street, le dijo a Guillam «me han despedido», y esto fue todo.

De aquel bar fueron a otro, junto a Charing Cross, con un sótano desierto y con música. Guillam preguntó a Smiley:

—¿Te han dado alguna razón para despedirte, o se debe solamente a que has perdido la línea?.

Fue la palabra «razón» la que centró la atención de Smiley. En aquellos momentos ya estaba cortés pero totalmente borracho. Sin embargo, la palabra «razón» penetró en su mente, mientras caminaban a paso inseguro por la orilla del Támesis. Con un estilo propio de Bill Haydon, cuya fraseología polémica, nacida en los clubs estudiantiles del Oxford de la preguerra, parecía estar en los oídos de todos, en aquellos tiempos, Smiley preguntó:

—¿Razón en cuanto a justificación lógica o en cuanto a motivo? ¿O quizá razón en cuanto a modo de vivir?

Se sentaron en un banco. Luego, mientras Guillam le encaminaba cuidadosamente hacia un taxi, y daba al taxista la dirección de Smiley, y el precio del trayecto, éste dijo:

—A *mí* no tienen por qué darme razones. Puedo escribir yo mismo todas mil malditas razones. Y conste que no estriban en esta imperfecta tolerancia nacida del hecho de que a uno le importe un pimiento todo, desde hace años.

—Amén —dijo Guillam.

Y mientras contemplaba cómo el taxi se perdía a lo lejos, Guillam se dio cuenta de que, de acuerdo con las normas del Circus, su amistad, o lo que fuera, con Smiley había terminado en aquel instante. El día siguiente, Guillam supo que unos cuantos funcionarios más habían caído, que Percy Alleline iba a cumplir la función de cancerbero, con el título de «jefe en funcio-

nes», y que Bill Haydon, ante el pasmo general, debido
seguramente a sus constantes disensiones con Control,
quedaba a las órdenes de Alleline o, como decían los
enterados, éste quedaba a las órdenes de aquél. Por
Navidad, Control murió. Mary, que consideraba que estos acontecimientos eran algo así como la segunda toma
del Palacio de Invierno, dijo a Guillam:

—El próximo en caer será usted.

Y Mary lloró cuando vio partir a Guillam, camino
de la Siberia de Brixton, a fin de ocupar, paradójicamente, el lugar que Jim Prideaux había dejado vacante.

Mientras subía los cuatro peldaños que daban acceso
al vestíbulo del Circus, aquella húmeda tarde del lunes,
Guillam, con la mente estimulada por la imagen de la
traición en lontananza, pasó revista a estos aconteceres,
y concluyó que aquel día iniciaba el camino de regreso
a sus anteriores bases.

Había pasado la noche anterior en su espacioso piso
de Eaton Place, en compañía de Camilla, estudiante de
música, de esbelto cuerpo y cara triste y hermosa. Pese
a que Camilla sólo tenía veinte años, su cabello negro
estaba entreverado de gris, como si hubiera recibido
una fuerte impresión a la que jamás se refería. Quizá
como un efecto más de aquel nunca mencionado trauma,
Camilla no comía carne, llevaba zapatos de plástico y
no bebía bebidas alcohólicas. A Guillam le parecía que
Camilla solamente en el amor se liberaba de estas misteriosas limitaciones.

Había pasado la mañana solo, en su extremadamente
triste despacho de Brixton, ocupado en sacar fotografías
de documentos del Circus, después de haber conseguido
una cámara en subminiatura en los almacenes del ramo
de operaciones, cosa que hacía muy a menudo para
mantenerse en forma. El encargado del almacén le había
preguntado: «¿La quiere para luz del día o para luz
eléctrica?», y, luego, tuvieron una amistosa discusión
acerca de la calidad de la película a utilizar. Guillam
dijo a su secretaria que no quería que le molestasen,
cerró la puerta y se puso a trabajar siguiendo las mi-
nuciosas órdenes de Smiley. Las ventanas estaban situadas en lo alto de la pared, y Guillam sólo podía ver el

cielo y el remate de la nueva escuela, en la carretera, más allá.

Comenzó con documentos de referencia, que extrajo de su caja fuerte personal. Smiley le había dado orden de prioridad. En primer lugar la lista de personal, que se daba solamente a los funcionarios de categoría superior, en la que constaban las señas, número de teléfono, nombres y nombres de trabajo de todos los empleados del Circus, con base en Inglaterra. En segundo lugar, el manual de funciones del personal, incluyendo el desplegable con el diagrama de la reorganización del Circus, elaborado por Alleline. En el centro del diagrama se veía la London Station de Bill Haydon, como una gigantesca araña, en el centro de su tela. Se decía que Bill había dicho, enfurecido: «Después del fracaso que tuvimos en el asunto Prideaux, se han acabado para siempre los malditos ejércitos privados, igual que se acabó el que la mano derecha ignore lo que hace la izquierda.» Guillam notó que Alleline aparecía dos veces, en el diagrama, una de ellas como «Jefe» y la otra como «Director de fuentes especiales». Según los rumores, estas fuentes eran la causa de que el Circus siguiera funcionando. En opinión de Guillam, solamente la existencia de estas fuentes podía explicar la inercia que imperaba en el Circus, y la estima de que gozaba el Circus en Whitehall. A petición de Smiley a estos documentos Guillam añadió el estatuto revisado de los cazadores de cabelleras en forma de carta de Alleline, que comenzaba con las palabras «Querido Guillam», y que establecía con todo detalle la disminución de los poderes de éste. En diversos casos, quien salía ganando era Toby Esterhase, jefe de los faroleros de Acton, única dependencia exterior que, según podía deducirse, había aumentado su influencia bajo el régimen del lateralismo.

A continuación, Guillam pasó a su mesa escritorio y, también por orden de Smiley, fotografió un puñado de rutinarias circulares que podían ser útiles a efecto de dar una idea del escenario general en que se desarrollaban los acontecimientos. Entre ellas se contaba una quejosa circular de administración referente al mal estado en que se encontraban las casas y pisos «seguros» para uso de los agentes («*Por favor*, compórtense en estas casas como si estuvieran en la *suya*»), y otra referente al censurable uso de los teléfonos secretos del

Circus para llamadas particulares. Por fin, había una carta extremadamente grosera de la sección de documentos en la que se le informaba «por última vez» que su permiso de conducir bajo el nombre supuesto empleado en el trabajo había caducado y se le decía que si no se tomaba la molestia de renovarlo se pasaría el correspondiente informe a Administración para que tomara las pertinentes medidas disciplinarias.

Dejó la cámara y volvió a la caja fuerte. En la estantería más baja había un montón de informes librados por los faroleros con la firma de Toby Esterhase y el nombre en clave «Hacha». En estos informes se daban los nombres y empleos ficticios de doscientos o trescientos agentes secretos soviéticos, plenamente identificados, que operaban en Londres, en empleos legales o semilegales, por cuenta de la Cámara de Comercio, de la Tass, Aeroflot, Radio Moscú, consulado y embajada. En los casos en que resultara procedente, también se daban las fechas en que tuvo efecto la investigación llevada a cabo por los faroleros, así como los nombres de las «ramificaciones», denominación dada a las personas contactadas en el curso de la investigación. Los informes consistían en un volumen anual y suplementos mensuales. Guillam consultó primero el volumen principal, y, luego, los suplementos. A las once y veinte, cerró la caja de caudales, por la línea directa llamó a la London Station, y preguntó por Lauder Strickland, de la sección de banca.

—Lauder, soy Peter. Te llamo desde Brixton. ¿Cómo va todo?

—Bien, Peter, ¿qué deseas?

Sí, señor, eficiente e inexpresivo. El tono venía a decir: «Nosotros, los de la London Station, tenemos amigos más importantes.»

Guillam le explicó que se trataba de justificar legalmente la adquisición de cierta suma de dinero ilegalmente conseguido, a fin de poder comprar a un enlace diplomático francés, que parecía estar en venta. Con los más dulces acentos de que era capaz, Guillam preguntó a Lauder si le sería posible reunirse con él y hablar del asunto. Lauder le preguntó si la London Station había dado el visto bueno a la operación. No, pero Guillam ya había enviado los papeles a Bill. Lauder

Strickland pareció suavizar un poco su actitud. Guillam insistió:

—Hay una o dos cuestiones un tanto dificilillas, Lauder, y creo que necesitamos que intervenga un hombre con tu preparación.

Lauder dijo que podía dedicarle media hora.

De camino hacia el West End, Guillam dejó las películas en la mísera tiendecilla de un farmacéutico, llamado Lark, en Charing Cross Road. Lark, si así se llamaba, era un hombre muy obeso y con grandes puños. La tienda estaba vacía. Guillam le dijo:

—Le traigo las películas del señor Lampton, para que las revele.

Lark llevó el paquete a la trastienda, y, cuando regresó, dijo, con voz bronca:

—Ya está en marcha.

Acompañó a Guillam hasta la puerta, y la cerró ruidosamente tras él. ¿Dónde diablos encontraba George a aquellos tipos?, se preguntó Guillam. En la farmacia había comprado pastillas contra la tos. Smiley le había advertido que tenía que justificar todos sus movimientos, como si el Circus le siguiera la pista las veinticuatro horas del día. Guillam pensó que esto último no era nada nuevo. Toby Esterhase sería capaz de hacer seguir a su propia madre, si con ello conseguía que Alleline, con su inveterada costumbre, le felicitara con una palmadita en la espalda.

Desde Charing Cross fue a pie hasta Chez Victor, para almorzar en compañía de su segundo de a bordo, Cy Vanhofer, y de un chorizo que se hacía llamar Lorimer, y que aseguraba que compartía su amante con el embajador de la Alemania oriental en Estocolmo. Lorimer afirmaba que la chica estaba dispuesta a colaborar, pero que exigía la ciudadanía británica y mucho dinero a cambio del primer servicio. Dijo que la chica estaba dispuesta a todo: a violar la correspondencia del embajador, a poner micrófonos en sus habitaciones y a «echar vidrios rotos en la bañera». Esto último lo dijo para hacerse la graciosa, al parecer. Guillam opinaba que Lorimer mentía, e incluso sospechaba que Vanhofer también, pero fue lo bastante prudente como para darse cuenta de que no se hallaba en condiciones de determinar los propósitos y finalidades de los demás. En Chez Victor lo pasó bien, pero, ahora, en el momento en que pisaba el vestíbulo del Circus, se dio cuenta de que no recordaba lo que había comido, y comprendió que ello fue debido a su excitación.

—Hola, Bryant.

De carrerilla, sin respirar, Bryant dijo:

—Me alegra verle, señor. Siéntese, por favor, señor. Será sólo un momento, señor. Muchas gracias, señor.

Y Guillam se sentó en un banco de madera, pensando en dentistas y en Camilla. La muchacha era una reciente y extraña adquisición. Hacía bastante tiempo que las cosas no habían ocurrido tan de prisa en la vida de Guillam. Se conocieron en una fiesta y la chica, sola en un rincón, le habló de la verdad. Guillam, con la intención de ver si podía aprovechar una muy remota posibilidad, le dijo que no destacaba en conocimientos de ética, por lo que igual podían acostarse. Durante unos instantes, la chica sopesó gravemente la propuesta, y, luego, cogió el abrigo. Desde entonces, Camilla estuvo más o menos presente en el piso de Guillam, dedicándose a guisar albóndigas y a tocar la flauta.

El vestíbulo parecía hoy más lúgubre que en cualquier tiempo pasado. Tres viejos ascensores, una barrera de madera, un anuncio del té Mazawatee, la garita del centinela de Bryant con la puerta de vidrio, y, dentro, un calendario con «escenas inglesas» y varios teléfonos polvorientos.

Al salir del interior, Bryant dijo:

—El señor Strickland le está esperando, señor.

En lentos movimientos, Bryant estampó con tinta rosada la hora: «catorce cincuenta y cinco. P. Bryant, Portero». La puerta del ascensor central en forma de reja tembló, produciendo un sonido parecido al de entrechocar de ramas secas. Mientras esperaba que el mecanismo se plegara sobre sí mismo, Guillam dijo:

—Ya comienza a ser hora de que pongan un poco de aceite al trasto ese, ¿no cree?

Lanzando su lamento favorito, Bryant repuso:

—No hacemos más que pedirlo, pero no hacen nada. Uno puede pedir y pedir hasta herniarse, pero nada. ¿Cómo está su familia, señor?

Guillam, que no tenía familia, repuso:

—Muy bien, gracias.

—Me alegro, señor.

Mirando hacia abajo, Guillam vio desaparecer entre

sus pies la cabeza con calidad de crema. Recordó que Mary siempre decía que Bryant le recordaba los helados de fresa y vainilla: cara roja, cabello blanco, y calidad esponjosa.

En el ascensor, Guillam examinó el pase. Decía: «Permiso para ver a L. S. Finalidad: Sección de Banca. Este documento debe ser devuelto al salir.» El espacio destinado a «Firma del visitante» estaba en blanco.

—Bien venido, Peter. ¿Qué tal? Llegas un poco tarde, pero no importa.

Lauder le esperaba en la barrera, sin que ni un átomo de su breve cuerpo fuera auténtico, con camisa blanca, y secretamente estirado, como para recibir una visita. En los tiempos de Control este piso estaba atestado de gente atareada. Actualmente, una barrera cerraba la entrada, y un conserje con cara de rata examinó el pase de Guillam.

Deteniéndose ante una nueva y reluciente cafetera automática, Guillam preguntó:

—¡Santo cielo! ¿Hace mucho que tenéis este monstruo?

Un par de muchachas, que estaban llenando sus tazas, miraron alrededor y dijeron:

—Hola, Lauder.

Pero lo dijeron mirando a Guillam. La más alta le recordó a Camilla. Tenía la misma lenta y ardiente mirada, con la que parecía censurar la masculina insuficiencia. Inmediatamente, Lauder gritó:

—¡No tienes idea de las horas de trabajo que nos ahorra! Es fantástico, realmente fantástico.

Y en su entusiasmo, poco le faltó para darse de manos a boca con Bill Haydon, quien salía de su despacho, una bombonera hexagonal, que daba a New Compton Street y a Charing Cross Road. Avanzaba en la misma dirección que los otros dos, aunque a una velocidad de medio kilómetro por hora, lo cual, en el interior de un edificio, era la velocidad suma, para Bill. En el exterior era ya otro asunto. Guillam había tenido ocasión de comprobar esto último, primero en los juegos de adiestramiento físico, en Sarratt, y, luego, en un encuentro nocturno, en Grecia. En el exterior, Bill era rápido y estaba siempre alerta. Su rostro seco, que en aquel húmedo corredor parecía sombrío y reservado, cambiaba al encontrarse al aire libre, y daba la impresión de haber sido modelado por todos los lugares extranjeros en los que Bill había prestado sus servicios. La lista era infinita. En su admiración, Guillam estimaba que no había teatro de operaciones que no llevara, en algún lugar, la impronta de Haydon. En el curso de su carrera, Guillam se había cruzado una y otra vez con el misterioso rastro dejado por Haydon en sus exóticas actuaciones. Hacía uno o dos años, cuando Guillam todavía trabajaba en información marítima, uno de sus objetivos consistió en formar un equipo que vigilara los puertos chinos de Wenchow y Amoy, descubrió con el consiguiente pasmo que aún había agentes chinos viviendo en dichas ciudades, reclutados por Bill Haydon, en el curso de alguna olvidada hazaña de los tiempos de guerra, y que cabía la posibilidad de entrar en contacto con dichos agentes, dotados de aparatos de radio ocultos y debidamente equipados. En otra ocasión, mientras Guillam examinaba el historial de guerra de los hombres fuertes del Circus, lo cual hacía más por nostalgia de aquel período que por actual optimismo profesional, Guillam se tropezó dos veces, en otros tantos minutos, con el nombre de trabajo de Haydon. En el cuarenta y uno dirigió los trabajos de una flota pesquera francesa con base en el estuario de Helford. El mismo año, en colaboración con Jim Prideaux, estableció una línea de enlaces en la zona sur de Europa, desde los Balcanes hasta Madrid. Para Guillam, Haydon pertenecía a aquella generación del Circus, única y ahora moribunda, a la que también pertenecían su padre y George Smiley, una generación exclusiva, y, en el caso de Haydon, con sangre azul, formada por hombres que habían vivido diez o doce vidas de placer y holganza, en comparación con la apresurada vida del propio Guillam, y que, ahora, treinta años después, daban todavía al Circus su evanescente aroma de aventura.

Al ver a los dos hombres, Haydon se detuvo, quedando inmóvil como una roca. Hacía un mes que Guillam había hablado por última vez con él. Seguramente se había ausentado para atender asuntos no explicados. Ahora, la figura recortada contra la luz de su propio despacho, cuya puerta había dejado abierta, parecía extrañamente negra y alta. Llevaba algo en la mano, algo que Guillam no podía saber qué era, quizás un semanario, un expediente o un informe. El despacho de Haydon, dividido por su propia sombra, estaba en estudiantil desorden, un desorden caótico y monacal. En todas partes había montones de informes, papeles y expedientes; en la pared se veía un tablero forrado de bayeta, con postales y recortes de prensa; y al lado del tablero, torcida y sin marco, una de las viejas pinturas de Bill, un bulto abstracto y redondeado, sobre los llanos colores del desierto.

—Hola, Bill —dijo Guillam.

Dejando la puerta abierta, contraviniendo con ello lo establecido por los administradores, Haydon siguió adelante, sin decir palabra. Iba vestido con su habitual descuido. Los parches de cuero de su chaqueta no tenían forma rectangular, sino de rombo, lo que, por la espalda, le daba aspecto de arlequín. Llevaba las gafas alzadas, de manera que los cristales le quedaban a la altura de la frente. Por unos instantes, los dos hombres le siguieron dubitativos, hasta que, bruscamente, Haydon dio media vuelta sobre sí mismo, como si su cuerpo fuera de una pieza, como una estatua girando sobre su base, y fijó la mirada en Guillam. Entonces, sonrió de manera que sus cejas en forma de cuarto creciente quedaron levantadas como las de un payaso, y su rostro fatigado quedó hermoso y absurdamente joven. En tono amable, preguntó:

—¿Se puede saber qué haces aquí, paria?

Tomando en serio la pregunta, Lauder comenzó a dar explicaciones referentes a Belgrado y al dinero ilegal.

Sin mirarle, Bill se dirigió a Lauder.

—Más valdrá que guardes bajo llave los cubiertos. Esos malditos cazadores de cabelleras son capaces de robarle a uno el oro de los dientes.

Con la mirada fija todavía en Guillam, añadió, como si se hubiese olvidado de ello, y ahora lo recordara:

—Y encierra también a las chicas, si te dejan hacerlo. ¿Se puede saber desde cuándo los cazadores de cabelleras dan legalidad a su dinero? Esto es trabajo nuestro.

—Lauder se encarga de legalizarlo, y nosotros de gastarlo.

En tono súbitamente seco, Haydon se dirigió a Strickland:

—Mandadme los papeles. No estoy dispuesto a que se pasen por alto más normas del reglamento.

—Ya te los he mandado —dijo Guillam—. Seguramente están en el correo que tienes sobre la mesa.

Con un último movimiento afirmativo de la cabeza, Haydon les mandó que siguiera su camino, de manera que Guillam sintió la pálida mirada azul atravesándole la espalda, hasta que llegó a la siguiente esquina oscura.

Como si Guillam acabara de conocer a Haydon, Lauder dijo:

—Es un tipo fantástico. La London Station no puede estar en mejores manos. Es de una habilidad increíble. Tiene un historial increíble. Realmente brillante.

Con furia salvaje, Guillam pensó: «En tanto que tú eres brillante por asociación, asociación con Bill, con la cafetera, con los bancos.» Las meditaciones de Guillam fueron interrumpidas por la cáustica voz barriobajera de Roy Bland, que surgía de la puerta ante la que se disponían a pasar:

—Oye, Lauder, espera un momento. ¿Has visto al maldito Bill en algún sitio? Quieren verlo urgentemente.

La voz de Bland fue seguida a continuación por la fiel voz de Toby Esterhase, proveniente del mismo sitio, como un eco, con acento de la Europa central.

—Inmediatamente, Lauder. Hemos dado ya la orden de busca y captura.

Habían penetrado en el último corredor angosto. Lauder se había adelantado cosa de unos tres pasos, e iba ya a responder a la pregunta, cuando Guillam llegó ante la puerta abierta, y miró hacia dentro. Bland estaba sentado, espatarrado y gordo, ante su mesa escritorio. Se había quitado la chaqueta y tenía un papel en la mano. El sudor formaba arcos en los sobacos. El pequeñajo Toby Esterhase se encontraba de pie, inclinado hacia Bland, como un *maître* de restaurante, rígido embajador en miniatura, de pelo plateado y mandíbula descarnada y poco amistosa, y tenía una mano adelantada hacia el papel, como si estuviera recomendando una especialidad. Evidentemente, leían el mismo documento cuando Bland vio pasar a Lauder Strickland.

Lauder, quien tenía la costumbre de contestar repitiendo las palabras de la pregunta, a fin de dar mayor verosimilitud a la contestación, dijo:

—En efecto, he visto a Bill Haydon. Creo que en estos momentos viene hacia aquí. Hace unos instantes hemos hablado sobre un par de asuntos.

La mirada de Bland se dirigió lentamente hacia Guillam y quedó posada en él. Su helada valoración de Guillam recordaba desagradablemente la de Haydon.

—Hola, Peter —dijo.

En el mismo instante, el pequeño Toby se irguió y dirigió la mirada rectamente hacia Guillam, una mirada castaña y quieta como la de un perro *pointer*.

—Hola, ¿qué hay de nuevo? —saludó.

Su encuentro no fue frío, sino claramente hostil. Guillam había trabajado en íntima colaboración con Toby Esterhase, durante tres meses, en una delicada operación en Suiza, y Toby jamás había sonreído, por lo que, ahora, su mirada en modo alguno sorprendió a Guillam. Pero Roy Bland era uno de los descubrimientos de Smiley, era un tipo impulsivo y cordial que se encontraba a gusto en este mundo, tenía el cabello rojo y era corpulento, un intelectual primitivo, cuya idea de una noche divertida consistía en hablar de Wittgenstein en los bares de los alrededores de Kentish Town. Había pasado diez años ocupado en actuar como enlace del Partido, y cultivando los círculos intelectuales de los países de la Europa oriental. Pero, ahora, igual que Guillam, había sido destinado a la base, lo cual, en cierto sentido, no dejaba de ser un momio. Por lo general, su estilo en el comportamiento consistía en una ancha sonrisa, una palmada en la espalda, y una oleada de aliento cargado del aroma a la cerveza bebida la noche anterior. Pero ahora no se comportó así.

Roy, formando en su rostro una tardía sonrisa, dijo:

—No pasa nada nuevo, Peter. Sólo que me ha sorprendido verte. Esto es todo. Estamos acostumbrados a no recibir visitas, en este departamento.

Lauder, muy complacido al ver que sus previsiones quedaban confirmadas, dijo:

—Ahí viene Bill.

En el pasillo de luz que se formó cuando Bill entró, Guillam pudo notar el extraño color de las mejillas de aquél. Eran de un rojo ruboroso, más intenso en la zona de los pómulos, y causado por la ruptura de pequeñas venillas. En su intenso nerviosismo, Guillam pensó que este color le hacía parecerse un poco a Dorian Gray.

Su reunión con Lauder Strickland duró una hora y veinte minutos, y en todo este tiempo Guillam pensó más de una vez en Bland y Esterhase, y se preguntó por qué diablos estaban tan preocupados. Por último, Guillam dijo:

—En fin, supongo que más valdrá que consulte el asunto con la Dolphin. Ya sabemos la competencia de esa mujer en lo referente a bancos suizos.

Los administradores trabajaban dos puertas más allá de la sección de banca. Arrojando el pase sobre el escritorio de Lauder, dijo:

—Dejo esto aquí.

El despacho de Diana Dolphin olía a desodorante reciente. El bolso con cadena de Diana Dolphin estaba sobre la caja fuerte, junto a un ejemplar del *Financial Times*. Diana Dolphin era una de aquellas compuestas novias del Circus con las que nadie se casa. Con acento de cansancio, Diana Dolphin dijo que sí, que los documentos de las actuaciones referentes a la operación habían sido ya presentados en la London Station. Sí, comprendía perfectamente que manejar sin control alguno dinero peligroso era cosa del pasado.

—Estudiaremos el asunto, y te comunicaremos los resultados —anunció.

Con esto quería decir que consultaría con Phil Porteous, quien trabajaba en la habitación contigua. Guillam pensó que había llegado el momento de levantar el vuelo.

—Bueno —dijo—, pues entonces se lo diré a Lauder.

En el lavabo esperó treinta segundos, ante las piletas, escuchando, y vigilando la puerta reflejada en el espejo. Un curioso silencio se había extendido en toda aquella planta. «Vamos —pensó—, te estás haciendo viejo, actúa ya.» Cruzó rápidamente el corredor, entró audazmente en el despacho del funcionario de guardia, cerró la puerta con fuerza, y miró alrededor. Calculó que tenía diez minutos a su disposición, y pensó que, en aquel silencio, un portazo violento hacía menos ruido que una puerta subrepticiamente cerrada. Actúa.

Había llevado consigo la cámara, pero la luz era muy mala. La ventana, cubierta con una cortinilla en forma de red daba a un patio interior con numerosas tuberías ennegrecidas. No hubiera podido arriesgarse a servirse de una bombilla más potente ni siquiera en el caso de que la hubiera tenido, por lo que decidió servirse de su memoria. No se habían producido grandes cambios, desde de la nueva organización. Durante el día, aquel lugar se utilizaba, antes, como sala de descanso de las empleadas, y, a juzgar por el olor a perfume barato, seguía utilizándose para los mismos fines. Junto a una de las paredes estaba el diván de plástico que por la noche se transformaba en una horrible cama. A su lado había un botiquín con una cruz roja deslucida, y un televisor averiado. La caja de acero estaba en el mismo lugar, entre las clavijas de los teléfonos y los aparatos telefónicos.. Se fijó en la caja. Era vieja, y hubiera podido abrirla con un abrelatas. Había ido preparado, con un par de herramientas de metal ligero. Pero recordó que la combinación de la cerradura de aquella caja era 312211, y decidió probar, a ver si se abría. La rueda había sido usada tantas veces que conocía el camino. Cuando la puerta se abrió, del fondo de la caja salió una nube de polvo, que viajó lentamente por el aire hasta cierta distancia, y, luego, se elevó hacia la oscura ventana. En el mismo instante oyó un sonido que parecía el de una sola nota surgida de una flauta. Con casi toda certeza, lo había producido un coche, al frenar, fuera, en la calle. O quizá la rueda de un carrito para trasladar documentos, al gemir contra el linóleo. Pero, en aquel momento, fue como una de aquellas largas y tristes notas que producía Camilla al practicar, haciendo escalas. Camilla tocaba cuando le daba la gana, exactamente cuando le daba la gana, a medianoche, a primera hora de la mañana, en cualquier momento. Le importaba un comino lo que pudieran pensar los vecinos, la muchacha parecía no tener nervios. La recordó en aquella primera noche: «¿En qué lado de la cama duermes? ¿Dónde dejo mis ropas?» Estaba orgulloso de la delicadeza con que trataba los asuntos de esta clase, pero en el caso de Camilla no servía para nada. La muchacha decía que la técnica era ya, en sí misma, una concesión, una concesión a la realidad de los hechos, en fin, una forma de escapar a dicha realidad. En fin, más valía seguir adelante.

Los libros de registro de las actuaciones diarias se encontraban en la estantería superior, con las correspondientes fechas en una etiqueta pegada al lomo. Parecían dietarios de cuentas hogareñas. Cogió el volumen correspondiente al mes de abril, y leyó la lista de nombres en la primera página o cubierta interior, mientras se preguntaba si alguien podía verle desde la habitación al otro lado del patio interior, y, caso de que pudieran verle, si su presencia despertaría sospechas. Comenzó a .estudiar las anotaciones, buscando las de la noche del día 10 al 11, en que, al parecer, había tenido lugar la comunicación entre la London Station y Tarr. Smiley le había advertido que, en Hong Kong, iban ocho horas adelantados con respecto a Londres. Tanto el telegrama de Tarr como la primera contestación de Londres habían tenido efecto fuera de las horas de trabajo.

Bruscamente, a sus oídos llegaron voces procedentes del corredor, y, por un instante imaginó estar oyendo el modo de hablar de Alleline, aquel acento regional, aquel hablar a gruñidos, en alardes carentes de sentido del humor. Pero, en aquellos instantes, no había lugar para fantasías. Había ya preparado una excusa, en la que ya creía a pies juntillas, por lo menos en parte. Si le descubrían, creería enteramente en ella, y en el caso de que los inquisidores de Sarratt le acosaran a preguntas, tenía otra escapatoria, ya que nunca actuaba sin ella. De todos modos, estaba aterrado. Las voces se extinguieron, y con ellas se extinguió el fantasma de Alleline. El sudor le cubría las costillas. Pasó una muchacha tarareando una canción de «Hair». Pensó, si Bill te oye te asesina, ya que si hay algo que saque a Bill de sus casillas este algo es que la gente tararee. Entonces, con deleite, oyó el furioso rugido de Bill, que le llegó como un eco, desde sabía Dios qué distancia:

—¡Basta ya de gritos! ¿Quién es la insensata que anda gimoteando esa musiquilla?

Actúa. Cuando uno deja de actuar ya no vuelve a comenzar. Hay cierto temor, parecido al que sienten los actores al salir a escena, que le deja a uno con la boca seca, le pone los dedos ardientes, y le convierte el estómago en agua. Actúa. Devolvió el volumen del mes de abril a su sitio, y cogió, al azar, cuatro volúmenes, los de febrero, junio, setiembre y octubre. Los hojeó de prisa, cotejándolos, los devolvió a su lugar, y se agachó. Deseaba ardientemente que el polvo desapareciera de una vez. Parecía que la polvareda no fuera a desaparecer jamás. ¿Por qué la gente no se quejaba? Siempre ocurre lo mismo cuando mucha gente usa una misma estancia. Nadie se considera responsable, y a todos les importa un pimiento lo que pase. Buscaba las listas de los conserjes del servicio nocturno. La encontró en la última estantería, entre las bolsas de té y los botes de leche condensada. Las hojas, formando fajos, estaban en el interior de unos sobres. Los conserjes las llenaban y las entregaban al funcionario de guardia, en el curso de las doce horas de servicio, dos veces, una a medianoche y otra a las seis de la mañana. El funcionario de guardia daba el visto bueno —sabía Dios en qué se basaría, puesto que el personal del servicio nocturno se encontraba diseminado a lo largo y ancho del edificio—, firmaba las listas, se quedaba con la tercera copia, y la guardaba en la caja, sin que nadie supiera la razón de esto último. Este era el procedimiento seguido antes de los cambios, y, al parecer, seguía siendo el mismo.

Pensó: «Polvo y bolsas de té en la estantería.» ¿Cuánto tiempo hacía que nadie había preparado té?

Una vez más se fijó en la noche del 10 al 11 de abril. La camisa se le pegaba a las costillas. «¿Qué me pasa? ¡Dios mío, estoy acabado!» Se balanceó hacia delante y hacia atrás, dos, tres veces, y, por fin, cerró la caja. Esperó, con el oído atento, dirigió una última mirada preocupada al polvo, y, después, cruzó audazmente el corredor, para entrar en el seguro refugio de los lavabos. Durante el trayecto, a su oído llegó el confuso ruido de las oficinas, el sonido de las máquinas de redactar claves, los timbres de los teléfonos, la voz de una muchacha gritando: «¿Dónde están los malditos papeles que hace un momento tenía en la mano?», y aquel misterioso sonido de flauta, que, ahora, ya no se parecía al que solía producir Camilla de madrugada. Con furor, pensó: «En la próxima ocasión obligaré a Camilla a que haga el trabajo, que lo haga sin argucias, a pecho descubierto, tal como se debe actuar en la vida.»

En el lavabo encontró a Spike Kaspar y a Nick de Silsky, de pie ante las piletas y hablando en murmullos mientras se miraban el uno al otro, a través de los espejos. Los dos eran correveidiles del servicio de las redes de espionaje soviético de Haydon, llevaban años trabajando, y se les conocía, sencillamente, con el nombre de «los rusos». Tan pronto vieron a Guillam dejaron de hablar.

—Hola, ¿cómo estáis? ¡Dios, sois realmente inseparables!

Los dos eran rubios y cuadrados. Parecían más rusos que los propios rusos. Esperó a que se fueran, se limpió el polvo de los dedos, y volvió al despacho de Lauder Strickland. En tono frívolo, dijo:

—Menos mal que la Dolphin no abre el pico.

—Es un funcionario muy competente —repuso Lauder—. Es la que más se acerca a la consideración de indispensable. Créeme, es increíblemente competente.

Después de mirar con atención el reloj, firmó el pase, y acompañó a Guillam a los ascensores. Toby Esterhase estaba junto a la valla, hablando animosamente con el joven y adusto conserje.

—¿Regresas a Brixton, Peter? —preguntó Toby.

Había pronunciado estas palabras en tono ligero, con el rostro inexpresivo, como de costumbre.

—¿Por qué lo preguntas?

—Es que tengo un coche fuera. He pensado que podía acompañarte. Tengo que ir hacia allá.

Toby Esterhase no hablaba a la perfección ningún idioma, pero se defendía en todos los idiomas. En Suiza, Guillam le había oído hablar francés, y su francés tenía acento alemán. Su alemán tenía acento eslavo, y su inglés estaba lleno de errores aquí y allá, de vacilaciones, y de falsos sonidos de vocales.

—Gracias, Toby. Creo que me voy a marchar directamente a casa. Buenas noches.

—¿Directamente a casa? Entonces puedo acompañarte.

—No, gracias. He de hacer unas compras. Sí, cosas para mis malditos ahijados.

—Comprendo... —dijo Toby— como si no tuviera ahijados.

Y, defraudado, adelantó su mandíbula de granito.

Guillam volvió a pensar, ¿qué diablos quiere este hombre? Los dos, el pequeño Toby y el corpulento Roy, sí, ¿qué querían?, ¿por qué se fijaban tanto en él?, ¿habían intuido algo, o es que se trataba de una pura casualidad?

Fuera, anduvo por Charing Cross Road, mirando los escaparates de las librerías, mientras la otra parte de su mente vigilaba ambas aceras. Hacía mucho más frío que antes, se había levantado viento, y en los rostros de los apresurados transeúntes se reflejaba una expresión de esperanza. Guillam sintió una oleada de optimismo. Decidió que, hasta el presente momento, había vivido demasiado orientado hacia el pasado. Había llegado el momento de volver al presente. En Zwemmers se fijó en un decorativo libro, con el título *Los instrumentos musicales a través de los tiempos*, y recordó que, a última hora, Camilla tenía una lección con el doctor Sand. Retrocedió hasta la altura de Foyles, mirando, al pasar, las colas ante las paradas de los autobuses. Smiley le había dicho: «Piensa que estás en el extranjero.» Al recordar el despacho del funcionario de guardia, y la mirada de besugo de Roy Bland, Guillam no tuvo dificultad alguna en seguir el consejo. Pensó en Bill. ¿Se encontraba Haydon entre los sospechosos? No. Incapaz de resistir una oleada de lealtad hacia Bill, Guillam decidió que éste se encontraba en una categoría aparte. Bill era incapaz de formar parte de un grupo. Al lado de Bill, los otros eran pigmeos.

En Soho alquiló un taxi, y dijo que le llevara a la estación de Waterloo. En Waterloo, desde una apestosa cabina telefónica, marcó un número de Mitcham, Surrey y habló con cierto inspector Mendel, que había pertenecido a Servicios Especiales, y a quien Smiley y Guillam conocían de toda la vida. Cuando Mendel se puso al aparato, Guillam preguntó por Jenny, y Mendel le dijo secamente que allí no vivía ninguna Jenny. Guillam pidió disculpas y colgó el aparato. Marcó el número de información horaria, y mantuvo una agradable conversación con la cinta magnetofónica automática; hizo esto debido a que, fuera de la cabina, había una señora esperando que él terminara. Guillam pensó que ahora el otro tipo ya habría llegado. Colgó el aparato y marcó un segundo número de Mitcham, en esta ocasión el de un teléfono público situado al final de la calle en que vivía Mendel.

—Aquí Will —dijo Guillam.

—Y aquí Arthur —repuso alegremente Mendel—. ¿Qué tal está, Will?

Mendel era un hombre astuto, habituado a seguir pistas, de cara enjuta y mirada aguda. En aquellos instantes, Guillam tenía una imagen muy nítida de Mendel, inclinado sobre un bloc de policía, lápiz en ristre.

—Voy a darle ahora los datos más importantes, no

sea que le atropelle un autobús y no pueda dárselos luego.

Mendel, como si quisiera consolar a Guillam repuso:

—Me parece muy bien, Will. Toda precaución es poca.

Guillam le comunicó el mensaje lentamente, utilizando el lenguaje universitario que habían acordado, a modo de protección contra los escuchas que pudiera haber, un lenguaje de exámenes, estudiantes, y temas de examen robados. Cuando Guillam hacía una pausa solamente oía un leve sonido como si se rascara papel. Imaginó a Mendel escribiendo despacio, con letra claramente legible, y decidido a no hablar hasta que lo hubiera consignado todo por escrito.

Por fin, Mendel, después de comprobar con Guillam si había anotado debidamente el mensaje, dijo:

—A propósito, el laboratorio ya me ha entregado las fotos reveladas. Han salido todas perfectas. Ni una ha fallado.

—Gracias, me alegro —dijo Guillam.

Pero Mendel ya había colgado.

Guillam pensó: «Hay que reconocer el méritos de los topos, siguen un largo y oscuro túnel, sin desviarse.» En el momento en que mantenía la puerta abierta, para que la anciana señora entrara en la cabina, se fijó en el teléfono colgado en su soporte, y vio que gotas de sudor resbalaban por su superficie. Pensó en el mensaje a Mendel, recordó a Roy Bland y a Toby Esterhase mirándole desde la puerta, y se preguntó angustiado dónde estaría Smiley, y si tomaba las debidas precauciones. Cuando regresó a Eaton Place se dio cuenta de que necesitaba de mal modo la presencia de Camilla, y sintió un poco de miedo al pensar en cuáles podían ser las razones de ello. ¿Acaso, de repente, la edad se había convertido en su enemigo? Por primera vez en su vida había pecado contra su concepto de nobleza. Se sentía sucio, e incluso sentía cierto asco hacia sí mismo.

12

Hay hombres maduros que, cuando regresan a Oxford, ven el fantasma de su juventud, dándoles la bienvenida desde las piedras de los edificios. Smiley no pertenecía a esta clase de hombres. Diez años atrás, quizás hubiera sentido un estremecimiento. Ahora no. Al pasar ante el Bodleian, pensó vagamente: «Aquí pasé horas de trabajo.» Al ver la casa de su viejo profesor, en Parks Road, recordó que en su jardín alargado, antes de la guerra, Jebedee le insinuó por vez primera que acaso le interesara hablar con un «par de individuos de Londres, a los que conozco.» Y al oír, en la Tom Tower, las campanadas de las seis de la tarde, se dio cuenta de que estaba pensando en Bill Haydon y Jim Prideaux, que seguramente llegaron el año en que Smiley salió de la universidad, y que luego la guerra los reunió. Y en ociosa curiosidad, se preguntó qué impresión causaban aquellos dos juntos en aquel entonces: Bill, el pintor, polemista y hombre de sociedad, y Jim, el atleta que se expresaba torpemente. Recordó que en sus mejores tiempos, en el Circus, estas diferencias quedaron casi borradas: Jim adquirió agilidad en los trabajos intelectuales y Bill no era tonto, ni mucho menos, en cuanto se trataba de actuar. Solamente al final, la vieja antítesis se afirmó de nuevo: el caballo de labor volvió al establo, y el pensador a su despacho.

Caían gotas, pero Smiley no podía verlas. Había ido en tren y, luego, fue andando hasta allí, desviándose constantemente de su camino: primero hacia Blackwells, la escuela en que había estudiado, luego hacia cualquier parte, después hacia el Norte... Aquí, anochecía antes, debido a los árboles.

Al llegar a un callejón sin salida, Smiley dudó, y una vez más volvió a orientarse. Una mujer cubierta con un chal, en bicicleta, pasó junto a él deslizándose a través de los haces de luz de las farolas, en aquellas zonas en que atravesaban los jirones de niebla. La mujer se apeó, abrió una verja y desapareció. Al otro lado de la calle, una confusa figura paseaba a un perro, y Smiley no pudo cerciorarse de si se trataba de un hombre o de una mujer. Con esta salvedad, la carretera estaba desierta, lo mismo que la cabina telefónica. De repente, dos hombres adelantaron a Smiley, iban hablando de Dios y de la guerra. El más joven era quien más hablaba, y el otro asentía, por lo que Smiley supuso que éste era un profesor.

Avanzaba a lo largo de una valla alta, de la que salían ramas de arbustos. La verja del número quince giró suavemente en sus bisagras. Era una verja de dos puertas, aunque sólo se utilizaba una. Cuando la empujó, se dio cuenta de que faltaba el pestillo. La casa se encontraba muy rezagada, y casi en todas las ventanas había luz. En una de ellas, en lo alto, se veía a un hombre joven inclinado sobre un escritorio. En otra, dos muchachas parecían discutir, y en una tercera ventana una mujer muy pálida tocaba la viola, aunque el sonido no llegaba a los oídos de Smiley. Las ventanas de la planta baja también estaban iluminadas, aunque con las cortinas corridas. El piso del porche estaba embaldosado, y la puerta principal era de vidrios policromos; en la jamba había una nota que decía: «Pasadas las 11 de la noche, diríjanse a la puerta lateral.» Había más notas: «Prince, tres timbrazos», «Lumby, dos timbrazos», «Buzz: estaré fuera toda la noche; hasta la vista, Janet». Estas notas estaban junto a los timbres. El timbre más bajo decía: «Sachs.» Y éste fue el que Smiley oprimió. Inmediatamente se oyeron ladridos y una mujer comenzó a gritar. La voz decía:

—¡Flush, tonto, es sólo un gamberro! ¡Flush, cállate ya! ¡Flush!

La puerta, retenida por una cadena interior, se abrió un poco. Y en la apertura apareció un cuerpo, mientras Smiley centraba toda su atención en averiguar si había alguien más en el interior de la casa. Y en aquellos instantes, dos ojos pálidos y astutos, húmedos como los de un niño de corta edad, examinaban a Smiley, se fijaban en su cartera, en sus zapatos mojados, se alzaban y miraban por encima del hombro de Smiley para ver la calle, y una vez más volvían a mirarle. Por fin, el blanco rostro dibujó una encantadora sonrisa, y la señorita Connie Sachs, en otros tiempos reina de los archivos del Circus, dio rienda suelta a su espontánea alegría.

Mientras arrastraba a Smiley al interior de la casa, gritó, con un rastro de tímida risa en su voz:

—¡George Smiley! Mi querido Smiley... Y pensar que yo creía que eras un vendedor de aspiradoras, cuando en realidad eres tú...

Rápidamente, cerró la puerta.

Era una mujer alta. Le pasaba la cabeza a Smiley. Enmarañado cabello blanco enmarcaba su rostro ancho. Iba con una chaqueta castaña, como un *blazer*, y pantalones con una goma en la cintura. Tenía barriga caída, como un viejo. En en el hogar ardía un fuego de carbón. Ante el fuego yacían unos gatos, y, en el diván había un inválido perro espaniel, tan gordo que no podía moverse. En un carrito de ruedas estaban los platos de latón y las latas en que la mujer comía, y las botellas de las que bebía. En un solo enchufe había enchufado la radio, el hornillo eléctrico y las tenacillas para rizar el pelo. En el suelo, yacía un muchacho con melena que le llegaba hasta los hombros, ocupado en tostar pan. Al ver a Smiley, el chico abandonó en el suelo el tridente de latón. Dirigiéndose al muchacho, Connie imploró:

—Querido Jingle, ¿por qué no vuelves mañana? Comprende que mi más antiguo amor no viene todos los días, ¿sabes? —Connie había olvidado modular su voz. Solía jugar constantemente con ella, empleándola en toda la gama de los más raros tonos. Siguió—: Te voy a conceder una hora de libertad para que hagas lo que te dé la gana. ¿Te gusta? —Dirigiéndose a Smiley, añadió, antes de que el muchacho se hubiera alejado lo suficiente como para no oírlo—: Este es uno de mis gamberros.

Mientras Smiley sacaba la botella de jerez del interior de su cartera y llenaba dos vasos, Connie murmuró, después de una breve pausa, contemplándolo orgullosa desde el otro extremo de la estancia:

—Todavía doy clases, George, aunque no sé por qué. —Dirigiéndose al espaniel, Connie explicó—: Es el hombre más encantador que he conocido en mi vida, ¿sabes? Y ha venido *andando*. Fíjate en sus zapatos. Ha venido andando desde Londres, ¿verdad que sí, George? ¡Dios mío, qué alegría!

Tuvo dificultades para beber. La artritis había engarfiado sus dedos, como si se los hubiera roto todos en un mismo accidente, y tenía el brazo rígido. Mientras extraía del bolsillo del *blazer* un cigarrillo suelto, preguntó a Smiley:

—¿Has venido solo? ¿No te acompaña nadie? —Smiley le encendió el cigarrillo, y Connie lo sostuvo como si fuera una cerbatana, posando los dedos a lo largo del pitillo. Después, como si le apuntara con el cigarrillo, dirigió la astuta mirada de sus ojos enrojecidos a Smiley, y le preguntó—: ¿Y qué vas a pedirle a Connie, malo más que malo?

—Sus recuerdos.

—¿Qué parte de ellos?

—Vamos a recordar viejos tiempos.

—¿Lo has oído, Flush? —exclamó Connie—. Primero nos echan, dándonos un hueso pelado por toda recompensa, y, luego, vienen a suplicarnos. ¡Qué viejos tiempos!

—Traigo una carta de Lacon dirigida a ti. Esta tarde, a las siete, estará en el club. Si tienes alguna pega, llámale desde el teléfono público que está al final de la calle. Preferiría que no lo hicieras, pero si lo haces, Lacon emitirá los sonidos precisos para impresionarte.

Hasta este instante, Connie había tenido las manos en los brazos de Smiley, pero ahora las dejó caer a sus costados, y, durante un buen rato, estuvo flotando por la estancia, sabedora de cuáles eran los lugares en que podía descansar y los puntos en que podía apoyarse, mientras murmuraba:

—¡Maldito sea George Smiley y toda su pandilla!

Al llegar junto a la ventana, quizás impulsada por la fuerza de la costumbre, entreabrió las cortinas, pero, al parecer, fuera nada había que atrajera su atención.

—¡Maldito seas, George! —musitó—. ¿Cómo te has atrevido a meter a Lacon en el asunto? Este hombre es capaz de dirigir los asuntos que te han sido encargados, aprovechándose de que estás absorto en ellos.

Sobre la mesa descansaba el ejemplar del *Times* del día, con el crucigrama en su parte superior. En las casillas se veían letras laboriosamente trazadas. No había ni una casilla en blanco. Ahora, Connie se encontraba debajo del arco formado por la escalera; había cogido del carrito el vaso de jerez para entonarse; desde aquel rincón, casi cantando las palabras, dijo:

—He ido al fútbol, hoy. Mi querido Will me ha llevado al fútbol. Will es mi gamberro favorito. Ha sido un buen detalle por su parte, ¿verdad? —Ahora, su voz de niña se elevó indignada—: Y Connie ha pasado mucho frío, George. Connie se ha quedado helada hasta los mismos dedos de los pies.

Smiley intuyó que Connie estaba llorando. La sacó de la oscuridad y la llevó hasta el sofá. El vaso de Connie estaba vacío, por lo que Smiley lo llenó hasta la mitad. Sentados el uno al lado del otro, en el sofá, los dos bebieron, mientras las lágrimas de Connie le resbalaban por el *blazer* y le mojaban las manos. Decía:

—¡George, mi querido George! ¿Sabes lo que me ha dicho esa mujer, cuando me han echado? ¿La encargada del personal? —Con el índice y el pulgar había cogido una punta del cuello de la camisa de Smiley y la retorcía, mientras iba serenándose—. ¿No sabes lo que me ha dicho? —Ahora, habló con voz de sargento—: Pues me ha dicho: «Está usted perdiendo el sentido de la proporción, Connie, ya es hora de que se entere de cómo es la realidad.» *Odio* la realidad, George. Me gusta el Circus y mis queridos muchachos.

Cogió las manos de Smiley e intentó enlazar sus dedos con los de éste. Con voz reposada, pronunciando el nombre de acuerdo con las instrucciones de Tarr, Smiley dijo:

—Polyakov, Aleksey Aleksandrovich Polyakov, agregado cultural de la Embajada soviética en Londres. Ha resucitado, de acuerdo con tu previsión.

Por la calle se acercaba un coche. Smiley sólo oyó el sonido de las ruedas, ya que el motor había sido parado. Luego, unos pasos muy leves.

Connie musitó, con los ojos de bordes rojizos fijos en Smiley, mientras éste compartía con ella los sonidos llegados de fuera:

—Janet va a meter en su casa, a escondidas, a su novio. Imagina que no lo sé. ¿Oyes? Lleva chapas metálicas en los tacones. Ahora está esperando. —Los pasos se habían detenido, y se oyó un sonido de roces—. Ahora, Janet le da la llave. Janet imagina que el chico abre la puerta más silenciosamente de lo que lo hace ella. Pero no es verdad. —La cerradura se abrió, con un fuerte y seco ruido. En un suspiro, con una sonrisa de impotencia, exclamó—: ¡Los hombres...! George, ¿por qué has tenido que sacar a relucir a Aleks?

Durante los instantes que siguieron, Connie lloró por Aleks Polyakov.

Smiley recordó que los hermanos de Connie eran profesores. Y el padre también era profesor de algo. Control había conocido a Connie en el curso de unas partidas de bridge, y se inventó un empleo para ella.

Connie comenzó su relato como si se tratara de un cuento de hadas:

—Hubo una vez un desertor llamado Stanley, hace ya mucho tiempo, en el sesenta y tres...

Y prosiguió el relato conformándolo con aquella falsa lógica, en parte intuición y en parte oportunismo intelectual, que suele ser fruto de una mente maravillosa que nunca llegará a la madurez. Su rostro blanco y sin forma adquirió el esplendor que anima al de las abuelas cuando evocan encantadores recuerdos. Su memoria era tan amplia como su cuerpo, y, sin la menor duda, Connie amaba más a aquélla que a éste, ya que prescindió de todo para escuchar la voz de su memoria. Se olvidó de su copa, del cigarrillo, e incluso de la pasiva mano de Smiley. Había dejado de estar sentada en postura de abandono, y ahora su cuerpo había adquirido cierta rigidez. Inclinó la gran cabeza a un lado, mientras ensoñada, se retorcía un mechón de su blanco y algodonoso pelo. Smiley había imaginado que Connie comenzaría refiriéndose directamente a Polyakov, pero comenzó hablando de Stanley. Smiley había olvidado la pasión de Connie por los árboles genealógicos. Connie dijo el nombre de Stanley, seudónimo que los inquisidores habían dado a un desertor de quinta categoría, procedente del Centro de Moscú. Marzo del sesenta y tres. Los cazadores de cabelleras lo habían comprado, de segunda mano, a los holandeses, y lo habían facturado para Sarràtt, y, probablemente, si no hubieran estado en la temporada de calma chicha, y los inquisidores no hubiesen tenido el tiempo preciso para ello, nada se hubiera sacado de la presencia de aquel desertor. Pero resultó que el hermano Stanley tenía cierta importancia, y los inquisidores pudieron descubrirlo. Los holandeses, por su parte, no se dieron cuenta, y una copia de su informe llegó a manos de Connie. En este momento, Connie refunfuñó:

—Lo cual fue *otro* milagro, si tenemos en cuenta que todos, y de un modo *especial* los de Sarratt, observaban la norma, *al pie de la letra*, de no dejar que los demás efectuaran el menor trabajo de investigación.

Smiley esperó pacientemente a que Connie dijera en qué estribaba esa cierta importancia de Stanley, ya que Connie era mujer de edad avanzada, y lo único que un hombre podía darle era tiempo.

Stanley había desertado, mientras estaba entregado a un trabajo de violencia física, en La Haya. El tipo era una especie de asesino profesional, y había sido enviado a Holanda con la misión de asesinar a un exiliado ruso que comenzaba a molestar demasiado al Centro de Moscú. Pero, en vez de llevar a cabo su misión, Stanley decidió desertar. Con acento de gran desdén, Connie dijo:

—Según parece, se dejó engañar por una *chica*. Los holandeses le habían preparado una trampa amorosa, y Stanley cayó en ella.

Al fin de prepararle para esta misión, el Centro de Moscú le había enviado a uno de sus campos de adiestramiento en las afueras de la capital, en donde refrescó un poco sus conocimientos de las artes negras, las artes del sabotaje y del asesinato silencioso. Cuando los holandeses lo atraparon, quedaron escandalizados de esto último, y centraron sus interrogatorios en ello. Publicaron la foto de Stanley en los periódicos, y le hicieron dibujar balas de cianuro, y otras piezas de ese terrible armamento que tanto gusta a los del Centro de Moscú. Pero los inquisidores se sabían de memoria este asunto de las armas, y centraron su atención en el campo del adiestramiento en sí mismo, que era nuevo y poco conocido. Connie explicó: «Era como un Sarratt de millonarios.» Los inquisidores trazaron un plano de dicho campo, que se extendía a lo largo y ancho de varios acres de tierra con bosque y lagos, y también dibujaron todos los edificios que Stanley recordaba, como lavanderías, cantinas, barracones de lectura, cocinas y todo lo demás. Stanley había estado allí varias veces, y recordaba muchas cosas. Los inquisidores creían que ya habían terminado, cuando Stanley se quedó muy pensativo, tomó el lápiz y dibujó, en el ángulo noroeste, cinco barracones más, rodeados de una doble valla para que por el pasillo pasearan los perros guardianes. Pobre Stanley... Dijo que estos barracones eran nuevos, construidos en los últimos meses. Se llegaba a ellos por medio de un camino secreto, y Stanley los había visto desde lo alto de una colina, un día en que paseaba en compañía de su instructor, Milos. Con mucha intención en sus palabras, Connie dijo que, según Milos, quien era amigo de Stanley, en dichos barracones se alojaba una escuela especial, recientemente fundada por Karla, para adiestrar a militares en el sutil arte de urdir secretas maquinaciones con no menos secretos propósitos.

—¡Ahí está la madre del cordero! —exclamó Connie—. Durante *años*, habíamos oído rumores de que Karla intentaba formar su propio ejército particular, en el seno del Centro de Moscú, pero que el pobrecillo carecía del poder suficiente para ello. Sabíamos que Karla tenía agentes esparcidos por todo el globo, y, como es *natural*, temía que, al hacerse viejo, fuera incapaz de dirigirlos él solito. Sabíamos también que Karla, igual que todos, era terriblemente posesivo con sus agentes, y que no podía tolerar ni siquiera la idea de que dichos agentes quedaran bajo el mando de los residentes, o sea, los representantes legales del Centro, en los países de que se tratara. Como es natural, no estaba dispuesto a que eso ocurriera. Ya sabes lo mucho que Karla odiaba las oficinas de los residentes, por considerarlas dotadas de un exceso de personal y muy inseguras. También odiaba a la vieja guardia. A los miembros de ésta les llamaba cabezas cuadradas. Y tenía razón. Bueno, el caso es que, ahora, Karla tenía la autoridad necesaria para sus propósitos, y comenzó a actuar, igual que hubiera hecho cualquier hombre de valía.

No fuera que Smiley hubiera olvidado la fecha, Connie repitió:

—Marzo del sesenta y tres.

Luego nada ocurrió, como es lógico:

—En fin, lo de siempre. Abandonar el asunto, dedicarse a otros, y esperar.

Connie estuvo esperando tres años, hasta el día en que el mayor Mikail Fedorovich Komarov, ayudante del agregado militar de la Embajada soviética en Tokio, fue pillado *in fraganti*, en el momento en que se hacía cargo de seis rollos de información secreta, que le había facilitado un alto funcionario del Ministerio de Defensa del Japón. Komarov era el protagonista del segundo cuento de hadas de Connie. Komarov no era un desertor, sino un soldado que lucía las insignias de artillería.

—¡Y medallas, querido...! ¡Medallas a montones!

Komarov tuvo que ausentarse de Tokio con tal premura que su perro quedó encerrado en el piso y, más tarde, lo encontraron muerto, muerto de hambre, lo cual era algo que Connie no podía perdonarle a Komarov. Pero el agente japonés de Komarov fue, desde luego, debidamente interrogado, y, por una feliz coincidencia, el Circus pudo comprar el correspondiente expediente a la Toka.

—Y ahora recuerdo que fuiste tú, precisamente tú, quien negoció esta compra, George.

En un raro arranque de vanidad profesional, Smiley reconoció que sí, que cabía la posibilidad de que él hubiera intervenido en el asunto.

Lo esencial de este expediente era muy sencillo. El funcionario del Ministerio de Defensa japonés era un topo. Había sido reclutado antes de la guerra, aprovechando la invasión de Manchuria por los japoneses, y quien lo reclutó fue un tal Martin Brandt, periodista alemán que, al parecer, estaba relacionado con el Comintern. Brandt, dijo Connie, era uno de los hombres de Karla, durante los años treinta. En cuanto a Komarov, resultaba que nunca fue miembro del personal del residente oficial en Tokio, en el ámbito de la embajada, sino que trabajaba en solitario, con un subordinado encargado de los trabajos menores, y estando en relación directa con Karla, del que había sido compañero de armas, durante la guerra. Más aún: Komarov, antes de ir a Tokio, había asistido a un curso especial de adiestramiento, en una escuela situada en las afueras de Moscú, a la que iban los individuos que Karla designaba personalmente. Connie cantó:

—Conclusión, el hermano Komarov fue nuestro primer, y no demasiado brillante, titulado de la escuela de Karla. Fue fusilado, el pobrecillo. —Bajando dramáticamente la voz, añadió—: No los ahorcan, no. Son demasiado impacientes para ello, los desgraciados.

Ahora, Connie consideró que podía poner manos a la obra, dijo. Sabedora de lo que tenía que buscar, estudió cuidadosamente el expediente de Karla. Se pasó tres semanas en Whitehall, con los especialistas en cuestiones del ejército soviético, examinando los destinos militares publicados en el boletín de dicho ejército, en busca de nombramientos que ocultaran la realidad, hasta que, entre una multitud de sospechosos, creyó haber descubierto a tres nuevos, y plenamente identificables, discípulos de Karla. Todos eran militares, todos conocían personalmente a Karla, y todos tenían entre diez y quince años menos que éste. Sus nombres eran Bardin, Stokovsky y Viktorov, todos ellos coroneles.

Al sonar este último nombre, las facciones de Smiley se volvieron totalmente inexpresivas, en sus ojos apareció una expresión de cansancio, y parecía que estuviera luchando para superar el aburrimiento que le embargaba.

—¿Y qué fue de ellos? —preguntó Smiley.

—Bardin cambió su nombre por el de Sokolov, y después por el de Rusakov. Pasó a formar parte de la delegación de la URSS en la sede de la ONU, en Nueva York. No estaba abiertamente relacionado con el residente, no intervenía en operaciones de información, no se mezclaba demasiado con las gentes del lugar, no intentaba reclutar agentes, y se dedicaba a su trabajo oficial. Que yo sepa, aún está allí.

—¿Stokovsky?

—Se dedicó a la tarea de espía clandestino, ilegal. Montó un negocio fotográfico en París, bajo el nombre de Grodescu, y se hizo pasar por francés de origen rumano. Estableció una sucursal en Bonn, que, al parecer, se dedicaba a cultivar una de las fuentes de información de Karla, en la Alemania occidental.

—¿Y el tercero, Viktorov?

—Desapareció sin dejar rastro.

—¡Dios mío...! —exclamó Smiley.

—Siguió los cursos, y desapareció de la faz de la tierra. Quizás haya muerto. Por lo general, tendemos a olvidar las causas naturales.

Smiley se mostró de acuerdo:

—Es muy cierto, muy cierto...

Los largos años de vida secreta habían enseñado a Smiley el arte de escuchar con la parte delantera de la mente, de dejar que las apariencias primarias se hicieran patentes, en tanto que otra facultad, totalmente separada de la primera, trabajaba arduamente para hallar las conexiones históricas. En este caso, la conexión unía a Tarr con Irina, pasaba de Irina a su pobre ex amante, aquel que tan orgulloso estaba de que le llamaran Lapin, y de haber estado al servicio de cierto coronel Gregor Viktorov, «cuyo nombre de guerra en la embajada es Polyakov». Estas conexiones se le quedaron grabadas en la memoria, como un árbol genealógico. Nunca las olvidaría. Con lúgubre acento, Smiley preguntó:

—¿Había fotos, Connie? ¿Pudiste hacerte con descripciones físicas?

—De Bardin, el de la ONU, sí, como es natural. De Stokovsky quizá. Teníamos una vieja foto de prensa, correspondiente a sus tiempos en el ejército, pero no pudimos verificar la autenticidad de la foto.

Mientras se dirigía al otro extremo de la estancia, en busca de bebida, Smiley preguntó:

—¿Y de Viktorov, el que desapareció sin dejar rastro? ¿No teníais una hermosa foto suya?

Con una distraída sonrisa de cariño, Connie dijo:

—El coronel Gregor Viktorov... Luchó como un *terrier* en Stalingrado. No, no conseguimos fotos de él. Lástima. Se decía que era el mejor de todos, con mucha diferencia a su favor. Aunque, desde luego, nada sabemos de los otros. Cinco barracas y un adiestramiento de dos años. Querido, esto significa que son bastantes más de tres los licenciados en el curso de estos años.

Con un leve suspiro de desengaño, como si quisiera expresar que, hasta el momento, en el relato de Connie, y menos aún en lo referente a la persona del coronel Gregor Viktorov, nada había que pudiera ayudarle en su laboriosa búsqueda, Smiley sugirió que pasaran a hablar del fenómeno, totalmente ajeno, de Aleksey Aleksandrovich Polyakov, de la Embajada soviética en Londres, al que Connie conocía mejor por el nombre de querido Aleks Polyakov, y concretar qué lugar ocupaba en la organización de Karla, y cuál era la razón por la que a Connie le prohibieron que prosiguiera las investigaciones referentes a dicho personaje.

13

Ahora, Connie estaba mucho más animada. Polyakov no era un protagonista de cuento de hadas, sino que era su amante Aleks, pese a que Connie jamás había hablado con él y a que, probablemente, nunca le había visto en carne y hueso. Connie se había trasladado a otro asiento, más cercano a la lámpara de lectura, es decir, a una mecedora que le aliviara ciertos dolores. No había sitio alguno en el que Connie pudiera permanecer largo rato sentada. Había echado la cabeza hacia atrás, de modo que ante la vista de Smiley quedaron los blancos pliegues del cuello de Connie, quien había dejado una de sus rígidas manos colgando en el aire, coquetamente, mientras recordaba indiscreciones de las que no se arrepentía. Pero, para la ordenada mente de Smiley, las especulaciones de Connie, analizadas de acuerdo con la ortodoxa aritmética del servicio secreto, eran todavía más locas que las anteriores.

—¡Era muy bueno, pero que muy bueno! —dijo Connie—. Aleks estuvo aquí durante siete largos años, sin que nosotros tuviéramos la menor sospecha. ¡Siete años!

Connie recitó los datos de la primera petición de visado, solicitada antes de que transcurrieran los mencionados siete años: Polyakov, Aleksey Aleksandrovich, licenciado en la Universidad de Leningrado, ayudante agregado cultural, con categoría de segundo secretario, casado, aunque no venía en compañía de su esposa, nacido el tres de marzo de mil novecientos veintidós, en Ukrania, hijo de un transportista, sin que se dijera nada referente a enseñanza primaria y media. Siguió, sin hacer una pausa, recitando la primera descripción reglamentaria efectuada por los faroleros: altura, cinco pies con once pulgadas, corpulento, ojos verdes, pelo negro, sin visibles señales distintivas. Connie se echó a reír.

—Era un alegre gigantón. Un tremendo bromista. Con un mechón de pelo que le caía en la parte derecha de la frente, sobre el ojo. Estoy segura de que le gustaba pellizcar el trasero de las chicas, pese a que nunca le pillamos con las manos en la masa. De buena gana le hubiera ofrecido un par de traseros de nuestro servicio, si nuestro Toby hubiese estado dispuesto a colaborar, pero no lo estaba. Y con esto no quiero decir, ni mucho menos, que Aleksey Aleksandrovich hubiera caído en semejante trampa. —Con orgullo, declaró—: Aleks estaba *muy* por encima de esto. Tenía una hermosa voz. Como la tuya, dulce. A menudo yo escuchaba las cintas dos veces, sólo para oírle hablar. ¿Está todavía aquí, George? Incluso preguntarlo me da miedo. Temo que todos hayan sido relevados y que ya no conozca a nadie.

Smiley la tranquilizó, diciéndole que, efectivamente, aún estaba en Londres, con el mismo cargo y el mismo rango. Connie inquirió:

—¿Y aún vive en aquella horrible casita de la zona residencial de Highgate que tanto odiaban los vigilantes a las órdenes de Toby? Era el número cuarenta de Meadow Close. ¡Un lugar horrible! Me gustan los tipos que realmente viven de acuerdo con el cargo ficticio que ocupan, para ocultar su trabajo de espionaje, y Aleks realmente lo hacía. Era el funcionario de la sección de cultura más ocupado que jamás haya tenido embajada alguna. Si querías conseguir algo de prisa, fuera un conferenciante o un músico o cualquier otro tipo por el estilo, Aleks abreviaba los trámites burocráticos con más eficacia que nadie.

—¿Y cómo se las arreglaba para ser tan eficiente?

Ruborizándose, Connie repuso:

—No de la manera que tú imaginas, George Smiley. ¡Oh, no! Aleks Aleksandrovich era exactamente lo que decía que era. Y si lo dudas, pregunta a Toby Esterhase o a Percy Alleline. Blanco y puro como la nieve. Impecable en todos los aspectos. ¡Toby pondría la mano en el fuego, en esta materia!

—Vamos, vamos, Connie, no exageres —dijo Smiley llenando el vaso de Connie.

Sin inmutarse, Connie exclamó:

—¡Perfecto! ¡Era la perfección absoluta! Aleksey Aleksandrovich Polyakov era un seis cilindros preparado por Karla, de lo mejorcito que he visto, y yo lo decía, pero nadie me hacía caso. Toby me decía: «Ves espías por todas partes, hasta debajo de la cama.» Y Percy, con su acento escocés, me decía: «Los faroleros están muy ocupados, y no tenemos tiempo para emplearlo en lujos.» ¡Narices, lujos! —Ahora, Connie volvía a llorar—. Pobre George. Tú intentaste ayudarme un poco, pero nada podías hacer. También estabas aislado. Oh, George, por favor, no vayas de caza con Lacon y su gente... Por favor, no lo hagas.

Con cuidado, Smiley logró que la atención de Connie volviera al tema de Polyakov, y a las razones por las que estaba tan segura de que éste era un hombre al servicio de Karla, y licenciado en la escuela especial de éste.

—Era el Día de la Commemoración —dijo Connie entre sollozos—. Y lo fotografiamos con sus medallas.

De nuevo estaban en el primer año, el primero de los ocho años de su aventura amorosa con Aleks Polyakov. Connie dijo que lo más curioso del caso era que se había fijado en Polyakov desde el instante en que llegó.

—Inmediatamente —dijo— pensé: «Vaya, vaya, me parece que voy a divertirme un poco contigo, muchacho.»

Connie no sabía exactamente por qué había pensado esto. Quizá se debió a su aire de seguridad en sí mismo, a su manera de andar, como si viniera de un desfile.

—Tieso como una vela. Con el sello del ejército desde la coronilla hasta las puntas de los pies. —O quizá se debió al modo como Aleks vivía—. Eligió la única casa de Londres a la que los faroleros no podían acercarse hasta menos de cincuenta metros. —O quizá fue su trabajo—. Ya había tres agregados culturales, dos de ellos eran espías, y lo único que hacía el tercero era mandar flores al cementerio de Highgate, para la tumba del pobre Karl Marx.

Ahora, Connie estaba un poco mareada, por lo que Smiley la obligó a caminar un poco, soportando sobre sí todo el peso de la mujer, cuando ella tropezaba. Connie dijo que, al principio, Toby Esterhase accedió a poner a Aleks en la lista A y que sus faroleros de Acton le vigilaran en días escogidos al azar, unos doce días de cada treinta, y que, siempre que le vigilaron, Aleks demostró ser puro como la nieve.

—Querido, cualquiera hubiera dicho que yo le había telefoneado para decirle: «Aleks Aleksandrovich, ten mucho cuidado con lo que haces, porque he hecho lo

126

preciso para que los sabuesos de Toby te vigilen. Por esto limítate a cumplir con los deberes de tu cargo oficial, y no hagas nada raro.»

Asistía a espectáculos y conferencias, paseaba por el parque, jugaba un poco al tenis, y, salvo obsequiar con caramelos a los niños, todas sus actividades eran absolutamente respetables. Connie luchó para que fuera constantemente vigilado, pero perdió la batalla. La máquina siguió funcionando regularmente y, por consiguiente, Polyakov fue trasladado a la lista B, en la que sería objeto de estudio una vez cada seis meses, o en la medida que los recursos disponibles lo permitieran. Los estudios semestrales ningún resultado aportaron, y al cabo de tres años fue calificado de Persil, es decir, después de una investigación profunda, resultó que era individuo carente de interés desde el punto de vista del servicio secreto. Connie ya nada podía hacer, y, realmente, había comenzado a aceptar los hechos, cuando un maravilloso día del mes de noviembre, el encantador Teddy Hankie la llamó muy agitado, desde la Lavandería de Acton, para decirle que Aleks Polyakov había dado muestras, al fin, de ser lo que realmente era.

—Teddy era un viejo, pero que muy viejo, compañero. Pertenecía a la vieja guardia del Circus, y era encantador, pese a que casi tenía noventa años. Había terminado la jornada y se dirigía a su casa, cuando el Volga del embajador soviético pasó por la calle, dirigiéndose, al parecer, a la ceremonia de depositar coronas de flores, y llevando a tres agregados de servicio. Otros tres iban en un segundo coche. Uno de ellos era Polyakov, y lucía más medallas que un árbol de Navidad. Teddy se dirigió a toda prisa a Whitehall, con su cámara, y les sacó una foto desde el otro lado de la calle. Querido, todas las circunstancias nos favorecieron. El tiempo era perfecto, porque, después de llover, ahora lucía un hermoso sol de atardecer, de manera que Teddy hubiera podido fotografiar la sonrisa de una mosca, a trescientos metros de distancia. Ampliamos las fotos, y vimos las medallas: dos al valor, y cuatro de participación en campañas. Aleks Polyakov era un ex combatiente y a nadie lo había dicho en el curso de siete años. ¡No sabes lo que me emocioné! Ni siquiera tuve que trazar planes de actuación. Llamé inmediatamente a Toby, y le dije: «Toby, escúchame un instante, vene-

127

noso enano húngaro. Estamos ante un caso en el que, por fin, el ego ha triunfado sobre las necesidades de cumplir con todas las exigencias de un cargo ficticio. Quiero que investigues todo lo referente a Aleks Aleksandrovich, por todos los lados, del derecho y del revés, y no quiero excusas ni pretextos. Mi corazonada ha resultado ser cierta.»

—¿Y qué dijo Toby?

El espaniel gris soltó un suspiro de tristeza, y volvió a dormirse. De repente, Connie se había quedado muy sola.

—¿Toby? Bueno, pues Toby me habló con voz de pescado, y me dijo que, ahora, Percy Alleline era el jefe de operaciones, por lo que correspondía a Percy, y no a él, asignar los correspondientes recursos. Inmediatamente, me di cuenta de que algo funcionaba mal, y pensé que era Toby. —Guardó silencio durante unos instantes. Con voz cansada, musitó—: Maldito fuego... En cuanto una se descuida, se apaga. —Había perdido todo interés en el asunto—. Ya sabes el resto. El informe pasó a Percy, quien dijo: «Bueno, ¿y qué? Polyakov estuvo en el ejército ruso, que era un ejército bastante numeroso, y no todos los que lucharon en él eran agentes de Karla.» Muy gracioso. Me acusó de entregarme a deducciones poco científicas. Y yo le dije: «¿Qué quieres decir con ello?» Y él contestó: «Que no es una *deducción*, sino una *intuición*.» Y yo le contesté: «Querido Percy, cuando empleas palabras así, pareces un médico pedante o algo por el estilo.» ¡Cómo se puso! Bueno, el caso es que, como favor especial, Toby encargó a sus sabuesos que vigilaran a Aleks, y no consiguieron nada. Yo dije: «Registrad su casa, registrad su coche, fingid un atraco, volvedle del revés, poned micrófonos. Fingid que le habéis confundido con otro y registradle los bolsillos. Haced algo, cualquier cosa, porque me juego una libra contra un rublo a que Aleks Polyakov está en contacto con un topo inglés.» Y, entonces, Percy me mandó llamar, y muy altanero, con su acento escocés, me dijo: «Debes dejar en paz a Polyakov. Y debes quitarte de tu alocada cabeza de mujer a este hombre, ¿comprendes? Tú y tu maldito Polyakov os estáis convirtiendo en una lata para todos nosotros. Déjale en paz.» Luego me mandó una carta muy poco cortés, con copia para la vaca en jefe, en la que decía: «En el curso

de nuestra conversación, usted se mostró de acuerdo...»
Al pie de la carta, escribí: «Sí, repito que no.» Y le
devolví la carta. —Connie volvió a emplear su voz de
sargento—: Estás perdiendo tu sentido de la proporción,
Connie. Ya es hora de que te enfrentes con la realidad.

Ahora, Connie tenía resaca. Volvía a estar sentada,
inclinada hacia el vaso. Había cerrado los ojos, y su
cabeza se inclinaba, una y otra vez, hacia un lado. Despertó bruscamente, y murmuró:

—Dios mío... Pobre de mí...

—¿Tenía Polyakov un hombre a su servicio, un
ejecutor de órdenes? —preguntó Smiley.

—¿Por qué iba a tenerlo? Era un agregado cultural,
y los agregados culturales no necesitan ejecutores de
órdenes.

—Komarov tenía uno, en Tokio. Tú misma lo has
dicho.

—Komarov era militar —contestó Connie enfurru-
ñándose.

—Y Polyakov también. Ya viste sus medallas.

Smiley le cogió la mano, esperando su reacción. Connie dijo que tenía a un tal Lapin, el conejo, chófer al
servicio de la embajada. Al principio, Connie no podía
identificar a este hombre. Sospechaba que Lapin era
cierto Ivlov-Brod, pero no tenía modo de demostrarlo, y
nadie podía ayudarla. Lapin, el conejo, se pasaba la
mayor parte del día paseando por Londres, mirando a
las chicas y sin atreverse a hablarles. Pero, poco a poco,
Connie comenzó a relacionar unos hechos con otros.
Polyakov dio una recepción, y Lapin le ayudó a servir
bebidas. A última hora de la noche, llamaron a Polyakov
por teléfono, y media hora después, Lapin volvió a
aparecer, seguramente para descifrar un telegrama. Y,
cuando Polyakov se trasladó en avión a Moscú, Lapin, el
conejo, se fue a vivir a la embajada, e incluso dormía
en ella.

Connie concluyó con firmeza:

—Estaba sustituyendo a su jefe; de esto no cabe la
menor duda.

—¿Y también diste cuenta de esto?

—Naturalmente.

—¿Y qué pasó?

Soltó una risita.

—Connie fue despedida, y Lapin regresó feliz y contento a su casa. —Bostezó, añadiendo—: ¡Qué tiempos aquellos...! ¿Fue mi despido el que dio comienzo al alud de despidos, George?

El fuego se había apagado. En otra estancia, seguramente del piso superior, sonó un sordo sonido, quizá lo habían producido Janet y su amante. Poco a poco, Connie comenzó a tararear, y, luego, se balanceó al compás del tarareo.

Smiley se quedó, con el propósito de animar un poco a Connie. Le sirvió más vino, y, por fin, Connie se animó.

—Ven —dijo—, que te voy a enseñar mis asquerosas medallas.

Recepción en el dormitorio, una vez más. Las tenía en una maltratada cartera que Smiley tuvo que sacar debajo de la cama. Primeramente había una auténtica medalla en una cajita, con una mención honorífica mecanografiada, en la que se daba a Connie su nombre de guerra, o sea, Constance Salinger, y se decía que quedaba incluida en la lista que se mandaba al primer ministro para la concesión de honores. Poniendo su mejilla junto a la de Smiley, Connie dijo:

—Me la dieron porque Connie era una buena chica, y quería a todos los estupendos chicos que trabajaban con ella.

Luego había fotografías de antiguos miembros del Circus: Connie con el uniforme militar femenino, durante la guerra, entre Jeebedee y el viejo Bill Magnus, el matemático, tomada en algún lugar de Inglaterra; Connie con Bill Haydon a un lado y Jim Prideaux al otro, con los hombres vestidos y equipados para jugar al cricket, y los tres con aspecto de gente «muchas gracias, es usted muy amable», dicho sea con las propias palabras de Connie, durante un curso de verano en Sarratt, con el campo extendiéndose a sus espaldas, la hierba recién cortada e iluminada por el sol. Luego, una enorme lupa, con firmas en el cristal de aumento; eran firmas de Roy, Percy y muchos más, con las palabras: «Para Connie, que siempre estará con nosotros, con amor.»

Por fin, había el homenaje especial de Bill, consistente en una caricatura de Connie, tumbada en los jardines del Palacio de Kensington, y ocupándolos totalmente con su cuerpo, entregada a vigilar con un telescopio la Embajada soviética, y las palabras: «Con amor y tiernos recuerdos, para la muy querida Connie.»

—Aquí todavía se acuerdan de él —dijo Connie—. El chico prodigio. En la sala de descanso de Christ Church todavía tienen un par de cuadros suyos. Los sacan muy a menudo y los vuelven a poner. Hace poco, un par de días, creo, Giles Langley me paró y me preguntó si había tenido noticias de Haydon últimamente. No sé lo que le contesté, sí o no. En fin, no lo sé. ¿Sabes si la hermana de Giles sigue organizando pisos francos para los agentes del servicio? —Smiley no lo sabía. Connie siguió—: Giles dijo: «Le echamos mucho de menos aquí, ahora ya no hay tipos como él.» Giles debe tener cien años, por lo menos. Dijo que le dio clases de historia contemporánea, en los tiempos en que «imperio» todavía no era una palabra fea. También preguntó por Jim. Dijo: «Jim, su *alter ego*, ejem, ejem...» Tú nunca le tuviste simpatía a Bill, ¿verdad?

Connie siguió parloteando en términos vagos, mientras envolvía en plástico y retales sus recuerdos.

—Nunca llegué a averiguar —dijo— si tenías celos de él o él los tenía de ti. Era demasiado apuesto, me parece. Siempre sentiste desconfianza hacia los hombres apuestos.

Por vez primera, las palabras de Connie habían pillado a Smiley con la guardia baja. Smiley contestó:

—No seas absurda, Connie. Eramos excelentes amigos. No sé por qué has dicho eso.

Connie casi se había olvidado del asunto, pero observó:

—Por nada. En cierta ocasión, me dijeron que Bill había dado un paseo por el parque con Ann, y esto es todo. Siempre pensé que hubiera sido magnífico que trabajarais juntos los dos, Bill y tú. Pero no pudo ser. Tú hubieras resucitado el viejo espíritu. Sí, hubieras debido ser tú, y no este palurdo escocés. Ya lo imagino: Bill reconstruyendo la organización Camelot, y George...

En el rostro de Connie volvió a aparecer la sonrisa de cuento de hadas. Smiley terminó la frase:

—Y George cogiendo las migajas que cayeran de la mesa...

Los dos rieron. Smiley, con falsedad.

—Dame un beso, George. Dale un beso a Connie.

Le acompañó hacia la puerta trasera, que daba al

huerto, o sea, el camino que seguían los pupilos de Connie. Dijo que prefería aquella salida a la frontera, con su espectáculo de los asquerosos bungalows nuevos que los cerdos de Harrison habían construido en sus jardines. Caía una lluvia fina, a través de la niebla se veían las estrellas grandes y pálidas, por la carretera pasaban los camiones, atravesando la noche, hacia el Norte. Connie agarró a Smiley y, de repente, se asustó.

—Eres muy malo, George —dijo—. ¿Oyes? Mírame. No mires hacia allá porque no verás más que luces de neón y Sodoma. Bésame. A lo largo y ancho del mundo, gente bestial se dedica a aniquilar nuestro tiempo, ¿por qué colaboras con ellos? ¿Por qué?

—No colaboro con ellos, Connie.

—¡Claro que sí! Mírame. Fueron buenos tiempos, ¿oyes? Grandes tiempos. Entonces, los ingleses podían estar orgullosos. Haz que ahora también lo puedan estar.

—No está en mi mano, Connie.

Ahora, Connie acercaba el rostro de Smiley al suyo, por lo que éste la besó en los labios.

—Pobrecillos —dijo Connie. Respiraba con dificultad, debido, no a una sola emoción, sino a un confuso revoltijo de emociones en las que estaba sumergida como en un mar de bebidas mezcladas—. Pobrecillos. Adiestrados para servir al Imperio, adiestrados para mandar sobre las olas del mar. Y todo ha desaparecido. Todo nos lo han quitado. Adiós, querido mundo. Tú eres el último, George, tú y Bill. Y el puerco Percy también lo es un poco.

Smiley sabía ya de antemano que la conversación terminaría así, pero no había imaginado que en las palabras de Connie habría tanta horrible tristeza. Todas las Navidades, Connie le había soltado el mismo rollo, durante las celebraciones, con copas, que tenían efecto en los rincones del Circus. Ahora, Connie le preguntaba:

—No conoces Millponds, ¿verdad?

—¿Dónde está?

—Es la casa de campo de mi hermano, una casa muy hermosa, con un parque maravilloso, cerca de Newbury. Pero un día hicieron una carretera. ¡Plaf! ¡Bang! Autopista. Se cargaron el parque, desapareció, sí. Me crié allí, ¿sabes? Supongo que no habrán vendido Sarratt... Temía que lo vendieran.

—Tengo la certeza de que no lo han vendido.

Smiley ansiaba liberarse de Connie, pero ésta le tenía agarrado más fuertemente todavía. Smiley sentía el corazón de Connie latiendo contra el suyo.

—Si las cosas empeoran, no vuelvas a verme —dijo Connie—. ¿Me lo prometes? Soy un viejo leopardo, y he llegado a una edad en que ya no puedo cambiar las manchas de mi piel. Quiero recordaros a todos tal como erais, muchachos encantadores, realmente encantadores.

Smiley no quería dejarla allí, en la oscuridad, balanceándose bajo los árboles, por lo que la acompañó hasta mitad de camino de la casa, sin que ninguno de los dos hablara. Cuando se dirigía hacia la carretera, volvió a oír a Connie tarareando. Tarareaba tan alto que parecía que chillara. Pero, ahora, aquellos gritos en nada podían afectar a la tortura interior de Smiley, a aquellas corrientes de alarma, ira y asco hacia aquella caminata en la noche ciega, con sabe Dios qué gente a su término.

Tomó un tren-tranvía, para ir a Slough, en donde Mendel le aguardaba con un coche de alquiler. Mientras en el coche se dirigían despacio hacia el anaranjado resplandor de la ciudad, Smiley se enteró del resumen de los resultados de las investigaciones de Guillam. El libro de registro de los funcionarios de guardia no contenía dato alguno referente a la noche del diez al once de abril, aseguró Mendel. Las páginas habían sido separadas, cortándolas con una navaja de afeitar. Los partes de los conserjes habían también desaparecido, así como los referentes a las comunicaciones habidas.

—Peter cree que las páginas y todo lo demás fue hurtado recientemente. En la página siguiente hay una nota en la que se dice: «Diríjanse todas las preguntas a la jefatura de la London Station.» Está escrita con la letra de Esterhase, y fechada el viernes.

Volviéndose tan bruscamente que el cinturón de seguridad emitió un gemido, Smiley dijo:

—¿El viernes pasado? Este es el día en que Tarr llegó a Inglaterra.

—Esto es lo que dice Peter —replicó Mendel estólidamente.

Por fin, dijo que, en cuanto hacía referencia a Lapin, alias Ivlov, y al segundo secretario Aleksey Aleksandrovich Polyakov, ambos de la Embajada soviética acreditada en Londres, los informes de los faroleros de Toby Esterhase no contenían dato incriminatorio alguno. Se habían efectuado investigaciones con respecto a los dos, y ambos merecieron la calificación Persil, es decir la más limpia de cuantas había. Lapin había sido destinado de nuevo a Moscú, hacía un año.

En una cartera, Mendel llevaba también las fotografías hechas por Guillam, resultado de su incursión en Brixton, debidamente reveladas y ampliadas. En las cercanías de la estación de Paddington, Smiley se apeó. y Mendel le ofreció la cartera por la ventanilla. Mendel le preguntó:

—¿Está seguro de que no quiere que le acompañe?

—Muchas gracias, pero sólo son unos cien metros.

—Suerte tiene usted de que los días tengan sólo veinticuatro horas.

—Ciertamente.

—Hay gente que también duerme.

—Adiós, buenas noches.

Mendel todavía sostenía la cartera en las manos.

—Me parece que he encontrado la escuela —dijo—. Se llama Thursgood y está cerca de Taunton. El individuo trabajó durante medio trimestre en Berkshire, en tareas administrativas, y, luego, en abril, se fue a Sommerset. Según me han dicho tiene un coche con remolque. ¿Quiere que lo compruebe?

—¿Cómo se las arreglará para hacerlo?

—Llamando a la puerta, para venderle un aspirador. Y, luego, trabando conversación.

Súbitamente preocupado, Smiley dijo:

—Lo siento, pero temo que ando a la caza de sombras.

—El joven Guillam también va a la caza de sombras —comentó Mendel con firmeza—. Dice que todos le miran de una manera rara. Dice que está ocurriendo algo y que todos andan metidos en el asunto. Le aconsejé que se tomara un par de tragos.

Después de reflexionar durante unos instantes, Smiley dijo:

—Sí, esto es lo aconsejable. —Tras una pausa, explicó—: Jim es un verdadero profesional. Un hombre de acción de la vieja escuela. Pese al trato que le dieron, vale mucho.

Camilla regresó tarde. Guillam pensaba que la clase de la muchacha terminaba a las nueve; sin embargo, eran ya las once cuando Camilla llegó, por lo que Guillam la trató con sequedad. No pudo evitarlo. Ahora, Camilla yacía en cama, con su pelo gris-negro sobre la almohada, contemplando a Guillam, mientras éste permanecía de pie, a oscuras, contra la ventana, mirando la plaza.

—¿Has cenado?

—El doctor Sand me ha invitado a cenar.

El doctor Sand, de nacionalidad persa, era su profesor de música.

—¿Y qué has cenado?

No obtuvo contestación. ¿Sueños quizá? ¿Un bistec? ¿Amor? Cuando estaba en cama, Camilla jamás rebullía como no fuera para hacer el amor con Guillam. Cuando dormía, Camilla apenas respiraba. A veces, Guillam se despertaba y la contemplaba, preguntándose qué sentimientos experimentaría si estuviera muerta. Guillam le preguntó:

—¿Quieres a Sand?

—A veces.

—¿Es tu amante?

—A veces.

—Quizá fuera mejor que vivieras con él, en vez de vivir conmigo.

—No, no son esa clase de sentimientos. No lo comprendes.

No. No lo comprendía. Primero vio a una pareja de enamorados besándose en la parte trasera de un Rover, luego a un marica solitario paseando a su perro, después un par de muchachas hablaron por teléfono, durante una hora, en la cabina pública situada ante la puerta de la casa de Guillam. En realidad, nada excepcional había en estos aconteceres, como no fuera que ocurrieron consecutivamente, como si de cambios de guardia se tratara. Ahora aparcó una camioneta y nadie salió de ella. ¿Más enamorados o un par de faroleros en servicio nocturno? La camioneta llevaba allí diez minutos, cuando el Rover se fue.

Camilla dormía. Guillam se tumbó junto a ella, quedando despierto, esperando el día siguiente, en el que, a petición de Smiley, intentaría robar el expediente acerca del asunto Prideaux, conocido asimismo como el escándalo Ellis u operación Testimonio.

14

Hasta el presente momento, aquél había sido el segundo día más feliz de la corta vida de Bill Roach. El día más feliz, el primero, había ocurrido poco después de la separación de sus padres, cuando su padre descubrió un nido de avispas en el tejado, y requirió la ayuda de Bill para exterminarlas o ahuyentarlas con humo. Su padre no era hombre amante del campo ni de la vida al aire libre, y tampoco se podía decir que fuera mañoso, pero, después de que Bill leyera en su enciclopedia el artículo correspondiente a las avispas, los dos juntos fueron en coche a la droguería y compraron azufre, que quemaron bajo el alero de la techumbre, matando así las avispas.

Pero hoy Bill Roach había sido testigo de la solemne inauguración del club de *rallies* en el coche de Jim. Hasta el presente momento, se habían limitado a desmontar el Alvis, a limpiar las piezas y volverlas a montar. Pero hoy, a modo de recompensa, habían organizado, con la ayuda de Latzky, el refugiado, un *slalom* con balas de paja, en la zona pedregosa de la carretera, y, después, todos, por riguroso turno, se habían puesto al volante, y, mientras Jim se ocupaba del cronometraje, condujeron, entre virajes y resoplidos, saliendo por la verja, acompañados de las tumultuosas manifestaciones de sus partidarios. Jim habíales presentado su coche con las siguientes palabras:

—El mejor coche que jamás se haya fabricado en Inglaterra. Ahora ya no se fabrica, gracias al socialismo.

El coche había sido pintado de nuevo, en la capota lucía, como los coches de carreras, la bandera de la Gran Bretaña, y, sin duda alguna, era el mejor y más rápido coche del mundo. En la primera manga, Roach consiguió el tercer lugar entre catorce competidores, y, ahora, en la segunda, había llegado a los castaños sin cometer ni una falta, y se disponía a efectuar el recorrido de regreso en un tiempo récord. Nunca había imaginado Bill Roach que en el mundo hubiera algo que pudiera producirle tanto placer. Amaba aquel coche, amaba a Jim, e incluso amaba la escuela. Y por primera vez en su vida, amaba el intentar triunfar. Podía oír la voz de Jim gritándole: «¡Calma, Jumbo!», y podía ver a Latzky saltando con la improvisada bandera a cuadros, pero, cuando Bill Roach llegó a la meta, le constaba ya que Jim había dejado de mirarle, y que tenía la vista fija hacia la carretera, allí donde se alzaban las hayas. Con el aliento cortado, Bill preguntó:

—¿Qué tiempo, señor?

Se acallaron las voces. Y Spikely, probando a ver si su broma era aceptada, gritó:

—¡Cronometrador! ¡El tiempo, por favor, Rhino!

Latzky, con la mirada también fija en Jim, dijo:

—Has conseguido un tiempo muy bueno, Jumbo.

Extrañamente, tanto la impertinencia de Spikely como la pregunta de Roach quedaron sin respuesta. Jim miraba con fijeza más allá del campo, hacia el sendero que formaba su límite al Este. Un muchacho llamado Coleshaw, cuyo remoquete era Cole Slaw (1), estaba al lado de Jim. Era un repartidor de la clase Tercera B, y famoso por la coba que daba a los profesores. En aquella zona, el campo, antes de alzarse para convertirse en colinas, era muy llano. A menudo, después de unos días de lluvia, quedaba encharcado. Por esta razón, no había junto al sendero un seto sino alambrada. Tampoco había árboles, sólo la alambrada, la llanura, y, a veces, las colinas de los Quantocks, que hoy se habían desvanecido, confundidas con la general blancura. En consecuencia, la llanura podía muy bien pasar por tierras pantanosas que conducían a un lago, o, sencillamente, al blanco infinito. Por este liso paisaje caminaba una solitaria figura, un atildado peatón, sin rasgos distintivos, del sexo masculino, con cara flaca, sombrero de tipo *trilby*, impermeable gris, y un bastón del que apenas se servía. Roach, que también lo contemplaba, pensó que aquel hombre de buena gana hubiera caminado más de prisa, pero que iba despacio por alguna razón concreta.

Jim, que contemplaba asimismo aquella figura que

_____

(1) Slaw, ensalada de col. (*N. del T.*)

137

ahora estaba a punto de llegar a la altura del primer pilar, dijo:

—¿Llevas las gafas puestas, Jumbo?

—Sí, señor.

—¿Quién es este hombre?

—No lo sé, señor.

—¿No le has visto nunca?

—No, señor.

—No pertenece a la escuela y tampoco es del pueblo. ¿Quién será? ¿Un vagabundo? ¿Un ladrón? ¿Por qué no mira hacia aquí, Jumbo? ¿Qué tenemos nosotros para que no nos mire? ¿No mirarías tú, si vieras un grupo de chicos conduciendo un coche en pleno campo? ¿Es que no le gustan los coches? ¿Es que no le gustan los chicos?

Roach todavía estaba pensando las respuestas a esas preguntas, cuando Jim comenzó a hablar con Latzky, en su idioma, en un murmullo, en un tono bajo que tuvo la virtud de inducir a Roach a pensar que había cierta complicidad entre los dos, una especie de vínculo extranjero. Esta impresión quedó fortalecida por la respuesta de Latzky, claramente negativa, dada asimismo en una voz baja y tranquila, semejante.

—Señor, por favor, señor —dijo Cole Saw—, me parece que tiene algo que ver con la iglesia, este hombre. Le vi hablando con Wells Fargo, señor, cuando salimos de la capilla.

El vicario se llamaba, en realidad Spargo, y era un hombre muy viejo. Pero en Thursgood había la leyenda de que se trataba del gran Wells Fargo, ya retirado. Después de oír estas palabras, Jim quedó pensativo, mientras Roach, furioso, se decía que Coleshaw seguramente se había inventado la historia.

—¿Has podido oír de qué hablaban, Cole Saw?

—Señor; no, señor, señor. Estaban mirando las listas del orden de sentarnos en la capilla, señor. Pero, si quiere, puedo preguntárselo a Wells Fargo, señor.

—¿Nuestras listas de capilla? ¿Las de Thursgood?

—Sí, señor. Las listas de capilla. Las de Thursgood. Con todos los nombres, señor, y el sitio en que nos sentamos.

138

Roach pensó irritado: «Y también los lugares en que se sientan los profesores.» Jim se dirigió a todos en un tono que parecía quitarle toda la importancia al asunto:

—Si alguien le vuelve a ver, que me lo diga. Si alguien ve a este hombre o a cualquier otro de aspecto siniestro, que me lo diga. ¿Comprendido? No me gusta ver a gente rara merodeando por los alrededores de la escuela. La última escuela en que estuve estaba plagada de merodeadores. Se lo llevaron todo, la plata, el dinero de los chicos, radios, en fin, todo. Este, en cuanto nos descuidemos, nos va a robar el Alvis. El mejor coche que jamás se haya fabricado en Inglaterra y que, ahora, ya no se fabrica. Jumbo, ¿de qué color tiene el pelo?

—Negro, señor.

—¿Qué estatura, Cole Saw?

—Seis pies, señor, seis pies.

Debido a que Cole Saw era enano, hasta el punto de que se decía que había sido criado con ginebra, un gracioso dijo:

—Para Cole Saw todo el mundo mide seis pies.

—Tú, Spikely, Sapo, ¿qué edad tiene?

—Noventa y un años, señor.

Las carcajadas terminaron con la situación. A Roach le concedieron la oportunidad de volver a recorrer el circuito, lo cual hizo con malos resultados, y, aquella misma noche, Roach se vio acometido, en cama, por la tortura de los celos, al pensar que todos los miembros del club de automovilismo, e incluso el propio Latzky, habían sido reclutados en masa, para desempeñar el distinguido cargo de observadores. Poco le consoló el pensar que la labor de vigilancia de los muchachos, en modo alguno podía compararse con la suya, y que las órdenes dadas por Jim se olvidarían antes de veinticuatro horas, o que, a partir de ahora, Roach tendría que incrementar sus esfuerzos a fin de superar lo que constituía una clara amenaza en lontananza.

El desconocido de la cara flaca desapareció. Pero, al día siguiente, Jim efectuó una insólita visita al cementerio. Roach lo vio allí, hablando con Wells Fargo, junto a una tumba abierta. Luego, Bill Roach advirtió que una tenebrosa expresión cubría la cara de Jim, y que adoptaba un aire de estar alerta que, en ocasiones, parecía una expresión airada. Y así estaba Jim durante sus paseos al atardecer, o cuando se sentaba junto al remolque, indiferente al frío o a la humedad, fumando un delgado cigarro y tomando sorbos de vodka, mientras las sombras del anochecer se hacían más y más densas a su alrededor.

Segunda Parte

15

El hotel Islay, en los Jardines de Sussex, en donde,
al día siguiente a su visita a Ascot, George Smiley, bajo
el nombre de Barraclough, había establecido su centro
de operaciones, era un lugar muy tranquilo si tenemos
en cuenta su situación, y perfectamente adecuado a las
necesidades de Smiley. Se encontraba a unos cien metros al sur de la estación de Paddington, y era un
edificio más en el grupo de viejas casas separadas de
la avenida principal por una fila de plátanos y un solar
destinado a aparcamiento. Por allí pasaban los vehículos,
rugiendo en denso tránsito, durante toda la noche. Pero
el interior del hotel, pese a que era un ardiente caos
de paredes empapeladas con papeles de colores mala-
mente contrastados, y lámparas con pantalla de cobre,
gozaba de una paz extraordinaria. No sólo nada ocurría
en el hotel, sino que parecía que nada ocurriera en el
mundo, y esta impresión quedaba reforzada por la presencia de la señora Pope Graham, la propietaria, viuda
de un comandante, que tenía una voz de terrible lan-
guidez que comunicaba una sensación de profunda fatiga
al señor Barraclough o a cualquier otra persona que
se hubiera acogido a la hospitalidad de dicha señora.
El inspector Mendel, de quien la propietaria del hotel
había sido confidente durante muchos años, insistía en
que el nombre de ésta era simplemente el de Graham.
Lo de Pope se lo había antepuesto para mayor lustre,
o quizás en deferencia a Roma (1).

Al leer el nombre Barraclough en el registro, la señora Graham dijo, acompañando las palabras con un
bostezo:

---

(1) Pope, Papa. (*N. del T.*)

—¿Era militar su padre? (2).

Smiley pagó un adelanto de cincuenta libras, a cuenta del precio de su estancia por dos semanas, y la mujer le asignó la habitación número ocho, debido a que Smiley quería trabajar. Smiley pidió una mesa, y la mujer le proporcionó una endeble mesa de juego, que Norman, el botones, transportó a la habitación. Mientras supervisaba el transporte de la mesa, la señora Graham dijo:

—Es de estilo georgiano, por lo que le agradecería que la tratara bien. En realidad, no debiera prestársela porque perteneció a mi marido, el comandante.

A las cincuenta libras, Mendel añadió veinte más, a cuenta, de su propio bolsillo; sucias onzas, como él las llamaba, que más tarde le serían reembolsadas por Smiley.

—¿Qué? ¿Ha olido algo por aquí? —preguntó.

La señora Pope Graham contestó, mientras se guardaba prudentemente las libras en algún lugar de la parte baja de su atuendo:

—Nada nuevo, en realidad.

Mendel, sentado en el piso de la señora Graham, en la planta baja, ante una botella de la bebida que gustaba a la señora Graham, le advirtió:

—Lo quiero todo, hasta el mínimo detalle. Horas de entrada y de salida, contactos, estilo de vida, y, sobre todo —Mendel levantó enfáticamente un dedo—, sobre todo, algo que es mucho más importante que todo lo que usted pueda imaginar, y que es lo siguiente: quiero que me informe acerca de las personas sospechosas que se interesen por sus empleados o les hagan preguntas bajo cualquier pretexto.

Mendel dirigió a la señora Graham su mirada de informe-acerca-del-estado-de-la-nación, y añadió:

—Incluso en el caso de que aseguren ser la Guardia de Palacio y Sherlock Holmes, todo de una pieza.

Indicando a un tembloroso muchacho con abriguito negro, al que la propia señora Graham había añadido un cuellecito de terciopelo castaño claro, dicha señora repuso:

—Aquí sólo estamos Norman y yo. Y, con Norman, no

_____
(2) Barraclough guarda, fonéticamente, cierta semejanza con *barrack*, que significa cuartel.

llegarán muy lejos, ¿verdad que no, Norman? Es un muchacho tan apocado...

—Y también quiero información de las cartas que lleguen —dijo el inspector—, información sobre el matasellos y las fechas en que fueron echadas al correo, cuando sean legibles, aunque no debe usted abrir las cartas ni retenerlas. Lo mismo digo en lo referente a sus objetos. —Calló y dejó que el silencio adquiriese densidad, mientras miraba la sólida caja fuerte que tanto se distinguía entre los restantes muebles—. Seguramente —añadió— le pedirá que le guarde usted ciertos objetos que, principalmente, serán papeles y libros. Salvo él, sólo una persona podrá examinar dichos objetos —en este momento, en el rostro de Mendel se dibujó bruscamente una sonrisa de pirata—, y esta persona soy yo, ¿comprende? Es preciso que nadie sepa que usted guarda estos objetos. Y no los toquetee, porque es un hombre muy observador, y se daría cuenta. Hemos de llevar a cabo un trabajo muy delicado. Y esto es todo.

Así concluyó Mendel sus instrucciones. Pero, poco después de regresar de Sommerset, dijo a Smiley que si todo lo que les iba a costar esta parte de la operación era veinte libras, Norman y su protectora resultarían ser los confidentes más baratos del mercado.

Al hacer esta afirmación, Mendel demostró estar disculpablemente equivocado, ya que era difícil esperar que estuviera enterado de que Jim había reclutado a la totalidad de los miembros del club del automóvil, ni tampoco los medios por los que Jim, posteriormente, podría seguir la pista de las cuidadosas investigaciones de Mendel. Tampoco podía Mendel, ni nadie, intuir el estado de eléctrica atención en que, al parecer, la tensión de la espera, y quizás un poco de locura, habían puesto a Jim.

La habitación número ocho estaba en el piso más alto del edificio. La ventana daba al muro. Más allá del muro había una calle que desembocaba en otra más ancha, con una sombría librería y una agencia de viajes llamada Ancho Mundo. En las toallas del hotel se leían las palabras «Swan Hotel Marlow». Aquella misma tarde, llegó Lacon con una abultada cartera que contenía la primera entrega de papeles procedentes de su oficina.

Para hablar, se sentaron el uno al lado del otro, en el borde de la cama, después de que Smiley hubiera puesto en marcha un transistor para que su sonido ahogara el de sus voces. Lacon aceptó esta precaución con renuencia. Parecía ya demasiado viejo para estos juegos. A la mañana siguiente, de paso para la oficina, Lacon reclamó los papeles, y devolvió los libros que Smiley había embutido en su cartera. En esta clase de trabajos, la personalidad de Lacon quedaba muy apagada. Se comportaba con aire de hombre ofendido y displicente, dando evidentes muestras de que aquellas irregularidades le desagradaban. El frío había dado a la piel de la cara de Lacon un color parecido al de un permanente rubor. Pero Smiley no podía leer los archivos durante el día, debido a que debían hallarse a disposición del personal de Lacon, y su ausencia hubiera sido causa de un escándalo. Por otra parte, Smiley tampoco quería hacerlo. Sabía, mejor que nadie, que andaba terriblemente escaso de tiempo. Durante los tres días siguientes, dicho procedimiento se repitió sin apenas variación. Todas las tardes, cuando se dirigía a tomar el tren de Paddington, Lacon dejaba sus papeles, y todas las noches, la señora Pope Graham informaba a Mendel que el tipo agriado y larguirucho había acudido al hotel, sí, el mismo tipo que miraba despectivamente a Norman. Todas las mañanas, después de haber dormido tres horas y de haberse tomado un nauseabundo desayuno de salchichas con tomate —no había variantes—, Smiley esperaba la llegada de Lacon, y, después, con satisfacción, salía al exterior, al frío invernal, para ocupar su puesto entre sus semejantes, los hombres.

Eran noches extraordinarias las de Smiley, solo, arriba, en el último piso. Luego, al recordarlas, pese a que sus días eran igualmente atareados y, aparentemente, más agitados, tuvo la impresión de que formaron un solo viaje, una sola noche, casi. Con todo cinismo, Lacon le había dicho en el jardín: «¿Y serás capaz de hacerlo? ¿Serás capaz de ir hacia atrás e ir hacia adelante constantemente?» Mientras Smiley recorría hacia atrás camino tras camino, en su propio pasado, no notaba diferencia alguna entre los dos términos: hacia atrás y hacia adelante. Para él se trataba de un solo viaje, y el destino estaba enfrente. Nada había en aquella estancia, ni un solo objeto entre los que formaban la maltratada colección de trastos de hotel, que le separara de las estancias grabadas en su recuerdo. De nuevo se encontraba en el último piso del Circus, en su sencilla oficina, con los grabados de Oxford, igual que en el momento en que la había abandonado, hacía ya un año. Al otro lado de la puerta se encontraba la sala de techo bajo, en la que las señoras de pelo gris de Control, las madres, tecleaban suavemente y contestaban las llamadas telefónicas, en tanto que aquí, en el hotel, en algún lugar del corredor, un genio aún no descubierto tecleaba pacientemente, día y noche, en una vieja máquina de escribir. Al otro extremo de la sala de las «madres» —en el caso de la señora Pope Graham se trataba de un cuarto de baño, con la advertencia de que no debía usarse— había una puerta sin letrero alguno, que conducía al santuario de Control: era como un pasillo, una calleja, con viejas estanterías de acero, viejos libros rojos, y un dulce olor a polvo y a té de jazmín. Tras el escritorio, el mismísimo Control, ahora reducido a una especie de cadáver, con el lacio mechón de pelo gris sobre la frente, y una sonrisa tan cálida como una calavera.

En Smiley, esta trasposición mental era tan completa que cuando sonaba el teléfono —la extensión era un extra que debía pagar— tenía que dedicar un tiempo a determinar en qué lugar se encontraba. Otros sonidos tenían un efecto igualmente equívoco, como, por ejemplo, el zureo de las palomas en el muro, el susurro de la antena del televisor agitada por el viento, y, cuando llovía, el sonido del súbito río en el valle de la techumbre. Sí, ya que estos sonidos también pertenecían al pasado, y en Cambridge Circus se oían solamente desde el quinto piso, por lo que, sin duda, el oído de Smiley los había seleccionado por esta razón: eran el fondo sonoro del pasado. En cierta ocasión, a primera hora de la mañana, al oír pasos en el corredor, junto a su puerta, Smiley se acercó a la puerta del dormitorio, a fin de dejar entrada al funcionario encargado de descifrar claves, por la noche. En aquellos momentos estaba inmerso en el examen de las fotos de Guillam, mientras, basándose en una información insuficiente, se preguntaba cuál sería el procedimiento del Circus, bajo el nuevo régimen del lateralismo, para dar curso a un telegrama llegado de Hong Kong. Pero en vez de ver al funcionario, vio a Norman descalzo y en pijama. Sobre la alfombra había confetti y dos pares de zapatos ante una puerta, un par de hombre y un par de mujer, pese a que en el Islay, nadie iba a limpiarlos, y menos que nadie Norman.

—Deja de espiar y vete a la cama —dijo Smiley.

Y, cuando Norman se limitó a mirarle, Smiley estuvo tentado de decirle: «Lárgate ya.» Pero se contuvo, pensando: «Eres un viejo gruñón.»

El título del primer volumen que Lacon le llevó el domingo era: «Operación Brujería. — Régimen de distribución de un producto especial.» Las restantes palabras de la cubierta estaban tapadas por diversas etiquetas con instrucciones referentes al manejo del libro, entre las que se contaba una en la que, cosa rara, se decía a quien accidentalmente encontrara el volumen, que lo devolviera «SIN LEERLO» al archivero en jefe. En la cubierta del segundo volumen se leía: «Operación Brujería. — Estimaciones complementarias destinadas a Hacienda, alojamientos especiales en Londres, disposiciones financieras especiales, etc.» El tercero, unido al primero con una cinta de color de rosa, decía: «Fuente Merlín. — Valoraciones de venta, eficacia de los costes, ampliación de la explotación, ver asimismo Anexo Secreto.» Pero este anexo no iba unido al volumen. Y cuando Smiley lo pidió, su petición fue recibida con gran frialdad. Secamente, Lacon le dijo:

—Lo guarda el ministro en su caja fuerte personal.

—¿Conoces la combinación?

—¡Ni hablar! —repuso Lacon furioso.

—¿Cuál es el título de este anexo?

—No creo que pueda interesarte. En primer lugar te diré que, realmente, no comprendo a santo de qué has de perder el tiempo con este material. Es altamente secreto y hemos hecho todo lo humanamente posible para reducir al mínimo el número de personas que lo lean.

—Incluso un anexo secreto debe tener título —observó Smiley dulcemente.

—Pues éste no lo tiene.

—¿Revela la identidad de Merlín?

—No seas ridículo. Al ministro no le interesa saberla, y a Alleline no le interesa revelársela.

—¿Qué significa «ampliación de la explotación»?

—Me niego a que me interrogues, George. Recuerda que has dejado de pertenecer a la familia. De acuerdo con el reglamento, hubiera debido someterte a una investigación oficial.

—¿La operación Brujería lo exige?

—Sí.

—¿Tenemos una lista con los nombres de los individuos que han sido objeto de esta investigación especial?

Lacon repuso que se encontraba en el expediente acerca del manejo de los papeles, y poco faltó para que diera un portazo, antes de regresar, acompañado por el sonido de la lenta canción «¿Dónde han ido todas las flores?», presentada por un disc-jockey australiano. Lacon volvió a decir:

—El ministro... Bueno, pues el ministro no quiere explicaciones largas y complicadas. Dijo que sólo creería lo que pudiera escribirse en una tarjeta postal. Está ansioso de que le demos algo a lo que poder echar mano.

—Supongo que no te has olvidado de Prideaux. Me interesa todo lo que tengas referente a él, incluso si sólo se trata de informaciones parciales. Más vale esto que nada.

Tras decir estas palabras, Smiley dejó que los ojos de Lacon lanzaran chispas durante un rato. Luego, Lacon se lanzó otra vez al ataque:

—¿No habrás empezado a chochear, George? ¿Te das cuenta de que lo más probable es que Prideaux ni siquiera hubiera oído hablar de la operación Brujería, antes de que le pegaran el tiro? Realmente, no llego a comprender por qué no te centras en el problema principal, en vez de andarte por las ramas...

Lacon había dicho estas palabras camino de la puerta, y, con ellas, se despidió de Smiley.

Smiley se fijó en el último volumen: «Operación Brujería. — Correspondencia con el departamento.» El «Departamento» era uno de los muchos eufemismos con que en Whitehall se denominaba al Circus. Este volumen estaba formado por memorándums oficiales entre el ministro, por un lado, y, por el otro lado —lo cual se advertía por la caligrafía trabajosa, de párvulo—, Percy

Alleline, quien, a la sazón, estaba confinado en los últimos niveles de la escala de hombres de Control.

Al echar una ojeada a aquellos papeles tan manoseados, Smiley pensó que reflejaban un momento muy aburrido en aquella larga y cruel guerra.

16

Fue aquella larga y cruel guerra, en sus principales batallas, lo que Smiley volvió a vivir, al embarcarse en la lectura de los documentos. Los documentos sólo contenían un leve reflejo de ella. La memoria de Smiley contenía mucho más. Sus protagonistas fueron Alleline y Control, y sus orígenes nebulosos. Bill Haydon, atento pero entristecido observador de dichos acontecimientos, sostenía que aquellos dos habían comenzado a odiarse en Cambridge, durante el breve período en que Control estuvo de profesor allí, cuando Alleline era todavía estudiante. Según Bill, Alleline era alumno de Control, y un mal alumno, y Control le humillaba, lo cual parecía muy verosímil. Esta historia era lo bastante grotesca como para que Control bromeara respecto a ella, diciendo:

—¡Dicen que Percy y yo somos hermanos de sangre! ¡Hacíamos el gamberro juntos, en la universidad!

Sin embargo, Control nunca dio a entender si hablaba en serio o en broma.

A esta cuasileyenda, Smiley podía añadir unos cuantos hechos incontrovertibles, derivados del conocimiento que tenía de la juventud de ambos hombres. Control no tenía antecedentes que le condicionaran, pero Percy Alleline era un escocés de las tierras bajas y un auténtico fruto de su parroquia; su padre era un duro presbiteriano, y si bien Percy no pertenecía al mismo credo, sin duda alguna había heredado la facultad de persuadir mediante la brutalidad. Por uno o dos años se salvó de ir a la guerra, y entró en el Circus procedente de una empresa financiera de la City. En Cambridge se había interesado un poco por la política (estaba un poco más a la derecha que Genghis Khan, aseguraba Haydon, quien no era ni mucho menos un melifluo liberal), así como por el atletismo. Fue reclutado para el Circus por un individuo llamado Maston, figura de poca importancia, que, durante cierto tiempo, consiguió un puesto en tareas de contraespionaje. Maston consideraba que Alleline era un hombre con un gran porvenir por delante, pero, después de haber protegido furiosamente a Alleline, Maston cayó en desgracia. Entonces, Alleline se convirtió en un estorbo, por lo que la dirección del personal del Circus lo facturó para Sudamérica, en donde se pasó dos turnos de servicio seguidos, con el disfraz de empleado del consulado, sin regresar a Inglaterra.

Smiley recordó que incluso Control reconoció que Alleline había trabajado con extraordinaria competencia, en Sudamérica. A los argentinos les gustó el modo como Alleline jugaba al tenis y montaba a caballo, por lo que le consideraron un *gentleman* —dicho sea en palabras de Control— y presumieron que era imbécil, sin que Percy lo fuera del todo. Cuando entregó el puesto a su sucesor, Percy había conseguido formar dos cadenas de agentes, en una· y otra costa, y estaba ampliando su organización hacia el Norte. Después de pasar las vacaciones en Inglaterra, y de pasarse un par de semanas recibiendo instrucciones y preparación, fue enviado a la India, en donde sus agentes parecían considerarlo como la reencarnación del Raj de la Gran Bretaña. Alleline les predicaba el evangelio de la lealtad absoluta, les pagaba una miseria, y, cuando le convenía, los vendía sin el menor escrúpulo. De la India pasó a El Cairo, destino que seguramente tuvo que ser muy difícil, si no imposible, para él, debido a que el Próximo Oriente había sido el campo de actuación favorito de Haydon. Los agentes de las redes de El Cairo consideraban a Bill, literalmente, de la misma manera que Martindale había expresado, en aquella fatal noche, en su anónimo club, es decir, como un nuevo Lawrence de Arabia. Y estaban plenamente dispuestos a convertir en un infierno la vida de su sucesor. Sin embargo, Percy consiguió salir adelante, y si hubiera sabido mantenerse alejado de los norteamericanos, hubiera pasado a la historia como un funcionario incluso mejor que el propio Haydon. Pero se produjo un escándalo y una abierta controversia entre Percy y Control.

Las circunstancias en que dicha controversia se produjo eran todavía oscuras. El incidente ocurrió mucho antes de que Smiley fuera ascendido a la categoría de alto ejecutor de Control. Sin contar con la autorización de Londres, al parecer Alleline se había comprometido en una torpe maquinación norteamericana para sustituir a un dirigente local por otro más favorable a los intereses de los norteamericanos. Alleline siempre había mostrado una fatal reverencia hacia los norteamericanos. En Argentina, Alleline había podido observar con admiración la manera como los norteamericanos desalojaban de sus puestos a los políticos de izquierdas, en todo el hemisferio. En la India, Alleline había visto con placer cómo los norteamericanos dividían hábilmente las fuerzas encaminadas a una centralización. Contrariamente, Control, al igual que la mayoría de los miembros del Circus, menospreciaba a los norteamericanos y sus actos, y procuraba neutralizarlos, en la medida de lo posible.

La maquinación fracasó, las compañías petroleras inglesas pusieron el grito en el cielo, y Alleline, tal como suele decirse, tuvo que salir a uña de caballo. Más tarde, Alleline alegó que Control le había animado a participar en el asunto, y que, luego, le había traicionado, e incluso llegó a decir que Control había dado a conocer, deliberadamente, la existencia del complot a los agentes de Moscú. El caso es que Alleline, cuando regresó a Londres, se encontró con una orden que lo destinaba al Parvulario, en donde se encargaría de adiestrar a los novatos que pretendían ingresar en el servicio. Era, éste, un puesto generalmente reservado a hombres ya acabados, a quienes sólo faltaba un par de años de servicio para jubilarse. Bill Haydon, a la sazón jefe de personal, justificó esta orden diciendo que, en aquellos tiempos, había en Londres muy pocos puestos vacantes para un hombre con los conocimientos y categoría de Percy. A lo que éste replicó:

—En este caso, creo que debieras inventarte un puesto para mí.

Y, realmente, Percy llevaba razón. Tal como Bill confesó con toda franqueza a Smiley, un poco más tarde, no había contado con el poder del grupo que protegía a Percy.

Ante esta manifestación, Smiley solía decir:

152

—Pero ¿quiénes son estos individuos? ¿Cómo pueden obligarte a aceptar a un hombre al que no quieres?

Control replicaba secamente:

—Jugadores de golf.

Y así era, jugadores de golf y conservadores. Sí, porque, en aquellos tiempos, Alleline coqueteaba con la oposición, que lo recibía con los brazos abiertos, y entre los miembros de la oposición se contaba Miles Sercombe, el primo de Ann, o sea, el ministro de Lacon. Control poca resistencia podía ofrecer. El Circus estaba en muy mala situación, e incluso se hablaba de desmontar íntegramente la ¡ presente organización, y de montar otra, nueva, en otro lugar. Es tradicional, en este mundo, que los fracasos ocurran en series, a ráfagas, pero la presente ráfaga de fracasos había sido exclusivamente larga. Los resultados eran cada vez más escasos, y, en muchas ocasiones, resultaban sospechosos. Y, en los aspectos más importantes, la mano de Control no se hacía sentir con la debida fuerza.

Esta temporal debilitación del poder de Control en modo alguno disminuyó el goce de éste cuando redactó los deberes de Percy Alleline en su cargo de jefe de operaciones. Control decía que este cargo era la confirmación de Percy en su calidad de tonto.

Smiley nada podía hacer para remediar la situación. En aquel entonces, Bill Haydon estaba en Washington, intentando alterar los términos del tratado de colaboración, en materia de espionaje, con quienes él denominaba los puritanos fascistas de la correspondiente organización norteamericana. Smiley había ascendido al quinto piso, y una de sus tareas consistía en lidiar con cuantos tenían que formular alguna petición a Control. Por esto, Alleline se dirigió a Smiley para preguntarle:

—¿Por qué?

Le visitó cuando Control no estaba en su despacho, y, luego, le invitó a su horrendo piso, no sin antes haber enviado al cine a su amante, y le interrogó con su quejoso acento escocés:

—¿Por qué?

Incluso invirtió dinero en una botella de whisky de malta, del que obligó a Smiley a beber generosas cantidades, mientras él bebía una marca más barata.

—¿Qué le he hecho yo a este hombre, George? ¿Tan terrible ha sido? Hemos tenido un par de roces, él y yo, pero ¿es que esto es raro? Dímelo, George. ¿Por qué me ha cogido esta inquina? Lo único que quiero es un lugar en la mesa principal. ¡Sabe Dios que, por mis servicios, tengo derecho a ello!

La mesa principal significaba el quinto piso.

Los deberes del puesto que Control había configurado para Alleline eran, a primera vista, impresionantes, y le daban competencia para analizar todas las operaciones antes de su iniciación. Pero la letra menuda subordinaba dicha competencia a la previa autorización de cada una de las secciones de operaciones, y Control tomó las oportunas medidas para que dicha autorización no se concediera jamás. Alleline también tenía que «coordinar los recursos y eliminar las rivalidades y celos regionales», lo cual Alleline ya tenía solucionado con el establecimiento de la London Station. Pero, además, las secciones de recursos, tales como los faroleros, los falsificado.es, los escuchas y los camorristas, se negaban a mostrar sus libros a Alleline, quien carecía de la autoridad necesaria para obligarlos a ello. Por esto, Alleline se moría de aburrimiento, y a su mesa no llegaba ni un papel, a partir de la hora del almuerzo.

—Soy un tipo mediocre, ¿no es eso? En la actualidad, todos tenemos que ser genios, todos *prima donnas*, y el coro no existe. Y, además, hay que ser viejo.

Pese a que uno se olvidaba fácilmente de ello, Alleline era todavía demasiado joven para sentarse a la mesa principal, ya que contaba unos ocho o diez años menos que Haydon y Smiley, y muchos menos que Control.

Pero Control se mantuvo inconmovible:

—Percy Alleline vendería a su propia madre con tal de conseguir un título de nobleza, y vendería nuestro servicio, con tal de entrar en la cámara de los lores.

Y más tarde, cuando aquella penosa enfermedad comenzó a minarle, Control dijo:

—Me niego a confiar la labor de toda mi vida a esa especie de caballo de desfile. Soy demasiado vanidoso para dejarme llevar por los halagos, soy demasiado viejo para ser ambicioso, y soy feo como un cangrejo. Percy es todo lo contrario, y, en Whitehall, sobran los hombres listos que prefieren los tipos como Percy a los tipos como yo.

Y ésta fue la forma indirecta como, se podría decir,

Control se echó encima la operación Brujería. Un día, Control ordenó secamente a Smiley, por el intercomunicador:

—George, ven acá. El hermano Percy intenta tomarme el pelo. Ven o de lo contrario habrá sangre.

Smiley recordó que corrían unos días en que fracasados luchadores regresaban de diversas partes del mundo. Roy Bland acababa de regresar de Belgrado, en donde, con la ayuda de Toby Esterhase, había intentado salvar del naufragio a una muy malparada red de espionaje. Paul Skordeno, el ejecutor de Bill Hayman, acababa de enterrar a su principal agente soviético, en el Berlín oriental. Y, en cuanto a Bill, después de otro estéril viaje, había regresado a casa echando chispas contra la arrogancia del Pentágono, su estupidez y su hipocresía; Bill aseguraba: «Ha llegado el momento de entendernos con los malditos rusos, en vez de con los norteamericanos.»

En el hotel Islay había sonado la medianoche, ya que un tardío huésped había tocado el timbre para entrar. Smiley pensó que el huésped tendría que pagar diez chelines a Norman, para quien el nuevo sistema monetario era todavía un misterio. Con un suspiro, Smiley cogió el primer expediente de la operación Brujería, y, después de haberse lamido delicadamente las yemas de índice y pulgar, se dispuso a comparar los recuerdos oficiales con los suyos.

Sólo un par de meses después de dicha entrevista, Alleline, en una carta levemente histérica y personal, dirigida al distinguido primo de Ann, el ministro, y, después, incorporada al expediente de Lacon, escribió: «Hemos hablado. Los informes de Brujería proceden de una fuente extremadamente sensible. A mi parecer no hay en Whitehall método de distribución alguno que se adapte a las características del caso. El sistema de cajetines que empleamos en TABANO quedó invalidado cuando los clientes comenzaron a perder las llaves, y, en un desdichado caso, cuando un subsecretario afectado por el exceso de trabajo dio su llave a su secretario particular. He hablado ya con Lilley, de Información Naval, y está dispuesto a poner a nuestra disposición una sala de lectura del edificio principal del

Almirantazgo, en donde el material se pondrá a disposición de los clientes, y será vigilado por un conserje de máximo rango, de nuestro servicio. A efectos de camuflaje, la sala de lectura será denominada sala de juntas del Grupo de Trabajo del Adriático, o sea GTA. Los clientes con derecho a leer no tendrán pases, ya que también este sistema se presta a los abusos, sino que darán a conocer personalmente su identidad a mi conserje —Smiley se fijó en el posesivo "mi"—, quien dispondrá de una lista con las fotos de los clientes.»

Lacon, quien todavía no estaba convencido, se dirigió a Hacienda, a través de su odioso amo, el ministro, en cuyo nombre formulaba invariablemente todas sus peticiones: «Incluso en el caso de que lo propuesto sea necesario, la sala de lectura tendría que ser ampliamente modificada.

»1. ¿Autorizarán ustedes los gastos?

»2. Si así es, el coste debiera correr a cuenta del Almirantazgo. Nuestro Departamento le reembolsaría de dicho coste, con la debida discreción.

»3. También debemos pensar en la cuestión de los conserjes, lo cual significa más gastos...»

Mientras volvía lentamente las páginas, Smiley pensó: «Y también está la cuestión de la mayor gloria de Alleline», una gloria que ya comenzaba a resplandecer por todos lados. Percy se dirigía rectamente hacia la mesa principal, y Control no contaba, como si ya hubiera muerto.

De la escalera llegó el sonido de una canción casi agradable. Un huésped galés, muy borracho, deseaba buenas noches a todos.

La operación Brujería, recordó Smiley —su memoria de nuevo, por cuanto los expedientes nada decían de algo tan sencillamente humano—, fue, sin duda, el primer intento de Percy Alleline, en su nuevo cargo, de lanzar una operación propia. Pero, como sea que las características de su cargo le obligaban a pedir la autorización de Control, los anteriores proyectos habían nacido muertos. Durante cierto tiempo, Alleline centró su atención en el asunto de perforar túneles. Los norteamericanos habían construido túneles auditivos en Berlín y Belgrado, y los franceses habían conseguido algo semejante en contra de los norteamericanos. Pues bien, bajo la bandera de Percy, el Circus también se dedicaría al asunto. Control contempló el proyecto con benevolencia, se formó un comité con representantes de diversos servicios (conocido con el nombre de «Comité Alleline»), y un equipo de técnicos inspeccionó los cimientos de la Embajada soviética en Atenas, con el entusiasta apoyo de los coroneles, a quienes Percy admiraba grandemente. Entonces, Control, con gran tacto, se cargó los proyectos de construcción subterránea de Percy, y esperó a que se le ocurriera algo nuevo. Lo cual, tras diversos intentos frustrados, era exactamente lo que Percy estaba haciendo, aquella gris mañana en que Control invitó urgentemente a Smiley a participar en la juerga.

Control estaba sentado detrás del escritorio, Alleline de pie junto a la ventana, y entre los dos mediaba una sencilla carpeta, cerrada, de claro color amarillo.

—Siéntate ahí, y echa una ojeada a esta estupidez.

Smiley se sentó en un sillón, Alleline se quedó junto a la ventana, con los recios codos apoyados en el alféizar, la mirada fija, por encima de los tejados, en la columna del monumento a Nelson, y en las un tanto fláccidas agujas de Whitehall, más allá.

En el interior de la carpeta había la fotocopia de un supuesto despacho naval soviético, de alto nivel, y de unas cincuenta páginas. Pensando que la traducción era lo bastante buena como para atribuirla a Roy Bland, Smiley preguntó:

—¿Quién lo ha traducido?

—Dios —repuso Control—. ¿Verdad que lo hizo Dios, Percy? No le preguntes nada, George, porque no te contestará.

Smiley recordó que, en aquellos tiempos, Control parecía asombrosamente joven. Smiley dirigió una ojeada a sus hinchadas facciones reflejadas en el espejo del hotel, otrora propiedad de la compañía de ferrocarriles London and North Eastern. Recordó que Control había perdido peso, que tenía las mejillas sonrosadas, y que aquellos que le conocían poco solían felicitarle por su buen aspecto. Quizás únicamente Smiley se daba cuenta de las gotitas de sudor que en aquellos días perlaban la parte alta de la frente de Control junto al pelo.

El documento constituía una valoración, supuestamente redactada por el alto mando soviético, de unas recientes maniobras navales llevadas a cabo por los rusos, en el Mediterráneo y en el mar Negro. En el expediente de Lacon figuraba simplemente como Informe N.° 1, bajo el título «Naval». Durante meses, el Almirantazgo había pedido a gritos al Circus cuantos datos hicieran referencia a estas maniobras. Por consiguiente, el documento era impresionantemente oportuno, lo cual lo hizo inmediatamente sospechoso a los ojos de Smiley. Se trataba de un informe detallado, pero que hacía referencia a unas materias que Smiley no comprendía en absoluto: potencia de ataque costa-mar, radiactivación de los sistemas de alerta del enemigo, en fin, las altas matemáticas de la balanza del terror. Si el informe era auténtico podía calificarse de oro en paño, pero no había razón alguna para suponer que lo fuera. Todas las semanas, el Circus daba curso a docenas de documentos pretendidamente soviéticos, no solicitados. En casi todos los casos carecían de importancia. Algunos eran deliberadas falsificaciones de una potencia aliada con resentimientos, y algunos estaban falsificados por los propios rusos. Rara vez resultaban ser auténticos, y, si así era, ello ocurría después de haber sido rechazado el documento en cuestión.

Señalando unas anotaciones al margen, en ruso, escritas a mano, Smiley preguntó:

—¿De quién son estas iniciales? ¿Lo sabe alguien?

Control dijo, indicando con la cabeza a Alleline:

—Pregúntalo a la autoridad en la materia. Yo nada sé.

—De Zharov —dijo Alleline—, almirante de la Séptima Flota.

—No hay fecha —objetó Smiley.

Complaciente, con su acento escocés más marcado que de costumbre, Alleline replicó:

—Es un borrador. Zharov lo firmó el jueves. El despacho en sí mismo, con estas correcciones, comenzó a circular el lunes, con la fecha correspondiente.

Era martes. Smiley, todavía desorientado, preguntó:

—¿De dónde procede?

—Percy estima que no está autorizado para decirlo —dijo Control.

—¿Y qué dicen nuestros expertos?

Fue Alleline quien contestó:

—No lo han visto, y no estoy dispuesto a que lo vean.

Con helado acento, Control terció:

—Mi hermano en Cristo, Lilley del servicio de Información Naval, ha dado, sin embargo, una opinión preliminar, ¿verdad, Percy? Percy le mostró el documento anoche, mientras se tomaban una ginebra rosada, en el club Traveller's, ¿no es verdad, Percy?

—Fue en el Almirantazgo.

—El hermano Lilley, por haber sido compañero de estudios de Percy en el Caledonian, no suele excederse en los elogios. Sin embargo, cuando me ha telefoneado, hace cosa de media hora, estaba realmente exaltado. Incluso me ha felicitado. Considera que el documento es auténtico y quiere que le demos permiso (creo que debiera decir que Percy le dé permiso) para informar a los señores de los mares de las conclusiones en él contenidas.

—Es imposible —dijo Alleline—. Sólo Lilley puede estar enterado. Al menos así debe ser durante un par de semanas.

—El tema es tan candente —explicó Control— que debemos dejar pasar el tiempo, a ver si se enfría, y, entonces, podremos distribuir el documento.

—Pero ¿de dónde lo hemos conseguido? —preguntó Smiley.

—No te preocupes, George, no, porque Percy ya ha soñado un nombre falso. A Percy se le da muy bien lo de inventarse nombres falsos.

—En este caso, ¿quién es la persona que lo ha conseguido, el funcionario encargado del asunto?

En un aparte, Control dijo a Smiley:

—Esto te divertirá, ya verás.

Durante el largo tiempo que hacía que se conocían, Smiley jamás había visto a Control tan irritado. Sus manos delgadas y pecosas temblaban, y sus ojos, por lo general sin vida, chispeaban de furia.

Precediendo sus palabras con una leve pero muy escocesa inhalación de aire por entre los dientes, Alleline dijo:

—La fuente de esta información, a quien llamamos Merlín, es una fuente de muy alto nivel con acceso a las más sensibles esferas de la formulación de la política soviética. —Tras una pausa, y como si se refiriera a la mismísima realeza, añadió—: Hemos dado el nombre de Brujería a los productos de dicha fuente.

Smiley advirtió que Alleline había utilizado idénticas

159

palabras en un carta personal y calificada de «sumo secreto» dirigida a un amigacho de Hacienda, solicitando que se guardara la mayor discreción en lo referente a los pagos *ad hoc* a sus agentes.

Control que, a pesar de aquella segunda juventud en que se encontraba, hablaba con la inexactitud de un viejo, en cuanto concernía a los giros idiomáticos populares, advirtió a Smiley:

—Ahora sólo falta que Percy diga que consiguió esa fuente en las quinielas de fútbol. Anda, George, pregúntale por qué no quiere decirte cómo entró en contacto con su Merlín.

Alleline siguió impertérrito. También él tenía el rostro colorado, pero colorado de éxito, y no por una enfermedad. Hinchó su ancho pecho, dispuesto a soltar una larga parrafada que dirigió exclusivamente a Smiley, en tono neutro, como un sargento escocés de la policía al prestar declaración ante los tribunales:

—La identidad de Merlín constituye un secreto que no está en mi mano divulgar. Merlín es el fruto de una larga labor de cultivo llevada a cabo por ciertos hombres de nuestro servicio. Se trata de gente que depende de mí en la misma medida que yo dependo de ella, y además es gente que, en su trabajo, no da el porcentaje de fracasos que suele darse en esta casa, ni mucho menos. Reconozcamos que aquí ha habido demasiados desastres, demasiado tiempo perdido, demasiado descuido, demasiados escándalos. Lo he dicho una y mil veces, pero nada, igual que si hablara en el desierto.

Como en un aparte, Control explicó:

—Se refiere a mí. En su manera de hablar, *aquí* soy yo, ¿comprendes, George?

—En este servicio, los más elementales principios del oficio, los principios básicos de seguridad, se han ido a paseo. Por ejemplo, la organización en compartimientos, a todos los niveles, ¿dónde ha ido a parar? Hay demasiadas rivalidades regionales, rivalidades que son instigadas desde lo alto.

—Otra referencia a mi persona —apuntó Control.

—Divide y vencerás, éste es el principio imperante hoy en día. Personalidades que debieran contribuir a luchar contra el comunismo se dedican a guerrear entre sí. Estamos perdiendo a nuestros más importantes colaboradores.

—Se refiere a los norteamericanos —explicó Control.

—Estamos perdiendo nuestra propia razón de existir, perdemos la propia estima. Estamos ya hartos de tanto desastre.

Alleline cogió el expediente y se lo puso bajo el brazo, en un enérgico movimiento.

Mientras Alleline salía ruidosamente de la estancia, Control dijo:

—Y como todos los que ya están hartos, quiere un poco más de lo mismo.

Ahora, y durante un rato, los expedientes de Lacon prosiguieron el relato, sustituyendo así a la memoria de Smiley. De un modo muy propio del ambiente imperante en los últimos meses, resultaba que después de haber sido incorporado a la solución de aquel asunto, e informado de sus inicios, Smiley no había recibido posterior información del desarrollo del mismo. Control detestaba los fracasos, especialmente los suyos. Sabía que reconocer el fracaso equivalía a aceptarlo, y que un servicio que no luchaba vivía abocado a la muerte. Asimismo detestaba a los agentes con camisa de seda, que se llevaban del presupuesto la parte del león, en detrimento del pan nuestro de cada día de los agentes de las redes de espionaje, en los que Control había depositado su fe. Control amaba los éxitos, pero detestaba los milagros, si éstos ensombrecían y quitaban importancia al resto de su trabajo. Detestaba las debilidades, igual que detestaba el sentimentalismo y la religión, y detestaba a Percy Alleline, en quien había un poco de todo lo anterior. Para enfrentarse con todo lo dicho, Control seguía la táctica de cerrar, literalmente hablando, la puerta, de retirarse a la triste soledad de sus estancias del piso superior, de negarse a recibir visitas, y de dar instrucciones a fin de que todas las llamadas telefónicas pasaran antes por aquellas ancianas secretarias, las madres. Eran estas mismas señoras silenciosas las que le servían té jazmín, así como un infinito número de expedientes que Control pedía, y devolvía a montones. Smiley vio estos expedientes amontonados ante la puerta, cuando salió para dedicarse a sus asuntos y procurar mantener a flote el resto del Circus. Muchos de ellos eran viejos, de los tiempos anteriores al día en que Control comenzó a dirigir la orquesta. No faltaban los de carácter personal, las biografías de anteriores y actuales miembros del servicio.

Control nunca decía lo que hacía. Si Smiley lo preguntaba a las madres, o si Bill Haydon, el favorito, entraba rebosante de vitalidad y hacía la misma pregunta, las madres se limitaban a sacudir la cabeza o a levantar silenciosamente las cejas hacia el cielo. Sus amables miradas decían: «Está acabado. Nos dedicamos a llevarle la corriente a un gran hombre, en los últimos días de su carrera.» Pero Smiley, mientras pacientemente pasaba las páginas de los expedientes, uno tras otro, y en un rincón de su compleja mente se repetía el contenido de la carta que Irina había dirigido a Tarr, sabía y, en realidad tal conocimiento le consolaba grandemente, que él no era, a fin de cuentas, el primero que efectuaba aquel viaje de exploración, que el espíritu de Control le acompañaba en todas las etapas, salvo las últimas, y que este espíritu le hubiera acompañado durante todo el trayecto de la operación Testimonio, si en el último instante la muerte no hubiera detenido la andadura de Control.

Desayuno otra vez, y un galés mucho más tranquilizado que no se sentía atraído por las salchichas con tomate.

—¿Me llevo estos expedientes o no has terminado todavía con ellos? —preguntó Lacon—. No pueden ser demasiado interesantes, ya que no contienen los informes.

—Si no te molesta, me los quedaré hasta esta noche.

—Supongo que te has dado cuenta de que tienes aspecto de estar agotado, hecho cisco...

No, no se había dado cuenta. Pero en la calle Bywater, cuando volvió allá, el espejo le mostró sus ojos ribeteados en rojo, y las mejillas hundidas por la fatiga. Durmió un poco, y después se dedicó a sus misteriosos quehaceres. Al llegar la noche, encontró a Lacon esperándole. Luego, siguió leyendo.

Según los expedientes, durante seis semanas el despacho naval no tuvo sucesor. Otros departamentos del Ministerio de Defensa se hicieron eco del entusiasmo del Almirantazgo provocado por el despacho en cuestión. El Ministerio de Asuntos Exteriores, en palabras de difícil interpretación, dijo: «Este documento arroja una extraordinaria luz sobre una faceta de la agresiva filosofía soviética.» Alleline insistía en su petición de que se diera tratamiento especial al expediente, pero era como un general sin ejército. Lacon hacía heladas referencias a la «un tanto lenta prosecución del asunto», y aconsejaba a su ministro que «conjuntamente con el Almirantazgo quitara veneno al asunto». Según los documentos a disposición de Smiley, Control nada decía. Quizá callaba adrede, en espera de que la situación se calmara por sí misma. Durante este período de calma, un funcionario de Hacienda, aficionado a los asuntos moscovitas, manifestó agriamente que Whitehall había sido testigo de muchos casos como aquél, en los últimos años: primero, un informe esperanzador, y después silencio, o, peor todavía, un escándalo.

Este funcionario iba equivocado. En la séptima semana, Alleline anunció la publicación de tres nuevos informes de Brujería, en un solo día. Todos los informes revestían la forma de correspondencia secreta, interdepartamental, soviética, aun cuando los temas tratados eran diferentes.

Según el resumen de Lacon, Brujería N.° 2 describía las tensiones existentes en el seno del Comecon, y hablaba de los corruptores efectos que los tratados comerciales con Occidente tenían en los más débiles miembros de aquella organización. Desde el punto de vista del Circus, aquél era un clásico informe procedente del territorio de Roy Bland, referente al mismísimo objetivo que la red Aggravate, con base en Hungría, había perseguido en vano durante años. Un cliente del Ministerio de Asuntos Exteriores escribió: «Estamos ante un excelente *tour d'horizon*, con la apoyatura de una buena visión colateral».

Brujería N.° 3 analizaba el revisionismo en Hungría, así como las purgas de Kadar, en los ámbitos políticos y académicos. El autor del documento, sirviéndose de una frase acuñada largo tiempo atrás por Kruschev, decía que la mejor manera de acabar con las habladu-

163

rías disidentes en Hungría consistía en fusilar a unos cuantos intelectuales más. Una vez más, aquél era territorio de Roy Bland. El mismo comentarista del Ministerio de Asuntos Exteriores decía: «Es una saludable advertencia a cuantos imaginan que la Unión Soviética se propone suavizar el trato que da a los países satélites.»

Esencialmente, estos dos informes eran paisaje de fondo, pero el informe Brujería N.º 4 constaba de sesenta páginas, y los clientes lo consideraban único. Se trataba de una apreciación minuciosamente técnica, a cargo del servicio de asuntos exteriores soviético, de las ventajas y desventajas de negociar con un presidente norteamericano débil. La conclusión era que, si daban al presidente un pequeño triunfo para que lo esgrimiera ante el electorado, la Unión Soviética podría conseguir útiles concesiones en las próximas conferencias acerca de cabezas nucleares múltiples. Sin embargo, dicho informe ponía muy seriamente en duda la conveniencia de permitir que los Estados Unidos tuvieran demasiado clara conciencia de que habían salido perdiendo en el trato, ya que esto podía dar lugar a que el Pentágono pasara al ataque o iniciara una acción preventiva. Este informe correspondía al mismísimo corazón del territorio de Bill Haydon. Pero tal como el propio Haydon reconoció en una conmovedora nota dirigida a Alleline —nota de la que inmediatamente se sacó copia, sin el conocimiento de Haydon, que fue enviada al ministro, y luego, incorporada a los archivos de la secretaría del gobierno—, en veinticinco años dedicados a investigar los asuntos nucleares soviéticos, Haydon jamás había conseguido nada de tanta importancia.

Haydon concluía: «Y de no ser que me equivoque de una forma lamentable, tampoco nuestros camaradas de armas norteamericanos han logrado algo parecido. Sé que es demasiado pronto, pero pienso que si alguien mostrara este material a Washington, podría negociar en posición altamente ventajosa. Y si Merlín sigue así, me atrevo a vaticinar que podremos comprar lo que queramos, entre las existencias de la tienda de la Organización Norteamericana.»

Percy Alleline tenía su sala de lectura, y George Smiley se preparó un café en el viejo hornillo, al lado de la pileta para lavarse las manos. Hacia el mediodía, el aparato de suministro de gas, que funcionaba echándole monedas, dejó de suministrar gas, y en un arrebato, Smiley llamó a Norman, y le ordenó que le cambiara cinco libras en chelines.

17

Con creciente interés, Smiley siguió aquel viaje a través de los anémicos informes de Lacon, desde el primer encuentro de los protagonistas hasta el presente. En aquellos tiempos se formó en el Circus tal ambiente de suspicacia que, incluso entre Smiley y Control, el tema de la fuente de Merlín llegó a ser tabú. Alleline acudía con los informes Brujería, y esperaba en la antesala, mientras las madres los presentaban a Control, quien los firmaba inmediatamente, para demostrar que ni siquiera los leía. Alleline los devolvía al archivo, asomaba la cabeza en el despacho de Smiley, le saludaba con un gruñido y bajaba las escaleras. Bland se mantenía distante, e incluso las alegres visitas de Bill Haydon, que tradicionalmente formaban parte del cotidiano vivir en aquellas alturas, y de las conversaciones de chismorreo que, en los viejos tiempos, Control deseaba tuvieran lugar entre sus lugartenientes de alta jerarquía, comenzaron a escasear y a hacerse más y más breves, hasta que, por fin, cesaron.

Con desdén, Haydon dijo a Smiley:

—Está chocheando. Y si no me equivoco, poco tardará en irse al otro barrio. El problema estriba en saber si morirá antes de quedar totalmente chocho, o viceversa.

Las habituales reuniones de los jueves fueron suspendidas, y Smiley se vio constantemente hostigado por Control, quien le ordenaba ir al extranjero para llevar a cabo vagas misiones, o visitar las delegaciones nacionales —Sarratt, Brixton, Acton y todas las demás—, en calidad de emisario personal suyo. Smiley comenzó a pensar, con más y más convicción, que Control quería mantenerle alejado. Cuando hablaba con él, Smiley notaba la pesada tensión de la sospecha mediando entre los dos, de manera que incluso el propio Smilev comenzó a preguntarse con toda seriedad si acaso Bill no estaba en lo cierto, y resultaba que Control ya no se hallaba capacitado para desempeñar su cargo.

Los documentos de los archivos de secretaría de gobierno revelaban claramente que en el curso de los tres últimos meses la operación Brujería había dado frutos constantemente, sin la menor intervención de Control. Los informes llegaban a un ritmo de dos e incluso de tres al mes, y su calidad, según los clientes, seguía siendo excelente, pero el nombre de Control rara vez se mencionaba, y nunca se le invitaba a emitir su opinión. Alguna que otra vez, los encargados de valorar los informes ponían objeciones. Más a menudo se quejaban de que no cabía la posibilidad de corroborar los informes, debido a que Merlín los situaba en zonas ignotas y preguntaban: «¿Podemos pedir a los norteamericanos que comprueben el contenido de estos informes?» El ministro contestaba: «No.» Y Alleline decía: «Todavía no.» Añadiendo: «Cuando llegue el momento oportuno haremos algo más que intercambiar nuestro material por el suyo; concluir un trato por una sola vez no nos interesa; nuestra tarea consiste en eliminar toda duda acerca de la veracidad de los informes de Merlín, y entonces, Haydon puede encargarse de negociar.»

Ahora ya no había dudas. Entre los selectos individuos que tenían acceso a las estancias del Grupo de Trabajo Adriático, Merlín era ya un triunfo. Y sus informes eran veraces, puesto que a menudo otras fuentes los confirmaban con carácter retrospectivo. Se formó un Comité Brujería, presidido por el propio ministro. Alleline ocupaba el puesto de vicepresidente. Merlín se había convertido en una industria en la que Control ni siquiera estaba empleado. Desesperado, Control había encomendado a Smiley la misión de mendigar información.

—Son tres y Alleline. Abórdalos a todos, ponles cebos, coaccíonalos, maltrátalos, si es preciso.

Los expedientes mostraban una bendita ignorancia respecto a estos encuentros que, a su vez, pertenecían a las peores zonas de la memoria de Smiley. Y, por otra parte, le constaba que Control había perdido todo interés por ellos.

Corría el mes de abril. Smiley, que acababa de regresar de Portugal, en donde había acallado un ∟scándalo, encontró a Control viviendo en estado de sitio. Los expedientes se amontonaban en el suelo; en las ventanas habían puesto nuevos cerrojos. Control había cubierto su teléfono con el paño destinado a cubrir la tetera para mantener el té caliente, y del techo colgaba una especie de altavoz, para prevenir subrepticias escuchas electrónicas, que parecía un ventilador eléctrico que emitía constantemente un silbido de intensidad variable. En el curso de las tres semanas que Smiley había estado ausente, Control se había transformado en un anciano.

Sin apenas alzar la vista de los papeles que leía, Control murmuró:

—Diles que están comprando sus futuros cargos con dinero falsificado. En fin, diles cualquier cosa. Necesito ganar tiempo.

Son tres, se repitió ahora Smiley, sentado ante la mesa de juego del comandante, mientras estudiaba la lista, hecha por Lacon, de aquellos que habían sido autorizados a tener acceso a la operación Brujería. Pero hoy eran sesenta y ocho los autorizados a entrar en la sala de lectura. Cada uno de ellos, al igual que los miembros del Partido comunista, tenía un número, de acuerdo con la fecha de ingreso en el grupo. La lista había sido mecanografiada de nuevo, después de la muerte de Control. Smiley no constaba en ella. Pero en su cabecera, figuraban los mismos cuatro padres fundadores: Alleline, Bland, Esterhase y Bill Haydon.

De repente, la mente de Smiley que, sin dejar de leer, estaba abierta a todo género de injerencias, a cualquier conexión oblicua, fue asaltada por una visión ajena al asunto en que se ocupaba. Era la visión de Ann y de él mismo, paseando por los acantilados de Cornualles. Corrían los días inmediatamente posteriores a la muerte de Control. Era aquélla la peor época, por lo que Smiley recordaba, de su largo y complejo matrimonio. Se encontraban a considerable altura, en la costa, en un lugar situado entre Lamorna y Porthcurno, adonde habían ido, fuera de temporada, con la aparente finalidad de que Ann respirara el aire marítimo, para ver si mejoraba de su tos. Habían seguido el sendero de la costa, cada cual sumido en sus propios pensamientos. Smiley suponía que Ann pensaba en Haydon, en tanto que él pensaba en Control, en Jim Prideaux, en la operación Testimonio, y en el horrendo lío que el propio Smiley había dejado a sus espaldas, al jubilarse. No había armonía entre él y Ann. Cuando estaban juntos, no reinaba la calma entre ellos, cada uno era un misterio para el otro, y la más banal conversación podía tomar extraños derroteros, fuera del dominio de su voluntad. En Londres, Ann había vivido de un modo extremadamente alocado aceptando a cuantos demostraban desearla. A Smiley le constaba que Ann intentaba enterrar algo que la atormentaba o la preocupaba en exceso. Pero Smiley no sabía qué hacer para llegar hasta ella.

—Si hubiera muerto yo —preguntó Ann de repente— en vez de morir Control, ¿cuáles serían tus sentimientos hacia Bill? —Smiley estaba todavía meditando la respuesta cuando Ann dijo—: A veces pienso que protejo la buena opinión que de él tienes, ¿crees que es posible? Pienso que, de un modo u otro, soy yo quien os mantiene unidos, ¿es posible?

—Sí, es posible. —E inmediatamente añadió—: Sí, supongo que, en cierto sentido, también dependo de él.

—¿Bill es un hombre importante en el Circus?

—Más de lo que lo era, me parece.

—¿Y todavía va a Washington, trata y discute con esa gente, y les sonsaca cuanto saben?

—Supongo que sí. Eso dicen.

—¿Es tan importante como tú?

—Supongo.

—Supongo —repitió Ann—, creo, eso dicen... Entonces, ¿es *mejor* que tú? ¿Hace las cosas mejor que tú, se sabe mejor las asignaturas? Dímelo. Por favor, dímelo. Debo saberlo.

Estaba extrañamente excitada. Sus ojos, que el viento había vuelto lacrimosos, brillaban desesperadamente, mirando a Smiley, a quien había cogido el brazo con las dos manos, y de quien tiraba, como un niño que exige una respuesta. Smiley replicó torpemente:

—Siempre me has dicho que los hombres no deben compararse. Siempre has dicho que no creías en las comparaciones.

—¡Dímelo!

—Bueno, de acuerdo. Pues no, no es mejor.

—Y si yo no estuviera de por medio, ¿qué pensarías de él? Si Bill no fuera primo mío, si no fuera nada mío, ¿qué pensarías de él? Quiero que me lo digas. ¿Le tendrías en más estima o en menos?

—Menos, me parece.

—En este caso, tenle en menos, *ahora*. Desde este momento, lo separo de mi familia, de nuestras vidas, de todo. Lo arrojo al mar. Ahí. ¿Comprendes?

Pero Smiley sólo comprendió el siguiente mensaje: «Regresa al Circus y termina tu trabajo.» Las palabras de Ann eran una de las diez o doce maneras que tenía de decir la misma cosa.

Todavía alterado por esta intrusión en su memoria, Smiley se levantó con cierto nerviosismo y se acercó a la ventana, su habitual atalaya, cuando estaba preocupado. Sobre el muro se habían posado cinco o seis gaviotas. Seguramente había oído sus gritos, y éstos le habían traído a la mente el recuerdo del paseo en Lamorna.

En cierta ocasión Ann le dijo: «Cuando hay cosas que no puedo decir, toso.» ¿Qué era, pues, lo que Ann no podía decirle?, preguntó Smiley lúgubremente a las chimeneas que sobresalían de los tejados, en el otro lado de la calle. Connie podía decirlo. Martindale podía decirlo. Entonces, ¿por qué no podía decirlo la propia Ann?

Allí, junto a la ventana, Smiley musitó:

—Tres y Alleline.

Las gaviotas se habían ido, todas al mismo tiempo, como si hubieran descubierto un sitio mejor. «Diles que están comprando sus futuros cargos con dinero falsificado.» ¿Y si los bancos aceptaban este dinero? ¿Y si los expertos proclaman que es válido y Bill Haydon lo ensalza hasta ponerlo en las nubes? ¿Y si secretaría de gobierno está repleta de expedientes que cantan las alabanzas de los nuevos y valerosos hombres de Cambridge Circus, esos hombres que, por fin, han sacado al Circus de su marasmo?

Smiley había elegido a Esterhase, debido a que Toby

le debía toda su carrera. Smiley le había reclutado en Viena, cuando era un estudiantillo muerto de hambre que vivía en las ruinas de un museo del que el difunto tío de Toby había sido conservador. En coche, Smiley fue a Acton y abordó a Esterhase, allí, en la Lavandería, estando Toby sentado tras su escritorio de roble, con la hilera de marfileños teléfonos. En la pared, los Reyes Magos de rodillas, dudosa obra italiana del siglo XVII. A través de la ventana, un amplio patio cerrado, atestado de coches, camionetas y motocicletas, así como barracones de descanso en donde los equipos de faroleros mataban el tiempo entre los turnos de servicio. Primeramente, Smiley preguntó a Toby por su familia: Toby tenía ya un hijo en Westminster y una hija que cursaba primero de medicina. Luego dijo a Toby que los faroleros iban dos meses retrasados con respecto a su plan de trabajo, y cuando Toby se salió por la tangente, Smiley le preguntó directamente si sus muchachos habían estado ocupados, recientemente, en algún trabajo especial, ya en el país, ya en el extranjero, que Toby, por estrictas razones de seguridad, no se consideraba autorizado a revelar. Con expresión mortecina en la mirada, Toby repuso:

—¿Por cuenta de quién podríamos realizar este trabajo, George? Sabes que, de acuerdo con mi Biblia particular, esto sería completamente ilegal.

Y de acuerdo con la Biblia personal de Toby, sus giros idiomáticos resultaban siempre extraños y lamentablemente cómicos.

—Bueno —insinuó Smiley, proporcionándole una salida—, pues yo creo que hubieras podido llevar a cabo esta clase de trabajo por cuenta de Percy Alleline, entre otros. A fin de cuentas, si Percy te ordenara hacer algo y no dar parte alguna de ello, tú te encontrarías en una situación en que difícilmente podrías negarte.

—¿Y qué clase de cosa podría ordenarme Percy?

—Averiguar si un punto de entrega de correspondencia es seguro, organizar un piso de refugio de agentes, vigilar a alguien, poner aparatos de escucha en una embajada... A fin de cuentas, Percy es el director de operaciones. Y tú bien hubieras podido pensar que Percy actuaba obedeciendo órdenes emanadas del quinto piso. No sé, me parece algo muy posible y plenamente razonable.

Toby miró atentamente a Smiley. Sostenía un cigarrillo entre los dedos, pero después de haberlo encendido, no le había dado ni una sola chupada. Se trataba de un cigarrillo liado a mano, que había extraído de una cajita de plata, pero que, después de encenderlo, ni siquiera se llevó a los labios. Se lo acercaba a la boca o lo alejaba lateralmente, pero nunca se decidía a tomar la decisión. Y así, Toby emitió su discurso que fue una de sus manifestaciones personales, con carácter supuestamente definitivo, acerca del lugar en que se encontraba, en aquel momento de su vida.

Dijo que el servicio le gustaba y que prefería seguir en él. El servicio era su vida. Sí, ante el servicio, reaccionaba sentimentalmente. Cierto era que tenía otros intereses, intereses que, en determinado momento, podían reclamar toda su atención, pero de todas maneras, prefería el servicio. Dijo que su problema radicaba en los ascensos. No, no deseaba ascender por mera codicia, sino que sus razones tenían un carácter social.

—Como tú sabes, George, tengo muchos años de antigüedad y me siento verdaderamente inhibido cuando estos chicos jóvenes pretenden que obedezca sus órdenes. ¿Comprendes lo que quiero decir? Incluso Acton, el solo nombre de Acton les parece ridículo.

—Ya... —dijo Smiley, con dulzura—. ¿Y quiénes son esos chicos jóvenes?

Pero Esterhase había perdido todo interés en el asunto. Terminada su manifestación, había cubierto de nuevo el rostro con su habitual inexpresividad. Sus ojos de muñeco mantenían su mirada fija en un punto en el aire. Smiley intervino de nuevo:

—¿Te refieres a Roy Bland? ¿O a Percy? ¿Es que Percy es joven? ¿A quién te refieres, Toby?

De nada sirvieron estas preguntas. En tono quejumbroso, Toby dijo:

—George, cuando hace ya mucho tiempo que te has ganado el ascenso y no te lo han dado, y uno sigue matándose a trabajar, todos los que se encuentran más avanzados en el escalafón parecen jóvenes.

—Quizá Control pueda darte un empujoncito hacia arriba —insinuó Smiley sin que le gustara el papel que ahora iba a interpretar.

La respuesta de Esterhase tuvo la virtud de enfriar mayormente el ambiente:

—Bueno, George, en realidad no creo que Control pueda llegar a tanto, en la actualidad. A propósito, tengo algo para Ann. —Esterhase abrió un cajón del escritorio—. Cuando supe que ibas a venir, telefoneé a un par de amigos y les dije que quería algo bueno, algo bonito, para una mujer sin tacha... Nunca he podido olvidar a Ann desde el día en que la conocí, en un cóctel ofrecido por Haydon.

Por lo que Smiley se llevó el premio de consolación: una cara botellita de esencia que Smiley presumía había pasado de contrabando alguno de los faroleros de Esterhase, al regresar a su base. Y Smiley tuvo que ir a mendigar información a Roy Bland, sabedor de que, al hacerlo, se acercaba un paso más a Haydon.

Después de regresar a la mesa del comandante, Smiley buscó entre los papeles de Lacon hasta encontrar un delgado expediente con el título «Operación Brujería. Subsidios Directos», en el que se habían registrado los primeros gastos ocasionados por la explotación de la fuente Merlín. En otro memorándum personal dirigido al ministro, con fecha del ocho de febrero, de hacía dos años, Alleline decía: «Por razones de seguridad, propongo que la financiación de la operación Brujería quede *absolutamente separada* de los restantes pagos al Circus. Hasta el momento en que encontremos el camuflaje adecuado, solicito de usted *subvenciones directas de Hacienda*, en vez de los meros suplementos a las asignaciones secretas, que, de un modo u otro, con *toda seguridad quedarían incorporadas a la contabilidad general del Circus*. Personalmente rendiré cuentas a usted de dichas subvenciones directas.»

Una semana después, el ministro contestaba por escrito: «Aprobado, siempre con la condición...»

Sí, siempre había condiciones. Una sola mirada a las primeras cifras reveló a Smiley lo que deseaba saber: ya en el mes de mayo de aquel año, cuando tuvo efecto aquella entrevista en Acton, Toby Esterhase había efectuado personalmente no menos de ocho viajes sufragados con el presupuesto Brujería, dos a París, dos a La Haya, uno a Helsinki y tres a Berlín. En cada uno de estos casos, la finalidad del viaje era escuetamente calificada de «hacerse cargo de productos». Entre mayo y noviembre, cuando Control desapareció del escenario, Toby hizo diecinueve viajes más. En uno de ellos fue a Sofía y en otro, a Estambul. En ningún caso tuvo que estar ausente más de tres días. Casi todos se efectuaron en fines de semana. En varios de estos viajes fue acompañado por Roy Bland.

Tal como Smiley jamás había puesto en duda, Toby Esterhase le había mentido sin el menor rebozo. Le gustó ver que los papeles confirmaban su impresión personal.

En aquel entonces, la opinión que Smiley tenía de Roy Bland era un tanto ambivalente. Ahora, al recordarla, decidió que seguía opinando igual. Un profesor había descubierto el potencial valor de Bland, y Smiley se había encargado de reclutarlo. Esta combinación guardaba un raro parecido con aquella otra que llevó al propio Smiley al Circus. Pero, en esta ocasión, no había un monstruo alemán que diera pábulo al fuego patriótico, y Smiley siempre había reaccionado con cierta sensación molesta ante las afirmaciones de anticomunismo. Lo mismo que Smiley, Bland no había tenido infancia. Su padre era un trabajador portuario, apasionado sindicalista y miembro del Partido. La madre de Bland murió cuando éste era todavía niño. Su padre odiaba la educación, del mismo modo que odiaba cuanto fuera autoridad, y cuando Bland comenzó a demostrar su inteligencia, el padre se metió en la cabeza la idea de que las clases dirigentes le habían robado a su hijo, y comenzó a tratarle a punta de zapato. Bland luchó denonadamente hasta terminar la enseñanza media, matándose a trabajar —como diría Esterhase— para pagarse las matrículas. Cuando Smiley le conoció, en casa de su profesor, en Oxford, Bland tenía el abatido aspecto de quien acaba de regresar de un fatigoso viaje.

Smiley comenzó a cultivar a Bland, y al cabo de varios meses pudo formularle una vaga proposición que Bland aceptó, principalmente, suponía Smiley, movido por la animosidad que sentía hacia su padre. Después de esto, dejó de estar al cuidado de Smiley. Subsistiendo gracias a extrañas y oscuras becas, Bland estudió arduamente en la Biblioteca en Memoria de Karl Marx, escribiendo artículos izquierdistas que publicaba en ínfimas revistas que hubieran fallecido largo tiempo atrás, si el Circus no las hubiese financiado. Por las tardes,

Bland defendía su postura en reuniones celebradas en tabernas, con el aire denso de humo o en salas universitarias. Durante las vacaciones, fue al Parvulario, en donde un fanático llamado Thatch se encargaba de fascinar a futuros agentes de penetración en países extranjeros, cultivando a sus alumnos de uno en uno. Thatch adiestró a Bland en las artes del oficio, y, muy cuidadosamente, consiguió que las progresistas opiniones de Bland fueran acercándose más y más al campo marxista en que se encontraba su padre. Tres años después del día en que fue reclutado, gracias, en parte, a su origen proletario, y a la influencia de su padre en King Street, Bland consiguió que le contrataran para desempeñar, durante un año, el puesto de profesor auxiliar de economía en la Universidad de Poznan. Con ello, Bland quedó lanzado.

Desde Polonia, solicitó, con resultados positivos, un puesto en la Academia de Ciencias de Budapest, y durante los ocho años siguientes vivió la vida nómada de un intelectual izquierdista en busca de luz, gozando a menudo de simpatías, aunque nunca de confianza. Vivió en Praga, pasó dos horribles semestres en Sofía y seis en Kiev, en donde tuvo una depresión nerviosa, la segunda en pocos meses. Una vez más, el Parvulario se hizo cargo de él, aunque esta vez con la finalidad de comprobar su lealtad. Fue calificado de hombre limpio de toda mácula, sus redes fueron puestas al cuidado de otro funcionario, y Roy fue destinado al Circus, a fin de que dirigiera, sobre todo desde detrás de su escritorio, las redes que había formado en el campo de actuación. A Smiley le parecía que recientemente Bland se había convertido en una especie de colega de Haydon. Cuando Smiley visitaba a Roy, para charlar un poco con él, le encontraba a menudo en compañía de Bill, reclinado en su sillón y rodeado de papeles, expedientes y mapas, con la atmósfera cargada de humo de tabaco. De la misma manera, si Smiley entraba en el despacho de Bill no era raro encontrar allí a Bland, con la camisa empapada de sudor, paseando con paso pesado por la alfombra. Bill tenía Rusia y Bland los satélites. Pero en aquellos primeros tiempos de la operación Brujería, las distinciones habían quedado casi totalmente borradas.

Se reunieron en el patio abierto de una taberna de

St. John's Wood, siendo todavía el mes de mayo, a las cinco y media de un día gris, y el lugar estaba vacío. Roy acudió con un hijo suyo, un chico de unos cinco años, un Bland en miniatura, rubio, gordo y con la cara sonrosada. Bland no hizo referencia alguna a su hijo, pero de vez en cuando, mientras los dos hablaban, Bland dejaba de prestar atención y se fijaba en el chico, sentado en un banco, lejos de ellos, comiendo almendras. Depresiones nerviosas aparte, Bland todavía llevaba impresa la filosofía que Thatch enseñaba a los agentes destinados a actuar en el campo enemigo: fe en sí mismos, participación activa, simpatía tabernaria, y las restantes frases incómodas que, en los mejores tiempos de la cultura de la guerra fría, habían convertido al Parvulario en algo parecido a un centro de rearme moral.

—Bueno, ¿qué me ofreces? —preguntó Bland, afablemente.

—En realidad, nada tengo que ofrecerte, Roy. De todos modos, quiero decirte que Control cree que la presente situación no es saludable. No le gusta verte mezclado en líos cabalísticos. Y a mí, tampoco.

—Magnífico. ¿Y qué me ofreces?

—¿Qué quieres?

En la mesa, mojadas por la lluvia anteriormente caída, había unas vinagreras, dejadas allí desde la hora de comer, con unos cuantos palillos de plástico, en un compartimiento situado en el centro. Bland cogió un palillo, escupió el papel que lo envolvía, proyectándolo contra el suelo, y comenzó a hurgarse las muelas cariadas, con el extremo destinado a ser sostenido entre los dedos.

—Bueno, pues ya que me lo preguntas, no estaría mal que me dierais cinco mil libras de propina, sacadas del fondo secreto.

—¿Y casa y coche? —preguntó Smiley, siguiendo la broma.

—Y el chaval en Eton —añadió Bland.

Y guiñó el ojo, dirigiendo la mirada, a través del piso de cemento, indicando al muchacho, mientras seguía hurgando con el palillo.

—He pagado, George —dijo—. Te consta que he pagado. Todavía no sé lo que he comprado, pero lo cierto es que he pagado mucho. Quiero resarcirme un poco. Diez años trabajando en solitario, por cuenta del quinto piso. Esto significa mucho dinero, sea cual fuere la edad que uno tenga. Incluso si uno tiene tu edad, George. Seguramente tuve alguna razón para aceptar tanto abuso, pero ahora ya no me acuerdo de ella. Quizá todo se debió a tu magnética personalidad.

Smiley aún no se había terminado su vaso, por lo que Bland fue al mostrador para llenar el suyo y, al mismo tiempo, comprar algo para su chico. Tranquilamente, mientras se sentaba, Bland dijo:

—Eres un cerdo dotado de excelente educación, George. Un artista es un tipo que puede tener dos opiniones fundamentalmente opuestas, al mismo tiempo, y, a pesar de ello, seguir funcionando. ¿A quién se le ocurrió esta frase?

Pensando por un momento que Bland se disponía a decir algo referente a Bill Haydon, Smiley replicó:

—Scott Fitzgerald.

—Pues no era tonto el tal Fitzgerald —afirmó Bland. Mientras bebía, Bland giró sus ojos levemente saltones hacia un lado, hacia la verja, como si buscara a alguien.

—Y yo funciono, George —dijo—. Como buen socialista, voy detrás del dinero. Como buen capitalista, estoy a favor de la revolución debido a que, si no puedes evitarla, lo mejor es espiarla. No me mires así, George. En estos tiempos, somos así, a poco que busques en mi conciencia, verás que lo que quiero es conducir tu Jaguar.

—¿Es de Bill este chistecito? —preguntó Smiley, súbitamente irritado.

—¿Cuál?

—Este chistecito acerca del materialismo inglés, de la sociedad de cerdos en busca de la opulencia.

—Quizá. —Bland se terminó su bebida y añadió—: ¿No te gusta?

—No, no mucho. Antes, Bill no era un reformista radical. ¿Qué le ha dado?

Molesto ante todo género de infravaloración de su socialismo o de la personalidad de Haydon, Bland repuso:

—Esto no es radicalismo. Esto es, solamente, mirar por la ventana. Esto es la Inglaterra actual. Y esto es algo que a nadie gusta.

Reconociendo que sus palabras pertenecían al peor

y más pomposo aspecto de su manera de ser, Smiley dijo:

—Quisiera que me dijeras cómo pretendes eliminar las ansias adquisitivas y de competencia de la sociedad occidental, sin destruir al mismo tiempo...

Bland había ya terminado su bebida, y también la reunión.

—No sé por qué te preocupas —dijo—. Has conseguido ocupar el puesto de Bill, ¿qué más quieres? Mientras dure...

«Y Bill ha conseguido mi esposa —pensó Smiley, mientras Bland se levantaba para irse. Y siguió pensando Smiley—: El maldito Bill te lo ha dicho, Bland.»

El chico se había inventado un juego. Había puesto una mesa de lado, en el suelo, y hacía rodar una botella vacía por el tablero inclinado, para que cayera sobre la grava. Cada vez que repetía el juego soltaba la botella desde un punto más alto. Smiley decidió irse antes de que el muchacho la hiciera añicos.

A diferencia de Esterhase, Bland ni siquiera se había tomado la molestia de mentir. Los expedientes y documentos de Lacon no ocultaban el hecho de que Bland intervino en la operación Brujería.

En un escrito con fecha correspondiente a los días inmediatamente siguientes a la desaparición de Control, Alleline escribía: «La explotación de la fuente Merlín es, desde todos los puntos de vista, una operación de comité y, honradamente, no podría decir cuál de mis tres ayudantes merece más elogios. La energía de Bland ha constituido un estímulo para todos nosotros...» En este escrito, Alleline contestaba una comunicación del ministro en la que éste afirmaba que los dirigentes de la operación Brujería debían aparecer en la lista de concesión de honores de Año Nuevo. Alleline añadía: «En tanto que el ingenio operativo de Haydon casi iguala, a veces, al del propio Merlín.» Los tres fueron condecorados. El nombramiento de Alleline en el puesto de jefe fue confirmado, y con ello consiguió su ambicionado título nobiliario.

18

Con lo que me quedé con Bill, pensó Smiley.

A lo largo de la mayoría de las noches londinenses, se produce un momento de respiro en medio de la constante inquietud. Durante diez, veinte, treinta minutos, e incluso durante una hora, no se oye el parloteo de un borracho, ni el llanto de un niño, ni el gemido de los neumáticos de un coche instantes antes de chocar. En los Jardines de Sussex, este momento acaece alrededor de las tres. Aquella noche, dicho respiro se produjo pronto, a la una, mientras Smiley se encontraba una vez más ante la ventana de su dormitorio, mirando hacia abajo, como un prisionero, mirando la zona cubierta de arena, ante el edificio de la señora Pope Graham, en la que hacía poco había aparcado una camioneta Bedford. El techo estaba cubierto de frases tales como: «A Sidney en noventa días», «A Atenas en una sola etapa», «Mary Lou, hemos llegado». En el interior brillaba una luz mortecina, y Smiley presumió que allí dormían un par de críos, sumidos en una felicidad extramatrimonial. Críos no, jóvenes debiera llamarles. Unas cortinillas cubrían las ventanas.

Con lo que me quedé con Bill, pensó Smiley, con la mirada fija en las cortinillas de la camioneta y en sus optimistas proclamaciones de vagabundo mundial. Con lo que me quedé con Bill, con nuestras amistosas charlas en Bywater Street, los dos solos, viejos amigos, compañeros de armas, «compartiéndolo todo», como había dicho Martindale con galana expresión, pero después de haber dicho a Ann que se fuera, para que los dos hombres pasaran solos aquellas horas de la noche. Con lo que me quedé con Bill, repitió impotente, con lo que sintió que se le subía la sangre, que los colores se intensificaban ante su vista, y que su sentido de la moderación comenzaba a deslizarse peligrosamente cuesta abajo.

¿Quién era Bill? Smiley había dejado de tener una clara visión de Bill. Cada vez que lo contemplaba lo veía de un tamaño excesivo, y diferente. Hasta el momento en que Ann inició su aventura con Bill, Smiley creía que lo conocía bastante bien, que sabía valorar debidamente tanto su brillantez como sus limitaciones. Bill pertenecía a aquella clase de gente de antes de la guerra, de la que suele decirse que ya no existe, que se las arreglaba para ser, al mismo tiempo, gente sin escrúpulos y con altas miras. El padre de Bill era magistrado, dos de sus varias y hermosas hermanas se habían casado con aristócratas. En Oxford, Bill se inclinaba más por las derechas, que no estaban de moda, que por las izquierdas, que lo estaban, aunque sin excesivo entusiasmo. Desde su adolescencia, cuando le faltaba poco para cumplir los veinte años, Bill había sido un entusiasta excursionista, así como aficionado a pintar cuadros, con técnica libre, aunque con temática excesivamente ambiciosa. Varias de sus obras pictóricas colgaban de las paredes del palacio de Miles Sercombe, junto a los jardines de Carlton. Contaba con amistades en todas las embajadas y consulados del Oriente Medio, y se servía despiadadamente de ellas. Aprendía con facilidad remotos idiomas, y cuando llegó el año treinta y nueve, el Circus se lo incorporó, después de haber apartado la vista de encima durante varios años. Su actuación durante la guerra fue deslumbrante. Estuvo en todas partes, siempre heroico, siempre encantador; su comportamiento era poco ortodoxo, y, en ocasiones, descarado. Inevitablemente, surgía la comparación con Lawrence.

Smiley reconoció que, en sus buenos tiempos, Bill había intervenido en importantes hechos históricos, que había propuesto todo género de planes grandiosos encaminados a devolver a Inglaterra su poderío y su influencia; al igual que Rupert Brooke, Bill rara vez daba a la nación el nombre de Gran Bretaña. Pero Smiley, en sus momentos de objetividad, recordaba que fueron muy pocos los proyectos de Bill que llegaron a ponerse en marcha.

Contrariamente, a Smiley le era mucho más fácil respetar, como colega, la otra faceta del modo de ser de Haydon, es decir, la pacienzuda habilidad propia del dirigente nato de agentes, su raro sentido del equilibrio en el manejo de los agentes dobles, y la organización de falsas operaciones encaminadas a engañar al enemigo. También admiraba en Bill su arte de suscitar

179

afecto, e incluso amor, incluso cuando iba contra la existencia de otras lealtades...

—En cuanto a testigo, muchas gracias, querida esposa.

Desesperado, Smiley pensó que sí, que quizá Bill fuera realmente un hombre desproporcionado, fuera de serie, ajeno a las escalas normales. Smiley seguía luchando, en busca del sentido de la proporción. Al pensar ahora en Bill, y al compararlo con Bland, Esterhase e incluso Alleline, tenía la impresión de que todos ellos eran, en mayor o menor medida, imperfectas imitaciones del prototipo original, es decir, Haydon. Le parecía que las pretensiones de estos hombres no eran más que pasos dados hacia aquel inasequible ideal de hombre completo y equilibrado, incluso en el caso de que la concepción de dicho ideal fuera errónea o incongruente. Incluso el propio Bill se hallaba muy lejos de este ideal. Bland, con su brutal impertinencia, Esterhase con su altanero britanismo, y Alleline con sus superficiales dotes de dirigente, quedaron desdibujados, sin la presencia de Bill. Smiley también sabía o imaginaba saber —esta idea se le ocurrió ahora y fue como un leve rayo de luz— que Bill, por sí solo, era muy poca cosa, y que si bien sus admiradores quizá encontraban en él aquella calidad de hombre completo y equilibrado —entre ellos, Bland, Prideaux, Alleline, Esterhase, y los restantes miembros del club de entusiastas—, lo cierto era que la verdadera habilidad de Bill radicaba en servirse de ellos, en utilizarles para redondear su propia personalidad, empleando esta o la otra porción de cada una de sus pasivas personalidades, con lo que Bill ocultaba el hecho de ser él menos, mucho menos, que la suma de sus aparentes cualidades... y, por fin, Bill ocultaba su dependencia de aquéllos bajo la arrogante careta del artista, y las calificaba de hijos de su talento.

—Bueno, basta ya —dijo Smiley, en voz alta.

Abandonó bruscamente estos pensamientos; irritado, los apartó de sí, calificándolos de una teoría más acerca de Bill. Y refrescó su calenturienta mente mediante el recuerdo de su última entrevista con Haydon.

Bill comenzó diciendo:

—Imagino que quieres acribillarme a preguntas sobre el maldito Merlín...

Parecía cansado y nervioso. Tenía que ir a Washington. En los viejos tiempos, Bill hubiera comparecido acompañado de alguna muchacha inadecuada a la ocasión, y le hubiese dicho que hablara con Ann, mientras los dos hombres hablaban de sus asuntos. Sí, esto hubiera hecho con la idea de que Ann realzara su personalidad, la de Bill ante la muchacha en cuestión, pensó cruelmente Smiley. Estas chicas pertenecían todas a una misma clase: tenían la mitad de años que Bill, eran andrajosas estudiantes de la Escuela de Bellas Artes, ceñudas y pegajosas. Ann aseguraba que Bill contaba con alguien que se las suministraba. Y en una ocasión, con la idea de escandalizar un poco, compareció con un repulsivo jovenzuelo, llamado Steggie, que era ayudante de barman en un bar de Chelsea, y que iba con camisa abierta y una cadena de oro alrededor de la cintura.

—Bueno —dijo Smiley—, por ahí se dice que tú eres el encargado de escribir los informes.

Con su sonrisa zorruna, Bill repuso:

—Pensaba que esto era cosa de Bland.

—Roy hace las traducciones, y tú escribes los informes que acompañan a los documentos que se reciben. Y estos informes son mecanografiados con tu máquina. El material no pasa por las mecanógrafas.

Bill le escuchaba atentamente, con las cejas alzadas, como si en cualquier instante fuera a interrumpir a Smiley con una objeción o a decir algo para abordar un tema más agradable. Luego se levantó del hondo sillón y anduvo hasta las estanterías con libros, ante las que quedó de pie, cediéndole una estantería a Smiley. Con sus largos dedos, Haydon sacó un libro, y lo examinó, con una sonrisa en los labios. Mientras volvía una página, dijo:

—Percy Alleline nada vale. ¿Es ésta la premisa básica?

—Más o menos.

—Lo cual significa que Merlín tampoco vale nada. Merlín tendría valor si fuera una fuente *mía*, ¿no es eso?

¿Qué pasaría si el maldito Bill fuera a ver a Control y le dijera que un pez gordo había picado su anzuelo y que el buen Bill deseaba manejar él solito este pez? Control seguramente diría: «Muchacho, enhorabuena, eres muy listo; desde luego, maneja el asunto como te dé la gana; anda, toma un poco de este repulsivo té.» Y ahora, ya estaría pidiendo que me dieran una medalla, en vez de mandarte que anduvieras fisgoneando por ahí. Antes formábamos un grupo con indudable estilo, con clase. ¿Por qué somos tan vulgares actualmente?

—Control piensa que Percy Alleline va en busca de más altos cargos.

—Y así es. Y también yo. Quiero ser el jefe. ¿No lo sabías? Ya es hora de que llegue a ser algo en la vida, George. Soy, en parte, pintor y en parte espía, y es tiempo que sea algo de una *sola pieza*. ¿Desde cuándo la ambición es un pecado en nuestra bestial organización?

—¿Quién le maneja, Bill?

—¿A Percy? Karla, ¿quién, si no? Un hombre de baja extracción social, con fuentes de información de clase social alta, es una perla. Percy se ha vendido a Karla, ésta es la única explicación.

Bill había aprendido, hacía ya mucho tiempo, el arte de interpretar erróneamente, con carácter voluntario, las palabras de los demás.

—Quería decir quién maneja a Merlín. ¿Quién es Merlín? ¿Qué pasa?

Apartándose de la biblioteca, Haydon pasó revista a los dibujos que colgaban de las paredes de la casa de Smiley. Descolgó un pequeño cuadro con marco dorado y lo puso a la luz.

—Es un Callot, ¿verdad? Muy bonito.

Alzó un poco sus gafas para que aumentaran la imagen. Smiley tenía la certeza de que Bill había examinado incontables veces aquel dibujo.

—*Muy* bonito —dijo Haydon—. A veces pienso que en nuestra organización hay alguien que pretende que aparte la mirada de los asuntos que son de mi incumbencia. Oficialmente, como tú sabes muy bien, mi objetivo es Rusia. A este trabajo he consagrado los mejores años de mi vida, he organizado redes de agentes, he encontrado buscadores de futuros agentes, he modernizado mi organización... Vosotros, los del quinto piso, habéis olvidado lo que es dirigir una operación en la que mandar una simple carta lleva tres días, y ni siquiera te la contestan.

Comprensivo, Smiley pensó: «Sí, lo he olvidado. Sí, comprendo la situación en que te encuentras. No, Ann no interviene para nada en mi pensamiento ahora. A fin de cuentas, somos colegas y hombres de mundo, y estamos aquí para hablar de Merlín y de Control.»

—Y de repente —prosiguió Haydon—, viene el advenedizo Percy, maldito mercachifle del Caledonian, sin sombra de clase, y trae una carretada de productos rusos. Es muy molesto, ¿no crees?

—Mucho.

—Lo malo es que mis redes no son demasiado buenas. Es mucho más fácil espiar a Percy que...

Se calló, aburrido por su propia tesis. Ahora había fijado la atención en una menuda cabeza, al pastel, debida a Van Mieris.

—Y éste me gusta mucho también —dijo.

—Es un regalo de Ann.

—¿A modo de reparación?

—Probablemente.

—Entonces, tuvo que ser un pecado gordo. ¿Cuánto hace que lo tienes?

Incluso ahora, Smiley recordó que en aquel instante se dio cuenta de lo muy silenciosa que estaba la calle. ¿Sería un martes? ¿Un miércoles? Y recordó que había pensado: «No, Bill; en lo que se refiere a ti no he recibido premio de consolación alguno; hasta esta noche, ni siquiera has llegado a merecer un par de zapatillas para saltar de la cama.» Lo pensó, pero no lo dijo. Haydon preguntó:

—¿Se ha muerto ya Control?

—No. Sólo está ocupado.

—¿Y qué diablos hace este hombre, durante todo el día? Es como un ermitaño con ladillas, ahí, encerrado en su cueva, y rascándose todo el santo día. ¡Y esos expedientes que lee...! ¿Qué diablos busca? Imagino que estará haciendo una revisión sentimental de su desagradable pasado. Tiene un horrible aspecto de enfermo. Supongo que también Merlín es el culpable de su enfermedad.

Una vez más, Smiley guardó silencio.

—¿Por qué no se sienta a la mesa común, comiendo

lo que todos comemos? ¿Por qué ha emprendido esta solitaria cacería? ¿Qué busca?

—No sabía que buscara algo.

—Vamos, vamos, deja de hacerte el tonto. ¡Claro que busca algo! Tengo una fuente de información, en la oficina de Control, una de las madres. ¿No lo sabías? Me cuenta chismes, a cambio de bombones. Control se dedica a leer los historiales de viejos héroes populares del Circus, va en busca de podredumbre, a ver quién era un rojillo, quién era marica... La mitad de ellos están ya muertos y enterrados. Control lleva a cabo un estudio de nuestros fracasos y deficiencias. ¿Imaginas? ¿Y por qué? Pues sencillamente, porque hemos conseguido un éxito. Este hombre está loco, George. Padece paranoia senil, puedes estar seguro. ¿Te ha hablado Ann alguna vez del malvado tío Frey? Pues el perverso tío Frey imaginaba que los criados ponían micrófonos en las rosas, para enterarse del lugar en donde había escondido su dinero. Apártate de este hombre, George. La muerte es una lata. Corta amarras. Baja unos cuantos pisos, únete al proletariado.

Ann todavía no había regresado, por lo que los dos anduvieron juntos por King's Road, en busca de un taxi, mientras Bill expresaba sus últimas opiniones políticas, y Smiley decía: sí, Bill; no, Bill, y se preguntaba cómo podía arreglárselas para alejarse de Control. Ahora, Smiley ya no recordaba cuáles fueron las opiniones políticas que Bill expresó. El año anterior, Bill había sido un convencido halcón, partidario de la mano dura. Aseguraba que lo conveniente era retirar las fuerzas armadas convencionales de Europa, y sustituirlas por armamento nuclear. Quizá era la última persona en todo Whitehall que creía en la eficacia de la independiente fuerza de disuasión británica. En el presente año, si la memoria no engañaba a Smiley, Bill se había convertido en un agresivo pacifista inglés, y quería aplicar una solución sueca, aunque sin presencia de suecos.

No había ni un taxi a la vista, la noche era hermosa y, como viejos amigos, siguieron caminando, el uno al lado del otro.

—A propósito, si algún día quieres vender el Mieris, dímelo, por favor. Te lo pagaré bien.

Pensando que Bill había hecho otro chistecito de mal gusto, Smiley se volvió hacia él, dispuesto al fin a enojarse. Haydon ni se dio cuenta de ello. Tenía la mirada fija al frente, y el largo brazo levantado, para detener el taxi que se acercaba. Irritado, Haydon gritó:

—¡Maldita sea! ¡Fíjate, va lleno de malditos judíos, camino de Quag's!

Al día siguiente, sin apenas levantar la vista de los papeles, Control murmuró:

—Bill debe tener el trasero como un colador, después de los años que se ha pasado sentado en lo alto de la verja divisoria entre derecha e izquierda.

El lunes siguiente, las madres tenían sorprendentes noticias para Smiley. Control se había trasladado en avión a Belfast, para sostener conversaciones con el Ejército. Más tarde, gracias a estudiar las dietas de viajes, Smiley se dio cuenta de la mentira. Ningún miembro del Circus se había trasladado en avión a Belfast aquel mes, pero había una asignación para un viaje en primera a Viena, y la autoridad que autorizaba el pago era nada menos que G. Smiley. Haydon, quien también buscaba a Control, estaba irritado:

—Y ahora, ¿a qué jugamos? Supongo que se trata de meter a Irlanda en nuestros líos, como si de una operación de diversión se tratara. ¡Dios mío, qué lata es ese hombre!

La luz en el interior de la camioneta se apagó, pero la mirada de Smiley siguió fija en el brillante techo. Se preguntó: «¿Cómo vive esa gente?, ¿qué hace para conseguir agua, dinero?» Intentó averiguar las soluciones logísticas para llevar vida de troglodita en los Jardines de Sussex. Ann las encontraría sin dificultad.

Hechos. ¿Cuáles eran los hechos?

Los hechos eran que un cálido atardecer de verano, en la época pre-Brujería, regresé inesperadamente de Berlín, y encontré a Bill Haydon tumbado en el suelo de la sala de estar de mi casa, mientras sonaba la música de un disco de Liszt, que Ann había puesto en el gramófono. Ann estaba sentada en el otro extremo de la habitación, en salto de cama, y sin maquillaje. No se produjo una escena, todos se portaron con penosa naturalidad. Bill dijo que hallándose de paso, de vuelta del aeropuerto, había decidido hacer una corta visita a Ann; acababa de regresar de Washington. Ann estaba ya en cama, pero insistió en levantarse para recibirlo. Bill y yo nos mostramos de acuerdo en que había sido una verdadera lástima que no hubiéramos compartido un taxi para regresar de Heathrow. Bill se fue, yo pregunté: «¿Qué quería?», y Ann repuso: «Un hombro sobre el que llorar.» Bill tenía problemas de mujeres y necesitaba desahogarse.

—Tiene a Felicity, en Washington, que quiere tener un hijo, y a Jan, en Londres, que está esperando uno.

—¿De Bill?

—Quién sabe... Por lo demás, tengo la certeza de que Bill lo ignora.

A la mañana siguiente, sin desearlo, Smiley averiguó que Bill había llegado a Londres hacía ya dos días. Después de este episodio, Bill mostró hacia Smiley una deferencia impropia de él, y Smiley le correspondió con unos gestos de cortesía que, normalmente, corresponden a una amistad más reciente. A su debido tiempo, Smiley advirtió que el secreto se había divulgado, y quedó pasmado ante la celeridad con que ello había ocurrido. Suponía que Bill había alardeado de su hazaña ante alguien, quizá Roy Bland. Y si lo que se decía era verdad, Ann había infringido tres de sus normas. Bill pertenecía al Circus y al Grupo, palabra, esta última, con la que Ann se refería a su familia y las ramificaciones de la misma. En ambos aspectos, Ann había delinquido. En tercer lugar, le había recibido en la casa de Bywater Street, lo cual constituía una reconocida violación de las normas de decencia territorial.

Retirándose, una vez más, a su solitario vivir, Smiley esperó a que Ann dijera algo. Se trasladó al dormitorio de los invitados, e hizo lo preciso para tener gran número de compromisos por la noche a fin de no darse demasiada cuenta de las idas y venidas de su mujer. Poco a poco, Smiley comprendió que Ann era profundamente desdichada. Perdió peso, perdió su sentido del humor, y si Smiley no la hubiera conocido bien hubiese jurado que Ann estaba padeciendo un fuerte ataque de remordimientos de conciencia y de repulsión hacia sí misma. Cuando Smiley la trataba con dulzura, Ann se hurtaba a su trato. Aquel año, no dio muestras de sentir el menor interés por efectuar las compras de Navidad y le dio una tos pertinaz que Smiley sabía era síntoma de infelicidad. Si no hubiera sido por la operación Testimonio, se hubiesen trasladado antes a Cornualles. Pero tuvieron que retrasar el viaje hasta el mes de enero, en cuyo momento Control había ya muerto. Smiley se encontraba sin empleo y el fiel de la balanza se había inclinado definitivamente a un lado. Para mayor mortificación de Smiley, Ann se dedicaba a ocultar su aventura con Haydon bajo el mayor número de aventuras posible, iniciadas en la calle.

¿Qué ocurrió? ¿Había roto Ann sus relaciones con Haydon? ¿Era éste quien había dado término a la aventura? ¿Por qué razón jamás hablaba Ann del asunto? ¿Acaso este asunto tenía importancia, teniendo en cuenta la existencia de tantos otros? Smiley renunció a aclarar tantos interrogantes. Bill parecía retroceder, quedar borroso, cada vez que Smiley se acercaba a él. A Smiley le constaba que Bill, de un modo u otro, había herido profundamente a Ann, lo cual era el más grave de todos los pecados.

19

Después de emitir un suspiro, Smiley volvió junto a la ingrata mesa, y reanudó la lectura de la carrera de Merlín, desde el momento en que él se tuvo que retirar del Circus. Al instante se dio cuenta de que el nuevo régimen de Percy Alleline había producido inmediatamente varios cambios favorables en el estilo de vida de Merlín. Fue como una maduración, como una sedimentación. Los repentinos viajes nocturnos a capitales europeas cesaron, el suministro de informes se hizo más regular y menos nervioso. Había problemas, desde luego. Las peticiones de dinero por parte de Merlín —no se trataba de amenazas, sino de simples peticiones— siguieron igual, y, habida cuenta de la constante baja de la libra esterlina en las cotizaciones internacionales, estos cuantiosos pagos en moneda extranjera causaban grandes dolores a Hacienda. En cierto momento, incluso se propuso, propuesta que nunca fue aceptada, que «teniendo en consideración que éste es el país elegido por Merlín, lo lógico es que esté dispuesto a participar en nuestras vicisitudes económicas». Al parecer, Haydon y Bland estallaron, ante semejante idea. Con una franqueza impropia de él, Alleline escribió al ministro: «No tengo valor suficiente para volver a hablar de este tema a mi agente.»

También se produjo una discusión por culpa de una nueva cámara, que, con grandes dificultades y gastos, fue desmontada en componentes tubulares por los de Ferretería, cuyos componentes fueron incorporados a una lámpara normal y corriente, de fabricación soviética. Esta lámpara, después de provocar grandes muestras de dolor, en esta ocasión por parte del Ministerio de Asuntos Exteriores, fue transportada a Moscú, en valija diplomática. Entonces surgió el problema de la entrega. El encargado permanente de los asuntos de información, o sea, el residente, no podía saber la identidad de Merlín, y también ignoraba el contenido de la susodicha lámpara. Esta, por su parte, era de incómodo manejo y no cabía en el portamaletas del coche del residente. Después de varios intentos frustrados, se encontró un burdo modo de entrega de la lámpara, pero la cámara se negó a funcionar, y a resultas del asunto surgieron tensiones entre el Circus y su residente en Moscú. Esterhase se encargó de trasladar a Helsinki un modelo no tan ambicioso que fue entregado —de acuerdo con un memorándum dirigido por Alleline al ministro— a «un intermediario digno de confianza, que puede cruzar la frontera sin la menor dificultad».

De repente, Smiley se irguió de una sacudida.

En un escrito con fecha del 27 de febrero del presente año, Alleline decía al ministro: «Hemos hablado. Y usted se mostró dispuesto a presentar a Hacienda la petición de una estimación suplementaria, para una casa en Londres, que quedará incluida en el presupuesto de Brujería.»

Smiley lo leyó una vez, y luego otra, más despacio. Hacienda había asignado sesenta mil libras para la compra, y diez mil para muebles e instalaciones. Para reducir los gastos, Hacienda quería que sus propios abogados se encargaran de la operación. Pero Alleline se negó a revelar la situación de la casa. Por las mismas razones surgió una discusión acerca de quién debía tener en su poder el título de propiedad. En esta ocasión, Hacienda se mostró firme, y sus abogados redactaron los pertinentes documentos a fin de que la casa pasara a ser propiedad de Hacienda, en el caso de que Alleline muriese o fuera declarado en quiebra. Pero, a pesar de todo, Alleline no reveló las señas del inmueble, ni tampoco la justificación de este curioso y caro complemento a una operación que se suponía se desarrollaba en el extranjero.

Smiley buscó ansiosamente una explicación. Pronto pudo asegurarse de que los documentos de financiación ninguna explicación contenían. Sólo hacían velada referencia a la casa de Londres, en momento en que los gastos que la casa comportaba quedaron multiplicados por dos. El ministro había escrito a Alleline: «Supongo que la instalación de Londres sigue siendo necesaria.» Y Alleline contestaba: «Extraordinariamente necesaria. Incluso diría que más que en cualquier otro momento. Y puedo añadir que el ámbito de conocimiento no se ha ampliado desde nuestra conversación.» ¿Qué conocimiento?

Hasta que volvió a examinar los documentos que valoraban los productos de la operación Brujería, Smiley no halló la solución. La casa se pagó a últimos de marzo. E inmediatamente fue ocupada. Exactamente a partir de aquel día, Merlín comenzó a adquirir una personalidad, y esta personalidad quedaba conformada por los comentarios de los clientes. Para la suspicaz mente de Smiley, hasta aquel momento Merlín había sido una máquina, infalible en su funcionamiento, de acceso fantasmal, y libre de las tensiones que hacen que sea tan difícil el trato con los agentes. Pero ahora, de repente, Merlín se había entregado a una pataleta.

«Formulamos a Merlín su pregunta complementaria referente a la opinión dominante en el Kremlin con respecto a la venta de excedentes de petróleo ruso a Estados Unidos. A petición de usted, le hicimos notar que su informe no era congruente con el también suyo del pasado mes, según el cual el Kremlin coquetea actualmente con el gobierno de Tanaka, en vistas a un contrato de venta de petróleo siberiano en el mercado japonés. En opinión de Merlín no se da contradicción alguna entre los dos informes y se negó a predecir cuál de los dos mercados sería el elegido en última instancia.»

Whitehall lamentaba su propia temeridad.

«Merlín no está dispuesto a repetir, ni a añadir nada a su informe referente a la represión del nacionalismo georgiano y a los disturbios de Tbilisi. Por no ser georgiano, Merlín adopta la tradicional opinión rusa, según la cual todos los georgianos son ladrones y vagabundos y lo mejor es meterlos entre rejas...»

Whitehall se mostró de acuerdo en que lo mejor era no ejercer ulteriores presiones.

De repente, Merlín se había acercado. ¿Era solamente la adquisición de una casa en Londres lo que daba a Smiley aquella nueva sensación de la proximidad física de Merlín? Desde el remoto silencio de un invierno moscovita, Merlín parecía haberse trasladado aquí, y estar sentado ante Smiley en la sórdida estancia o en la calle, bajo la ventana, esperando en la lluvia, en donde en aquel preciso instante, según le constaba a Smiley, Mendel estaba de guardia, solo. Allí tenía, como bajado del cielo, a un Merlín que hablaba, contestaba, y ofrecía gratuitamente sus opiniones, un Merlín que tenía a su disposición el tiempo suficiente para quedar al alcance de los ingleses. ¿Al alcance aquí, en Londres? ¿Un Merlín alimentado, cuidado e interrogado, en una casa de sesenta mil libras, desde donde hacía sentir su influencia y se burlaba de los georgianos? ¿Cuál era aquel ámbito de conocimiento que se había formado, incluso dentro del más amplio círculo formado por aquellos iniciados en los secretos de la operación Brujería?

En este punto, una extraña figura entraba en escena. Se trataba de un tal J. P. R., nuevo recluta de Whitehall, en la siempre creciente banda de valoradores de Brujería. Al consultar la lista de personas sometidas a instrucción, Smiley supo que el nombre de aquel recluta era Ribble, y que formaba parte del Departamento de Investigaciones del Ministerio de Asuntos Exteriores. J. P. Ribble era una incógnita.

J. P. R. escribía al Grupo de Trabajo Adriático (GTA): «¿Puedo respetuosamente llamar su atención respecto a una evidente discrepancia en cuestión de fechas? Brujería N.° 104 (Conversaciones franco-soviéticas sobre producción conjunta de aeronaves) con fecha del 21 de abril. De acuerdo con el escrito de ustedes que acompaña dicho documento, Merlín consiguió esta información directamente del general Markov, al día siguiente a aquel en que las partes interesadas acordaron llevar a efecto un secreto intercambio de notas. Pero en dicho día, el 21 de abril, y de acuerdo con nuestra embajada en París, Markov se hallaba todavía en dicha capital, en tanto que Merlín, como atestigua el informe n.° 109, estaba visitando un lugar de investigaciones de cohetería, en las afueras de Leningrado...»

El escrito citaba no menos de cuatro «discrepancias» parecidas, que, conjuntamente, indicaban que Merlín gozaba de una movilidad digna del mago de quien había tomado el nombre.

A J. P. Ribble le contestaron diciéndole que se preocupara de sus propios asuntos. Pero en un escrito separado, dirigido al ministro, Alleline hacía una extraordinaria confesión, que arrojaba una luz enteramente nueva sobre la naturaleza de la operación Brujería.

«Extremadamente secreto y personal. Hemos hablado. Merlín, como usted sabe desde hace algún tiempo, no es una fuente, sino varias. Y si bien nosotros hemos hecho cuanto estaba en nuestra mano para ocultar este hecho a sus lectores, el mero volumen del material recibido dificulta más y más el seguir en esta ficción. ¿No cree que quizá haya llegado el momento de aclarar este punto, por lo menos con ciertas limitaciones? Por las mismas razones, ningún daño se seguiría si informáramos a Hacienda que la asignación de diez mil francos suizos al mes, en concepto de sueldo de Merlín, más otros tantos para gastos, no es realmente excesiva, si tenemos en cuenta que debe dividirse en tantas cuentas.»

Pero el escrito terminaba con una nota más severa: «Sin embargo, incluso en el caso de que acordemos abrir la puerta en la medida antes dicha, considero de suma importancia que el conocimiento de la existencia de la casa de Londres, y el fin a que está destinada, quede limitado al mínimo absoluto. Incluso cabe decir que, tan pronto la pluralidad de Merlín se haga patente a nuestros lectores, la vidriosidad de nuestra operación en Londres quedará aumentada.»

Totalmente confuso, Smiley leyó varias veces esta correspondencia. Luego, como si se le hubiera ocurrido bruscamente una idea, Smiley clavó su mirada en la ventana, absorto, y ahora su rostro era la viva imagen de la confusión. En realidad tan lejos estaban sus pensamientos, tan intensos y complejos eran, que el timbre del teléfono sonó varias veces, dentro de la estancia, antes de que Smiley cogiera el aparato. Al hacerlo, miró el reloj. Eran las seis de la tarde. Llevaba apenas una hora de lectura.

—¿Señor Barraclough? Aquí Lofthouse, de financiación, señor.

Era Peter Guillam, utilizando el procedimiento de emergencia, que solicitaba, por medio de las frases acordadas de antemano, una reunión de urgencia. Guillam parecía un tanto alterado.

20

Al archivo del Circus no se podía llegar partiendo de la entrada principal. Se encontraba diseminado en un conjunto de sórdidas habitaciones y altillos, en la parte trasera del edificio, y antes se parecía a las librerías de lance que proliferaban en aquellos alrededores, que a la organizada memoria de una gran dependencia gubernamental. Se entraba por un triste portal, en Charing Cross Road, entre una tienda de marcos para cuadros y un café abierto las veinticuatro horas del día, al que los empleados del Circus jamás iban. En la puerta, una placa anunciaba: «Escuela de idiomas Town and Country. Sólo personal.» Y otra placa decía: «C and L Distribution Ltd.» Para entrar, uno pulsaba uno u otro timbre, y esperaba a que la llamada fuera contestada por Alwyn, afeminado miembro de la Marina que sólo hablaba de fines de semana. Hasta el miércoles, más o menos, hablaba del fin de semana anterior y luego, del fin de semana venidero. Aquella mañana era lunes, Alwyn estaba dominado por una indignada inquietud.

Mientras empujaba el libro de registro sobre el mostrador, para que Guillam firmara en él, Alwyn preguntó:

—¿Y qué me dice usted de la tormenta de anoche? Tenía la impresión de estar en un faro. Todo el sábado y todo el domingo. Le dije a mi amigo: «Aquí estamos, en pleno Londres, y escucha, escucha...» ¿Quiere que le guarde esto?

Mientras ponía en las ofrecidas manos de Alwyn la bolsa de tela, Guillam observó:

—Pues hubiera debido estar donde yo estuve. Allí no era cuestión de escuchar, no... Allí ni en pie podía estar uno.

«No le des demasiada confianza», pensó Guillam, hablando consigo mismo. Mientras dejaba la bolsa en uno de los cajones situados detrás del mostrador, Alwyn confesó:

—De todos modos, el campo sigue gustándome. ¿Quiere que le dé un número? Estoy obligado a dárselo, ¿sabe? Si se entera de que no se lo he dado, la Dolphin me mata...

—No se preocupe —dijo Guillam—. Tengo confianza en usted.

Después de subir los cuatro peldaños, Guillam empujó la puerta con muelles que daba entrada a la sala de lectura. La estancia parecía un aula improvisada: diez o doce pupitres, todos orientados en la misma dirección, y una zona en realce, en la que se sentaba la archivera. Guillam se sentó ante un pupitre situado al fondo. Era todavía temprano —las diez y diez, en el reloj de Guillam—, y el único lector que allí había, además de Guillam, era Ben Thuxton, del departamento de investigación, que pasaba allí la mayor parte de la jornada. Años atrás, fingiendo ser un disidente letón, Ben había estado al frente de grupos revolucionarios que recorrían las calles de Moscú, pidiendo la muerte de los opresores. Ahora estaba agazapado tras el pupitre como un viejo cura, el pelo blanco y perfectamente inmóvil.

Al ver a Guillam en pie ante su mesa, la archivera sonrió. Muy a menudo, cuando Brixton estaba encalmado, Guillam se pasaba el día en la sala de lectura, revisando viejos casos, para ver si había alguno que ofreciera posibilidades de ser reavivado. La archivera se llamaba Sal, y era una muchacha fornida, de aspecto deportivo, que dirigía un club juvenil en Chiswick, y que había alcanzado la categoría de cinturón negro, en judo. Mientras cogía unos cuantos formularios verdes de petición de documentos, Guillam le preguntó a Sal:

—¿Qué? ¿Has roto muchas crismas durante este fin de semana?

Sal le entregó unas cuantas notas, dirigidas a Guillam, que tenía en la estantería metálica, y comentó:

—Dos o tres. ¿Y tú?

—Ni una. He visitado a mis tías de Shropshire.

—Sí, sí, tías...

Utilizando la mesa de Sal, Guillam rellenó dos formularios, para ver sendas referencias que constaban en su lista. Estuvo observando a Sal mientras sellaba los formularios, arrancaba las copias al carbón, y las metía en la ranura que había en la mesa. Mientras entregaba los originales de los formularios a Guillam, Sal murmuró:

—Están en el corredor D, los dos ochos, en medio, a la derecha, y los tres unos, a continuación.

Guillam empujó la puerta y penetró en la sala principal. En el centro había un ascensor, en forma de jaula de minero, que transportaba los documentos a las dependencias principales del Circus. Dos embrutecidos funcionarios de ínfima categoría se encargaban de poner los documentos en el ascensor, y un tercero le daba a la manivela. Guillam anduvo despacio por entre las estanterías, leyendo las fluorescentes cartulinas numeradas.

Con su habitual acento de preocupación, Smiley le había explicado: «Lacon jura que no tiene ni un expediente referente a la operación Testimonio. Sólo posee unos cuantos documentos administrativos, acerca de reclasificación de Prideaux.» En el mismo tono lúgubre, Smiley añadió: «Mucho me temo que no nos quedará más remedio que descubrir alguna manera de encontrar lo que haya en el registro del Circus.»

En el diccionario de Smiley, la palabra «encontrar» significaba «robar».

En lo alto de una escalera de mano había una muchacha. Oscar Allitson, el encargado de mantener en orden el archivo, estaba llenando de expedientes una cesta como las utilizadas para poner la colada, mientras Astrid, el fontanero, reparaba un radiador. Las estanterías, de madera, eran profundas como baúles, y estaban divididas, mediante delgadas hojas de madera, en compartimientos cúbicos. Guillam sabía ya que la referencia de la operación Testimonio era cuatro-cuatro ocho-dos E, lo cual significaba el compartimiento cuarenta y cuatro, ante el que ahora se encontraba. E significaba Extinto, y sólo se empleaba para designar operaciones extinguidas. Guillam buscó el subcompartimiento número dos, a contar desde la izquierda, aunque no había modo de saberlo con certeza debido a que los lomos de los

194

expedientes no llevaban indicación alguna. Terminada su labor de reconocimiento, Guillam extrajo los dos expedientes que había pedido dejando los verdes formularios en los pinchos de acero puestos allí a este efecto.

Como si los expedientes con pocas hojas fueran de más fácil manejo, Smiley le había dicho: «No encontrarás gran cosa, pero algo ha de haber, aunque sólo sea para cubrir las apariencias.» Entre las características del comportamiento de Smiley que, en aquel momento, no gustaron a Guillam estaba la de hablar como si los demás siguieran sus razonamientos íntimos, como si los demás se hallaran en el interior de su mente.

Guillam se sentó y fingió leer, pero, en realidad, pensaba en Camilla. ¿Qué debía hacer él con aquella muchacha? Aquella misma mañana, mientras estaba en sus brazos, Camilla le había dicho que, durante cierto tiempo, estuvo casada. A veces, Camilla hablaba así, igual que si hubiera vivido veinte vidas. El matrimonio fue un error, y, por esto, decidieron separarse.

—¿Qué os pasó?

—Nada. No congeniábamos.

Guillam no había podido dar crédito a estas palabras.

—¿Conseguisteis el divorcio?

—Supongo.

—¡Por favor, no te hagas la imbécil! Forzosamente has de saber si estás divorciada o no.

Camilla repuso que sus padres se habían encargado del asunto. El marido era extranjero.

—¿Te manda dinero?

—¿Por qué ha de mandármelo? No me debe nada.

Y, después, de nuevo la flauta, en otra habitación, mientras Guillam hacía café, la flauta cuyas notas parecían formular interrogantes a la media luz. ¿Era Camilla una embustera o un ángel? Guillam pensó que le gustaría estudiar la personalidad de Camilla en uno de aquellos expedientes. Dentro de una hora, Camilla comenzaría su clase con Sand.

Armado con un formulario verde con la referencia cuatro-tres, Guillam devolvió a sus respectivos lugares los dos expedientes, y se colocó ante el compartimiento inmediato al de la operación Testimonio.

Guillam pensó: «La operación previa para despistar ha sido llevada a efecto sin novedad.»

La muchacha seguía en lo alto de la escalera. Allitson

había desaparecido, pero el cesto de la colada seguía allí. El radiador había ya conseguido dejar fatigado a Astrid, quien, sentado junto al aparato, leía el *Sun*. El formulario verde decía cuatro-tres, cuatro-tres, y Guillam encontró el expediente sin la menor dificultad, debido a que ya lo había localizado anteriormente. Tenía las cubiertas de color de rosa, lo mismo que el de la operación Testimonio. Y lo mismo que el de Testimonio, mostraba huellas de haber sido bastante utilizado, aunque no en exceso. Colocó el formulario en el pincho. Retrocedió un poco en el corredor, echó una rápida ojeada a Allitson y a las chicas, cogió el expediente de Testimonio y lo sustituyó, muy de prisa, por el que tenía en la mano.

Smiley le había dicho: «Creo, Peter, que lo más importante es no dejar ningún hueco. Por esto, me atrevo a aconsejarte que pidas un expediente semejante, *físicamente* semejante quiero decir, y lo pongas en el hueco que quedará...»

Guillam había dicho: «Sí, sí, comprendo.»

Sosteniendo con aire de indiferencia el expediente Testimonio en la mano derecha, con la cubierta en la que figuraba el título orientada hacia su cuerpo, Guillam regresó a la sala de lectura, y volvió a sentarse ante el pupitre. Sal alzó las cejas y dijo algo. Guillam movió afirmativamente la cabeza, para indicar que no se había tropezado con dificultades. Lo hizo con el convencimiento de que Sal le había dirigido una pregunta en este sentido, pero, ahora, Sal le hizo señas de que se acercara. Fue un momento de miedo. ¿Voy con el expediente en la mano o lo dejo aquí? ¿Qué suelo hacer? Dejó el expediente en el pupitre.

—Juliet va a buscar café, ¿quieres? —murmuró Sal.

Guillam dejó un chelín sobre la mesa de Sal.

Miró el reloj de pared, y, luego, el suyo. «¡Deja ya de mirar el reloj! Piensa en Camilla, piensa en su lección, piensa en esas tías con las que no has pasado el fin de semana, piensa en que Alwyn no mirará el contenido de tu bolsa de fin de semana. Piensa en cualquier cosa menos en el tiempo. Una espera de dieciocho minutos.» «Peter, en el momento en que sientas la más leve aprensión debes dejar de actuar; esto es lo más interesante.» Magnífico, pero ¿cómo puede uno advertir si tiene aprensiones o no, cuando treinta jóvenes mariposas se emparejan revoloteando en el estómago de uno, y el sudor es como una lluvia secreta, bajo la camisa? Guillam se juró que nunca, nunca, lo había pasado tan mal.

Abrió el expediente de la operación Testimonio, e intentó leerlo.

El expediente no era delgado, pero tampoco podía calificarse de grueso. Tenía el grosor de un libro normal. Tal como Smiley le había dicho, las primeras páginas estaban consagradas a decir todo lo que no constaba en el expediente: «Los anexos del 1 al 8 están en la London Station, referencia ELLIS, Jim, HAJEK Vladimir, COLLINS Sam, HABOLT, Max...» y el tío Tom Cobley y todos los demás. «Para usar estos documentos, consúltese con London Station o JC.» JC significaba Jefe del Circus, o las madres por él delegadas al efecto. No mires el reloj de pulsera, idiota, mira el reloj de pared, y haz los cálculos pertinentes. Ocho minutos. Resulta gracioso ese asunto de hurtar expedientes referentes a tu antecesor en el cargo. Resulta curioso que Jim sea mi antecesor, y, además, que tenga su misma secretaria, esa secretaria que parece añorarle constantemente, sin jamás mencionar su nombre. El único rastro que Guillam había percibido de Jim, con la salvedad de su nombre de guerra en los expedientes, era la raqueta de jugar al *squash*, escondida detrás de la caja de caudales, con las iniciales J. P. grabadas a mano en el mango. Guillam mostró esta raqueta a Ellen, la vieja y endurecida gallina que hacía temblar a Cy Vanhover como si fuera un colegial, y, al verla, Ellen se echó a llorar a mares, envolvió la raqueta y la mandó a los administradores inmediatamente, con una nota personal dirigida a la Dolphin, en la que pedía fuese devuelta a Jim «si es humanamente posible». ¿Qué tal juegas ahora al *squash*, en los presentes días, querido Jim, con un par de balas checas en la paletilla?

Todavía faltaban ocho minutos.

Smiley le había dicho: «Lo ideal sería, si es que podemos, bueno, quiero decir si es que no constituye demasiada molestia, que dejaras tu coche en el garaje de tu barrio, para que lo laven y demás, utilizando antes el teléfono de tu casa para avisar al garaje de que vas a dejar el coche, con la *esperanza* de que Toby haya hecho lo necesario para escuchar tus palabras...»

¡Esperanza! ¡Santo cielo! ¿Y sus íntimas conversaciones con Camilla, qué? Todavía faltaban ocho minutos para la hora señalada.

El resto del expediente parecía estar constituido por telegramas del Ministerio de Asuntos Exteriores, recortes de prensa checos, informes de boletines transmitidos por Radio Praga, extractos de normas referentes a nuevo empleo y rehabilitación de los agentes descubiertos, borradores de peticiones a Hacienda, y una nota necrológica escrita por Alleline en la que culpaba del fracaso a Control.

Mentalmente, Guillam comenzó a medir la distancia que mediaba entre su pupitre y la puerta que daba al mostrador de recepción en que Alwyn dormitaba. Calculó que esta distancia era de cinco pasos, y decidió trasladarse a un lugar tácticamente más favorable. A dos pasos de la puerta, había un mueble, del tamaño de un piano, con cajones en los que había diversos papeles y documentos de información general, como mapas a gran escala, viejos ejemplares del *Quién es quién*, viejas guías de viaje... Poniéndose el lápiz entre los dientes, cogió el expediente Testimonio, se acercó al mueble en cuestión, y, después de coger la guía telefónica de Varsovia, comenzó a escribir nombres en un papel. ¡Mi mano! Una voz aullaba en su interior: ¡Mi mano tiembla de mala manera, mira estas cifras, parece que las haya escrito borracho! ¿Cómo es que nadie se ha dado cuenta? Entró Juliet y dejó una taza de café en el pupitre de Guillam, quien le lanzó un beso, con ademán indiferente. Cogió otra guía, la de Poznan, a juicio de Guillam, y la dejó junto a la primera. Cuando entró Alwyn, Guillam ni siquiera levantó la vista.

—Le llaman por teléfono, señor —murmuró Alwyn.

Como si estuviera inmerso en la lectura de la guía telefónica, Guillam dijo:

—¡Vaya por Dios! ¿Y quién diablos llama?

—Le llaman desde fuera. Es un tipo un poco bruto. Es su garaje, para decirle no sé qué de su coche... —Evidentemente complacido, Alwyn añadió—: Ha dicho que tenía que darle malas noticias.

Guillam sostenía con las dos manos el expediente Testimonio y, sin la menor duda, estaba entregado a la tarea de cotejarlo con la guía telefónica. Se encontraba de espaldas a Sal y se daba cuenta de que las rodillas le temblaban chocando con la tela de los pantalones. Tenía aún el lápiz entre los dientes. Alwyn inició el camino y sostuvo la puerta abierta para que Guillam pasara. Este la cruzó sin dejar de leer el expediente. Igual que un inocente colegial, pensó. Esperaba que, de un momento a otro, un rayo le fulminara, que Sal comenzara a chillar acusándole de robo, que Ben, el superespía, despertara bruscamente. Pero nada de eso ocurrió. Guillam se sintió mucho mejor: Alwyn es mi aliado, confío en él, los dos vivimos unidos contra la Dolphin, y yo puedo actuar con seguridad. Se cerró la puerta con muelle, Guillam bajó los tres peldaños, y allí estaba de nuevo Alwyn, sosteniendo abierta la puerta de la cabina telefónica. La parte baja de la cabina era de madera, y la parte alta estaba acristalada. Al coger el teléfono, dejó el expediente junto a sus pies, y oyó la voz de Mendel diciéndole que sería preciso cambiar la caja de cambios, y que esto quizá costara unas cien libras. Habían planeado previamente esta conversación pensando en los administradores, o quien fuera el encargado de leer las transcripciones de las conversaciones telefónicas, y Guillam siguió conversando felizmente hasta el momento en que Alwyn estuvo sentado detrás de su mostrador, escuchando como un águila. Pensó: «Funciona, la estratagema funciona, y estoy alcanzando mis objetivos.» Oyó su propia voz diciendo:

—Bueno, de acuerdo, pero, por lo menos, diríjase a los representantes de la marca, y pregúnteles cuánto tiempo tardarán en entregar la pieza. ¿Sabe el número de su teléfono? —Con acento de irritación, añadió—: Espere un instante. —Entreabrió la puerta, manteniendo la boquilla del teléfono oprimida contra el hombro, debido a que no quería, en modo alguno, que sus próximas palabras quedaran grabadas en la cinta magnetofónica—. Alwyn, déme la bolsa esa, por favor.

Alwyn le entregó la bolsa con gran diligencia, como un masajista en un partido de fútbol.

—Aquí está, señor. ¿Quiere que la abra?

—No. Déjela aquí. Gracias.

La bolsa quedó en el suelo, junto a la cabina. Guillam se inclinó, y la arrastró al interior, donde la abrió. En la parte central, entre las camisas y varios periódicos, había tres falsos expedientes, uno de color castaño, otro verde y otro rosado. Extrajo el expediente de color de rosa, así como la libreta en que apuntaba los números de teléfono, y metió dentro el expediente Testimonio. Cerró la cremallera de la bolsa, se irguió y leyó ante el teléfono un número de teléfono, el verdadero número de teléfono de aquel representante antes mencionado. Colgó el teléfono, devolvió la bolsa a Alwyn, y regresó a la sala de lectura, con el falso expediente en la mano. Allitson estaba ocupado en representar una comedia habitual en él, consistente en empujar hacia delante y luego hacia atrás el cesto de la colada. Dirigiéndose a Guillam, dijo:

—Peter, ayúdame a mover esto. Se ha quedado clavado.

—Un momento, por favor.

Después de recobrar el expediente cuatro-tres del compartimiento de Testimonio, lo sustituyó por el falso expediente, devolvió aquél al lugar que le correspondía, en el compartimiento cuatro-tres, y cogió el formulario verde, clavado en el pincho. Todo había funcionado a la perfección. A Guillam poco le faltaba para echarse a cantar.

Entregó el formulario a Sal, quien lo firmó y lo puso en un pincho, como siempre hacía. Luego, Sal efectuaría las correspondientes comprobaciones. Si el expediente estaba en su lugar, destruiría el formulario verde y la copia, y ni siquiera la inteligente Sal recordaría que Guillam había estado junto al compartimiento cuatro-cuatro. En el momento en que Guillam se disponía a acudir en ayuda de Allitson, se encontró mirando de hito en hito las castañas y poco amistosas pupilas de Toby Esterhase.

En su inglés levemente imperfecto, Toby dijo:

—Peter, lamento mucho tener que molestarte, pero ha surgido una pequeña crisis, y Percy Alleline quiere hablar urgentemente contigo. ¿Puedes ir a verle ahora? Te lo agradeceríamos mucho. —Ya en la puerta que Alwyn sostenía, Esterhase observó, en el tono oficioso propio de un hombre de poca importancia todavía, pero en trance de ascender rápidamente—: En realidad sólo quiere que le des tu opinión. Quiere saber qué piensas.

En una reacción desesperada pero brillante, Guillam se dirigió a Alwyn:

—A mediodía hay un viaje a Brixton. Llame a Transporte, por favor, y dígales que lleven la bolsa esa a mi despacho de Brixton.

—Con mucho gusto, señor. Sí, señor, con mucho gusto. Cuidado con el peldaño.

Y Guillam pensó: «Y que el Señor me dé suerte.»

21

Haydon le llamaba «nuestro particular ministro de Asuntos Exteriores». Los conserjes le llamaban «Blancanieves», debido a su pelo. Toby Esterhase vestía como un maniquí, pero en el instante en que echaba los hombros hacia delante y crispaba sus menudos puños se convertía, sin la menor duda, en un luchador. Mientras andaba tras él a lo largo del corredor del cuarto piso, fijándose en la cafetera automática una vez más, y en el sonido de la voz de Lauder Strickland en trance de explicar que no estaba libre, Guillam pensó: «Dios mío, parece que estemos de nuevo en Berna, actuando.»

Poco le faltó para comunicarle este pensamiento a Toby, pero no lo hizo por considerar que la comparación era imprudente.

Siempre que Guillam pensaba en Toby pensaba en Suiza, diez años atrás, en los días en que Toby era un simple observador allí destacado, con la creciente reputación de saber conseguir datos gracias al mero hecho de escuchar en todo instante. Guillam estaba de descanso después de sus tiempos en el norte de Africa, por lo que el Circus les mandó a los dos a Berna, para que llevaran a cabo una operación aislada, consistente en dar fin a las actividades de un par de traficantes de armas que se servían de los suizos para mandar sus mercancías a zonas poco deseables. Guillam y Esterhase alquilaron una villa situada al lado de la de los traficantes. La noche siguiente, Toby cogió sus instrumentos e hizo lo preciso para que él y Guillam pudieran escuchar, en su teléfono, las conversaciones de los traficantes. Guillam ejercía las funciones de jefe y enlace al mismo tiempo, y dejaba las cintas magnetofónicas en un coche aparcado, ante la casa del funcionario residente. Con igual facilidad, Toby sobornó al cartero, para que le dejara leer primero las cartas dirigidas a los traficantes belgas antes de entregarlas a éstos, y también sobornó a la mujer de la limpieza para que colocara un micrófono radiofónico en la sala de estar, que era el lugar donde solían sostener sus conversaciones. Para divertirse iban al Chikito y Toby bailaba con las muchachas más jóvenes. De vez en cuando se llevaba una a casa pero la chica siempre se iba a primera hora de la mañana, y, entonces, Toby abría las ventanas para disipar el perfume.

Vivieron así durante tres meses, y, a pesar de ello, Guillam no llegó a conocer a Toby mejor de lo que le conocía el primer día. Ni siquiera sabía cuáles eran los mejores lugares donde comer y ser visto. Lavaba sus propias ropas, y, por la noche, se ponía una redecilla sobre su cabellera de Blancanieves, y el día en que la policía entró en la villa y Guillam tuvo que escapar saltando el muro trasero, Guillam encontró a Toby en el Bellevue Hotel, comiendo *patisserie* y contemplando el *thé dansant*. Escuchó las explicaciones de Guillam, pagó la consumición, dio en primer lugar una propina al director de la agrupación musical, luego dio otra propina a Franz, el conserje, y, después, inició el camino por una larga sucesión de corredores y escaleras que les llevaron al garaje subterráneo, en donde había escondido el coche reservado para la huida, así como los correspondientes pasaportes. Allí, siempre meticuloso, también pidió la cuenta. Guillam pensó: «Por lo visto, cuando uno se ve en el caso de salir precipitadamente de Suiza, lo primero que hay que hacer es pagar las cuentas.» Los corredores eran interminables, con espejos en las paredes, y lámparas de lágrimas, por lo que podía decirse que Guillam no seguía a un solo Esterhase, sino a toda una delegación de Esterhases.

Esta fue la visión que acudió a la mente de Guillam ahora, pese a que la estrecha escalera de madera que conducía a las oficinas de Alleline estaba pintada de un borroso color verde, y únicamente una maltratada lámpara de pergamino traía a la memoria las lámparas de lágrimas de cristal.

Dirigiéndose al joven conserje que les indicó que pasaran, mediante un insolente movimiento de cabeza, Toby dijo con aire importante:

—Vamos a ver al jefe.

En la antesala, ante sendas máquinas de escribir se sentaban cuatro grises madres con jerseys y perlas. Saludaron con la cabeza a Guillam e hicieron caso omiso de Toby. En la puerta del despacho de Alleline había un cartelito que decía «Ocupado». Al lado de la puerta había una caja fuerte, como un armario, de dos metros de altura. Guillam se preguntó cómo era posible que el piso pudiera aguantar semejante peso. Sobre la caja fuerte había botellas de vino sudafricano, vasos y platos. Guillam recordó que era el martes, el día de la comida en que se reunían los de la London Station para conversar sin formalismos.

Cuando Toby abrió la puerta, Alleline gritó:

—Diles que no me pasen las llamadas telefónicas.

Mientras mantenía la puerta abierta, para dar paso a Guillam, Toby dijo con estudiada corrección:

—El jefe no desea que le pasen las llamadas telefónicas, señoras. Estamos reunidos.

—Ya lo habíamos oído —dijo una de las madres.

Aquello parecía una reunión de estado mayor, preparando una batalla.

Alleline estaba sentado a la cabecera de la mesa, en la silla de madera tallada, propia de un megalómano, leyendo un documento de dos páginas, y no efectuó el menor movimiento, en el momento en que Guillam entró, limitándose a gruñir:

—Siéntate allá, abajo. Al lado de Paul. Delante de la sal.

Y siguió leyendo con reconcentrada atención. La silla situada a la derecha de Alleline no estaba ocupada. Y Guillam supo que era la de Haydon, por la curvada forma del cojín atado a ella con un cordel. A la izquierda de Alleline se sentaba Roy Bland, quien también leía, pero que alzó la vista, cuando Guillam pasó, diciéndole:

—El observador Peter.

Y, después, le siguió con la mirada de sus saltones ojos azules, mientras se dirigía hasta el extremo de la mesa. Junto a Roy se sentaba Mo Delaware, la representante femenina de la London Station, con el pelo rizado y un vestido de lana castaño. Junto a ella estaba Phil Porteous, el jefe de los administradores, hombre rico y servil que vivía en una gran casa situada en una zona residencial del extrarradio. Cuando Porteous vio a Guillam, dejó de leer, cerró ostentosamente la carpeta, puso sobre ella sus manos delgadas, y rebulló. Sin dejar de rebullir, Phil dijo:

—Delante de la sal significa al lado de Paul Skordeno.

—Gracias, ya me había dado cuenta.

Al lado de Porteous estaban los rusos de Bill, vistos por última vez en el lavabo de caballeros, Nick de Silsky y su amiguito Kaspar. No sabían sonreír, y, a juicio de Guillam, seguramente tampoco sabían leer, ya que eran los únicos que no tenían papeles ante sí. Estaban sentados con las cuatro gruesas manos encima de la mesa, como si alguien les estuviera encañonando por la espalda, y se limitaron a mirar a Guillam con sus cuatro ojos castaños.

Luego, se sentaba Paul Skordeno, de quien se decía era el hombre que Roy Bland mandaba al campo de acción para regir las redes de espionaje en los países satélites, pero que, según aseguraban otros, actuaba de enlace de Bill. Paul era delgado, de aspecto mezquino, con unos cuarenta años de edad, cara abatida, con piel morena, y largos brazos. Guillam había sido emparejado con él, durante un curso de estratagemas propias de gente dura, en el Parvulario, y poco faltó para que se mataran entre sí.

Guillam apartó un poco la silla de las cercanías de Paul y se sentó, por lo que Toby tuvo que sentarse al otro lado de Guillam, de manera que parecía formar, con Paul, una pareja de guardianes de Guillam. Guillam pensó: «¿Qué diablos esperan que haga? ¿Que intente escapar en pos de la libertad?»

Todos observaban cómo Alleline llenaba la pipa, cuando Bill Haydon le robó el primer plano. Se abrió la puerta, y, por un momento, nadie entró. Luego se oyó un lento roce de suelas de zapatos contra el suelo, y apareció Bill, sosteniendo con ambas manos una taza de café, cubierta con el plato. Bajo el brazo llevaba una carpeta a rayas, y, cosa rara, iba con las gafas correctamente colocadas en la nariz, por lo que, sin duda, había efectuado la lectura de los documentos en algún otro lugar. Guillam pensó: «Todos han estado leyendo, salvo yo, por lo que no sé de qué va.» Se preguntó si acaso se trataba del mismo documento que Esterhase y

Roy estaban leyendo ayer, y, sin la apoyatura de prueba alguna, decidió que sí, que ayer había llegado el documento, que Toby se lo había mostrado a Roy, y que él —Guillam— les había aguado el primer momento de excitación, si es que excitación era la palabra adecuada.

Alleline aún no había levantado la vista. Desde el otro extremo de la mesa, Guillam solamente podía ver el espeso pelo negro de Alleline y un par de hombros cubiertos con tejido de punto. Mientras la imagen de Camilla volvía a infiltrarse en su mente calenturienta, Guillam recordó que Percy tenía dos esposas, las dos alcohólicas, lo cual seguramente significaba algo. Guillam solamente había tenido ocasión de conocer la versión londinense. Percy estaba a punto de crear su propio club de partidarios, y ofrecía cócteles en su amplio piso, con paneles de madera en las paredes, de Buckingham Palace Mansions. Aquel día, Guillam llegó tarde, y estaba quitándose el abrigo en el vestíbulo, cuando una pálida rubia avanzó tímidamente hacia él, ofreciéndole ambas manos. Guillam la confundió con una criada que acudiera dispuesta a hacerse cargo de su abrigo. En voz teatral, la mujer dijo:

—Me llamo Joy... (1).

Y lo dijo igual que hubiera podido decir, me llamo Virtudes o me llamo Continencia. No quería el abrigo de Guillam, sino un beso. Cediendo a la invitación, Guillam inhaló los mezclados placeres de «Je reviens» y de una alta concentración de jerez barato.

—Bien, bien, joven Peter Guillam —habló Alleline—, ¿estás ya dispuesto a prestarme atención o bien tienes que ocuparte de otros asuntos? —Alzó un poco la mirada, y Guillam vio dos menudos triángulos de vello en las curtidas mejillas. Alleline prosiguió—: ¿De qué asuntos te ocupas en estos días —Alleline volvió una página—, además de andar detrás de las vírgenes de la localidad, aunque dudo mucho que quede alguna en Brixton y perdona, Mo, la libertad con que me expreso, y de gastar el dinero del erario público en caros almuerzos?

Esta manera de bromear era el único medio que Alleline conocía para comunicarse. A veces tenía carácter

_____

(1) Joy, alegría.

amistoso y otras, hostil, de reproche o de felicitación, pero, a fin de cuentas, el tono era siempre el mismo.

—Tengo un par de árabes que parece que prometen —repuso Guillam—. Y Cy Vanhover ha entrado en contacto con un diplomático alemán. Y esto es todo, me parece.

Mientras echaba a un lado la carpeta y se sacaba del bolsillo una pipa de rústico aspecto, Alleline dijo:

—Arabes. Cualquier imbécil puede conseguir un árabe, ¿no es cierto, Bill? A poco que te interese, puedes comprar todo un gobierno árabe por media corona. —De otro bolsillo, Alleline se sacó una bolsa de tabaco que arrojó con donoso movimiento sobre la mesa. Siguió—: Me han dicho que has estado frotándote con nuestro llorado hermano Tarr. ¿Qué tal sigue el muchacho?

Por la mente de Guillam pasó una infinidad de pensamientos, mientras oía su propia voz contestando. Tenía la absoluta certeza de que la vigilancia de su piso no había comenzado hasta la noche anterior. Pensó que en el curso del último fin de semana sus movimientos no fueron observados, a no ser que Fawn, el cautivo vigilante, hubiera hecho horas extras, lo cual hubiese resultado tremendamente duro para él. Que Roy Bland se parecía mucho al difunto Dylan Thomas, y que Roy siempre le había recordado a alguien, aunque, hasta el presente momento, no había sabido a quién, y que Mo Delaware había sido aceptada como mujer debido, solamente, a sus varoniles modales. Se preguntó si Dylan Thomas tenía los ojos tan extremadamente azul pálido como los de Roy. Vio que Toby Esterhase cogía un cigarrillo de su pitillera de oro, y recordó que Alleline no permitía fumar cigarrillos —solamente pipas—, por lo que Toby seguramente tenía que estar en excelentes relaciones con Alleline, en los presentes días. Que Bill Haydon tenía un aspecto extrañamente juvenil, y que los rumores que en el Circus corrían acerca de su vida amorosa no eran tan risibles como eso, ya que, según se decía, era ambidextro. Que Paul Skordeno había puesto la morena palma de una de sus manos sobre la mesa, con el pulgar levemente alzado, de manera que el dorso quedaba tenso y endurecido. También pensó en su bolsa de tela. ¿La había mandado Alwyn a Brixton? ¿O se había ido a almorzar, dejándola en Registro, para que fuera registrada por alguno de aquellos jóvenes nuevos conserjes con ansia de ser ascendidos? Y también se preguntó, y no por vez primera, cuánto tiempo anduvo Toby zascandileando por los alrededores del Registro, antes de que Guillam se diera cuenta de su presencia.

Guillam decidió expresarse en tono festivo:

—Es cierto, jefe. Tarr y yo tomamos el té todos los días en Fortnum.

Alleline daba chupadas a la pipa vacía; y manoseaba la bolsa de tabaco. Despacio, con su pedante acento escocés, dijo:

—Peter Guillam, quizá no te hayas dado cuenta, pero soy un hombre que siempre siento inclinación a perdonar. En realidad, reboso buena voluntad. Lo único que quiero es saber el tema de tu conversación con Tarr. No quiero su cabeza, ni ninguna otra parte de su maldita anatomía, y refrenaré mis impulsos de estrangularle con mis propias manos. O de estrangularte a ti.

Prendió una cerilla y encendió la pipa, provocando una monstruosa llamarada.

—E incluso estoy dispuesto a pensar en la posibilidad de ponerte un collar de oro, con cadena de lo mismo, y sacarte del odioso Brixton, para entronizarte en este palacio.

—En este caso —dijo Guillam—, te serviré a Tarr en bandeja.

—Y dile que goza de amnistía total hasta el momento en que le eche la mano encima.

—Se lo diré. Quedará muy emocionado.

Una gran nube de humo se deslizó a lo largo de la mesa.

—Joven Peter, me has defraudado muchísimo. Sí, porque has prestado oídos a groseras calumnias insidiosas y tendentes a crear rencillas. Te pago el sueldo en buen dinero de curso legal, y tú vas y me apuñalas por la espalda. Me parece, esto, muy mal pago, después de que te doy de comer. Y te lo digo, haciendo caso omiso de los consejos de mis asesores.

Guillam observó que Alleline había adquirido un nuevo vicio, vicio que también había visto en hombres vanidosos y de media edad. Este vicio consistía en aprisionar entre índice y pulgar una porción de carne de la sotabarba, y darle masaje, con la esperanza de reducir su volumen.

—Anda —dijo Alleline—, explícanos con más detalle las actuales circunstancias de Tarr. Háblanos de sus sentimientos, de su estado emotivo. Tiene una hija, ¿verdad?, ¿una hija pequeñita que se llama Danny?, ¿habla de ella?

—Solía hablar.

—Regálanos con anécdotas de la niñita.

—No sé ni una. Lo único que sé es que Tarr la quiere mucho.

—¿La ama con delirio, quizá? —Después de decir estas palabras, Alleline alzó la voz, súbitamente airado—: ¿Qué diablos significa este encogimiento de hombros? ¿Se puede saber por qué encoges los hombros ante mis narices? Te estoy hablando de un desertor de tu maldita sección, te estoy acusando de conchabarte con él a mis espaldas, de dedicarte a jueguecitos clandestinos con él, cuando desconoces la importancia de las bazas, y lo único que se te ocurre es encoger los hombros desde el otro extremo de la mesa. No olvides, Peter Guillam, que hay una *ley* contra los que se conchaban con agentes enemigos. Quizá no lo sabías... ¡Y estoy dispuesto a echarte encima todo el peso de esta ley!

Mientras la ira acudía también en su auxilio, Guillam repuso:

—Yo no he estado viendo a este hombre. Tú eres quien se dedica a jueguecitos clandestinos. Sí, señor, tú. Así es que deja de darme la lata.

En este mismo instante, Guillam apreció que, alrededor de la mesa, la tensión disminuía, que se producía un leve descenso hacia el aburrimiento, algo parecido a un general reconocimiento de que Alleline había empleado todas sus municiones, sin dar en el blanco. Skordeno manoseaba una pequeña pieza de marfil, una especie de amuleto que siempre llevaba consigo. Bland volvía a leer, y Bill Haydon bebía café y, al parecer, lo encontraba muy malo, ya que había compuesto una mueca de desagrado, dirigida a Mo Delaware, tras lo cual dejó la taza. Toby Esterhase, con la barbilla en la mano, había alzado las cejas, y contemplaba el rojo celofán que llenaba el hogar victoriano. Sólo los rusos seguían mirándole sin pestañear, como un par de perros terrier que no quisieran creer que la cacería había terminado.

De nuevo con la mirada fija en el documento que tenía ante él, Alleline dijo:

—De manera que solía hablarte de Danny, ¿no? Y te decía que quería mucho a la niña. ¿Quién es la madre de Danny?

—Una mujer euroasiática.

Ahora, Haydon rompió su silencio:

—¿Inconfundiblemente euroasiática, o bien puede pasar por algo un poco más afín a nosotros?

—Tarr finge creer que la mujer parece totalmente europea. Y la niña lo mismo.

Alleline leyó en voz alta:

—Doce años de edad, pelo rubio y largo, ojos castaños, delgada. ¿Es así Danny?

—Quizás. Es posible.

Se produjo un largo silencio que ni siquiera Haydon parecía deseoso de romper. Escogiendo sus palabras con mucho tiento, Alleline prosiguió:

—Bueno, pues si yo te dijera, si te dijera que Danny y su madre hubieran debido llegar, hace tres días, al aeropuerto de Londres, directamente desde Singapur, ¿tú compartirías nuestra perplejidad?

—Ciertamente.

—¿Y también mantendrías la boca cerrada, al salir de aquí? ¿No lo dirías a nadie, salvo a tus doce mejores amigos?

Desde un lugar no muy lejano, a Guillam le llegó el sonido del murmullo de la voz de Phil Porteous:

—La fuente de esta información es extremadamente secreta, Peter. Quizá te parezca que se trata de una simple información de lista de pasajeros, pero no es así. Se trata de una fuente *ultradelicada*.

—Bueno —dijo Guillam a Porteous—, pues si es así mantendré la boca *ultracerrada*.

Porteous se ruborizó, y Bill Haydon soltó una risita de colegial.

—¿Qué uso harías de esta noticia? —preguntó Alleline. Tras una pausa, en la voz de Alleline volvió a aparecer el tono de desafío—: Vamos, Peter, vamos, ¿qué harías? Tú fuiste su jefe, su guía, su filósofo y amigo... ¿Dónde están tus conocimientos psicológicos? ¿Por qué vuelve Tarr a Inglaterra?

—No es esto lo que has dicho. Tú has dicho que la mujer de Tarr y su hija Danny eran esperadas en el aeropuerto de Londres hace tres días. Quizá la mujer venga para visitar a algún pariente. Quizá tenga un nuevo amiguito... ¿Cómo quieres que lo sepa?

—¡No seas obtuso, hombre! ¿Es que no se te ha ocurrido pensar que lo más probable es que Tarr no se encuentre demasiado lejos del lugar en que se encuentra la pequeña Danny? Y Tarr vendrá si es que no está ya aquí, que eso es lo que yo creo, ya que pertenece a esa clase de tipos que primero llegan ellos y, luego, llega su equipaje, y perdona, Mo, que califique de esta manera a la familia, ha sido un lapsus solamente.

Por segunda vez en aquella sesión, Guillam se permitió dar muestras de cierto temperamento.

—Hasta el presente momento, no se me había ocurrido. Hasta ahora, Tarr no era más que un desertor. Así lo dictaminaron los administradores hace ya cuatro meses. ¿No es verdad, Phil? Tarr se encontraba en Moscú, y todo lo que sabía debíamos considerarlo como conocimientos revelados a los rusos. ¿Verdad, Phil? También había buenas razones para apagar las luces en Brixton, y dar una porción de nuestro trabajo a la London Station y otra a los faroleros de Toby. Y, ahora, ¿qué diablos debemos suponer que Tarr se dispone a hacer? ¿Redesertar a nuestro campo?

Fija de nuevo la mirada en el papel ante él, Alleline repuso:

—Redesertar es un modo muy caritativo de calificar los hechos. Presta atención. Presta atención a lo que te voy a decir, y procura recordarlo. Sí, porque no tengo la menor duda de que tú, lo mismo que los restantes miembros de mi equipo, tienes una retentiva como un colador. Todos vosotros, las *prima donnas,* sois igual. Danny y su madre viajan con falsos pasaportes de la Commonwealth y británicos, con el nombre de Poole, Poole, como el puerto. Estos pasaportes han sido falsificados por los rusos. Un tercer pasaporte fue entregado a Tarr, al *conocido Mister Poole.* Tarr ya se encuentra en Inglaterra, pero no sabemos dónde. Partió antes que Danny y su madre, y llegó siguiendo un itinerario diferente. Según nuestras investigaciones, se trata de un itinerario negro. Dio instrucciones a su esposa o amante o lo que sea —pronunció estas palabras como si él fuera ajeno a estas cosas—, y te ruego una vez más que me perdones, Mo, en el sentido de que le siguiera al cabo de una semana, lo cual, según parece, no ha hecho. Conseguimos esta información ayer, por lo que aún nos queda mucho trabajo por delante. Tarr dijo a Danny y a su madre que si, por casualidad, él no conseguía entrar en contacto con ellas, debían recurrir a la caridad de un tal Peter Guillam. Y este Peter Guillam, si no me equivoco, eres tú.

—Si se les esperaba hace tres días y no han llegado, ¿qué ha sido de ellas?

—Se han retrasado. Han perdido el avión. Han cambiado sus planes. Han perdido los billetes. ¿Cómo diablos puedo saberlo?

—O la información recibida es falsa —insinuó Guillam.

—No lo es —repuso Alleline secamente.

Resentimiento y desorientación, esto era lo que Guillam experimentaba.

—Bueno, de acuerdo —dijo—. Los rusos han conseguido convertir a Tarr a su causa. Han enviado a su familia a Inglaterra, aunque no sé por qué, y, luego, han mandado al propio Tarr. En este caso, ¿a santo de qué dar tanta importancia al asunto? ¿Qué clase de agente puede ser Tarr, cuando no creemos ni media palabra de lo que dice?

Con satisfacción, Guillam observó que, ahora, todos miraban a Alleline, quien, a juicio del propio Guillam, no sabía si dar una respuesta satisfactoria pero indiscreta o decir cualquier tontería.

—¡Poco importa la clase de agente que pueda llegar a ser! —contestó—. Quizá se dedique a enturbiar aguas claras, a envenenar los pozos. Cosas así. A segarnos la hierba bajo los pies, cuando nos dedicamos a pacer tranquilamente...

Guillam pensó que Alleline utilizaba en sus circulares la misma forma de expresión. Las metáforas eran constantes, a lo largo de las páginas.

—Pero recuerda bien lo que voy a decirte —siguió Alleline—. En cuanto vislumbre algo, antes incluso, en cuanto oiga el más leve rumor referente a la presencia de Tarr, de su dama o de su linda hijita, el joven Peter Guillam acudirá inmediatamente a decirlo a nosotros, los mayores. A cualquiera de los que estamos aquí sentados. ¡Y a nadie más! ¿Has comprendido debidamente mi exhortación? Sí, porque, aquí, hay muchas más ruedecitas, dentro de otras ruedas y de más ruedas, de lo que puedas llegar a imaginar o de lo que tengas derecho a saber.

Y en aquel instante, todos se movieron, y los movimientos fueron como una conversación. Bland se metió las manos en los bolsillos y, a pasos cansinos, cruzó la estancia y apoyó el hombro en la puerta. Alleline había vuelto a encender la pipa, y apagaba la cerilla mediante un amplio movimiento del brazo, mientras miraba con ojos llameantes a Guillam, a través del humo, a quien dijo:

—¿A quién cortejas en los presentes días, Peter, quién es la afortunada damita?

Porteous deslizó un papel ante Guillam para que lo firmara, diciéndole:

—Firma, por favor.

Paul Skordeno susurraba algo al oído de su amigo ruso, sentado a su lado, y Esterhase estaba en la puerta, dando desagradables órdenes a las madres. Sólo los ojos castaños, de mirada sencilla, de Mo Delaware seguían fijos en Guillam.

—Léelo primero, Peter, por favor —dijo Porteous con empalagosa cortesía.

Guillam había leído ya casi la mitad:

«Certifico que en el día de hoy me han informado del contenido del Informe Brujería N.º 1308, fuente Merlín, y me comprometo a no divulgar parte alguna de dicho informe a otros funcionarios de este servicio, ni divulgar la existencia de la fuente Merlín. También me comprometo a comunicar inmediatamente cualquier hecho que llegue a mi conocimiento y que esté relacionado con dicho asunto.»

La puerta estaba abierta y, mientras Guillam firmaba, los funcionarios de segunda categoría de la London Station entraron precedidos por las madres, portadoras de bandejas con bocadillos. Diana Dolphin y Lauder Strickland tenían un aspecto tenso, como si fueran a estallar. También entraron las chicas de Distribución, y un veterano de todas las campañas, con el rostro de expresión agria, llamado Haggard, que era el jefe supremo de Ben Thruxton. Guillam inició despacio el camino hacia la salida, fijándose en todos porque sabía que Smiley le preguntaría el nombre de los asistentes. Cuando llegó a la puerta, advirtió con sorpresa que Haydon se ponía a su lado. Al parecer, Haydon había decidido que los restantes actos no eran para él. Indicando con un vago ademán a las madres, Bill dijo:

—Qué estupidez, los bocadillos y demás... —Luego añadió—: Percy está cada día más insoportable.

—Eso creo —dijo Guillam de todo corazón.

—¿Qué tal sigue Smiley? ¿Lo ves a menudo? Erais bastante amigos, ¿verdad?

El mundo de Guillam, que, en aquellos momentos parecía ir camino de sosegarse un poco, experimentó una brusca sacudida.

—Pues no le veo mucho —contestó—. Parece que vive en otro mundo.

—¿Que vive en otro mundo? —comentó Bill despectivamente—. Vamos, vamos, no digas tonterías.

Habían llegado a la escalera. Haydon se adelantó.

—¿Y tú, le has visto? —preguntó Guillam.

—Y Ann ha levantado el vuelo —dijo Bill como si no hubiera oído la pregunta—. Se largó con un marinero o un camarero, o algo por el estilo. Esto es lo que me han dicho. ¿Es verdad?

La puerta del despacho de Bill Haydon estaba abierta de par en par, y la mesa aparecía atestada de expedientes secretos.

—No lo sabía —repuso Guillam—. Pobre George.

—¿Café?

—No, gracias, me voy.

—¿A tomar el té con el hermano Tarr?

—Eso. En el Fortnum. Hasta la vista.

En la sección de archivos, Alwyn había regresado a su puesto, luego de almorzar. Alegremente, dijo a Guillam:

—Ya he enviado la bolsa. En estos momentos estará ya en Brixton.

Rizando el rizo, Guillam exclamó:

—¡Maldita sea! Había algo que necesito ahora.

Entonces se le ocurrió un nauseabundo pensamiento. Era algo tan claro y tan horriblemente evidente que se maravillaba de que no se le hubiera ocurrido antes. Sand era el marido de Camilla. Y Camilla llevaba una doble vida. Ahora amplios panoramas de engaño aparecieron ante su vista. Sus amigos, sus amantes, incluso el Circus, formaban interminables alianzas para intrigar en contra de él.

Recordó que hacía un par de noches, Mendel le había dicho, mientras se tomaban una cerveza en una sórdida taberna de las afueras: «Levanta esos ánimos, Peter. Jesucristo sólo tenía doce, y uno de ellos era agente doble.»

Guillam replicó:

—Es cierto. Y mira lo que le pasó.

Tarr, pensó, maldito hijo de mala madre.

22

El dormitorio alargado y de techo bajo, en otros tiempos ocupado por una criada, se encontraba en la buhardilla. Guillam estaba de pie junto a la puerta, y Tarr sentado en la cama, inmóvil, con la cabeza echada hacia atrás y el occipucio apoyado en el techo inclinado, y las manos a uno y otro lado, con los dedos separados. Arriba, había una ventanuca, y, desde el lugar en que se encontraba, Guillam podía ver grandes extensiones del negro paisaje de Suffolk, y una hilera de árboles negros recortados contra el cielo. El papel que cubría las paredes era de color castaño, con grandes flores rojas. La única bombilla colgaba de una viga de roble, negra, e iluminaba las dos caras, dándoles extrañas formas geométricas, y, cuando alguno de los dos se movía, Tarr en la cama y Smiley en la silla de madera, de cocina, parecía que, con su movimiento, se llevaran consigo, lejos, la luz, hasta el momento en que todo volvía a quedar estático.

Si de él solamente hubiera dependido, Guillam hubiese tratado con gran dureza a Tarr, sí, estaba seguro de ello. Tenía los nervios de punta, y, durante el viaje en coche, había marcado los ciento treinta, momento en que Smiley le dijo secamente que fuera más despacio. Si solamente de él hubiera dependido, hubiese apaleado a Tarr, y, caso de ser necesario, habría solicitado la ayuda de Fawn. Mientras conducía, en la imaginación tenía un cuadro muy claro del momento en que abriría la puerta del lugar en que Tarr estuviera, y en que acto seguido la emprendería a puñetazos en la cara, con recuerdos de Camilla y de su ex marido, el distinguido

214

doctor en flautas. Y, quizás, en la compartida tensión del viaje, Smiley había recibido por telepatía la misma imagen, ya que lo poco que dijo estuvo directamente encaminado a calmar a Guillam:

—Tarr no nos ha mentido, Peter. Por lo menos podemos decir que no nos han mentido en lo referente a datos objetivos. Se ha limitado a hacer algo que hacen todos los agentes a lo largo y ancho del mundo, es decir, no nos ha contado la historia en su integridad. Por otra parte, debemos reconocer que ha sido bastante listo.

Lejos de compartir la perplejidad de Guillam, Smiley parecía curiosamente seguro de sí mismo, incluso complacido, hasta el punto de permitirse repetir un sentencioso aforismo de Steed Asprey referente al arte del doble juego, algo referente a que no se debe buscar la perfección, sino la ventaja, lo cual indujo a Guillam a pensar, una vez más, a lo largo del día, en Camilla.

—Karla nos ha dado entrada en su círculo íntimo —dijo Smiley.

Y Guillam hizo un chiste de mal gusto, referente a lo de la intimidad. A partir de este momento, Smiley se limitó a indicarle el trayecto, y a mirar el retrovisor.

Se habían reunido en Crystal Palace, en una camioneta conducida por Mendel. Fueron a Barnsbury, a un taller de reparación de coches, situado al final de una calleja empedrada con adoquines y atestada de chiquillos. Allí fueron recibidos con discreto entusiasmo por un viejo alemán y su hijo, quienes quitaron la matrícula de la camioneta en un dos por tres, casi antes de que se hubieran apeado, y los condujeron hasta un Vauxhall, presto a emprender la marcha, en el fondo del taller. Mendel se quedó con el expediente Testimonio, que Guillam había sacado de Brixton por la noche. Smiley dijo: «Hay que encontrar el A12.» Había poco tránsito, pero poco antes de llegar a Colchester, se encontraron con una fila de camiones, y Guillam perdió la paciencia. Smiley tuvo que ordenarle que volviera a meterse en su carril. También se encontraron con un viejo que conducía a treinta por hora por el carril rápido. Cuando le estaban adelantando por dentro, el viejo, borracho o enfermo, o aterrado, se desvió bruscamente hacia dentro. En otro instante, penetraron, sin previo aviso, en un

215

banco de niebla que parecía haber descendido del cielo. Guillam lo atravesó limpiamente, temeroso de frenar, no fuera que hubiese hielo en la carretera. Pasado Colchester, siguieron su camino por carreteras vecinales. En las señales de esas carreteras figuraban nombres como Little Horkesley, Wormingford y Bures Green. Después, dejó de haber señales, y Guillam tuvo la sensación de hallarse en la nada.

—Gira a la izquierda, y otra vez a la izquierda, antes de llegar a la casa. Acércate cuanto puedas, pero para antes de llegar a la verja.

El lugar parecía un caserío, pero no había luces, ni gente, ni luna. Al salir el frío les envolvió y Guillam percibió un olor a campo de cricket, a humo de leña y a Navidad. Pensó que jamás había estado en un lugar tan silencioso, tan frío y tan remoto. Ante ellos se alzaba el campanario de una iglesia, a un lado corría una valla, y en lo alto de una cuesta se alzaba una edificación que Guillam pensó se trataría de la rectoría. Era una casa baja y ancha, parcialmente cubierta con tejas, parte de cuya techumbre se recortaba contra el cielo nocturno. Fawn les esperaba. Cuando aparcaron el coche, Fawn se acercó, y, silenciosamente, se acomodó detrás.

—Ricki se ha portado mucho mejor, hoy, señor —dijo. No cabía duda de que Fawn había informado extensamente a Smiley, en el curso de los últimos días. Fawn era un muchacho equilibrado, de sosegado hablar, y animado de intensos deseos de complacer, pese a lo cual los restantes funcionarios de Brixton parecían temerle, sin que Guillam supiera por qué—. No ha estado tan nervioso —añadió—. Esta mañana ha rellenado las quinielas. Le gustan las quinielas a Ricki. Y esta tarde hemos arrancado pequeños abetos para que la señorita Ailsa los venda en el mercado. Luego, hemos jugado a las cartas, y Ricki se ha acostado temprano.

—¿Ha salido solo? —preguntó Smiley.

—No, señor.

—¿Ha usado el teléfono?

—¡Dios mío, no! No, señor; por lo menos no lo ha hecho estando yo presente, y tengo la certeza de que tampoco lo ha hecho hallándose allí la señorita Ailsa.

El aliento de los que estaban en el coche había dejado los vidrios de las ventanillas cubiertos de vaho, pero Smiley no quería que Guillam pusiera en marcha el motor, por lo que no tenían calefacción y el limpia-parabrisas tampoco funcionaba.

—¿Ha mencionado a su hija, Danny?

—Durante el fin de semana lo hizo muchas veces. Ahora, parece que sus sentimientos se hayan enfriado. Creo que se esfuerza en no pensar en su mujer y en su hija, para evitar caer en un estado de constante emotividad.

—¿Ha hablado de volverlas a ver?

—No, señor.

—¿No ha dicho nada sobre la posibilidad de reunirse o la manera de reunirse, cuando este asunto haya terminado?

—No, señor.

—¿O de traerlas a Inglaterra?

—No, señor.

—¿O de proporcionarles documentos?

—No, señor.

Irritado, Guillam terció:

—Entonces, ¿de qué diablos ha hablado?

—De la señora rusa, señor. Le gusta leer el diario de esta señora. Dice que, cuando atrapen a Gerald, obligará al Centro a que lo truequen por Irina. Luego, le proporcionaremos una casa bonita, lo mismo que a la señorita Ailsa, pero en Escocia, que es un país más lindo. Dice que también procurará que yo saque tajada. Dice que me proporcionará un buen puesto en el Circus. Me ha aconsejado con gran insistencia que aprenda otro idioma, para ampliar mis horizontes.

A juzgar por la voz átona que sonaba a sus espaldas, Smiley y Guillam no podían decir cómo había recibido Fawn este último consejo.

—¿Dónde está, ahora?

—En cama, señor.

—Cierren las puertas sin hacer ruido.

Ailsa Brimley les esperaba en el porche delantero. Era una mujer de pelo gris, de unos sesenta años, con rostro de facciones firmes e inteligentes. Smiley solía decir que Ailsa pertenecía a la vieja guardia del Circus, una de las mujeres encargadas de los mensajes en clave, de los tiempos de lord Lansbury, durante la guerra, y que ahora estaba retirada, aunque no por ello dejaba de ser todavía formidable. Iba con un sencillo vestido castaño. Estrechó la mano a Guillam, dijo «hola», cerró la puerta, y, cuando Guillam la buscó con la mirada, Ailsa había ya desaparecido. Smiley inició la subida de la escalera. Fawn esperaría abajo, para el caso de que su ayuda fuera requerida. Smiley golpeó con los nudillos la puerta del aposento de Tarr y dijo:

—Soy Smiley. Quiero hablar con usted.

Tarr abrió inmediatamente. Sin duda, les había oído llegar y les esperaba junto a la puerta. La abrió con la mano izquierda, sosteniendo la pistola en la derecha, y con la mirada fija, más allá de Smiley, en el fondo del corredor.

—Es Guillam —aclaró Smiley.

—En él pensaba —dijo Tarr—. Los niños pequeños pueden morder.

Entraron. Tarr iba con pantalones vaqueros y una barata blusa malaya. En el suelo había una baraja con los naipes esparcidos, y el aire olía a curry que Tarr había guisado en el hornillo. En tono de sincera conmiseración, Smiley comenzó:

—Lamento tener que darle la lata, pero debo preguntarle una vez más qué hizo usted con los dos pasaportes suizos que, con la finalidad de escapar, se llevó a Hong Kong.

—¿Por qué? —preguntó Tarr, después de unos instantes de silencio.

Ya no había en Tarr aquella vitalidad que anteriormente le distinguía. Tenía su rostro palidez carcelaria, había perdido peso, y estaba sentado en el borde de la cama, con la pistola sobre la almohada, a su lado, mientras sus ojos miraban nerviosamente a uno y otro de sus visitantes, sin confiar en ellos.

—Oiga —dijo Smiley—, quiero creer su historia. Nada ha cambiado. Tan pronto sepamos lo que queremos saber, le dejaremos en paz. Pero antes debemos saberlo. Es terriblemente importante. Por eso necesitamos conocer a fondo su historia.

Guillam pensó: «Sí, y mucho más.» Guillam conocía bien a Smiley, y, por esto, le constaba que una larga y compleja deducción pendía de un hilo, en aquellos momentos.

—Ya se lo dije, los quemé. No me gustaban los números. Pensé que todos sabían ya la existencia de aquellos pasaportes. Con ellos, era igual que si llevara un cartel colgado del cuello, diciendo: «Ricki Tarr, buscado por la policía.»

Smiley formulaba las preguntas con terrible lentitud. Incluso Guillam se sentía inquieto, en el profundo silencio de la noche, esperando la siguiente pregunta de Smiley.

—¿Cómo los quemó?

—¿Y qué diablos importa eso?

Pero, al parecer, Smiley no sentía el menor deseo de justificar con razones sus preguntas, prefería que el silencio cumpliera su función, y estaba seguro de que así sería. Guillam había presenciado largos interrogatorios llevados a cabo de esta manera: un elaborado catecismo, cubierto con espesas capas de rutina, fatigosas pausas mientras cada respuesta era consignada por escrito, y el sospechoso sitiaba su propia mente con mil preguntas centradas en la formulada por el investigador... De esta manera la fe del interrogado en su propia historia iba debilitándose día tras día.

Después de dejar transcurrir otro siglo, Smiley preguntó:

—Cuando compró el pasaporte británico con el nombre de Poole, ¿compró también otros pasaportes al mismo proveedor?

—¿A santo de qué iba a comprarlos? —Pero Smiley tampoco estaba dispuesto a dar explicaciones. Tarr repitió—: ¿A santo de qué iba a comprarlos? ¡Maldita sea, no soy coleccionista de pasaportes! Lo único que quería era salir de aquella ratonera.

Con una sonrisa comprensiva, Smiley insinuó:

—Y proteger a su hija. Y proteger también a la madre, caso de ser posible.

Tras una pausa, Smiley añadió en tono halagador:

—Estoy seguro de que pensó mucho en ellas. A fin de cuentas, no podía dejarlas a merced de aquel francés tan interesado en usted.

Dispuesto a esperar, Smiley se fijó en los naipes que había en el suelo. Se trataba de una baraja de letras, para formar palabras cruzadas. Smiley leyó las palabras horizontales y verticales. No había en ellas nada especial. Se trataba de palabras formadas al azar. Guillam advirtió que una de las palabras estaba mal formada. En vez de una «a» había una «e», en la palabra «epístola». Guillam se preguntó: «¿Qué habrá estado haciendo este hombre aquí, en este sórdido aposento, en este nido de pulgas? ¿Qué furtivos senderillos habrá seguido su mente, ahí, encerrado con las botellas de salsa...»

—Pues sí —dijo Tarr de repente—, de acuerdo, conseguí pasaportes para Danny y su madre. Sí, para la señora Poole y la señorita Danny Poole. Y, ahora, ¿qué debemos hacer? ¿Cantar victoria todos juntos?

Una vez más, el silencio se encargó de acusar.

En el tono propio de un padre defraudado, Smiley preguntó:

—¿Por qué no nos lo dijo antes? No somos monstruos. No queremos hacerles el menor daño. ¿Por qué no nos lo dijo? Incluso hubiéramos podido ayudarle... —Smiley volvió a fijar la mirada en las cartas que formaban palabras. Tarr había usado seguramente dos o tres barajas porque los naipes formaban ríos sobre la alfombra de coco. Smiley repitió—: ¿Por qué no nos lo dijo? No es ningún delito proteger a los seres que uno ama.

Guillam pensó: «Si es que a uno le dejan...»

Para ayudar a Tarr a responder, Smiley insinuó posibles razones:

—¿Se debió quizás a que echó mano de los fondos de trabajo para comprar los pasaportes británicos? ¿Por esto no nos lo dijo? Por Dios, hombre, en este caso el dinero carece de importancia. A fin de cuentas usted nos dio una información de vital importancia. No vamos a pelearnos por mil o dos mil dólares...

Y el tiempo volvió a discurrir lentamente, sin que nadie se sirviera de él.

—¿O quizá —insinuó Smiley— adquirió estos pasaportes debido a que estaba usted avergonzado? —Guillam se envaró, olvidando sus propios problemas. Smiley prosiguió—: Avergonzado con toda razón, creo yo. A fin de cuentas, no es nada elegante dejar a Danny y a su madre, con pasaportes cuya falsedad ha sido ya descubierta, a merced de ese francés, o lo que fuera, que tan interesado estaba en encontrar al señor Poole... Sí, dejarlas así, mientras usted escapaba tranquilamente...

Tras una pausa, Smiley se mostró de acuerdo con sus propias palabras como si hubiera sido Tarr, y no él, quien hubiese argüido lo anterior.

—Habría sido horrible, realmente. Es horrible pensar

lo que Karla hubiera sido capaz de hacer, con tal de comprar su silencio, Tarr. Sí, su silencio o sus servicios.

De repente el sudor en el rostro de Tarr se hizo insoportable. Había demasiado sudor; era como si las lágrimas cubrieran toda su cara. Las cartas habían dejado de interesar a Smiley. Su vista se había fijado en un juego diferente. Se trataba de un juguete formado por dos barras de acero paralelas. El juego consistía en hacer rodar por ellas una bola de acero. Cuanto más largo trayecto recorriera la bola, más puntos ganaba uno al caer aquélla en uno de los agujeros situado debajo de las barras.

—Otra posible razón por la que no nos lo dijo radica en que los quemó. Sí, quiero decir los pasaportes *británicos;* que quemó estos pasaportes, y no los suizos.

Guillam pensó: «Ten cuidado, George.» Y, lentamente, avanzó un paso, para quedar junto a Smiley. Sí, ándate con tiento, George.

—Usted sabía que la personalidad de Poole había sido descubierta, por lo que quemó los pasaportes a nombre de Poole, de Danny y su madre, pero conservó el suyo, debido a que no tenía otra alternativa. Luego, reservó billetes, para las dos, a nombre de Poole, a fin de que todos creyeran que usted todavía creía en la eficacia de los pasaportes a nombre de Poole. Y, al decir «todos», he querido decir los esbirros de Karla. Entonces, usted mismo se encargó de preparar los pasaportes suizos, para que pudieran servir para Danny y su madre, confiando en que nadie se fijaría en los números de los mismos, y tomó una serie de medidas que mantuvo en secreto. Unas medidas que producirían resultados antes que aquellas otras tomadas con respecto a la señora y señorita Poole. ¿Qué clase de medidas? Pues la de permanecer en Oriente, aunque no en Yakarta, sino en un lugar en el que tuviera amigos...

Incluso teniendo en cuenta la situación que había adoptado, Guillam no llegó a tiempo. Tarr había aprisionado con sus manos el cuello de Smiley, la silla de éste cayó al suelo y los dos hombres con ella. De entre el montón, Guillam eligió el brazo derecho de Tarr, y lo torció contra su espalda, faltando poco para que lo quebrase, al hacerlo. Como surgido de la nada, apareció Fawn, cogió la pistola que descansaba en la almohada, y avanzó hacia Tarr, como si se dispusiera a ayudarle.

En el instante siguiente, Smiley se alisaba el traje, y Tarr estaba en la cama dándose toques con un pañuelo en la comisura de los labios.

—No sé dónde se encuentran —dijo Smiley—. Que yo sepa ningún daño han sufrido. Supongo que me cree.

Tarr le miraba, a la espera. Tenía los ojos blancos y furiosos, pero sobre Smiley había descendido una especie de calma, que, Guillam pensó, quizá fuera la certeza que Smiley había esperado adquirir. Con la mano en la boca, Tarr murmuró:

—Más le valiera vigilar a su propia mujer y dejar a la mía en paz.

Lanzando una exclamación, Guillam se abalanzó sobre Tarr, pero Smiley le contuvo. Smiley prosiguió:

—Mientras no intente usted entrar en comunicación con ellas, acaso sea mejor que yo ignore dónde se encuentran. A no ser que usted quiera proporcionarles algo, como dinero, protección, o alguna otra cosa...

Tarr sacudió negativamente la cabeza. Tenía sangre en los labios, mucha sangre, y Guillam pensó que seguramente Fawn le había golpeado, aunque no sabía cuándo.

—Esto no durará mucho —dijo Smiley—. Quizá una semana. Y, si puedo, menos. Esfuércese en no pensar demasiado.

Cuando se fueron, Tarr volvía a sonreír, por lo que Guillam pensó que la visita, o el insulto que había dirigido a Smiley, o el golpe en la cara, habían producido resultados beneficiosos para Tarr.

Mientras entraban en el coche, Smiley preguntó en voz baja a Fawn:

—Esas quinielas, supongo que no las entrega usted, ¿verdad?

—No, señor.

—Esperemos que no acierte ni una —dijo Smiley en un insólito rasgo de humor.

Y todos rieron.

La memoria suele jugar extrañas pasadas a las mentes agotadas o con una sobrecarga de pensamiento. Mientras Smiley dormitaba y Guillam conducía con una parte de la mente consciente en la carretera y otra desdichadamente ocupada en forjar nuevas y más complicadas sospechas acerca de Camilla, extrañas imágenes de aquel largo día y de otros largos días del pasado acudían libremente, por sí solas, a su memoria. Días de terror en Marruecos, mientras sus agentes, uno tras otro, eran descubiertos, y el sonido de pasos en la escalera bastaba para que Guillam acudiera a la ventana para ver qué pasaba en la calle; días de holganza en Brixton, en los que Guillam veía deslizarse aquel triste mundo, y se preguntaba cuánto tiempo hacía que se había incorporado a él. Y, de repente, el informe escrito estaba allí, sobre su mesa, en ciclostil, en un papel azul y delgado, porque el mensaje era de fuente desconocida y, por lo tanto, poco digno de confianza, y ahora, cada una de las palabras, con letras de medio metro, volvió a su memoria.

Según las manifestaciones de un penado recientemente salido de la Lubianka, el Centro de Moscú llevó a efecto secretas ejecuciones en el bloque de castigo de dicho establecimiento, en el pasado mes de julio. Las víctimas fueron tres funcionarios del propio Centro. Una de ellas era una mujer. Los tres fueron ahorcados.

—Llevaba el sello «Conocimiento interno» —dijo Guillam, con voz apagada.

Habían aparcado junto a un parador iluminado con luces de feria. Guillam volvió a hablar:

—Alguien de la London Station había escrito en el informe: «¿Puede alguien identificar a los muertos?»

Al colorido resplandor de las luces, Guillam vio cómo la cara de Smiley se contraía en un gesto de asco. Tenía las manos enlazadas por los dedos, sobre los muslos. Por fin, Smiley dijo:

—Sí. La mujer era Irina. Y supongo que los otros dos serían Ivlov y Boris, el marido de Irina. —Había hablado con absoluta frialdad. Y como si quisiera sacudirse de encima la pereza que le invadía, prosiguió—: Tarr no debe enterarse. Es de vital importancia que no lo sepa. Sólo Dios sabe lo que sería capaz de hacer... O de no hacer.

Durante unos instantes permanecieron quietos; quizá por diferentes razones, ninguno de los dos tenía las fuerzas o el ánimo necesarios para moverse.

—Debo telefonear —dijo Smiley.

Pero no se movió.

—¿George?

Smiley murmuró:

—Debo llamar por teléfono. A Lacon.

—Pues llama.

Pasando el brazo por delante de Smiley, Guillam abrió la portezuela. Por fin, Smiley se apeó del coche, dio unos pasos por el asfalto, pero pareció cambiar de opinión, y emprendió el regreso. Por la ventanilla, en el mismo tono preocupado, dijo:

—Ven y come algo. No creo que ni siquiera los hombres de Toby sean capaces de habernos seguido hasta aquí.

Anteriormente, había sido un restaurante, pero ahora era un parador de transportistas, con adornos de su anterior grandeza. La carta tenía cubiertas de cuero rojo y estaba manchada de grasa. El chico que la trajo iba medio dormido.

Al volver de la cabina telefónica, en el rincón, Smiley dijo, en un lamentable intento de hacerse el gracioso:

—Me han dicho que el *coq au vin* es siempre digno de confianza (1). —En voz más baja que ningún eco podía despertar, preguntó—: ¿Qué sabes acerca de Karla?

—Lo mismo que acerca de Brujería.

—Buena contestación... Seguramente lo has dicho para hacerme callar, pero la analogía es perfecta.

El chico reapareció blandiendo en la mano, como si fuera una porra, una botella de borgoña.

—¿Quiere, por favor, dejarla respirar un poco?

Ante esta petición, el chico miró a Smiley como si fuera un loco. Secamente, Guillam le ordenó:

—Abrala y déjela en la mesa.

Smiley no le contó la historia íntegra. Después, Guillam advirtió varias lagunas en el relato. Pero le dijo lo suficiente para levantar un poco los ánimos de Guillam, después del bajón que habían sufrido al hallarse en aquel laberinto en que se habían metido.

---

(1) Coq tiene el mismo sonido que cok, palabra que, en cierta acepción, significa pene.

23

Smiley comenzó a hablar como si diera una conferencia a un grupo de principiantes, en el Parvulario:

—Es tarea propia de los dirigentes de agentes el transformarse en seres legendarios. En primer término lo hacen para impresionar a sus agentes. Luego, intentan impresionar a sus colegas, y según me ha enseñado la experiencia, entonces se ponen un poco en ridículo. Los hay, pocos, que incluso intentan impresionarse a sí mismos. Estos son los ilusos, y es preciso desembarazarse de ellos. No queda más remedio.

Sin embargo, se forjaban leyendas, y Karla era una leyenda. Incluso la edad que tenía era un misterio. Lo más probable era que su nombre real no fuese Karla. Había décadas enteras de su vida de las que nada se sabía, y seguramente nada se sabría, ya que los individuos con quienes trataba tenían tendencia a morir o a mantener la boca cerrada.

—Se dice que su padre estuvo en la Okhrana y que después reapareció en la Cheka. No creo que sea verdad, pero tampoco es imposible. Según otra historia, Karla fue pinche en un tren acorazado, en la lucha contra las tropas de ocupación japonesas, en Oriente. También se dice que su maestro fue Berg, que fue el niño mimado de Berg, lo cual es como decir que a uno le ha enseñado música..., da igual, cualquier gran compositor. Desde mi punto de vista, la carrera de Karla comenzó en España, el año treinta y seis, y digo esto porque, por lo menos, este punto está avalado por la debida documentación. Fingió ser un ruso blanco periodista, en la zona de Franco, y reclutó toda una manada de agentes alemanes. Fue una operación muy compleja y de notable mérito, teniendo en cuenta la juventud de Karla. Luego, reapareció en la contraofensiva soviética de Smolensko, en el otoño del cuarenta y uno, como oficial de información, a las órdenes de Konev. Dirigía redes de guerrilleros que actuaban detrás de las líneas alemanas. En esta ocasión, descubrió que el operador de su radio se había puesto al servicio de los alemanes y transmitía mensajes al enemigo. Entonces, consiguió que volviera a ponerse a su servicio, y comenzó un juego de mensajes radiados que tuvo locos a los alemanes durante qué sé yo el tiempo.

Según Smiley había otra leyenda: en Yelnia, gracias a Karla, los alemanes bombardearon sus propias líneas de vanguardia.

—Y entre una y otra misión —prosiguió Smiley—, en el treinta y seis y en el cuarenta y dos, Karla visitó Inglaterra, y creemos que estuvo aquí unos seis meses. Pero ni siquiera ahora sabemos (por lo menos *yo* no lo sé) qué nombre utilizó, ni qué falsas apariencias revistió. Lo cual no significa que también Gerald lo ignore. Pero no es probable que Gerald nos lo diga, al menos voluntariamente.

Smiley jamás había hablado a Guillam de esta manera. No era hombre proclive a confidencias o a largos parlamentos. Guillam siempre le había considerado hombre tímido, pese a sus vanidades, y que muy pocas esperanzas ponía en la comunicación con sus semejantes.

—A mediados del cuarenta y cinco, después de haber servido lealmente a su país, Karla fue encarcelado y, posteriormente, enviado a Siberia. No hubo nada personal en el asunto. Ocurrió, simplemente, que estaba encuadrado en una de aquellas secciones de información del Ejército Rojo que, en una purga u otra, dejaron de existir.

Smiley prosiguió diciendo que, después de ser rehabilitado, durante el período poststaliniano, Karla fue a Norteamérica, lo cual se sabía debido a que cuando las autoridades de la India le detuvieron, en junio del cincuenta y tres, en Delhi, con el pretexto de vagas acusaciones de inmigración ilegal, acababa de llegar, por vía aérea, de California. Según habladurías del Circus, Karla intervino en los grandes escándalos de traición habidos en Inglaterra y en Estados Unidos.

—Karla volvió a caer en desgracia. Moscú le andaba a la caza, y nosotros pensamos que quizá pudiéramos conseguir que se pasara a nuestro bando. Esta es la razón por la que me mandaron a Delhi, para que hablara con él.

El fatigado camarero se acercó, lo cual interrumpió

el relato de Smiley, y les preguntó si estaban satisfechos del servicio. Con gran solicitud, Smiley le aseguró que sí.

—La historia de mi encuentro con Karla —prosiguió— es característica del ambiente imperante en aquellos tiempos. En los primeros años cincuenta, el Centro de Moscú estaba desmoronándose. Los funcionarios de categoría superior eran fusilados o sometidos a purgas por razones ignoradas, y los subordinados vivían en un estado paranoico. Como primera consecuencia de lo anterior, buen número de funcionarios del Centro desertaron al bando enemigo. Desde todos los puntos del mundo, desde Singapur, Nairobi, Estocolmo, Canberra, Washington, yo qué sé, desde todas partes nuestros residentes recibían constantes ofrecimientos de los agentes enemigos, y no se trataba solamente de hombres con cargos importantes, sino también de ejecutores, conductores, empleados encargados de las claves, mecanógrafas... Y tuvimos que reaccionar en consecuencia (creo que muy poca gente se da cuenta de lo mucho que nuestra industria estimula su propia inflación), por lo que, de la noche a la mañana, me convertí en una especie de viajante de comercio, trasladándome un día a una capital y al día siguiente a un villorrio fronterizo (en cierta ocasión tuve que ir a un buque en alta mar), para contratar a desertores rusos, para ofrecerles señuelos, para canalizar la corriente de deserciones, para fijar términos, para asistir a los correspondientes interrogatorios y, en su caso, para decidir su destino.

Guillam no había dejado de contemplar a Smiley, pero incluso bajo aquella cruel y uniforme luz de neón la expresión de Smiley seguía sin revelar nada, salvo una concentración levemente angustiada.

—Formulamos tres diferentes clases de contratos para aquellos cuyas revelaciones nos parecieron coherentes. Si la fuente de información del desertor no nos parecía interesante, lo prestábamos a un país amigo, y nos olvidábamos de él. Bueno, en realidad lo poníamos en el almacén, tal como en la actualidad hacen los cazadores de cabelleras. O bien dejábamos que volviera a Rusia, en el caso, naturalmente, de que los rusos no se hubieran enterado de su deserción. O si el desertor era afortunado, lo aceptábamos, le sonsacábamos todo lo que sabía y le dábamos refugio en Occidente. Por lo general, estas decisiones las tomaba Londres, no yo. Esto es algo que te ruego recuerdes. En aquellos tiempos, Karla, o Gerstmann, como se hacía llamar, no era más que otro presunto cliente nuestro. Bueno, me parece que te estoy contando esta historia al revés. Y conste que no quiero armarme un lío. Sin embargo, quiero que tengas presente que todo lo que ocurrió entre nosotros dos, Karla y yo, o, mejor dicho, todo lo que no ocurrió, quedó reducido a que lo único que el Circus sabía, cuando me fui a Delhi, era que un hombre que se hacía llamar Gerstmann había establecido una comunicación por radio entre Rudnev, jefe de la sección norteamericana en el Centro de Moscú, y una red de agentes, dirigida por dicho Centro, en California, red que no podía actuar por falta de medios de comunicación. Esto era todo. Gerstmann pasó de contrabando, por la frontera canadiense, una emisora, y vivió durante tres semanas en San Francisco instruyendo al nuevo operador de la emisora en cuestión. Esto era lo que nosotros presumíamos, y en apoyo de esta presunción, contábamos con varias emisoras de pruebas, interceptadas por nosotros.

En estas transmisiones de pruebas entre Moscú y California, explicó Smiley, se empleaba cierta clave.

—Pero un día, Moscú transmitió una orden clara y concreta...

—¿En la misma clave?

—Exactamente. Y aquí está el quid de la cuestión. Gracias a un descuido de los criptógrafos de Rudnev, nosotros habíamos conseguido cierta ventaja. Nuestros criptógrafos descifraron la clave, y así conseguimos nuestra información. Gerstmann debía salir inmediatamente de San Francisco e ir a Delhi, para reunirse con el corresponsal de la Tass, hombre dedicado a descubrir colaboradores, que se había tropezado con una muy interesante posibilidad de infiltración en círculos chinos, por lo que necesitaba inmediatamente alguien que le instruyese acerca del modo de llevar el asunto. La razón por la que obligaron a Karla a ir desde San Francisco a Delhi, y la razón por la que tenía que ser precisamente Karla el encargado de esta misión es harina de otro costal. Lo único importante es que Gerstmann acudió a la cita de Delhi, que el hombre de la Tass le dio un billete de avión, y que le dijo que fuera inmediatamente a Moscú. La orden había sido dada por Rudnev, personalmente. Estaba firmada con el nombre de guerra de Rudnev, y sus términos eran bruscos, incluso teniendo en cuenta las costumbres rusas.

Entonces, el hombre de la Tass desapareció, dejando a Gerstmann en la calle, con un montón de interrogantes en la cabeza, y teniendo que esperar cuarenta y ocho horas para tomar el avión.

—Poco tiempo estuvo Karla en esta situación, ya que las autoridades indias lo detuvieron, a petición nuestra, y lo encerraron en la cárcel de Delhi. Acordamos compartir con los indios parte del producto de la operación. Me *parece* que sí. —Smiley calló, bruscamente dolorido por aquel fallo de su memoria, y fijó la mirada, abstraído, en el fondo del comedor de densa atmósfera. Observó—: O quizá les dijimos que podían quedarse con el individuo, tan pronto nosotros hubiéramos terminado nuestros asuntos con él. Oh, Dios mío...

—Bueno —dijo Guillam—, en realidad no tiene importancia.

Después de tomar un sorbo de vino y de esbozar un gesto de desagrado, Smiley prosiguió:

—El caso es que, tal como decía, por una vez en la vida, el Circus le ganó ventaja a Karla. Karla no podía saberlo, pero la red de espionaje de San Francisco, a la que él acababa de proporcionar los medios precisos para que funcionara, fue desarticulada en el mismo día en que partió rumbo a Delhi. Tan pronto Control se enteró del asunto de la emisora, lo comunicó a los norteamericanos, dándoles la ocasión de desarticular la red de Rudnev en California, con la sola condición de que dejaran a Gerstmann en nuestras manos. Gerstmann se fue a Delhi sin saberlo, y seguía ignorándolo cuando yo entré en la cárcel de Delhi, para venderle un seguro, tal como Control solía decir. El dilema en que Karla se encontraba era muy simple. No cabía la menor duda de que la cabeza de Gerstmann rodaría por los suelos tan pronto llegara a Moscú, en donde Rudnev, con la finalidad de salvar su propia piel, le estaba acusando de haber hecho naufragar la red de California. En Estados Unidos se dio gran publicidad al asunto, lo cual había irritado en gran manera a Moscú.

Llevaba conmigo las fotografías de los arrestos publicadas por la prensa norteamericana, e incluso las de la emisora importada por Karla y del código de señales. Ya sabes lo mucho que nos molesta que nuestras actividades salgan en la prensa.

Sí, Guillam lo sabía. Y, con sobresalto, recordó el expediente de la operación Testimonio, que había dejado al cuidado de Mendel aquella misma tarde.

—En resumen, Karla era la típica víctima de la guerra fría. Había salido de su país para llevar a cabo una misión en el extranjero. La misión había fracasado estrepitosamente, pero no podía volver a su base, debido a que su propio país era más peligroso que los países extranjeros. No teníamos autoridad para tenerlo indefinidamente detenido, por lo que a Karla le correspondía el pedirnos protección. No creo haberme encontrado jamás con un caso en que las circunstancias fueran tan propicias para la deserción. Me bastaba con convencer a Karla de los arrestos practicados en San Francisco (es decir, enseñarle las fotos y recortes de prensa que llevaba en la cartera), hablarle un poco de las poco amistosas maquinaciones del hermano Rudnev en Moscú, mandar un cable a los atareados inquisidores de Sarratt, y con un poco de suerte, me encontraría en Londres para pasar el fin de semana. Creo que tenía entradas para ir al Sadlers Wells. Corría el año en que a Ann le dio por entusiasmarse con el ballet.

Sí, Guillam también había oído habladurías al respecto, y, al parecer, se trataba de un Apolo galés de veinte años de edad, que se había revelado en aquella temporada. La pareja se había exhibido por las salas de Londres durante unos cuantos meses.

Smiley continuó diciendo que en la cárcel hacía un calor insoportable. La celda tenía una mesa de hierro, en el centro, y anillas de hierro, como las empleadas para sujetar caballerías, clavadas en la pared.

—Lo trajeron esposado, lo que me pareció un poco tonto, ya que el tipo era muy frágil. Pedí que le quitaran las esposas, y cuando lo hicieron, Karla puso las manos sobre la mesa, y estuvo observando cómo el riego sanguíneo volvía a ellas. Las esposas forzosamente tuvieron que causarle dolor, pero Karla no se había quejado. Llevaba una semana detenido, e iba con una blusa de tela fina. La blusa era roja. He olvidado ya el significado del color rojo, en aquel caso. Supongo que estaría más o menos relacionado con las normas éticas de aquella cárcel.

Tomó un sorbo de vino, torció el gesto y, poco a poco, lo fue corrigiendo, a medida que los recuerdos acudían a su mente.

—Karla, a primera vista, no me impresionó. Difícilmente hubiera sido capaz de decir que aquel tipo menudo era el genio de astucia del que se habla en la carta de Irina, pobre mujer. Supongo que, por otra parte, también influyó el hecho de que mi sensibilidad se hubiera embotado, después de haber sostenido tantas entrevistas del mismo cariz, en el curso de los últimos meses, así como por tanto viaje, y también, bueno, en fin, los problemas de mi hogar.

Durante todo el tiempo en que Guillam había conocido a Smiley, ésta era la ocasión en que más se había acercado a reconocer las infidelidades de Ann.

Ahora, Smiley siguió hablando con los ojos abiertos, pero tenía la mirada fija en su mundo interior. La piel de la frente y de las mejillas estaba tirante, como si el esfuerzo de la memoria la hubiera tensado, pero nada podía ocultar a la percepción de Guillam la desolación que aquel único reconocimiento había producido.

—Aquello —dijo Smiley—, por una razón u otra, me dolió mucho. —En tono más ligero, añadió—: Tengo una teoría que sospecho es un tanto inmoral. Cada uno de nosotros posee una determinada capacidad de comprensión limitada. Y si prodigamos esta capacidad en todos los seres extraviados que se nos ponen ante la vista, nunca llegaremos a conocer la esencia de las cosas. ¿No es así?

Como si la pregunta de Smiley fuera tan sólo una fórmula retórica que no requería contestación, Guillam preguntó:

—¿Qué aspecto tenía Karla?

—Paternal. Modesto y paternal. Hubiera podido pasar por un cura, uno de esos curas desaliñados y casi enanos que suelen verse en los pueblos de Italia. Era menudo, seco, con el cabello plateado, pupilas castañas, de muy vivo mirar, y muchas arrugas alrededor de los ojos. También hubiera podido pasar por un maestro de escuela, un maestro de escuela durillo y sagaz, dentro de las limitaciones propias de su oficio. Pero, de todos modos, lo que más llamaba la atención era su pequeño tamaño. En principio ésta era la principal impresión que causaba, aun cuando su mirada se clavó directamente en mí, desde el comienzo de nuestra conversación. He dicho «conversación», aun cuando no sé si ésta es la palabra adecuada, ya que Karla no pronunció palabra. No, no dijo ni media palabra en todo el tiempo que estuvimos reunidos. Ni una sílaba. Tampoco debemos olvidar que hacía un calor infernal, y que los constantes viajes me estaban matando.

Por buenos modales, antes que por apetito, Smiley empuñó los cubiertos y comió unos cuantos bocados sin el menor goce, antes de reanudar su narración:

—Ahí va. Para que el cocinero no se ofenda. Bueno, pues la verdad es que yo estaba un poco predispuesto en contra del señor Gerstmann. Todos tenemos nuestros prejuicios, y yo los tengo contra los especialistas en radio. La experiencia me ha enseñado que son tipos extremadamente fatigosos, poco hábiles en el campo de acción, excesivamente nerviosos, y lamentablemente poco dignos de confianza, cuando llega el momento de llevar a cabo un trabajo. Tuve la impresión de que Gerstmann era uno más en este clan. Quizá ahora pretenda escudarme con falsos pretextos, y hurtarme a la acusación de no haber empleado... —Dudó, en busca de la palabra adecuada—. No haber empleado... digamos el tiento, la atención que ahora, viéndolo retrospectivamente, hubiera debido emplear. —Con súbita firmeza, añadió—: De todos modos, no creo que deba escudarme en excusas.

Ahora, Guillam sintió una insólita oleada de irritación, producida por la fantasmal sonrisa que cruzó los pálidos labios de Smiley, quien musitó:

—En fin, más vale dejarlo.

Desorientado, Guillam esperó. Smiley volvió a hablar tranquilamente:

—También recuerdo que pensé que la cárcel parecía haber dominado muy de prisa el ánimo de Karla, puesto que sólo llevaba siete días en ella. Tenía la piel con aquel aspecto de estar cubierta de polvillo blanco, y no sudaba. Yo sudaba profusamente. Solté mi rollo, tal como había hecho docenas de veces aquel año, aunque en el presente caso no había posibilidad alguna de mandar a Rusia a nuestro futuro agente. «Le ofrezco una posibilidad, y a usted sólo corresponde decidir. Venga a Occidente y le daremos medios para vivir decentemente. Después de los interrogatorios, en los que esperamos que usted muestre sus deseos de colaborar de buena fe, podemos ayudarle a comenzar una nueva vida, con un nuevo nombre y con cierta cantidad de dinero. Por otra parte, también tiene la posibilidad de regresar a su país, en donde será fusilado, o, en el mejor de los casos, le mandarán a un campo de trabajos forzados. El mes pasado mandaron a uno de esos campos a Bykov, Shur y Muranov. ¿Por qué no me dice su verdadero nombre?» Si no le dije esto, le dije algo muy parecido. Después, me recliné en la silla, me enjugué el sudor y esperé que dijera: «Sí, muchas gracias.» Pero nada dijo. No habló. Se quedó sentado, rígido, menudo, debajo del gran ventilador que no funcionaba, mirándome con sus ojos castaños, con cierto matiz alegre en la mirada. Las manos sobre la mesa. Tenía las manos muy encallecidas. Recuerdo que pensé que le debía preguntar dónde diablos había hecho tanto trabajo manual. Tenía las manos así, sobre la mesa, con las palmas hacia arriba, y los dedos algo engarfiados, como si aún llevara las esposas.

El chico, creyendo que, por la postura de las manos, Smiley deseaba algo, se acercó cansinamente, y Smiley volvió a asegurarle que todo había sido excelente, que el vino, en especial, le parecía exquisito, y que incluso se había preguntado dónde habían obtenido aquella maravilla. Hasta que el chico se fue, con una sonrisa de secreta diversión, y pasó el trapo por una mesa cercana.

—Creo que fue entonces cuando comencé a sentir una extraña sensación de inquietud. El calor me estaba afectando. El hedor era insoportable, y recuerdo que presté atención al sonido, un *pat pat*, de las gotas de mi sudor cayendo en la mesa de hierro. La inquietud no se debía solamente a su silencio, sino que también su inmovilidad física comenzaba a darme angustia. Desde luego, había tratado a desertores que tardaban en hablar. Para una persona adiestrada a guardar secretos, incluso con respecto a sus mejores amigos, puede llegar a ser muy difícil el abrir la boca y comenzar a revelar secretos al enemigo. También pensé que quizá las autoridades de la prisión habían considerado un deber de cortesía para conmigo el ablandar un poco a su prisionero, antes de ponerlo a mi disposición. Me aseguraron que no lo habían hecho, pero eso es algo que nunca se sabe con certeza. Pero aquella quietud, aquella intensa y vigilante quietud, era harina de otro costal. Sí, sobre todo si tenemos en cuenta que, en mi interior había mucha agitación: Ann, los latidos de mi corazón, los efectos del calor y del viaje...

—Sí, lo comprendo —dijo Guillam, en voz baja—. Lo comprendo perfectamente.

—¿De veras? Estar sentado es una posición muy elocuente. Cualquier actor puede explicártelo. Nos sentamos según nuestro modo de ser y nuestro humor. Nos sentamos con las piernas abiertas, o a horcajadas, o descansando como los boxeadores entre un asalto y otro, o rebullimos, o estamos con la espalda erguida, o cruzamos y descruzamos las piernas, perdemos la paciencia, perdemos la serenidad... Gerstmann no hizo ninguna de esas cosas. Su cuerpo menudo y curtido era como una peña. Parecía capaz de estarse sentado de aquella manera el día entero, sin mover ni un músculo. Pero yo...

Después de soltar una risotada de timidez y crítica, Smiley probó de nuevo el vino, que, al parecer, no había mejorado. Dijo:

—Pero yo ansiaba tener algo ante mí, papeles, un libro, un informe. Me parece que soy hombre inquieto, variable. Por lo menos, esto pensé en aquellos momentos. Tuve la impresión de que carecía de reposo filosófico, de que carecía de filosofía. Mi trabajo me había absorbido mucho más de lo que yo imaginaba, hasta el presente instante. Y en aquella hedionda celda, me sentí realmente indignado. Tuve la impresión de que toda la responsabilidad de librar la guerra fría había sido puesta sobre mis hombros. Lo cual era una tontería, desde luego. En realidad, estaba agotado y algo enfermo.

Volvió a beber. De nuevo irritado consigo mismo, Smiley insistió:

—Te digo otra vez que nadie, absolutamente nadie, está obligado a pedir excusas por lo que hice.

—Pero ¿qué hiciste? —preguntó Guillam, con una sonrisa.

—Pues el caso es que entonces se produjo el fallo.

No un fallo de Gerstmann, que era silencio absoluto, sino mío. Yo había ya soltado mi rollo, había exhibido las fotografías, de las que Karla no hizo el menor caso, ya que parecía haber dado crédito a mi palabra cuando le dije que la red de San Francisco había sido descubierta, le había contado de nuevo, con algunas variantes, lo de esa red, y, por fin, me había quedado seco. Seco no, no, porque estaba allí, sentado, sudando como un cerdo. En fin, como todos sabemos, cuándo se llega a esta situación, uno se levanta y se va, diciendo: «Ya sabe, lo toma o lo deja», «Mañana volveré a visitarle», «Piénselo durante una hora», en fin, cualquier cosa por el estilo. Pero no lo hice. Sin apenas darme cuenta, me encontré hablándole de Ann.

Guillam soltó una exclamación ahogada.

—Sí, señor. Pero no le hablé de *mi* Ann, sino de *su* Ann. Presumí que en su vida había una Ann. Por lo visto me había preguntado, ociosamente, qué pensaría un hombre que se hallara en la situación de aquel tipo, qué pensaría yo. Y mi mente me dio una contestación subjetiva: pensaría en su mujer. ¿Cómo se le llama a eso? ¿Proyección? ¿Sustitución? Detesto estos términos, pero me consta que uno de ellos es el adecuado. Intercambié mi situación con la suya, y ahora me doy cuenta, comencé un interrogatorio en el que yo era el interrogado. Sí, porque el tipo no dijo ni media palabra. ¿Imaginas? Desde luego, también me basé en ciertas realidades externas. Aquel hombre *tenía aspecto* de casado, *parecía* ser de las partes de una unión, *parecía* demasiado completo para pasar la vida solo. Luego, en el pasaporte se decía que Gerstmann estaba casado, y, como sabes, todos nosotros tenemos la costumbre de forjar nuestro falso historial, nuestra falsa personalidad, de manera que sea, por lo menos, paralelo a la realidad.

Volvió a sumirse en meditaciones durante unos instantes. Siguió:

—Pensaba a menudo en este hecho, e incluso le dije a Control que debiéramos tomar más en serio los falsos historiales de nuestros oponentes. Cuantas más identidades tiene un hombre, estas identidades más expresan la personalidad que ocultan. Está el hombre de cincuenta años que se quita cinco, el hombre casado que se dice soltero, el hombre sin hijos que se atribuye un par de ellos... O el interrogador que se proyecta a sí mismo sobre la vida de un hombre que no habla. Pocos son los hombres capaces de resistirse a expresar sus deseos, cuando fantasean acerca de sí mismos.

De nuevo quedó Smiley perdido en lejanos territorios, y Guillam esperó pacientemente su regreso. Smiley había tenido su atención centrada en Karla, pero Guillam la había tenido centrada en Smiley, y en aquel instante le hubiera seguido a cualquier sitio, hubiera doblado cualquier esquina, con tal de permanecer a su lado, y de escuchar el relato.

—Gracias a los informes de los observadores norteamericanos, también sabía que Karla era un fumador empedernido que empalmaba los pitillos. Fumaba Camels. Di recado de que fueran a buscar varios paquetes de esta marca, y recuerdo que me sentí muy raro, cuando di el dinero al funcionario de prisiones. Tuve la impresión de que Gerstmann veía cierto simbolismo en el acto de entregar yo dinero al hindú. En aquellos días, llevaba una de esas carteras que van sujetas al cinturón, por lo que tuve que meter los dedos, y separar un billete del montón. La mirada de Gerstmann me hizo sentir como un opresor capitalista de quinta categoría... —Tras una sonrisa, dijo—: Y esto es algo que, realmente, *no* soy. Bill lo es. Percy... Pero yo no. Bueno el caso es que le pregunté por la señora Gerstmann.

Llamó al chico, a fin de alejarle.

—¿Puede traernos agua? Una jarra y dos vasos, por favor. Muchas gracias. Le pregunté dónde estaba la señora Gerstmann. Era una pregunta que me hubiera gustado mucho que alguien me contestara, con respecto a Ann. Nada dijo. Siguió mirándome sin pestañear. En comparación con sus ojos, los de los dos celadores, a uno y otro lado, parecían de muy leve mirar. Le dije que su mujer tendría que forjarse una nueva vida. No le quedaría otro remedio. ¿Tenía él algún amigo a quien confiar a su mujer? ¿Podría encontrar la manera de entrar secretamente en contacto con ella? Le hice notar que, si regresaba a Moscú, nada podría hacer en favor de su esposa. En realidad escuchaba mis propias palabras, hablaba y hablaba y no podía parar. Quizá no quería. En realidad pensaba en separarme de Ann, sí, creía que había llegado el momento de hacerlo. Le dije que regresar a Moscú no sería más que un acto quijotesco, que en nada beneficiaría a su mujer ni a nadie, sino todo lo contrario. En el mejor de los casos, su mujer quedaría condenada al ostracismo social. Quizá permitirían a su mujer visitarle, antes de que le fusilaran. Por otra parte, si ponía su destino en nuestras manos, nosotros podíamos canjear a su mujer. En aquellos tiempos teníamos gran cantidad de tipos en «almacén», y muchos de ellos volvían a Rusia, gracias a una operación de canje. Sin embargo, no sé cómo pudo ocurrírseme que pudiéramos utilizarlos al propósito que acababa de decir a Karla. Dije que, sin la menor duda, a su mujer le gustaría más saber que él estaba sano y salvo en Occidente, y que ella tenía buenas posibilidades de reunirse con él, que no que le fusilaran o le mandaran a Siberia para que allí muriese de hambre. Bueno, el caso es que insistí mucho en servirme de su mujer, y la expresión de Karla me animó a ello. Hubiera jurado que mis palabras le habían hecho mella, que había encontrado una grieta en su duro caparazón, pese a que, en realidad, lo único que yo hacía era mostrarle la grieta en mi caparazón. Cuando mencioné Siberia, me di cuenta de que había tocado un punto sensible. Lo noté, sentí como un nudo en la garganta, y me pareció notar que un temblor de rebeldía estremecía el cuerpo de Karla.

Con amargura, Smiley comentó:

—Desde luego, toqué un punto sensible, ya que Karla había sido liberado de Siberia hacía pocos meses. Por fin, llegó el funcionario de prisiones con los cigarrillos, un montón de paquetes, y los arrojó ruidosamente sobre la mesa de hierro. Conté el cambio, di una propina al celador, y, al hacerlo, me fijé en los ojos de Karla. Me pareció ver en ellos una chispa de diversión, aunque, realmente, yo había dejado de hallarme en el estado mental adecuado para poder determinarlo. El carcelero rechazó mi propina. Supongo que lo hizo debido a que sentía antipatía hacia los ingleses. Abrí un paquete y ofrecí un cigarrillo a Gerstmann, diciéndole: «Vamos, fume, todos sabemos que empalma los cigarrillos, y, además, son de su marca preferida.» Había hablado con voz forzada, con cierto acento estúpido, pero nada había podido hacer para evitarlo. Entonces, Gerstmann se levantó, y, con corteses ademanes, indicó a los celadores que deseaba regresar a su celda.

Como si quisiera ganar tiempo, Smiley alejó de sí el plato con la mitad de la comida, en el que se habían formado placas de grasa, como se forma hielo en los paisajes invernales.

—Cuando se disponía a irse, cambió de parecer. Se volvió y cogió un paquete de cigarrillos y el encendedor, mi encendedor, que era un regalo de Ann: «Para George, con todo mi amor, Ann.» En circunstancias normales, jamás le hubiera permitido que se llevara mi encendedor. Pero aquéllas, no eran circunstancias normales. Es más, estimé que era perfectamente adecuado que lo cogiera. Que Dios me perdone, pero pensé que aquello expresaba la existencia de un vínculo entre él y yo. Se metió los cigarrillos y el encendedor en el bolsillo de la blusa roja, y, luego, ofreció las manos para que le pusieran las esposas. Le dije: «Encienda uno, si quiere.» Dije a los celadores: «Déjenle fumar, por favor.» Pero Karla no efectuó el menor movimiento. Añadí: «Mañana le mandarán en avión a Moscú, si no acepta mi propuesta.» Reaccionó igual que si no me hubiera oído. Contemplé cómo los celadores se lo llevaban, y regresé al hotel. Alguien me llevó en coche, aunque no sé quién. En aquellos momentos ya no sabía lo que sentía o lo que pensaba. Estaba más desorientado y más enfermo de lo que era capaz de reconocerme a mí mismo. Comí mal, bebí demasiado, y me entró una intensa fiebre. Me metí en cama, y, mientras sudaba, soñé en Gerstmann. Deseaba ardientemente que aquel hombre se quedara con nosotros. Pese a la debilidad mental que me había acometido, me propuse que aquel hombre se quedara, que rehiciera su vida, y, de ser posible, que volviera a vivir con su mujer, en circunstancias idílicas. Quería darle la libertad, apartarle de una vez para siempre de la guerra. Ansiaba con todas mis fuerzas que no volviera a Moscú.

Una vez más, Smiley alzó la vista con expresión de ironía dirigida hacia sí mismo.

—Y fíjate bien, Peter. Era Smiley, y no Gerstmann, quien aquella noche se apartaba de la lucha.

—Estabas enfermo —insistió Guillam.

—Digamos que estaba cansado. Enfermo o cansado, lo cierto es que, durante toda la noche, entre aspirinas y quinina y extrañas visiones de la resurrección del matrimonio de Gerstmann, una imagen aparecía con constante reiteración en mi mente. Era la imagen de Gerstmann, apoyado en el alféizar de la ventana, mirando abajo, a la calle, con la fija mirada de sus ojos castaños, mientras yo le hablaba y le decía una y otra vez: «Quédese, no salte por la ventana, quédese.» Y, desde luego, no me daba cuenta de que soñaba en mi propia inseguridad, y no en la de Karla. A primera hora de la mañana, un médico me dio una inyección contra la fiebre. Hubiera debido abandonar el caso, y mandar un cable pidiendo que alguien me sustituyera. Hubiera debido esperar, antes de ir de nuevo a la prisión, pero tenía la mente fija en Gerstmann y sólo en Gerstmann. Necesitaba su decisión. A las ocho de la mañana ya me dirigía, debidamente escoltado, a la celda de audiencia. Gerstmann estaba sentado, tieso como una baqueta, en un banco de madera. Por vez primera, intuí en él una formación militar, y supe con toda certeza que, al igual que yo, no había dormido en toda la noche. No se había afeitado, y había en su mentón unos toques plateados que le daban un aspecto de viejo. En otros bancos dormían algunos detenidos hindúes, y Gerstmann, con su blusa roja y el claro color de su piel, parecía, en contraste con los otros, extremadamente blanco. En sus manos, sostenía el encendedor de Ann, y el paquete de cigarrillos reposaba, intacto, en el banco, a su lado. Concluí que se había servido de la noche y de los rechazados cigarrillos, para decidir si era capaz de enfrentarse con el encarcelamiento, los interrogatorios y la muerte. Una sola mirada a su cara me bastó para saber que había decidido que sí, que era capaz de ello. No insistí. No era hombre susceptible de ser influido por payasadas. Su avión rumbo a Moscú despegaba a media mañana. Todavía me quedaban dos horas. Soy el peor abogado del mundo, pero en el curso de aquellas dos horas procuré hacer uso de todas las posibles razones para que no fuera a Moscú. Creía haber percibido en aquella cara algo que era muy superior al simple dogmatismo. Pero no me había dado cuenta de que este algo era el reflejo de mí mismo. Me había llegado a convencer de que Gerstmann era, en última instancia, sensible a las normales argumentaciones humanas formuladas por un hombre de su misma edad y profesión y, también de su misma, en fin... de su misma durabilidad. No le prometí dinero, mujeres, cadillacs y mantequilla a bajo precio, porque ya había yo aceptado que esas cosas no le interesaban. Y, por fin, tuve la suficiente clarividencia para no tocar el argumento de su mujer. No le solté discursos referentes a la libertad, sea cual fuere el significado de esta palabra, ni acerca de la esencial buena voluntad de Occidente. Después de todo debemos tener en cuenta que aquellos días no eran los más propicios para hablar de este asunto, y, por otra parte, tampoco me encontraba yo en un estado de clarividencia ideológica. Me amparé en nuestra afinidad. Le dije: «Oiga, no tardaremos en ser viejos, y los dos hemos empleado nuestras vidas en descubrir las recíprocas debilidades de nuestros sistemas; comprendo las debilidades de los valores del Este igual que usted comprende las de los valores del Oeste. Tengo la seguridad de que tanto usted como yo hemos experimentado *ad nauseam* las satisfacciones técnicas de esta desdichada guerra. Pero, ahora, los de su propio bando se disponen a fusilarlo. ¿No cree usted que ha llegado el momento de reconocer que su bando vale tan poco como el mío?» Le dije: «Oiga, en nuestro oficio sólo tenemos una visión negativa. En este sentido, ninguno de los dos tiene un lugar al que ir. En nuestra juventud, los dos nos sentíamos atraídos por las *grandes visiones*...» Una vez más, sentí en él un impulso, Siberia, ya que había tocado un punto sensible. Seguí: «Pero ahora ya no es así, ¿no es cierto?» Entonces, le exhorté a que contestara la siguiente pregunta: ¿No creía que tanto él como yo habíamos llegado, siguiendo diferentes caminos, a las mismas conclusiones acerca de la vida? Incluso en el caso de que mis conclusiones fueran lo que él llamaría «no liberadas», ¿acaso no era cierto que el funcionamiento de nuestra mente era idéntico? ¿No creía él, por ejemplo, que las generalidades políticas carecían de significado? ¿Que en la vida solamente lo particular tenía valor para él, ahora? ¿Que, en manos de políticos, los grandes proyectos no consiguen nada, como no sea nuevas formas de la vieja infelicidad? ¿Y no creía, en consecuencia, que salvar su vida de otro piquete de ejecución, sin sentido, era más importante, moral y éticamente más importante, que aquel sentido del deber, de la obligación, de la entrega o de lo que fuera, que ahora le tenía preso en el sendero que conducía a su autodestrucción? ¿Después de todos los viajes de su vida, no se le había ocurrido poner en tela de juicio la integridad de un sistema que se proponía fusilarle a sangre fría por delitos que no había cometido? Le rogué, sí, mucho me temo que fue un ruego, una súplica, cuando íbamos camino del aeropuerto, sin que me hubiera dirigido ni media palabra; le rogué, decía, que se preguntara si realmente creía aún, si su fe en el sistema al que había servido era honestamente posible para él, en aquellos instantes.

Ahora, Smiley guardó silencio durante un buen rato. Luego, en voz baja y tranquila, siguió:

—Había yo prescindido de mis conocimientos psicológicos, si es que los tengo, así como de las normas del oficio. Ya puedes imaginar lo que Control dijo. De todos modos, mi relato le divirtió. A Control le gustaba enterarse de las debilidades del prójimo. Especialmente de las mías, aunque no sé por qué.

Smiley, ahora, volvió a emplear un tono objetivo:

—Cuando llegó el avión, subí a bordo con Karla, y le acompañé durante parte del trayecto. En aquellos tiempos no todos los aviones eran reactores. Aquel hombre se me estaba escapando de las manos y yo nada podía hacer para evitarlo. Había renunciado a hablarle, pero allí estaba yo, en caso de que cambiara de opinión. No lo hizo. Prefería morir a darme lo que yo quería. Prefería morir a renegar del sistema político al que se había consagrado. Por lo que recuerdo, la última imagen que de él tengo es la de su cara enmarcada en la ventanilla del avión, mientras yo me alejaba. Había llegado una pareja de matones de facciones tremendamente rusas, que se había hecho cargo de mi hombre, sentándose en los asientos de detrás de su espalda, por lo que mi presencia era ya inútil. En avión regresé a Inglaterra, y Control me dijo: «En fin, deseo muy sinceramente que le fusilen.» Luego, restauró mis energías con una taza de té, ese asqueroso té chino que solía beber té de limón o de jazmín o qué sé yo, ese té que manda comprar en la tienda de la esquina. Perdón, que mandaba comprar. Luego me dio tres meses de vacaciones. Me dijo: «Me gusta que tengas dudas. Así sé cuál es tu postura. Pero no des culto a la duda porque te convertirías en un pesado.» Fue un aviso. E hice caso del mismo. Me dijo que no pensara tanto en los

241

norteamericanos, y me aseguró que él apenas pensaba en ellos.

Guillam le miraba en espera de la conclusión de la historia. En el tono propio de quien se siente defraudado al terminar un relato, Guillam le preguntó:

—Pero ¿tú qué crees? ¿Crees que en algún momento Karla pensó en quedarse?

—Estoy convencido de que ni por un instante se le pasó la idea por la cabeza —repuso Smiley con asco—. Me porté como un blandengue estúpido, como el arquetipo del liberal flojo de estas latitudes. Sin embargo, prefiero ser un tonto a mi manera que a la de Karla.

»Tengo la seguridad —insistió Smiley con vigor— de que ni mis argumentos ni la triste situación en que se encontraba ante el Centro de Moscú, podían influir en su decisión. Supongo que se pasó la noche pensando de qué manera podía lanzarse al contraataque, contra Rudnev. De pasada te diré que Rudnev fue fusilado un mes después. Karla pasó a ocupar el puesto de Rudnev, y se dedicó a reactivar a sus antiguos agentes, la mayoría de los cuales habían sido olvidados, durante las purgas en Moscú. Entre estos agentes se contaba, sin duda alguna, el propio Gerald. Resulta raro advertir que durante todo el tiempo que Karla me estuvo mirando, seguramente tenía el pensamiento puesto en Gerald. Supongo que, después, los dos se rieron mucho.

Smiley dijo que este episodio había producido otro resultado. Después de la experiencia de San Francisco, Karla jamás había vuelto a servirse de radios clandestinas. Las prohibió personalmente.

—Los medios de comunicación de las embajadas —dijo Smiley— son otra cosa, pero los agentes que actúan en el campo de operaciones no pueden ni acercarse a una emisora. Y aún conserva el encendedor de Ann.

—Tu encendedor, querrás decir —le corrigió Guillam.

—Sí. Claro, el mío. Desde luego.

Mientras el camarero se llevaba el dinero dejado por Smiley, éste preguntó:

—Dime, ¿cuando Tarr ha hecho esa desagradable referencia a Ann, se refería a un hombre determinado?

—Mucho me temo que sí.

—¿Tan detallado es el rumor? ¿Y hasta tan bajos niveles llega? ¿Hasta un Tarr?

—Así es.

—¿Y qué es, exactamente, lo que se dice?

Sintiéndose invadido por aquella oleada de frialdad que era su protección cuando tenía que dar malas noticias, tales como «Han descubierto tu identidad», «Estás despedido», «Vas a morir», Guillam repuso:

—Que Bill Haydon ha sido amante de Ann.

—Ah... Comprendo. Sí... Muchas gracias.

Se produjo un tenso silencio.

—¿Y existe en realidad una señora Gerstmann? —preguntó Guillam.

—En cierta ocasión, Karla contrajo matrimonio con una chica, una estudiante, en Leningrado. Cuando Karla fue enviado a Siberia, esta mujer se suicidó.

—¿De modo que Karla es un ser imbatible? —preguntó Guillam por fin—. ¿No se le puede comprar y no se le puede coaccionar?

Regresaron al coche.

—Francamente —dijo Smiley—, el precio me ha parecido un poco caro, teniendo en cuenta la comida que nos han dado. ¿Crees que el camarero me ha timado?

Pero Guillam no estaba dispuesto a conversar acerca de los precios de la mala comida en Inglaterra. De nuevo al volante, el día volvió a convertirse en una pesadilla para Guillam, en un confuso revoltijo de peligros medio percibidos y de sospechas.

—¿Y quién es la fuente Merlín? —preguntó—. ¿De dónde se saca Alleline esas informaciones, como no sea de los propios rusos?

—Desde luego, son los rusos quienes se las proporcionan.

—Pero, por el amor de Dios, si los rusos enviaron a Tarr...

—No lo hicieron. Ni tampoco Tarr se sirvió de los pasaportes británicos. Los rusos se equivocaron. Lo que Alleline tiene es la prueba de que Tarr engañó a los rusos. Esta es la información esencial que hemos conseguido de esta tormenta en un vaso de agua.

—Entonces, ¿a qué diablos se refería Percy, cuando ha hablado de «encenagar aguas»? Forzosamente ha tenido que referirse a Irina.

Smiley se mostró de acuerdo.

—Y a Gerald.

Viajaron en silencio, y, de repente, el abismo que mediaba entre los dos pareció insalvable.

—Oye —dijo Smiley en voz baja—, me siento bastante desorientado todavía, Peter. Pero creo que pronto conseguiré aclarar este lío. Karla ha logrado tener el Circus en la palma de la mano. Esto es algo que veo muy claramente, y tú también. Pero hay un último nudo, muy inteligentemente trabado, que todavía no puedo deshacer, pese a que debo hacerlo. Y si quieres que te dé una buena lección, te diré que Karla no es imbatible, debido a que es un fanático. Y llegará el día en que, si todavía tengo poder para ello, esa falta de moderación será la causa de su caída.

Cuando llegaron a la estación del metro de Stratford East, estaba lloviendo. Bajo la marquesina se apiñaban unos cuantos peatones.

—Peter, quiero que, a partir de ahora, actúes con calma, que descanses un poco.

Al cerrar la puerta, después de apearse Smiley, Guillam sintió la súbita necesidad de darle las buenas noches e incluso de desearle buena suerte, por lo que se inclinó a un lado, bajó el vidrio, e incluso inhaló aire. Pero Smiley había desaparecido. Guillam jamás había conocido a nadie capaz de desaparecer tan rápidamente entre la multitud.

Aquella misma noche, la luz en la ventana del dormitorio del señor Barraclough en el ático del hotel Islay estuvo constantemente encendida hasta el amanecer. Sin cambiarse las ropas, sin afeitarse Smiley permaneció inclinado sobre la mesa del comandante, leyendo, comparando, tomando notas, con una concentración tal que si Smiley hubiera podido observarse a sí mismo, se habría comparado con Control, en sus últimos días, en el quinto piso del Circus. Smiley consultó cuidadosamente las listas de permisos y de ausencias por enfermedad proporcionadas por Guillam en el curso del último año, y las comparó con los viajes, manifiestos, del segundo secretario (cultural) Aleks Aleksandrovich Polyakov, rumbo a Moscú, y sus viajes fuera de Londres, de acuerdo con la información facilitada por la Oficina Especial del Ministerio de Asuntos Exteriores y las autoridades de Inmigración. Volvió a cotejar lo anterior con las fechas

244

en que Merlín proporcionó, aparentemente, información, y, sin saber exactamente por qué lo hacía, agrupó los informes de la operación Brujería en dos categorías, en la primera de las cuales se contaban los informes de acontecimientos que cabía demostrar eran de actualidad en el momento de ser recibidos, y, en la segunda, estaban aquellos que podían haber sido conseguidos, por Merlín y sus colaboradores, uno o dos meses antes, a fin de rellenar con ellos los períodos de calma, tales como opiniones, estudios de la personalidad de prominentes miembros de la administración y habladurías del Kremlin, todo lo cual había podido conseguirse en cualquier momento para, luego, guardarlo en conserva, a fin de utilizarlo en un día de carestía. Después de haber formado una lista de los informes de actualidad, consignó en una columna sus fechas, y prescindió de todo lo demás. En este momento, el estado de ánimo de Smiley podía compararse con el de un científico cuyo instinto le advierte que se encuentra al borde de un descubrimiento, y que espera el instante en que se establezca la conexión lógica correspondiente. Más tarde, en una conversación con Mendel, Smiley dijo que su labor, en dichos momentos, fue la de «meterlo todo en un tubo de ensayo, para ver si explotaba». Dijo que lo que más le había fascinado era la cuestión á que Guillam se había referido, al mencionar las lúgubres palabras de Alleline al referirse a «encenagar aguas». En otras palabras, Smiley iba tras el último nudo inteligentemente trabado por Karla, con lo que podría explicar las sospechas, claras y precisas, a que la carta de Irina había dado lugar.

Smiley hizo unos cuantos descubrimientos preliminares muy curiosos. En primer lugar comprobó que en las nueve ocasiones en que Merlín había proporcionado informes de actualidad, o bien Polyakov había estado en Londres, o bien Toby Esterhase había efectuado un rápido viaje al extranjero. En segundo lugar, comprobó que, durante el decisivo período inmediato siguiente a la aventura de Tarr en Hong Kong, aquel mismo año, Polyakov estuvo en Moscú para evacuar consultas urgentes, y que, poco después, Merlín entregó uno de sus más espectaculares, y más de actualidad, informes referentes a la «penetración ideológica» en los Estados Unidos, en el que también hacía una valoración de las actividades del Centro con respecto a sus principales objetivos en Norteamérica.

Volviendo de nuevo hacia atrás, Smiley concluyó que lo contrario de lo anterior era también cierto, es decir, que los informes que había descartado por no estar estrechamente relacionados con acontecimientos recientes eran aquellos que, por lo general, se habían distribuido mientras Polyakov se hallaba en Moscú, o con permiso.

Y, entonces, lo percibió.

No, no fue una revelación explosiva, no fue un rayo de luz, ni un grito de Eureka, ni llamadas a Guillam y a Lacon, diciendo: «Smiley es el campeón del mundo.» Se trataba, simplemente de que allí, ante él, en los documentos examinados y en las notas que había tomado, se encontraba la corroboración de una teoría que Smiley, Guillam y Ricki Tarr, desde diferentes puntos de vista, habían tenido ocasión de comprobar, aquel día: entre Gerald y Merlín se daba una interacción que no cabía negar; por otra parte, los polifacéticos conocimientos de Merlín le permitían ser instrumento de Karla e instrumento de Alleline, al mismo tiempo. Mientras se echaba una tolla al hombro y alegremente se dirigía hacia el corredor para celebrar con un baño el descubrimiento, Smiley se dijo que, en realidad, bien cabía preguntarse si acaso Merlín era solamente instrumento de Karla. En el fondo de aquella máquina había un artilugio tan simple que Smiley quedó genuina y placenteramente asombrado por su simetría. Este artilugio incluso tenía entidad física, allí, en Londres, y era una casa, pagada con dinero de Hacienda, con sesenta mil libras, a menudo codiciada, sin duda alguna, por los infortunados contribuyentes que pasaban ante ella, seguros de que nunca podrían permitirse el lujo de adquirirla, y sin saber que, en realidad, ya habían pagado su precio. Con un optimismo que no había experimentado en muchos meses, Smiley cogió el expediente, hurtado, de la operación Testimonio.

24

Dicho sea en su honor, lo cierto es que la matrona de la escuela llevaba una semana preocupada por culpa de Roach. En realidad, comenzó a preocuparse el día en que descubrió a Roach solo en los lavabos, diez minutos después que los restantes alumnos de su dormitorio hubieran bajado a tomar su desayuno. Roach iba todavía en pantalones de pijama, y se cepillaba enérgicamente los dientes, inclinado sobre la pileta. Estaba pálido y desmejorado. Cuando la matrona le interrogó, Roach contestó evitando mirarla a la cara. Luego, la matrona dijo a Thursgood:

—Todo se debe al desdichado de su padre. Ahora, volverá a hacerse cargo del chico.

Y, el viernes, la matrona dijo a Thursgood:

—Debiera escribir una carta a la madre, diciéndole que el chico padece una crisis.

Pero ni siquiera la matrona, a pesar de su maternal intuición, hubiera podido diagnosticar que, en realidad, se trataba de puro y simple terror.

¿Qué podía hacer Roach, siendo meramente un niño? Ahí radicaba su culpa. Este era el hilo que conducía directamente a las desdichas de sus padres. Este era el hecho, la circunstancia, que ponía sobre sus inclinados hombros la responsabilidad de conservar, día y noche, la paz mundial. Roach, el observador —«el mejor observador de esta maldita organización», dicho sea en las preciosas palabras de Jim Prideaux—, había, al fin, observado demasiado. Roach hubiera sacrificado cuanto poseía, su dinero, el álbum de fotos de sus padres forrado de cuero, cuanto le daba valor en este mundo, si con ello pudiera liberarse de aquel conocimiento que le atormentaba desde la tarde del pasado domingo.

Roach había emitido las debidas señales. El domingo por la noche, una hora después de que se hubieran apagado las luces, Roach había ido ruidosamente al lavabo, se había metido los dedos en el gaznate, había eructado, y, por último, vomitado. Pero el chico que ejercía el cargo de monitor del dormitorio, y quien tenía el deber de dar la voz de alarma —«Matrona, Roach ha vomitado»—, siguió durmiendo tozudamente, a lo largo de aquella comedia. Sintiéndose muy desdichado, Roach volvió a la cama. Al día siguiente, desde la cabina telefónica situada junto a la sala de profesores, llamó por teléfono para preguntar qué había para comer, lo cual hizo con un extraño acento, animado por la esperanza de que el jefe de estudios le oyera y lo tomara por loco. Pero nadie le prestó la menor atención. Intentó mezclar la realidad con los sueños, con la esperanza de que ello diera como resultado algo que él había imaginado. Pero todas las mañanas, cuando pasaba junto al Hoyo, veía la torcida figura de Jim inclinada sobre la pala, a la luz de la luna; Roach veía la negra sombra del rostro de Jim, bajo el ala del viejo sombrero, y oía sus gruñidos, producidos por el esfuerzo de cavar la tierra.

Roach nunca hubiera debido estar allí. También en esto radicaba su culpa. Su conocimiento había sido adquirido mediante el pecado. Después de la lección de violoncelo, en el otro extremo del pueblo, Roach regresaba con voluntaria lentitud a fin de llegar tarde a los himnos del anochecer y ganarse una mala mirada de la señora Thursgood. La escuela entera daba culto al Señor, menos él y Jim. Roach les oía cantar el *Magnificat*, al pasar junto a la capilla, siguiendo el camino más largo, a fin de poder pasar junto al Hoyo, en donde todavía brillaba la luz de Jim. De pie, en su lugar habitual, Roach observaba la sombra de Jim moviéndose lentamente, cruzando una y otra vez la ventana con cortinillas. Con satisfacción, Roach pensó: «Se retira temprano», al ver que la luz se apagaba. Sí, por cuanto, en los últimos tiempos, Jim se había ausentado demasiado, para el gusto de Roach, yéndose a bordo del Alvis a última hora de la tarde, y regresando cuando Roach estaba ya dormido. Entonces, la puerta del remolque se abrió y se cerró, y Jim se quedó de pie, junto a la zona en que cultivaba hortalizas, con la pala en la mano, mientras Roach, muy perplejo, se preguntaba a santo de qué quería Jim cavar en la oscuridad. ¿Hortalizas para la cena, quizá? Durante unos instantes, Jim se quedó quieto como si fuera de piedra, escuchando el *Magnificat*. Después, lentamente, miró alrededor, y su mirada se fijó en el lugar en que estaba Roach, al que no podía ver por cuanto éste se encontraba en la zona oscura inmediata a los montículos. Roach incluso pensó en llamar a Jim, pero no lo hizo por sentirse demasiado pecador, ya que no había acudido al culto, en la capilla.

Por fin, Jim comenzó a tomar medidas. O, al menos, esto le pareció a Roach. En vez de cavar, Jim se había arrodillado en un ángulo del rectángulo destinado a cultivar hortalizas, y había dejado la pala en el suelo, como si hubiera querido alinearla con algo que Roach no podía ver, como, por ejemplo, el campanario de la iglesia. Después de hacer esto, Jim se levantó rápidamente y, poniéndose junto a la parte metálica de la pala, clavó enérgicamente el tacón en la tierra, dejando una marca. Después, cogió la pala y cavó muy de prisa. Roach contó doce paletadas. Luego Jim se irguió, quedándose otra vez quieto. De la capilla no llegaba sonido alguno. Después, llegó el murmullo de los rezos. Jim se inclinó muy de prisa y cogió del suelo un paquete que, inmediatamente, limpió con los faldones de la chaqueta. Segundos después, y a una velocidad inverosímil, se cerró ruidosamente la puerta del remolque, se encendió de nuevo la luz, y, en el momento más audaz de su vida, Bill Roach bajó de puntillas al Hoyo, hasta llegar a la distancia de un metro de la ventana deficientemente cubierta por la cortina, quedando Bill a la altura de la ventana, gracias a estar en un lugar algo elevado, debido a la inclinación del suelo.

Jim se encontraba de pie junto a la mesa. En el camastro a su lado había un montón de libretas de ejercicios, una botella de vodka y un vaso vacío. Seguramente lo había arrojado todo allá para dejar la mesa despejada. En la mano sostenía un cortaplumas abierto, pero no se servía de él. Jim era hombre incapaz de cortar un cordel, a poco que pudiera evitarlo. El paquete tendría una largada de treinta centímetros y era de un color amarillento, como las bolsas de tabaco para pipa. Bill lo abrió sin usar el cortaplumas, y extrajo algo parecido a una llave inglesa, envuelta en tela de saco. Pero ¿quién era el ser capaz de enterrar una llave inglesa, incluso en el caso de querer utilizarla en el mejor coche que jamás se había fabricado en Inglaterra? Los tornillos y las arandelas se encontraban en otro paquete, también de color amarillento. Jim los derramó en la mesa, y estudió por separado cada uno de ellos. No eran tornillos, sino plumillas. Y, no señor, tampoco eran plumillas. Pero, ahora, aquellos objetos quedaron en un lugar que estaba fuera del alcance de la vista de Roach.

Y tampoco se trataba de una llave inglesa, y mucho menos de un destornillador, ni siquiera de algo que pudiera utilizarse para reparar el coche.

Roach, aterrado, dio media vuelta, y echó a correr. Corría por entre los montículos, camino del sendero, pero corría más despacio de lo que jamás había corrido en su vida. Corría sobre arena y aguas profundas, corría trabándose los pies, arrancando hierba, tragando aire nocturno y expulsándolo después a sollozos, corría escorado, al igual que Jim, apoyándose ahora en esta pierna y, luego, en la otra, balanceando la cabeza para conseguir de esta manera mayor velocidad. No tenía la menor idea del lugar hacia el que se dirigía. Toda su conciencia había quedado a sus espaldas, fija en el negro revólver y en las tiras de gamuza, fija en las plumillas que se convirtieron en balas, en el momento en que Jim, metódicamente, las introdujo en el tambor del arma, inclinada hacia la lámpara su cara cruzada de profundas arrugas, su cara pálida, y con los párpados algo entornados para proteger los ojos de la luz.

25

Con voz lánguida, el ministro advirtió:

—No quiero que se citen mis palabras, George. No quiero memorándums, ni notas, ni nada. Tengo que pensar en mis electores. Y usted, George, no tiene electores. Oliver Lacon, tampoco. ¿No es cierto, Oliver?

Smiley pensó: «Y también tienes acento y violencia norteamericana al formular tus frases.»

—Sí —dijo—, lo comprendo, y lamento la situación.

—Más lo lamentaría —advirtió el ministro— si tuviera que vivir pendiente del electorado, George.

Como cabía suponer, el solo hecho de determinar el punto en que iban a reunirse dio lugar a una estúpida discusión. Smiley hizo notar que sería muy poco prudente reunirse en el despacho de Lacon, ya que allí estarían sometidos a la constante vigilancia de personal del Circus, ya fueran conserjes en el acto de entregar comunicaciones escritas, ya fuera el propio Alleline dispuesto a hablar un poco del problema de Irlanda. Por su parte, el ministro se negó a ir al hotel Islay y a la casa de la calle Bywater, so pretexto de que en uno y otro carecerían de seguridad. Recientemente, el ministro había aparecido en la televisión, y estaba orgulloso de que la gente le reconociera por la calle. Después de varias conversaciones telefónicas, acordaron reunirse en la casita de dos pisos, de estilo Tudor, situada en Mitcham, en donde vivía Mendel, constituyendo en aquel barrio, tanto él como su reluciente coche, una nota tan destacada como un flemón en la cara. Y allí estaban, Lacon, Smiley y el ministro, sentados en la habitación delantera, coquetona y con cortinas de red, ante unos bocadillos de salmón, mientras su anfitrión permanecía en el piso superior, vigilando los accesos a la casa. En la calle, unos chiquillos intentaban hacer confesar al chófer el nombre de su amo.

Detrás de la cabeza del ministro había una estantería con libros sobre las abejas. Las abejas eran la pasión de Mendel, según recordó Smiley. Mendel llamaba «exóticas» a las abejas que no fueran de Surrey. El ministro era un hombre todavía joven, dotado de una oscura mandíbula que parecía haber quedado dislocada en algún extraño accidente. Era calvo, lo que le daba un injustificado aspecto de madurez, y arrastraba terriblemente las palabras al hablar.

—Muy bien —dijo—, ¿qué decisiones han tomado, por fin?

También gozaba del arte de la brutalidad en el diálogo. Smiley comenzó:

—Bueno, en primer lugar creo que debiera interrumpir cuantas negociaciones mantiene con los norteamericanos. Lo digo pensando en el nuevo secreto y sin título que guarda usted en la caja fuerte, o sea, el anexo en que se amplía el estudio de la explotación de material de la operación Brujería.

Como si hablara con su agente de Bolsa, el ministro preguntó:

—¿Y cuáles son los inconvenientes?

—Si el topo Gerald existe... —En cierta ocasión, Ann había proclamado con orgullo que, de entre todos sus primos, sólo Miles Sercombe carecía de todo género de características redentoras. Por vez primera, Smiley se daba cuenta ahora de que Ann llevaba razón. Se sentía no sólo idiota sino también incoherente. Siguió—: Si Gerald existe, en lo que creo estamos todos de acuerdo... —Esperó, pero nadie dijo que no estuviera de acuerdo. Repitió—: Si Gerald existe, no solamente será el Circus el que doblará sus beneficios en el trato con los norteamericanos, sino que también será el Centro de Moscú, debido a que Gerald les comunicará cuanto nosotros compremos a los norteamericanos.

En un ademán de frustración, el ministro dio una palmada sobre la mesa de Mendel, dejando en ella una húmeda huella, y declaró:

—¡Maldita sea! ¡No lo entiendo! ¡Esa operación Brujería es una maravilla! Hace un mes nos daba la Luna. Ahora nos estamos colando por sus orificios y decimos que los rusos la han amañado para darnos para el pelo. ¿Se puede saber qué diablos ocurre?

—Bueno, pues la verdad es —dijo Smiley— que no creo que sea tan ilógico como a primera vista parece. A fin de cuentas también nosotros hemos sacado provecho, de vez en cuando, de alguna que otra red de espionaje rusa, y me atrevo a decir que no hemos manejado el asunto demasiado mal. Les dimos el mejor material que teníamos a nuestra disposición, como lo de los cohetes dirigidos, planeamientos bélicos... Tú mismo anduviste metido en este asunto —y Smiley se dirigió a Lacon, quien asintió con una brusca sacudida de la cabeza—, y recordarás que les entregamos en bandeja agentes nuestros de los que podíamos prescindir, les proporcionamos excelentes medios de comunicación, no interferimos sus líneas de mensajeros, e hicimos lo posible para que sus mensajes radiados les llegaran con toda claridad, de manera que también nosotros podíamos escucharlos. Este fue el precio que pagamos para poder dirigir la oposición interior... ¿Qué expresión utilizaste, Oliver? Ah, sí, para «saber el modo como instruían a sus comisarios.» Tengo la seguridad de que Karla pagaría un precio semejante, a cambio de dirigir nuestras propias redes de espionaje. E incluso pagaría más, en el caso de que anduviera detrás del mercado norteamericano.

Smiley calló y dirigió una mirada a Lacon. Prosiguió:

252

—Pagaría más, muchísimo más. Un contacto norteamericano, bueno, en realidad quiero decir un buen di-
videndo norteamericano, pondría a Gerald en un lugar
de máxima importancia y, por delegación, el Circus también ocuparía este lugar... Serían capaces de dar a los
ingleses cuanto pidieran, siempre y cuando pudieran
comprar, a cambio, a los norteamericanos.

—Muchas gracias —dijo Lacon rápidamente.

El ministro se fue, llevándose un par de bocadillos,
para comerlos en el coche, y sin despedirse de Mendel,
debido quizá a que no era elector de su circunscripción.

Lacon se quedó. Al cabo de un rato, Lacon dijo:

—Me pediste que buscara a ver si teníamos algo referente a Prideaux. Pues sí, he descubierto que tenemos
unos cuantos papeles, pocos, referentes a él.

Explicó que había examinado unos cuantos expedientes de seguridad interna del Circus, con la sola finalidad de despejar su archivo. Y al hacerlo, había encontrado unos cuantos informes positivos, resultantes de
investigaciones acerca del propio personal del Circus,
uno de ellos referente a Prideaux.

—Resultó ser hombre limpio, absolutamente limpio,
sin sombra de duda. Sin embargo —y ahora la inflexión
nueva en la voz de Lacon indujo a Smiley a mirarle—,
había algo que creo puede interesarte, quizá. Se trata
de ciertos rumores que corrieron mientras estaba en
Oxford. Pero, en fin, a esa edad todos tenemos derecho
a ser un poco rojillos.

—Naturalmente.

De nuevo se hizo el silencio, roto solamente por los
suaves pasos de Mendel en el piso superior. Lacon confesó:

—Prideaux y Haydon eran muy amigos, ¿sabes? Más
de lo que creía.

De repente, Lacon pareció tener mucha prisa. Metió
la mano dentro de su cartera, extrajo un sobre sin
membrete, muy grande, lo puso en la mano de Smiley, y
se dispuso a regresar al más digno mundo de Whitehall,
mientras el señor Barraclough se preparaba para reanudar, en el hotel Islay, la lectura de la operación Testimonio.

26

Era la hora del almuerzo del día siguiente. Smiley había leído, había dormido algo y vuelto a leer y se había bañado, y mientras ascendía los peldaños de aquella linda casa londinense, se sentía contento porque tenía simpatía a Sam.

Se trataba de una casa georgiana, de ladrillos pardos, junto a la plaza de Grosvenor. Había cinco peldaños que conducían a un descansillo con una puerta negra, flanqueada por sendas columnas y un timbre de latón. Pulsó el timbre y en realidad pareció que empujara la puerta, ya que ésta se abrió inmediatamente. Entró en un vestíbulo circular, con otra puerta al fondo, y con dos hombres corpulentos, vestidos de negro, que bien hubieran podido ser conserjes en Westminster Abbey. Sobre la repisa de una chimenea de mármol se veían unos caballos encabritados. Uno de los dos hombres se quedó junto a Smiley, mientras éste se despojaba del abrigo, y luego el otro hombre le acompañó hasta el gran facistol para que firmara en el libro de registro.

Mientras escribía un nombre de guerra que Sam pudiera recordar, Smiley lo pronunció en un murmullo:

—Hebden. Adrian Hebden.

El hombre que se había hecho cargo del abrigo de Smiley repitió el nombre en un intercomunicador:

—El señor Hebden, Adrian Hebden.

El hombre junto al facistol dijo:

—Por favor, espere un instante, señor.

No había música, y Smiley tenía la sensación de que hubiera debido haberla. Y una fuente también.

—Soy amigo del señor Collins —dijo—, y me gustaría verle, si es que puede disponer de unos minutos. En fin, creo que me espera.

El hombre junto al intercomunicador murmuró:

—Gracias.

Y cortó. Acompañó a Smiley hasta la puerta del fondo, y la empujó para darle paso. La puerta no hizo el más leve sonido, ni siquiera el de roce con la sedosa moqueta. Respetuosamente, el hombre murmuró:

—Ahí está el señor Collins. Las bebidas son un regalo de la casa.

Las tres primeras habitaciones habían sido unidas de modo que formaban una sola, aunque ópticamente divididas mediante columnas y arcos. En las paredes había paneles de caoba. Las luces iluminaban inanes cuadros representando fruta, encuadrados en colosales marcos dorados, e iluminaban asimismo la bayeta verde que cubría las mesas. Las cortinas estaban corridas, las mesas ocupadas en un tercio de su capacidad, con cuatro o cinco jugadores en cada una, todos hombres y los únicos sonidos eran el chasquido de la bola en las ruedas, y el chasquido de las fichas al ser distribuidas, así como el leve murmullo de los *croupiers*.

Con una chispa en la voz, Sam Collins dijo:

—Adrian Hebden... Tiempo sin vernos...

—Hola, Sam —repuso Smiley.

Y se estrecharon la mano. Sam dirigió un movimiento de la cabeza al otro hombre que permanecía de pie en la estancia, hombre corpulento, con alta presión sanguínea y la cara partida. El hombre corpulento también movió la cabeza.

Mientras cruzaban una habitación vacía, forrada de seda roja, Sam preguntó:

—¿Te gusta?

Siempre cortés, Smiley repuso:

—Impresionante.

—Esta es la palabra. Impresionante. Es exactamente esto, impresionante.

Sam iba de smoking. Su despacho estaba decorado al estilo eduardiano, con mucho terciopelo, la mesa tenía tablero de mármol y patas terminadas en garra sobre esfera, pero la habitación era pequeña y en modo alguno bien ventilada, de manera que Smiley juzgó que se parecía a un despacho de teatro, amoblado con restos de decorados escénicos.

—Es posible —dijo Sam— que incluso me dejen poner cuatro reales en el negocio, más adelante, dentro de un año o así. Son gente dura, pero con empuje.

—No lo dudo.

—Como nosotros en los viejos tiempos.

—Eso.

Era esbelto y de modales alegres, con un bigotillo recortado. Smiley era incapaz de imaginarle sin bigote. Contaría unos cincuenta años. Había vivido mucho tiempo en Oriente, en donde colaboró con Smiley en un trabajo de golpe de mano contra un chino que estaba encargado de operar una radio. Pese a que su piel y su pelo comenzaban a volverse grises, seguía aparentando treinta y cinco años. Tenía sonrisa de colegial, y unos modales confianzudos, amistosos, propios de sala de banderas. Mantenía las dos manos sobre la mesa como si estuviera junto a las cartas, y miraba a Smiley con un cariño posesivo, paternal o filial o de ambas naturalezas. Sin dejar de sonreír, dijo:

—Si nuestro amiguete pasa de las cinco, avísame, Harry. Si no es así, cállate la boca porque estoy tratando de engatusar a un rey del petróleo.

Había hablado dirigiendo la voz a una caja sobre la mesa.

—¿En qué situación se encuentra? —preguntó.

—Gana tres —repuso una voz cascada.

Smiley presumió que la voz pertenecía al hombre con la cara partida y presión sanguínea. Sam dijo con voz suave:

—En este caso aún tiene que perder ocho. Procura que siga en la mesa. Con eso bastará. Trátale como si fuera un héroe.

Cortó la comunicación y esbozó una sonrisa dirigida a Smiley, quien se la devolvió. Sam le aseguró:

—Es la gran vida. Y si no lo es, me gusta más que vender lavadoras. Desde luego, resulta un poco raro el tener que ponerse el smoking a las diez de la mañana. Me recuerda los tiempos en que tenía que fingir que era diplomático, para poder espiar.

Smiley se echó a reír. Sin variar la expresión del rostro, Sam añadió:

—Y es una vida honrada, aunque no lo creas. Nos basamos cuanto podemos en la aritmética.

Otra vez con gran cortesía, Smiley repuso:

—No me cabe la menor duda.

—¿Te gusta la música?

Era una grabación y procedía del techo. Sam aumentó el volumen hasta el límite de lo insoportable. Ensanchando su sonrisa, preguntó:

—¿En qué puedo ayudarte?

—Me gustaría hablar contigo de la noche en que le pegaron el tiro a Jim Prideaux. Tú estabas de guardia.

Sam fumaba unos cigarrillos de tabaco negro que despedían aroma de cigarro. Acercó el mechero al extremo de uno de esos cigarrillos, dejó que la punta prendiera y que luego el fuego muriera, dejando una porción de ceniza.

—¿Es que escribes tus memorias? —preguntó.

—Vamos a abrir de nuevo el caso.

—¿Vamos? ¿Quién sois ese «nosotros»?

—Yo, mi, este menda que te habla, con Lacon empujando y el ministro tirando.

—El poder corrompe, pero alguien ha de gobernar y en este caso, el hermano Lacon, muy a su pesar, se encaramará en el más alto cargo que pueda.

—Sí, todo sigue igual —dijo Smiley.

Meditativo, Sam dio una chupada al cigarrillo. La música cesó, dando paso a unas frases de Noel Coward. Por entre el sonido, la voz de Sam Collins dijo:

—De vez en cuando sueño despierto que llega aquí Percy Alleline, con una maltratada maleta castaña, y pide fichas. Se juega al rojo todas sus influencias y amistades, y pierde.

Smiley volvió a lo suyo:

—El expediente ha sido amañado. No queda más remedio que ir a ver a los que intervinieron y preguntar. En el expediente no queda nada digno de tenerse en cuenta.

—No me sorprende.

Tras decir estas palabras, Sam pidió bocadillos por el intercomunicador.

—Vivo de bocadillos y canapés —explicó—. Es uno de los gajes del oficio.

Estaba escanciando café en las tazas, cuando se encendió la luz roja, sobre la mesa, entre los dos. La voz cascada dijo:

—El amiguete está como al empezar.

—Pues comienza a contar.

Sam cortó la comunicación.

Se expresó en palabras sencillas, aunque con precisión, tal como un buen soldado recuerda una batalla, sin deseos de considerarla una victoria o una derrota, y con la sola finalidad de rememorarla. Dijo que acababa de regresar del extranjero, de una estancia de tres años en Vientian. Se presentó a la sección de personal y se entrevistó con la Dolphin para arreglar sus papeles. Al parecer, nadie pensaba en encomendarle trabajo alguno, por lo que planeaba pasar un mes de permiso en el sur de Francia. Pero así estaban las cosas cuando MacFadean, el viejo conserje que era en realidad el valet de Control, le pescó en pleno corredor y le llevó al despacho de Control. Smiley preguntó:

—¿Qué día fue, exactamente?

—El diecinueve de octubre.

—El jueves.

—El jueves. Pensaba ir en avión a Niza al lunes siguiente. Tú estabas en Berlín. Recuerdo que quería invitarte a una copa y las madres me dijeron que estabas *occupé*, y cuando pregunté a la sección de viajes, me dijeron que te encontrabas en Berlín.

—Sí, es cierto. Control me había enviado allí.

Y Smiley hubiera podido añadir que le había mandado a Berlín con la idea de tenerlo alejado. Incluso cuando ocurrieron los hechos, había tenido Smiley esta impresión. Evitando la mirada de Smiley, Sam siguió:

—Fui en busca de Bill Haydon, pero tampoco estaba. Control le había enviado a no sé qué país.

—Le envió a solventar un problema imaginario —murmuró Smiley—. Pero volvió.

Ahora Sam lanzó a Smiley una mirada penetrante y curiosa, pero nada añadió a lo dicho acerca del viaje de Bill Haydon.

—Tuve —dijo— la impresión de que nuestras oficinas pasaban por una temporada de calma chicha, que nada se hiciera allí, y poco faltó para que cogiera el avión y regresara a Vientian.

—Sí, había calma chicha —contestó Smiley.

Pero pensó: salvo las actividades de la operación Brujería. Y Sam dijo que Control parecía haber pasado cinco días con fiebre. Estaba rodeado de un mar de expedientes, tenía la piel amarillenta, y cuando hablaba, se interrumpía constantemente para enjugarse la frente con un pañuelo. No le felicitó por los tres años de buen trabajo llevado a cabo en el campo de operaciones, ni hizo referencia indirecta ninguna a la vida privada de Sam, que en aquel entonces era un tanto irregular. Le dijo, simplemente, que deseaba que hiciera la guardia del fin de semana, sustituyendo a Mary Masterman.

—Le dije: «Desde luego, si quieres que haga la guardia, la haré.» Me dijo que el sábado me explicaría el resto de la historia, pero por el momento no podía decir nada a nadie. Y yo, por mi parte, no debía decir nada a nadie, hasta el punto que ni siquiera podía decir que él me había pedido aquella sustitución. Necesitaba tener a alguien capacitado al teléfono, pero tenía que tratarse de alguien destinado a otra oficina o de alguien que, como yo, hubiera permanecido largo tiempo fuera. Y, además, debía ser un veterano.

Por consiguiente, Sam fue a ver a Mary Masterman y le explicó un cuento basado en la mala suerte que había tenido, debido a que no había podido echar de su piso al actual ocupante, quien se quedaría en él hasta el lunes. ¿Aceptaba Mary que él la sustituyera en la guardia, con lo que se ahorraría el gasto del hotel? Entró de guardia a las nueve de la mañana del sábado, con el cepillo de los dientes y seis latas de cerveza dentro de una maleta que todavía llevaba pegadas a los lados etiquetas con palmeras. Geoff Agate lo relevaría al atardecer del domingo.

Una vez más, Sam se refirió a la calma que reinaba en el edificio. Dijo que, tres años atrás, los sábados eran días de tanta actividad como los restantes de la semana. En la mayoría de las secciones regionales había un funcionario de guardia durante los fines de semana, algunas incluso tenían personal nocturno, y cuando uno daba una ronda por el edificio, le parecía que todo el mundo anduviera muy atareado. Pero Sam dijo que aquel sábado por la mañana parecía que el edificio hubiera sido evacuado, lo cual, a juzgar por lo que le dijeron luego, era la verdad, y se hizo obedeciendo órdenes de Control. Un par de analistas trabajaban en el segundo piso y las oficinas de claves funcionaban a todo gas, pero esto era normal, ya que esa clase de funcionarios trabajaban en todo momento. Por lo demás, reinaba un gran silencio. Se pasó una hora sentado, esperando que Control le llamara por teléfono. Luego pasó otra hora ocupado en incordiar a los conserjes, a quienes consideraban un hatajo de vagos, una pandilla de eso, lo otro y lo demás allá, y la gente que menos trabajaba en el Circus. Examinó la lista de gente presente, y descubrió que dos mecanógrafas y un escribiente figuraban como presentes, pero no estaban, por lo que dio parte al conserje jefe, empleado nuevo, llamado Mellows. Por fin subió a ver si Control estaba.

—Se encontraba solo, con la única compañía de Mac-Fadean. Sin las madres, sin ti, solo con el viejo Mac, que entraba de vez en cuando con té jazmín y simpatía. ¿Te cuento demasiadas cosas, quizá?

—No, no, sigue así, con todos los detalles que puedas recordar.

—Entonces, Control se despojó de otro velo. Mejor dicho, de medio velo. Dijo que alguien estaba llevando a cabo un trabajo especial, siguiendo sus instrucciones. Se trataba de algo muy importante para nuestro Servicio. Sí, señor, no era para Whitehall, ni para la libra esterlina, ni para el precio del pescado, sino para nosotros. E incluso cuando el asunto hubiera terminado no debía yo decir ni media palabra a nadie. Ni siquiera a ti. Ni a Bill, ni a Bland, ni a nadie.

—¿Ni a Alleline?

—Ni una sola vez se refirió a Percy.

Smiley se mostró de acuerdo.

—Es cierto, en los últimos tiempos ni mencionarle podía.

—Durante aquella noche, debía dar a Control la consideración de jefe de operaciones. Yo no sería más que un enlace entre Control y el resto del edificio. Si ocurría algo, un mensaje o una llamada telefónica, por trivial que pareciera, yo debía esperar el momento en que no hubiera moros en la costa, subir al piso de Control, y comunicarle lo ocurrido. Nadie debía saber entonces o después que Control era el hombre que llevaba el timón. El teléfono era tabú, incluso las líneas interiores. —Cogiendo un bocadillo, Sam añadió—: Te lo juro, George.

Si era preciso mandar telegramas, Sam debía actuar también como si fuera el doble de Control. Lo más probable era que nada aconteciera hasta el atardecer. E incluso era probable que ni aun al atardecer ocurriera algo. En cuanto a los conserjes y gente de parecida laya, dicho sea en palabras de Control, Sam debía hacer cuanto estuviera en su mano por parecer lo más natural posible, y dar la impresión de estar atareado.

Terminada la *séance*, Sam regresó al despacho del

funcionario de guardia, mandó por el periódico de la noche, abrió una lata de cerveza, eligió una línea exterior y se dispuso a perder hasta la camisa. En Kempton se celebraba una carrera de obstáculos que Sam no había visto durante largos años. A primera hora de la noche dio otra ronda y comprobó el estado de los timbres de alarma, en el piso de registro general. De quince timbres había tres que no funcionaban. Ahora los conserjes ya le hubieran estrangulado de buena gana. Se frió un huevo, y después de comerlo, subió al piso superior para charlar un poco con el viejo Mac y ofrecerle una cerveza.

—Mac me pidió que apostara por él una libra a un penco con tres patas. Estuve hablando con él cosa de unos diez minutos, volví a mi covacha, escribí unas cuantas cartas, vi una película en la tele y decidí descansar. La primera llamada se produjo cuando comenzaba a dormirme. A las once y veinte, exactamente. Y los teléfonos no dejaron de sonar durante las diez horas siguientes. Pensaba que la centralita iba a explotar ante mis narices.

Por el intercomunicador, una voz dijo:

—Arcadi pierde cinco.

Con su habitual sonrisa, Sam le dijo a Smiley:

—Discúlpame un momento.

Y se fue para arreglar el asunto, dejando a Smiley solo con la música.

Sentado, a solas, Smiley contempló cómo el cigarrillo de tabaco negro de Sam se consumía en el cenicero. Esperó. Sam no volvía, y Smiley se preguntó si debía apagar el cigarrillo. Pensó que, según las normas de la casa, seguramente no estaba permitido fumar durante el trabajo.

—Asunto solucionado —dijo Sam.

Sam dijo que la primera llamada fue efectuada por el funcionario residente del Ministerio de Asuntos Exteriores. Parecía que en las carreras de Whitehall, el Ministerio de Asuntos Exteriores ganara siempre por un belfo alzado.

—El jefe de la Reuter de Londres acababa de llamar al Ministerio de Asuntos Exteriores para comunicarle una historia referente a un tiroteo en Praga. Las fuerzas de seguridad rusas habían dejado seco de un tiro a un espía inglés y ahora se había desencadenado una cacería en busca de los cómplices del espía en cuestión. El jefe de la Reuter preguntó si el Ministerio de Asuntos Exteriores estaba interesado en la cuestión. El funcionario de Asuntos Exteriores había decidido llamarnos para tenernos al corriente, dijo. Dije que me parecía un cuento chino, y en el momento en que colgaba el aparato, entró Mike Meakin, el jefe de los analistas, diciendo que la atmósfera de Checoslovaquia estaba que ardía de mensajes, la mitad en clave, pero la otra mitad *en clair*. No hacía más que captar confusos mensajes referentes a un tiroteo habido en Brno. Le pregunté: «¿En Praga o en Brno?, ¿o quizá en ambos lugares?» «No, sólo en Brno.» Le dije que siguiera a la escucha, y en aquel momento comenzaron a sonar los cinco timbres del despacho. En el momento en que me disponía a salir, volvió a llamarme por la línea directa el residente del Ministerio de Asuntos Exteriores. El tipo de la Reuter había corregido su relato: en vez de Praga era Brno. Cerré la puerta, y me pareció que dejara deutro un avispero. Cuando entré, vi a Control de pie junto a su escritorio. Me había oído subir la escalera. A propósito, ¿Alleline no ha puesto aún alfombras en aquellas malditas escaleras?

—No —repuso Smiley.

Estaba imposible. Una vez Ann le dijo a Haydon, de modo que Smiley lo oyó: «George es como un vencejo, su temperatura desciende automáticamente hasta ser la misma que la del medio ambiente, y así no pierde energías ajustándose a éste.» Sam prosiguió:

—Ya sabes lo rápido que era Control cuando te examinaba con la mirada. Me miró las manos a ver si llevaba en ellas un telegrama y yo sentí deseos de que así fuera, pero iba con las manos vacías. Le dije: «Mucho me temo que se ha desencadenado una oleada de pánico.» Le expliqué muy sucintamente el asunto, vi que miraba el reloj y supuse que estaba imaginando lo que hubiese debido ocurrir, en el caso de que todo hubiera salido a pedir de boca. Le dije: «¿Puedes darme instrucciones, por favor?» Se sentó. No le podía ver muy bien por culpa de aquella lámpara baja, con pantalla verde que tenía en la mesa. Volví a decirle: «Necesito instrucciones. ¿Quieres que niegue la historia?»

No contestó. «Necesito instrucciones.» Sonaron pasos en la escalera y comprendí que los chicos de la radio me estaban buscando. «¿Quieres bajar y encargarte directamente del asunto?» Rodeé el escritorio, pasando por encima de aquellos expedientes, todos abiertos en diferentes páginas. Parecía que estuviera preparando una enciclopedia. Algunos forzosamente tenían que ser de antes de la guerra. Control estaba sentado así.

Sam abrió una mano, puso las yemas de los dedos en la frente y se quedó mirando con fijeza la mesa. La otra mano estaba sobre la mesa, sosteniendo el imaginario reloj de bolsillo de Control. Volvió a hablar:

—Me dijo: «Dile a MacFadean que me encuentre un taxi, y luego entra en contacto con Smiley.» Le pregunté: «¿Y de la operación, qué?» Tuve que esperar qué sé yo el tiempo la contestación. Hasta que me dijo: «Se puede negar; esos dos hombres llevaban documentación extranjera; actualmente nadie puede saber que son ingleses.» Le recordé: «Se habla de un hombre solamente.» Después le dije: «Smiley está en Berlín.» Bueno, al menos esto es lo que creo que le dije. Y pasamos dos minutos más en silencio. Dijo: «Cualquiera puede intervenir en el caso. Da lo mismo.» Hubiera debido sentir lástima por Control, me parece, pero en aquellos momentos, francamente, no le tenía la menor simpatía. A fin de cuentas, Control me había echado el toro encima, sin que yo tuviera la menor idea del asunto. No vi a MacFadean por allí, por lo que pensé que Control igual podía buscarse el taxi él solito. Cuando llegué abajo seguramente debía tener una cara de un humor de perros insoportable. El funcionario de servicio en la sección de comunicaciones flameó boletines en mi dirección, como si fueran banderas, un par de conserjes me decían algo a gritos, el chico de la radio llevaba otro montón de mensajes, todos los teléfonos estaban sonando, sí, no sólo los míos, sino incluso media docena de teléfonos con línea directa, del cuarto piso. Fui a mi despacho y desconecté todas las líneas con la idea de serenarme un poco. El funcionario encargado de comunicaciones era aquella mujer..., ¿cómo diablos se llamaba...? La que jugaba al bridge con la Dolphin...

—Purcell. Molly Purcell.

—Esa. Por lo menos, su relato era coherente. Radio Praga había prometido difundir un boletín, dentro de media hora. Esto lo había dicho hacía un cuarto de hora. El boletín haría referencia a un brutal acto de provocación llevado a cabo por una potencia occidental, a un acto atentatorio a la soberanía checoslovaca, a un insulto dirigido contra todas las naciones amantes de la libertad. Excepto esto, todo lo demás se diluyó en la nada. Llamé por teléfono a tu casa de la calle Bywater, desde luego, y después llamé a Berlín encargándoles que te buscaran y que te mandaran a Londres en el avión de anteayer. Llamé a Mellows, le di los pertinentes números de teléfono y le ordené que encontrara un teléfono con línea exterior y llamara a todos los jefes importantes que pudiera encontrar. Percy estaba en Escocia, pasando el fin de semana, y había salido de su casa para cenar. Su cocinera dio a Mellows el número de teléfono de la casa a la que había ido y Mellows habló con el anfitrión, quien le dijo que Percy Alleline acababa de irse...

Smiley le interrumpió:

—Un momento, por favor, ¿por qué llamaste a mi casa de la calle Bywater?

Se había cogido con índice y pulgar el labio superior, y tiraba de él hacia fuera, de modo que parecía deforme, mientras mantenía la mirada fija en un punto algo distante.

—No fuera que hubieses regresado de Berlín antes de lo previsto.

—¿Y había regresado?

—No.

—¿Con quién hablaste?

—Con Ann.

—Ahora Ann no está en casa. ¿Recuerdas la conversación?

—Le pregunté por ti y me dijo que estabas en Berlín.

—¿Y esto fue todo?

En tono de disculpa, Sam dijo:

—Estábamos en una crisis, George...

—¿Y...?

—Le pregunté si por casualidad sabía dónde se encontraba Bill Haydon. Le dije que se trataba de un asunto urgente. Según parece, estaba de permiso, pero quizá se encontrara en Londres. No sé quién me había dicho

que Ann y Bill eran primos. —Tras una pausa, Sam añadió—: Además, creo que Bill es amigo de tu familia.

—Sí, lo es. ¿Y qué dijo Ann?

—Me contestó con un seco «no», y colgó. Lo siento,
George, pero la guerra es la guerra.

Después de dejar que este aforismo quedara flotando entre los dos durante unos instantes, Smiley preguntó:

—¿Y en qué tono te habló Ann?

—Ya te lo he dicho: seco.

Roy, dijo Sam, estaba en la Universidad de Leeds,
buscando candidatos con talento, y no podía venir.

Entre llamada y llamada, sobre las espaldas de Sam
cayeron todas las consecuencias del asunto. Parecía que
hubieran invadido Cuba.

—Los militares chillaban, diciendo que se había observado movimiento de tanques checos a lo largo de la
frontera austríaca. Los analistas se sentían ahogados en
el océano de mensajes radiados. Lacon y después el ministro aullaban ante nuestras puertas. Y, por fin, a las
doce y media captamos el prometido boletín checo, emitido veinte minutos después de lo previsto, pero no por
esto más consolador. Un espía inglés, llamado Jim Ellis,
que viajaba con documentos checos falsificados, ayu-
dado por contrarrevolucionarios checos, había intentado secuestrar a un general checo, cuyo nombre no se
decía, en los bosques de los alrededores de Brno, y
pasarlo clandestinamente a Austria. Ellis había sido
abatido a tiros, pero no se decía que hubiera muerto,
se esperaban detenciones de un momento a otro. En el
índice de nombres de guerra, busqué el apellido Ellis
y vi que era Jim Prideaux. Y pensé lo mismo que tuvo
que pensar Control: «Si Jim ha recibido un tiro y lleva
documentos checos, ¿cómo diablos saben su nombre y
que es inglés?» Entonces llegó Bill Haydon, blanco
como el papel. Se había enterado de la historia en la
cinta luminosa de su club, e inmediatamente se había
dirigido al Circus.

Con leve dejo, Smiley preguntó:

—¿A qué hora llegó exactamente? Supongo que debía
de ser bastante tarde.

Sam pareció desear que Smiley no le pusiera las cosas tan difíciles.

—A la una y cuarto —repuso.

—Una hora bastante tardía para leer cintas luminosas de noticias en el club, ¿no te parece?

—No pertenezco a este mundo, muchacho.

—El club de Bill es el Saville, ¿no?

Con acento de terquedad, Sam contestó:

—No lo sé. —Bebió café y siguió—: Lo único que puedo decir es que Bill constituía todo un espectáculo. Siempre pensé que era un tipo tranquilo y excéntrico. Pero aquella noche no cabía ni por asomo calificarle así. Estaba realmente alterado. ¿Quién no lo hubiera estado? Cuando llegó, sólo sabía que había habido un tiroteo de mil diablos y nada más. Pero cuando le dije que era Jim quien había recibido los tiros, pareció enloquecer. Llegué a pensar que iba a echárseme encima. «¿Que le han pegado un tiro, varios tiros? Pero ¿está vivo? ¿Ha muerto?» Le puse los boletines en las manos y los fue leyendo uno tras otro.

—¿Es que no se había enterado por la cinta luminosa del club? —preguntó Smiley, con voz débil—. Yo hubiera dicho que a esta hora la noticia era la misma en todas partes: Ellis abatido a tiros. ¿No era éste el titular?

Sam se encogió de hombros.

—Depende del boletín que hubiera visto —dijo—. El caso es que se hizo cargo de las llamadas telefónicas, coordinó los pocos medios que teníamos a nuestra disposición y consiguió imponer algo muy parecido a la serenidad. Dijo al Ministerio de Asuntos Exteriores que se mantuviera impertérrito y no soltara prenda, se puso en contacto con Toby Esterhase y le ordenó que enchiquerase a una pareja de agentes checos, estudiantes en la London School of Economics. Hasta el presente momento, Bill había dejado en barbecho a esos dos agentes, con la idea de alistarlos en nuestro servicio, y luego mandarlos a Checoslovaquia. Los faroleros de Toby secuestraron a los checos y los encerraron en Sarratt. Entonces, Bill llamó al residente checo en Londres y le habló con autoridad de sargento. Le amenazó con dejar al descubierto todas sus maquinaciones, de manera tal que se convertiría en el hazmerreír de todos los del oficio, si los checos se atrevían a tocar un solo pelo de Jim Prideaux. Le exhortó a que comunicara tal decisión a sus amos. Yo tenía la impresión de encontrarme ante uno de esos accidentes que ocurren en la calle, y que Bill fuera el único médico presente. Llamó a un periodista amigo y le dijo que Ellis era un mercenario checo contratado por los norteamericanos, y dio al periodista permiso para publicar la historia, callándose la fuente. De hecho, apareció en las últimas ediciones de los periódicos. Tan pronto pudo, se fue al piso de Jim para asegurarse de que no había dejado allí nada que pudiera ser útil a un periodista, en el caso de que hubiera un tipo lo bastante inteligente como para establecer la igualdad entre las dos personalidades, Ellis y Prideaux. Creo que Bill llevó a cabo una excelente labor de limpieza en aquellos aspectos que pudieran comprometer.

Tras una pausa, Sam prosiguió:

—A las ocho de la mañana llegó Percy Alleline. Había venido en un avión especial de las fuerzas aéreas. Llegó con una sonrisa de oreja a oreja. No me pareció una actitud demasiado inteligente, teniendo en cuenta los sentimientos de Bill, pero, en fin, así fue. Quiso saber por qué razón estaba yo de guardia, y le conté la misma historia que a Mary Masterman: no tenía alojamiento. Sirviéndose de mi teléfono, consiguió concertar una entrevista con el ministro, y estaba todavía hablando cuando llegó Bland, hecho una furia y medio borracho, empeñado en saber quién diablos había estado actuando en su territorio, y prácticamente acusándome a mí de tal delito. Le dije: «¡Por el amor de Dios, hombre! ¿Es que no piensas en Jim? Más te hubiera valido cuidar de su seguridad, cuando podías hacerlo.» Pero Roy es un ambicioso, y prefiere a los vivos que a los muertos. Con gran satisfacción por mi parte, le cedí el uso de los teléfonos y fui al Savoy para tomar el desayuno y leer los periódicos del domingo. La mayoría de ellos se limitaban a reproducir los informes de Radio Praga y el boletín de mentís del Ministerio de Asuntos Exteriores.

—Y luego, ¿te fuiste al sur de Francia? —dijo Smiley al cabo de un rato de silencio.

—Donde pasé dos maravillosos meses.

—¿Nadie volvió a interrogarte? ¿Acerca de Control, por ejemplo?

—Hasta que regresé, no. Entonces, tú ya no estabas y Control se encontraba enfermo en el hospital...

Con voz algo más profunda, Sam preguntó, después de meditar unos instantes:

—Supongo que Control no hizo ninguna tontería gorda.

—Se murió solamente. ¿Y qué pasó después?

—Pues que Percy quedó en el cargo de jefe en funciones. Me llamó y me preguntó por qué había sustituido a la Masterman en la guardia y qué clase de comunicaciones había tenido con Control. Yo me mantuve fiel a mi historia, y Percy me llamó embustero...

—¿Y por esto te echaron, por mentir?

—No, por alcoholismo. Los conserjes se vengaron. Encontraron cinco latas de cerveza en la covacha del funcionario de guardia, e informaron de ello a los administradores. Ya sabes la orden: prohibido el bebercio en acto de servicio. A su debido tiempo, un tribunal disciplinario me acusó de prender fuego al palacio de la reina, y entonces me dediqué a la industria del juego. ¿Y tú qué?

—Me pasó algo parecido. No fui capaz de convencerles de que nada tuve que ver con el asunto.

Mientras le acompañaba, a través de una puerta lateral, a un lindo jardín interior, con salida a la calle, Sam dijo:

—Si quieres decapitar a alguien, no necesitas más que llamarme y colaboraré con mucho gusto.

Pero Smiley parecía hundido en sus pensamientos.

—Y si quieres —prosiguió Sam— que desplumemos a alguien, vente con algunos de esos inteligentes amigos de Ann.

—Oye, Sam. Aquella noche Bill estuvo haciendo el amor con Ann. No, no, quiero que me escuches. Cuando la llamaste, te dijo que Bill no estaba en su casa. Tan pronto colgó, Ann sacó a Bill de la cama y Bill apareció en el Circus media hora después, sabiendo ya que había habido un tiroteo en Checoslovaquia. Si hubieras tenido que contarme la historia, sin preocuparte de mí, ¿no es eso lo que me hubieras dicho?

—Sí, más o menos.

—Pero cuando llamaste a Ann, ¿le dijiste algo acerca de Checoslovaquia?

—No. Bill seguramente pasó por su club, antes de ir al Circus.

—Si es que estaba abierto. Muy bien, en este caso,

¿cómo es que no sabía que le habían pegado un tiro a Jim Prideaux?

A la luz del día, y pese a que la sonrisa no había abandonado su rostro, Sam adquirió aspecto de hombre viejo, durante unos breves instantes. Pareció que se dispusiera a decir algo, pero luego cambió de opinión. Daba la impresión de estar airado, pero luego adquirió una expresión de hombre frustrado, y después volvió a la inexpresividad.

—Adiós, muchacho —dijo—, y ándate con tiento.

Luego se retiró a la permanente nocturnidad del oficio que había elegido.

27

Cuando Smiley salió del hotel Islay para dirigirse a la plaza de Grosvenor, a primera hora de la mañana, un sol claro bañaba las calles, y el cielo era azul. Ahora, mientras conducía el Rover de alquiler, pasando ante las feas fachadas de la calle Edgware, el viento había dejado de soplar, el cielo negro amenazaba lluvia y de aquel esplendor solar sólo quedaba un matiz rojizo en el asfalto. Aparcó en la calle de St. John Wood, en el patio ante un nuevo bloque de edificios, con porche de cristal, pero no entró a través del porche. Después de pasar ante una voluminosa escultura que, al parecer de Smiley, no representaba más que una especie de caos cósmico, siguió su camino bajo la helada llovizna por una escalera descendente en cuyo inicio había un cartel que decía: «Sólo salida.» El primer tramo estaba adornado con cerámica y tenía una barandilla de madera de teca africana. Más adelante, la generosidad del constructor terminaba. El yeso mal aplicado sustituía los anteriores lujos, y un hedor de basura densa al aire. El comportamiento de Smiley antes parecía cauteloso que furtivo. Pero cuando llegó a la puerta de hierro, se detuvo, quedó unos instantes inmóvil, antes de poner las dos manos en el largo manubrio, y aspiró hondo, como si se preparase para soportar una dura prueba. La puerta se abrió cosa de treinta centímetros y se detuvo produciendo un sordo sonido que, a su vez, originó un grito airado, que el eco repitió varias veces, como ocurre cuando se grita en una piscina:

—¡Mire usted lo que hace, hombre!

Smiley se coló por la abertura. El movimiento de la puerta había sido detenido por el parachoques de un coche muy reluciente, pero Smiley no lo miró. Al otro lado del garaje, dos hombres con mono de trabajo lavaban con una manguera un Rolls Royce, puesto sobre un elevador. Los dos miraban a Smiley. La misma voz airada dijo:

—¿Y por qué no entrar por la otra puerta? ¿Es inquilino? ¿Por qué no usar el ascensor de los inquilinos? Esta escalera es la de urgencia.

No era posible saber cuál de los dos era el que hablaba, pero lo cierto es que tenía un fuerte acento eslavo. La luz que iluminaba el Rolls estaba detrás de los dos hombres, y el más bajo sostenía la manguera.

Smiley siguió adelante, teniendo buen cuidado de llevar las manos lejos de los bolsillos. El hombre con la manguera volvió a su trabajo, pero el más alto se quedó mirando a Smiley a través del aire en penumbra. Iba con mono blanco y llevaba el cuello del mono alzado, lo que le daba cierto aire achulapado. Tenía pelo abundante, negro y peinado hacia atrás.

—No, no soy inquilino —reconoció Smiley—, pero quisiera alquilar un aparcamiento para mi coche porque he comprado un piso ahí, en esta calle, un poco más adelante. —Con voz más recia, añadió—: Me llamo *Carmichael*. —Esbozó un ademán, como si se dispusiera a sacar una tarjeta de visita, como si sus documentos pudieran causar mejor impresión que su insignificante apariencia—. Pagaré por adelantado —prosiguió—. Y, desde luego, si quieren firmaré contrato o lo que sea. Pero quiero que mi aparcamiento esté al nivel de la calle. Mi coche es un Rover. Es nuevo. Lo he traído conmigo, pero lo he dejado fuera porque no quería hacerme ilusiones de conseguir el aparcamiento. Y, bueno, ya sé que parece un poco tonto, pero la rampa no me ha gustado ni pizca. El coche es nuevo, recién salido de fábrica, ¿comprende?

Durante esta larga manifestación, que pronunció con tono inquieto y preocupado, Smiley estuvo bajo la violenta luz de una lámpara colgada de una viga, con el aspecto de una figura suplicante, e incluso cabía pensar que abyectamente.humilde, visible desde todos los·puntos del garaje. Esta actitud produjo el efecto deseado. Apartándose del Rolls, la figura blanca echó a andar hacia una garita de cristales opacos, construida entre dos columnas, y con su hermosa cabeza indicó a Smiley que le siguiera. Al iniciar el trayecto, el hombre comenzó a quitarse los guantes. Eran guantes de cuero, cosidos a mano, y de excelente calidad. En la misma voz alta, el hombre advirtió a Smiley:

—Debe no usar puerta, ¿sabe? Debe usar ascensor, o quizá le cueste un par de libras. Si usar ascensor, no habrá problemas.

Tan pronto estuvieron dentro de la garita, Smiley dijo:

—Max, quiero hablar contigo a solas, fuera de aquí.

Max era un hombre ancho y fuerte, con rostro de piel pálida y expresión infantil, pero arrugada como la de un viejo. Era bien parecido, con ojos castaños y de mirar sereno. En realidad, todo él estaba revestido de una mortal quietud.

—¿Ahora? ¿Querer hablar ahora?

—En el coche. Lo tengo fuera. Si subes la rampa, encontrarás el coche allí.

Poniendo la mano a un lado de la boca, Max gritó hacia el interior del garaje. Le pasaba media cabeza a Smiley y tenía una voz recia como un tambor. Smiley no pudo comprender sus palabras. Posiblemente habló en checo. Nadie contestó, pero Max ya estaba desabrochándose los botones del mono.

—Quiero hablarte acerca de Jim Prideaux —dijo Smiley.

—Bueno —repuso Max.

Fueron en coche a Hamstead y se quedaron sentados dentro del reluciente Rover, contemplando cómo unos niños intentaban romper el hielo que cubría el lago. No había llovido, quizá debido al frío.

En la superficie, fuera del garaje subterráneo, Max vestía traje azul con camisa azul. La corbata también era azul, aun cuando de matiz cuidadosamente diferenciado de los otros azules. Max habíase tomado todo género de molestias para encontrar el tono adecuado de la corbata. Lucía varios anillos y calzaba botas de media caña, de piloto, con cremallera a un lado. Smiley le preguntó:

—He dejado el oficio. ¿No te lo han dicho? —Max meneó la cabeza. Smiley dijo—: Pensaba que te lo habrían dicho.

Max estaba sentado con la espalda erguida, sin apoyarse en el respaldo del asiento, ya que era demasiado orgulloso para ello. No miraba a Smiley. Tenía los ojos castaños fijos en el lago y en los niños que jugaban.

—Nunca me dicen nada —repuso.

—Me echaron. Creo que fue cuando te echaron a ti también.

Max pareció erguirse un poco más, y luego volvió a su postura anterior.

—Es malo, George, malo. ¿Qué haces ahora? ¿Robar dinero?

—No quiero que se enteren de lo que hago, Max.

—Si tú reservado, yo también reservado.

Tras estas palabras, Max ofreció un cigarrillo, en pitillera de oro, a Smiley, quien no lo aceptó. Smiley prosiguió:

—Quiero saber lo que pasó. Intenté averiguarlo antes de que me echaran, pero no tuve tiempo.

—¿Y por esto te echaron?

—Quizá.

Con la vista indiferentemente fija en los niños, Max dijo:

—Parece que tú no saber mucho, ¿verdad?

Smiley habló con palabras muy sencillas, mirando constantemente a Max para ver si le comprendía. Hubieran podido conversar en alemán, pero a Smiley le constaba que Max se hubiera negado a ello. Por esto, Smiley habló en inglés, sin dejar de mirar la cara de Max:

—No sé nada, Max. Ni intervine en el asunto. Cuando ocurrió, yo estaba en Berlín, y nada sabía de los planes ni de los antecedentes. Me mandaron un cable, pero cuando llegué a Londres ya era demasiado tarde.

—Los planes —repitió Max—. Sí, los planes...

De repente, el mentón y las mejillas de Max se transformaron en una masa de arrugas, se le contrajeron los ojos y esbozó una mueca o una sonrisa.

—¿De modo que tú tener mucho tiempo ahora? ¡Planes! ¡Dios, vaya planes...!

—Jim tenía que llevar a cabo un trabajo especial y pidió que tú le ayudaras.

—Sí, claro. Jim querer que Max le ayudara.

—¿Y cómo se las arregló para conseguir que te asignaran el trabajo? ¿Fue a Acton y le dijo a Toby Esterhase: «Toby, quiero a Max»? ¿Qué hizo?

Las manos de Max descansaban sobre sus rodillas. Eran manos delgadas y cuidadas, salvo los nudillos que destacaban por su fortaleza. Ahora, al oír el nombre de Esterhase, volvió las palmas de las manos levemente hacia dentro y formó con ellas una jaula, como si hubiera aprisionado una mariposa.

—Y una mierda —dijo Max.

—¿Qué pasó, entonces?

—Fue en secreto. Jim en secreto y yo en secreto. Igual que ahora.

—Vamos, cuenta, hombre, cuenta.

Max habló como si explicara un lío, un lío de familia, un lío de negocios, un lío amoroso. Era un lunes por la tarde, a mediados de octubre, exactamente el día dieciséis. Pasaban una temporada de calma, Max llevaba varias semanas sin ir al extranjero, y estaba hasta las narices de esa inactividad. Se había pasado el día vigilando una casa, en Bloomsbury, en la que, se decía, vivían un par de estudiantes chinos. Los faroleros planeaban montar una operación de robo. Cuando Max se disponía a regresar a la Lavandería de Acton para redactar su informe, Jim le abordó en la calle, mediante el truco del encuentro casual, y lo llevó en coche al Crystal Palace, en donde lo paró y hablaron, dentro, igual que ahora. Jim dijo que había un trabajo especial, algo especial, tan secreto que ni siquiera Toby Esterhase podía saber que la cosa estaba en marcha. Se trataba de una operación ordenada desde lo más alto, y era muy delicada. ¿Tenía Max interés en participar?

—Y yo voy y digo: «Claro, Jim. Max estar interesado.» Entonces él me dice: «Pide permiso; decir a Toby: "Toby, mi madre estar enferma, yo necesitar permiso."» Yo no tener madre. Yo decir: «Seguro, yo tomar permiso, ¿cuántos días, Jim?»

Jim dijo que la operación no requeriría más que el fin de semana. La comenzarían el sábado y la terminarían el domingo. Entonces, Jim preguntó a Max si tenía alguna falsa identidad preparada, lista para ser usada. Lo mejor sería la nacionalidad austríaca, comerciante de oficio y permiso de conducir. Si Max no tenía los papeles dispuestos en Acton, Jim procuraría que se los preparasen en Brixton.

—Y yo decir: «Seguro, yo tener Hartmann Rudi, de Linz, *émigré* de los Sudetes.»

Entonces, Max le contó a Toby un cuento referente a un problema con una chica, en Bradford, y Toby le saltó un sermón de diez minutos sobre las costumbres sexuales de los ingleses. El jueves, Jim y Max se reunieron en una casa que tenían los cazadores de cabelleras, a estos efectos, en aquel entonces. Era un viejo y ruinoso edificio, en Lambeth. Jim vino con las llaves. Jim dijo que se trataba de una operación de tres días, de una reunión clandestina, en las afueras de Brno. Jim desplegó un mapa grande y los dos lo estudiaron. Jim iría en avión desde París a Praga, y allí cogería el tren. Jim viajaría con documentos checos porque la personalidad checoslovaca era la segunda mitad de Jim y Max le había visto utilizarla en otras ocasiones. Y Max se convertiría en Hartmann Rudi, comerciante de objetos de cristal y cerámica. Max cruzaría la frontera austríaca en camioneta, cerca de Mikulov, luego seguiría hacia el Norte, hacia Brno, con el tiempo preciso para llegar a las seis y media de la tarde del sábado, a una calleja, cerca del campo de fútbol, en donde los dos se reunirían. Aquella tarde se celebraba un importante partido que comenzaría a las siete. Jim, mezclado con la multitud, iría hasta la calleja y allí subiría a la camioneta. Acordaron todo lo referente a los tiempos del viaje, a los segundos encuentros en caso de que así fuera preciso, y a cuantas contingencias pudieran presentarse. Max dijo que, además, Jim y él conocían a la perfección su recíproca caligrafía.

Al salir de Brno, irían los dos juntos, en la camioneta, por la carretera de Bilovice, hasta llegar a Krtiny, en donde girarían hacia el Este, en dirección a Racice. En un lugar determinado de la carretera de Racice pasarían junto a un coche negro, probablemente un Fiat, detenido en el lado izquierdo. Los dos primeros números de la matrícula serían sendos nueves. El conductor estaría leyendo un periódico. Se detendrían, Max se acercaría al otro conductor, y le preguntaría si se encontraba en dificultades. El otro contestaría que el médico le había prohibido conducir durante más de tres horas seguidas. Max diría que, ciertamente, los viajes largos son malos para el corazón. Entonces el conductor les diría dónde aparcar la camioneta, y con su coche les conduciría al lugar de la reunion.

—¿Con quién ibais a reuniros, Max? ¿No te lo dijo Jim?

No. Jim sólo le dijo lo anterior.

Hasta Brno, continuó Max, todo salió tal como habían planeado. Al salir de Mikulov, Max fue seguido por un par de motoristas, civiles, que se relevaban cada diez minutos, pero atribuyó el hecho a que llevaba matrícula de Linz, y no se preocupó más del asunto. Llegó a Brno con tiempo sobrado, a media tarde, y con la finalidad de que todo pareciera absolutamente normal, alquiló una habitación en un hotel y se tomó un par de cafés en el restaurante. Un tipo con aspecto de policía trabó conversación con él, y Max le contó las dificultades del negocio de cristalería, y que su novia, en Linz, se había fugado con un norteamericano. Jim no acudió a la primera cita, pero llegó a la segunda, una hora después. Al principio, Max supuso que el tren de Jim se había retrasado, pero cuando Jim le dijo: «Conduce despacio», comprendió que habían surgido dificultades.

Jim le dijo que había habido cambio de planes. Max no intervendría en el asunto, acompañaría a Jim hasta las cercanías del lugar del encuentro, le dejaría allí y volvería a Brno, en donde se quedaría hasta el lunes por la mañana. No entraría en contacto con nadie del Circus, con nadie de la red Aggravate, ni de la red Plato, y menos aún con el residente en Praga. Si Jim no había ido al hotel a las ocho de la mañana del lunes, Max debía largarse usando los medios que juzgara oportunos. Si Jim comparecía, la tarea de Max consistiría en llevar a Control un mensaje de Jim. El mensaje quizá fuera extremadamente simple, quizá estuviera formado por una sola palabra. Cuando llegara a Londres, debía entrevistarse personalmente con Control, tras conseguir una cita a través del viejo MacFadean y darle el mensaje. ¿Comprendido? Si Jim no iba al hotel, Max debía reanudar su normal vivir, y no decir ni media palabra tanto a la gente del Circus como a la de fuera.

—¿Te dijo Jim las razones por las que el plan había sido modificado?

—Jim estaba preocupado.

—Es decir, ¿algo le había ocurrido mientras se disponía a reunirse contigo?

—Quizá. Yo decir a Jim: «Oye, Jim, yo ir contigo; tú estar preocupado, yo ayudarte, yo conducir coche para ti, yo disparar para ti, sí, señor.» Y Jim enfadarse, ponerse como loco.

—Comprendo.

Recorrieron la carretera de Racice y encontraron el coche parado, sin luces, en un campo, y orientado hacia la carretera. Era un Fiat negro, con sendos nueves en la matrícula. Max detuvo la camioneta, y Jim se apeó. Mientras Jim avanzaba hacia el Fiat, el conductor de éste entreabrió la puerta cosa de una pulgada, con la finalidad de que se encendiera la luz interior. Tenía un periódico abierto, sobre el volante.

—¿Le pudiste ver la cara?

—Estaba en la sombra.

Max esperó, y Jim y el conductor seguramente intercambiaron las palabras en clave. Jim subió al coche y éste se puso en marcha, sin encender las luces. Max regresó a Brno. Estaba tomándose unos vasos de aguardiente en el restaurante, cuando la ciudad entera comenzó a zumbar. Al principio, Max pensó que el ruido procedía del campo de fútbol, pero luego se dio cuenta de que lo producían los camiones, un convoy, que avanzaban a toda velocidad por la calle. Preguntó a la camarera qué pasaba, y ésta le dijo que había habido un tiroteo en el bosque, provocado por los contrarrevolucionarios. Max salió, se metió en la camioneta y escuchó el boletín de Radio Praga. Fue la primera vez que oyó hablar de un general. Pensó que habría vigilancia por todas partes, y, además, Jim le había dado instrucciones de esperar en el hotel, sin hacer nada, hasta el lunes.

—Quizá Jim mandar mensaje. Quizá un tipo de la resistencia venir a verme.

En voz baja, Smiley dijo:

—Para decirte aquella única palabra.

—Claro.

—¿No te dijo Jim de qué palabra se trataba?

—Tú estar loco.

Max había pronunciado estas palabras de manera que no fueron una afirmación ni una pregunta.

—¿No sabes si era una palabra checa, inglesa o alemana?

Max dijo que nadie acudió a verle por lo que no iba a contestar preguntas idiotas.

El lunes, Max quemó el pasaporte que había utilizado para entrar, cambió la matrícula de la camioneta y utilizó los documentos alemanes para escapar. En vez de dirigirse hacia el Sur, se dirigió hacia el Suroeste, abandonó la camioneta y cruzó la frontera en autocar, yendo a parar a Freistadt, ya que ésta era la ruta más segura que conocía. En Freistadt se tomó una copa y pasó la noche con una muchacha porque se sentía irritado y desorientado, y necesitaba centrarse un poco. Llegó a Londres el martes por la noche, y, a pesar de las órdenes de Jim, estimó que lo más correcto era entrevistarse con Control.

—Fue muy difícil intentar verle.

Trató de ponerse en contacto con él por teléfono, pero sólo pudo hablar con las madres. Mac-Fadean no estaba. Pensó en escribirle una nota, pero recordó que Jim le había dicho que nadie del Circus debía enterarse. Escribir era demasiado peligroso. En la Lavandería de Acton corrían rumores de que Control estaba enfermo. Intentó averiguar en qué hospital se encontraba, pero no lo logró.

—¿Los de la Lavandería daban la impresión de saber dónde habías estado?

—Esto preguntarme yo.

Estaba todavía preguntándoselo cuando los administradores le llamaron y le pidieron que les mostrara su pasaporte a nombre de Rudi Hartmann. Max les dijo que lo había perdido, lo cual se acercaba mucho a la verdad. ¿Y por qué no había dado parte de la pérdida? No lo sabía. ¿Cuándo lo había perdido? No lo sabía. ¿Cuándo vio por última vez a Jim Prideaux? No podía recordarlo. Le mandaron al Parvulario de Sarratt, pero Max estaba irritado, y después de dos o tres días, los inquisidores se cansaron de él o bien alguien les dijo que lo dejaran en paz.

—Yo volver a la Lavandería de Acton, y Toby Esterhase darme cien libras y decirme que fuera a hacer puñetas.

Desde la orilla del lago les llegaron gritos de entusiasmo. Dos chicos habían conseguido hundir una buena porción de hielo, y ahora, el agua burbujeaba en el orificio.

—Max, ¿qué le pasó a Jim?

—Yo no saber.

—Siempre se habla en este mundo. Los emigrados se enteran de cosas. ¿Qué le pasó? ¿Quién le curó, cómo se las arregló Bill Haydon para rescatarle?

—Los *émigrés* no hablar con Max ahora.

—Pero algo has oído, ¿no es cierto?

En esta ocasión, las blancas manos contestaron a Smiley, quien vio los dedos extendidos, cinco en una mano y tres en la otra, y Smiley sintió dolor, incluso antes de que Max hablara.

—Hirieron a Jim por la espalda. Quizá Jim huir. Meter a Jim en la cárcel. Malo, malo, muy malo para Jim estar en la cárcel. Y muy malo también para amigos míos. Sí, es malo. —Comenzó a contar, tocándose la yema del pulgar—. Pribyl, Bukova Mirek, hermano de la mujer de Pribyl —cerró un segundo dedo—, también la mujer de Pribyl —cerró un tercer y un cuarto dedos—, Kolin Jiri y también su hermana, casi todos muertos. Esto ser la red Aggravate. —Pasó a la otra mano—. Después de red Aggravate, venir red Plato. Venir abogado Rapotin, coronel Landkron y escribientes Kriegel Leni y Peotr Anni, también casi todos muertos. —Puso los dedos delante del rostro de Smiley—. Ser grande precio por inglés con agujero de bala en la espalda. —Ahora, Max estaba perdiendo la paciencia—. ¿Por qué preocuparte, George? Circus no es bueno para checos. Aliados no son buenos para checos. Hombre rico no sacar de cárcel a hombre pobre. ¿Quieres te cuente cuento? ¿Cómo decir «märchen», George?

—Cuento de hadas.

—Bueno, pues tú no contar más cuentos de hadas de ingleses salvando a checos. ¡No!

Tras un largo silencio, Smiley dijo:

—Quizá no fue Jim el culpable de que se descubrieran las redes checas, quizá fue culpa de otro y no de Jim.

Max estaba ya abriendo la portezuela del coche.

—¿Qué más? —preguntó.

—Max... —dijo Smiley.

—No preocuparte, George. No poder venderte a nadie, ¿comprender?

278

—Comprender.

Desde el interior del coche, Smiley vio a Max llamando a un taxi. Lo hizo con un movimiento de la mano parecido al que se hace para llamar a un camarero. Dio las señas, sin tomarse la molestia de mirar al taxista. Se alejó, sentado de nuevo muy erguido, con la mirada al frente, como un rey que hace caso omiso de la multitud.

Cuando el taxi desapareció, el inspector Mendel se levantó despacio del banco, dobló con cuidado el periódico y se acercó al Rover.

—No hay moros en la costa —dijo—. Nadie a su espalda, nadie en su conciencia.

Dudando de esto último, Smiley entregó a Mendel las llaves del coche y, a pie, se dirigió a la parada del autobús, cruzando primeramente la calle, a fin de tomar el que iba hacia el Oeste.

28

Su destino era Fleet Street, concretamente una bodega llena de grandes barriles. En otras zonas, las tres y media de la tarde quizá se considere una hora excesivamente tardía para tomar el aperitivo de antes del almuerzo, pero cuando Smiley empujó suavemente !a puerta, diez o doce sombrías figuras, en el mostrador, volvieron la vista hacia él. En una mesa situada en un ángulo, llamando tan poco la atención como las falsas bóvedas carcelarias de plástico y los mosquetes, también imitados, en las paredes, se sentaba Jerry Westerby, ante una gran copa de ginebra rosada.

Con tono de timidez, en una voz que parecía salir de bajo tierra, Jerry Westerby dijo:

—¡Hombre! ¡Maldita sea! ¿Cómo estás, muchacho? ¡Eh, Jimmy!

La mano de Jerry Westerby, que descansaba en el brazo de Smiley, mientras con la otra mano llamaba la atención del camarero, era enorme y muy musculada, ya que Jerry, en otros tiempos, había sido un destacado jugador regional de cricket, jugando de cancerbero. En contraste con otros cancerberos de cricket,

Jerry era hombre corpulento, pero iba todavía con los hombros inclinados hacia delante, de tanto estarse con las manos bajas. Tenía el pelo de color arenoso, entreverado con canas, la cara roja, y lucía una brillante corbata sobre una camisa de seda de color crema. No cabía la menor duda de que ver a Smiley le había producido una gran alegría, ya que su cara resplandecía con un gozo propio de un colegial.

—¡Maldita sea! —repitió—. ¡Hombre! Es increíble... ¿Qué es de tu vida?

Obligándole a la fuerza a sentarse junto a él, le preguntó:

—¿Dime qué haces, hombre? ¿Descansas? ¿Te dedicas a escupir contra el techo...?

Con acento grave y de suma urgencia, preguntó a Smiley:

—¿Qué tomas?

Smiley pidió zumo de tomate con vodka. Y confesó:

—No creas que nos hayamos encontrado por simple coincidencia...

Se produjo una breve pausa, hasta que Jerry se sintió obligado a interrumpirla:

—¿Y cómo está el demonio de tu mujer? ¿Todo bien? ¡Gran matrimonio el tuyo! Siempre lo he dicho.

Jerry Westerby se había casado varias veces, pero pocos fueron los matrimonios que le dieron algo de felicidad. Acercando un fuerte hombro a Smiley, dijo:

—Hagamos un trato, George. Yo me acuesto con Ann, y me dedico a escupir en el techo, y tú te haces cargo de mi trabajo y escribes las páginas femeninas. ¿Qué te parece?

—De acuerdo —dijo Smiley con buen humor.

Sin que hubiera explicación posible, Jerry se ruborizó, y confesó con cierta timidez:

—Hace tiempo que no he visto a los viejos amigos. El año pasado, recibí una tarjeta de Navidad de Toby, y esto es todo. Supongo que me habrán dado de lado, también. En parte, llevan razón. —Dio un golpecito en el borde de la copa y añadió—: Demasiado de esto. Piensan que puedo irme de la lengua.

—No, hombre, no lo creo.

Y otra vez se hizo el silencio. Por fin, Jerry entonó solemnemente:

—Demasiado bebercio no bueno para valientes guerreros indios.

Durante años habían bromeado hablando como indios, recordó Smiley con tristeza. Pero dijo:

—¡Jau!

—¡Jau! —repuso Jerry.

Y los dos bebieron. Con voz tranquila y despreocupada, Smiley dijo:

—Quemé tu carta tan pronto la leí. Te lo digo para tu tranquilidad. Y no hablé a nadie del asunto. De todos modos, la carta llegó demasiado tarde. Todo había terminado ya.

Al oír estas palabras, la animada piel de Jerry se puso de intenso color escarlata. En la misma voz tranquila y amable, Smiley continuó:

—Por lo tanto, no fue la carta lo que motivó que te dejaran de lado. Si esto era lo que pensabas, estabas muy equivocado. No olvides que me entregaste la carta a mano.

—Te portaste muy bien —murmuró Jerry—, y te lo agradezco. No hubiera debido escribir aquella carta. Era como expulsarme a mí mismo, un suicidio.

Smiley pidió un par de copas más y dijo:

—Tonterías. Escribiste la carta pensando en beneficiar con ella al Servicio.

Smiley se dijo que estaba hablando como Lacon. Pero la única manera de hablar a Jerry consistía en hablarle como su periódico, es decir, con frases cortas que expresaran opiniones fáciles. Jerry soltó un poco de aliento y gran cantidad de tabaco. Con una vuelta al acento despreocupado, recordó:

—Mi último trabajo fue..., sí..., hace un año. Más, más de un año. Consistió en dejar un paquetito en Budapest. Una bobada. En una cabina telefónica. Había una estantería. Puse la mano y dejé el paquete. Un juego de niños. Pero lo hice bien, no creas. Tomé mis precauciones, primero. Sí, adopté las medidas de seguridad. Tal como nos enseñabais. Pero vosotros sabéis más, mucho más. Sois los sabios. Cada cual hace lo suyo. Y nada más. Y cada acto forma parte de una actuación. Planeamiento. Eso.

Para consolarle, Smiley dijo:

—Cualquier día volverán a andarte detrás. Supongo

que te han dejado en barbecho por una temporada, para que descanses. Lo hacen muy a menudo, ¿sabes?

Con una sonrisa leal, muy tímida, Jerry dijo:

—Eso espero.

Al levantar el vaso para beber, la mano le temblaba ligeramente. Smiley le preguntó:

—¿Ese viaje lo hiciste inmediatamente antes de escribirme la carta?

—Eso. Fui, primero a Budapest y, luego, a Praga.

—¿Y en Praga fue donde oíste la historia esa? ¿Lo que me contabas en la carta?

En el bar, un hombre de aspecto ufano, vestido de negro, vaticinaba el inminente colapso de la nación. Le daba tres meses de vida. Después, ¡telón! Jerry dijo:

—Tipo raro, Toby Esterhase.

—Pero muy bueno en lo suyo.

—¡Tanto que sí! Un tipo de primerísima clase. Muy brillante, en mi opinión. Pero raro, ¿sabes?

Jerry Westerby se puso el dedo detrás de la cabeza, imitando la pluma de un apache, y dijo:

—¡Jau!

Volvieron a beber. El hombre ufano, en el bar, con la copa alzada, decía:

—Lo malo es que ocurrirá sin que ni siquiera nos demos cuenta.

Decidieron almorzar inmediatamente, debido a que Jerry tenía que escribir su artículo del día siguiente. Fueron a un restaurante especializado en *curries*, en donde se servía, sin el menor inconveniente, cerveza a la hora del té, y los dos acordaron que si alguien saludaba a Jerry, éste presentaría a Smiley, diciendo que era el director de su banco, idea que le dio risa repetidas veces, en el curso del almuerzo. Sonaba una música de fondo que Jerry calificó como «el sonido del vuelo nupcial del mosquito», pero que, en ocasiones, amenazaba con ahogar las más bajas notas de la ronca voz de Jerry, lo cual quizá fuera aconsejable, a fin de cuentas. Sí, por cuanto, si bien Smiley se esforzó valerosamente en hacer entusiásticos honores al *curry*, Jerry, después de cierta inicial renuencia, se lanzó a explicar una historia que el buen Toby Esterhase le prohibió publicar.

Jerry Westerby era una de esas personas que rara vez se encuentran: el perfecto testigo. Carecía de fantasía, de malicia y de opiniones personales. Sencillamente, la cosa era extraña. No se la podía quitar de la cabeza, y ahora recordaba que no había hablado con Toby desde entonces.

—Sólo la postal, ¿sabes?, «Felices Navidades, Jerry», y una reproducción de la calle Leadenhall cubierta por la nieve...

Perplejo, Jerry clavó la mirada en el ventilador eléctrico.

—¿No hay nada *especial* —continuó—, algo digno de mención, en la calle Leadenhall? ¿No es un centro de espionaje o un lugar de reunión de espías, o algo por el estilo?

—Que yo sepa, no —repuso Smiley, riendo.

—Realmente, no sé por qué diablos escogió la calle Leadenhall. Es rarísimo, ¿no crees?

Smiley aventuró que quizá Toby sólo quiso mandarle una escena de Londres bajo la nieve. A fin de cuentas, Toby tenía muchas facetas de extranjero.

—Pues me parece una forma muy extraña de mantenerse en contacto conmigo —dijo Jerry—. Antes me mandaba una caja de botellas de whisky. No fallaba nunca. Puntual como un reloj.

Jerry frunció las cejas y bebió cerveza. Con la desorientación que a veces enturbiaba las grandes visiones de su vida, Jerry explicó:

—No es el whisky lo que me preocupa, que conste. Siempre me he comprado las botellas... Lo que pasa es que, cuando uno está fuera de la organización, uno le da importancia a todo, y por esto, los regalos son importantes. ¿Comprendes lo que quiero decir?

Ocurrió un año atrás, bueno, en diciembre. El restaurante Sport, de Praga, dijo Jerry Westerby, no era lugar generalmente frecuentado por los periodistas occidentales. Casi todos ellos iban al Cosmo o al Internacional, y, allí, hablaban en voz baja entre sí, y estaban siempre juntos porque tenían cierto miedo. Pero el local favorito de Jerry era el Sport, y, desde el día que fue allá en compañía de Holotek, el guardameta, después de ganar el partido contra los tártaros, el barman trató con gran deferencia a Jerry. Este barman se llamaba Stanislaus o Stan.

—Stan es un gran tipo. Siempre hace lo que le da la real gana. Viéndole, cualquiera diría que Checoslovaquia es un país libre.

Jerry dijo que la palabra «restaurante» significaba, en realidad, bar. En tanto que «bar», en Checoslovaquia, significaba club nocturno, lo cual no dejaba de ser raro. Smiley reconoció que ello podía inducir a confusiones.

De todos modos, siempre que Jerry iba allí estaba atento a todo lo que se decía, ya que se encontraba en Checoslovaquia, y, más de una vez, había podido comunicar alguna que otra rara información a Toby, o ponerlo en la pista de alguien interesante.

—A veces sólo se trataba de tráfico de divisas, de asuntos del mercado negro. Según Toby, todo es aprovechable. Esos pequeños datos, sumados, siempre significan algo... O, al menos, esto dice Toby.

Smiley se mostró de acuerdo: sí, señor, así se trabajaba.

—Toby era el cerebro directivo, ¿verdad?

—Sí, en efecto.

—Antes, yo trabajaba directamente bajo las órdenes de Roy Bland. Luego, a Roy le ascendieron, y Toby ocupó su lugar. Los cambios siempre resultan molestos. A tu salud.

—¿Cuánto tiempo llevabas trabajando a las órdenes de Toby, cuando realizaste este viaje?

—Hace un par de años, no más.

Hubo una pausa, mientras servían comida y volvían a llenar las jarras de cerveza, y mientras Jerry Westerby, con sus enormes manos, cortaba y aplastaba una patata en el más picante *curry* del repertorio, y añadía una salsa roja. Según dijo, esa salsa roja daba aroma al manjar. En un aparte, explicó:

—Khan la compra especialmente para mí. La guarda en el fondo de la estantería.

De todos modos, volvió a explicar Jerry, aquella noche, en el bar de Stan, había un chico joven, con el pelo cortado en cepillo y una guapa chica colgada del brazo.

—Y yo me dije: «Ten cuidado, Jerry, porque este chaval lleva el corte de pelo del ejército.» ¿Comprendes?

Pensando que, en cierta manera, Jerry era tan astuto como el que más, Smiley repitió como un eco:

—Comprendo.

Pues resultó que el chico era sobrino de Stan, y que estaba muy orgulloso de saber hablar en inglés.

—Sorprende lo que la gente es capaz de contarle a

uno, con tal de demostrar sus conocimientos de un idioma extranjero.

Estaba en el ejército, pero le habían concedido un permiso y se había enamorado de aquella chica, todavía le quedaban ocho días de permiso, y el chico se sentía hermano de todo el mundo, Jerry incluido. En realidad, se sentía sobre todo hermano de Jerry, ya que era éste quien pagaba la bebida.

—Bueno, el caso es que estábamos todos sentados a la gran mesa, en un rincón, y éramos muchos, estudiantes, chicas guapas, gente de toda laya. Stan había dejado el mostrador para reunirse con nosotros, y un chico tocaba la guitarra... Montones de *Gemütlickheit*, montones de copas, mucho ruido.

Jerry explicó que el ruido era de especial importancia, por cuanto le permitía hablar con el chico, sin que nadie les prestara atención. El chico estaba sentado al lado de Jerry, a quien había tomado simpatía desde el principio. Tenía un brazo sobre los hombros de la chica, y otro brazo sobre los hombros de Jerry.

—Era uno de esos chicos que puede tocarte sin que sientas malestar. Por regla general, no me gusta que me toquen. Los griegos tocan mucho a la gente. Personalmente, me repugna.

Smiley dijo que también a él le repelía que le tocaran. Jerry comentó:

—Y ahora recuerdo que la chica se parecía bastante a, Ann. Con pinta así, un poco de fulana, ¿sabes? Ojos como los de la Garbo, y mucho parpadeo...

Bueno, el caso es que mientras todos se divertían, cantaban y bebían, el chico va y le pregunta a Jerry si le gustaría saber la verdad acerca de Jim Ellis.

—Fingí que jamás había oído hablar del tipo —explicó Jerry a Smiley—. Le dije: «Sí, hombre, con mucho gusto, y, a propósito, ¿quién es el Jim Ellis ese?» El chico me miró como si yo fuera imbécil, y me dijo: «Un espía inglés.» Nadie le oyó, porque todos gritaban y cantaban canciones subidas de tono. El chico tenía la cabeza de la muchacha sobre el hombro, pero la chica llevaba media castaña y estaba en el séptimo cielo, por lo que el chico siguió hablando conmigo, muy orgulloso de su inglés, ¿sabes?

—Sí, comprendo.

—Y va y me grita a un dedo de la oreja: «¡Espía

inglés! ¡Luchó con los guerrilleros checos durante la guerra! ¡Ha vuelto utilizando el nombre de Hajek, y la policía secreta rusa le ha pegado un tiro!» Yo, entonces, me encogí de hombros y dije: «Pues no sabía nada.» Lo dije así, sin darle importancia al asunto. A veces no conviene ejercer presión en el otro. Otras veces sí, pero a veces no. Se asustan, si les presionas.

De todo corazón, Smiley se mostró de acuerdo:

—Tienes muchísima razón.

Y, durante un rato, Smiley tuvo que dedicarse pacientemente a esquivar preguntas acerca de Ann, y de lo que significaba amar, amar de veras al cónyuge, y amarlo siempre, toda la vida.

Según Jerry Westerby, el chico dijo: «Estoy cumpliendo el servicio militar obligatorio. Si no lo cumplo, no puedo entrar en la universidad.» En el mes de octubre, el chico había participado en unas maniobras de instrucción básica, en los bosques cercanos a Brno. En estos bosques siempre había gran número de militares. Durante el verano, la zona se cerraba al público por un mes. Estaba el chico participando en un aburrido ejercicio de infantería que, según se decía, iba a durar dos semanas, pero al tercer día se suspendió sin que dieran razón alguna, y las tropas recibieron órdenes de volver a la guarnición, en la ciudad. Esta fue la orden: haced el petate y volved al cuartel. Al anochecer, todos debían haber abandonado ya el bosque.

—Pocas horas después —prosiguió Jerry—, corrían rumores de toda clase. Unos decían que el centro de investigaciones balísticas de Tisnov había explotado. Otros decían que los batallones que hacían las maniobras se habían sublevado y se habían liado a tiros con los soldados rusos. Se decía que había habido un alzamiento en Praga, que los rusos se habían hecho cargo del gobierno de la nación, que los alemanes habían atacado a Chescoslovaquia, sabe Dios lo que se decía... Ya sabes cómo son los soldados. Los soldados son igual en todas partes. Radio Macuto funciona el día entero.

Esta referencia al ejército indujo a Jerry Westerby a preguntar por ciertos conocidos a quienes trató en sus tiempos en el ejército. Eran individuos a los que Smiley había conocido superficialmente y de los que luego se había olvidado. Por fin, volvieron a centrarse en el anterior tema.

—Levantaron el campo, se sentaron en los camiones y esperaron a que el convoy se pusiera en marcha. Cuando hubieron recorrido media milla, los camiones se detuvieron, y se dio la orden de que el convoy dejara la carretera despejada. Los camiones tuvieron que meterse entre los árboles, y quedaron clavados en el barro, se hundieron en hoyos, en fin, la caraba, el caos.

Westerby dijo que eran los rusos. Venían de Brno, con muchas prisas, y todo cuanto fuera checo tenía que apartarse y desaparecer del mapa, o aceptar las consecuencias.

—Primero llegó un grupo de motoristas, iluminando la carretera con sus potentes faros, y gritando órdenes. Luego, un coche de estado mayor y otro de civiles, el chico calculó que había unos seis civiles en total. Después un camión cargado de tropas especiales, armadas hasta los dientes, y con ropas pintadas con camuflaje. Por fin, vino una camioneta repleta de perros sabuesos. En fin, una cosa espectacular a más no poder. Oye, ¿no te estaré aburriendo con esa historia?

Westerby se enjugó con un pañuelo el sudor de la cara, y parpadeó como alguien que acaba de despertar bruscamente. El sudor le empapaba la camisa de seda. Parecía que saliera de la ducha. Como sea que el *curry* era manjar que no le gustaba, Smiley pidió dos jarras más de cerveza, para quitarse el mal gusto. Westerby dijo:

—Y ésta es la primera parte de la historia: tropas checas fuera, y llegada de tropas rusas. ¿Comprendido?

Smiley dijo que sí, que hasta el momento su mente había podido captar con claridad la exposición.

Sin embargo, al hallarse de regreso en Brno, el chico supo inmediatamente que la participación de su unidad en el asunto estaba lejos de haber terminado. Otro convoy se unió al suyo, y, durante ocho o diez horas de la noche siguiente recorrieron varias carreteras, sin destino fijo, al parecer. Fueron hacia el Oeste, hasta Trebic, se detuvieron y esperaron, mientras la sección de transmisiones emitía un largo mensaje, luego emprendieron la dirección Sudeste, y llegaron hasta Znojino, cerca de la frontera austríaca, sin dejar de transmitir mensajes como locos, durante el trayecto. Nadie sabía quién les había ordenado que siguieran aquella ruta, nadie explicaba nada. En cierto momento, les ordenaron calar bayonetas, y en otro momento acamparon, pero luego tuvieron que desacampar y ponerse de nuevo en marcha. De vez en cuando se encontraban con otras unidades. Cerca del depósito ferroviario de Breclav, vieron unos tanques que trazaban círculos constantemente, y, en otro lugar vieron cañones de transporte autónomo. En todas partes se decía lo mismo, se trataba de una actividad caótica, sin finalidad alguna. Los veteranos decían que era un castigo que los rusos les habían impuesto por el delito de ser checos. Al volver de nuevo a Brno, el chico oyó una explicación diferente. Los rusos andaban a la caza de un espía inglés llamado Hajek. Había estado espiando en el centro de investigaciones, había intentado secuestrar a un general, y los rusos le habían pegado un tiro. Jerry dijo:

—Y, entonces, el chico, muy astuto, preguntó al sargento: «Si a Hajek le han pegado ya un tiro, ¿por qué recorremos el país, armando escándalo?» Y el sargento le contestó: «Porque el ejército es el ejército.» Los sargentos son iguales en todo el mundo.

En voz baja y tranquila, Smiley preguntó:

—Estamos hablando de dos noches diferentes, Jerry. ¿Cuál fue la noche en que los rusos penetraron en el bosque?

Perplejo, Jerry Westerby torció el gesto.

—Precisamente esto es lo que el chico quería decirme, George. Esto era lo que quería que comprendiera, allí, en el bar de Stan. En esto se centraban todos los rumores. Los rusos intervinieron el viernes. Pero no cazaron a Hajek hasta el sábado. Por esto, todos los que pensaban un poquito, se decían: los rusos estaban esperando la llegada de Hajek. Sabían que iba a venir. Lo sabían todo. Y le esperaron. Mal asunto. Muy malo para nuestro prestigio, ¿comprendes? Asunto malo para gran jefe. Malo para tribu. ¡Jau!

Con la jarra de cerveza junto a los labios, Smiley repuso:

—¡Jau!

—Y esto también lo comprendió muy claramente el propio Toby. Toby y yo pensamos lo mismo, pero reaccionamos de modo diferente.

Mientras ofrecía una fuente con comida a Jerry, Smiley dijo en tono ligero:

—Se lo contaste todo a Toby. De todas maneras tenías que verle, para decirle que habías cumplido su encargo de dejar el paquete en Budapest, y, de paso, le contaste la historia de Hajek.

Pues ahí estaba el quid de la cuestión, dijo Jerry. Esto era lo que le preocupaba, lo que le parecía raro, y en realidad, lo que le indujo a escribir aquella carta a George.

—El bueno de Toby dijo que todo era un cuento chino. Se puso desagradable y adoptó aires de general en jefe. Primeramente estuvo encantador, y venga darme palmaditas en la espalda, y venga decirme que yo era un gran tipo. Luego, volvió a su covacha, y al día siguiente me echó el toro encima. Reunión de emergencia, y, después, paseo en coche, dando vueltas y más vueltas por el parque, y poniéndome como chupa de dómine. Me dijo que aquellos días seguramente había estado tan borracho que no sabía distinguir lo blanco de lo negro, ni lo imaginario de lo real. En fin, cosas así. En realidad, consiguió amoscarme un poco.

Comprensivo, Smiley observó:

—Supongo que te preguntarías con quién había hablado Toby, entre la primera y la segunda entrevista...

Luego, sin gran interés, sólo como si quisiera saberlo todo con absoluta claridad, Smiley preguntó:

—¿Qué te dijo Toby, *exactamente*?

—Me dijo que lo más probable era que todo hubiese sido una ficción. Que el tal Hajek sería un ruso o un checo. Y que la finalidad radicaba en pretender desorientar al Circus, en que el Circus comenzase a llevar a efecto investigaciones sobre sí mismo, en fin, que se dedicara a morderse la cola. Y me acusó de difundir rumores infundados. Entonces, yo le dije: «Toby, muchacho, me he limitado a transmitirte una información; no tienes por qué ponerte así. Ayer, me diste trato de niño mimado. Me parece una tontería que te dediques a asesinar al que te trae la noticia. Si, después de pensarlo, decides que esa historia no te gusta, esto es asunto tuyo, y solamente tuyo.» No estaba dispuesto a escucharle más, ¿comprendes? Su comportamiento me pareció ilógico. Parece mentira, un hombre como Toby... En un instante era todo mieles, y en el instante siguiente quería asesinarme. No, no se cubrió de gloria.

Con la mano izquierda, se rascó la parte lateral de la cabeza, como un colegial que finge pensar:

—Le dije: «Muy bien, olvídate del asunto; lo publicaré en mi papelucho. No, no escribiré la parte esa de la llegada de los rusos con la debida antelación, sino que escribiré la otra parte. *Juegos peligrosos en el bosque*, esa clase de cosa.» Y le dije: «Si la historia de nada sirve al Circus, servirá para el periódico.» Bueno, pues entonces volvió a subirse a la parra. Al día siguiente, uno de los jefazos del Circus llamó a mi jefe en el papelucho para decirle que procurara que el cretino de Westerby no intentara abordar el asunto Ellis. El tipo del Circus se amparó en la ley, y dijo que mi jefe debía considerar sus palabras como una advertencia con todas las de la ley. «Toda referencia a Jim Ellis, alias Hajek, va en contra del interés nacional.» Por tanto tuve que abstenerme. ¡Salud!

—Pero, en aquellos momentos —le recordó Smiley—, ya me habías escrito la carta.

Jerry Westerby se ruborizó intensamente.

—Lo lamento —dijo—. De repente, me entraron sospechas y tuve un ataque de xenofilia. Esto como resultado de vivir en el extranjero: llega el momento en que uno no confía en sus mejores amigos. Bueno, uno confía en ellos, sí, pero no tanto como en los extranjeros. —Tras una pausa, intentó justificarse de nuevo—: Pasó que comencé a pensar que el buen Toby era un poco traidorzuelo. No hubiera debido hacerlo, ¿verdad? Va en contra del reglamento.

Pese a la vergüenza que sentía, Jerry consiguió esbozar una dolorida sonrisa.

—Luego, me enteré por radio Macuto de que te habían despachado de la empresa, y, entonces, me sentí todavía más imbécil. Oye, ¿no andarás de caza solo, ahora? Supongo que no...

Dejó la pregunta en el aire, aunque quizá no incontestada.

Al despedirse, Smiley le cogió suavemente del brazo:

—Si Toby se pone en contacto contigo, creo aconsejable que no le digas que nos hemos visto. Es un buen muchacho, pero tiene tendencia a imaginar que todos conspiramos en contra de él.

—Ni se me había ocurrido decírselo.

—Y si se pone en contacto contigo durante los próximos días —el tono de Smiley parecía indicar que consideraba como muy remota semejante posibilidad—, más vale que me lo digas. En este caso, podría ayudarte. A propósito, no llames a mi teléfono. Llama a este número.

De repente, a Jerry le entró una gran prisa. Su trabajo en el periódico no podía esperar ni un segundo más. Pero, mientras cogía la tarjeta de Smiley, apareció en sus ojos una mirada extraña, apartó tímidamente la vista de Smiley, y dijo:

—Oye, ¿no estará pasando algo en el Circus? ¿No habrán comenzado a ponerse la zancadilla unos a otros? —Su sonrisa era terrible. Volvió a preguntar—: ¿Gran tribu no andará como loca o algo por el estilo?

Smiley se echó a reír y puso levemente la mano sobre el hombro de Jerry, muy grande y algo echado hacia delante. Westerby dijo:

—Estoy a tu disposición, siempre que quieras.

—Gracias, lo tendré en cuenta.

—Pensé que habías sido tú el que telefoneó a mi jefe, en el periódico.

—No fui yo.

—Quizá fue Alleline.

—Supongo.

Westerby repitió:

—A tu disposición siempre que quieras. Recuerdos a Ann.

Después de decir estas palabras, Westerby quedó dubitativo, y Smiley le dijo:

—Vamos, hombre, dilo ya.

—Toby me contó algo feo, referente a Ann. Le dije que se fuera al cuerno. Era todo mentira, ¿no?

—Gracias, Jerry. Hasta la vista. ¡Jau!

Muy complacido, y poniéndose el índice detrás de la cabeza, para representar una pluma, Jerry dijo:

—Es lo que imaginaba.

Y se fue camino de su reserva.

29

Aquella noche, solo en la cama del hotel Islay, aunque incapaz de dormir, Smiley cogió una vez más el expediente que Lacon le había dado en casa de Mendel. El expediente llevaba fecha de uno de los últimos años cincuenta, cuando la competencia había ejercido presión en el Circus y otros departamentos de Whitehall, a fin de que examinaran detenidamente y a fondo la lealtad de sus funcionarios. Casi todos los documentos tenían carácter meramente rutinario, ya que eran reproducción de conversaciones telefónicas interceptadas, informes de trabajos de vigilancia, interminables entrevistas con los profesores y amigos de los funcionarios, etc. Pero había un documento que atraía a Smiley como un imán, un documento que nunca se cansaba de releer. Era una carta designada en el índice con las palabras «De Haydon a Fanshawe, 3 de febrero de 1937». Para ser más exactos, era una carta manuscrita, dirigida por el estudiante Bill Haydon a su profesor Fanshawe, descubridor de talentos por cuenta del Circus, en la que le informaba de la existencia de un joven llamado Jim Prideaux, al que consideraba buen candidato a ingresar en el Servicio de Información de la Gran Bretaña. Esta carta iba precedida de una seca *explication de texte*. «Los "Optimos" era un club de clase alta, de Christ Church, formado principalmente por ex alumnos de Eton», decía el anónimo autor de la explicación previa. Fanshawe (P. R. de T. Fanshawe, *Legion d'Honneur*, O.B.E., PF, etc.) fue su fundador, y Haydon (había multitud de referencias a su persona) era, aquel año, el más destacado miembro del club. La tendencia política de los «Optimos», a cuyo club también había pertenecido, en sus tiempos, el padre de Haydon, era descaradamente conservadora. Fanshawe, muerto años atrás, fue un apasionado partidario del imperio británico, y los «"Optimos" constituían el grupo que él había seleccionado para participar en el Gran Juego Imperial», decía la nota previa. Cosa curiosa, Smiley conservaba un vago recuerdo de Fanshawe. Era un hombre flaco y enérgico, con gafas sin montura, paraguas a lo Neville Chamberlain, y un extraño tono sonrosado en las mejillas. Asprey solía llamarle «el hada madrina».

«Querido Fan, me atrevo a insinuarle que se mueva un poco por ahí, a fin de investigar un poquito la personalidad de un joven caballero cuyo nombre le doy en el adjunto fragmento de piel humana.» (Una superflua nota de los inquisidores aclaraba que el estudiante en cuestión era Prideaux.) «Probablemente considera usted a Jim —si es que le conoce— un atleta notable. Lo que usted no sabe, y debiera saber, es que Jim es un lingüista en modo alguno desdeñable, y que no tiene ni un pelo de tonto... (A continuación constaba un resumen biográfico sorprendentemente detallado y exacto: Lycée Lakanal de París, matriculado en Eton aunque no ingresó, externo en los jesuitas de Praga, dos semestres en Strasburgo, padre banquero en Europa, pequeña aristocracia, vida independiente...)

«De ahí los amplios conocimientos que de extranjeras tierras atesora Jim, y también su ligero aire de huérfano que encuentro irresistible. Dicho sea incidentalmente, pese a que está formado por diferentes partes de Europa, no debemos dejarnos inducir a error por ello, ya que Jim, en su versión completa, es íntegramente nuestro. En la actualidad es un muchacho un tanto entregado a formularse preguntas y a la exploración mental, debido a que acaba de darse cuenta de que hay un Mundo situado más allá de los límites de las aulas, y este Mundo soy yo.

»Pero primero debo contar cómo le conocí.

»Como usted sabe, querido Fan, obedeciendo a una costumbre mía (y órdenes suyas), de vez en cuando me atavío con arábigas prendas y bajo a los zocos, en donde me siento entre los grandes guarros, y presto oídos a las palabras y al mundo de sus profetas, con la finalidad de poderlos confundir mejor, cuando llegue el día. Aquel día, el agorero *en vogue*, procedía del mismo corazón de la Madre Rusia. Se trataba de cierto académico llamado Khlebnikov, actualmente agregado a la Embajada soviética en Londres, hombrecillo alegre y simpaticón, que acertó a decir unas cuantas cosas ingeniosas, entre las tonterías de costumbre. El zoco en cuestión era un club de debates llamado los "Populares", rival nuestro, mi querido Fan, y bien conocido por usted, gracias a otras incursiones que en él he efectuado. Después del sermón nos sirvieron un horriblemente proletario café con leche, acompañado de un terriblemente democrático panecillo, y me fijé en un corpulento muchacho que estaba sentado solo, al fondo de la sala, por ser, al parecer, demasiado tímido para alternar con los demás. Su cara me resultaba algo conocida, por haberla visto en el campo de cricket, ya que jugamos en un mismo equipo ocasional y tontamente formado, sin que intercambiáramos ni media palabra. La verdad es que no sé cómo describir a este muchacho. En serio, Fan, este chico tiene las cualidades necesarias.»

En este punto, la caligrafía, hasta ahora rígida e incómoda, adquiría un trazo holgado y fluido, al entrar en calor el autor de la carta:

«Tiene esa grave serenidad que impone. Hombre de cabeza dura, en el sentido literal de la palabra. Es uno de estos hombres astutos y silenciosos que dirigen el equipo sin que nadie se dé cuenta. Fan, usted sabe muy bien lo mucho que me cuesta *actuar*. Sin cesar tiene usted que recordarme, recordarme intelectualmente, que si no pruebo los peligros de la vida nunca llegaré a conocer los misterios de la misma. Pero Jim actúa por instinto... es funcional... Es mi otra mitad. Entre él y yo formaríamos un hombre maravilloso, con la sola salvedad de que ninguno de los dos sabe cantar. Y, querido Fan, ¿ha experimentado alguna vez la sensación de que forzosamente, de un modo irremediable, ha de trabar amistad con un desconocido o, de lo contrario, el mundo se derrumbará?»

Aquí, la caligrafía volvía a disciplinarse.

«—Yavas Lagloo —le dije, palabras que, si no me equivoco, significan en ruso, "vayamos juntos a la cabaña del bosque", o algo parecido— y él me contestó: "Ah, hola", que es lo que, a mi parecer, hubiera dicho si el arcángel Gabriel hubiese pasado por allí.

»—¿Qué dilema tienes? —le pregunté.

»—Ninguno —repuso, después de pensar durante casi una hora.

»—En este caso, ¿qué haces aquí? Si no tienes un dilema, ¿por qué has entrado?»

«Y, entonces, formó una grande y plácida sonrisa, nos acercamos al gran Khlebnikov, le estrechamos y sacudimos la pezuña durante un buen rato, y nos fuimos a mis

294

habitaciones. En donde bebimos. Y bebimos. Y, querido Fan, Jim se bebió cuanto líquido vio. O quizá fui yo, no lo recuerdo. Y, cuando llegó el alba, ¿sabe lo que hicimos? Pues se lo voy a decir, querido Fan. Nos dirigimos solemnemente al campo de deportes, yo me senté en un banco, cronómetro en ristre, el gran Jim se atavió de atleta y dio veinte vueltas. Veinte. Quedé agotado.

»Cualquier día iremos a verle, querido Fan, ya que Jim no pide más que estar en mi compañía o en la de mis perversos y divinos amigos. En resumen, me ha nombrado su Mefistófeles particular, y estoy enormemente emocionado por tal honor. A propósito, es virgen, mide unos dos metros y medio, y parece construido por la misma firma que hizo las pirámides. No se alarme, sin embargo.»

Así terminaba el documento. Smiley volvió con impaciencia las amarillentas páginas en busca de manjares más suculentos. Los profesores de ambos hombres atestiguan (veinte años después) que es inconcebible que entre los dos hubiera algo más que una relación «puramente amistosa»... No se pidió el testimonio de Haydon. El profesor expresamente asignado a Jim dice que es «intelectualmente omnívoro, después de un largo período de inanición», y rechaza toda posibilidad de que fuera «rojillo». La entrevista que tiene lugar en Sarratt comienza con largas excusas, en atención a la soberbia hoja de servicios de Jim durante la guerra. Después del amaneramiento de la carta de Haydon, las respuestas de Jim son agradablemente francas y directas. Hay un representante de la competencia presente, pero su voz casi nunca se deja oír. No, Jim no volvió a ver a Khlebnikov ni a nadie enviado en su representación... No, sólo habló con él en dicha ocasión. No, no tuvo contacto alguno con comunistas o rusos, en aquellos tiempos, y no podía recordar el nombre siquiera de un miembro de los «Populares»...

P. (Alleline): Lo cual no te quita el sueño, supongo...
C.:   Pues no, en realidad no (risas).

Ciertamente, había sido miembro del club de los «Populares» de la misma forma que lo había sido del club teatral de su facultad, de la sociedad filatélica, de la sociedad de Historia, de la sociedad de ética, y del grupo de estudios Rudolph Steiner... Lo hizo para asistir a conferencias interesantes y para conocer a gente, en especial lo segundo. No, nunca había distribuido literatura de izquierda, aunque alguna vez había leído el *Semanario Soviético*... No, tampoco había dado dinero a partido político alguno, ni en Oxford ni luego de Oxford, y, en realidad, ni siquiera había hecho uso de su derecho al voto... Una de las razones por las que se había afiliado a tantos clubs y asociaciones en Oxford radicaba en que, después de haber recibido una variopinta educación en el extranjero, no tenía amigos ingleses de su edad y condición...

Ahora, todos los inquisidores se habían ya puesto de parte de Jim. Todos estaban en contra de la competición y de sus burocráticas interferencias.

P. (Alleline): A título de curiosidad, ¿dónde aprendiste a jugar al cricket? (risas).

R.: Bueno, tenía un tío que vivía en una casa, en las afueras de París. Era un gran aficionado al cricket. Tenía todo el equipo necesario. Cuando iba a pasar las vacaciones en su casa, no hacía más que jugar al cricket con él.

(Nota de los inquisidores: el Conde de Seinte-Yvonne, Dic. 1941, PF. AF64-7.) Fin del interrogatorio. El representante de la competencia quisiera que Haydon fuera citado como testigo, pero Haydon se encuentra en el extranjero. El testimonio de Haydon se aplaza *sine die*...

Smiley leyó casi dormido el último documento del expediente, añadido mucho después de que la competencia hubiera declarado formalmente digno de confianza a Jim. Se trataba del recorte de un periódico de Oxford, en el que se hacía la crítica de la exposición celebrada por Haydon, en junio de 1938, con el título: «¿Real o subreal? Una retina de Oxford.» Después de haberse cargado a conciencia la pintura de Haydon, el crítico terminaba con la siguiente nota irónica:

«Según nos han dicho, el señor Jim Prideaux, nuestro distinguido contemporáneo, sacrificó parte del tiempo que suele dedicar al cricket, con el fin de ayudar a colgar los cuadros. En nuestra opinión, más le hubiera valido quedarse en Banbury Road. Sin embargo, como sea que su función de protector de las artes constituyó el único acto sincero realizado en dicha ocasión, quizá no debiéramos reírnos de él...»

Smiley comenzó a dormitar, con la cabeza dominada

por un amasijo de nubes, sospechas y certidumbres. Pensó en Ann, y, en el estado de cansancio en que se hallaba, sintió hacia ella un amor muy profundo, y grandes deseos de proteger la fragilidad de Ann con la suya. Lo mismo que un hombre joven, Smiley musitó audiblemente el nombre de Ann, e imaginó su hermoso rostro inclinado sobre el suyo, a la media luz, mientras la señora Pope Graham les decía a aullidos, a través del ojo de la cerradura, que aquello estaba prohibido. Pensó en Tarr e Irina, y meditó inútilmente acerca del amor y la lealtad. Pensó en Jim Prideaux, y en el trabajo del día siguiente. Tenía conciencia de cierta leve sensación de aproximarse a un triunfo. Había viajado mucho, en coche, había navegado a vela en todas las direcciones, pero mañana, si tenía suerte, vería tierra, una isla pequeña y desierta, por ejemplo. Una isla de la que Karla jamás había oído hablar. Una isla sólo para él y para Ann. Se durmió.

Tercera Parte

30

En el mundo de Jim Prideaux, aquel jueves había discurrido igual que cualquier otro jueves, con la única salvedad de que a primeras horas de la madrugada la herida en la paletilla comenzó a supurar, debido, suponía Jim, a su intervención en el partido celebrado el miércoles por la tarde. Le despertó el dolor y la sensación de humedad en la espalda. La vez anterior en que tal hecho ocurrió fue transportado al hospital Taunton General, en donde las enfermeras le echaron un vistazo y le mandaron a la sala de emergencias, para que allí esperase la llegada de un médico cuyo nombre ignoraba, y para que le miraran por la pantalla, por lo que Jim se puso las ropas y se largó. Había decidido no volver jamás a un hospital. Había terminado de una vez por todas con los hospitales, tanto los ingleses como los no ingleses.

Con la mano no podía llegar a la herida, pero, lo mismo que en la última ocasión en que supuró, cortó unas compresas de gasa en forma de triángulo, les cosió cordeles en los ángulos, y después de ponerlas al alcance de la mano, en la repisa, cogió la botella de desinfectante, hirvió agua, echó al agua medio paquete de sal, y, agachado, se dio una improvisada ducha. Luego, empapó la compresa de desinfectante, se la echó a la espalda, se la ató, con los cordeles por delante, y se tumbó boca abajo, con la botella de vodka al alcance de la mano. El dolor disminuyó, y el sopor le invadió la cabeza, pero a Jim le constaba que si se dejaba llevar por aquella oleada de sopor dormiría durante todo el día, por lo que, cogiendo la botella de vodka, se sentó ante la mesa, junto a la ventana, y comenzó a corregir los ejercicios de francés de la clase Quinta B, mientras la luz del alba del jueves comenzaba a iluminar el Hoyo, y las cornejas empezaban a agitarse entre los olmos.

A veces, pensaba que la herida era como un recuerdo del que uno no puede desprenderse. Hacía cuanto podía para olvidarse de ella, pero sus esfuerzos no bastaban.

Efectuó lentamente la corrección de los ejercicios porque ésta era una actividad que le gustaba, y porque corregir tenía la virtud de mantener su mente en estado de equilibrio. A las seis y media o a las siete había ya terminado, por lo que se puso unos viejos pantalones de franela y una chaqueta de deporte y, despacio, se dirigió a la iglesia, cuyas puertas nunca estaban cerradas. Allí, se arrodilló unos instantes en una capilla lateral, que era un monumento de familia dedicado a los muertos en dos guerras, y a la que rara vez acudía alguien. La cruz del pequeño altar había sido labrada en madera por unos zapadores, en Verdún. Todavía arrodillado, Jim tanteó con la mano, cuidadosamente, la parte inferior interna del banco, hasta que las yemas de sus dedos tocaron la cinta adhesiva, y, después, frío metal. Terminadas sus devociones, Jim emprendió el recorrido del sendero de Combe, camino de la cumbre de la colina, lo cual hizo a paso muy vivo, casi corriendo, con el fin de sudar, ya que el calor le hacía sentirse mejor, mientras duraba, y el ritmo del andar calmaba su nerviosismo vigilante. Al llegar a la cima de la colina, la niebla le produjo cosquilleos, cosquilleos en la nariz y en su sentido del humor: mírala, forma como una capa, una capa que se eleva cosa de medio metro sobre el suelo, y es tan densa que uno podría romperla a tiras con las manos. Los árboles quedan cortados en su base, y las matas flotan en el aire. Después de pasarse la noche sin dormir, y del desayuno a base de vodka, Jim se sentía con la cabeza un tanto ligera. Por esto, cuando vio las jacas allá, abajo, mirándole con sus caras atontadas, Jim les gritó con mal acento de Sommerset:

—¡Fuera! ¡Fuera de aquí, malditos animales! ¡Dejad ya de mirarme!

Luego descendió, para tomarse un café y cambiarse el vendaje.

La primera clase, después de las oraciones, era la de francés, en la clase Quinta B, y allí poco faltó para que Jim perdiera la paciencia. Tontamente, impuso un castigo al estúpido Clemens, hijo de un fabricante de lencería, y tuvo que levantárselo al terminar la clase.

Una vez en la sala de profesores, emprendió otra actuación rutinaria, como la llevada a efecto en la iglesia. Una actuación rápida, sin demasiada reflexión, y sin vacilaciones. El análisis del correo era un truco muy sencillo, pero eficaz. Jamás había oído decir que fuera utilizado entre los profesionales. Pero también era cierto que los profesionales no suelen hablar de los trucos que utilizan. Estribaba en lo siguiente: si la oposición te vigila, no cabe la menor duda de que vigila asimismo tu correo, ya que vigilar el correo es lo más fácil que hay en el oficio, y más fácil todavía cuando la oposición está formada por la gente de casa, es decir, por gente que cuenta con la colaboración del servicio de correos. ¿Qué hacer, en este caso? Todas las semanas, desde el mismo buzón, en la misma hora y al mismo ritmo, uno se manda un sobre a sí mismo y otro sobre a un tercero que viva en las mismas señas. Se mete en el sobre cualquier clase de papelote —propaganda del supermercado de la localidad o bien peticiones de limosnas en ocasión de la Navidad—, se toma la precaución de cerrar el sobre, se espera un poco y se compara el tiempo de llegada de uno y otro sobre. Si la carta dirigida a uno mismo llega más tarde que la dirigida al otro tipo, ello es indicio de que alguien se interesa por uno, en este caso concreto, ese alguien sería Toby.

A esto, Jim lo llamaba, en su extraño y seco vocabulario, probar el agua. Y, una vez más, la temperatura del agua era inmejorable. Las dos cartas llegaron al mismo tiempo, pero Jim no tuvo tiempo de guardarse la dirigida a Marjoribanks, quien, lanzando un «¡Mierda...!», rasgó la invitación a inscribirse en la Asociación de Amantes de la Biblia. A partir de este momento, el rutinario trabajo de la escuela absorbió a Jim hasta el momento del partido de *rugger* contra el St. Ermin, que él debía arbitrar. Fue un partido jugado a gran velocidad, y, cuando terminó, la espalda volvía a dolerle a Jim, por lo que bebió vodka a la espera del momento del toque de la primera campana, tarea en la que Jim había accedido a sustituir al joven Elwes. Ahora, Jim no recordaba la razón por la que se había ofrecido a sustituir a Elwes, pero lo cierto era que los profesores jóvenes, en especial los casados, le pedían constantemente que los sustituyera en diferentes trabajos, y Jim accedía, porque, de esta manera, le resultaba más fácil que no le molestaran en su vida de solitario. La campana, en sí misma, procedía de una vieja embarcación, y la había encontrado el viejo Thursgood, formando ahora parte de las tradiciones de la escuela. Mientras Jim hacía sonar la campana, vio que el pequeño Bill Roach estaba a su lado, mirándole, con una blanca sonrisa, reclamando su atención, como solía hacerlo seis o siete veces al día.

—Hola, Jumbo, ¿se puede saber qué te pasa hoy?

—Sí, señor.

—Vamos, Jumbo —dijo—, suelta lo que tengas que decir.

—Señor, ha venido una persona preguntando dónde vive usted, señor.

—¿Qué clase de persona, Jumbo? ¡Vamos, vamos, que no te voy a morder! ¿Qué clase de persona? ¿Un hombre? ¿Una mujer? ¿Un fantasma?

Flexionó las piernas hasta quedar a la altura de Roach. Dijo:

—No hay por qué llorar. ¿Qué te pasa? ¿Tienes fiebre?

Se sacó un pañuelo de la manga y repitió en voz baja:

—¿Qué clase de persona?

—Preguntó por la señora McCollum —dijo Roach—. Este hombre dijo que era amigo de usted. Luego volvió a meterse en el coche. Lo tiene aparcado delante de la iglesia.

Las lágrimas volvieron a acudir a los ojos de Roach, que añadió:

—Está sentado dentro del coche, señor.

Jim gritó a un grupo de chicos mayores que se habían detenido en la puerta:

—¡Fuera de aquí! ¡Fuera todos!

Se dirigió a Roach:

—¿Era alto? ¿Era un tipo alto y desaliñado, Jumbo? ¿Con cejas negras y encorvado? ¿Un tipo delgado? Bradbury, ven aquí y deja de estar con la boca abierta. Acompaña a Jumbo a que le vea la matrona.

Preguntó a Roach, muy dulcemente, pero con firmeza:

—¿Un tipo delgado?

Pero Roach se había quedado sin palabras. Se había quedado sin memoria, sin sentido del tamaño ni de la perspectiva. Su facultad de selección y discernimiento en el mundo de los adultos se había apagado. Los hombres grandes, los hombres pequeños, los viejos, los jóvenes, los de espalda encorvada, los de espalda recta, todos formaban un solo ejército de peligros indistintos. Y decir «no» a Jim era mucho más de lo que Roach podía soportar. Y decir «sí» significaba echarse a la espalda la total responsabilidad de defraudarle. Vio que Jim lo miraba, vio que la sonrisa desaparecía del rostro de Jim, y sintió el consolador contacto de una mano grande sobre el brazo.

—¡Gran muchacho, Jumbo! ¡Nadie sabe vigilar tan bien como tú!

Apoyando con abandono la cabeza en el hombro de Bradbury, Bill Roach cerró los ojos. Cuando los abrió, vio, a través de las lágrimas, que Jim ya se encontraba a mitad de la escalera.

Jim se sentía tranquilo. Desde hacía días sabía que alguien le buscaba. Esto también dio lugar a un trabajo rutinario: vigilar los lugares en los que los encargados de vigilarle a uno suelen formular preguntas. Vigilar la retaguardia, como se decía en Sarratt. Jim siempre supo cuáles eran los lugares en los que quienes le seguían formularían preguntas. La iglesia, en donde la entrada y salida de las gentes de la localidad se da con frecuencia; el Ayuntamiento, en donde se llevan las listas de los electores; los comerciantes, si tenían lista de clientes; los bares, si la presa no los frecuentaba habitualmente. Jim sabía que, en Inglaterra, éstos eran los lugares en que los investigadores husmeaban, antes de cernirse sobre su presa. Y, desde luego, hacía dos semanas, en Taunton, mientras charlaba tranquilamente con el bibliotecario ayudante, Jim había percibido el rastro que andaba buscando. Un desconocido, al parecer llegado de Londres, se había interesado por el censo de la villa; sí, era un caballero metido en asuntos políticos —bueno, en realidad parecía un investigador de asuntos políticos, un profesional de estos asuntos—, y una de las cosas que quería era, nada menos, el registro de habitantes del pueblo de Jim, el registro puesto al día; sí, efectivamente, le interesaba la lista de electores, sí, y pensaba llevar a cabo un sondeo puerta a puerta, acerca de aquella población un tanto aislada, fijándose principalmente en los recién llegados a ella. Jim se mostró de acuerdo: realmente, se hacen muchas cosas raras en este mundo. Pero, a partir de aquel momento, tuvo el convencimiento. A partir de aquel momento tomó las medidas oportunas, pese a que no tenía la menor idea de quién era el que se interesaba por él. Compró billetes de tren a diversos lugares, de Taunton a Exeter, de Taunton a Londres, de Taunton a Ewindon, válidos por un mes, por cuanto sabía que si tenía que huir le sería difícil adquirir billetes con la debida discreción. Sacó de su escondrijo las viejas identidades falsas y el revólver, y lo ocultó todo en un lugar fácilmente accesible, en la superficie, y no bajo tierra. Puso una maleta llena de ropas en el maletero del Alvis, y llenó el depósito de gasolina. Estas precauciones calmaron un poco sus temores, propiciando la posibilidad de dormir.

—¿Quién ha ganado, señor?

Era Prebble, un chico nuevo, que, con bata y el tubo de pasta para los dientes, se dirigía a la enfermería. A veces, los chicos hablaban a Jim sin motivo alguno, ya que la altura de Jim y su espalda torcida representaban un reto para los chicos.

—Me refiero al partido, señor, al partido contra el Saint Ermins.

Otro chico terció burlón:

—El Saint *Vermins* (1), sí, señor, ¿quién ha ganado?

A ladridos, Jim repuso:

—Señor, *ellos* han ganado, señor. Han ganado como hubieras debido saber ya, *señor*, si te hubiera interesado un poco, *señor*.

Y balanceó su enorme puño, lentamente, fingiendo que iba a dar un puñetazo a los chicos, tras lo cual los empujó a lo largo del corredor, hacia el dispensario de la matrona.

—Buenas noches, señor.

—Buenas noches, renacuajos.

Y echó a andar en la dirección opuesta, para ir al dormitorio de los chicos enfermos, desde donde podría ver la iglesia y el cementerio.

Señor, por favor, ¿qué es supervivencia? Superviven-

---

(1) Vermin puede significar bicho, gusano, sabandija, chinche, piojo, etcétera. (*N. del T.*)

cia, señor, es una infinita capacidad de sospecha. Esta era la primera lección, en el Parvulario. El viejo Thatch solía entonar esta definición todas las mañanas.

El dormitorio de los enfermos estaba con la luz apagada. Tenía un aspecto y un olor que desagradaba a Jim. Doce chicos yacían en la penumbra, entre la cena y la temperatura.

—¿Quién es? —preguntó una voz ronca.

—Rhino —repuso otra voz—. Oiga, Rhino, ¿quién ganó el partido contra los Saint Vermins?

Llamar a Jim por su apodo constituía un acto de insubordinación, pero los chicos que se encontraban en el dormitorio de enfermos se consideraban liberados momentáneamente de la disciplina.

Mientras pasaba con dificultad por entre dos camas, Jim contestó:

—¿Rhino? ¿Quién diablos es *Rhino?* No le conozco. No significa nada par mí este apellido. ¡Vamos, tú, apaga esa linterna! Las linternas están prohibidas. Un paseo, esto ha sido el partido, un paseo. Si no recuerdo mal, dieciocho a cero a favor de los Vermins.

La ventana llegaba casi hasta el suelo. Una vieja rejilla metálica, como la que se pone ante los radiadores de calefacción, la protegía de los chicos. Mientras miraba por la ventana, Jim murmuró:

—Los de las líneas traseras han jugado como idiotas. Por esto hemos perdido.

Un chico llamado Stephen dijo:

—Odio el *rugger.*

El Ford azul estaba aparcado a la sombra de la iglesia, cerca de los olmos. Desde la planta baja del edificio, no se podía ver el coche; sin embargo, tampoco se podía decir que estuviera oculto. Jim se quedó muy quieto, un poco apartado de la ventana, mirando en busca de indicios delatores. La luz del ocaso se extinguía muy de prisa, pero Jim tenía buena vista y sabía lo que buscaba: una antena circular para la onda corta, una antena de larga distancia, un segundo espejo interior para el acompañante, marcas de quemaduras en las cercanías del tubo de escape. Los chicos, al notar la tensión de Jim, comenzaron a bromear:

—¿Es un pájaro, señor?

—¿Está buena?

—¿Se quema algo?

—¿Qué tal tiene las piernas?

—¡Dios mío! ¿No será la señorita Aaronson?

Esta frase desencadenó las risas de todos, porque la señorita Aaronson era vieja y fea. Genuinamente irritado, Jim dijo secamente:

—¡A callar! ¡Cerdos mal educados!

Abajo, Thursgood pasaba lista a los mayores.

¿Abercrombie? Presente, señor. ¿Astor? Presente, señor. ¿Blakeney? Enfermo, señor.

Jim vio que la puerta del coche se abría, y que de él se apeaba cautelosamente George Smiley, cubierto con un pesado abrigo.

En el corredor sonaron los pasos de la matrona. Oyó el gemido de sus tacones de goma, y el entrechocar de los termómetros en un vaso de plástico.

—Querido Rhino —dijo la matrona—, ¿se puede saber qué haces aquí, en mi dormitorio de enfermos? Y cierra las cortinas o se van a morir todos de pulmonía. William Merridew, siéntate ahora mismo en la cama.

Smiley estaba cerrando la puerta del coche. Iba solo y no llevaba nada, ni siquiera una cartera.

—En Grenville están pidiendo a gritos tu presencia, Rhino.

Jim repuso en tono de gran diligencia:

—Voy, voy corriendo.

Y, después de lanzar un «buenas noches a todos», se fue al dormitorio llamado Grenville, en donde debía terminar la lectura de un relato breve de John Buchan. Mientras leía en voz alta, se dio cuenta de que tenía dificultades en pronunciar ciertos sonidos, sonidos que le quedaban trabados en algún lugar de la garganta. Sabía que sudaba, suponía que la herida le supuraba, y, cuando terminó, había en su quijada una rigidez que no podía haber sido causada por la lectura. Pero estos síntomas carecían de importancia, comparados con la oleada de furia que iba invadiéndole en el momento en que salió al frío aire nocturno. Durante unos instantes, en la terraza, quedó dubitativo, la mirada fija en la iglesia. Le llevaría unos tres minutos, seguramente menos, despegar el revólver del banco, y metérselo en la cintura de los pantalones, en el lado izquierdo, con el cañón hacia dentro, hacia el escroto...

Pero el instinto le aconsejó: «no». Y echó a andar en dirección al remolque, cantando a todo pulmón, y desentonadamente, *«Hey diddle diddle...»*

31

En el dormitorio del hotel la sensación de molesto movimiento era constante. Incluso en los raros momentos en que el tránsito exterior disminuía un poco, las ventanas seguían vibrando. En el baño, los vasos para les cepillos de los dientes también vibraban, y por el techo, así como por las paredes, los dos hombres oían colarse la música, sonidos de choque y retazos de conversaciones y carcajadas. Cuando llegaba un coche, el sonido de la portezuela al cerrarse parecía sonar en el interior del dormitorio, y el sonido de los pasos también. En cuanto al mobiliario y decoración, es preciso decir que todo armonizaba. Las sillas amarillas con los cuadros amarillos y con la alfombra amarilla. Las colchas con el color naranja de la pintura de la puerta, y, por pura coincidencia, con la etiqueta de la botella de vodka sobre la mesilla baja. Smiley lo había preparado todo con gran cuidado. Había separado las sillas y puesto la botella de vodka en la mesa baja, y, ahora, mientras Jim, sentado le miraba fijamente, Smiley sacó de la pequeña nevera una bandeja de salmón ahumado y pan moreno con la mantequilla ya esparcida sobre las rebanadas. En contraste con la disposición de ánimo de Jim, Smiley estaba visiblemente alegre, y sus movimientos eran rápidos y decididos.

Con una breve sonrisa, mientras iba poniendo las cosas en la mesa, Smiley dijo:

—He pensado que lo menos que podía hacer era disponerlo todo para que estuviéramos cómodos. ¿A qué hora debes estar de nuevo en la escuela? ¿Tienes un horario fijo?

Al no recibir contestación, Smiley se sentó y dijo:

—¿Te gusta la enseñanza? Si no recuerdo mal te

dedicaste a ella durante una temporada, después de la guerra, ¿no es cierto? Fue antes de que volvieran a meterte en el servicio, creo. ¿También era una escuela de preparatoria?

Jim le contestó con voz agria:

—Míralo en el expediente. No intentes jugar al gato y al ratón conmigo, George Smiley. Si quieres enterarte de algo, mira el expediente.

Smiley alargó el brazo hacia la mesa, llenó dos vasos, y entregó uno a Jim, a quien preguntó:

—¿Tu expediente personal en el Circus?

—Que te lo den los administradores. Que te lo dé Control.

—Sí, eso debiera hacer supongo... —dijo Smiley dubitativo—. Lo malo es que Control ha muerto, y que a mí me echaron mucho antes de que tú regresaras. ¿Nadie se tomó la molestia de informarte de lo ocurrido, cuando regresaste?

Al decir estas palabras, la expresión de Jim se suavizó, y, en lentos movimientos, hizo uno de aquellos ademanes que tanto divertían a los chicos de la escuela de Thursgood, pasándose la mano izquierda por las guías del bigote, y, luego, alzándola para ponérsela sobre el apolillado pelo.

—Dios mío... —musitó—. Control ha muerto. ¿De qué murió, George? ¿Del corazón? ¿El corazón le mató?

—¿Ni siquiera esto te dijeron, al terminar tu misión?

Al oír la palabra «misión», Jim se envaró de nuevo y a su mirada volvió aquella expresión de ferocidad.

—Sí, fue el corazón —dijo Smiley.

—¿Quién ocupó su puesto?

Smiley se echó a reír.

—¿De qué diablos hablasteis en Sarratt, si ni siquiera esto te dijeron?

—¡Maldita sea! ¿Quién ocupó su cargo? Desde luego, no fuiste tú porque a ti te echaron. ¿Quién ocupó el puesto, George?

Examinando cuidadosamente a Jim, y fijándose en la posición del brazo de éste, inmóvil cruzando las rodillas, Smiley repuso:

—Alleline. ¿Quién querías que lo ocupara? ¿Tienes tu

candidato particular, quizá? —Después de una larga pausa, Smiley prosiguió—: ¿Y no te dijeron, por casualidad, lo que le ocurrió a la red Aggravate? ¿Lo que les pasó a Pribyl, a su esposa y a su cuñado? ¿O lo que pasó con la red Plato? ¿Con Landkron, Eva Krieglova, Hanka Bilova? Tú reclutaste a algunos de éstos, antes de los tiempos de Roy Bland, ¿no es eso? El viejo Landkron incluso trabajó bajo tus órdenes, durante la guerra.

En aquel momento algo terrible hubo en el modo en que Jim quedó sin poder moverse hacia adelante ni hacia atrás. Su rostro rojo se torció con el esfuerzo de la indecisión, y grandes gotas de sudor se formaron sobre sus cejas hirsutas.

—¡Maldita sea, George! ¿Qué pretendes? He hecho borrón y cuenta nueva. Es lo que me ordenaron. Me dijeron que emprendiera una nueva vida, que me olvidara de todo lo anterior.

—¿Quiénes son esos «ellos», Jim? ¿Roy? ¿Bill, Percy? —Smiley esperó. Luego dijo—: Y fueran quienes fuesen esos ellos, ¿te dijeron la suerte de Max? De paso, te diré que Max está bien.

Smiley se levantó, escanció más vodka en el vaso de Jim y volvió a sentarse.

—Muy bien, de acuerdo —dijo Jim—, ¿qué pasó con las redes de espionaje?

—Fueron descubiertas. Según los rumores, tú las delataste para salvar el pellejo. No creo que fuera así. Pero tengo que saber lo que realmente ocurrió. Ya sé que Control te hizo jurar por lo más sagrado que no dirías nada, pero la situación ha cambiado. Me consta que te han acribillado a preguntas, y que algunas cosas las has hundido tan profundamente en tu interior que ni siquiera puedes encontrarlas o que ya no sabes distinguir entre la verdad y la ficción. Sé que has intentado hacer borrón y cuenta nueva, y decir que, en realidad, nada ocurrió. También yo lo he intentado. En fin, puedes hacer borrón y cuenta nueva, sí, pero después de esta noche. He traído conmigo una carta de Lacon, y si quieres, puedes hablar por teléfono con él. No quiero que guardes silencio. Prefiero que hables. ¿Por qué no viniste a verme, cuando regresaste? Hubieras podido hacerlo. Intentaste verme, antes de irte, por lo que ¿cómo es que no lo intentaste al volver? No fueron solamente las normas del juego lo que te lo impidieron.

—¿Se salvó alguien?

—No. Según parece, fueron fusilados.

Habían telefoneado a Lacon, y ahora, Smiley estaba sentado solo, tomando breves sorbos de su bebida. Del cuarto de baño le llegaba el sonido del manar del agua, y los gruñidos de Jim al mejorar la expresión de su cara.

Como si fuera una condición precisa para hablar, Jim musitó:

—¡Por el amor de Dios, vayamos a un sitio donde podamos respirar!

Smiley cogió la botella, y los dos juntos cruzaron la zona asfaltada, en dirección al coche.

Viajaron durante veinte minutos. Jim iba al volante. Cuando el coche se detuvo volvieron a encontrarse en aquella zona elevada, en lo alto de la colina que aquella misma mañana estaba cubierta de niebla, y desde la que se divisaba el valle. A lo lejos, había luces diseminadas. Jim, sentado, se estaba quieto como si fuera de hierro, con el hombro derecho alzado y las manos colgantes, mirando a través del empañado parabrisas la sombra de las colinas. El cielo tenía color claro, y el perfil de Jim se recortaba duramente contra él. Las primeras preguntas de Smiley fueron breves. La ira había abandonado la voz de Jim, y, poco a poco, fue hablando con creciente facilidad. En determinado momento, mientras se refería a las artimañas de Control incluso rió, pero Smiley en instante alguno relajó su atención, se portaba con la misma cautela que si ayudara a un niño a cruzar la calle. Cuando Jim divagaba, o se perdía en confusiones, o se dejaba llevar por un arrebato temperamental, Smiley, suavemente, le dirigía hasta que los dos se encontraban el uno al lado del otro, avanzando al mismo paso y en la misma dirección. Cuando Jim dudaba, Smiley le estimulaba a salvar el obstáculo. Al principio, y gracias a una mezcla de instinto y deducción, Smiley llegó a decir a Jim la historia que éste le contaba.

Smiley insinuó que para dar a Jim las primeras instrucciones, Control seguramente había concertado una cita fuera del Circus. Así había sido. ¿Dónde? En un piso del servicio, en St. James, piso que Control propuso. ¿Asistió alguien más a la reunión? Nadie. ¿Y para ponerse al habla con Jim, por vez primera, Control se sirvió de MacFadean, su conserje personal? Efectivamente, el viejo Mac fue a Brixton, con una nota para Jim en la que se concertaba una entrevista para aquella misma noche. Jim debía contestar sí o no a Mac y devolverle la nota. No debía utilizar el teléfono, ni siquiera las líneas internas, para hablar de la cita. Jim dijo que sí a Mac, y llegó a las siete.

—Supongo que, ante todo, Control te recomendaría suma cautela.

—Me dijo que no debía confiar en nadie.

—¿Dio nombres concretos?

—Luego. Al principio, no. Al principio, sólo dijo que no confiara en nadie, especialmente si se trataba de peces gordos. ¿George?

—Sí.

—Los fusilaron, ¿verdad? ¿A Landkron, Krieglova y los Pribyl? ¿Fue un puro y simple fusilamiento?

—La policía secreta apresó a los miembros de las dos redes, en una misma noche. Luego, nadie sabe lo que ocurrió. Pero los parientes más próximos fueron informados de que habían muerto, y esto, por lo general, significa que sí, que las personas en cuestión han muerto.

A su izquierda, una fila de pinos, como un ejército inmóvil, trepaba desde el valle.

—Y supongo —dijo Smiley— que entonces Control te preguntó de qué identidades checas disponías, ¿no es eso?

Tuvo que repetir la pregunta para que Jim se decidiera. Por fin, contestó:

—Le dije que tenía la de Hajek, Vladimir Hajek, periodista checo residente en París. Control me preguntó cuánto tiempo sería posible utilizar estos papeles. Y yo le contesté: «No se puede saber con certeza; a veces, después de un viaje ya no sirven.» —Alzando bruscamente la voz, como si hubiera perdido el dominio de la misma, Jim añadió—: Control era sordo como una tapia cuando le interesaba.

—Y entonces —insinuó Smiley—, te dijo cuál iba a ser tu misión.

—En primer lugar estudiamos las posibilidades de negarlo todo. Dijo que, si me cogían, debía mantenerle a él totalmente al margen. Debía fingir que se trataba de una operación de los cazadores de cabelleras, algo así como una iniciativa privada... Pero incluso en aquellos instantes, pensé: «¿Quién diablos puede creer semejante embuste?» Cada palabra que pronunciaba le costaba un esfuerzo, como si le arrancaran una muela. Durante toda la sesión tuve conciencia de su resistencia a informarme de la realidad. No quería que supiera nada, pero deseaba darme instrucciones claras y válidas. Dijo: «Me han hecho una oferta, una oferta de servicios; se trata de un personaje que ocupa un alto cargo, y cuyo nombre en clave es Testimonio.» Le pregunté: «¿Personaje checo?» Y contestó: «Sí, militar; tú eres un militar también, Jim, y creo que haréis buenas migas.» Durante todo el rato hablamos así. Yo pensaba en aquellos momentos que si Control no quería decirme nada, lo menos que podía hacer era dejar de dudar y de hacer insinuaciones.

Jim dijo que Control después de más y más intentos de aproximación, anunció que Testimonio era un general de artillería checo. Se llamaba Stevcek, y, en la jerarquía militar de Praga, se le consideraba un hombre prosoviético y partidario de la línea dura; había cumplido misiones de enlace con Moscú y era uno de los pocos checos en quienes los rusos confiaban. A través de un intermediario al que Control había interrogado personalmente en Austria, Stevcek había expresado su deseo de hablar con un alto funcionario del Circus acerca de cuestiones de mutuo interés. Este emisario del Circus debía conocer el idioma checo, y ser alguien capaz de tomar decisiones. El viernes, día veinte de octubre, Stevcek inspeccionaría el centro de investigaciones de armas situado en Tisnov, cerca de Brno, unos ciento cincuenta kilómetros al norte de la frontera austríaca. De allí, iría a pasar, solo, el fin de semana en un albergue de caza. Este albergue se encontraba en pleno bosque, no muy lejos de Racice. Estaba dispuesto a recibir al emisario allí, al atardecer del sábado, día veintiuno. Se encargaría de encontrar la persona adecuada para que escoltase hasta allá al emisario del Circus.

—¿Dijo Control algo —preguntó Smiley— acerca de

los motivos que podían impulsar a Stevcek a portarse así?

—Sí, una mujer, una chica estudiante que se había liado con él. Control dijo que se trataba de unos amores tardíos del coronel, quien le llevaba veinte años a la chica. Esta muchacha fue fusilada durante el alzamiento del verano del sesenta y ocho. Hasta aquel momento, Stevcek había sabido ocultar sus sentimientos antirrusos, para poder proseguir su carrera. Pero la muerte de la muchacha puso fin a esta actitud. Ahora, Stevcek estaba dispuesto a hacer cuanto daño pudiera a los rusos. Durante cinco años, fingió una actitud amistosa, y fue recogiendo información que realmente pudiera perjudicar a los rusos. Pronto pudimos abordarle y establecer los debidos medios de contacto, ya que Stevcek estaba dispuesto a venderse.

—¿Había comprobado Control debidamente la veracidad de lo que has dicho?

—En la medida de lo posible. Conocíamos bastante bien la personalidad de Stevcek. Era un general muy activo, hombre de despacho, con una larga lista de cargos y actividades en el Estado Mayor. Era un tecnócrata. Cuando no se encontraba trabajando en su país, estaba adquiriendo experiencia y conocimientos en otros. Estuvo en Varsovia, en Moscú, en Pekín durante un año, pasó una temporada de agregado militar en Africa, volvió a Moscú... Era hombre de carrera brillante, uno de los generales más jóvenes del país.

—¿Te dijo Control la clase de información que cabía esperar te proporcionaría este hombre?

—Material de defensa. Cohetes. Balística.

Entregándole la botella, Smiley preguntó:

—¿Nada más?

—Información política.

—¿Algo más?

Una vez más, Smiley tenía la clara sensación de tropezar con un obstáculo que no consistía en ignorancia por parte de Jim, sino en unos restos de voluntaria decisión de no recordar. De repente, en la oscuridad, la respiración de Jim Prideaux se hizo profunda y ansiosa. Había puesto las manos en lo alto del volante, apoyando la barbilla en ellas, y sin expresión en los ojos, miraba el parabrisas escarchado.

—¿Cuánto tiempo los tuvieron presos, antes de fusilarlos? —preguntó.

—Mucho me temo que algo más que tú.

—¡Dios!

Con un pañuelo que se había sacado del interior de la manga, se limpió el sudor del rostro y cuanto en ella hubiera dándole brillo. Suavemente, Smiley preguntó:

—¿Y cuál era, en realidad, la información secreta que Control esperaba conseguir de Stevcek?

—Esto es lo que me preguntaron durante el interrogatorio.

—¿En Sarratt?

Jim sacudió la cabeza, y moviéndola hacia las colinas, repuso:

—No, allí no. Desde el principio sabían que se trataba de una operación de Control. Nada de cuanto les dije pudo convencerles de lo contrario. Se reían de mis palabras.

Una vez más, Smiley esperó pacientemente a que Jim estuviera en disposición de proseguir.

—Stevcek. Control tenía una idea metida en la cabeza: Stevcek nos daría la solución. Stevcek nos proporcionaría la clave. Le pregunté: «¿Qué clave?» Control sacó su caja, ya sabes, aquella vieja caja de música de color castaño. Y de ella sacó unos papeles anotados por él, de puño y letra. Eran papeles escritos y marcados en colores, con tinta y lápices de colores. Dijo: «Esto te servirá para recordar mejor; ahí tienes al hombre con quien te entrevistarás.» Y allí estaba la carrera de Stevcek descrita año por año. Me obligó a leerla íntegra. Todo, academias militares, medallas, esposas... Dijo: «Le gustan los caballos; tú solías montar; recuérdalo, es una afición común.» Y yo pensé que sería tan divertido, estar en Checoslovaquia con los sabuesos siguiéndome la pista, y, entretanto, hablar del modo de domar yeguas de pura sangre.

Soltó una risa un tanto extraña, por lo que Smiley también se rió.

—Lo señalado en rojo era el trabajo de enlace de Stevcek. Lo verde era su trabajo en el servicio de información. Stevcek había actuado en todas las esferas. Era el cuarto hombre en el servicio de información militar checo, el gran jefe en lo referente a armamento, secretario militar de una especie de Praesidium, encargado de asuntos anglonorteamericanos en la organización checa de información militar... Entonces, Control llegó a aquella época de mediados de los años sesenta, o sea, la segunda estancia de Stevcek en Moscú, que Control había marcado mitad en rojo y mitad en verde. Aparentemente, Stevcek ocupaba el cargo de general de enlace en la junta del Pacto de Varsovia, pero esto, dijo Control, no era más que un puesto para camuflar sus verdaderas actividades. Dijo: «No tenía nada que ver con el Pacto de Varsovia; su auténtico trabajo estaba en la sección inglesa del Centro de Moscú, y operaba con el nombre de guerra de Minin.» Su misión consistía en coordinar las actividades checas con las del Centro. Y entonces, Control dijo: «Esto es lo más importante, éste es el verdadero tesoro, lo que Stevcek realmente quiere vendernos es el nombre del topo que el Centro de Moscú tiene en el Circus.»

Recordando lo dicho por Max, Smiley pensó que podía ser una sola palabra, y sintió una oleada de inquietud. Sabía que, a fin de cuentas, todo quedaría reducido a un nombre, un nombre para el topo Gerald, un grito en la noche. Jim prosiguió:

—Hay una manzana podrida, Jim, y está corrompiendo a las demás.

La voz de Jim, lo mismo que su cuerpo, fue adquiriendo cierta rigidez:

—Me habló de la labor de eliminación que había llevado a cabo, de sus investigaciones de los historiales de los miembros del Circus, y dijo que casi había descubierto la verdad. Dijo que había cinco posibilidades. No me preguntes cómo llegó Control a esta conclusión. Dijo: «Es uno de los cinco hombres más importantes; se pueden contar, pues, con los dedos de una mano.» Me ofreció una copa, y Control y yo comenzamos a inventarnos una clave, como un par de colegiales. Utilizamos lo de Tinker, Tailor. Sí, lo hicimos allí, en el piso, mientras bebíamos aquel barato *sherry* de Chipre que era la bebida que Control siempre ofrecía. En el caso de que yo no pudiera salir de Checoslovaquia, si surgía alguna dificultad después de reunirme con Stevcek y tenía que ocultarme, debía hacer llegar la palabra en cuestión a Control, incluso en el caso de que tuviera que ir a Praga y escribirla con yeso en la puerta de la embajada o llamar por teléfono a nuestro residente y chillar el nombre. Tinker, Tailor, Soldier, Sailor (1). Alleline era Tinker, Haydon era Tailor, Bland era Soldier y Toby Esterhase era Poorman. Nos saltamos Sailor porque se parecía demasiado a Tailor. Y tú fuiste Beggarman.

—¿De veras? ¿Y qué te pareció, Jim, la teoría de Control?

—Estúpida. Una bobada inconcebible.

—¿Por qué?

En un tono de terquedad militar, Jim exclamó:

—¡Una estupidez! ¡Uno de nosotros, un topo...! ¡Vamos, hombre! ¡Es una idea de *loco*!

—¿Llegaste a creerlo?

—¡Nunca! ¿Cómo es posible que tú...?

—¿Y por qué no había de ser posible? En teoría, siempre reconocimos que tarde o temprano ocurriría. Siempre nos advertíamos los unos a los otros: cuidado... A fin de cuentas, habíamos comprado a bastantes miembros de organizaciones rivales, a rusos, polacos, checos, franceses, incluso algún que otro norteamericano... ¿Es que los ingleses somos diferentes?

Advirtiendo que había suscitado el antagonismo de Jim, Smiley abrió la puerta del coche, permitiendo así que entrara el aire frío.

—¿Damos un paseo? —preguntó—. No podrán sorprendernos mientras demos vueltas.

Tal como Smiley había previsto, Jim, al moverse, recuperó la fluidez del habla.

Se encontraban en el límite oriental de la parte alta de la colina, con unos cuantos árboles erguidos y varios en el suelo, talados. Pasaron junto a un banco helado, pero hicieron caso omiso de él. No soplaba el viento, las estrellas lucían muy claras, y cuando Jim reanudó el relato, los dos iban el uno al lado del otro, acompasando Jim su paso al de Smiley, alejándose del coche y acercándose a él. De vez en cuando se detenían, rozándose los hombros, de cara al valle.

Primeramente, Jim contó cómo consiguió los servicios de Max, y cuánto hizo a fin de que los restantes miembros del Circus no llegaran a saber su misión. Hizo

_____

(1) Calderero, Sastre, Soldado, Marinero. Poorman, Pobre; Beggarman, Mendigo. (*N. del T.*)

saber, indirectamente, que tenía posibilidades de abordar a un alto empleado del servicio de claves soviético en Estocolmo, y adquirió billete para Copenhague con su nombre de guerra Ellis. Pero, en realidad, fue en avión a París, allí adoptó la personalidad de Hajek, y fue en avión a Praga, en cuyo aeropuerto aterrizó a las diez de la mañana. Pasó las aduanas y el control policial sin la menor dificultad, confirmó la hora de partida de su tren en la estación terminal, y luego decidió dar un paseo por cuanto aún le quedaban dos horas libres, con lo que podría ver si le seguían, antes de iniciar el viaje a Brno. Era un otoño frío y desagradable. La nieve ya había cuajado en el suelo y seguía nevando.

Jim dijo que en Checoslovaquia la vigilancia no era por lo general un problema. Los servicios de seguridad nada sabían acerca de la manera de vigilar al prójimo sin ser vistos, debido, probablemente, a que ninguna administración, por lo que se recordaba, había tenido que ocultar que vigilaba a alguien. Jim añadió que en Checoslovaquia todavía se utilizaban coches y paseantes, como hubiera hecho un Al Capone cualquiera. Y esto era lo que Jim buscaba: Skodas negros, y hombres fortachones con impermeables. Con tiempo frío, advertir estas presencias es un poco más difícil debido a que todos los coches van más despacio, la gente va más de prisa, y todo el mundo anda con la cara cubierta hasta la nariz. De todos modos, hasta que llegó a la estación de Masaryk, o Central, como en la actualidad la llaman, Jim no tuvo problemas. Pero en la estación de Masaryk vio algo —fue más una cuestión de intuición que de observación de la realidad— que le infundió sospechas. Se trataba de dos mujeres que habían adquirido billetes antes que él.

Entonces, con la objetividad propia del profesional, Jim recordó cuanto le había ocurrido en el trayecto hasta allá. En unos pórticos con tiendas, junto a la plaza Wenceslas, fue rebasado por tres mujeres, una de ellas, la que iba en medio, empujaba un cochecito de niño, la que estaba más cerca del bordillo de la acera llevaba una bolsa de plástico rojo, y la que iba en la parte interior iba con un perro sujeto con cadena. Diez minutos después, dos mujeres, distintas, avanzaron hacia él, cogidas del brazo, las dos con mucha prisa, y a

Jim se le ocurrió que si Toby Esterhase se hubiera encargado de vigilarle, hubiera empleado una combinación de este tipo: un rápido paso de perfiles, con un cochecito de niño, coches de apoyatura con onda corta, y un segundo equipo de reserva, para el caso de que el primer equipo se viera obligado a rebasarle. En la estación de Masaryk, al ver a las dos mujeres ante él, en la cola para sacar billetes, Jim se dio plena cuenta de que lo anteriormente previsto estaba ocurriendo en realidad. Hay una parte del equipo con que la gente va por la calle que el encargado de vigilar no tiene el menor deseo de cambiarse, y menos aún en un clima subártico, y se trata, ni más ni menos, de los zapatos. De los dos pares de zapatos que tenía ante sus ojos, en la cola para comprar billetes, Jim reconoció uno. Se trataba de unas cortas botas de plástico, forradas de piel, con cremallera y suelas gruesas, de un material de color castaño que producía un gemido al pisar la nieve. Ya había visto aquellas botas, por la mañana, en el pasaje Sterba, y las llevaba aquella mujer que pasó junto a él, empujando el cochecito, aunque en aquella ocasión vestía ropa diferente. A partir de este instante, Jim ya no tuvo sospechas sino certidumbre, del mismo modo que también la hubiera tenido Smiley.

En el quiosco de la estación, Jim compró el *Rudepravo*, y luego subió al tren con destino a Brno. Si hubieran querido detenerle ya lo habrían hecho. Seguramente iban en busca de derivaciones, es decir, de descubrir los enlaces de Jim. De nada servía buscar razones, pero Jim pensó que seguramente la identidad Hajek había sido descubierta, y que habían comenzado a prepararle la trampa ya en el momento en que subió al avión. Jim se dijo que en tanto no supieran que él se había dado cuenta de que le seguían, tenía cierto margen de ventaja. Y por un instante, tuvo la sensación de hallarse de nuevo en la Alemania ocupada, en sus tiempos de agente en el campo de operaciones, viviendo con el terror a flor de piel y sintiéndose desnudo ante la mirada de cualquier desconocido.

Jim tenía que tomar el tren de las trece ocho que llegaba a Brno a las dieciséis veintisiete. Este tren fue cancelado, por lo que Jim tomó un maravilloso tren tranvía, formado especialmente para el partido de fútbol, que se detenía en todas partes, y en cada parada

Jim tenía la certeza de haber identificado a sus seguidores. Eran de diversas clases. En Chocen, lugarejo prácticamente desierto, Jim se apeó y compró un bocadillo de salchichas, lo que le permitió ver nada menos que a cinco sabuesos, todos ellos del sexo masculino, esparcidos por el minúsculo andén, con las manos en los bolsillos, fingiendo que charlaban, y poniéndose en ridículo.

—Si hay algo —dijo Jim— que permita distinguir el buen sabueso del malo, este algo es que el primero está dotado del noble arte de hacerlo todo de un modo verosímil.

En Svitavy, dos hombres y una mujer subieron al vagón de Jim y se pusieron a hablar del partido. Al cabo de un rato, Jim intervino en la conversación. Antes se había enterado de los antecedentes en el periódico. Se trataba de un partido de vuelta, y todos andaban locos de expectación. Llegó a Brno sin que nada más hubiera ocurrido, por lo que Jim se apeó, entró y salió de diversas tiendas y anduvo por sitios atestados, a fin de que sus seguidores se vieran obligados a estar cerca de él para no perderle.

Quería tranquilizarlos, quería demostrarles que nada sospechaba. Le constaba que era el objetivo de lo que Toby denominaría una gran jugada. Los de a pie trabajaban formando equipos de siete. Los coches se sustituían con tanta frecuencia que Jim ni contarlos pudo. El primer vehículo que le dio la pista era una camioneta verde conducida por un matón. Esta camioneta llevaba una antena circular, y lucía una estrella dibujada con yeso en un lugar de la parte trasera al que no había niño que pudiera llegar. Los coches, en los casos en que Jim pudo observarlos, se identificaban entre sí gracias a un bolso de mujer sobre la guantera y la visera contra el sol bajada, en el asiento correspondiente al acompañante del conductor. Seguramente utilizaban otras señales, pero Jim tenía bastante con éstas. Por lo que Toby le había contado, en las operaciones de este tipo se empleaban unas cien personas, y si el hombre seguido conseguía dar el esquinazo, el fracaso resultaba muy doloroso. Por esta razón, Toby les tenía gran antipatía.

Jim dijo que en la plaza principal de Brno hay un establecimiento en el que se vende toda clase de géneros. Ir de compras en Checoslovaquia es muy pesado debido a que cada industrial estatal tiene muy pocas tiendas de venta al detalle, pero aquel establecimiento era nuevo y realmente impresionante. Jim compró juguetes, un pañuelo para el cuello, cigarrillos, y se probó un par de zapatos. Suponía que quienes le seguían aún estaban esperando que entrara en contacto con su clandestino enlace. Jim robó un gorro de piel, un impermeable de plástico blanco y una bolsa en la que lo metió. Se quedó en el departamento de prendas masculinas el tiempo suficiente para confirmar que las dos mujeres que formaban la pareja de vanguardia estaban aún tras él, pero un tanto remisas a acercársele. Jim supuso que habían pedido ser sustituidas por hombres y que esperaban el relevo. En el lavabo para hombres, Jim actuó con gran celeridad. Sobre el abrigo, se puso el impermeable blanco, se metió la bolsa en el bolsillo y se encasquetó el gorro. Abandonando los restantes paquetes bajó a toda velocidad la escalera de emergencia, abrió a patadas la puerta de emergencia en caso de incendio, recorrió una calleja, luego otra, metió el impermeable blanco en la bolsa, entró en otra tienda que estaba cerrando sus puertas, y en ella compró un impermeable negro para sustituir el blanco. Mezclándose entre los clientes que salían de la tienda, saltó a un tranvía atestado y se quedó en él hasta la penúltima parada, luego caminó durante una hora y llegó puntualmente a la segunda cita con Max.

Ahora, Jim relató su conversación con Max y dijo que poco faltó para que se pelearan.

—¿Y nunca se te ocurrió abandonar la operación? —preguntó Smiley.

Secamente, casi en tono de amenaza, Jim repuso:

—No. No se me ocurrió.

—¿Incluso teniendo en cuenta que, desde el principio, pensaste que la idea era una estupidez?

En el tono de Smiley sólo había deferencia. No había filo, no había deseos de apuntarse un tanto. Sólo el deseo de llegar a la verdad, allí, bajo el cielo nocturno.

—Seguiste adelante —dijo—. Te habías dado cuenta de que te seguían, sabías que la misión era absurda, pero seguiste adentrándote más y más en la jungla.

—Sí, eso hice.

—¿No sería que habías cambiado de opinión, en lo

referente a tu trabajo? ¿O que la curiosidad te dominaba? ¿Qué ansiabas saber, quién era el topo, por ejemplo? Son hipótesis solamente, Jim.

—¿Y qué importa? ¿Qué importan mis motivos en un lío tan monumental como aquél?

En lo alto de la colina, la media luna lucía libre de nubes y parecía muy cercana. Jim se sentó en el banco, cuyas patas se hundían en el suelo de grava. Mientras hablaba, Jim cogía de vez en cuando una piedra y la arrojaba, de un revés, hacia las matas. Smiley se sentó a su lado, y clavó la mirada en Jim. En una ocasión, para acompañarle, tomó un sorbo de vodka, y pensó en Tarr y en Irina bebiendo, en lo alto de otra colina, en Hong Kong. Pensó que seguramente era un hábito propio de las gentes de aquel oficio: hablamos mejor cuando podemos contemplar un panorama.

Jim dijo que el santo y seña y la contraseña fueron intercambiados sin dificultades, a través de la ventanilla del Fiat aparcado. El conductor era uno de esos rígidos y musculosos magiares, con bigotes al estilo eduardiano, y aliento con olor a ajo. A Jim no le gustó, pero tampoco se había forjado esperanzas al respecto. Las dos puertas traseras estaban cerradas con llave y surgió una disputa acerca del lugar en que Jim debía sentarse. El magiar decía que más valía que no se sentara detrás, por considerarlo peligroso. Por otra parte, también era poco democrático. Jim le dijo que se fuera al cuerno. El preguntó a Jim si iba armado, a lo que éste contestó que no lo iba, lo cual era mentira, pero lo cierto es que si el eslavo no le creyó tampoco se lo dijo. Le preguntó si había traído instrucciones para el general. Jim dijo que no había traído nada, que había ido para escuchar solamente.

Jim se sentía algo nervioso. El coche se puso en marcha, y el magiar habló. Cuando llegaran a la casa no verían luces ni signo alguno de vida. El general estaría dentro. Si veían algún signo de vida, como una bicicleta, un coche, una luz o un perro, si veían algún signo revelador de que la casita estaba ocupada, entonces el magiar iría primero allá, y Jim esperaría en el coche. ¿Lo había comprendido claramente?

Jim preguntó que por qué no iban juntos a la casa. El eslavo dijo que se debía a que el general no quería.

Viajaron durante media hora, según el reloj de Jim,

en dirección noroeste, a una media de treinta kilómetros por hora. La carretera presentaba muchas curvas y estaba bordeada de árboles. No había luna, y Jim podía ver muy pocas cosas, como no fuera, de vez en cuando, más bosques y más colinas recortándose contra el cielo. Advirtió que la nieve había llegado desde el Norte. La carretera estaba despejada, pero se veían las huellas de los neumáticos de camiones pesados. Iban sin luces. El magiar comenzó a contarle una historieta verde, y Jim intuyó que aquello era signo de que estaba nervioso. El olor a ajo era terrible. Parecía que el magiar estuviera comiendo ajos constantemente. Sin previo aviso, el magiar detuvo el motor. Avanzaban cuesta abajo, más despacio. Aún no se habían detenido del todo cuando el magiar bajó el brazo hacia el freno de mano, en cuyo momento Jim le aplastó la cabeza contra el marco de la ventanilla y se apoderó de su revólver. Estaban ante una bifurcación. Unos treinta metros más allá, avanzando por el sendero que nacía en la carretera, había una cabaña de madera. No se advertía el menor signo de vida.

Jim dijo al magiar lo que deseaba que éste hiciera. Quería que el magiar se tocara con el gorro de piel de Jim y se pusiera el impermeable de éste, y que, de esta guisa, recorriera el camino hasta la cabaña. Lo haría lentamente, con las manos unidas a la espalda, y caminando por el centro del sendero. Si no obedecía, Jim le pegaría un tiro. Cuando llegara a la cabaña, entraría en ella y explicaría al general que Jim no hacía más que tomar unas precauciones elementales. Después, regresaría caminando despacio, daría el parte a Jim, diciéndole que todo iba a pedir de boca y que el general estaba dispuesto a recibirle. O lo contrario, si éste era el caso.

El magiar no parecía muy contento de estas disposiciones, pero no se hallaba en situación de formular objeciones. Antes de que saliera, Jim le ordenó que moviera el coche, de modo que quedara orientado hacia el sendero. Jim le explicó que si hacía la menor jugada sucia, encendería los faros y le pegaría un tiro. El magiar inició su trayecto. Poco le faltaba para llegar a la cabaña cuando la zona entera quedó bañada en luz: la cabaña, el sendero y un amplio espacio alrededor. Entonces ocurrieron, simultáneamente, muchas cosas. Jim no pudo verlo todo, debido a que estaba ocupado en dar la vuelta al coche. Vio que cuatro hombres se descolgaban de los árboles, y que uno de ellos atizaba un golpe en la cabeza del magiar, tumbándolo. Comenzaron a sonar tiros, pero ninguno de los cuatro hombres prestó la menor atención a tal hecho, ya que se habían echado a un lado, mientras otro hombre tomaba fotografías. Parecía que los tiros fueran dirigidos al claro cielo, detrás de los focos. Era una escena muy teatral. Entonces comenzaron a estallar luces, bengalas militares y luces Verey, y, mientras Jim avanzaba a toda velocidad por el sendero, tenía la impresión de dejar a sus espaldas un ejercicio militar en su momento culminante. Se encontraba casi a salvo —creía realmente hallarse a salvo—, cuando en el bosque a su derecha alguien abrió fuego, desde muy cerca, con una ametralladora. La primera ráfaga arrancó una de las ruedas traseras, lanzando el coche hacia un lado. Jim vio la rueda volando por encima de la capota, en el momento en que el coche se desviaba hacia la izquierda, y caía por un desmonte. El desmonte tendría unos tres metros de profundidad, pero la nieve suavizó el golpe. El coche no se incendió, por lo que Jim se cubrió detrás de él y esperó, observando el otro lado del sendero, a la espera de poder disparar sobre el hombre de la ametralladora. La ráfaga siguiente fue disparada a la espalda de Jim, y lo arrojó contra el coche. El bosque seguramente estaba atestado de tropas. Jim se dio cuenta de que había recibido un par de balazos, los dos le dieron en el hombro derecho y, mientras yacía allí, contemplando la exhibición militar, se maravillaba de que aquel par de balazos no le hubieran arrancado el brazo. Sonó dos o tres veces el claxon de un coche. Por el sendero avanzó una ambulancia, pero los disparos seguían con tal intensidad que seguramente en aquel bosque la caza habría quedado atemorizada por varios años. La carrocería de la ambulancia era tan alta y rectilínea que recordó a Jim aquellos viejos coches de bomberos que salían en las películas de Hollywood. Se estaba desarrollando una fingida batalla, batalla en toda la regla, pero los hombres de la ambulancia estaban allí, de pie, mirándole tranquilamente, como si nada ocurriera. Comenzaba Jim a desvanecerse cuando oyó que llegaba un segundo vehículo, oyó voces, y ahora volvieron a tomar fotografías, aunque en esta ocasión fotografiaron al hombre que tenían que fotografiar. Alguien estaba dando órdenes, pero Jim no pudo saber qué decían estas órdenes por cuanto quien las daba hablaba en ruso. Su único pensamiento, cuando le arrojaron en la camilla y perdió el conocimiento, se centraba en la posibilidad de regresar a Londres. Se imaginó a sí mismo, allí, en el piso de Saint James, con aquellos papeles coloreados y el montón de notas, cómodamente sentado en un amplio sillón, dedicado a explicar detalladamente a Control el modo y manera en que los dos se habían dejado engañar, por la más burda treta jamás ideada en la historia de su oficio. El único consuelo de Jim radicaba en pensar que aquella gente había tumbado al magiar, mediante un golpe en la cabeza, aunque ahora, al recordar la aventura, lamentaba no haberle partido la crisma, lo cual hubiera podido hacer fácilmente y sin escrúpulos.

32

La descripción del dolor padecido era, desde el punto de vista de Jim, un lujo del que se podía prescindir. Para Smiley, el estoicismo de Jim tenía matices terribles, especialmente si se tenía en cuenta que el propio Jim parecía ignorarlo. Jim explicó que las lagunas de su relato correspondían a los momentos en que había perdido el conocimiento. A su juicio, la ambulancia lo transportó hacia el Norte. Para formular esta hipótesis se basó en los árboles que se vio cuando abrieron la puerta para dar entrada al médico tenían una más gruesa capa de nieve. La superficie de la carretera estaba en muy buen estado, por lo que Jim pensó que seguramente se dirigían a Hradec. El médico le dio una inyección, y Jim despertó en una clínica carcelaria, con altas ventanas enrejadas, y tres hombres vigilándole. Volvió a despertar, después de la intervención quirúrgica, en una sala diferente, sin ventanas, y Jim estimaba que el primer interrogatorio seguramente tuvo efecto allí, unas setenta y dos horas después de la operación, pero no lo sabía de cierto por cuanto el tiempo ya se había convertido en un problema y, desde luego, le habían quitado el reloj.

Lo trasladaron muchas veces, ya a diferentes habitaciones, según lo que se dispusieran a hacer con él, ya a otras cárceles, según fuera la persona que se disponía a interrogarle. A veces, lo trasladaban con la sola finalidad de mantenerlo despierto por la noche, y le hacían recorrer largos corredores. También lo trasladaron en camiones y, en una ocasión, en un avión de transporte checo, aun cuando lo ataron y le vendaron los ojos, y Jim se desmayó poco después de despegar. El interrogatorio subsiguiente a este vuelo fue muy largo. De todos modos, Jim no conseguía comprender el sentido de estos interrogatorios, considerados en conjunto, y el pensar en ello nada le aclaraba, sino al contrario. Lo que tenía más presente en su memoria era el plan de actuación que se había trazado mientras esperaba ser interrogado por primera vez. Le constaba que el silencio era imposible, y que, en aras de su salud mental o de su supervivencia, forzosamente tendría que haber diálogo, y al término del diálogo, era necesario que aquella gente creyera que él les había dicho lo que sabía, todo lo que sabía. Mientras yacía en la clínica preparó su mente, formando líneas de defensa en progresivo retroceso, detrás de las cuales podía irse refugiando sucesivamente, en constante retirada, caso de que la suerte le favoreciera, hasta causar la impresión de haber sido totalmente derrotado. Su primera línea de defensa, y al mismo tiempo, aquella que podía abandonar con menos escrúpulos era la formada por el esquema general de la operación Testimonio. No era posible saber si Stevcek había actuado voluntariamente como un cebo o si había sido traicionado. Pero tanto en uno como en otro caso, una cosa era cierta: los checos sabían más que Jim, en cuanto a Stevcek hacía referencia. Su primera confesión sería, por tanto, la historia de Stevcek, puesto que, a fin de cuentas, los checos ya la sabían. Pero les obligaría a trabajar para conseguirla. Primeramente, lo negaría todo, y mantendría la historia de su falsa identidad. Después de resistirse, confesaría ser un espía inglés, y daría su nombre de guerra, Ellis, de modo que si lo publicaban, el Circus sabría, por lo menos, que estaba vivo y resistiendo. Sabía con certeza que la magnitud de la trampa que le habían tendido, así como las fotografías, auguraban gran publicidad del asunto. Luego, y de acuerdo con las instrucciones que Control le había dado, diría que la operación era cosa exclusivamente suya, montada sin el consentimiento de sus superiores y con la finalidad de ganar laureles. Y enterraría en lo más hondo de su ser, más hondo de lo que sus interrogadores podían llegar, todo pensamiento concerniente a la existencia de un espía en el seno del Circus.

Dirigiéndose a las negras sombras de las colinas, Jim dijo:

—El topo no existía, la entrevista con Control no se había celebrado, y el piso de Saint James tampoco existía.

Su segunda línea de defensa sería Max. Al principio negaría haber ido con un ayudante. Luego diría que sí, que había ido con ayudante, pero que ignoraba su nombre. Luego, debido a que a la gente siempre le gusta saber nombres, les daría un nombre primeramente falso, y luego el verdadero. En ese momento, Max ya se encontraría a salvo, u oculto, o en la cárcel.

Ahora a la memoria de Jim llegó una sucesión de posiciones que no tendría que defender con tanto tesón, como, por ejemplo, recientes operaciones de los cazadores de cabelleras, o bien habladurías del Circus, cualquier cosa, con la finalidad de inducir a creer a sus interrogadores que estaba ya totalmente dominado, que hablaba con entera libertad, que esto era cuanto sabía, y que habían ya conquistado la última trinchera. Buscaría en su memoria pasadas actuaciones de los cazadores de cabelleras, y, en caso de que fuera necesario, les daría el nombre de uno o dos funcionarios soviéticos o de los países satélites, que hubieran sido recientemente descubiertos, y también les daría quizá el nombre de otros funcionarios que, en el pasado, habían vendido, una sola vez, información por lo que, como sea que no habían desertado, bien se les podía considerar en situación de poder prescindir de ellos. Les arrojaría cuantos huesos pudiera y, en caso de necesidad, les entregaría íntegramente el establo de Brixton. Y todo lo anterior formaría la cortina de humo que ocultaría, lo que, a juicio de Jim, era el más vulnerable aspecto de sus conocimientos, conocimientos que sus interrogadores presumirían, sin la menor duda, que poseía, a saber, la

identidad de los miembros de las redes Aggravate y
Plato.

—Landkron, Krieglova, Bilova, los Pribyl —dijo Jim.
Smiley se preguntó por qué razón Jim siempre mencionaba estos nombres en el mismo orden.

Durante largo tiempo, Jim no había tenido nada que
ver con estas redes. Años atrás, antes de hacerse cargo
de Brixton, había contribuido a formarlas y reclutado
algunos de sus miembros. Pero desde aquellos tiempos,
habían ocurrido muchas cosas que afectaron a las redes en cuestión, durante los tiempos de Bland y de
Haydon, de las que Jim nada sabía. Sin embargo, a Jim
le constaba que sabía lo suficiente para que, caso de
hablar, las redes fueran descubiertas en su integridad.
Y lo que más preocupaba a Jim era el temor de que
Control, o Bill, o Percy Alleline, o quienquiera que fuese el que tuviera el poder de decisión en la actualidad,
actuaran con demasiada lentitud o demasiada codicia,
para que las redes hubieran sido evacuadas en el momento en que Jim, sometido a unas formas de malos
tratos y coacción que solamente podía imaginar, se
viera obligado a declararlo todo.

Ahora, sin el menor asomo de buen humor, Jim
dijo:

—Pero lo gracioso fue que mis interrogadores no
mostraron el menor interés por las redes. Me formularon seis o siete preguntas acerca de Aggravate, y, luego,
perdieron todo interés en el asunto. Sabían perfectamente que Testimonio no era fruto de mi ingenio, y sabían
todo lo concerniente a la compra de Stevcek, en Viena,
a cargo de Control. Comenzaron exactamente por aquello con lo que yo quería terminar: con las instrucciones
recibidas en el piso de St. James. Nada me preguntaron
acerca de un ayudante, y no mostraron el menor interés
en lo referente a la persona que me llevó hasta el punto
de reunión con el magiar. En principio, sólo querían hablar de aquella maldita teoría de la manzana podrida,
formulada por Control.

Smiley volvió a pensar: una palabra, sólo una palabra.

—¿Conocían las señas del piso de St. James? —preguntó.

—Hasta la marca del *sherry* conocían.

—¿Y los papeles con colores? ¿Y la caja de música? —volvió a preguntar rápidamente Smiley.

—No, al principio no lo sabían.

Smiley pensó que forzosamente tenían que saberlo. Gerald sabía todo lo que los administradores habían conseguido sonsacar al viejo MacFadean. El Circus llevó a cabo la correspondiente investigación *post mortem* Y Karla se benefició con los correspondientes descubrimientos, y se benefició a tiempo para esgrimirlos ante Jim.

—Supongo —dijo Smiley— que en aquellos momentos comenzaste a pensar que Control estaba en lo cierto, y que, realmente, había un topo.

Jim y Smiley se apoyaban en una valla de madera. La tierra formaba una pronunciada pendiente, ofreciendo a su vista un panorama de tierras incultas, con matas, y de campos de cultivo más allá. Abajo había otro pueblo, una bahía, y una estrecha cinta de mar iluminado por la luna.

—Fueron directamente al corazón del asunto: «¿Por qué razón Control actuó solo? ¿Qué pretendía conseguir?» Les dije: «Rehabilitarse.» Se echaron a reír: «¿Gracias a esa información sin importancia, referente a los emplazamientos militares en la zona de Brno? Con esto no tenía ni para pagarse una comida en su club.» Dije: «Quizá Control esté perdiendo terreno en el seno del Circus.» Dijeron que si Control realmente perdía terreno, entonces, ¿quién era el que se lo estaba ganando? Dije que Alleline. Sí, Alleline y Control habían entablado una dura competencia para la consecución de información. Pero a Brixton sólo llegaron rumores, dije. «¿Y qué consigue Alleline que Control no consiga?» «No lo sé.» «Pero usted acaba de decir que Control y Alleline han entablado una dura competencia para la consecución de información...» «Es un rumor; no lo sé.» Y me devolvieron a la celda.

Jim dijo que en aquellos tiempos había perdido totalmente la noción del tiempo, puesto que, o bien vivía en la oscuridad de la capucha que le ponían en la cabeza, o en la blanca luz de las celdas. No había noche ni había día, y, para mayor confusión, sus carceleros hacían ruidos constantemente.

Le daban un trato basado en el principio de la producción en cadena, explicó Jim. No le dejaban dormir, se relevaban en los interrogatorios, procuraban desorientarle lo más posible, y le trataban con gran dureza, hasta que llegó el momento en que los interrogatorios representaron para Jim, según dijo éste, una lenta carrera entre la posibilidad de quedar con la cabeza como una regadera, dicho sea en las propias palabras de Jim, y la de confesarlo todo. Naturalmente, tenía esperanzas de quedar sólo con la cabeza como una regadera, pero esto era algo que escapaba a su poder de decisión, ya que los interrogadores tenían los medios precisos para evitarlo. Le torturaron con descargas eléctricas.

—Y volvieron a empezar, desde un nuevo punto de ataque. «Stevcek era un general importante; si pidió entrevistarse con un funcionario británico de alta categoría, Stevcek debía esperar que dicho funcionario conociera a fondo todos los aspectos de la carrera militar del propio Stevcek; ¿pretende usted decirnos que no hizo lo necesario para informarse?» «Lo que yo les digo es que todo lo que sé me lo dijo Control.» «¿Leyó el historial de Stevcek, en el Circus?» «No.» «¿Y Control?» «No lo sé.» «¿Qué conclusiones sacó Control de la segunda estancia de Stevcek en Moscú?, ¿le habló Control del cargo de Stevcek en el comité de enlace del Pacto de Varsovia?» «No.» Insistieron sin variación en esta pregunta y yo me encastillé en la misma contestación, pesando que, si lo hacía, perderían la paciencia. Y, realmente, la perdieron. Cuando me desmayé, me echaron agua encima, y volvieron a la carga.

Movimiento, dijo Jim. Ahora, su modo de narrar había adquirido un extraño ritmo brusco, a retazos. Celdas, corredores, coche en el aeropuerto, tratamiento de hombre importante y palos antes de subir al avión... durante el vuelo me dormí y me castigaron por ello.

—Volvieron a encerrarme en una celda, más pequeña, y con las paredes sin pintar. A veces, pensaba que estaba en Rusia. Fijándome en las estrellas, deduje que me habían trasladado más al Este. A veces, estaba en Sarratt, siguiendo un curso de resistencia a los interrogatorios...

Durante un par de días le dejaron en paz. Jim se sentía muy confuso, con la cabeza pesada. Oía constantemente el tiroteo en el bosque, veía las bengalas, y, cuando por fin dio comienzo la gran sesión, la sesión que él recordaba como un maratón, Jim tenía la desventaja de sentirse medio derrotado ya, agazapado en la última trinchera.

Ahora, con voz muy tensa, Jim dijo:

—Ante todo era una cosa de salud.

—Si quieres —dijo Smiley—, podemos descansar un poco.

Pero en el lugar en que Jim estaba no había descansos, y lo que él quisiera carecía de importancia.

Esta fue la sesión larga, dijo Jim. En un momento de dicha sesión, Jim les habló de las notas de Control, y de sus papeles con tintas y lápices de colores. Le iban a la caza con furia, y Jim recordaba la presencia de un público, enteramente masculino, en el otro extremo de la estancia, mirándole todos como si fueran médicos, hablando entre sí en murmullos, y él les habló de los lápices de colores con la sola finalidad de mantener viva la conversación, para que aquella gente dejara de murmurar y le prestara atención. Le prestaron atención, pero no dejaron de murmurar.

—Cuando tuvieron los colores, quisieron saber su significado. «¿Qué significaba el azul?» «No había azul.» «¿Qué significaba el rojo? ¿Qué quería decir el rojo? Dénos un ejemplo del empleo del rojo en el papel, ¿qué significaba el rojo?, ¿qué significaba el rojo?, ¿qué significaba el rojo?» Y entonces, todos se fueron dejándome solo con un par de guardianes, y con un tipo de modales helados, con la espalda muy recta, que parecía ser el jefe. Los guardias me llevaron hasta una mesa, y el pequeño se sentó a mi lado, como un repulsivo gnomo, con una mano sobre la otra. Ante él, en la mesa, tenía un par de lápices, uno verde y otro rojo, y un papel con el historial profesional de Stevcek.

No fue exactamente esto lo que derrotó de una manera definitiva a Jim, sino el hecho de haber agotado su capacidad de invención. Ya no podía forjar más historias. Las verdades que había enterrado tan profundamente en su interior eran lo único que acudía a su mente.

—Y, por lo tanto —insinuó Smiley—, le hablaste de la manzana podrida, y también le hablaste de Tinker y Tailor.

Jim se mostró de acuerdo; efectivamente, así fue. Le

dijo a aquel hombre que Control creía que Stevcek podía revelar la personalidad de un topo en el seno del Circus. Le reveló la clave Tinker, Tailor, y a quién correspondía cada uno de los nombres en clave.

—¿Cómo reaccionó?

—Pensó durante unos instantes, y luego me ofreció un cigarrillo. Era un cigarrillo asqueroso.

—¿Por qué?

—Tenía sabor norteamericano. *Camel* me parece que era.

—¿Y el tipo fumaba?

Jim sacudió afirmativamente la cabeza:

—Como una chimenea.

Después de esto, el tiempo volvió a discurrir, dijo Jim. Lo llevaron a un campo de prisioneros, en las afueras de una ciudad, según le pareció, y allí vivió en unos barracones, rodeado de una doble valla de alambradas. Pronto pudo andar, con la ayuda de un guardián. Un día, incluso dieron un paseo por el bosque. El campo era muy grande. El conjunto de barracones de Jim solamente era una parte del establecimiento. Por la noche podía ver el resplandor de una ciudad, al Este. Los guardianes iban con mono de trabajo y no hablaban, por lo que Jim no podía decir si se encontraba en Checoslovaquia o en Rusia, aunque se inclina a creer que se trataba de Rusia, y cuando llegó el médico para echar una ojeada a su herida de la espalda, utilizó un intérprete que traducía del inglés al ruso y viceversa, para expresar el desprecio que le inspiraba el trabajo del colega que le había precedido en el tratamiento de la herida. De vez en cuando, de forma esporádica, los interrogatorios eran reanudados, aunque sin hostilidad. Le asignaron un nuevo equipo de interrogadores, que resultaron ser muy benévolos, en comparación con el primer equipo. Una noche, lo llevaron a un aeropuerto militar, y un caza de la RAF lo trasladó a Inverness. De allí lo trasladaron, en avioneta, a Elstree, y, luego, en camioneta a Sarratt. Estos dos últimos viajes se hicieron de noche.

Jim ahora avanzaba a grandes saltos en su narración hasta el punto que ya estaba hablando de sus experiencias en el Parvulario cuando Smiley le preguntó:

—¿Y no volviste a ver al jefe, al hombrecillo pequeño, con modales helados?

Jim dijo que sí, una vez, inmediatamente antes de regresar.

—¿Y para qué fue a verte?

—Para chismorrear. —En voz mucho más alta, Jim aclaró—: Para hablar de mil y una estupideces acerca de personalidades del Circus.

—¿Qué personalidades?

Jim contestó evasivamente. Estupideces sobre quién estaba en alza y quién iba de capa caída, sobre quién sería el sucesor del jefe.

—¿Cómo iba yo a saberlo? —dijo—. Los conserjes se enteraban de esas cosas mucho antes de que llegaran a conocimiento de los que estábamos en Brixton.

—¿Y de quiénes se dijeron esas estupideces?

Roy Bland, principalmente, repuso Jim en tono aburrido. ¿Cómo podía Bland armonizar sus ideas izquierdistas con su trabajo en el Circus? Jim repuso que Bland carecía de ideas, y éste era el modo en que armonizaba una cosa con otra. ¿Cuáles eran las reacciones entre Bland, por una parte, y Esterhase y Alleline, por otra? ¿Qué opinaba Bland de los cuadros de Bill? ¿Bebía mucho Bland? ¿Y qué sería de él, el día en que Bill le retirara su apoyo? Jim dio muy vagas respuestas a estas preguntas.

—¿Y no mencionó a nadie más?

Secamente, en el mismo tono tenso, Jim contestó:

—A Esterhase. El tipo quería saber cómo podía haber alguien capaz de confiar en un húngaro.

La siguiente pregunta de Smiley causó la impresión, incluso al propio Smiley, de cubrir de absoluto silencio el negro valle, en toda su extensión:

—¿Y qué dijo de mí? —Repitió la pregunta—: ¿Y qué dijo de mí?

—Me mostró un encendedor. Dijo que era tuyo. Un regalo de Ann, que decía: «Con todo mi amor.» Y su firma. Grabado.

—¿Se refirió a cómo este encendedor llegó a su poder? ¿Qué dijo, Jim? Vamos, dilo, no voy a desmayarme por el solo hecho de que un matón ruso haya hecho un chiste de mal gusto, a mis expensas.

La respuesta de Jim tuvo acentos de orden militar:

—Dijo que, a su juicio, después de la aventura de Bill con Ann, ésta tendría que volver a grabar el encendedor. —Dio unos pasos hacia el coche y, enfurecido, gritó—: Le contesté escupiendo las palabras contra su cara menuda y arrugada. Le dije que no se podía juzgar a Bill por cosas así. Los artistas viven basándose en criterios totalmente diferentes. Los artistas ven cosas que nosotros no vemos. Su sensibilidad les permite percibir cosas que están más allá de nuestros límites. El maldito enano se echó a reír y dijo: «No sabía que sus cuadros fueran tan buenos.» Y, de veras, George, yo le contesté: «¡Váyase al cuerno! Si entre sus hombres tuviera un solo Bill Haydon, ganaría la partida en un dos por tres.» Sí, señor. Y le dije acaloradamente: «¡Por Dios, hombre! ¿Qué tienen ustedes en este país, un servicio de información o un ejército de salvación?»

Como si comentara un lejano debate, Smiley dijo:

—Fue una buena contestación. ¿Y nunca le habías visto antes?

—¿A quién?

—Al tipo pequeño y helado. ¿No te pareció haber visto aquella cara mucho tiempo antes? Bueno, ya sabes cómo es nuestra vida. Seguimos cursos de preparación, vemos muchas caras, fotografías de personalidades del Centro, y, a veces, esas caras quedan grabadas en nuestra memoria, aunque no recordemos el nombre. En fin, resulta que la cara de este tipo no te era conocida. Hubiera podido serlo, por esto te lo he preguntado. —Tras una pausa, Smiley prosiguió en tono de conversación intrascendente—: He pensado que allí tuviste mucho tiempo para pensar. Mientras convalecías, en espera del momento de regresar a Inglaterra, no podías hacer otra cosa que pensar. —Smiley esperó. Luego, preguntó—: ¿Y en qué pensabas? En la operación que te habían encomendado, supongo...

—A ratos, sí.

—¿Y qué conclusiones sacaste? ¿Llegaste a deducir algo de utilidad? ¿Tuviste sospechas, hiciste algún descubrimiento, viste alguna pista, algo que ahora pueda serme útil?

Secamente, con mucha dureza, Jim repuso:

—¡Vete al cuerno! Ya sabes cómo soy, George Smiley, no, no soy uno de esos fantasmas que...

—Sí, ya lo sé, eres un hombre de acción que se limita a actuar en el campo de operaciones y dejas que los demás se encarguen del trabajo de pensar. Sin embargo, cuando uno se da cuenta de que le han dejado

335

caer en una trampa monumental, cuando uno ha sido traicionado y le han pegado un par de tiros por la espalda, y se pasa meses sin tener nada que hacer, como no sea estar tumbado o sentado en un camastro, o pasear por una celda carcelaria rusa, creo que, en este caso, incluso el más fiel hombre de acción —la voz de Smiley no había perdido su tono amistoso— es capaz de preguntarse por qué razones se encuentra en tan desagradable situación.

Smiley sugirió a la inmóvil figura que había a su lado:

—Fijémonos por un momento en la operación Testimonio. Testimonio dio fin a la carrera de Control. Fracasó, y no pudo proseguir sus investigaciones en busca del topo, caso de que hubiera tal topo. El Circus pasó a otras manos. Control murió oportunamente. La operación Testimonio produjo, asimismo, otro resultado, puesto que reveló a los rusos, a través de tus manifestaciones, el exacto alcance de las sospechas de Control, quien llegó a reducir el ámbito de sus sospechas a cinco personas, cinco y sólo cinco, al parecer. No pretendo decir, con esto, que tú hubieras debido concluir todo lo anterior mientras estabas en la celda, esperando. A fin de cuentas, mientras estabas allí, no tenías la menor idea de que Control ya no estaba en su cargo. Sin embargo, podías muy bien haber pensado que los rusos organizaron aquella batalla de mentirijillas en el bosque con la finalidad de provocar un escándalo, ¿no crees?

—Te olvidas de las redes —replicó Jim, con tristeza.

—Los checos sabían todo lo referente a esas redes mucho antes de que tú entraras en escena. Detuvieron a sus miembros con la sola finalidad de dar mayor importancia al fracaso de Control.

El tono discursivo, casi de conversación sin importancia, con que Smiley había expuesto estas teorías, no encontró eco en Jim. Después de haber esperado en vano que Jim dijera algo, Smiley abandonó aquel tema:

—Bueno, pasemos ahora a tu llegada a Sarratt, si te parece bien.

En un raro momento de olvido, Smiley bebió un trago de vodka antes de pasar la botella a Jim.

A juzgar por el tono de su voz, Jim ya estaba cansado de aquella conversación. Habló de prisa e irritado, con aquella sequedad militar que constituía su defensa ante las incursiones intelectuales.

Durante cuatro días, Sarratt fue un paraíso.

—Comí mucho, bebí mucho, dormí mucho, y paseé por el campo de cricket.

Y hubiese nadado si la piscina no hubiera estado lista para ser reparada, en cuya situación llevaba ya seis meses, lo cual venía a demostrar la horrenda ineficiencia imperante en Sarratt. De vez en cuando, le visitaba el médico, veía la televisión y jugaba al ajedrez con Cranko, quien era el encargado de recepción.

También esperaba que Control le visitara, pero Control no compareció. La primera persona del Circus que le visitó fue el encargado de reincorporación social, quien le habló de una agencia de empleo de profesores que estaba en excelentes relaciones con el Circus, luego vino una especie de contable que le habló de sus derechos a cobrar una pensión, y luego acudió un médico para valorar la indemnización a que se había hecho acreedor. Jim esperó que fueran a verle los inquisidores, pero no lo hicieron, lo cual no dejó de representar un alivio para él, por cuanto Jim no sabía qué podía decirles y qué no podía decirles hasta el momento en que Control le hablara, y por otra parte, estaba ya cansado de interrogatorios. Pensó que Control estaba demorando la visita de los inquisidores. Parecía un tanto absurdo que tuviera que callar ante los inquisidores lo que ya había dicho a los rusos y a los checos, pero ¿qué otra cosa podía hacer, antes de hablar con Control? Al ver que Control no daba signos de vida, Jim pensó en la posibilidad de ir a ver a Lacon y contarle la historia. Después, Jim pensó que Control esperaba que Jim saliera del Parvulario, y que tan pronto éste lo hiciera entraría en contacto con él. Jim tuvo una recaída, y cuando la hubo superado, le visitó Toby Esterhase, con un traje nuevo, para, aparentemente, estrecharle la mano y desearle buena suerte. Pero, en realidad, Esterhase acudió para informarle de la situación.

—Me pareció muy raro que mandaran a Esterhase, pero parecía que el tipo hubiera prosperado mucho. Entonces, recordé lo que Control había dicho acerca de usar solamente a tipos de las organizaciones que no fueran de Londres.

Esterhase le dijo que poco había faltado para que

el Circus se hundiera definitivamente, a resultas de la operación Testimonio, y que, en la actualidad, Jim se había convertido en el leproso número uno del Circus. Control había sido apartado del Circus, y se estaba llevando a efecto una reorganización, a fin de aplacar a Whitehall.

—Y entonces —continuó Jim— me dijo que no debía preocuparme.

—¿Preocuparte de qué?

—De mi misión especial. Dijo que muy poca gente sabía la verdad, y que no debía preocuparme porque ya se estaban ocupando del asunto. Se sabía todo lo ocurrido. Después, me dio mil libras, en metálico, a modo de complemento de la indemnización.

—¿De parte de quién te las dio?

—No lo dijo.

—¿Hizo referencia a la teoría de Control con respecto a Stevcek, acerca del espía del Centro en el seno del Circus?

—Se sabía lo ocurrido —repitió Jim, furioso—. Me dio *órdenes* de que no fuera a ver a nadie y de que no intentara contar la historia porque se estaban ocupando del asunto en las más altas esferas, y mi intervención podría ser perjudicial. El Circus se estaba rehabilitando. Más valía que me olvidara de Tinker y Tailor, del topo y de todo. Me dijo: «Quédate totalmente al margen.» Y no dejaba de decir: «Eres un hombre afortunado, Jim.» Y luego: «Has recibido órdenes de vivir en paz y tranquilidad.» Podía olvidarme de todo. Sí, podía comportarme como si nunca hubiera ocurrido nada. —Ahora, Jim hablaba a gritos—: Y esto es lo que he hecho: ¡obedecer órdenes y olvidar!

De repente, el paisaje nocturno le pareció a Smiley tremendamente inocente. Era como una gran tela en la que nada malo o cruel se hubiera pintado. El uno al lado del otro contemplaban el valle, que terminaba con las luces apiñadas que destacaban contra el horizonte. Por entre estas luces se alzaba una torre, y, durante unos instantes, a Smiley le pareció que aquella torre marcara el final del viaje.

—Sí, también yo me dediqué a olvidar un poco —dijo Smiley—. En fin, el caso es que Toby te habló de Tinker, Tailor. ¿Y cómo pudo enterarse de esta historia, a no ser que...? Y Bill no habló contigo, ni siquiera te mandó una postal..

—Bill estaba en el extranjero.

—¿Quién te lo dijo?

—Toby.

—Y no volviste a ver a Bill. Desde la operación Testimonio no volviste a ver a tu mejor y más viejo amigo. Bill desapareció.

—Ya te he dicho lo que me dijo Toby. No debía hablar con nadie.

En tono de reminiscencia, Smiley dijo:

—Pero Bill nunca fue hombre que hiciera demasiado caso de ese tipo de órdenes.

—¡Y tú nunca fuiste hombre que tuviera simpatía a Bill! —replicó Jim a ladridos.

Después de una breve pausa, Smiley dijo con acento cordial:

—Lamento no haber estado allí cuando fuiste a verme. Control me había quitado de en medio, mandándome a Alemania, y cuando regresé... En fin, ¿para qué querías verme?

—Para nada. Pensé que la operación de Checoslovaquia era un tanto peliaguda, y fui a verte para decirte adiós, para despedirme solamente.

Con leve sorpresa, Smiley exclamó:

—¿Despedirte, antes de una misión? ¿Antes de una misión tan *especial*? —Jim no dio muestras de haber oído a Smiley, quien prosiguió—: ¿Y te despediste de alguien más? Supongo que todos estábamos fuera, Toby, Roy, Bill... ¿Viste a alguien?

—A nadie.

—Bill se encontraba de permiso, ¿no es cierto? Pero, por lo que sé, se hallaba en Londres.

Un espasmo de dolor obligó a Jim a levantar el hombro y a hacer un movimiento de rotación con la cabeza.

—No vi a nadie —dijo—. Todos estaban fuera.

Con el mismo tono suave, Smiley comentó:

—Es muy impropio de ti, Jim, ir despidiéndote de la gente antes de partir para una misión peligrosa. Parece como si, al envejecer, te hubieras vuelto sentimental... —Smiley dudó—: Oye, ¿no pretenderías que te dieran consejos? Al fin y al cabo, considerabas que la misión era una estupidez, y que Control estaba perdiendo facultades. Quizá pensabas que debías consultar el problema con una tercera persona... Reconozco que te encontrabas en una situación muy rara...

Steed Asprey solía decir: conoced primero los hechos y luego probad las historias como quien se prueba un traje.

Estando Jim todavía enclaustrado en un furioso silencio, regresaron al coche.

En el motel, Smiley sacó de las profundidades de su abrigo veinte fotografías del tamaño de una tarjeta postal, y las puso, formando dos filas, sobre la mesa de cerámica. Algunas eran instantáneas en movimiento, y otras retratos en reposo. Todos eran hombres y ninguno parecía inglés. Haciendo una mueca, Jim cogió dos y las entregó a Smiley. En un murmullo dijo que estaba seguro del primero, y no tan seguro del segundo. El primero era el jefe, el hombre menudo y helado. El segundo era uno de los cerdos que miraban desde las sombras, mientras los matones hacían trizas a Jim. Smiley volvió a meter las fotos en el bolsillo. Mientras Smiley llenaba los vasos para tomar el último trago de la noche, un observador menos torturado que Jim hubiera advertido que en el comportamiento de Smiley no había trazas de triunfo, sino de ceremonia, como si el trago sellara algo.

—Entonces, ¿cuándo viste a Bill por última vez?

Smiley había formulado la pregunta como si se refiriera a cualquier viejo y común amigo. Sin duda alguna, Jim estaba pensando en otras cosas, ya que levantó la cabeza y tardó un poco en enterarse de la pregunta. Sin dar importancia a sus palabras, Jim repuso:

—Pues seguramente le vería por ahí... Me tropezaría con él en algún corredor o algo por el estilo.

—¿Y cuándo conversaste con él por última vez?
—Pero al ver que Jim había vuelto a sumirse en sus pensamientos, dijo—: Déjalo, da igual.

Jim no quiso que Smiley le acompañara hasta la puerta de la escuela. Dijo que más valía que le dejara al principio del camino que, a través del cementerio, llevaba a la iglesia. Dijo que había dejado unos libros en el vestíbulo de ésta, y que quería recogerlos. Sin saber por qué, Smiley dudó de la veracidad de las palabras de Jim. Quizá se debía a que Smiley siempre había considerado que Jim no sabía mentir, pese a llevar treinta años en la profesión. Smiley vio alejarse la torcida sombra, camino del porche normando, mientras los tacones de Jim sonaban como disparos por entre las tumbas.

Fue con el coche a Taunton, y en el hotel Castle hizo varias llamadas telefónicas. Pese a sentirse agotado, durmió acompañado de la imagen de Karla sentado ante la mesa, junto a Jim, con dos lápices de colores, y de la imagen del académico Polyakov, alias Victorov, despedido para mayor seguridad de su topo Gerald, esperando impacientemente, en la celda de Jim, a que éste se desmoronara. Por último, vio a Toby Esterhase en Sarratt, sustituyendo al ausente Haydon, y aconsejando a Jim que olvidara todo lo referente a Tinker, Tailor, y al inventor de la clave, el difunto Control.

Aquella misma noche, Peter Guillam se dirigió en coche que conducía hacia el Oeste, cruzando limpiamente Inglaterra, hasta Liverpool, con Ricki Tarr como único pasajero. Fue un viaje aburrido, y en condiciones desagradables a más no poder. Durante casi todo el trayecto, Ricki Tarr estuvo alardeando de las recompensas y el ascenso que exigiría tan pronto hubiera llevado a cabo su misión. Cuando dejó este asunto, pasó a hablar de sus mujeres: Danny, la madre de Danny e Irina. Parecía Tarr proyectar vivir en un *ménage à quatre*, en el que las dos mujeres cuidarían conjuntamente de la pequeña Danny.

—Irina es una mujer muy maternal —dijo—. Y naturalmente, el hecho de no ser madre es lo que la tiene tan frustrada.

Dijo que Boris tendría que desaparecer del mapa. Ya se encargaría él de decirle a Karla que se quedara con Boris. Cuando comenzaron a hallarse cerca del punto de destino, el humor de Tarr cambió, y, por fin, guardó silencio. El alba fue fría y neblinosa. En los suburbios, tuvieron que reducir la velocidad, y los ciclistas les avanzaban. Un hedor a hollín y a acero penetró en el interior del coche.

—Y no se quede mucho tiempo en Dublín —dijo Guillam de repente—. Esperan que siga usted las rutas seguras, por lo que debe andar con cuidado. No olvide tomar el primer avión.

—Ya hemos hablado de eso.

—Pues de todos modos —repuso Guillam—, le vuelvo a hablar de lo mismo. A propósito, ¿cuál es el nombre de trabajo de Mackelvore?

Entre dientes, Tarr exclamó:

—¡Por el amor de Dios!

Y dio el nombre.

Todavía se estaba a oscuras cuando el ferry irlandés soltó amarras. Había soldados y policías en todas partes. Soplaba fuerte viento procedente del mar, y parecía que la travesía fuera a ser incómoda. En el muelle, nació una sensación de compañerismo que envolvió a la pequeña muchedumbre durante unos instantes, mientras las luces de la embarcación, balanceándose, se perdían rápidamente en la oscuridad. Una mujer lloraba, y, más allá, un beodo celebraba su liberación.

Regresó conduciendo despacio, e intentando ver la imagen de sí mismo, la imagen de aquel nuevo Guillam que se sobresaltaba al oír ruidos imprevistos, que tenía pesadillas, y que no sabía conservar a una mujer a su lado. Camilla había desaparecido. Guillam la había acusado de sus relaciones con Sand, de su excéntrico horario y del secreto que rodeaba su vivir en general. Después de escucharle mirándole con sus graves ojos pardos, Camilla le dijo que estaba loco y se fue, diciéndole: «Soy lo que piensas que soy.» Desde su piso vacío, Guillam llamó a Estherhase, invitándole a tener con él una amistosa conversación aquel mismo día.

33

Smiley se encontraba sentado en el interior del Rolls del ministro (coche que, por lo ostentoso, era objeto de burlas en la familia de Ann, que le llamaban la olla negra), con Lacon a su lado. Al chófer le habían dicho que fuera a desayunar. El ministro se sentaba en el asiento contiguo al del conductor, y todos miraban al frente, más allá de la larga capota, a las torres de la central eléctrica de Battersea, envueltas en niebla, al otro lado del río. El ministro tenía abundante pelo en la parte posterior de la cabeza, y en las sienes le formaba un par de cuernecillos negros.

Tras un fúnebre silencio, el ministro dijo:

—Si está en lo cierto, y conste que no digo que no lo esté, y que sólo digo *si* está usted en lo cierto, ¿cuánta vajilla habremos hecho cisco al fin de la jornada?

Smiley no alcanzó a comprender esta última expresión.

—Me refiero al escándalo —aclaró el ministro—. El tipo va y se pasa al otro bando. Muy bien, ¿qué pasa entonces? ¿Asoma la cabeza por una ventana y se ríe públicamente de todos aquellos a quienes ha tomado el pelo? ¡Dios mío, yo sólo quiero decir que, en este asunto, estamos involucrados todos nosotros! La verdad es que no sé por qué razón vamos a dejar que se nos escape, después de habernos tomado el pelo, y que los de la competencia nos hagan cisco.

El ministro, ahora, adoptó otra línea de ataque:

—Lo que quiero decir es que, por el mero hecho de que los rusos sepan nuestros secretos, no vamos a dejar que el resto del mundo los conozca también. No sólo son los rusos quienes nos dan quebraderos de cabeza, creo yo. Por ejemplo, ahí están los negros: ¿es que también ellos van a leer la noticia de lo ocurrido en el *Diario del tam-tam,* dentro de una semana?

Smiley pensó que el ministro también tenía en cuenta a sus electores.

—A mi parecer —dijo Lacon—, los rusos siempre han procurado evitar que esto suceda. A fin de cuentas, cuando se deja en ridículo total al enemigo se pierde la justificación precisa para atacarle. —Tras una pausa, añadió—: Hasta el momento, los rusos nunca han aprovechado a fondo sus oportunidades para dejarnos totalmente en ridículo.

—Pues en este caso, procure que sigan portándose así. Que le den seguridades por escrito. No, no, eso no, claro. Pero dígales con toda claridad que donde las dan las toman. A fin de cuentas, nosotros tampoco vamos por ahí sacando a relucir los trapos sucios del

Centro de Moscú, por lo que ellos, aunque sólo sea por una vez en la vida, bien pueden portarse decentemente.

Smiley rechazó la oferta de ir con los otros en el coche, asegurando que tenía ganas de pasear un poco.

Aquel día a Thursgood le tocaba el servicio de profesor de día, lo cual no le gustaba ni pizca. A su juicio, los directores de estudios debieran estar exentos de trabajos tan triviales, a fin de reservar todas sus energías mentales para la tarea de dirigir y de formular las directrices generales. El hecho de lucir su toga de Cambridge en nada le consolaba mientras se hallaba de pie en el gimnasio, contemplando cómo los chicos formaban filas para la lista de la mañana. Les miraba con una expresión de indiferencia, cuando no claramente hostil. Sin embargo, fue Marjoribanks el que echó en el vaso de la paciencia de Thursgood la última gota de agua. Junto al oído izquierdo de Thursgood, murmuró:

—Ha dicho que ha sido su madre. Ha recibido un telegrama de su madre, y ha dicho que se iba inmediatamente sin siquiera tomar una taza de té. Le he prometido que se lo diría a usted.

—Es monstruoso —comentó Thursgood—, sencillamente monstruoso.

—Si quiere, puedo hacerme cargo de su clase de francés. Podemos juntar las clases de quinto y sexto.

—Estoy furioso, tan furioso que no puedo ni tan siquiera pensar.

—Por otra parte, Irving dice que se encargará del partido final de *rugger*.

—Hay que celebrar los exámenes, hay que redactar informes, hay que jugar finales de *rugger*... ¿Y qué diablos le puede pasar a esa mujer? La gripe, eso es lo que tendrá, cosa del tiempo. Todos tenemos la gripe, y nuestras madres también. ¿Dónde vive esa mujer?

—Por lo que le ha dicho a Sue, parece que la pobre está agonizando.

Sin suavizar su actitud, Thursgood observó:

—Bueno, al menos ésta es una excusa que sólo podrá utilizar una vez.

Con un ladrido ordenó silencio, y comenzó a pasar lista.

—¿Roach?

—Enfermo, señor.

Lo que faltaba. El chico más rico de la escuela estaba padeciendo una crisis nerviosa por culpa de sus desdichados padres, y el padre amenazaba con mandarlo a otra escuela.

34

Eran las cuatro de la tarde del mismo día. Mientras echaba una ojeada a la lúgubre vivienda, Guillam pensó: «¡Hay que ver la cantidad de pisos secretos que he visto en mi vida!» Hubiera podido escribir sobre ellos del mismo modo que un viajante de comercio puede escribir sobre hoteles, desde el piso secreto de cinco estrellas en Belgravia, con espejos en las paredes, columnas y hojas de roble doradas, hasta este pisito de dos habitaciones, asignado a los cazadores de cabelleras, en Lexham Gardens, con olor a polvo y a humedad, y un extintor de incendios, de más de un metro, destacando en la oscuridad del vestíbulo. Sobre el hogar, había un grabado de unos caballeros bebiendo cerveza en jarra de peltre. Sobre las mesas, ceniceros en forma de concha marina, y en la grisácea cocina una anónima nota ordenando que se cerrasen las dos espitas de gas. En el momento en que cruzaba el vestíbulo sonó el timbre, con exacta puntualidad. Guillam cogió el teléfono, y oyó la voz de Toby, alterada por el micro, aullando junto a su oído. Oprimió el botón y oyó el sonido de la cerradura electrónica, resonando en el hueco de la escalera. Abrió la puerta, pero no quitó la cadena hasta estar seguro de que Toby había acudido solo. Le hizo entrar y le preguntó alegremente:

—¿Qué tal? ¿Cómo va todo?

Mientras se quitaba abrigo y guantes, Toby repuso:

—Muy bien, Peter, muy bien.

Había una bandeja con el servicio de té. Guillam lo había preparado. Té para dos. En los pisos secretos impera siempre cierto protocolo. O bien uno finge que vive en ellos o bien uno finge que en cualquier sitio se siente como en su propia casa. También se puede uno comportar como si fuera un hombre que siempre piensa

345

en todo. Guillam concluyó que, en su oficio, la naturalidad es un arte. He aquí otra cosa que Camilla sería incapaz de comprender. Como si hubiera efectuado un cuidadoso análisis del asunto, Esterhase anunció:

—La verdad es que hace un tiempo rarísimo.

En los pisos secretos, el arte de «trabar conversación» nunca alcanzaba grandes alturas. Esterhase se sentó.

—No sé qué pasa —dijo—, pero en cuanto uno da cuatro pasos, se siente completamente agotado. ¿De modo que hemos venido aquí para esperar a un polaco? ¿Un polaco que comercia con pieles y que, a tu juicio, puede servirnos en enlace...?

—Llegará de un momento a otro.

—¿Le conocemos ya? He dicho a mis hombres que investigaran, a ver si teníamos el nombre de este tipo, y no han encontrado ni rastro.

Guillam pensó: «Mis hombres», procuraré recordar este giro, y emplearlo de vez en cuando.

—Los Polacos Libres —dijo— le hicieron una propuesta, hace unos meses, y el tipo echó a correr. Después, Karl Stack lo conoció en un almacén del muelle, y pensó que el tipo podía ser de utilidad a los cazadores de cabelleras.

Se encogió de hombros con indiferencia, y concluyó:

—El hombre me gustó, pero quizá no sirva para nada. A fin de cuentas no tenemos trabajo ni siquiera para mantener ocupada a nuestra gente.

Con reverencia, Esterhase comentó:

—Peter, has sido muy generoso al pensar en mí.

Y entonces, Guillam tuvo la ridícula sensación de haber dado una pista a Esterhase. Con alivio, oyó que sonaba el timbre de la puerta, y que Fawn ocupaba su puesto en el vestíbulo.

Algo jadeante por el esfuerzo de subir la escalera, Smiley dijo:

—Perdone la jugarreta, Toby. Peter, ¿dónde dejo el abrigo?

Guillam puso a Esterhase de cara a la pared, le levantó los brazos, sin que el otro ofreciera resistencia, le puso las palmas de las manos contra la pared y le registró lentamente, en busca de una pistola. Toby iba desarmado. Guillam preguntó:

—¿Ha venido solo o tiene a algún amiguito esperándole en la calle?

—Parece que ha venido solo —repuso Fawn.

Smíley, junto a la ventana, contemplaba la calle.

—¿Puedes apagar la luz unos instantes, por favor? —preguntó.

—Espere en el vestíbulo —ordenó Guillam.

Y Fawn se fue, con el abrigo de Smiley. Guillam se puso al lado de éste y le preguntó:

—¿Has visto algo?

La tarde londinense había adquirido ya los neblinosos matices rosados y amarillentos previos al ocaso. La plaza era una zona residencial victoriana. En el centro, había un jardín rodeado por una verja, ya oscuro.

—Sólo una sombra —gruñó Smiley.

Se volvió hacia Esterhase. El reloj sobre la repisa del hogar dio las cuatro. Seguramente Fawn lo había puesto en marcha.

—Quisiera exponerte una teoría, Toby. Sí, darte una idea de lo que, a mi parecer, está ocurriendo. ¿Puedo hacerlo aquí?

Esterhase ni parpadeó. Sus manos menudas descansaban en los brazos de madera del sillón. Estaba cómodamente sentado, aunque con la atención tensa, juntos los pies calzados con relucientes zapatos.

—No será necesario que hables, por el momento —continuó Smiley.

—Eso ya lo veremos.

—Hace dos años. Percy Alleline quiere el puesto de Control, pero Percy no tiene la suficiente categoría en el Circus. De ello se ha encargado Control. Control está enfermo y en decadencia, pero Percy no puede echarle. ¿Te acuerdas?

Esterhase afirmó con un movimiento de cabeza. Con su voz razonable, Smiley prosiguió:

—Corre una temporada de calma chicha. Como que no hay suficiente trabajo fuera, nos dedicamos a intrigar en el seno del servicio, y a espiarnos los unos a los otros. Una mañana, Percy está sentado en su despacho, sin nada que hacer. Le han dado, sobre el papel, el cargo de director de operaciones, pero en la práctica Percy no es más que un sello de goma que media entre las secciones regionales y Control, o menos que eso quizá. De repente, se abre la puerta del despacho de Percy y alguien entra. A este hombre le llamaremos Gerald. Y dice: «Percy, he descubierto una fuente de información rusa de primerísima importancia; puede ser una verdadera mina de oro.» O quizá no dice nada hasta el momento en que los dos están fuera del edificio, debido a que Gerald es hombre habituado a actuar en el campo de operaciones, y no le gusta hablar entre paredes y teléfonos. Quizá dan un paseo por el parque, a pie o en coche. Quizá se van a comer a un restaurante, y, en estos momentos, a Percy no le queda más alternativa que callar y escuchar. Recuerda que Percy carece de experiencia en lo referente al escenario europeo, y menos todavía en cuanto toca a Checoslovaquia y los Balcanes. Hizo sus primeras armas en Sudamérica, y luego trabajó en nuestras antiguas posesiones, en la India y Oriente Medio. Europa oriental es un misterio para Percy. Poco sabe de los rusos o de los checos o de lo que sea; para él, todo lo rojo es rojo y basta. ¿Te parece correcto?

Esterhase frunció los labios y arrugó la frente un poco, como si quisiera indicar que nunca discutía con sus superiores.

—Contrariamente, Gerald es un experto en esta zona. Se ha pasado la vida trabajando los mercados de Europa oriental. Percy anda un tanto desorientado, pero presta mucha atención. Gerald pisa firme y seguro. Gerald afirma que esta fuente de información rusa puede ser la más importante que haya tenido el Circus en muchos años. Gerald no quiere hablar demasiado, pero espera tener, en cuestión de uno o dos días, un par de muestras de dicha información, y quiere que Percy les eche una ojeada para apreciar su calidad. Los detalles podrán estudiarse y discutirse después. Pero Percy dice: «¿Y por qué te has dirigido a mí, precisamente?» Entonces, Gerald le contesta: «Percy, muchos de nosotros, los que trabajamos en las secciones de operaciones, estamos ya cansados de las muchas pérdidas que sufrimos; parece que haya un escape, que alguien hable demasiado en el seno del Circus, e incluso fuera; interviene demasiada gente con función de intermediaria; nuestros agentes, en el campo de operaciones, son descubiertos, nuestras redes son desbaratadas, y cada nueva operación termina en desastre; queremos que nos ayudes a corregir esta situación.» Gerald no habla indignado o con ánimo de rebelarse, tiene buen cuidado de no insinuar que en el Circus haya un traidor que revela todas las operaciones, no lo hace porque sabe, igual que tú y que yo, que cuando se insinúa la existencia de un traidor, toda la maquinaria se queda parada. Lo último que Gerald desea es que se inicie una investigación dentro del Circus. Pero dice que la organización tiene puntos de escape, y que los descuidos de las altas esferas dan lugar a fracasos en los niveles más bajos. Todo lo dicho suena muy bien a los oídos de Percy. Gerald recuerda los recientes escándalos, y tiene buen cuidado en hacer hincapié en la aventura de Alleline en Oriente Medio, que tan mal acabó, y que casi le costó a éste la carrera. Y entonces, Gerald formula su propuesta. Esta es mi tesis, ¿comprendes, Toby? Es sólo una tesis.

Toby se pasó la lengua por los labios.

—Sí, sí, claro —dijo.

—Otra tesis podría consistir en que Alleline y Gerald se funden en una sola persona, es decir, el propio Alleline. Pero, francamente, no lo creo posible. No creo que Alleline sea capaz de salir por ahí, comprar un espía ruso de primera magnitud, y dirigir él solito la operación. Creo que metería la pata.

—Efectivamente —asintió Esterhase con absoluta certeza.

—En consecuencia, según mi tesis, Gerald va y le dice a Percy: «Nosotros, o sea, yo y aquellos que piensan como yo y que intervienen en el proyecto, quisiéramos que tú nos patrocinases, que representaras para nosotros la figura de padre. Nosotros no somos políticos, somos hombres de acción. Nada sabemos de la jungla de Whitehall. Pero tú sí sabes. Tú te encargas de tratar con las comisiones, y nosotros nos encargaremos de tratar con Merlín. Nosotros te proporcionaremos la mercancía, siempre y cuando tú nos representes, nos protejas de la podredumbre que está minando la organización, y limites al mínimo la difusión del conocimiento de esta operación.» A continuación, los dos hablan del modo de llevar a la práctica la operación, y Gerald deja a Percy solo y meditabundo, dispuesto a dejar pasar el tiempo preciso para que Percy se ponga nervioso. Y así pasa una semana o quizá un mes, no lo sé. Hasta que un buen día, Gerald entrega la primera muestra y, desde luego, es muy buena, pero que muy buena. Se trata de información de asuntos navales, lo cual le va de perlas a Percy, ya que se encuentra en excelentes términos con el Almirantazgo que, en realidad, es el grupito que le apoya. En consecuencia, Percy les enseña la muestra a sus amigos de la Armada, y a éstos se les hace la boca agua. Preguntan: «¿De dónde ha salido esto? ¿Puedes conseguir más?» Sí, se puede conseguir más, mucho más. En cuanto a la identidad de la fuente de información, pues, sí, en el presente instante es un misterio, un gran misterio, y así debe ser. Perdona, Toby, si en algunos puntos mi tesis no se ciñe exactamente a la realidad, pero me baso solamente en un expediente.

La mención del expediente, el primer indicio de que Smiley actuara quizá con carácter oficial, produjo en Esterhase una visible reacción. El habitual movimiento de pasarse la lengua por los labios fue acompañado por otro movimiento de la cabeza hacia delante, y por una expresión de astucia indicativa de estar al tanto del asunto, como si Toby quisiera indicar que también él había leído el expediente, y compartiera íntegramente las conclusiones de Smiley, quien en el presente instante había interrumpido su relato para tomar unos sorbos de té. Con la taza alzada, Smiley preguntó:

—¿Más té, Toby?

—Se lo serviré yo —dijo Guillam, con más firmeza que hospitalidad. Dirigiéndose a la puerta, gritó—: Fawn, té.

E inmediatamente, la puerta se abrió y apareció Fawn con una taza de té en la mano. Smiley volvía a estar ante la ventana. Apartó un poco las cortinillas y se quedó mirando la plaza.

—¿Toby?

—¿Dime, George?

—¿Has venido con guardaespaldas?

—No.

—¿Con nadie?

—George, ¿cómo iba a venir con guardaespaldas, si he acudido aquí solamente para entrevistarme con Peter y un pobre polaco?

Smiley volvió a sentarse.

—La fuente Merlín... ¿Dónde estaba? Sí, se daba la cómoda circunstancia de que Merlín no era un solo individuo, tal como poco a poco Gerald fue explicando a Percy y a los otros dos a los que ahora Percy había introducido en el círculo mágico. Merlín era un agente soviético, ciertamente, pero, casi igual que Alleline, era el portavoz de un grupo disidente. A todos nos gusta ponernos en las situaciones de los demás, y estoy seguro de que Percy sintió simpatía por Merlín desde el primer momento. Este grupo, esa pequeña banda de la que Merlín era el jefe, estaba formada por unos seis o siete funcionarios soviéticos, con ideas parecidas, y todos ellos situados en altos cargos. Sospecho que, al cabo de algún tiempo, Gerald dio a sus lugartenientes y a Percy una descripción bastante ajustada de quiénes eran estas fuentes subordinadas. Lo sospecho, pero no lo sé a ciencia cierta. La función de Merlín estribaba en seleccionar los informes recibidos y transmitirlos a Occidente. Durante los meses siguientes, Merlín demostró gran competencia en esta tarea. Utilizaba todo género de métodos, y el Circus le proporcionaba muy gustosamente todo el equipo y medios precisos. Escritura secreta, micropuntos en cartas aparentemente inocentes, lugares secretos en los que dejar correspondencia en alguna ciudad de la Europa occidental, lugares en los que valerosos rusos dejaban los importantes papeles y en los que los valerosos faroleros de Toby Esterhase los recogían... Incluso encuentros personales, dispuestos y vigilados por los guardaespaldas de Toby...

Smiley hizo una brevísima pausa para quedarse mirando a la ventana, una vez más.

—Un par de lugares en el propio Moscú —continuó—, en donde los agentes de nuestro residente recogían el material, aunque sin saber jamás quién lo proporcionaba. Así, multitud de métodos, pero nunca se empleó la radio. A Merlín no le gustan las radios. En cierta ocasión se formuló una propuesta, propuesta que llegó incluso hasta las oficinas de Hacienda, de montar una estación permanente de radio en Finlandia, pero el asunto se olvidó tan pronto Merlín dijo que nones. Parece que Merlín haya sido discípulo de Karla, ¿verdad? Ya sabes que a Karla no le gustan las radios. Lo más importante es la movilidad de Merlín. Ahí es donde más brilla nuestro hombre. Quizá Merlín es funcionario del Ministerio de Comercio ruso y utiliza los servicios de los agentes que van por el mundo. De todos modos, el caso es que tiene gran número de recursos para salir de Rusia. Y por esta razón, sus camaradas de conspiración le han confiado la tarea de tratar con Gerald y discutir las condiciones, las condiciones económicas, claro está. Sí, porque esa gente quiere dinero, mucho dinero. Hubiera debido decirlo antes. En este aspecto, los agentes secretos y sus clientes son como los restantes ciudadanos. Dan más valor a lo que más cuesta conseguir, y Merlín cuesta una fortuna. ¿Has comprado alguna vez un cuadro falsificado, Toby?

—En cierta ocasión, vendí dos —repuso Toby, con una extraña sonrisa.

Pero nadie rió.

—Cuanto más pagas por una falsificación, más tendencia tienes a considerar que se trata de una obra auténtica. Es una tontería, pero así es. Por otra parte, todos nos sentimos mejor al saber que Merlín es una persona venal. Estamos ante una motivación que todos comprendemos, ¿no es verdad, Toby? Todos, y de modo muy especial los de Hacienda. Cincuenta mil francos mensuales depositados en un banco suizo. Realmente, a cambio de una suma así, ¿quién no es capaz de olvidarse un poco de las cuestiones de principio? Por lo tanto, Whitehall le paga a Merlín una fortuna, y considera que la información que él proporciona no tiene precio...

Tras meditar, Smiley reconoció:

—Y parte de esta información es realmente buena, muy buena, y me parece lógico que así sea. Y un día, Gerald le revela a Percy el mayor de los secretos. El grupo Merlín tiene un representante en Londres. Y con esto comienza la formación de un nudo, un nudo extremadamente inteligente.

Toby dejó la taza de té sobre la mesa, y, con el pañuelo, se dio unos elegantes golpecitos en las comisuras de los labios. Smiley siguió:

—Según dijo Gerald, uno de los miembros de la Embajada soviética en Londres es, en realidad, el representante de Merlín en Inglaterra. Este hombre se encuentra incluso en las extraordinarias circunstancias precisas para poder utilizar, de vez en cuando, los medios de la propia Embajada para hablar con Merlín en Moscú, para mandar y recibir mensajes. Y si se toman todo género de precauciones, incluso cabe la posibilidad, de vez en cuando, de que Gerald organice secretos encuentros con este maravilloso individuo, en los que le da instrucciones y recibe información, y en los que le formula preguntas para clarificar esto y lo otro, y recibe las oportunas contestaciones. A este funcionario soviético le vamos a llamar Aleksey Aleksandrovich Polyakov, y vamos a suponer que pertenece a la sección cultural de la Embajada soviética. ¿Estás de acuerdo con esta explicación?

—Lo siento, pero me he quedado sordo. No sé nada de nada.

—Este hombre, según la historia que te estoy contando, ha sido miembro de la Embajada soviética durante largo tiempo, concretamente durante ocho años, pero últimamente Merlín lo ha incorporado a su clan. ¿Ocurrió quizá mientras Polyakov estaba de vacaciones en Moscú?

—Ya te lo he dicho: me he quedado sordo.

—Y rápidamente Polyakov se convierte en un hombre muy importante, ya que, acto seguido, Gerald le da el puesto de centro de enlace de la operación Brujería, y no sólo le da este puesto, sino que le concede muchas atribuciones más. Los lugares donde dejar correspondencia y documentos en París y Amsterdam, las tintas secretas, los micropuntos, todo funciona muy bien, pero pasa a ser de segunda importancia. Tener a un Polyakov ahí, en la casa de al lado, es algo demasiado bueno para desperdiciarlo. Parte del material que manda Merlín llega a Londres en valija diplomática. Lo único que tiene que hacer Polyakov es abrir los sobres y pasar su contenido a su enlace en el Circus, o sea, Gerald o la persona a quien Gerald haya designado. Pero no debemos olvidar que esta parte de la operación es un gran secreto, lo más secreto que hay en ella. El propio comité Brujería es también secreto, aunque numeroso. Esto último resulta inevitable. La operación es muy amplia, la información es de largo alcance y voluminosa, por lo que el solo hecho de darle el necesario tratamiento técnico y distribuirla exige la intervención de una formidable masa de funcionarios y empleados, como traductores, transcriptores, especialistas en descifrar claves, mecanógrafos, evaluadores, y qué sé yo cuánta gente más. Pero esto no preocupa a Gerald, desde luego. En realidad le gusta, debido a que el arte de ser un

Gerald se basa en poder ser uno más entre una multitud. ¿Quién dirige el comité Brujería? ¿Está dirigido desde abajo, desde arriba o desde en medio? Me gusta la definición que Karla da de los comités. ¿La conoces? Es de origen chino, ¿verdad? Un comité es un animal con cuatro patas traseras. Pero en el extremo de Londres (donde está la pata Polyakov) sólo hay el círculo mágico primigenio.. Skordeno, de Silsky y todos los demás, quizá efectúen viajes relámpagos al extranjero y hagan las mil y una para reunirse con los agentes de Merlín en otros países. Sin embargo, aquí, en Londres, las actividades concernientes al hermano Polyakov, gracias al modo especial con que este nudo se ha anudado, son secretas, extremadamente secretas por razones también muy especiales. Sois cuatro, tú, Percy, Bill Haydon y Roy Bland. Vosotros cuatro formáis el círculo mágico. ¿Es o no es verdad? Y ahora intentemos averiguar cómo funciona la operación, en sus detalles. Tenéis una casa, lo sabemos. Y los encuentros y reuniones se preparan con gran cuidado, como es natural. ¿Quién es el que se reúne con Polyakov? ¿Quién es el que trata con él? ¿Tú? ¿Roy? ¿Bill?

Smiley cogió el extremo ancho de la corbata, lo volvió del revés, y comenzó a limpiar con él los cristales de sus gafas. Como si contestara las preguntas por él mismo formuladas, dijo:

—Todos. A veces es Percy quien se reúne con él. Supongo que Percy representa la autoridad, que es lo que más le va: «¿Por qué no se toma unas vacaciones, hombre? ¿Ha tenido noticias de su esposa esta semana?» Sí, esto es algo que Percy sabe hacer. Pero el comité Brujería pocas veces se sirve de Percy. Percy es el pez gordo y es preciso reservarlo para las grandes ocasiones. Luego está Bill Haydon. Bill también se reúne con Polyakov, y me parece que lo hace con más frecuencia que Percy. Bill tiene una personalidad que impresiona a los rusos y, además, resulta un hombre divertido. Me parece que Bill y Polyakov se llevan bien. Imagino que Bill rayó a gran altura cuando le llegó el momento de dar instrucciones a Polyakov y de formularle preguntas aclaratorias, el momento de procurar que llegaran a Moscú los mensajes que debían llegar. A veces, Bill va en compañía de Roy Bland, y otras veces manda a Roy solo. Me parece que en este último punto, Bill y

Roy han llegado a un acuerdo. Por otra parte, Roy está especializado en cuestiones de economía y es quien más sabe acerca de los países satélites, temas estos en los que también hay mucho de que hablar. En otras ocasiones, imagino que será en los días de cumpleaños o por Navidad o cuando hay que dar una buena suma de dinero y muchas gracias (he advertido que en el presupuesto se consigna una pequeña fortuna para gastos de representación y obsequios); a veces, decía, vais los cuatro, y alzáis las copas para brindar en honor de Merlín, a través de su representante, Polyakov. Por fin, supongo que tú mismo, Toby, necesitas hablar con el buen amigo Polyakov. Hay que hablar de cosas del oficio, y siempre se entera uno de chismes referentes al mundo interior de la Embajada rusa, chismes que son muy útiles a los faroleros, en su cotidiana labor de vigilar las operaciones del residente ruso. Por esto, el buen Toby también celebra sus sesiones a solas con el amigo Polyakov. A fin de cuentas, tampoco podemos olvidar el valor meramente local de Polyakov, además de su valor como representante de Merlín en Londres. Tener a un diplomático soviético domesticado que viene a comer en nuestra mano es algo que no ocurre todos los días. Basta con adiestrar a Polyakov en el manejo de la cámara fotográfica para que sea de suma utilidad a nivel local. Aunque siempre hay que recordar el debido orden de prioridad.

En momento alguno había dejado Smiley de mirar a Estherhase.

—Supongo —continuó— que Polyakov es una persona capaz de gastar bastantes rollos de película, ¿no es cierto, Toby? Y que una de las tareas de la persona que le visite, sea quien fuere, seguramente consiste en proporcionarle más cintas, en paquetitos debidamente sellados, paquetitos de película virgen, como es natural, ya que proceden del Circus. Dime, Toby, por favor, ¿has oído hablar alguna vez de un tal Lapin?

Se pasó la lengua por los labios, frunció las cejas y sonrió, mientras adelantaba la cabeza.

—Claro que sí, George. Conozco a Lapin.

—¿Quién ordenó que el informe de los faroleros concerniente a Lapin fuera destruido?

—Yo.

—¿Por propia iniciativa?

La sonrisa de Esterhase se ensanchó un poco.

—George, no sé si sabes que en estos últimos tiempos he ascendido algunos peldaños en el escalafón.

—¿Quién dijo que era necesario echar a Connie Sachs?

—Creo que fue Percy. Digamos que fue Percy, aunque da igual. Quizá fue Bill. Ya sabes lo que ocurre cuando se emprende una operación de envergadura, siempre hay que cuidar mil y un detalles, tomar precauciones, desbrozar camino... —Hizo una pausa, encogió los hombros y dijo—: Quizá fue Roy.

Sin dar importancia a sus palabras, Smiley comentó:

—Según parece, obedeces órdenes de todos ellos, Toby. Francamente, tanta obediencia me confunde. No debieras hacerlo.

Esterhase permaneció imperturbable.

—¿Y quién te ordenó despedir a Max? —continuó Smiley—. ¿Fueron esos tres también? Te lo pregunto porque debo dar cuenta de todo eso a Lacon, ¿sabes? Ahora Lacon está interesadísimo en estos asuntos. Según parece, actúa presionado por el ministro. ¿Quién fue?

—George, creo que has estado hablando con quien no hubieras debido.

Smiley se mostró de acuerdo, en parte.

—No cabe duda —dijo— de que uno de nosotros ha hablado con quien no hubiera debido. También están interesados en saber lo que pasó con Westerby. Quieren saber quién le tapó la boca. ¿Fue la misma persona que te ordenó fueras a Sarratt con mil libras en metálico e instrucciones de que hicieras lo preciso para que Jim Prideaux dejara de pensar? Toby, voy en busca de hechos, no de cabelleras. Me conoces bien y sabes que no soy vengativo. Y tampoco digo que no seas un hombre leal. Sólo quiero saber a quién eres leal. Incluso se ha hablado de esa cosa tan desagradable que es la posibilidad de pedir auxilio a la competencia, y esto es algo que nadie desea. Es algo parecido a ir al despacho del abogado, después de haberse peleado con la propia esposa. Es un paso irrevocable. ¿Quién te dio el mensaje para Jim referente a Tinker, Tailor? ¿Sabías su significado? ¿Te enteraste por el propio Polyakov, no es eso?

—¡Por el amor de Dios, George! —musitó Guillam—. ¡Deja que haga sudar tinta china a ese hijo de mala madre!

Smiley no le hizo caso. Prosiguió:

—Sigamos hablando de Lapin. ¿Cuál era su función?

—Trabajaba a las órdenes de Polyakov.

—¿Era su secretario en el departamento cultural?

—Su mensajero y hombre de confianza.

—Pero, mi querido Toby, ¿para qué diablos necesita un agregado cultural a un mensajero y hombre de confianza?

La mirada de Esterhase estaba fija en Smiley, constantemente. Guillam pensó: es como un perro que no sabe si le van a dar un hueso o una patada. La mirada de Esterhase se posó en las manos de Smiley, luego volvió a su rostro, buscando sin cesar un indicio revelador. Tranquilamente, repuso:

—Por favor, George, no digas bobadas. Polyakov trabaja para el Centro de Moscú, y esto es algo que sabes tan bien como yo.

Esterhase cruzó sus cortas piernecillas y, con un renacimiento de su anterior insolencia, se reclinó en la silla y tomó un sorbo de té frío. Por otra parte, a juicio de Guillam, Smiley pareció entregarse al reposo durante unos instantes, de lo cual Guillam, en medio de su confusión, dedujo que Smiley estaba satisfecho de su trabajo debido, quizá, a que, por fin, Esterhase había salido de su mutismo:

—Por favor, George, no somos niños, y todos sabemos el gran número de operaciones que hemos llevado a cabo de modo muy parecido al de ésta. Compramos a Polyakov. Polyakov pertenece al Centro de Moscú, pero está a nuestro servicio. Sin embargo, debe fingir ante sus jefes que nos espía. Esta es la única manera de que pueda estar a nuestro servicio. ¿Cómo se las arreglaría, si no, para entrar y salir de esa casa cuando le da la gana, sin guardaespaldas, ni gente que le vigile, ni nada? Va en busca de información acerca de nosotros, y, como es natural, nosotros le damos información, le revelamos tonterías para que las transmita a sus jefes y allá, en Moscú, todos le felicitan y le dicen que es un gran tipo. Esto pasa todos los días, George.

La mente de Guillam, ahora, estaba dominada por un raro y furioso temor, pero, contrariamente, la de Smiley parecía hallarse en un estado de muy notable lucidez.

—¿Y ésta es una historia normal y corriente para todos los que trabajan en nuestro oficio? —preguntó Smiley, con meditada parsimonia.

Con un movimiento de la mano muy húngaro, consistente en extender la mano y balancearla a uno y otro lado, palma al techo, Esterhase dijo:

—Bueno, tampoco se puede decir que sea muy normal.

—¿Y quién es el agente de Polyakov?

Guillam advirtió que Smiley daba gran importancia a esta pregunta. Todo lo anterior no había sido más que una preparación para llegar al presente instante. Mientras Guillam esperaba, mirando, ya a Esterhase, quien había perdido aquella anterior confianza en sí mismo, ya el rostro de mandarín de Smiley, se dio cuenta de que también él comenzaba a comprender la forma del último e inteligente nudo de Karla, tal como Smiley lo había denominado, así como el significado de su última y penosa entrevista con Alleline.

—Lo que te pregunto es muy sencillo —insistió Smiley—: ¿quién es el agente de Polyakov en el interior del Circus? ¡Por favor, Toby, no seas obtuso! Si la excusa que Polyakov esgrime para reunirse con vosotros es la de espiar el Circus, forzosamente ha de tener un espía dentro del Circus. Pues bien, ¿quién es este espía? Polyakov no puede regresar a la embajada, después de reunirse con vosotros, cargado de películas con información del Circus, y decir: «Los muchachos me han dado esto.» Forzosamente ha de contar algún cuento, y este cuento forzosamente ha de ser convincente. Ha de ser un cuento con el relato del modo como le hizo la corte a alguien, el modo como lo reclutó, con encuentros clandestinos, con dinero y motivaciones... ¡Este cuento no es sólo una excusa para Polyakov, es la defensa de su propia vida! Ha de ser una buena historia, una historia absolutamente convincente. ¿Quién es el agente? —Amablemente, preguntó—: ¿Eres tú, Toby? ¿Será Toby Esterhase quien finge ser traidor al Circus, a fin de que Polyakov pueda estar al servicio del Circus? Toby, me descubro, mereces una montaña de medallas.

Esperaron, mientras Toby pensaba. Por fin, Toby dijo:

—Te has metido en un atolladero, George... ¿Por qué no lo dejas?

—¿Cómo puedo dejarlo, teniendo a Lacon encima?

—Pues trae a Lacon. Y trae a Percy, y a Bill. ¿Por

qué atacas a un tipo sin importancia como yo? Ve directamente a los peces gordos.

—Pensaba que actualmente eras un pez gordo. Además, eres un tipo muy adecuado para cumplir la función de agente de Polyakov: eres de familia húngara, estás resentido por no haber ascendido lo que mereces, tienes acceso a bastante información, aunque no demasiada..., eres hombre de reacciones rápidas..., te gusta el dinero... Contigo como agente, Polyakov podría montar una excelente historia. Los tres peces gordos te dan la información que les da la gana dar, tú la pasas a Polyakov, el Centro de Moscú piensa que ha encontrado una mina, y todos tan contentos... Pero surge un problema. Sí, porque bien pudiera darse el caso de que tú entregaras información valiosísima a Polyakov, y que los rusos te entregaran la información que les diera la gana. Si *realmente* es éste el caso, vas a necesitar buenos amigos. Amigos como nosotros. Y ahora voy a terminar mi tesis: Gerald es un topo ruso, dirigido por Karla, y este tipo se ha metido el Circus en el bolsillo.

Toby tenía aspecto de hallarse un tanto indispuesto.

—Oye, George, te voy a decir una cosa: quizá te equivoques, y si tú quieres correr el riesgo de equivocarte, yo no estoy dispuesto a ello.

En una rara interrupción, Guillam insinuó:

—Pero si no se equivoca, si está en lo cierto, tú también quieres estar en lo cierto. Y cuanto antes estés en lo cierto, mejor.

Sin darse cuenta de la ironía de estas palabras, Toby dijo:

—Sin duda alguna. George ha tenido una buena idea. Ahora bien, toda teoría tiene dos caras, George, y cuando esta teoría se centra en agentes del servicio secreto, lo de las dos caras tiene un valor muy especial. Quizá estés contemplando la cara que no es cierta, George. Presta atención. ¿Ha habido alguien que haya dicho que la información resultante de la operación Brujería es la que los rusos nos han querido dar para tenernos contentos? ¡Nadie! Es una información de primerísimo orden. Pero resulta que un tipo ha comenzado a sospechar, y sólo por esto tú pones en tela de juicio la competencia de medio Londres. ¿Comprendes lo que quiero decir? Oye, yo hago lo que me mandan. Me dicen que finja ser el agente de Polyakov, y finjo serlo. Me dicen que le entregue esa película, y se la entrego. Estoy en una situación muy peligrosa, realmente peligrosa.

Desde la ventana, desde donde una vez más vigilaba la plaza por entre las cortinas, Smiley dijo:

—Lo siento. Para ti esto ha de significar una constante preocupación.

Toby se mostró de acuerdo.

—Una gran preocupación, sí, señor —dijo—. Tengo úlcera de estómago, no puedo comer. Estoy realmente malo.

Durante unos momentos, y para mayor indignación de Guillam, los tres guardaron un comprensivo silencio, motivado por la mala salud de Esterhase. Sin apartarse de la ventana, Smiley preguntó:

—Oye, Toby, ¿no habrás mentido, en lo referente a los guardaespaldas?

—Te juro que no, George. Te lo juro por lo más sagrado.

—¿Qué sistema utilizarías, en un caso como el presente? ¿Coches?

—Peatones. Pondría un microbús ahí, en la terminal de la compañía de aviación, e iría turnando a los peatones, teniendo como base el microbús.

—¿Cuántos emplearías?

—Ocho o diez. En esta época del año, quizá seis. Hay mucho personal enfermo. —Con pesar, explicó—: Ya se sabe: la Navidad.

—¿Y no emplearías a un hombre solo?

—Jamás. Estás loco. ¡Un hombre solo! No, no serviría para nada.

Smiley se apartó de la ventana y volvió a sentarse.

—George —dijo Toby—, tu teoría es terrible, no sé si te has dado cuenta. Y no debes olvidar que soy una persona de sentimientos patrióticos.

—¿Cuál es el trabajo de Polyakov en la Residencia rusa en Londres?

—Trabaja por su cuenta.

—¿Se dedica a dirigir a su espía dentro del Circus?

—Exactamente. Le permiten salir y entrar cuando le da la gana para que pueda entendérselas con Toby, el gran espía. Y yo me paso horas con él. Le digo, por ejemplo: «Oye, Bill comienza a sospechar de mí, mi esposa sospecha de mí, el niño tiene la escarlatina y no tengo dinero para pagar al médico...» En fin, le suelto todos los rollos que los agentes suelen soltar para que Polyakov se lo comunique a sus superiores, y todo parezca verdad.

—¿Y quién es Merlín?

Esterhase sacudió negativamente la cabeza.

—Pero, al menos —dijo Smiley—, ¿habrás oído decir que reside en Moscú? ¿Y que es un importante miembro del servicio de información soviético?

—Esto sí, lo sé —repuso Esterhase.

—¿Y gracias a esto, Polyakov puede comunicarse con él, siempre en beneficio del Circus, desde luego? ¿Se reúne con él secretamente, sin que los del Centro de Moscú sospechen nada?

—Eso.

Y tras este asentimiento, Esterhase reanudó sus lamentaciones, pero Smiley parecía prestar atención a unos imaginarios sonidos que no sonaban en aquella estancia.

—¿Y Tinker, Tailor?

—No sé de qué diablos se trata. Me limito a obedecer las órdenes de Percy.

—¿Y Percy te dijo que le cerraras la boca a Jim Prideaux?

—Exactamente. O quizá fue Bill o Roy. Sí, fue Roy. He de ganarme el pan nuestro de cada día, George. He de obedecer.

Con voz tranquila y cierto acento distante, Smiley comentó:

—Es la jugarreta perfecta, Toby. Suponiendo que se trate de una jugarreta, claro está. Gracias a ella resulta que están equivocados todos los que estaban en lo cierto, como Connie Sachs, Jerry Westerby, Jim Prideaux... Incluso Control. Acalla a los que tienen dudas incluso antes de que hayan comenzado a hablar... Y una vez se ha lanzado la mentira básica, sobre ella se pueden idear las más diversas combinaciones y variantes. Por ejemplo, se puede decir que es preciso que el Centro de Moscú crea que tiene una importante fuente de información en el seno del Circus, y que, por otra parte, es imprescindible que los de Whitehall no se enteren de ello. Y si llegamos a las últimas conclusiones de esta jugarreta, veremos que Gerald se encuentra en situación de obligarnos a estrangular a nuestros propios hijos, mientras duermen... —Casi ensoñado, Smiley observó—:

Y viéndolo desde otro punto de vista, este truco podría ser muy hermoso... Pobre Toby... Sí, lo comprendo. Debes pasarlo muy mal liado con toda esa gente.

Toby tenía preparadas sus próximas palabras:

—Como es natural, George, si puedo hacer algo de carácter práctico para ayudarte, sabes que estoy por entero a tu disposición. Ya me conoces. Mis muchachos están bien adiestrados, y si los necesitas para algo, siempre podremos llegar a un acuerdo. Pero, como es natural, antes tendría que hablar con Lacon. Lo único que quiero es que este asunto se aclare, en beneficio del Circus, naturalmente. No quiero más que esto: poner en claro las cosas, en beneficio de la casa. No quiero nada para mí.

—¿Dónde está esta casa secreta que tenéis al servicio exclusivo de Polyakov?

—Es el número cinco de Lock Gardens, en Camden Town.

—¿Hay alguien al cuidado de la casa?

—La señora McCraig.

—¿También está a la escucha?

—Naturalmente.

—¿Hay sistema de grabación?

—¿Qué dirías tú?

—¿De manera que Millie McCraig cuida de la casa y se encarga de manejar los instrumentos de grabación?

Alzando la cabeza con un brusco movimiento de alerta, Toby dijo que así era.

—Pues quiero que la llames por teléfono —ordenó Smiley— y que le digas que voy a pasar la noche allí y que utilizaré el equipo de grabación. Dile que estoy llevando a cabo un trabajo especial y que debe obedecer mis órdenes. Llegaré hacia las nueve. ¿Qué procedimientos sigues para entrar en contacto con Polyakov, en caso de emergencia?

—Mis muchachos tienen una habitación en Haverstock Hill. Polyakov pasa en coche ante la ventana de esta habitación todas las mañanas cuando va a la embajada, y todas las noches cuando regresa a su casa. Si mis muchachos ponen un cartel amarillo protestando contra el tránsito rodado, entonces esto significa que quiero reunirme con él.

—¿Y por la noche? ¿Y en los fines de semana?

—Una llamada telefónica, diciendo que nos hemos

equivocado de número. Pero éste es un sistema que a nadie gusta.

—¿Se ha utilizado alguna vez?

—No lo sé.

—¿No vigiláis su teléfono?

Esterhase no contestó. Smiley dijo:

—Quiero que pases el fin de semana fuera de Londres, ¿despertará esto sospechas en el Circus?

Con entusiasmo, Esterhase sacudió negativamente la cabeza.

—Tengo la seguridad —dijo Smiley— de que prefieres encontrarte un poco lejos del cotarro. —Esterhase afirmó con la cabeza. Smiley continuó—: Di que tienes problemas con una chica, o que tienes cualquier otra clase de problemas, en fin, lo que sea más pertinente, según tu actual modo de vida. Pasarás aquí una noche o quizá dos. Fawn te atenderá, en la cocina hay comida. ¿Habrá problemas con tu mujer?

Bajo la mirada de Guillam y Smiley, Esterhase marcó el número del Circus y pidió hablar con Phil Porteous. Recitó perfectamente el papel asignado, poniendo un poco de preocupación, un poco de acento de complicidad con el otro, y terminando con una nota de humor. Una chica estaba loca por él, ahí, en el norte de Inglaterra, y amenazaba con cometer una barbaridad, en el caso de que él no fuera a sostener su mano entre las suyas. Añadió:

—Me consta que esas cosas te pasan todos los días, Phil. A propósito, ¿cómo sigue tu estupenda secretaria? Y, además, oye, Phil, si Mara llama desde casa, dile que Toby está ocupado, que le han dado un trabajo importantísimo, ¿comprendes? Dile que se ha ido a volar el Kremlin y que regresará el lunes. En fin, dile algo gordo. Gracias, Phil.

Colgó y marcó un número del sector norte de Londres.

—Señora M., la llama su amante favorito, ¿reconoce la voz? Bien. Oiga, le mando a un visitante esta misma noche. Se trata de un viejo amigo. Se llevará usted una sorpresa. —Tapando el teléfono con la mano, Toby explicó—: Me odia las tripas, la pobre mujer. —Siguió—: Este amigo quiere comprobar el funcionamiento de los aparatitos. Procure que todo funcione debidamente.

Cuando Guillam y Smiley se iban, aquél dijo a Fawn, con acento feroz:

—Si ese individuo le crea algún problema, átele de pies y manos.

Cuando se encontraban en la escalera, Smiley tocó levemente el brazo de Guillam.

—Peter, me gustaría que comprobaras si me siguen. Dame una ventaja de un par de minutos, y alcánzame en la esquina de Marloes Road, hacia el Norte. Ve por la acera de poniente.

Guillam esperó, y luego salió a la calle. Caía una lluvia fina que parecía suspendida en el aire, y que tenía una extraña calidez, como si fuera un deshielo. En los lugares en que había luces, la humedad se deslizaba formando una fina neblina, pero en los lugares oscuros, Guillam no veía ni sentía la lluvia, aunque la niebla enturbiaba su visión y le obligaba a entornar los ojos. Dio una vuelta completa a los jardines, y emprendió el camino. Al llegar a Marloes Road, pasó a la acera de poniente, compró un diario de la noche, y echó a andar ante las villas erigidas al fondo de los jardines fronteros. Contaba peatones, ciclistas, coches, mientras veía ante él, a lo lejos, a Georges Smiley, prototipo del londinense que vuelve a casa después del trabajo, caminando pesadamente. Guillam le había preguntado: «¿Te sigue un equipo organizado?» Pero Smiley no pudo contestarle con seguridad. Le dijo: «Poco antes de llegar a Abingdon Villas, cruzaré la calle; entonces vigila con atención; seguramente se tratará de un hombre solo.» Ahora, mientras Guillam vigilaba atentamente, Smiley giró sobre sí mismo con brusquedad, como si hubiera recordado algo, bajó de la acera, con el consiguiente peligro, y se metió por entre el furioso tránsito, para desaparecer inmediatamente por la puerta de una tienda. En este instante, Guillam vio, o creyó ver, una figura alta, con un abrigo oscuro, emprender el mismo camino seguido por Smiley, pero ante sus ojos se detuvo un autobús ocultando tanto a Smiley como a la figura alta y oscura. Cuando el autobús arrancó, pareció haberse llevado al hombre viejo, con impermeable de plástico y gorra de paño, ocupado en leer el periódico, junto al poste de parada del autobús. Y cuando Smiley

salió de la tienda con un paquete en la mano, el hombre
en la parada del autobús ni siquiera levantó la vista de
las páginas deportivas del periódico. Durante unos momentos, Guillam siguió a Smiley a lo largo de la más
elegante zona de la parte victoriana de Kensington. Sólo
una vez, Guillam se olvidó de Smiley, e impulsado por el
instinto miró hacia atrás, teniendo entonces la vaga sospecha de haber avistado una tercera figura, yendo tras
ellos, una figura como una sombra recortada contra la
fachada de una casa en una calle desierta, pero cuando
Guillam avanzó un paso, la figura ya había desaparecido.

Luego, la noche adquirió un ritmo de locura. Los
acontecimientos se sucedieron demasiado de prisa para
que Guillam los recordara uno por uno. Pasaron varios
días antes de que Guillam recordara que algo familiar
había en aquella figura evanescente. Pero ni siquiera entonces pudo identificarla. Más tarde, un día en que despertó antes de lo habitual, recordó claramente la figura,
el hablar a ladridos, el acento militar, una dulzura en el
comportamiento difícilmente disimulada, y una raqueta
oculta detrás de la caja fuerte de su despacho en Brixton, que llenaba de lágrimas los ojos de su poco emoti-
va secretaria.

35

Probablemente, el único error que Steve Mackelvore
cometió aquella misma tarde, de acuerdo con las normas
clásicas del oficio, fue acusarse a sí mismo de no haber
cerrado la cerradura de la puerta de su coche, correspondiente al asiento contiguo al del conductor. En el momento de sentarse al volante, consideró que la causa de
que la cerradura de la otra puerta estuviera abierta no
era otra que su propia negligencia.

De acuerdo con tan estricto criterio, Mackelvore hubiera debido sospechar que en aquella hora punta particularmente odiosa, de un particularmente odioso atardecer, en una de aquellas ruidosas calles laterales que van
a desembocar en la parte baja de los Campos Elíseos,
Ricki Tarr era muy capaz de descerrajar la puerta en
cuestión, y amenazarle con una pistola, sentado en el

asiento contiguo al del conductor. Pero la vida en la Residencia de París, en los tiempos presentes, poco servía para mantener en forma la agudeza de un agente, y la mayor parte de la jornada de trabajo de Mackelvore la había pasado éste anotando sus gastos semanales, y terminando las cuentas correspondientes a la plantilla de personal, para presentarlo todo a los administradores. Solamente el almuerzo, un largo almuerzo, con un insincero anglófilo perteneciente al laberinto del servicio de seguridad francés, había roto la monotonía de aquel viernes.

Su coche estaba aparcado bajo la copa de un tilo agónico, víctima del humo de los tubos de escape. El coche llevaba matrícula extraterritorial, con las CC en la parte trasera, debido a que la Residencia actuaba bajo la apariencia de pertenecer al Cuerpo Consular, aunque se trataba de una ficción que nadie tomaba en serio. Mackelvore era uno de los veteranos del Circus, un hombre cuadrado, de pelo blanco, natural del Yorkshire, con un largo historial de cargos consulares que, a los ojos del mundo, ningún avance en el escalafón le habían reportado. París era su último destino. No sentía especial atracción hacia París, y gracias a haber pasado casi toda la vida actuando en el Lejano Oriente, sabía que los franceses y él difícilmente podían hacer buenas migas. Pero su cargo en París, contemplado como preludio de su jubilación, no podía ser mejor. La cuenta de gastos era generosa, su oficina cómoda, y cuanto trabajo se le había ordenado en el curso de los últimos diez meses consistió en atender a algún que otro agente en tránsito, transmitir algún que otro mensaje, entregar documentos en alguna que otra operación dirigida por la London Station, y amenizar la estancia de algún visitante.

Así fue hasta el presente momento, hasta este momento en que se encontró sentado en su propio coche, con la boca del revólver de Tarr clavada en el costillar, y con la mano de Tarr descansando afectuosamente en su hombro derecho, dispuesta a acogotarle en el caso de que Mackelvore intentara alguna jugarreta. Muy cerca del coche, unas chicas se dirigían apresuradamente hacia la boca del metro. El tránsito había quedado detenido en un embotellamiento que podía durar una hora. Nadie prestaba la menor atención a aquellos dos hombres que parecían charlar amistosamente en el interior de aquel coche aparcado.

Tarr había hablado desde el instante en que Mackelvore se sentó ante el volante. Tarr dijo que quería mandar un mensaje a Alleline. Se trataba de un mensaje personal que debía ser descifrado por el propio destinatario, y Tarr quería que Steve manejara la máquina, mientras él estaba a su lado apuntándole con el revólver.

Mientras, cogidos del brazo, emprendían a pie el camino de regreso a la Residencia, Mackelvore dijo en son de queja:

—¿Se puede saber en qué clase de lío te has metido, Ricki? ¿Sabes que el servicio entero anda buscándote? Y si te encuentran te van a despellejar vivo. Hemos recibido órdenes de hacerte cosas que ponen los pelos de punta, tan pronto te echemos el guante.

Mackelvore pensó en la posibilidad de hacerle una presa a Tarr y partirle la nuca, pero comprendió que carecía de la rapidez precisa para ello, y Tarr le mataría.

Mientras Mackelvore abría la puerta y encendía las luces, Tarr le dijo que el mensaje tendría una longitud de unos doscientos caracteres. Y que, cuando Steve lo hubiera transmitido, los dos se quedarían sentados junto a la máquina, y esperarían la respuesta de Alleline. Y si la intuición no le engañaba a Tarr, mañana Percy se dirigiría a toda prisa a París para sostener una conversación con él. Esta conversación se celebraría asimismo en la Residencia, debido a que Tarr consideraba que era un poco menos probable que los rusos intentaran asesinarle en el interior de las oficinas consulares británicas.

—Estás loco, Ricki. No son los rusos quienes quieren matarte, sino nosotros.

La primera habitación estaba calificada como Recepción, y era cuanto quedaba de las apariencias consulares del piso. En ella había un viejo mostrador de madera, y colgando de la sucia pared se veía un tablero de Avisos a los Ciudadanos Británicos. Allí, Tarr cacheó con la mano izquierda a Mackelvore, en busca de armas, pero no encontró ni una. La casa tenía un patio interior, y el material importante se encontraba en las habitaciones situadas al otro lado del patio. Allí estaban las máquinas, la sala de claves y la caja fuerte.

Después de pasar por un par de estancias vacías, y mientras oprimía el timbre de la sala de claves, Mackelvore advirtió monótonamente a Tarr:

—Has perdido el juicio, Ricki. Siempre confiaste ser Napoleón Bonaparte, pero ahora estás ya totalmente convencido de que lo eres. Tu papá te metió demasiada religión en la cabeza.

Se abrió la mirilla de acero, y en el hueco apareció un rostro de expresión perpleja, algo atontada. Entonces Mackelvore dijo:

—Ben, más valdrá que te vayas a casa. Sí, vete a casa, con tu mujer, pero no te alejes mucho del teléfono, no sea que te vaya a necesitar. Deja los libros donde están, y pon las claves en las máquinas, porque he de comunicar con Londres.

El rostro desapareció, y los dos hombres esperaron mientras el otro abría la puerta desde dentro. Primero utilizó una llave, y luego otra, y por fin abrió la cerradura de muelle.

Mackelvore explicó, mientras entraban:

—Este caballero viene de Extremo Oriente, Ben, y es uno de mis más distinguidos amigos.

—Buenas noches, señor —dijo Ben.

Era un muchacho alto, con aspecto de matemático, gafas y mirar fijo.

—Vete a casa, Ben. No te descontaré esas horas en la próxima paga. Vas a tener libre el final de semana y devengando el salario íntegro. Además, tampoco tendrás que recuperar ese tiempo. Anda, vete ya.

—No. Ben se queda —dijo Tarr.

En Cambridge Circus la luz era amarilla y, desde el lugar en que Mendel se encontraba, en el tercer piso de la tienda de ropas de confección, el húmedo asfalto se veía brillar como oro barato. Faltaba poco para la medianoche, y Mendel llevaba ya tres horas de pie. Se encontraba entre una cortina de red y un armatoste del que colgaban ropas. Se hallaba en la postura que adoptan todos los policías del mundo, apoyando por igual el peso de su cuerpo sobre uno y otro pie, rectas las piernas, y con el cuerpo algo inclinado hacia atrás, con respecto a la línea de equilibrio. Se había echado el sombrero hacia delante y se había levantado el cuello del abrigo, para que la mancha blanca de su cara no se viera desde la calle, pero sus ojos, con la mirada fija en la entrada de la casa, allí, ante él, brillaban como los de un gato en una carbonería. Era capaz de vigilar durante tres o seis horas más. Sí, ya que Mendel volvía a estar de servicio, y tenía en las narices el olor de la presa. Más aún, ahora Mendel era un pájaro nocturno, y la oscuridad del probador lo mantenía más despierto y más alerta. La poca luz que llegaba de la calle se reflejaba invertidamente, formando pálidas manchas en el techo. Todo lo demás, es decir, las mesas en que se arreglaban los vestidos, las piezas de tela, las máquinas cubiertas, la plancha, las fotografías firmadas de princesas de sangre real, todo lo demás estaba allí debido a que Mendel lo había visto aquella tarde, en su visita de inspección, pero la luz no lo iluminaba, y Mendel apenas podía distinguirlo.

Desde la ventana, Mendel veía casi todos los puntos de acceso: ocho o nueve calles y callejas que, sin una razón concreta, iban a desembocar a Cambridge Circus. Entre las bocacalles se alzaban edificios adornados con falsos oropeles, con restos imperiales: un banco romano, un teatro como una mezquita profanada... Tras los edificios, altos bloques avanzaban como un ejército de robots. Y, por encima de ellos, el cielo rosado iba llenándose de niebla lentamente.

¿Por qué había tanto silencio?, se preguntó Mendel. Hacía ya tiempo que el teatro había quedado vacío, pero ¿por qué razón el comercio de placer de Soho, a un tiro de piedra de aquella ventana, no llenaba de taxis y grupos de ociosos la plaza? Ni siquiera un camión de fruta había estremecido el aire de la avenida de Shaftesbury, camino de Covent Garden.

Con sus prismáticos, Mendel examinó una vez más el edificio frontero. Parecía que durmiera aún más profundamente que los edificios vecinos. La doble puerta de entrada estaba cerrada, y no se veía luz alguna en las ventanas a la izquierda, brillaba una pálida luz, y Mendel sabía que la ventana correspondía al despacho del funcionario de guardia, por habérselo dicho Smiley. Durante un instante levantó los prismáticos para mirar el tejado, en donde se alzaba una plantación de antenas que trazaba extraños dibujos contra el cielo. Luego los bajó al piso inmediato inferior, a las cuatro negras ventanas de la sección de radio.

Guillam había dicho: «Por la noche, todos utilizan la puerta frontera, para reducir así el número de conserjes.»

En el curso de aquellas tres horas, sólo tres acontecimientos habían recompensado la vigilancia de Mendel. Un hecho por hora no es mucho. A las nueve y cinco, un Ford azul se había detenido y de él descendieron dos hombres que llevaban un bulto que parecía una caja de munición. Abrieron la puerta, y la cerraron tan pronto estuvieron dentro. Mendel murmuró el correspondiente comentario por teléfono. Guillam le había dicho, también, que hacia las diez llegaba el vehículo en el que se recogían documentos importantes en las secciones diseminadas en otros lugares, y se llevaban al Circus, para que quedaran a buen recaudo durante el fin de semana. El vehículo iba a Brixton, Acton y Sarratt, por este orden, dijo Guillam, pasaba al fin por el Almirantazgo, y llegaba al Circus hacia las diez. Aquella noche, llegó a las diez en punto, y del edificio salieron dos hombres para ayudar en la descarga. Mendel también comunicó este hecho, y Smiley se dio por enterado con un paciente «muchas gracias».

¿Estaría Smiley sentado? ¿Estaría en la oscuridad, como Mendel? Mendel pensaba que sí. De entre todos los tipos raros que Mendel había conocido, Smiley era el más raro. Viéndole, cualquiera diría que ni de cruzar la calle solo era capaz, pero, en realidad, aquel hombre necesitaba tanta protección como pueda necesitarla un jabalí. Mendel pensó en los espías. Se había pasado la vida persiguiendo malhechores, y ¿cómo la terminaba? ¡Entrando ilegalmente en una casa, y vigilando a los espías desde la oscuridad! Mendel nunca había respetado a los espías hasta el momento en que conoció a Smiley. Siempre pensó que eran un hatajo de entremetidos, de aficionados con título universitario. Siempre los consideró un tanto anticonstitucionales, y estimaba que lo mejor que su Cuerpo podía hacer, en su propio beneficio y en el del público, era limitarse a decir «sí, señor; no, señor» y perder cuanto antes todo género de contacto con aquella gente. Y, con las muy notables excepciones de Guillam y Smiley, esto era lo que de los espías pensaba Mendel aquella noche.

Poco antes de las once, hacía de ello exactamente una hora, llegó ur taxi. Se trataba de un taxi con matrícula de Londres, normal y corriente, que se detuvo ante el teatro. Incluso de esto le había informado Smiley: los miembros del servicio tenían la costumbre de no apearse ante la mismísima puerta. Algunos bajaban en Foyles, otros en Old Compton Street o ante cualquiera de las tiendas. Casi todos tenían su lugar favorito en el que apearse, y el preferido de Alleline era el teatro. Mendel nunca había visto a Alleline, pero le habían descrito sus apariencias, y ahora le reconoció sin la menor duda. Era un hombre corpulento, con un abrigo oscuro. Mendel incluso observó que el taxista torcía el gesto al recibir la propina, y decía algo, a espaldas de Alleline, mientras éste buscaba la llave en el bolsillo.

Guillam le había explicado que la puerta de entrada no se hallaba sometida a vigilancia, y sólo estaba cerrada con llave. La vigilancia comenzaba al doblar a la izquierda, al final del corredor. Alleline tiene su despacho en el quinto piso. No verá luz, dijo Guillam, en sus ventanas, pero hay una ventana cenital, en el techo, y por ella la luz interior sale y va a dar en una chimenea. Y, efectivamente, Mendel vio que en los sucios ladrillos de la chimenea aparecía una mancha amarilla: Alleline había entrado en su despacho.

Mendel pensó que el joven Guillam necesitaba tomarse unas vacaciones. Sí, esto era algo que Mendel había visto anteriormente: muchos hombres duros se vienen abajo a los cuarenta años. Se lo ocultan a sí mismos, fingen que nada les pasa, buscan amparo en los maduros que, a fin de cuentas, resultan no ser tan maduros como eso, y un buen día todo se viene abajo; aquellos que anteriormente eran considerados como seres heroicos se desmoronan, y el hombre duro de cuarenta años se queda solo en su despacho empapando de lágrimas el papel secante.

Mendel había dejado el teléfono en el suelo. Lo cogió y dijo:

—Parece que Tinker acaba de llegar.

Dio el número de la matrícula del taxi y esperó. Smiley murmuró:

—¿Qué aspecto tenía?

—Parecía preocupado, con aspecto de hombre que tiene muchas cosas que hacer.

—Es natural.

Satisfecho, Mendel pensó: Este es de los que no se desmoronan. Smiley era uno de aquellos frágiles robles. Cualquiera diría que se le podía derribar de un soplido, pero cuando llega la tormenta es el único que queda en pie. Estando Mendel en este punto de sus reflexiones, llegó un segundo taxi que se detuvo ante la mismísima puerta, y una figura alta y de lentos movimientos subió cautelosamente los peldaños, como hacen los hombres que cuidan su corazón. Mendel murmuró junto al teléfono:

—Ahí va Tailor. Un momento, ahora también llega Soldier. Parece que hay reunión de todos los clanes. Espere...

Un viejo Mercedes 190 salió de Earlham Street, se dirigió hacia la zona bajo la ventana de Mendel, resiguió difícilmente la curva hasta la bocacalle que, al Norte, formaba Charing Cross Road, y allí esperó. Del Mercedes descendió un hombre joven, corpulento, de pelo rojizo, cerró violentamente la puerta del coche, sin siquiera llevarse la llave del contacto, y cruzó la calle hacia la puerta de la casa que Mendel vigilaba. Instantes después, otra luz se encendía en el cuarto piso. Había llegado Roy Bland.

Mendel pensó: «Ahora lo único que necesitamos saber es quién sale.»

36

Lock Gardens era una especie de plaza con cuatro casas de fachada lisa, construidas en el siglo XIX, en el centro de una larga curva en forma de luna creciente, cada una de ellas con tres pisos y una planta baja, así como un jardín trasero, con un muro que corría a lo largo del canal Regent. Los números de estas casas iban del dos al cinco. La casa número uno o bien se había desmoronado o bien no había sido construida. La número cinco se encontraba en el extremo norte, y, en cuanto a casa secreta del servicio de información, reunía inmejorables condiciones, por cuanto en menos de treinta metros tenía tres accesos, y el sendero de arrastre del canal ofrecía dos accesos más. Al Norte se encontraba la calle principal de Camden por la que circulaba el grueso del tránsito. Y al Sur y al Oeste se encontraban los jardines y Primrose Hill. Para mayor ventaja, el paraje no tenía identidad social alguna y tampoco la necesitaba. Algunas de las casas habían sido transformadas en conjuntos de viviendas de un solo dormitorio, y tenían diez timbres, dispuestos como el teclado de una máquina de escribir. Otras, en un alarde de grandeza, sólo tenían un timbre. La número cinco tenía dos timbres, uno para Millie McCraig y otro para su huésped, el señor Jefferson.

La señora McCraig era una mujer devota y pedía limosnas para toda clase de buenas obras, lo cual constituía un excelente medio para vigilar a los habitantes de la zona, aunque éstos no interpretaban en tal sentido el celo de la señora McCraig. De Jefferson, el huésped, se tenía la vaga idea de que era extranjero, trataba en negocios de petróleo, y pasaba largas temporadas fuera de casa. Lock Gardens era el *pied-à-terre* de Jefferson. Cuando los vecinos se tomaban la molestia de fijarse en él, lo juzgaban una persona retraída y respetable. Esta misma idea se habrían formado de George Smiley si hubieran podido verle en la penumbra del porche, a las nueve de la noche, en el momento en que Millie McCraig le hacía entrar y corría las recatadas cortinas.

La señora McCraig era una nervuda viuda escocesa, con medias castañas, pelo rizado, y una piel brillante y arrugada, propia de un hombre viejo. Al servicio del Señor y del Circus, esta dama había dirigido escuelas de enseñanza de la Biblia en Mozambique y un centro misional para marineros en Hamburgo, y pese a que se había dedicado, durante veinte años, a la profesión de escuchar subrepticiamente al prójimo, todavía tenía cierta tendencia a tratar a todos los hombres como si fueran transgresores de la ley. Smiley no tenía la menor idea de lo que aquella mujer pensaba. Desde el momento en que Smiley llegó, los modales de la señora McCraig quedaron arropados en una profunda y desolada suavidad. Le mostró la casa con el aire de una ama de llaves que muestra el castillo de su ama, ya muerta.

Primeramente, le mostró el semisótano, que era donde la señora McCraig vivía, lleno de plantas, y con aquel ambiente de viejas postales, mesas con tablero de latón y muebles de negra madera tallada, que parece ser propio de viejas señoras inglesas, muy viajeras, de cierta edad y cierta clase social. Sí, cuando el Circus quería hablar con ella por la noche, llamaba al teléfono del semisótano. Sí, había otro teléfono, con línea propia, en el piso superior, pero sólo se usaba para llamar afuera. El teléfono del semisótano tenía una extensión en el comedor del piso superior. La planta baja constituía un verdadero monumento al ostentoso mal gusto de los administradores del Circus: chillonas rayas regencia, sillas doradas y sofás de terciopelo con colgajos. La cocina era escuálida y no parecía estar en uso. Detrás de la cocina, había una galería acristalada que daba al descuidado jardín y al canal. En el suelo de la galería se veía un viejo rodillo de apisonar tierra, un cubo y cajas de agua tónica.

Cuando regresó a la sala de estar, Smiley preguntó:

—¿Dónde están los micrófonos, Millie?

Millie le explicó, en un murmullo, que los micrófonos estaban dispuestos de dos en dos, ocultos tras el papel de la pared, y que había dos parejas en cada estancia de la planta baja, y una en cada habitación del piso superior. Cada pareja estaba conectada a un grabador. Smiley siguió a la señora McCraig al piso superior, por la escalera de altos peldaños. Este piso no estaba amueblado, salvo un dormitorio en el que había un armazón de acero gris, con ocho grabadores de cinta magnetofónica, cuatro arriba y cuatro abajo.

—¿Y Jefferson sabe que hay estas grabadoras?

No sin cierta altanería, Millie repuso:

—El señor Jefferson fue siempre tratado como un caballero de toda confianza.

De esta manera contestó la pregunta, faltando poco para que, con estas palabras, expresara la desaprobación que Smiley le merecía, o la devoción de la propia Millie a la ética cristiana.

Una vez abajo, Millie le mostró a Smiley los interruptores que controlaban el sistema de grabación. En cada panel se había añadido un interruptor. Cuando Jefferson o cualquiera de los muchachos, dicho sea en las palabras de Millie, deseaban que los aparatos funcionaran, bastaba con que el interesado se levantara y bajara el interruptor de la luz situado a la izquierda. A partir de este momento, el sistema quedaba en régimen de activación por la voz, es decir, el rodillo de cinta solamente corría cuando alguien hablaba.

—¿Y dónde estás tú, mientras ocurre cuanto acabas de decir, Millie?

Millie repuso que se quedaba abajo, como si éste fuera el lugar propio de toda mujer.

Smiley abría armarios y cajones, e iba de una habitación a otra. Volvió a la galería, con vistas al canal. Se sacó del bolsillo una linterna, y lanzó una señal hacia la oscuridad del jardín. Luego, mientras, pensativo, tocaba el interruptor de la luz junto a la puerta de la sala de estar, preguntó:

—¿Y cuál es el sistema de seguridad?

Millie contestó con litúrgica monotonía:

—Si ante la puerta hay dos botellas de leche llenas, se puede entrar sin peligro. Si no hay botellas de leche, no se puede entrar.

En la parte que daba al jardín se oyó el leve sonido de unos pasos. Smiley volvió a la galería acristalada, abrió la puerta de vidrio opaco, y después de una brevísima conversación en baja voz, reapareció en compañía de Peter Guillam.

—Ya conoces a Peter Guillam... —dijo Smiley.

Millie podía conocerle o podía no conocerle, a juzgar por la fija mirada de burla y desprecio que había en sus ojos pequeños y duros. Guillam miraba el interruptor de la luz, mientras buscaba algo en el bolsillo.

—¿Qué pretende hacer? —preguntó Millie—. No puede hacerlo. Dile que no lo haga.

Smiley le dijo que si tenía escrúpulos de conciencia, podía llamar a Lacon, por el teléfono del sótano. Millie McCraig no se movió, pero dos manchas rojas habían aparecido en sus correosas mejillas, y, llevada por el enojo, hacía chasquear los nudillos. Con un pequeño destornillador, Guillam había quitado cuidadosamente los tornillos a uno y otro lado de la plancha de plástico, y estudiaba los hilos que había tras ella. Ahora, con mucho cuidado, puso al revés, la parte de arriba hacia abajo, el interruptor del extremo, y volvió a poner la plancha de plástico, sin tocar los restantes interruptores.

—Ahora —dijo— podemos probar qué tal funciona.

Smiley subió al piso superior para comprobar el funcionamiento de las grabadoras, y Guillam cantó *Old Man River*, imitando el bajo registro de Paul Robeson.

Mientras bajaba, Smiley se estremeció de horror, y dijo:

—Muchas gracias, ha sido más que suficiente.

Millie había bajado al sótano para llamar a Lacon. Despacio, Smiley dispuso el escenario. Colocó el teléfono junto a un sillón de la sala de estar, y, después, despejó su línea de retirada hacia la galería. De la nevera de hielo de la Coca-Cola, que había en la cocina, cogió dos botellas llenas de leche, y las dejó ante la puerta, para dar a entender, dicho en el lenguaje de Millie, que se podía entrar sin peligro. Se quitó los zapatos, que dejó en la galería, y, después de apagar todas las luces, ocupó su puesto en el sillón, en el instante en que Mendel hacía su llamada de toma de contacto.

Entretanto, Guillam había ocupado su puesto de vigilancia de la casa, en el sendero de arrastre del canal. Este sendero se cerraba al público una hora antes del ocaso, por lo que, a partir de este instante, se convertía en un lugar poblado por enamorados o por mendigos, ya que, por diferentes razones, ambas clases de personas sienten predilección por los lugares oscuros y poco frecuentados. En aquella fría noche, Guillam no vio enamorados ni mendigos. De vez en cuando, pasaba a toda marcha un tren vacío, dejando tras sí un vacío aún mayor. Guillam tenía los nervios tan tensos, y su expectación era tan variada que, por un momento, vio en caracteres apocalípticos la arquitectura de aquella noche: las señales del puente del ferrocarril se convirtieron en un patíbulo, y los victorianos tinglados de almacenaje se transformaron en gigantescas prisiones, con ventanas enrejadas, alzándose contra el cielo neblinoso. Más cerca, estaba el movimiento de las ratas, y el hedor del agua quieta. Después, se apagaron las luces de la sala de estar, y la casa quedó en la oscuridad rota solamente por las rayas amarillas a uno y otro lado de la ventana de Millie en el semisótano. En la galería brilló un delgado rayo de luz, dirigido a él a través del jardín. Del bolsillo, Guillam sacó la linterna en forma de pluma estilográfica, le quitó la caperuza de plata, con témblorosos dedos la dirigió hacia el punto en que había brillado la luz, y contestó la señal. A partir de este momento, lo único que Guillam podía hacer era esperar.

Tarr arrojó a Ben el telegrama recién llegado, juntamente con el bloc de descifrar claves, que había sacado de la caja fuerte, y le dijo:

—Anda, gánate el sueldo. Descífralo.

—Es un telegrama personal —objetó Ben—, sólo para usted, y que debe descifrar usted mismo. Ahí lo dice: «Personal, procedente de Alleline; descífrelo personalmente.» Es de máximo secreto. No puedo ni tocarlo.

Sin dejar de mirar a Tarr, Mackelvore dijo:

—Haz lo que te dice, Ben.

Durante diez minutos, no se cruzó palabra entre los tres hombres. Tarr estaba de pie, en un extremo de la habitación, lejos de los otros dos, con los nervios tensos por la espera. Se había puesto el revólver en el cinturón, con el cañón apuntando hacia el escroto. Su chaqueta reposaba en una silla. El sudor le había pegado, íntegramente, la camisa a la espalda. Ben utilizaba una regla de cálculo para descifrar los grupos de números, y, después, anotaba cuidadosamente sus hallazgos en el bloc que tenía ante sí. Para concentrar mejor su atención, Ben había apoyado la punta de la lengua en los dientes, y, ahora, al retirarla de allí, produjo un leve y seco sonido. Dejó el lápiz, y ofreció la hoja a Tarr, quien dijo:

—Léelo en voz alta.

La voz de Ben sonó con un tono amable y algo reverencial:

—«Personal para Tarr y Alleline, descífrelo usted mismo. Antes de atender su petición exijo aclaraciones y muestras de la mercancía o una de las dos cosas. Información es vital para la protección del servicio, y sin ella nada es posible. Permítame le recuerde la pésima situación en que usted se encuentra, después de su desdichada desaparición. Le conmino a que se ponga a disposición de Mackelvore inmediatamente, repito, inmediatamente. El jefe.»

Ben no había terminado aún la lectura, cuando Tarr se echó a reír de un modo extraño, excitado. A gritos, dijo:

—¡Así se habla, Percy! ¡Sí, pero no! Ben, ¿sabes por qué parece dispuesto a ceder? ¡Está ganando tiempo para poder asesinarme por la espalda! ¡Así lo hizo con la chica rusa! ¡El hijo de mala madre quiere repetir la jugada!

Tarr alborotó con la mano el pelo de Ben, y, a gritos, entre risotadas, le dijo:

—Fíjate bien en lo que voy a decirte, Ben. En esta organización hay gente muy traicionera, no te fíes de nadie. No te fíes de nadie o acabarás muy mal.

Solo en la oscuridad de la sala de estar, Smiley también esperaba, sentado en el incómodo sillón comprado por los administradores, con la cabeza dolorosamente inclinada contra el aparato telefónico. De vez en cuando, murmuraba algo, y Mendel le contestaba con otro murmullo, pero la mayor parte del tiempo los dos compartían un mismo silencio. Smiley estaba tranquilo, incluso, quizás, algo triste. Igual que un actor, antes de alzarse el telón, tenía la sensación de que se acercara un momento de depresión, de que grandes cosas fueran pasando para acabar en un final pequeño y mezquino. De la misma manera, la muerte le parecía ahora pequeña y mezquina, después de las luchas sostenidas a lo largo de su vida. No tenía la menor sensación de conquista. Sus pensamientos, como solía ocurrirle cuando estaba atemorizado, se centraban en personas. No tenía teorías, ni formulaba juicios, sino que se preguntaba de qué manera quedaría cada cual afectado. Se sentía responsable. Pensaba en Jim, Sam, Max, Connie y en Jerry Westerby, y en las lealtades personales rotas. Colocándola en una categoría aparte, también pensaba en Ann, y en la irremediable incoherencia de su conversación en los acantilados de Cornualles. Se preguntaba si acaso había entre los seres humanos un amor que no se basara en alguna clase de engaño a uno mismo. Deseaba ser capaz de levantarse e irse antes de que nada ocurriera, pero le resultaba imposible. Animado por sentimientos paternales, se preocupaba por Guillam, y se preguntaba de qué manera reaccionaría Guillam ante las últimas tensiones anejas a la llegada a la madurez. Volvió a pensar en el día en que fue al entierro de Centrol. Pensó en la traición, y se preguntó si existía la traición inconsciente de la misma manera que existía la violencia inconsciente. Le preocupaba el sentirse tan derrotado, y le preocupaba que todos aquellos preceptos intelectuales y filosóficos en los que se apoyaba se vinieran abajo ahora, en el momento en que se enfrentaba con una situación humana.

—¿Algo nuevo? —preguntó a Mendel por el teléfono.

—Un par de borrachos cantando *Ver la jungla mojadada por la lluvia.*

—No conozco esa canción.

Cambió la situación del teléfono, poniéndoselo a la izquierda, y sacó la pistola del bolsillo interior de su chaqueta, cuyo forro, de excelente seda, el arma había ya estropeado. Descubrió el seguro de la pistola y jugueteó con la idea de ignorar cuándo estaba puesto y cuándo no. Quitó el cargador y volvió a meterle dentro, y recordó haberlo hecho centenares de veces, corriendo, en el campo de tiro de Sarratt, de noche, antes de la guerra. Recordó que, señor, hay que disparar siempre con las dos manos, señor, sosteniendo con una la pistola y con la otra el cargador, señor. Y recordó que, según cierta folklórica tradición del Circus, se debía tener el índice a lo largo del cañón, y oprimir el gatillo con el dedo medio. Pero, cuando adoptó esta posición, se sintió ridículo y se olvidó del asunto.

—Voy a dar un paseo —murmuró.

—Sí, señor —repuso Mendel.

Con la pistola aún en la mano, volvió a la galería, y aguzó el oído para comprobar si los gemidos del suelo bajo sus pies podían delatarle, pero parecía que el suelo bajo la vieja alfombra fuera de cemento. Allí podía saltar sin producir la menor vibración. Con la linterna lanzó dos breves destellos, esperó unos instantes y lanzó dos más. Inmediatamente, Guillam contestó con tres destellos.

—Ya estoy de vuelta.

—Sí, señor —dijo Mendel.

Se sentó, con lúgubres pensamientos centrados en Ann, para soñar el sueño imposible. Se metió la pistola en el bolsillo. Desde el canal le llegó el sonido de un bocinazo. ¿Por la noche? ¿Se navegaba por la noche? Seguramente había sido un coche. ¿Y si Gerald tenía un procedimiento de reunión de emergencia que Smiley y los suyos ignorasen? ¿Un procedimiento mediante cartas depositadas en lugares previstos o esperando que un coche le recogiera? ¿Y si Polyakov, tenía un guardaespaldas al que Connie jamás hubiera descubierto? Ya había pensando en ello antes. El sistema utilizado forzosamente tenía que ser perfecto, de modo que, en las reuniones, se previeran todas las contingencias. En cuestiones de trucos del oficio, Karla era un perfeccionista.

¿Y aquella sensación de que le seguían? ¿Qué decir de aquella sensación? ¿De aquella sombra que no vio, que sólo sintió, hasta el punto de que la intensidad de la mirada de su perseguidor le produjo picazón en la espalda? Nada había visto, nada había oído, sólo había sentido. Era demasiado viejo para hacer caso omiso de aquel aviso. El gemido de un peldaño que antes no gemía, el rumor de una cortina en un momento sin viento; el coche con matrícula diferente, pero con la misma mella en el costado; el rostro en el metro, anteriormente visto en otro lugar; durante años, éstos fueron signos a los que había que prestar atención, y cualquiera de ellos constituía razón suficiente para actuar, para irse a otra ciudad, para adoptar una identidad distinta. En su profesión, las coincidencias no existían.

—Uno que se va. ¿Me oye? —dijo Mendel de repente.

—Sí.

Mendel dijo que alguien acababa de salir del Circus. Había salido por la puerta principal, pero no sabía con certeza su identidad. Iba con impermeable y sombrero. Era corpulento y caminaba de prisa. Sin duda había pedido un taxi por teléfono, ya que se metió inmediatamente dentro del taxi recién llegado.

—Va hacia el Norte, hacia el lugar en que está usted.

Smiley miró el reloj. Pensó: Démosle diez minutos. Démosle doce minutos porque tiene que detenerse y llamar por teléfono a Polyakov durante el trayecto. Luego, pensó: No seas tonto, esto ya lo ha hecho desde el propio Circus.

—Corto la comunicación —dijo Smiley.

—Muy bien, señor.

Desde el sendero, Guillam vio tres largos destellos. El topo se había puesto en camino.

En la galería, Smiley había construido un camino. Puso varias sillas plegables en fila, algo distanciadas, y ató un cordel que las unía, para poder guiarse mediante el cordel, ya que veía muy mal en la oscuridad. El cordel llevaba hasta la puerta abierta de la cocina, y de la cocina se podía pasar a la sala de estar o al comedor, porque las puertas estaban la una al lado de la otra. La cocina era una estancia larga. En realidad era una edificación junto a la casa, antes de que se construyera la galería. Pensó en utilizar el comedor, pero lo juzgó demasiado arriesgado, y, además, desde el comedor no podía lanzar sus señales luminosas a Guillam. Por esto esperó en la galería, sintiéndose absurdo al pensar que iba descalzo, en calcetines, y que estaba dedicado a limpiar los cristales de sus gafas, debido a que el calor de su cara los había dejado cubiertos de vaho. En la galería hacía mucho más frío. La sala de estar tenía calefacción y estaba cerrada, pero la galería sólo tenía aquellos cristales, y la parte sin alfombra, con losas, había dejado húmedos sus pies. Pensó: El topo es quien primero llega, el topo interpreta el papel de anfitrión. Sí, este protocolo forma parte de la ficción de que Polyakov es el agente de Gerald.

Ahora, un taxi londinense es una bomba móvil.

La imagen, surgida de su memoria inconsciente, se fue formando despacio. El ruido del vehículo al entrar en la zona en forma de luna creciente, el tictac del taxímetro, que surge cuando las notas de bajo registro mueren. ¿Ante qué casa se ha detenido, cuando todos nosotros, en la calle, esperamos sumidos en la oscuridad, agazapados bajo cobijos, o agarrados a un cordel, ante qué casa se ha detenido? Luego, el sonido del golpe de la portezuela del taxi al cerrarse, aquel sonido como un desengaño, ya que si puedo oírlo es que no me va destinado.

Pero Smiley lo había oído, y a él iba destinado.

Oyó los pasos de un par de pies en la grava, unos pasos rápidos y enérgicos. Se detuvieron. Absurdamente, Smiley pensó: Se ha equivocado de puerta y se irá. Tenía la pistola en la mano, sin el seguro. Aguzó el oído, nada oyó. Pensó: Eres suspicaz, Gerald. Eres un viejo topo y has olido el peligro. Pensó: Ha sido Millie. Millie ha retirado las botellas de leche, ha puesto al topo sobre aviso. Millie ha ahuyentado la caza. Luego, oyó que la llave giraba en la cerradura, un giro, y otro giro. Recordó: Es una cerradura Banham. ¡Dios mío, debemos hacer todo lo posible para que estas cerraduras sigan fabricándose! Desde luego, el topo se había tentado los bolsillos, en busca de la llave. Un hombre nervioso la hubiera llevado ya en la mano, la hubiese agarrado con fuerza, la habría acariciado incluso dentro del bolsillo, durante el trayecto en taxi. Pero el topo, no. El topo quizás estuviera preocupado, pero no estaba nervioso. En el mismo momento en que la llave giraba sonó el timbre, un timbre como un campanilleo, que denotaba el mal gusto de los administradores: una nota alta, una nota baja y otra nota alta. Millie había dicho que esto significaba que quien llegaba era uno de los nuestros, uno de los muchachos, uno de sus muchachos, de los muchachos de Connie, de los muchachos de Karla. La puerta principal se abrió, alguien entró en la casa. Smiley oyó el roce con el felpudo, oyó cómo la puerta se cerraba, oyó el sonido de los interruptores de la luz, y vio aparecer una pálida raya bajo la puerta de la cocina. Se metió la pistola en el bolsillo, se secó la palma de la mano con la chaqueta, volvió a empuñar la pistola, y, entonces oyó una segunda bomba en movimiento, un segundo taxi que se detenía, y, luego pasos rápidos: Polyakov no sólo tenía la llave preparada sino también el dinero del taxi. Se preguntó si los rusos daban propina o si consideraban que hacerlo era antidemocrático. De nuevo sonó el timbre, la puerta principal se abrió y se cerró, y a los oídos de Smiley llegó el doble sonido de vidrio, en el momento en que las dos botellas de leche fueron depositadas sobre la mesa del vestíbulo, para bien del orden y de la meticulosidad profesional.

Horrorizado, Smiley dirigió la mirada a la vieja nevera de hielo, de la Coca-Cola, y se dio cuenta de algo en lo que no había caído: ¿Y si les diera por devolver las botellas a la nevera?

Bruscamente, la raya de luz bajo la puerta de la cocina adquirió más intensidad, al encenderse las luces de la sala de estar. Un extraordinario silencio envolvió la casa. Con la mano en el cordel, Smiley avanzó sobre el suelo helado. Entonces, oyó voces. Al principio fueron indiferenciadas. Pensó que seguramente se encontraban en el otro extremo de la estancia. O quizá siempre comenzaban a hablar en voz baja. Ahora Polyakov se acercó. Se encontraba sirviendo bebidas.

En buen inglés, preguntó:

—¿Cuál es la excusa que utilizaremos si nos interrumpen?

Smiley recordó: Tiene una bonita voz, dulce, como la tuya; a veces, pasaba dos veces las cintas, sólo para oírle hablar. Me gustaría que le oyeras ahora, Connie.

Desde más lejos, un apagado murmullo contestó cada una de las preguntas. Pero el sonido nada decía a Smiley. «¿Dónde volveremos a reunirnos? ¿A qué hora? ¿Lleva encima algo que prefiere lleve yo, teniendo en cuenta que gozo de inmunidad diplomática?»

Smiley pensó que debía de ser un archisabido juego de preguntas y respuestas, parte de las precauciones ordenadas por Karla.

—¿Está el interruptor hacia abajo? ¿Quiere comprobarlo, por favor? Gracias. ¿Qué toma?

—Un whisky —repuso la voz de Haydon—. Un whisky largo, muy largo.

Con una sensación de insuperable incredulidad, Smiley oyó la conocida voz leyendo el mismísimo telegrama que Smiley había redactado para que Tarr lo usara, hacía tan sólo cuarenta y ocho horas.

Luego, durante un instante, una parte de Smiley se rebeló abiertamente contra otra parte de su mismo ser. La oleada de indignada duda que le había invadido en el jardín de Lacon y que, desde aquel momento, había sido como una marea que él impidiera avanzar, le llevó ahora a estrellarse contra las rocas de la desesperación, y, luego, a rebelarse: me niego. No hay nada que pueda justificar la destrucción de otro ser humano. La senda de la traición y del dolor debe terminar en algún punto. Hasta el presente momento no había habido futuro, sino solamente un constante deslizarse cuesta abajo hacia más terribles versiones del presente. Este hombre era mi amigo y el amante de Ann, el amigo de Jim, y, en cuanto Smiley sabía, también el amante de Jim. Era la traición, y no el hombre, lo que pertenecía al dominio público.

Haydon había cometido traición. Como amante, como colega, como amigo, como miembro de aquel inapreciable núcleo al que Ann daba la vaga denominación de «el grupo», en todos los aspectos, Haydon había perseguido abiertamente una finalidad, y había alcanzado, en secreto, la finalidad opuesta. Smiley sabía muy bien que ni siquiera ahora podía comprender en toda su magnitud la horrible duplicidad. Sin embargo, ya había una parte de su persona que se alzaba en defensa de Haydon. ¿Acaso no había sido Bill también traicionado? El lamento de Connie volvió a sonar en-sus oídos: «Pobrecillos, educados para servir al Imperio, para gobernar las olas del mar... Tú eres el último, George, tú y Bill.» Con dolorosa claridad, vio la imagen de un hombre ambicioso, nacido para ocupàr un puesto en un amplio paisaje, nacido para gobernar, dividir y mandar, cuyas ambiciones y vanidades se habían centrado exclusivamente, lo mismo que las de Percy, en el juego político mundial, y para quien la realidad no era más que una pobre isla, con apenas una voz capaz de hacerse oír más allá del mar. Por esto, Smiley no sólo sentía repugnancia sino que también, pese a todo lo que aquel momento significaba para él, resentimiento contra las instituciones que tenía el deber de defender. Lacon había dicho: «El contrato social es arma de dos filos.» La fácil mendacidad del ministro, la acomodaticia moral, secamente expresada, de Lacon, la avasalladora ambición de Percy Alleline... Estos hombres invalidaban todos los contratos. ¿A santo de qué tenía uno que ser leal a semejantes hombres?

Lo sabía, desde luego. Siempre había sabido que era Bill. Lo sabía, igual que Control lo había sabido, e igual que Lacon lo supo en casa de Mendel. Lo sabía, tal como Connie y Jim lo habían sabido, y tal como también lo sabían Alleline y Esterhase... Todos habían compartido tácitamente aquel no expresado cuasiconocimiento que era como una enfermedad que esperaban desapareciera como si nunca la hubieran tenido, como si nunca hubiera sido diagnosticada.

¿Y Ann? ¿Lo sabía Ann? ¿Era ésta la sombra que cayó sobre los dos, aquel día en los acantilados de Cornualles?

Por unos instantes así quedó Smiley: como un gordo y descalzo espía, como diría Ann, engañado en el amor e impotente para el odio, con una pistola en una mano y un cordel en la otra, esperando en la oscuridad. Entonces, con la pistola todavía en la mano, anduvo de puntillas por la galería hasta llegar a la ventana, desde donde, en rápida sucesión, lanzó cinco destellos cortos. Después de esperar lo suficiente para ver el acuse de recibo, volvió a su puesto de escucha.

Guillam corrió a lo largo del sendero de arrastre, con la linterna en la mano, hasta llegar al bajo y arqueado puente y a la escalera de hierro que, con tramos en zigzag, ascendía hasta la Avenida de Gloucester. La puerta, al final de la escalera, estaba cerrada, y Guillam tuvo que trepar por la verja, rasgándose una manga al hacerlo. Lacon se encontraba en la esquina de Princess Road, con un viejo abrigo para llevar en el campo, y una cartera en la mano. Guillam le dijo entre dientes:

—Ya está, ya ha llegado. Tiene a Gerald en la casa.

—No quiero sangre —le advirtió Lacon—. Quiero la más absoluta serenidad.

Guillam no se tomó la molestia de contestar. Treinta metros más allá, Mendel le esperaba en el interior de un taxi conducido por un miembro del servicio. El taxi efectuó un trayecto de dos minutos, o menos quizá, y se detuvo en el inicio de la creciente luna en que se encontraban las casas. Guillam llevaba en la mano la llave de Esterhase. Al llegar al número cuatro, Mendel y Guillam prefirieron saltar la baja verja antes que arriesgarse a producir chirridos al abrir la puerta, y avanzaron sobre el césped. Sin dejar de avanzar, Guillam echó una mirada atrás y, por un instante, creyó ver una figura humana que los vigilaba, sin que pudiera determinar si se trataba de un hombre o de una mujer. Estaba a la sombra de un portal. Pero, cuando Guillam indicó a Mendel que mirara allá, nada había, y Mendel le ordenó con duras palabras que conservara la calma. La luz del porche estaba apagada. Guillam se adelantó, y Mendel esperó junto a un manzano. Guillam insertó la llave en la cerradura, y la llave giró sin dificultad. Triunfalmente, Guillam pensó: Idiota, has olvidado echar el pestillo. Abrió la puerta cosa de una pulgada, y quedó unos instantes dubitativo. Respiraba despacio, llenando de aire sus pulmones en previsión de actuar. Mendel avanzó unos pasos. Por la calle pasaron dos muchachos riendo en voz muy alta, debido a que la noche les había puesto nerviosos. Una vez más, Guillam miró hacia atrás, pero nada vio. Entró en el vestíbulo. Calzaba zapatos con suela de goma, y gimieron al pisar el parquet. No había alfombra. Cuando llegó junto a la puerta de la sala de estar, escuchó el tiempo suficiente para que la furia estallara por fin en su interior.

Sus agentes asesinados en Marruecos, su exilio en Brixton, la cotidiana frustración de sus esfuerzos a medida que envejecía y la juventud se le escapaba por entre los dedos; la sordidez que le acorralaba y que no podía ya disipar con su propia brillantez personal; la disipación de su capacidad de amar, gozar y reír; la constante erosión de las sencillas y heroicas normas de acuerdo con las que había querido vivir; las limitaciones que se imponía a sí mismo en nombre de una tácita vocación de entrega; todo esto sería lo que arrojaría a la cínica cara de Haydon, de aquel Haydon que en otros tiempos fue su confesor, de aquel Haydon siempre presto a la risa, a charlar, a ofrecer una taza de café. Sí, de Haydon, aquel modelo al que había conformado su vida.

Más, mucho más. Guillam, ahora que veía, sabía. Haydon era más que su modelo, era su inspiración, era el portador de la antorcha de cierta clase de anticuado romanticismo, era la representación de una idea de vocación inglesa que —por el propio hecho de ser vaga, insuficientemente expresada y elusiva— había dado sentido al vivir de Guillam, hasta el presente momento. En aquel instante, Guillam no sólo se sintió traicionado sino huérfano. Sus sospechas y sus resentimientos, que durante tan largo tiempo había vertido hacia el exterior, hacia el mundo real que le rodeaba —hacia sus mujeres y sus tentativas de amar—, se centraron ahora en el Circus y en la frustrada magia que había formado su fe. Con todas sus fuerzas, empujó la puerta y saltó dentro, pistola en mano. Haydon y un hombre corpulento, con un mechón de pelo negro sobre la frente, estaban sentados a uno y otro lado de una pequeña mesa. Sobre la mesa había vasos y papeles. El hombre corpulento era Polyakov, Guillam le había reconocido gracias a las fotografías, y fumaba una pipa muy inglesa. Iba con un jersey gris, con cremallera en la parte frontal, parecido a la pieza superior de un mono de deporte. Ni siquiera se quitó la pipa de entre los dientes, antes de que Guillam tuviera agarrado a Haydon por el cuello de la camisa. De un solo impulso, Guillam levantó del asiento a Haydon. Guillam había arrojado al suelo la pistola y zarandeaba a Haydon, como a un perro, gritando.

De repente, todo pareció sin sentido. A fin de cuentas, sólo se trataba de Bill, y los dos juntos habían llevado a cabo muchos trabajos. Guillam se había apartado de Haydon antes de que Mendel le cogiera del brazo, y oyó a Smiley, tan cortés como de costumbre, invitando a «Bill y al coronel Wiktorov» —así les llamó— a levantar los brazos y ponerse las manos en la cabeza, hasta que llegara Percy Alleline.

Mientras esperaban, Smiley le preguntó a Guillam:

—¿Has visto a alguien vigilando afuera?

Fue Mendel quien contestó:

—Estaba desierto como un cementerio.

37

Hay momentos tan densos, formados por tanta materia, que los personajes no pueden vivirlos mientras ocurren. Para Guillam y para todos los presentes, aquél fue uno de esos momentos. La constante abstracción de Smiley, el estoico silencio de Haydon, el previsible ataque de indignación de Polyakov, sus exigencias de que fuera tratado como corresponde a un miembro del cuerpo diplomático —exigencias que Guillam, desde el sofá, amenazó con satisfacer—, la llegada presurosa de Alleline y Bland, las nuevas protestas, y la peregrinación al piso superior, en donde Smiley pasó las cintas magnetofónicas, el largo y lúgubre silencio que se produjo cuando regresaron a la sala de estar, la llegada de Lacon y, por fin, de Toby Esterhase y Fawn, y el silencio con que Millie McCraig sirvió el té, todos estos hechos y escenas se desarrollaron con una teatral irrealidad que, como el viaje a Ascot un siglo atrás, quedaba intensificada por la irrealidad de la hora. Todos estos incidentes, entre los que se debe incluir, al principio, la física represión de Polyakov, así como un torrente de insultos en ruso, dirigidos a Fawn por haber golpeado a aquél, sabe Dios dónde, pese a la vigilancia de Mendel, formaban como una estúpida trama subordinada al único propósito de convencer a Alleline de que Haydon representaba la única oportunidad de entrar en negociaciones con Karla, y salvar, por motivos humanitarios, ya que no profesionales, cuanto quedara de las redes de agentes a los que Haydon había traicionado. Smiley carecía de autoridad para llevar a cabo aquellas negociaciones, y, por otra parte, tampoco parecía tener ganas de hacerlo. Quizá pensaba que, entre todos los presentes, Esterhase, Bland y Alleline eran los más calificados para saber cuáles eran los agentes que, teóricamente, estaban aún en ejercicio. De todos modos, Smiley no tardó en ir al piso superior en donde Guillam le oyó, una vez más, paseando por las habitaciones, en su constante vigilancia a través de las ventanas.

Mientras Alleline y sus lugartenientes se encerraban con Polyakov, en el comedor, para tratar a solas con él, los restantes permanecieron sentados en silencio en la sala de estar, ya mirando a Haydon, ya apartando deliberadamente la vista de él. Haydon parecía ignorar la presencia de quienes le acompañaban. Con la barbilla apoyada en la mano, estaba sentado en un rincón, apartado de los otros, bajo la vigilancia de Fawn, y parecía aburrirse. La conferencia terminó, todos salieron del comedor, y Alleline anunció a Lacon, quien insistió en no estar presente en las transacciones, que se había concertado otra reunión, en aquella misma casa, para dentro de tres días, al cabo de cuyo tiempo «el coronel habría tenido ocasión de consultar con sus superiores». Lacon afirmó con un silencioso movimiento de cabeza. La reunión hubiera podido ser una junta de hombres de negocios.

Las partidas fueron todavía más extrañas que las llegadas. La despedida entre Esterhase y Polyakov fue particularmente tensa. Esterhase, que siempre había preferido ser un *gentleman* a ser un espía, pareció decidido a infundir caballerosidad a la ocasión, y ofreció la mano a Polyakov, pero éste la apartó petulantemente, de un manotazo. Esterhase miró desolado a su alrededor, buscando a Smiley, quizá con la esperanza de congraciarse con él, pero, luego, se encogió de hombros, y puso un brazo por encima de los hombros de Roy Bland. Poco después, se iban juntos. De nadie se despidieron. Bland parecía terriblemente impresionado, y Esterhase causaba la impresión de esforzarse en consolarse a sí mismo, pese a que, en aquellos momentos, su futuro difícilmente podía parecerle de color de rosa. Poco después llegaba un taxi, que había pedido por teléfono, para Polyakov, quien también se fue sin despedirse de nadie, ni siquiera con una cabezada. Ahora, la conversación había muerto totalmente. Sin la presencia del ruso, la escena había adquirido un carácter tristemente provinciano. Haydon seguía en su acostumbrada postura de hombre aburrido, vigilado por Fawn y Mendel, mientras Alleline y Lacon lo miraban mudos e inhibidos. Se hicieron más llamadas telefónicas, sobre todo para pedir coches. En cierto momento, Smiley reapareció, procedente del piso superior, y mencionó a Tarr. Alleline llamó por teléfono al Circus y dictó un telegrama dirigido a París, en el que decía que Tarr podía regresar a Londres «con honor», palabras de significado un tanto oscuro. Dirigió un segundo telegrama a Mackelvore, diciéndole que Tarr era persona grata, lo cual le pareció a Guillam una afirmación un tanto dudosa.

Por fin, y para alivio general, llegó una camioneta de caja sin ventanillas, procedente del Parvulario, con dos hombres a los que Guillam jamás había visto, uno de ellos alto y que andaba cojeando, y el otro grueso y con el pelo rojizo. Con un estremecimiento, Guillam se dio cuenta de que aquellos dos hombres eran inquisidores. Fawn fue a buscar al vestíbulo el abrigo de Haydon, registró los bolsillos, y, respetuosamente, le ayudó a ponérselo. En este instante, Smiley intervino amablemente, e insistió en que Haydon debía recorrer el camino desde la puerta a la camioneta, con la luz del porche apagada, y que debía ser escoltado por el mayor número de hombres posible. Guillam, Fawn e incluso Alleline fueron invitados a colaborar. Por fin, con Haydon en medio, el variopinto grupo cruzó el jardín hasta la camioneta aparcada junto a la verja.

Smiley había insistido: «Es sólo una precaución.» Nadie se sintió inclinado a contradecirle. Haydon subió, y, tras él, subieron los inquisidores, quienes cerraron la puerta por dentro. En el momento en que se cerraban las puertas, Haydon alzó la mano, en un ademán amable aunque de burlona despedida, dirigida a Alleline.

Sólo después de esto, al recuerdo de Guillam llegaron hechos y personas, por separado, como, por ejemplo, el puro y simple odio con que Polyakov trató a todos los presentes, desde la insignificante Millie McCraig al más encumbrado, y que, en realidad, llegó a alterar las facciones del ruso: sus labios se curvaron en salvaje e incontrolable gesto de desprecio, se le puso la cara blanca y tembloroso el cuerpo. Pero todo ello no se debía al miedo ni a la ira. Era puro y simple odio, un odio con el que Guillam ni siquiera podía contemplar a Haydon, ya que, a fin de cuentas, Haydon pertenecía a su propia clase.

En cuanto a Alleline, Guillam descubrió que sentía cierta oculta admiración hacia él. Por lo menos, Alleline había dado muestras de entereza. Pero, más tarde, Guillam puso en duda que Percy se hubiera dado cuenta, en aquella primera exposición de los hechos, de cuáles eran tales hechos, ya que era todavía el jefe, y Haydon, su Yago.

Pero, para Guillam, lo más extraño, la impresión que se le quedó grabada y sobre la que reflexionó más profundamente de lo habitual en él, era que, pese a la rabia que le dominaba en el momento de entrar en la estancia, tuvo que efectuar un acto de voluntad, y un acto de voluntad violento, ciertamente, para pensar en Bill Haydon con algo más que afecto. Quizá, como Bill hubiera dicho, Guillam había por fin llegado a la edad adulta. Lo mejor de aquella noche fue que, al subir los peldaños que le llevaban a su piso, Guillam oyó las conocidas notas de la flauta de Camilla resonando en el hueco de la escalera. Y si bien es cierto que aquella noche Camilla perdió parte de su misterio, no lo es menos que, a la mañana siguiente, Guillam había conseguido liberar la imagen de Camilla de aquellas espirales de terror y engaño en que últimamente la había envuelto.

Durante los días siguientes, la vida de Guillam tomó, en muchos otros aspectos, unos matices más agradables. A Percy Alleline lo habían despachado bajo la fórmula de permiso indefinido. A Smiley le habían pedido que volviera por una temporada al servicio y que ayudara a poner en orden lo que del mismo quedaba. Se hablaba de rescatar de Brixton a Guillam. Hasta más tarde, hasta mucho más tarde, Guillam no supo que hubo un último acto, y dio nombre y significado a aquella familiar sombra que había seguido a Smiley, de noche, por las calles de Kensington.

38

Durante los dos días siguientes, George Smiley vivió en una especie de limbo. Cuando se fijaban en él, sus vecinos pensaban que aquel hombre se había sumido en un dolor insuperable. Se levantaba tarde, andaba de un lado para otro, en bata, limpiando cosas, quitando el polvo, y guisándose comidas que luego no comía. Por la tarde, infringiendo las normas imperantes en la casa, encendía un fuego de carbón, leía a sus poetas alemanes favoritos o escribía cartas a Ann, cartas que rara vez terminaba, y que nunca echaba al correo. Cuando sonaba el teléfono, acudía presuroso a contestarlo, pero siempre quedaba defraudado. Por la ventana, veía que el tiempo seguía siendo malo, y los pocos transeúntes que pasaban —Smiley los observaba detenidamente a todos— iban envueltos en una balcánica desdicha. Lacon le llamó para comunicarle que el ministro quería que Smiley estuviera dispuesto a «ir al Circus y arreglar el lío que se había armado, tan pronto fuera requerido para ello». En realidad, Smiley tendría que cumplir la función de guardián nocturno, hasta el momento en que se encontrara al adecuado sustituto de Alleline. Smiley contestó con vaguedades, y una vez más convenció a Lacon de que era preciso se tomaran todo tipo de medidas para garantizar la seguridad de Haydon, mientras estuviera en Sarratt.

—¿No crees que exageras un poco? —repuso Lacon—. El único lugar al que Haydon puede ir es Rusia, y a Rusia lo vamos a mandar.

—¿Cuándo?

Lacon dijo que solventar los detalles llevaría aún unos cuantos días. En su estado de depresión y resaca, tras los acontecimientos de los últimos tiempos, Smiley prefirió no preguntar qué tal se desarrollaban los interrogatorios, pero, por el tono de sus palabras, parecía que la respuesta de Lacon hubiera sido un tanto negativa. Mendel le dio más noticias.

—La estación de ferrocarril de Immingham está cerrada —le dijo—. Tendrá que ir a Grimsby y allí tomar el autobús. Recuérdelo.

Por lo general, cuando Mendel le visitaba, se quedaba mirándolo en silencio, como si contemplara a un enfermo. En una ocasión, Mendel dijo:

—Si se limita a esperar, su mujer nunca regresará. Si la montaña no va a Mahoma, Mahoma ha de ir a la montaña. Los hombres sin ánimos nunca han conquistado el corazón de una bella mujer.

Durante la mañana del tercer día, sonó el timbre de la puerta, y Smiley acudió tan de prisa como si hubiera llamado Ann, tras olvidar la llave, como de costumbre. Era Lacon. Dijo que Smiley debía ir a Sarratt, Haydon insistía en hablar con él. Los inquisidores no habían logrado nada positivo, y el tiempo se estaba agotando. Al parecer, se creía que, si Smiley aceptaba cumplir la función de confesor, Haydon daría ciertas explicaciones, aunque muy limitadas.

—Me han asegurado que Haydon no ha sido sometido a coacciones —dijo Lacon.

Sarratt era un lugar lamentable, después de aquellos tiempos de grandeza en que Smiley lo había conocido. Los olmos habían desaparecido, y matojos y mala hierba crecía en el viejo campo de cricket. El edificio, amplia mansión de ladrillos, también mostraba señales de decadencia, iniciada después de los mejores tiempos de la guerra fría en Europa, y la mayor parte de los mejores muebles habían desaparecido, por lo que Smiley supuso que seguramente se encontraba en alguna de las dos cosas de Alleline. Encontró a Haydon en una casita oculta entre los árboles.

Dentro reinaba el hedor propio de una garita de guardia, las paredes estaban pintadas de negro, y en las altas ventanas había barrotes. Los guardianes ocupaban sendas habitaciones a uno y otro lado de la de Haydon, y recibieron respetuosamente a Smiley, tratándole de «señor». Al parecer, ya habían corrido los pertinentes rumores. Haydon vestía un mono de sarga. Temblaba y se quejó de padecer mareos. A menudo, tenía que tumbarse en la cama para que la nariz dejara de sangrarle. Llevaba un principio de barba. Al parecer, se estaba discutiendo si debían o no permitirle el uso de una navaja.

—Anímate, hombre —dijo Smiley—. Pronto saldrás de aquí.

Durante el viaje, Smiley había intentado acordarse de Prideaux y de Irina, de las redes de agentes checos, y, en el momento en que entró en la celda de Haydon, incluso iba animado por una vaga idea de cumplir un servicio público. Pensaba que, de un modo u otro, estaba obligado a censurar a Haydon, en nombre de los hombres justos. Pero, en realidad, Smiley sintió timidez. Tenía la impresión de no haber conocido jamás a Haydon, y de que ahora era ya demasiado tarde. También le enojó el estado físico de Haydon, pero, cuando se quejó de ello ante los guardianes, éstos aseguraron que se trataba de un engaño. Todavía se enojó más al percatarse de que las complementarias medidas de seguridad que él había insistido en que se adoptaran habían sido abandonadas, después del primer día. Cuando pidió ver a Craddox, jefe del Parvulario, le dijeron que Craddox no estaba, fue recibido por su ayudante, y éste fingió no estar al tanto de nada.

Al principio, la conversación entre Smiley y Haydon fue banal y con largos silencios.

¿Podía, por favor, Smiley, mandarle la correspondencia recibida en el club, y decir a Alleline que acelerase sus tratos con Karla? Y, además, necesitaba pañuelos de papel para la nariz. Haydon le explicó que su llanto, ahora habitual, nada tenía que ver con el remordimiento o con el dolor, sino que era una reacción física ante lo que él llamaba mezquindad de los inquisidores, a quienes se les había metido en la cabeza la idea de que Haydon sabía los nombres de otros agentes al servicio de Karla, y estaban firmemente dispuestos a que él los dijera, antes de irse. También había quienes creían que Fanshawe, el del club de los «Optimos», de Christ Church, había actuado no sólo como buscador de talentos para el Circus, sino también para el Centro de Moscú. Haydon concluyó:

—Realmente, ¿cómo puede uno tratar a asnos de semejante calibre?

A pesar de su debilidad, Haydon consiguió dar la impresión de que la única cabeza equilibrada que allí había era la suya. Smiley y Haydon pasearon por el campo de Sarratt, y el primero se dio cuenta, casi con desesperación, de que el perímetro no estaba vigilado por los correspondientes centinelas, ni de día ni de noche. Después de dar una vuelta, Haydon pidió regresar a la casita, en donde levantó una tabla del suelo, y extrajo unas hojas de papel cubiertas de jeroglíficos. Aquellos papeles trajeron a la memoria de Smiley el diario de Irina. Sentado sobre la cama, con los pies cruzados bajo el trasero, Haydon seleccionó unos cuantos papeles, y, contemplado en aquella postura, a la escasa luz, con el largo mechón de pelo colgando casi hasta tocar los papeles, parecía que estuviera en el despacho de Control, allá en los años sesenta, proponiéndole una operación maravillosamente plausible y totalmente impracticable, para la mayor gloria de Inglaterra. Smiley no se tomó la molestia de anotar nada, por cuanto los dos sabían que su conversación quedaba grabada en cinta magnetofónica. La declaración escrita de Haydon comenzaba con una largo prólogo, del que, después, Smiley recordó frases sueltas:

Vivimos en una época en la que sólo los temas fundamentales importan...

Los Estados Unidos ya no pueden llevar a cabo su propia revolución...

La postura política del Reino Unido carece en absoluto de importancia o de viabilidad moral, en los asuntos mundiales...

En otras circunstancias, Smiley se hubiera mostrado de acuerdo con gran parte de lo dicho por Haydon, pero, ahora, el tono, y no la música, era lo que le impedía aceptarlo.

En la Norteamérica capitalista, la represión ha sido institucionalizada hasta un punto que ni siquiera Lenin hubiera podido prever.

La guerra fría comenzó en 1917, pero las más duras batallas ocurrirán en el futuro, cuando la paranoia de la agónica Norteamérica le lleve a cometer todavía mayores excesos en su política exterior...

Haydon no hablaba de la decadencia de Occidente, sino de su muerte, víctima de la codicia y el estreñimiento. Decía que odiaba profundamente a Norteamérica, y Smiley pensaba que Haydon era sincero en esta manifestación.

Haydon también daba por cierto que los servicios secretos eran la única medida válida de la salud política de una nación, la única expresión auténtica de su subconsciente.

Por fin, Haydon abordaba su propio caso. Decía que en Oxford pertenecía sinceramente a las derechas, y que durante la guerra poco importaban las posturas políticas, siempre y cuando uno luchara contra los alemanes.

Durante una temporada, después del cuarenta y cinco, dijo Haydon, el papel de la Gran Bretaña en el mundo le pareció satisfactorio, hasta que, poco a poco, se dio cuenta de la escasísima importancia de dicho papel. Cómo se dio cuenta constituía un misterio. En los múltiples desastres históricos ocurridos en el curso de su vida, Haydon no podía señalar el momento en que quedó desengañado de la función de Inglaterra. Sencillamente, llegó el momento en que comprendió que si Inglaterra se retiraba del juego, el precio del pescado no quedaría alterado en absoluto, es decir, nada ocurriría. A menudo se había preguntado de parte de quién se pondría, en el caso de que tuviera que decidir. Tras una larga reflexión concluyó que si llegaba el día en que uno de los dos monolíticos bloques triunfaba, él preferiría hallarse en el Este.

—Se trata de una conclusión primordialmente estética —explicó—. Estética y moral, desde luego.

—Desde luego —repitió Smiley, cortésmente.

Dijo que, a partir de aquel momento, el poner sus actos al servicio de sus convicciones fue sólo una cuestión de tiempo.

Este fue el resultado de la primera entrevista. En los labios de Haydon se había formado un blanco sedimento, y de nuevo volvió a orar. Acordaron volver a reunirse al día siguiente, a la misma hora. Al irse, Smiley dijo:

—De poder ser, sería aconsejable que entrásemos en detalles, Bill.

Ahora, Haydon yacía en la cama, intentando cortar de nuevo la hemorragia nasal.

—Y a propósito —dijo—, dile a Jan lo que pasa, por favor. Dile cualquier cosa, pero procura que sea una despedida definitiva. —Se sentó y extendió un cheque que metió en un sobre de color castaño—. Dale esto, para sus gastos. —Dándose cuenta, quizá, de que a Smiley no le agradaba cumplir aquel encargo, Haydon añadió—: No puedo llevármela conmigo, me parece. Incluso en el caso de que permitieran que se fuera conmigo, sería para mí una carga insoportable.

Siguiendo las instrucciones de Haydon, aquella misma tarde Smiley fue en metro a Kentish Town, y anduvo buscando hasta encontrar una casita en un lugar apenas urbanizado. Le abrió la puerta una muchacha rubia, de rostro aplanado, con pantalones vaqueros azules; olía a pintura al óleo y a niño de teta. Como sea que Smiley no podía recordar si había conocido a aquella chica en su casa de la calle Bywater, le dijo:

—Vengo de parte de Bill Haydon. Está bien, pero tengo que darle un recado de su parte.

En voz baja, la chica exclamó:

—Dios mío... ¡Pues a buena hora llega...!

La sala de estar estaba muy sucia. Por la puerta de la cocina, que se encontraba abierta, Smiley vio una pila de platos sucios, y dedujo que la chica utilizaba cuanta vajilla tenía, dejándola sin lavar, y que luego la lavaba toda a la vez. El piso de madera estaba desnudo, salvo unos psicodélicos dibujos de flores, serpientes e insectos que lo cubrían por entero. Señalando el suelo, la muchacha dijo:

—Miguel Angel lo pintó en el techo, y Bill lo ha pintado en el suelo. De esta forma, se evita el dolor en la espalda que tuvo el otro.

Encendió un cigarrillo, y preguntó:

—¿Es usted funcionario del gobierno? Bill me dijo que él era funcionario.

Le temblaba la mano y tenía manchas amarillentas bajo los ojos.

—Bueno —dijo Smiley—, más valdrá que le dé eso...

Y después de meter la mano en un bolsillo interior, le entregó el sobre con el cheque.

—Pan —repuso la chica.

Y dejó el sobre a su lado. Smiley le devolvió la sonrisa a la muchacha y repitió:

—Pan.

Entonces, algo en la expresión de Smiley o en el modo en que había repetido aquella palabra indujo a la chica a abrir el sobre. No había nota alguna, sólo el cheque, pero el cheque fue suficiente. Incluso desde el sitio en que estaba sentado, Smiley pudo advertir que tenía cuatro guarismos.

Sin saber exactamente lo que hacía, la muchacha

cruzó el cuarto hasta el hogar, y dejó el cheque, juntamente con las facturas del colmado, en una vieja lata, sobre la repisa. Luego fue a la cocina y preparó dos tazas de Nescafé, aunque salió solamente con una.

De pie, ante Smiley, dijo:

—¿Dónde está Bill? Volverá seguramente a andar detrás de ese puerco marinero, ¿verdad? Y este dinero es el precio para echarme a un lado... Bueno, puede decirle de mi parte...

Smiley se había encontrado en situaciones parecidas y ahora, de un modo absurdo, las viejas palabras volvieron a sus labios:

—Bill está ocupado en un trabajo de importancia nacional. Mucho me temo que no pueda decirle la naturaleza de este trabajo, y le ruego que tampoco hable usted de ello. Hace unos días partió para el extranjero, con una misión secreta. Estará fuera una temporada, años quizá. No se le permitió decir a nadie que se iba. Desea que usted se olvide de él. Lo siento infinito.

Hasta este punto pudo llegar Smiley, antes de que la muchacha estallara. Smiley no pudo enterarse de lo que la chica dijo, porque ésta habló entre gritos y tartamudeos, y cuando el niño oyó los gritos comenzó también a gritar, en el piso superior. La muchacha maldecía, aunque no maldecía a Smiley, ni tampoco a Bill, sino que maldecía pura y simplemente, con los ojos secos, preguntándose quién diablos podía creer todavía en el gobierno. Luego, su estado de ánimo cambió. En las paredes, Smiley vio otros cuadros de Bill, principalmente retratos de la muchacha. Pocos de ellos estaban terminados, y en todos se advertía, en comparación con sus anteriores obras, cierta expresión de ahogo, casi de condenación.

—Y usted tampoco le tiene simpatía a Bill —dijo la chica—. Se ve a la legua. ¿Por qué le saca las castañas del fuego?

Tampoco esta pregunta tenía una posible respuesta inmediata. Al regresar a Bywater Street, Smiley volvió a tener la impresión de que le seguían, e intentó llamar a Mendel para que efectuara investigaciones en seguida. Pero, excepcionalmente, Mendel no estaba en casa y no regresaría hasta medianoche. Smiley durmió mal y se despertó a las cinco. A las ocho se encontraba de nuevo en Sarratt, en donde Haydon le esperaba de buen humor. Los inquisidores no le habían molestado. Craddox le dijo que se había llegado a un acuerdo en lo referente a los términos en que iba a ser canjeado, y que al día siguiente o al otro seguramente emprendería el viaje. Las peticiones de Haydon tuvieron matices de despedida. La parte del sueldo devengado, así como el producto de cuantas ventas se hicieran en su representación, debían ser remitidos al banco Narodny, de Moscú, cuyo banco se encargaría asimismo de transmitirle la correspondencia que recibiera en Londres. La galería Arnoldfini, de Bristol, tenía unos cuantos cuadros suyos, entre los que se contaban unas acuarelas de los primeros tiempos, hechas en Damasco, que a Bill le gustaría tener, ¿podía Smiley encargarse de recuperarlas? Luego, habló de la historia con la que justificar su desaparición:

—Di que he sido destinado fuera, guarda el secreto, y, dentro de un par de años, hacedme trizas, si queréis.

—No te preocupes, ya se nos ocurrirá algo que decir...

Por primera vez desde que Smiley le conocía, Haydon se mostró preocupado con respecto a sus ropas. Quería llegar con todas las *apariencias* de ser alguien. Dijo que las primeras impresiones eran muy importantes.

—Esos sastres de Moscú son increíbles. Le visten a uno como si fuera un sacristán.

—Cierto —repuso Smiley, quien no tenía en mejor estima a los sastres londinenses.

Bueno, también estaba el muchacho, dijo Haydon sin dar importancia a sus palabras. Se trataba de un marinero amigo suyo, que vivía en Notting Hill.

—Dale un par de centenares de libras para que se calle. ¿Puedes sacar el dinero del fondo de gastos generales?

—Naturalmente, hombre.

Escribió las señas del marinero. Animado por el mismo espíritu de camaradería, Haydon entró en lo que Smiley había calificado de «detalles».

Se negó a hablar del modo como había sido reclutado, así como de aquellas relaciones con Karla que habían durado toda su vida. Rápidamente, Smiley dijo:

—¿Toda tu vida? ¿Cuándo le conociste?

De repente, la investigación del pasado pareció carecer de trascendencia, pareció ser absurda, y, por otra parte, Haydon no estaba dispuesto a dar explicaciones.

A partir de mil novecientos cincuenta, más o menos, Haydon había obsequiado, de vez en cuando, a Karla, con seleccionadas informaciones acerca de cuestiones secretas. En estos primeros tiempos, las informaciones se centraban en cuanto Haydon consideraba podía contribuir a mejorar la posición de los rusos con respecto a los norteamericanos. Dijo que tenía «gran cuidado en no darles nada que pudiera perjudicar a Inglaterra», o ser peligroso para los agentes al servicio de Inglaterra que actuaban en el campo de operaciones.

La aventura de Suez, en el cincuenta y seis, le convenció definitivamente de la inoperante situación en que la Gran Bretaña se hallaba, así como de la capacidad británica de obstaculizar el avance de la historia, sin hacer contribución positiva alguna. Paradójicamente, el espectáculo de Norteamérica saboteando la operación inglesa en Egipto fue un incentivo más para él. Consiguientemente, podía afirmar de modo concluyente que, a partir de mil novecientos cincuenta y seis, se dedicó enteramente a la función de ser un topo al servicio de la Unión Soviética. En el sesenta y uno le fue otorgada, con todas las debidas formalidades, la ciudadanía soviética, y, en el curso de los diez años siguientes, le fueron concedidas dos medallas soviéticas. Se daba la curiosa circunstancia de que Haydon no sabía cuáles eran estas medallas, aunque aseguró que eran «de lo mejorcito». Desgraciadamente, el hecho de que le destinaran a puestos en países extranjeros limitó, durante este período, su acceso a las fuentes de información inglesas. Y como sea que Haydon siempre insistió en que la información que daba fuera base de actuación tangible, siempre que fuera posible —«y que no quedara enterrada en cualquier maldito archivo soviético»—, su trabajo, durante mucho tiempo, fue peligroso e irregular. Al regresar a Londres. Karla le mandó a Polly (tal como Haydon llamaba a Polyakov) para que le ayudara, pero a Haydon le resultaba difícil soportar la constante tensión de los encuentros secretos con Polyakov, máxime si se tenía en cuenta la gran cantidad de documentos que fotografiaba.

Se negó a hablar de cámaras, restante equipo, y del empleo de recursos propios del oficio, durante su período pre-Merlín, en Londres, y Smiley se dio cuenta de que incluso lo poco que Haydon le decía había sido cuidadosamente seleccionado de una realidad mucho más amplia y quizá diferente.

Entretanto, Karla y Haydon advirtieron que Control sospechaba algo. Desde luego, Control estaba enfermo, pero jamás abandonaría el timón, si ello comportaba regalar a Karla el servicio secreto británico. Fue una carrera entre las investigaciones que Control llevaba a cabo y su propia salud. Dos veces faltó poco para que Control descubriera la verdad —una vez más, Haydon se negó a decir cuándo y cómo—, y si Karla no hubiera actuado con gran celeridad, el topo Gerald habría sido atrapado. Esta delicada situación dio lugar al nacimiento de Merlín, y después a la operación Testimonio. La operación Brujería fue concebida primordialmente para solucionar el problema de la sucesión de Control, es decir, para colocar a Alleline al pie del trono, y acelerar la desaparición de Control. Naturalmente, en segundo lugar la operación Brujería dio al Centro de Moscú absoluta autonomía en lo referente al material que llegaba a Whitehall. En tercer lugar —y Haydon insistió que esto era, a la larga, lo más importante— puso al Circus en una situación que le convertía en un arma de suma importancia para atacar a los norteamericanos.

—¿En qué proporción era auténtico el material ruso? —preguntó Smiley.

Haydon repuso que, evidentemente, la calidad del material variaba según qué fuera lo que se pretendía conseguir. En teoría, dar material falso resultaba muy fácil. Bastaba con que Haydon informara a Karla de las zonas de ignorancia de Whitehall para que los falsificadores se pusieran a escribir documentos. Una o dos veces, sólo para divertirse, el propio Haydon había preparado el falso informe ruso. Para él, constituía un divertido ejercicio el recibir, valorar y distribuir su propia obra. Las ventajas de la operación Brujería, en lo que tocaba a la eficacia y seguridad en la actuación profesional, eran, desde luego, inestimables. Brujería colocaba a Haydon virtualmente fuera del alcance de Control y le daba una excusa inexpugnable para reunirse con Polly (Polyakov) siempre que le diera la gana. A veces pasaban meses enteros sin que se reunieran. Haydon fotograbiaba documentos del Circus, en su propio despacho —so pretexto de preparar falso material para Polyakov—, lo entregaba a Esterhase, juntamente con otra información carente de valor, y Esterhase lo llevaba todo a la casa en que se celebraban los encuentros secretos. Haydon dijo con sencillez:

—Era una operación clásica. Percy daba la cara, yo dirigía tras las bambalinas, y Roy y Toby actuaban de mensajeros.

En este momento, Smiley preguntó cortésmente si Karla había pensado alguna vez en poner a Haydon al frente del Circus; sí, porque entonces ninguna necesidad tendría de que alguien diera la cara. Haydon soslayó la respuesta, y Smiley pensó que quizá Karla, al igual que Control, consideraba que Haydon era más útil en un puesto subordinado.

La operación Testimonio, dijo Haydon, fue un recurso desesperado, Haydon tenía la certidumbre de que Control se estaba acercando mucho al descubrimiento de la verdad. El análisis de los expedientes que Control estudiaba dio lugar a la formación de un inventario inquietantemente completo de todas las operaciones en que Haydon había fracasado o que, de algún modo, había hecho fracasar. Control también consiguió reducir el número de funcionarios sospechosos a unos cuantos, muy pocos, determinados por su edad y rango. Smiley preguntó:

—A propósito, ¿la oferta de Stevcek fue auténtica o falsa?

—¡No, hombre, qué iba a ser auténtica! Fue una artimaña, de principio a fin. Stevcek existía, desde luego. Era un destacado general checo. Pero nunca ofreció nada a nadie.

En este momento, Smiley advirtió que Haydon vacilaba. Por primera vez parecía poner en duda la moralidad de su actuación. Adoptó una expresión claramente defensiva:

—Evidentemente, necesitábamos que Control actuara, que actuara de una manera determinada, y que en su actuación se sirviera de alguien en concreto. No podíamos permitir que Control enviara a un agente medio idiota y de tres al cuarto. Para que nuestra operación tuviera éxito necesitábamos que Control mandara a alguien importante. Sabíamos que Control elegiría a al-

guien que no formara parte del grupo directivo y que
no estuviera al tanto de la operación Brujería. Y si el
confidente del Este era un checo, Control tendría que
mandar a alguien que hablara el checo.

—Naturalmente.

—Queríamos que fuera alguien perteneciente a la vieja guardia del Circus, alguien que desprestigiara un
poco la vieja institución.

Recordando aquella sudorosa y jadeante figura en lo
alto de la colina, Smiley dijo:

—Sí... Efectivamente, es lógico.

Haydon gritó secamente:

—¡Maldita sea! ¡Rescaté a Jim! ¡Lo rescaté! ¿No?

—Es cierto. Te portaste bien. A propósito, ¿fue a vi-
sitarte, Jim, antes de partir?

—Sí.

—¿Para qué?

Durante un largo rato, durante mucho tiempo, Haydon dudó, y, por fin, no contestó. Pero la contestación
estaba allí, en el súbito vacío que apareció en sus ojos
pálidos, claros, en la sombra de culpabilidad que cruzó
el rostro delgado. Smiley pensó: te visitó para avisarte,
sí, porque Jim te quería. Para avisarte. Y quiso verte
para decirme que Control estaba loco. Jim te estuvo
protegiendo hasta el último momento.

Haydon dijo que también tenía que ser un país con
una reciente historia de contrarrevolución. Realmente,
Checoslovaquia era el único país posible. Smiley pareció
no prestar atención a estas palabras.

—¿Y por qué rescataste a Jim? —preguntó a Haydon—. ¿Por amistad? A fin de cuentas, Jim ningún daño
podía causarte, y tú tenías todos los triunfos en la mano.

Haydon confesó que no fue únicamente por amistad.
Mientras Jim estuviera encarcelado, los hombres del Circus procurarían liberarle y le verían como una especie
de clave. Pero tan pronto Jim hubiera regresado, todos
se esforzarían en que mantuviera cerrada la boca, ya
que esto es lo que siempre ocurre en los casos de res-
cate.

—Me parece sorprendente —dijo Smiley— que Karla
no lo fusilara. ¿Lo hizo por deferencia hacia ti?

Pero Haydon había vuelto a sus inmaturas conside-
raciones de orden político. Luego, comenzó a hablar de
sí mismo, y ahora, a juicio de Smiley, pareció encoger-

se hasta convertirse en un ser pequeño y mezquino. Le había conmovido saber que Ionesco había prometido, recientemente, escribir una obra teatral en la que el protagonista guardaba silencio, mientras todos los que estaban a su alrededor hablaban sin cesar. Cuando los psicólogos y los historiadores populares escribieran acerca de él —Haydon—, tenía esperanzas de que recordaran que así se veía él, como el protagonista de Ionesco. En cuanto a artista, había dicho cuanto tenía que decir a la edad de diecisiete años, y uno está obligado a emplear en algo los años restantes. Lamentaba terriblemente no poder llevarse consigo a algunos de sus amigos. Esperaba que Smiley le recordase con afecto.

En este momento, Smiley sintió deseos de decirle que no le recordaría de esta manera, y de decirle muchas cosas más, pero le pareció inútil, y, además, a Haydon volvía a sangrarle la nariz.

—Y por favor —dijo Haydon—, procura evitar todo género de publicidad sobre este asunto. Miles Sercombe quedará muy agradecido.

Ahora, Haydon consiguió soltar una risotada. Dijo que después de haber derrumbado el Circus en secreto, no quería que el proceso se repitiera en público.

Antes de irse, Smiley formuló la última pregunta que aún le importaba:

—Tendré que explicarle lo ocurrido a Ann. ¿Quieres que le diga algo de tu parte?

No comprendió la pregunta, que se basaba en un presupuesto conocimiento, y Smiley tuvo que repetírsela. Al principio, Haydon pensó que Smiley había dicho «Jan», y no alcanzaba a comprender por qué razón Smiley no había visitado todavía a la chica. Como si hubiera muchas «Ann» en el mundo, dijo:

—¡Ah, *tu* Ann!

Le explicó que todo fue idea de Karla, quien desde hacía mucho tiempo había comprendido que Smiley representaba la más grave amenaza para el topo Gerald.

—Karla decía que eras muy competente —dijo Haydon.

—Muchas gracias.

—Pero tenías un precio, y este precio era Ann, la última ilusión de un hombre sin ilusiones. Karla pensó que si en el Circus se sabía que yo era el amante de

Ann, tú no verías con demasiada lucidez o con demasiada justicia mi actuación en otros asuntos.

Smiley advirtió que ahora los ojos de Haydon estaban muy fijos y muy quietos. Como de falsa plata mate, como decía Ann. Haydon añadió:

—No debía tratarse de un asunto demasiado importante mi lío con Ann. Pero si se me presentaba la oportunidad, debía yo añadir mi nombre a la lista. ¿Comprendido?

—Comprendido.

Por ejemplo, Karla insistió en que en la noche de la operación Testimonio, Haydon estuviera en compañía de Ann. Era como una especie de protección o seguro.

Smiley, recordando a Sam Collins y lo que le había dicho acerca de si Ellis había sido herido de un balazo o no, preguntó a Haydon si acaso no había cometido un leve error, aquella noche. Haydon reconoció que, efectivamente, hubo un error. Si todo se hubiera desarrollado de acuerdo con los planes, los primeros boletines de noticias checos se hubieran difundido a las 10.30. Haydon, entonces, hubiera tenido ocasión de leer la noticia en la cinta luminosa de su club, después de que Collins hubiera llamado a Ann, y antes de que él llegara al Circus para tomar el mando. Pero debido a que a Jim le habían pegado un par de tiros, hubo ciertas vacilaciones por parte de los checos, y el boletín se difundió después de que el club de Haydon cerrara sus puertas. Mientras tomaba otro cigarrillo de Smiley, advirtió:

—Afortunadamente, nadie se dio cuenta. —En tono de curiosidad, preguntó—: A propósito, ya he olvidado el nombre que me dieron en Testimonio. ¿Cuál era?

—Tailor. Yo era Beggarman.

En ese momento, Smiley sintió que la paciencia se le había agotado. Sin tomarse la molestia de decir «adiós», se fue. Se sentó al volante de su coche y condujo durante una hora, sin destino fijo, hasta que se encontró en una carretera vecinal que se dirigía a Oxford, yendo a ciento treinta kilómetros por hora. Se detuvo para almorzar, y luego se dirigió a Londres. Todavía no podía soportar la idea de volver a su casa de Bywater Street, por lo que fue al cine, cenó en cualquier lugar, llegó a casa a medianoche, ligeramente borracho, encontrando ante la puerta a Lacon y a Miles

Sercombe, con el pomposo Rolls de Sercombe, con su largura de quince metros, molestando a todo quisque.

A velocidad de locos, se dirigieron a Sarratt, y allí, bajo el despejado cielo nocturno, a la luz de varias linternas y contemplado por varios blancos rostros de funcionarios del Parvulario, estaba Bill Haydon, sentado en un banco del jardín. Vestía un pijama a rayas, bajo el abrigo, que parecía un uniforme carcelario. Tenía los ojos abiertos, y la cabeza raramente inclinada a un lado, igual que la de un pájaro al que una mano experta ha retorcido el pescuezo.

No se sabía cómo había ocurrido. A las diez y media, Haydon se había quejado, ante sus celadores, de padecer insomnio y náuseas, y pidió que se le permitiera respirar aire fresco. Su caso se consideraba ya cerrado y nadie le acompañó en el paseo que dio en la oscuridad. Uno de los celadores recordó que Haydon había bromeado acerca de «inspeccionar el campo». El otro celador estaba tan absorto viendo la televisión que no recordaba nada. Al cabo de media hora comenzaron a preocuparse y el celador de más graduación salió en busca de Haydon mientras el otro se quedaba, no fuera que Haydon volviera. Encontraron a Haydon en el banco en que ahora estaba de cuerpo sentado. Al inclinarse sobre Haydon, el celador olió a alcohol —ginebra o vodka le pareció— y pensó que Haydon estaba borracho, lo que le sorprendió, ya que en el Parvulario no había alcohol. Cuando intentó levantarle, la cabeza de Haydon cayó hacia delante, y luego, como un cuerpo muerto, Haydon cayó al suelo. El celador vomitó (aún se veían los rastros junto a un árbol), dejó a Haydon sentado y dio la voz de alarma.

Smiley preguntó si Haydon había recibido mensajes durante el día.

No. Pero la tintorería había devuelto su traje, y quizá en él había un mensaje, una cita, por ejemplo.

Con satisfacción, ante el cuerpo inerte, el ministro decidió:

—Lo han hecho los rusos para que no hable. Sanguinarios asesinos.

Smiley dijo:

—No. Los rusos se enorgullecen de rescatar a sus hombres.

—Entonces ¿quién lo ha hecho?

Todos esperaron a que Smiley contestara, pero éste guardó silencio.

Las linternas se apagaron y el grupo se dirigió dubitativamente hacia el coche.

En el camino de vuelta, el ministro preguntó:

—¿Creen que hemos perdido algo importante?

—Era ciudadano soviético —repuso Lacon—. Que lo lleven.

Todos estuvieron de acuerdo en que era una lástima, en cuanto concernía a las redes de agentes. Quizá Karla se avendría a cerrar el trato, a pesar de todo. Pero Smiley dijo con seguridad:

—No se avendrá.

Recordando todo lo anterior, en el recogimiento de su butaca de primera clase, Smiley tuvo la curiosa sensación de contemplar a Haydon a través de un telescopio invertido. Desde anoche, había comido muy poco, pese a que el bar del tren había estado abierto casi constantemente.

Al salir de King's Cross tuvo la caprichosa sensación de respetar a Haydon y de sentir simpatía hacia él. A fin de cuentas, Bill había sido un hombre con algo que decir, y lo había dicho. Pero el sistema mental de Smiley rechazó tan cómoda simplificación. Cuanto más meditaba las desordenadas explicaciones que Haydon había dado de sí mismo, Smiley se iba dando cada vez más cuenta de las contradicciones que contenían. Primeramente, Smiley intentó ver a Haydon a través de los románticos términos periodísticos con que se juzga al intelectual de los años treinta, para quien Moscú constituye la Meca natural. Smiley se dijo: «Moscú era la disciplina de Bill, quien necesitaba la simetría de una solución histórica y económica.» Esto le pareció superficial, y lo complementó con algunos conceptos referentes al hombre hacia quien se esforzaba en sentir simpatía: «Bill era un romántico y un *snob*. Quería formar parte de una vanguardia de *élite*, y dirigir a las masas, para sacarlas de las tinieblas.» Entonces recordó las telas inacabadas en la sala de estar de la chica de Kentish Town. Eran unos cuadros agarrotados, excesivamente trabajados, y condenados. También recordó el fantasma del autoritario padre de Bill —Ann le llamaba, pura y simplemente, «el monstruo»—, e imaginó que el marxismo de Bill no era más que la compensación de su insuficiente capacidad artística, y de su infancia sin amor. Más tarde, poco podía importar el que la doctrina marxista llegara a aburrirle. Bill había emprendido el camino, y Karla tuvo buen cuidado de mantenerle en él. Smiley decidió que la traición es, en gran parte, cuestión de costumbre, cuando volvió a recordar a Bill tumbado en el suelo de la casa de la calle Bywater, mientras Ann ponía discos en el gramófono para distraerle.

Por otra parte, Bill se había divertido, Smiley no albergaba la menor duda de que a Bill le había entusiasmado el estar en el centro de un escenario secreto, contraponiendo dos mundos enemigos, interpretando, al mismo tiempo, el papel de protagonista y de autor teatral. Sí, la gozó con ello.

Smiley echó a un lado estos razonamientos, impulsado por la desconfianza que siempre le habían inspirado las estereotipadas formas de las motivaciones humanas, y prefirió representarse las imágenes de aquellas muñecas de madera, rusas, que se abren y contienen otra, y ésta contiene otra, y así sucesivamente. Solamente Karla había visto la última muñeca contenida dentro de Bill Haydon. ¿Cuándo fue Bill reclutado y cómo le reclutaron? ¿Fue su postura derechista en Oxford una mera ficción, o se trató, paradójicamente, del estado de pecado del que Karla le sacó para llevarle al estado de gracia?

Habría que preguntarlo a Karla. Lástima no haberlo hecho.

Habría que preguntarlo a Jim. Lástima no haberlo hecho.

Sobre el llano paisaje de la Inglaterra oriental, que se deslizaba junto al tren, el rostro impasible de Karla sustituyó a la máscara de muerte de Bill Haydon. «Pero tú tenías un precio: Ann. La última ilusión de un hombre sin ilusiones. Karla pensó que si se sabía que yo era el amante de Ann, tú no sentirías demasiada simpatía hacia mí, ni verías con lucidez mi imagen, cuando se tratara de otros asuntos.»

¿Ilusión? ¿Era éste el nombre que Karla daba al amor? ¿Y Bill?

Por segunda vez y en voz muy fuerte, el revisor dijo:

—Creo que ésta es su estación. Va a Grimsby, ¿verdad?

No, no, voy a Immingham.

Pero entonces recordó las instrucciones de Mendel, y bajó del tren.

No vio taxis, por lo que, después de haber preguntado en la ventanilla de billetes, cruzó el desierto vestíbulo, y se puso ante un cartel verde que decía: «Cola.» Había tenido esperanzas de que Ann fuera a buscarle, pero pensó que quizá no había recibido su telegrama. En Navidades difícilmente se podía culpar de ineficiencia a los servicios de correos. Se preguntó cómo reaccionaría Ann ante la noticia de la muerte de Bill. Pero recordó el atemorizado rostro de Ann en los acantilados de Cornualles, y se dio cuenta de que para ella, Bill ya había muerto en aquel entonces. Ann había percibido la frialdad del contacto, y había intuido lo que había detrás.

¿Ilusión?, se repitió Smiley. ¿Sin ilusiones?

Hacía mucho frío. Smiley deseó ardientemente que el desdichado amante de Ann hubiera encontrado un lugar cálido en que vivir.

Lamentó no haber traído aquellas botas de Ann, forradas con piel, que guardaba en el armario, debajo de la escalera.

Recordó el ejemplar de Grimmelshausen, que todavía no había ido a buscar al club de Martindale.

Entonces la vio. El lamentable coche de Ann estaba orientado hacia él, en el lugar, junto a la acera, en el que había un cartel que decía: «Sólo autobuses», y Ann, sentada al volante, miraba hacia el lado opuesto al que se encontraba Smiley. La vio bajar del coche, dejando el intermitente en funcionamiento, y dirigirse hacia la estación para indagar, alta, ceñuda, extraordinariamente bella, y en esencia, la mujer de otro hombre.

Durante el resto del trimestre, Jim se comportó, a juicio de Roach, de un modo muy parecido al que se portaba su madre, cuando su padre estaba ausente. Dedicaba mucho tiempo a cosas sin importancia, como, por ejemplo, disponer las luces del escenario, en vistas a la representación teatral de la escuela, remendar las redes de las porterías de fútbol, y, durante las clases de francés, daba larguísimas explicaciones para corregir pequeños errores. Sin embargo, abandonó totalmente las actividades importantes, como, por ejemplo, sus paseos y su solitario juego de golf. Y, al anochecer, se recogía temprano, y nunca iba al pueblo. Peor todavía era la vaciedad de su mirada, cuando Jameson le sorprendía con una de sus travesuras, y el modo en que se olvidaba de muchas cosas, durante las clases, incluso de dar los cartones rojos de recompensa al mérito. Roach tenía que recordárselo todas las semanas.

Para ayudarle en aquella ocupación, Roach se encargó de la tarea de regular las luces. Durante los ensayos, Jim le dirigía una señal, levantaba el brazo y lo dejaba caer al costado, y entonces Bill, y nadie más que Bill, bajaba la intensidad de las luces del escenario.

Sin embargo, con el paso del tiempo, Jim pareció reaccionar favorablemente al tratamiento, y su mirada se hizo más clara, y volvió a estar atento a todo, mientras la sombra de la muerte de su madre se alejaba. En la noche de la representación teatral, Jim estuvo alegre a más no poder. Aquél fue el momento en que Roach le había visto más alegre.

Mientras, fatigados y triunfantes, volvían al edificio principal, después de la representación, Jim le gritó:

—¡Eh, Jumbo, tontaina! ¿Adónde vas sin impermeable? ¿No ves que está lloviendo?

Luego, Roach oyó que Jim explicaba a uno de los padres que habían acudido para ver la representación:

—Su verdadero nombre es Bill. Cuando yo llegué, él acababa de llegar. Los dos éramos nuevos aquí.

Por fin, Bill Roach había llegado a convencerse de que el revólver no había sido más que un sueño.

OTRAS OBRAS DE JOHN LE CARRÉ

UN ESPÍA PERFECTO

Magnus Pym, un paradigma de espías, *un
espía perfecto* llega al límite de su resistencia
y se aísla en su refugio secreto para analizar
sus vidas —un espía no tiene una vida, sino
varias, muchas, demasiadas— en una carta dirigida a su hijo. Mientras, en el exterior, sue-
nan las señales de alerta, y los recelos, sospechas y desconfianzas que forman el mundo del
espionaje toman como punto de mira a Magnus Pym, que deja de ser un espía perfecto
para convertirse en un traidor.

EL HONORABLE COLEGIAL

Smiley deberá rehacer la red de espionaje desbaratada a causa de los hechos bien conocidos por quienes hayan leído *El topo*. Smiley contará ahora con Westerby, el «honorable colegial», un aristócrata que establecerán en Hong Kong el polo opuesto de este universo subterráneo.

LA GENTE DE SMILEY

Vuelve la gente de Smiley: viejos agentes, antiguos espías y permanentes fantasmas que lo han acompañado a lo largo de toda su existencia. Unos fantasmas que le han atormentado, pero que a la vez han dado sentido y contenido a su vida, que Karla —jefe de los Servicios Secretos soviéticos— aprovechó en su contra y que él se verá obligado a emplear para culminar lo que será valorado por los demás como un gran triunfo.